KB270612

유충렬전 · 정비전

이 저서는 2002년도 한국학술진흥재단의 지원에 의하여 연구되었음.

(KRF-2002-071-AM3014)

연세국학총서 34
세책 고소설 5

유충렬전 · 정비전

김유경 · 이윤석 교주

이회

□ **김유경**
　연세대학교 국어국문학과(문학박사)
　숙명여자대학교 강사
　논문 - '서사가사 연구'
　　　　'연작형 가사의 형성과 변이 연구' 등

□ **이윤석**
　연세대학교 국어국문학과(문학박사)
　연세대학교 국어국문학과 교수
　저서 『임경업전 연구』(정음사, 1985)
　　　『홍길동전 연구』(계명대 출판부, 1997)
　공저 『구활자본 야담의 변이양상 연구』(보고사, 2001)

연세국학총서 **34**
세책 고소설 5

유충렬전 · 정비전

초판 1쇄 발행　2005년 1월 15일

교 주 자 | 김유경 · 이윤석
펴 낸 이 | 송미옥
펴 낸 곳 | 이회문화사

주　　소 | 서울시 동대문구 답십리동 488-338 부영빌딩 503호
전　　화 | (02) 2244-7912~3
팩　　스 | (02) 2244-7914
전자우편 | ih7912@chollian.net
등록번호 | 제6-0532호(1992. 5. 2)

ISBN 89-8107-245-0　(세트)
　　　89-8107-282-5　94810

정가 26,000원

▌머리말

　소설이라는 장르에 대한 규정을 어떻게 하는가에 따라 그 발생에 대해서는 여러 가지 견해가 있을 수 있다. 그러나 여기에 우리가 주석을 붙여서 현대어로 옮긴 한글 고소설은, 조선후기에 이르러 도시의 발달과 함께 이야기를 즐길 수 있는 시간과 경제적 여유를 갖게 된 사람들의 요구에 의해 생겨난 것이다. 한글로 된 이야기를 읽고 즐긴 사람들은 중국소설을 원문 그대로 읽을 수 있던 사람들과는 다른 계층의 사람들이었다. 조선 후기에 한문소설의 독자는 중국에서 들여온 소설을 직접 구입하거나 빌려서 읽었겠지만, 한글소설의 독자는 대부분 세책집을 통해서 소설을 읽었던 것으로 보인다. 특히 한 편의 작품이 수십 책에서 백 책이 넘는 한글 장편소설이나 번역소설은 대부분 세책집을 통해서 읽었을 것이다.

　소설 연구에 있어서 소설이 갖고 있는 상업적인 측면은 무시할 수 없는 중요한 요소이다. 고소설도 마찬가지여서, 고소설이 하나의 상품이 되기 시작한 것이 어느 때부터인가를 잘 살펴보아야 할 것이다. 상업적 성격을 갖고 있는, 세책본, 방각본, 활판본(活版本)을 서로 연관지어 연구해야할 필요성이 여기 있다. 이렇게 세책본, 방각본, 활판본 등 명백한 상업적 성격을 갖고 있는 소설에 대해서는 순문예적인 접근뿐만 아니라 이들의 상업적 성격이 무엇인가에 대한 연구가 필요하다.

　조선후기 세책을 연구하기 위한 기초 작업으로 세책본 소설을 수집

하고 이를 정리하는 작업을 지난 2년 동안 해왔다. 한국학술진흥재단의 재정 지원으로 많은 연구자들이 안정적으로 이 일에 전념할 수 있어서 상당량의 세책본 원문의 전산입력과 현대어 역주가 이루어졌다. 될 수 있으면 이 작업의 결과를 모두 책으로 출판하고 싶지만, 여기에 따른 여러 가지 문제가 있으므로 뜻대로 될 수 있을지는 지금으로서는 알 수 없다. 그러나 될 수 있는 대로 작업이 끝난 작품의 출판을 해나갈 생각이다. 연세대학교 국학 총서의 하나로 『하진양문록』이 출간되었고, 이제 『유충렬전』과 『정비전』 두 작품의 현대역을 선보인다.

　1차 전체 역주 작업은 김유경이 맡아서 했고, 이 초고를 두 사람이 각각 따로 검토한 다음 의견이 서로 다른 부분은 상의를 해서 결정했다. 오류를 최소화하겠다고 세밀하게 작업을 했으나, 잘못된 데가 있을 것이다. 독자들의 질정을 바란다.

　이번에 책을 내는 데도 이회문화사의 신세를 지게 되었다. 사장님을 비롯한 이회문화사 여러분께 감사드린다.

2004년 12월

김유경　이윤석

▌일러두기

1. 교주한 본문은 원문을 최대한 살리되, 가급적 현대 어법에 맞도록 옮기고 주석을 붙였다.

2. 작품을 읽을 때의 느낌을 살리기 위하여, 글자수를 맞추는 데 중점을 두었으나, 문법에 어긋나는 경우나, 독자의 오해를 부를 수 있는 부분에서는 수정하였다.
   예1) '응낙고' - '응낙코'
         떠나지 '아니시니' - '않으시니'
         태자를 섬기지 '아니코' - 아니코
   예2) 마르소서 - 마소서
         '으로' 더불어 - 와(과)
         상해오지 말고 - 상하게 하지 말고
         '호왕을' 맡기고 - '호왕에게'
         일정 그 부인이 '당질의' 탈탈한 여자라 - 당질에게서

3. 원문에서 시제가 불분명한 경우에는 문맥에 따라 시점을 확정하였다.
   예3) 일정 그 가속이 다 '죽은가' 하였더니 - 죽었나
         황상의 급하심을 '구하다' 하니 - 구했다
         악모와 실인이 '수중참사하시다' 하오니 - 수중참사하셨다
         태자 내궁에 '처하시다' - 처하신다

4. 원문이 훼손되어 읽을 수 없는 글자는 원문에는 그대로 '□'로 표
   시하였으나, 문맥에 따라 분명한 경우에는, 교주한 본문에서는 밝
   혀 넣었다.

5. 원문에서 잘못된 글자는 교주한 본문에서 바로 고쳤으나, 교주자
   가 그렇게 고친 이유를 밝힐 필요가 있는 경우에는 각주에서 설명
   하였다.

6. 교주본과 원문을 대조하여 읽기 편하도록 원문 각 면의 첫 글자
   위에 점을 찍어 표시하고 각 면의 숫자를 밝혔다.

▋ 차례

유충렬전

[원문]

해제	13	
유충렬전 권1	21	335
유충렬전 권2	52	349
유충렬전 권3	81	364
유충렬전 권4	107	378
유충렬전 권5	130	392
유충렬전 권6	154	405
유충렬전 권7 종(終)	178	418

정 비 전

해제	205	
정비전 권1	211	435
정비전 권2	241	449
정비전 권3	271	463
정비전 권4 종(終)	299	477

유충렬전

▌해제

1.

　대부분의 고소설과 마찬가지로 <유충렬전>도 작자와 창작시기를 알 수 없는 작품이다. 그러나 이제까지 연구자들의 견해를 종합해보면, 이 작품의 창작시기는 아무리 빨라도 19세기 중반 이전은 아니라는 것이 대체적인 의견이다. 고소설 가운데는 늦게 나온 편에 속하는 작품이지만, 이와 같은 유형의 소설 가운데 활판본으로 매우 많이 출판되었다는 점 때문에 많은 연구자들이 이 작품을 주목해왔다.

　<유충렬전>은 활판본으로는 많이 출간되었지만, 방각본으로는 완판본밖에 확인되지 않고 있다. 이제까지 연구자들이 이 작품의 분석 대본으로 삼은 것은 주로 이 완판본이다. 아직까지 경판본이 발견되지 않고 있기 때문에 서울에서는 방각본으로 간행되지 않은 것으로 보이는데, 이것이 이 작품의 창작시기를 19세기 중반 이후로 보는 근거가 된다.

　우리가 주석을 한 대본은, 현재 일본의 동양문고에 소장되어 있는 본으로 7권 7책의 세책본이다. 한 권의 장수는 대체로 30장 정도이고, 한 면은 11행, 한 행은 13~15자 정도이다. 각권의 장수와 필사시기는 다음과 같다.

1권 31장 정미년(1907) 2월

2권 33장 임인년(1902) 11월

3권 31장 임인년(1902) 11월

4권 31장 정미년(1907) 12월

5권 29장 임자년(1907) 2월

6권 30장 정미년(1907) 2월

7권 32장 임인년(1902) 11월

1902년 11월에 필사된 본이 2, 3, 7권이고, 1907년 2월에 필사된 것이 1, 6권, 12월에 필사된 것이 4권이며, 1912년에 필사된 것이 5권이다. 하나의 작품에 필사시기가 이렇게 다른 이유는 다음의 두 가지로 생각해 볼 수 있다. 하나는, 이 세책을 빌려주던 향목동 세책집에서 빠진 본을 계속 보충해서 필사했을 가능성이다. 또 하나는, 1927년 일본의 동양문고에서 서울의 한남서림을 통해 이 세책을 구입할 때, 여러 질의 <유충렬전> 가운데 깨끗한 것으로 한 질을 맞춰서 납품했을 가능성이다. 후자일 가능성이 크다.

<유충렬전>에 대한 연구는 많이 이루어졌으므로 자세한 논의는 이제까지의 연구로 미루기로 한다. 다만 한 가지 얘기해둘 것은, <유충렬전>도 서울의 세책집에서 유통되던 통속소설이었으므로 <유충렬전>에 대한 접근은 조선후기 통속소설의 맥락에서 접근해야 할 것이라는 점이다. 그리고 이 작품이 활판본으로 매우 많이 간행되었다는 사실은, 고소설의 개념을 어떻게 설정해야 할 것인가에 대한 문제를 다시 생각하게 한다. 여기서는 향목동본 『유충렬전』의 줄거리를 요약하고, 이 이본의 내용상 특징을 간단히 서술하는 것으로 해제를 대신하기로 한다.

2.

　주인공 유충렬은 명나라에서 황실이 미약하고 법령이 미비한 시기에, 사십이 넘도록 후사를 두지 못한 개국 공신 집안의 외아들로 태어난다. 충렬의 전생은 자미원 대장성으로, 익성(翼星)과 대결한 죄로 인간 세계로 적강한다. 충렬과 함께 적강한 익성들은 정한담과 최일대로 이들은 충렬이 일곱 살이 될 무렵 조정의 실권자가 되어 있다. 천위를 찬탈하고자 하는 이들은 주인공의 아버지와 동년배이다. 그러기에 이들에게 우선 걸림돌이 되는 인물은 충렬의 아버지 유심과 장래 장인인 강희주이다.

　천상에서 시작된 충렬과 정·최의 대결이, 현생에서는 정·최가 충렬의 아버지를 역신으로 몰아 축출하는 데서 시작된다. 유심을 제거한 정·최는 충렬을 없애기 위해 충렬의 집을 불태우고, 충렬을 물에 빠뜨린다. 하지만 충렬은 신비한 노옹의 계시, 남경 상인의 도움으로 살아나 홀로 떠돌다가 마침내 장인으로 예정되어 있는 강희주를 만나고, 전생이 옥황상제의 시녀로서 충렬과는 천정배필인 강소저와 결혼한다. 충신인 강희주는 충렬의 아버지 유심의 무죄를 밝히는 상소에서 정·최의 무도함을 호소하다가, 오히려 정·최의 모함을 받아 옥문관으로 유배되고 그의 가속은 궁비로 속공된다. 충렬은 처가를 떠나 백룡사에 머무른다.

　한편 충렬의 아버지와 장인을 모두 축출하여 장애를 제거한 정·최는 마침 선우와 흉노 등 오랑캐가 연합하여 명나라를 침범하자, 적을 물리치겠다고 나아가서는 적진에 항복하여 오히려 명나라를 치는 선봉이 된다. 그런데 충렬의 아버지와 장인이 축출된 조정에는 정·최와 대결하여 황제를 지킬 만한 인물이 없다. 명나라의 장수들은 정·최의 부장들의 손에 가볍게 쓰러지고 천자는 옥새를 던지고 자결하려 한다.

이와 같은 위기 절정의 상황에 은거하던 충렬이 나타난다. 천문을 살펴 국난을 파악한 충렬은 세록지신으로서 국난을 해결하지 못함을 한탄하다가 노승에게서 갑옷과 무기와 天書가 든 옥함과 명마를 전해 받고 천자가 항서를 쓰는 순간 나타나 정한담의 수하들과 최일대를 무찌른 뒤 정한담과 대결한다. 정한담과 최일대는 모두 다 악성이었으나 중심인물은 정한담이다. 앞서 함께 역모를 도모하고 주변국 연합에 항복하여 선봉장이 되었던 정·최가 이 부분에 이르러 정한담은 천자로, 최일대는 대장이 된다. 최일대를 비교적 가볍게 물리친 충렬은 한담과 대결하는데 이들은 천신들이므로 승부가 쉽게 결정되기 어려운 상황을 맞는다. 충렬과 한담의 싸움이 쉽게 끝나지 않고 한담이 호산대로 도망치자 충렬은 황제와 환궁한다. 이로써 충렬과 한담의 1차 전쟁은 휴전을 맞는다.

일단 도망쳐 기회를 엿보던 한담이 남만 가달과 서번 호국에 구원병을 청함으로써 충렬과 한담의 2차 전쟁이 시작된다. 이 싸움에서 한담은 호왕의 장수가 되어 천자와 대결하는데, 충렬을 다른 곳으로 유인하고 직접 황제를 친다. 황제가 한담의 손에 거의 죽게 되었을 때 충렬은 다시 천기를 살피고 천자에게 달려가 한담을 사로잡는다. 이 싸움에서 충렬은 한담을 사로잡고 호왕은 호국으로 돌아간다. 이로써 충렬은 천상에서부터 운명지어진 대결에서 완전한 승리를 이룬다.

일단 풍전등화 같던 국가의 위기를 구한 충렬은, 호국에 인질로 잡혀간 태후·황후·태자를 구출하기 위하여 호국에 원정한다. 이 3차 전쟁은 천신 충렬과 인간 호왕과의 대결이므로 일방적인 충렬의 승리로 쉽게 끝나고, 돌아오는 길에 유배되어 고초를 겪고 있던 아버지 유심을 구출한다.

　세 차례의 전쟁을 통해 충렬은 국내외의 反皇帝 세력을 물리쳐 국가의 위란을 해소하였다. 그러나 충렬은 아직 어머니와 처가 식구의 생사를 알지 못하는 상황이다. 게다가 황제의 지위를 노리고 침범한 나라들이 후퇴하기는 했지만 여전히 명나라에 복종하지 않는 상황이다. 충렬은 가족의 생사를 확인하는 개인적 목적과 주변국을 확실히 복종시키는 국가적 목적을 위해 원정을 떠난다. 4차 전쟁의 시작이다. 먼저 서번국 지경에 이르러 서천 삼십육도 군장들의 항복을 받은 뒤, 강승상을 해치려는 달왕과 대결하는데 달왕의 장수는 마철·마웅·마학이다. 이 가운데 마철은 충렬의 어머니를 탈취하여 아내로 삼고자 한 자로, 충렬이 개인적 원한을 갖고 있는 인물이기도 하다.

　이들을 물리치고 돌아오는 길에 충렬은 헤어졌던 어머니를 만나고 훼절의 위기에 처해 있던 아내를 구출한다. 궁비로 속공되어 끌려가던 충렬의 아내와 장모는 충렬의 장인에게 은혜를 입었던 이의 아들에게 도움을 받아 도망쳤지만, 장모는 자결하고, 처는 자결하려다 관비에게 이끌려 그 수양딸이 되어 있었다. 아내를 만나는 과정에는 수양어미인 관비의 탐심과 그 딸의 선행, 헤어진 남편의 목소리를 들으면서도 얼굴을 들어 직접 확인하지 못하는 안타까움 등의 이야기가 흥미롭게 전개된다.

　이와 같이 주변국을 정복하여 예폐(禮幣)를 받게 되고 장모를 제외한, 헤어졌던 모든 가족과 재결합함으로써 모든 문제는 해결되었다. 이제 남은 것은 국가적인 안정과 번영, 가족의 행복이다. 공로가 있는 모든 사람들에게 작록이 내려지고 궁전에서는 화려한 잔치가 벌어진다. 충렬은 자신의 장인을 돌보던 여인을 제2부인으로 맞이하며, 태후와 강희주와 유심 부부가 차례로 천수를 다하고 천자는 태자에게 전위한다. 충렬 부부가 천수를 다할 때까지 남만제국은 조공을 바치고 명나라는 태평하며 충렬의 일가는 대대로 번창하는 것으로 이야기는 마무리된다.

3.

향목동본 세책 『유충렬전』은 7권으로 이루어졌는데 군담은 3권에서 시작되어 5권까지 진행된다. 6·7권은 정리에 해당한다. 제1권은 충렬의 어머니 장부인이 회수 사공 마철의 소굴에서 탈출하여 길을 잃고 헤매는 데서 끝나고, 제2권은 강승상 댁에서 나온 충렬이 서해 광덕산 백룡사에 이른 데서 끝나며, 제3권은 충렬이 한담과 정면대결을 시작하는 데서 끝나고, 제4권은 호국에 볼모로 잡혀간 태자가 굴종을 강요하는 호왕에게 군신지분을 내세워 꾸짖는 데서 끝난다. 제5권은 강승상을 구하러 번국으로 가 달왕을 항복시킨 뒤 그곳에 옥관도사가 도망가 있다는 사실을 알고 잡아들이라고 하는 데서 끝나며, 제6권은 관비로 있다가, 그곳에 머문 충렬의 부름을 받은 충렬의 아내가 충렬의 목소리를 듣고 자신의 남편임을 확신하지만 고개를 들어 모습은 보지 못하는 안타까운 상황에서 끝난다. 세책의 특성상 각권의 마지막은 다음 이야기가 궁금해지는 대목에서 끝난다.

<유충렬전>은 매우 많은 이본들에도 불구하고 내용면에서는 큰 차이가 없다는 것이 알려져 있다. 연구의 대본으로 가장 많이 이용되는 완판본에는, 충렬과 처가 이별할 때 서로에게 남겨주는 시가 없으며, 조총(鳥銃)이나 백포소장(白袍小將) 설인귀 이야기가 나타나지 않는다는 점이 다른 이본들과의 차이라는 점이 밝혀져 있는데, 세책본은 이런 점에서 완판본과 같다. 그러나 완판본과도 다른 특징이 있다. 완판본에서는 아내와 이별하는 대목에서 신표로 시를 적어주며 눈물을 흘리는 정황이 서술되지만 세책본에는 시를 짓는 장면이 없다. 또 완판에서는

아내가 충렬에게 죽어서나 다시 볼 것이라고 하여 비장한 분위기를 만드는 것과는 달리, 세책본에서는 자신은 화를 피할 도리가 있으니 염려 말라고 하면서 나라에 입신하여 자신의 원한을 갚아달라고 부탁함으로써 희망적 분위기로 만든다. 그리고 날이 저물자 충렬은 아내에게 울음을 그치게 하고 저녁을 먹은 뒤 잠자리를 함께 해 정을 나누고 느지막히 일어나 길을 떠난다. 절박하다거나 비장한 분위기를 자아내지 않는다.

다른 부분에서도 세책본에는 비장미가 약화되어 있다. 유배당하는 강승상이 충렬에게 보낸 편지 내용을 완판 등과 비교하면 세책본은 매우 간략한 형태로 비장미가 사라져 있다. 또한 학업에 힘써 입신하여 부형의 원한을 갚으라고 한다거나, 자고로 무죄한 사람은 죽는 법이 없으니 조금도 염려 말라고 하는 등 희망적 분위기를 띤다. 완판본 등에서 충렬에게 구출된 태후가 충렬의 은혜에 감동하면서 머리를 베어 신를 삼고, 혀를 빼 창을 박아 백년을 신고서도 다 갚을 수 없을 것이라고 하여 황족으로서의 권위보다는 인간으로서의 보답에 치중하여 황실의 권위를 깨고, 충성을 바칠 대상의 정당성을 위태롭게 하는 데 비해, 세책본에서는 충렬의 충과 열에 감동하는 정도를 넘지 않는다. 또한 충렬이 황제를 구한 뒤에 황제에게 역신을 총애하여 화를 만났다고 원망하는 내용이 약화되어 있다.

이와 같이 세책본은 완판본에서보다 비장미가 줄었고 왕권을 무력화하는 점이 줄었다. 한편 세책본에서는 여러 장면에서 대화나 편지 등에서 회상의 형식으로 지난 줄거리를 길게 다시 서술하는데, 이것은 독자들에게 이야기의 내용을 환기시키는 효과를 노린 것이기도 하다. 또한 완판본 등에서는 등장인물들에게 봉작을 내리는 일과 시대가 태평성대인 것으로 끝나는데 비해 세책본에서는 이 이후의 일이 화려한 장면

위주로 확대되어 있다. 조낭자와 충렬의 혼례 장면, 천자가 황극전에서 내외 군신과 벌이는 화려한 잔치 장면, 태후와 강승상이 연로하여 죽은 뒤의 장례, 충렬의 아버지 연왕의 화려한 수연 장면과 장례 절차, 충렬 부부의 죽음 등을 장황하게 서술한다. 이것은 주인공의 지나온 행적을 부연하고, 고난이 끝난 뒤의 즐거움을 확대·강화하는 데 치중하는 것이라고 볼 수 있으나, 앞의 이야기를 회상하는 장면이 자주 나온 것과 함께 분량을 늘이기 위한 것이라고 볼 수도 있을 것이다.

향목동본 세책『유충렬전』의 특징을 어떻게 해석할 것인가는 앞으로의 과제이다.

유충렬전 권1

화설(話說)[1]. 대명(大明) 가정(嘉靖)[2] 연간(年間)에 왕실이 미약하여 법령(法令)이 해이(解弛)하니, 그 중에 남만북적(南蠻北狄)[3]이 강성하여 일야(日夜)[4] 동심(同心)·모반(謀反)하고, 동번서달(東蕃西狚)[5]은 사졸(士卒)[6]이 번성하고 국부민강(國富民强)하매 찬역(篡逆)[7]할 뜻을 두었으매, 천자(天子)가 남경(南京)에 있을 뜻이 없어 피하여 도읍을 옮기고자 하시더니, 해동(海東) 창해국[8]에서 일위(一位)[9] 명사(名士)가 왔으니, 성(姓)은 '임'이요 명(名)은 '경천'이니, 술법(術法)과 재주는 일세(一世)에 제일이요, 또한 문장재덕(文章才德)이 천하에 당할 자가 없더라. 마침 동지사(冬至使)[10]로 들어와 예단(禮緞)을 드리거늘, 천자가 반기사 수일(數日)

1

---

1) 화설(話說): 고소설에서 이야기를 처음 시작할 때, 또는 여러 권으로 이루어진 책에서 한 권을 새로 시작할 때 쓰는 말.

2) 가정(嘉靖): 중국 명나라 세종(世宗)때의 연호. 1522-1566.

3) 남만북적(南蠻北狄): 중국에서 주변 국가를 오랑캐로 여겨 일컫던 말. 만(蠻)은 남쪽 지방의 소수 민족을, 적(狄)은 북쪽 지방의 소수 민족을 뜻함.

4) 일야(日夜): 밤낮으로. 밤이나 낮이나.

5) 동번서달(東蕃西狚): 중국에서 주변 국가를 오랑캐로 여겨 일컫던 말. 번(蕃)은 오랑캐 나라를 말함. 달(狚)은 광서(廣西)지방에 살던 오랑캐 이름.

6) 사졸(士卒): 군사.

7) 찬역(篡逆): 임금의 자리를 빼앗으려고 반역함.

8) 창해국: 신선이 사는 섬을 창해(滄海 또는 蒼海)라 했던 데에서 붙인 나라 이름으로 볼 수 있음.

9) 일위(一位): 한 사람, 한 분. '위'는 사람을 세는 단위로 쓰였음.

10) 동지사(冬至使): 중국의 주변 국가에서 해마다 동짓달에 중국으로 보내던 사신.

접대한 후 도읍 옮길 일을 의논하니, 창해 사신(使臣)이 옥루(玉樓)[11] 상에 올라 국내 산천을 망기(望氣)[12]하고 복지(伏地)[13] 주왈(奏曰),

"남경(南京)은 본래 태조(太祖)[14] 황제 개국공신(開國功臣) 유기(劉基)[15]가 천문지리(天文地理)를 아는 고로, '남경은 만고(萬古) 제왕(帝王) 금성지지(金城之地)[16]라.' 하여 이 땅에 도읍하신 바요, 소신(小臣)은 본래 외국인이니, 상국(上國) 지세(地勢)를 보오니, 북두성(北斗星) 정기(精氣)가 남방(南方)에 하강하옵고 삼태성(三台星)[17] 기운이 황성(皇城)[18]에 비치었고, 자미원(紫微垣)[19] 대장성(大將星)[20]이 남방에 떨어졌사오니 미구

---

11) 옥루(玉樓): 여기서는 명나라 황제의 궁전에 있는 누각 가운데 하나를 말함.
12) 망기(望氣): 나타나 있는 기운을 보아서 일의 조짐을 알아냄.
13) 복지(伏地): 상대방을 공경하는 예를 다하기 위하여 바닥에 엎드림.
14) 태조(太祖): 명나라의 제1대 황제인 주원장(朱元璋). 연호는 홍무(洪武).
15) 유기(劉基): ?-1375. 자(字)는 백온(伯溫). 청전(靑田) 사람. 어려서부터 빼어나게 영특하였음. 원(元)나라 문종(文宗) 때에 벼슬을 시작하였으며 청렴한 것으로 이름이 높았음. 명(明) 태조(太祖)가 나라를 세우기 전 시무책(時務策)을 올린 이후 그의 참모가 되어 개국을 도움.
16) 금성지지(金城之地): 왕조를 대대로 이어갈 수 있는 굳은 요새로서의 도읍지를 말함. 금성은 쇠로 만든 성이라는 뜻으로, 굳고 단단한 성을 비유적으로 이르는 말.
17) 삼태성(三台星): 북두칠성 아래에 늘어선 세 별을 가리킴. 겨울과 봄에 북두칠성 바로 아래쪽에 우리 머리 바로 위에 떠 있는 별자리. 이 삼태성은 우리 조상들이 사람의 수명을 관장하는 별이라고 여겨 북두칠성과 함께 가장 중요하게 여겼음.
18) 황성(皇城): 황제가 있는 나라의 서울.
19) 자미원(紫微垣): 북쪽 하늘 북극성 주변에 보이는 별자리의 하나. 옛 사람은 북극성을 옥황상제라고 생각해서 그 주변을 임금이 사는 궁궐이라는 뜻으로 자미궁(紫微宮)이라 하였는데 그 자미궁의 담을 자미원이라 하였고 자미원에 있는 별은 궁궐을 지키는 장군과 신하라고 생각했음. 북극성 주변에는 이 자미원과 함께 하늘 세계의 조정이라고 여겨지던 태미원(太微垣), 일반 백성이 사는 하늘 나라의 도시라고 여겨지던 천시원(天市垣)이 있음. 이 셋을 삼원(三垣)이라고 불렀음.
20) 대장성(大將星): 가장 환하게 빛나는 별을 뜻함.

(未久)에 신기한 영웅이 날 것이니, 복원(伏願)[21] 황상(皇上)은 조그마한 도적을 피하여 이런 천부(天賦)[22] 금성지지를 어찌 버리오며, 또한 선황제(先皇帝) 만만세(萬萬歲) 황도지지(皇都之地)[23]를 일조(一朝)에 저버리리잇가?"

천자가 이 말씀을 들으시고 성심(聖心)[24]이 상쾌하사, 도읍 옮기실 의논을 그치시고 국정을 다스리시니, 시절(時節)이 풍등(豐登)하고 인심이 평안하더라.

차설(且說)[25]. 이때 조정에 한 신하가 있으니 성은 '유'요, 명은 '심'이니, 옛날 태조 황제 창업 공신 유기(劉基)의 십삼 대 손이라. 세대(世代) 명문거족(名門巨族)[26]의 후예로 공후거경(公侯巨卿)[27]이 떠나지 아니하더니, 유심에게 이르러 벼슬이 정언주부(正言主簿)[28]에 있는지라. 위인이 정직하고 기골(氣骨)이 활달하니, 일세(一世)에 칭송치 않을 이 없으되, 다만 슬하에 일점혈육(一點血肉)이 없으니 부부가 주야로 한탄하더니, 이후 선친 향사(享祀)[29]를 당하여 홀로 참사(參祀)[30]하니, 슬픈 마음이 유동(流動)하여 영연(靈筵)[31] 앞에 엎드려 일장(一場)을 통곡하고 부

---

21) 복원(伏願): 웃어른에게 엎드려 공손히 원함.
22) 천부(天賦): 하늘이 내려준.
23) 황도지지(皇都之地): 황제가 다스리는 나라의 수도인 곳.
24) 성심(聖心): 임금의 마음을 높여 이르는 말.
25) 차설(且說): 고소설에서, 화제를 돌려 다른 이야기를 꺼낼 때, 앞서 이야기하던 내용을 그만둔다는 뜻으로 다음 이야기의 첫머리에 쓰는 말.
26) 세대(世代) 명문거족(名門巨族): 여러 대에 걸쳐 문벌이 높은 집안.
27) 공후거경(公侯巨卿): 높은 지위와 벼슬.
28) 정언주부(正言主簿): 정언과 주부 모두 관직명. 정언은 간쟁(諫爭)을 맡은 관리. 주부는 기록과 문서를 맡은 관리. 원문에서는 '전언'과 '정언'이 나타나는데, 전언은 정언의 오자로 보아 '정언'으로 일치시킴.
29) 향사(享祀): 제사.
30) 참사(參祀): 제사에 참례함.
31) 영연(靈筵): 죽은 사람의 영위(靈位)를 모시어 놓은 자리와 그에 딸린 모든 것을

인을 향하여 탄식 왈,

"우리 동주(同住) 수십 년에 일개(一個)[32] 사속(嗣續)[33]이 없으니, 조선(祖先) 향화(香火)[34]를 누구에게 전하며, 우리 노년에 이르러 가사(家事)를 어디다 부탁하리오. 불효(不孝) 삼천(三千)에 무후(無後)가 위대(爲大)[35]하니, 도시(都是) 나의 전세(前世) 죄악으로 이러한가 하노라."

설파(說罷)에 양항루(兩行淚)[36]가 옷깃을 적시니, 부인 장씨 공의 슬퍼함을 보고 옥루(玉淚)[37]를 드리워 사죄 왈,

"상공(相公)[38]의 무후(無後)[39]하심은 모두 첩(妾)[40]의 죄라. 칠거지죄(七去之罪)[41]로 의논컨대, 벌써 출거(黜去)[42]를 당할 것이로되, 상공의 후덕(厚德)으로 출화(黜禍)[43]를 면하오나, 첩의 마음이 주야에 불안하고 면목(面目)이 참괴(慙愧)하여 대할 말씀이 없사오나, 근래 듣자온즉, 남악(南嶽) 형산(衡山)[44]이 신령의 신산(神山)이라 하오니 수고를 혜지[45]

차려 놓는 곳.
32) 일개(一個): 한 명, 한 사람. 여기서 '개'는 사람을 세는 단위로 쓰임.
33) 사속(嗣續): 아들.
34) 향화(香火): 향을 피운다는 뜻으로, 제사를 이르는 말.
35) 불효(不孝) 삼천(三千)에 무후(無後)가 위대(爲大): 불효의 죄 3천 가지 중에 후손을 두지 못한 것이 가장 큰 죄가 된다는 뜻.
36) 양항루(兩行淚): 두 줄기 눈물.
37) 옥루(玉淚): 구슬 같은 눈물. 눈물을 아름답게 표현한 말.
38) 상공(相公): 재상(宰相)을 높여 이르는 말.
39) 무후(無後): 대(代)를 이어갈 자손이 없음. 무사(無嗣).
40) 첩(妾): 여성이 자신을 낮추어 이르는 말.
41) 칠거지죄(七去之罪): 아내를 내쫓을 수 있는 이유가 되는 일곱 가지 허물.
42) 출거(黜去): 강제로 내쫓음.
43) 출화(黜禍): 내쫓김을 당하는 화.
44) 남악(南嶽) 형산(衡山): 중국의 오악(五嶽) 가운데 하나로 남쪽에 있는 산. 호남성(湖南省) 가운데에 있으며 사찰이 많음. 남악(南嶽), 남악산(南嶽山) 또는 형산(衡山).
45) 혜지: 생각지.

말고 도축(禱祝)46) 발원(發願)하와, 정성이나 들여 보사이다."

하니 공이 탄왈(歎曰),

"사람의 화복(禍福)은 하늘이 정하시고 팔자(八字)에 매인 바이니, 하늘이 주시지 아니한 자식을 기도한다고 얻으며, 발원한들 얻으리오. 정성을 들여 얻을진대 천하에 무자(無子)할 사람이 뉘 있으리오."

장부인이 또 가로되,

"사리(事理)로 의논하면 당연하오나 옛날 숙량흘(叔梁紇)47)이 이구산(尼丘山)에 발원하여 공부자(孔夫子)48)를 탄생하시고, 정(鄭)나라 정여후는 우성산에 지성하고 정자산(鄭子產)49)을 낳았으니 우리도 정성을 다하여 보사이다. 지성(至誠)이면 감천(感天)이오니 상공은 생각하소서."

공이 청파(聽罷)50)에 부인의 말을 옳게 여겨 그날부터 목욕재계(沐浴齋戒)하고 삼칠일(三七日)이 지난 후, 의관(衣冠)을 정제(整齊)하고 제물(祭物)을 준비하며 축문(祝文)을 손에 들고 부인과 더불어 남악산(南嶽山)51)을 찾아가니, 산세(山勢)는 웅장하고 봉만(峰巒)52)이 수려(秀麗)함은 일필난기(一筆難記)53)라. 청산(靑山)은 울울(鬱鬱)하여 괴석(怪石)을 둘러

4

---

46) 도축(禱祝): 소원이 이루어지기를 비는 일.

47) 숙량흘(叔梁紇): 공자(孔子)의 아버지. 성은 숙량(叔梁), 이름은 흘(紇).

48) 공부자(孔夫子): 공자(孔子). 중국 춘추시대(春秋時代) 노(魯)나라 사상가·학자. 이름은 구(丘). 자는 중니(仲尼).

49) 정자산(鄭子產): 중국 춘추시대(春秋時代) 정(鄭)나라 사람. 이름은 교(僑), 자는 자산(子產). 공손교(公孫僑) 또는 동리자산(東里子產)이라고도 함. 정나라 목공(穆公)의 손자. 당시의 정세는 진(晉)나라와 초(楚)나라가 패권을 다투고 있었으며 정나라는 약했는데, 자산이 이 두 나라 사이에 주선하여 평화를 유지하였음. 그의 도덕적인 정치는 공자(孔子)도 높이 평가하였음.

50) 청파(聽罷): 다 들은 뒤.

51) 남악산(南嶽山): 남악(南嶽). 중국의 오악(五嶽) 가운데 하나로 남쪽에 있는 산. 호남성(湖南省) 가운데에 있으며 사찰이 많음. 형산(衡山).

52) 봉만(峯巒): 꼭대기가 뾰족뾰족하게 솟은 산봉우리.

53) 일필난기(一筆難記): 한 붓으로 이루 적을 수 없다는 뜻으로, 간단히 기록하기

있고 소상강(瀟湘江)[54) 아침 안개는 동정호(洞庭湖)[55)로 돌아들고, 창오산(蒼梧山)[56) 저문 구름[57)은 무산(巫山)[58)으로 왕래하고, 만학천봉(萬壑千峰)에 창송녹죽(蒼松綠竹)이 울울창창(鬱鬱蒼蒼)한지라.

공의 부부가 수양(垂楊)가지를 더위잡고 육칠 리를 들어가니, 연봉화봉[59)이란 봉만(峰巒)[60)이 있거늘, 그 위에 올라 사면을 바라보니, 옛날 하우씨(夏禹氏)[61)가 구년지수(九年之水)[62)를 다스릴 때 층암절벽(層巖絶壁)을 타던 터요, 천제단(天祭壇)을 높이 모흐고[63), 백마(白馬)를 잡아 빌던 곳이라, 지금까지 완연(宛然)하더라. 후면(後面)을 돌아보니 광활한 암석 위에 세 낱 비석을 세웠거늘, 자세히 보니 비문(碑文)에 하였으되,

임금의 명을 받아 구년지수를 다스리고 억조창생(億兆蒼生)을 구한 공덕(功德)이 만만세(萬萬歲)에 불망(不忘)이라.

어려움을 이르는 말.

54) 소상강(瀟湘江): 중국의 소수(瀟水)와 상수(湘水). 상수는 호남성(湖南省)의 동정호(洞庭湖)로 빠지고, 소수는 그 지류임. 이 근처에는 경치가 매우 좋아서 소상팔경(瀟湘八景)이라는 이름이 있음.

55) 동정호(洞庭湖) : 중국 호남성(湖南省) 북부에 있는 중국에서 가장 큰 호수. 상수(湘水)와 원수(沅水) 등의 물을 받아 양자강(揚子江)으로 흘려보냄. 호숫가에 명승 악양루(岳陽樓)가 있으며 그 부근에는 소상팔경(瀟湘八景)이 있음.

56) 창오산(蒼梧山): 순(舜)임금이 붕어(崩御)한 곳.

57) 저문 구름: 저물녘 구름, 저녁 구름.

58) 무산(巫山): 중국 사천성(四川省) 동쪽에 있는 도시. 무산십이봉(巫山十二峯)이 솟아 있는데 기암과 절벽으로 이루어진 경치가 아름답기로 유명함.

59) 다른 본들에서는 '연봉화봉이란 봉만(峰巒)이 있거늘'이 '연화봉이 중계로다', '연화봉지 중계로다' 등으로 되었음.

60) 봉만(峯巒): 꼭대기가 뾰족뾰족하게 솟은 산봉우리.

61) 하우씨(夏禹氏) : 중국 하(夏)나라의 시조. 9년 홍수를 다스린 공으로 순(舜)임금에게 선위(禪位) 받아 중국을 통치함. 은(殷)나라의 탕왕(湯王)과 함께 성왕(聖王)으로 꼽힘.

62) 구년지수(九年之水): 9년에 걸친 홍수.

63) 모흐고: 쌓고. 쌓아 만들고.

하였고, 전면(前面)을 바라보니 남악산(南嶽山) 위부인(魏夫人)[64]이 선동(仙童)·옥녀(玉女)[65]를 데리고 도학(道學)하던 백천관이 어제 같이 분명한지라. 두루 돌아 구경한 후에 일층 단(壇)을 별도로 모화[66] 놓고, 노구[67]에 지은 밥을 정(淨)하게 담아놓고, 부인은 단하(壇下)에 재배(再拜)하고 주부(主簿)는 단상(壇上)에서 좌(坐)하여, 축문(祝文)을 손에 들고 청향(淸香) 일 주(株)를 피운 후에 성음(聲音)을 가다듬어 독축(讀祝)하니, 제문(祭文)에 갈왔으되,

유세차(維歲次)[68] 모년(某年) 모월(某月) 모일(某日)에 남경(南京) 동성문(東城門) 내에 거(居)하옵는 대명국(大明國) 정언주부 유심은 목욕재계하고 지성(至誠) 감소고우(敢昭告于)[69] 남악(南嶽) 형산(衡山) 영위(靈位)에 지성(至誠) 고축(告祝)[70]하옵나니, 오호(嗚呼)라! 유심이 대명 태조황제 개국공신 유기(劉基)의 십삼대손으로 부귀영화가 무량(無量)하나,[71] 행년(行年)[72]이 사십이 넘도록 혈속(血屬)이 없사오니, 사후(死後)에 조선 향화를 뉘게다 전하오며 지하에 돌아가 선조를 뵈오

6

---

64) 위부인(魏夫人): 이름은 화존(華存). 자는 현안(賢安). 어려서부터 도를 좋아하고 신선을 사모하는 뜻이 있어 일찍이 형산(衡山)에 거처하였다고 함. 앙천봉(仰天峰)과 백운담(白雲潭)은 그녀의 유적임.

65) 옥녀(玉女): 선녀.

66) 모화: 쌓아.

67) 노구: 노구솥. 아궁이에 붙박이로 고정하지 않고, 자유롭게 옮겨 쓸 수 있는 작은 솥.

68) 유세차(維歲次): 제문(祭文)의 첫머리에 관용적으로 쓰는 말. '이해의 차례는'이라는 뜻으로, 이 다음에 간지(干支)로 몇 년인지 밝혀짐.

69) 감소고우(敢昭告于): 감히 밝혀 아룀. 흔히 제문(祭文)이나 축문(祝文)에서 신에게 고(告)하기 전에 쓰는 말.

70) 고축(告祝): 천지신명(天地神明)에게 고(告)하여 빎.

71) 원문에는 '무량'만 있으나, 문맥상 이와 같이 넣음.

72) 행년(行年): 나이.

리잇고? 이러므로 미(微)한 정성을 다하여 산천 신령께 고하옵나니,
황천(皇天)[73]이 하감(下鑑)[74]하사 자식을 점지하여 주옵소서.

하였더라.

빌기를 마치매 단상(壇上)에 엎드려 가만히 엄읍(掩泣)[75]하니, 산천
(山川)도 감응(感應)하고 천지(天地)인들 무심(無心)하시리오. 빌기를 마
치매 단상에 오운(五雲)[76]이 일어나고 산중(山中)의 백령(百靈)[77]이 세
세히 흠향(歆饗)하니, 정성이 여차(如此)하매 귀자(貴子)를 어찌 득(得)치
못하리오.

부부 양인(兩人)이 이에 집에 돌아왔더니, 일일(一日)은 부인이 한 꿈
을 얻으니, 천상에서 오운(五雲)이 영롱한 중 일위(一位) 선관(仙官)[78]이
청룡(靑龍)을 타고 내려와 부인 앞에 앉으며 왈,

"소자(小子)는 천상(天上) 자미원 차지한[79] 호위선관(護衛仙官)이옵더
니, 익성(翼星)[80]이 나를 모함하여 백옥루(白玉樓)[81] 잔치에 익성과 대
전(對戰)한 고로, 상제(上帝)[82] 노(怒)하사 인간에 적강(謫降)[83]하시매, 갈

---

73) 황천(皇天): 크고 넓은 하늘.
74) 하감(下鑑): 아랫사람이 올린 글을 윗사람이 봄.
75) 엄읍(掩泣): 얼굴을 가리고 욺.
76) 오운(五雲): 오색구름.
77) 백령(百靈): 온갖 신령, 온갖 신을 말함.
78) 선관(仙官): 신선(神仙). 또는 신선 세계에서 벼슬살이를 하는 신선.
79) 차지한: 담당한, 다스리는.
80) 익성(翼星): 익수(翼宿). 남방칠수(南方七宿) 가운데 하나. 여기서는 황제를 위협
    하는 별을 상징함. 동양에서 별자리를 나누는 방법은 동서남북 네 방위에 각 7
    개의 별자리가 있어 이십팔수(二十八宿)라 함.
81) 백옥루(白玉樓): 하늘 위의(危疑) 누각.
82) 상제(上帝): 흔히 도가(道家)에서 하느님을 이르는 말. 옥황상제(玉皇上帝), 옥제
    (玉帝), 옥황(玉皇).
83) 적강(謫降): 인간 세상으로 귀양 보냄, 인간으로 태어나게 함.

곳이 없어 근심하옵더니, 남악(南嶽) 산신령이 부인께 지시하옵기로 왔
사오니 부인은 애휼(愛恤)하옵소서."
하고 타고 온 신령(神靈)[84]은 오운간(五雲間) 놓아 왈,
　"후일 풍운(風雲) 중에 다시 찾으리라."
하고 부인 품속에 들거늘, 놀라 깨달으니 일장춘몽(一場春夢)이라. 정신
이 쇄락(灑落)하여 주부를 청하여 몽사(夢事)를 말하니, 주부가 만심환
희(滿心歡喜)[85]함이 비할 데 없더라.
　과연 그 달부터 태기(胎氣) 있어 십 삭(朔)이 차매 일개(一個) 옥동(玉
童)을 생(生)하니, 방중(房中)에 향취 진동하고 문 밖에 서기(瑞氣) 몽몽
(濛濛)[86]하며 서채(瑞彩) 만실(滿室)한 중에, 일위(一位) 선녀가 내려와 부
인 앞에 백옥상(白玉床)을 놓고 그 위에 놓인 것을 부인께 드려 왈,
　"소녀는 옥제(玉帝)[87] 앞에 시림(侍臨)[88]하는 시녀이옵더니, 금일 옥
황(玉皇)[89]이 분부하시되, '자미원 대장성이 남경 유심의 집에 하강(下
降)하였으니, 바삐 내려가 산모(産母)를 구완[90]하고 유아를 잘 거두라.'
하시기로 왔사오니, 옥병(玉瓶) 향탕수(香湯水)[91]에 유아를 씻기시면 백
병(百病)이 소멸(消滅)하고, 유리대(琉璃臺)에 놓인 과실(果實)은 산모가
잡수시면 일생에 무병(無病)하실 것이요, 두 개는 두었다가 한 개는 이
후에 귀공자를 주옵고, 또 한 개는 일후(日後)에 줄 사람이 있사오니,

---

84) 신령(神靈): 위에서는 선관이 청룡(靑龍)을 타고 왔다고 하였음. 따라서 신령은
　　청룡의 잘못임.
85) 만심환희(滿心歡喜): 만족하여 아주 기뻐함.
86) 몽몽(濛濛): 비, 안개, 연기 따위가 자욱함.
87) 옥제(玉帝): 옥황상제(玉皇上帝).
88) 시림(侍臨): 웃어른을 가까이 모심.
89) 옥황(玉皇): 옥황상제(玉皇上帝).
90) 구완: 아픈 사람을 간호함.
91) 향탕수(香湯水): 향을 넣어 달인 물.

상제(上帝)께서 정하여 주신 과실이오니 후일 두고 쓰옵소서."

하고, 이에 아이를 거두어 옥병수(玉瓶水)에 목욕하여 금금(錦衾)[92]에 누이고 부인께 하직하고 오운(五雲) 중에 오르니, 반공(半空)에 서기(瑞氣) 영롱(玲瓏)하고 실중(室中)에 향취(香臭) 촉비(觸鼻)[93]하더라.

부인이 선녀를 보내고 그 과실 한 개를 먹으니, 심신이 평안하고 유도(乳道)[94]가 풍족하며 정신과 기운이 전보다 배(倍)나 더하더라. 이에 일변(一邊) 주부를 청하여 왈,

"차아(此兒)를 생한 후에 선녀가 내려와 향수로 씻기니이다."

주부가 부인의 말을 듣고 공중을 향하여 무수(無數)히 배례(拜禮)[95]하고 아이를 살펴보니, 웅장하고 기이하여 천정(天庭)이 광활(廣闊)[96]하고 지각(地角)이 방원(方圓)[97]하여 초생(初生)[98] 같은 두 눈썹은 강산(江山) 수기(秀氣)를 띠었고, 명월(明月) 같은 양안(兩眼)은 광채 찬란하고 흉중(胸中)에 천지조화(天地造化)를 품은 듯하고, 북두칠성(北斗七星) 밝은 별이 두 팔에 박혔으며, 삼태성(三台星) 정신성[99]은 등 위에 두렷하여 주홍(朱紅)을 찍은 듯[100]한지라. 주부가 대희과망(大喜過望)[101]하여 부인을

---

92) 금금(錦衾): 비단으로 겉을 한 이불.
93) 촉비(觸鼻): 냄새가 강하게 남.
94) 유도(乳道): 젖이 나는 분량. 또는 젖을 말함.
95) 배례(拜禮): 절하여 예를 표함.
96) 천정(天庭)이 광활(廣闊): 관상에서, 두 눈썹 사이 또는 이마가 넓음을 이르는 말.
97) 지각(地角)이 방원(方圓): 이목구비가 분명함. 지각은 얼굴 바탕. 방원은 모진 것과 둥근 것을 아울러 이르는 말.
98) 초생(初生): 초승달을 말함. 원문은 '초산'이나 이와 같이 봄.
99) 정신성: 미상. 삼태성의 일부로 볼 수 있음. '정신별'로 된 본도 있음. 여기에서는 등에 삼태성과 정신성이 새겨졌다고 하였으나, 아래에서는 '가슴에 대장성, 배 위에 삼태성'이라고 하거나, 삼태성만 언급되어 정신성은 다시는 언급되지 않음.
100) 주홍(朱紅)을 찍은 듯: 붉은 물감으로 찍은 것처럼 선명함을 뜻함.
101) 대희과망(大喜過望): 기대 이상임을 크게 기뻐함.

향하여 왈,

　"이 아이 상(相)을 보니 만인(萬人)을 능히 대적(對敵)하리니, 이는 만고의 영웅준걸(英雄俊傑)이라. 전일(前日)에 황상(皇上)이 도읍을 옮기고자 하사 창해국 사신 임경천에게 물으시니, 경천이의 말이, '북두성(北斗星) 정기 남방에 하강하옵고 자미원 대장성이 장안(長安)[102]에 떨어졌으니 미구(未久)에 영웅이 나리라.' 하더니, 이 아이 상모(相貌)가 기이하니 어찌 즐겁지 않으리오. 미구에 부귀공명이 일세(一世)에 빛나고 위엄이 사해(四海)에 진동할 제 뉘 아니 탄복하리오. 신령의 은덕은 사후(死後)에도 난망(難忘)이요, 백골이 된들 잊으리오."

하며 아이 이름을 '충렬'이라 하고 자를 '승학'이라 하다.

　세월이 여류(如流)하여 칠 세에 이르니, 골격이 준수(俊秀)하고 총명이 과인(過人)[103]하더라. 문장필법은 사마천(司馬遷)[104]·왕우군(王右軍)[105]을 묘시(藐視)[106]하고, 지략과 영용(英勇)은 손오(孫吳)[107]와 방불(彷佛)하며, 천문지리(天文地理)와 육도삼략(六韜三略)[108]을 흉중(胸中)에 장(藏)하고,

10

---

102) 장안(長安): 도읍지.

103) 과인(過人): 보통 사람보다 뛰어남.

104) 사마천(司馬遷): 중국 전한(前漢)의 역사가로 『사기(史記)』의 저자. 자(字)는 자장(子長). 아버지 사마담(司馬談)의 유지를 받들어 『사기』를 완성하였음.

105) 왕우군(王右軍): 왕희지(王羲之). 중국 동진(東晉)의 서예가. 자 일소(逸少). 우군장군(右軍將軍)의 벼슬을 하였으므로 세상 사람들이 왕우군이라고도 불렀음.

106) 묘시(藐視): 업신여겨 깔봄. 능력이 그보다 뛰어남을 말함.

107) 손오(孫吳): 춘추·전국시대의 병법서 『손자』와 『오자』를 저술한 손자와 오자 두 사람을 한 번에 일컫는 말. 손자는 손무(孫武)라고 하나 그의 후손 손빈(孫臏)이라는 설도 있음. 오자는 오기(吳起). 손무는 제(齊)나라 사람으로 오(吳)나라의 왕 합려(闔閭)를 섬겨 패자(覇者)가 되게 하였음. 오기는 위(衛)나라 사람으로 노(魯)나라를 섬기다, 위(魏)나라의 장군이 되었으며, 마지막으로는 초(楚)나라 도왕(悼王)의 재상이 되어 나라를 강대하게 만들었으나 도왕이 죽은 뒤 대신들에게 피살되었음.

108) 육도삼략(六韜三略): 중국의 병서(兵書) 『육도』와 『삼략』을 아울러 이르는 말. 육도의 도(韜)는 화살을 넣는 주머니, 싸는 것, 수장(收藏)하는 것을 말하며, 변

궁마지재(弓馬之才)[109]에 정숙(精熟)치 않음이 없더라.

슬프다! 시운(時運)이 불행하여 조물(造物)이 다시(多猜)[110]하여 유주부의 세대(世代)[111] 부귀로 이런 영자(英子)[112]를 두었으니 흥진비래(興盡悲來)의 재앙[113]이 어찌 없으리오.

차시(此時) 조정에 두 간신(奸臣)이 있으니, 하나는 도총대장(都總大將) 정한담이요, 또 하나는 병부상서(兵部尙書) 최일대라. 다 천상(天上) 익성(翼星)[114]으로, 자미원 대장성과 백옥루 잔치에서 대전(對戰)한 고로, 상제(上帝) 노하사 인간에 적강(謫降)하여 대명국 황제의 신하가 되었는지라. 본시 천상(天上) 사람으로 지략(智略)이 유여(裕餘)하고 술법(術法)이 비상(非常)하며 만부부당지용(萬夫不當之勇)[115]이 있고, 벼슬이 일품(一品)에 거(居)하니 강악(强惡)이 무상(無狀)[116]하여 만민의 생살지권(生殺之權)을 가졌으니, 위엄이 천하에 진동하고, 일국 대권(大權)을 손 가운데 넣었으니, 초회왕(楚懷王)의 항적(項籍)[117]이요, 당명황(唐明皇)의

하여 깊이 감추고 나타내지 않는 뜻에서 병법의 비결을 의미. 삼략의 략(略)은 기략(機略)을 뜻함.

109) 궁마지재(弓馬之才): 활 쏘고 말 타는 재주.

110) 조물(造物)이 다시(多猜): 조물주가 만든 모든 사물이 시기를 많이 함.

111) 세대(世代): 대대(代代)로 이어진, 여러 대에 걸친.

112) 영자(英子): 뛰어난 아들.

113) 흥진비래(興盡悲來)의 재앙: 즐거운 일이 다하면 슬픈 일이 닥쳐온다는 세상일의 순환 이치와 같이 좋은 일이 지극하였기에 닥치게 된 재앙.

114) 익성(翼星): 황제를 위협하는 별을 상징함. 위의 주 참조.

115) 만부부당지용(萬夫不當之勇): 만 명이나 되는 많은 장부(丈夫)의 힘으로도 능히 당할 수 없는 한 사람의 용맹.

116) 무상(無狀): 아무렇게나 행동함. 몹쓸 행동을 함.

117) 초회왕(楚懷王)의 항적(項籍): 초회왕은 전국시대(戰國時代) 초(楚)나라 왕실의 후손으로 이름은 심(心). 항적은 항우(項羽). 중국 진(秦)나라 말기에 유방(劉邦)과 천하를 놓고 다툰 무장. 이름은 적(籍), 자는 우(羽). 항우는 기병(起兵)한 후 스스로 서초패왕(西楚覇王)이라 하고, 회왕을 옹립하였음. 이후 회왕을 의제(義帝)로 높였으나 곧바로 살해하였음. 같은 이름의 초회왕으로는 굴원(屈原)을 유

녹산(祿山)118)이라. 평생 마음이 천위(天位)를 찬탈(簒奪)코자 하되, 다만 정언주부 유심의 강직함과 퇴재상(退宰相) 강희주를 꺼려 자저(趑趄)119)한 지 오랜지라.

이때 영종 황제120) 즉위하신 지 삼십여 년이라. 그 해에 각국 사신들이 경사(京師)121)에 들어와 조공(朝貢)하되, 토번(吐蕃)122)과 가달(可狙)123)이 강포(强暴)함을 믿고 천조(天朝)124)를 능멸하여 사신과 예단(禮緞)이 없거늘, 정한담·최일대 양인(兩人)이 이때를 타 주왈(奏曰),

"폐하 즉위하신 후로부터 덕화(德化)가 만방(萬邦)에 덮이고 위엄이 사해에 진동하와 사방 번국(蕃國)125)이 진복(震服)126)하오되, 오직 토번·가달이 강포를 믿고 천조를 항거하오니, 신등(臣等)이 비록 재주 없사오나 일려지사(一旅之士)127)를 주시면 나아가 남적(南賊)을 항복 받아 대국 위엄을 빛내고 폐하의 근심을 덜고자 하옵나니, 원(願) 폐하는 상찰

　　배 보낸 전국시대 초회왕이 있음.
118) 당명황(唐明皇)의 녹산(祿山): 당(唐)나라의 제 6대 현종(玄宗)을 말함. 즉위 후 개원(開元)·천보(天寶) 시대 수십 년의 태평시대를 이끌었으나 노년에 이르러 양귀비(楊貴妃)에게 빠진 뒤 안록산의 반란을 겪은 뒤 세력이 꺾여 양위하였음. 안록산(安祿山)은 현종때의 절도사로 반란을 일으켜 스스로 황제라 칭하였으나 측근에게 독살 당하였음. 현종에게 총애 받을 때 그의 애첩 양귀비의 양자가 되기도 하였음.
119) 자저(趑趄): 주저함.
120) 영종 황제: 미상. 중국 명나라 때의 영종은 재위기간이 1457년부터 1464년까지인 영종(英宗)뿐임. 그렇다면 서두에서 가정(嘉靖) 연간(年間)이라 하여 16세기로 시기를 설정한 것과는 어긋남.
121) 경사(京師): 수도 곧, 황성(皇城).
122) 토번(吐蕃): 중국의 입장에서 주변 국가를 오랑캐로 일컬어 부르던 말.
123) 가달(可狙): 오랑캐 나라의 하나. 또는 가달(可撻).
124) 천조(天朝): 천자국의 조정. 곧, 명나라 조정을 말함.
125) 번국(蕃國): 오랑캐 나라.
126) 진복(震服): 두려워 떨면서 복종함.
127) 일려지사(一旅之士): 한 무리의 군사. '려'는 군대의 단위로, 중국 주(周)나라 때 일려의 인원은 500명.

지(詳察之)[128]하소서.”

　상(上)이 남적의 강성함을 근심하시다가 이인(二人)의 말씀을 들으시고 대희(大喜)하사 왈,

　“경등(卿等)이 가히 국가의 동량(棟梁)이라.”

하시고 기병(起兵)함을 허(許)하시니, 차시 주부 유심이 반열(班列)[129]에 있다가 이 말 듣고 대경(大驚)하여 탑전(榻前)[130]에 나아가 복지(伏地) 주왈(奏曰),

　“이제 폐하가 남적을 치고자 하시나이까?”

　상이 가라사대,

　“정한담 등이 여차여차(如此如此)하기로, 문죄(問罪)[131]코자 하노라.”

　주부가 주왈,

　“폐하가 어찌 이렇듯 소루(疏漏)히 허(許)하시니잇가? 당금(當今)에 왕실이 미약하고 번국(蕃國)[132]이 강성하오니 만일 기병(起兵)·문죄(問罪)하시면, 이는 비컨대 자는 범을 놀램이요 들에 있는 토끼를 놓침이니, 한낱 새알이 천근지중(千斤之重)을 견디오며 개미 무리가 초패왕(楚覇王)[133]을 당하리잇가? 애매한 인명(人命)만 상(傷)하오리니, 복원(伏願) 폐하 숙찰지(熟察之)[134]하사 기병(起兵)치 마소서.”

　상이 들으시고 불쾌하사 유예(猶豫)하시며 침음(沈吟)[135]하시거늘, 정한담이 우(又) 주왈(奏曰),

---

128) 상찰지(詳察之): 자세히 살핌.
129) 반열(班列): 문무 관료가 임금 앞에 동서(東西)로 벌여 선 줄.
130) 탑전(榻前): 왕의 자리 앞.
131) 문죄(問罪): 죄를 캐내어 물음. 문죄할 대상은 남적임.
132) 번국(蕃國): 오랑캐 나라.
133) 초패왕(楚覇王): 항우(項羽)를 말함. 위의 주 참조.
134) 숙찰지(熟察之): 자세히 살핌.
135) 침음(沈吟): 속으로 깊이 생각함.

"유심의 말씀이 나라를 그르치는 간신(奸臣)이오니 죄당주륙(罪當誅戮)[136]이로소이다. 대국을 적게 여기옵고 소국을 칭대(稱大)[137]하오며, 대국을 개미에 비하고 폐하를 한낱 새알로 비하오니, 이는 임금을 적게 여기는 역신(逆臣)이요, 가달과 동심(同心)하여 내응(內應)이 되옴이니, 유심을 참(斬)[138]하옵고 가달을 정벌(征伐)하소서."

상이 연기언(然其言)[139]하사 윤허(允許)하시되, 이때 한림학사(翰林學士)[140] 왕공렬이 유심을 죽이려 함을 보고 바삐 계(階)에서 내려 복지주왈,

"주부 유심은 개국공신(開國功臣) 유기(劉基)의 십삼세손(十三世孫)이라. 위인(爲人)이 강직(剛直)하고 충의(忠義) 있사와 시무(時務)에 충언(忠言)으로 남적을 치지 마심을 주(奏)함이 당연하옵거늘, 직언(直言)을 죄라 하사 충신을 살육(殺戮)하시면, 고황제(古皇帝) 배향(配享) 공신(功臣)[141]을 춘추대제(春秋大祭)[142]에 대하심이 난연(赧然)[143]하실 것이요, 충간지신(忠諫之臣)이 없사올 것이니, 복원(伏願) 성상은 살피사 유심을 사(赦)하옵소서."

13

---

136) 죄당주륙(罪當誅戮): 지은 죄가 죽임의 형벌에 마땅함.
137) 칭대(稱大): 크다고 함.
138) 참(斬): 목을 베어 죽임. 참형(斬刑).
139) 연기언(然其言): 그 말을 그럴듯하게 여김. 옳다고 여김.
140) 한림학사(翰林學士): 한림원(翰林院)에 속하여 조서(詔書)의 기초를 맡아보는 벼슬.
141) 고황제(古皇帝) 배향(配享) 공신(功臣): 이전 임금들의 신주를 모신 종묘(宗廟)에 배향한 공신. 임금이 죽으면 종묘에 신주를 모시고 선왕(先王)들과 합사(合祀)하였는데, 이때 그 임금의 생전에 특히 공로가 많은 신하가 임금보다 뒤에 죽으면 선왕의 묘정(廟庭)에 신주를 모셨음. 여기서 말하는 고황제 배향 공신은 유심의 조상인 유기를 말함. 원문에는 '춘추대제에' 다음에 '공신을' 석 자가 더 들어가 있으나, 잘못으로 봄.
142) 춘추대제(春秋大祭): 봄과 가을에 지내는 큰 제사.
143) 난연(赧然): 얼굴을 붉히며 무안해 함. 부끄러워 함.

상이 청필(聽畢)에 정한담을 돌아보시니, 한담이 주왈,

"유심의 죄상(罪狀)은 만사무석(萬死無惜)[144]이오나, 창업공신(創業功臣)의 후예(後裔)이오니, 죄를 감(減)하사 극변원찬(極邊遠竄)[145]하심이 가할까 하나이다."

천자가 옳이 여기사, 연경(燕京)[146] 황성문(皇城門) 밖에 찬배(竄配)하라 하시니, 한담이 승명(承命)하고, 승상부(丞相府)[147]에 높이 앉아 유심을 잡아들여 무수히 수죄(數罪)[148] 왈,

"네 죄를 의논할진대 머리를 베어 국법을 정(正)히 할 것이로되, 성상이 공신의 후예임을 하념(下念)[149]하사 관전(寬典)을 드리워 목숨을 살려주시니, 차후는 생심(生心)[150]도 그런 불충지언(不忠之言)을 다시 구두(口頭)에 올리지 말고 바삐 적소(謫所)로 행할지어다. 만일 다시 국사(國事)를 아는 체하여 망령된 말을 할진대, 목숨을 보전치 못하리라."

주부가 이 말을 듣고 흉격(胸膈)[151]이 막히고 분심(憤心)이 대발(大發)하여 양구(良久)[152] 후 가로되,

"내 무슨 죄로 원지(遠地) 정배(定配)를 하나뇨? 옛날 왕망(王莽)[153]이

---

144) 만사무석(萬死無惜): 지은 죄가 너무 커 만 번 죽어도 아까울 것이 없음. 죄가 크다는 말.
145) 극변원찬(極邊遠竄): 중심이 되는 곳에서 아주 멀리 떨어져 있는 변경으로 귀양을 보냄.
146) 연경(燕京): 지금의 북경(北京). 주대(周代) 초 연(燕)나라의 도읍이었던 이래 역대 중국의 도읍지였음. 금(金)나라 때에는 연경(燕京)이라 불렸음.
147) 승상부(丞相府): 승상의 집무처.
148) 수죄(數罪): 죄인을 잡아 놓고 그가 지은 죄를 조목조목 따져 열거하는 일.
149) 하념(下念): 윗사람이 아랫사람을 염려하여 줌.
150) 생심(生心): 어떤 일을 하려고 마음을 먹음.
151) 흉격(胸膈): 가슴 속.
152) 양구(良久): 한참 후, 오래 생각한 뒤.
153) 왕망(王莽): 전한(前漢) 말기의 정치가. 자는 거군(巨君). 갖가지 권모술수를 써 전한의 황제권력을 빼앗고 신(新)왕조를 건국하였으나 15년 만에 부하의 손에

섭정(攝政)하니 한실(漢室)이 위태하고, 동탁(董卓)[154]이 작란(作亂)하니
충신이 다 죽은지라. 내 죽거든 눈을 빼어 동문(東門)에 높이 달아두면,
적장(敵將)의 칼끝에 떨어짐[155]을 완연히 보게 하라. 지하에 돌아가도
오자서(伍子胥)[156]의 충신(忠信)을 부끄럽게 말지어다.”

한담이 청필(聽畢)에 노기충천(怒氣衝天)하여 발을 구르며 이르되,

“어명(御命)이 지중(至重)하니 무슨 잡언(雜言)을 하난다?”

하고, 궐내로 들어가며 나졸(邏卒)[157]을 재촉하여 유심을 바삐 영거(領
去)[158]하여 적소로 가라 함을 성화(星火)같이 하니, 유심이 하릴없어 적
소로 향코자 하여 집으로 돌아오니, 일가(一家)가 망극(罔極)[159]하여 곡
성(哭聲)이 진동하더라.[160]

주부가 충렬의 손을 잡고 부인을 향하여 왈,

“우리 부부가 중년에 이르되 일개 자녀가 없다가 황천(皇天)이 어여

죽고 왕조도 멸망하였음.

154) 동탁(董卓): 중국 후한(後漢) 말기의 무장(武將). 189년 외척 하진(何進)이 환관
을 토멸하고자 할 때 이에 호응하여 헌제(獻帝)를 옹립하고 정권을 잡았음. 그
후 횡포가 심하여 여포(呂布)에게 살해되었음. 동탁의 사후 혼란이 거듭되어 조
조(曹操)가 중국 천하를 제패하는 계기가 되었음.

155) 적장(敵將)의 칼끝에 떨어짐: 적장의 칼끝에 떨어지는 것은 정한담의 목임. ‘내
죽거든 눈을 빼어 동문(東門)에 높이 달아두면’부터 ‘보게 하라’까지는 자신의
충심을 강조하면서 자신이 죽어서도 간신 정한담이 죽는 모습을 보겠고 다
짐하는 말임.

156) 오자서(伍子胥) : 춘추시대 초(楚)나라 사람으로 오(吳)나라의 재상이 되어 오
나라 왕을 도왔음. 오나라 왕에게 월(越)나라 왕을 경계하지 않는 것을 간하였
으나 오나라 왕은 끝내 듣지 않고 결국 오자서(伍子胥)에게 촉루검(屬鏤劍)을
주어 자결하게 하였음. 오자서는 죽으면서 자기의 눈을 장대에 매어 두어 오
(吳)나라가 월(越)나라에게 망하는 것을 보게 해달라고 하였음.

157) 나졸(邏卒): 포도청의 하급 병졸. 관할 구역의 순찰 책임과 죄인을 잡아들이는
일을 맡음.

158) 영거(領去): 함께 데리고 감.

159) 망극(罔極): 슬프기 그지없음.

160) 원문은 ‘진ᄒ더라’이나, 문맥상 이와 같이 봄.

삐 여기사 아자(兒子)를 얻었으니, 봉황(鳳凰)의 짝을 얻어 부귀영화(富貴榮華)로 재미를 보려 하였더니, 가운(家運)이 불행하여 간신의 참소(讒訴)를 입어 수만리(數萬里)를 떠나니, 생사(生死)를 미가분(未可分)[161]이라. 어느 날 다시 보리오. 나 같은 인생을 생각지 말고 아자를 잘 길러 조선 향화를 받들어 끊지 아니하면 황천(黃泉)[162]에 돌아가도 여한(餘恨)이 없을까 하노라.”

하고, 이에 아자의 손을 잡고 누수(淚水)가 종횡(縱橫)하여 왈,

“네 아비는 간신의 모해(謀害)를 입어 만리타향에 외로이 행하나, 나의 몸은 조금도 염려 없으니 아비는 일절(一切) 생각지 말고 너의 모친을 시봉(侍奉)[163]하여 공부를 착실히 하여 이후에 부자가 상봉하기를 바라노라.”

하고, 이에 차던 장도(粧刀)[164]를 끌러 충렬을 채우고 왈,

“일후(日後)에 상봉할 때에 부자 신표(信標)가 없지 못하리니, 잘 간수하라.”

하고, 이에 부인과 아자를 이별하고 행리(行李)[165]를 수습하여 문 밖으로 나가니, 슬픔이 가득하여 천지 아득하고 눈물이 앞을 가리니 장부(丈夫)의 간장(肝腸)이 절절(切切)키를 면치 못할지라.

이에 동성문을 나가 연경을 바라고[166] 나아갈새, 영거(領去)하는 차관(差官)[167]을 따라 행한 지 수월(數月) 만에 청송령을 너머 옥화관에 다다르니, 이때는 추팔월(秋八月)[168] 망간(望間)이라. 한풍(寒風)이 소슬

---

161) 생사(生死)를 미가분(未可分): 살지 죽을지 분명히 알 수 없음.
162) 황천(黃泉): 저승. 하늘이라는 뜻의 황천(皇天)과는 구별됨.
163) 시봉(侍奉): 부모 등 웃어른을 모시어 받듦.
164) 장도(粧刀): 주머니 속에 넣거나 옷고름에 늘 차고 다니는 칼집이 있는 작은 칼.
165) 행리(行李): 여행할 때 쓰는 물건과 차림. 행장(行裝).
166) 바라고: 바라보고, 향하고.
167) 차관(差官): 임금이 특별한 임무를 맡겨 임시로 지방으로 파견하는 관원.

하고 낙엽이 소소(蕭蕭)한데, 언덕에 빛나는 황국(黃菊)은 구회(舊懷)[169] 수심(愁心)을 띠어 있고, 벽공(碧空)에 걸린 달은 교교(皎皎)[170]히 밝았더라. 객창한등(客窓寒燈)[171] 깊은 밤에 일병잔촉(一柄殘燭)[172]으로 벗을 삼아 객침(客枕)을 베고 누웠으니, 장부 웅[173]이 날로 초창(悄愴)[174]함을 이기지 못하여 종야(終夜)토록 접목(接目)[175]치 못하고 처자의 고고(孤苦)함을 생각하여 심회 녹는 듯하거늘, 이러구러[176] 동방이 밝거늘 인하여 일어나 소세(梳洗)를 맞고 차관(差官)을 따라 길을 날새, 여러 날 행하여 소상강(瀟湘江)을 건너 멱라수(汨羅水)[177]를 다다르니, 이 땅은 초(楚)나라 만고충신(萬古忠臣) 굴삼려(屈三閭)[178]가 간신의 모해(謀害)를 입어 택반(澤畔)[179]에 행음(行吟)[180]하다가 분심(憤心)을 이기지 못하여 어복(魚腹)에 장(葬)[181]하니, 옛 사람의 높은 뜻을 후인이 감동하여, 충신묘(忠臣墓)를 세우고 현판(懸板)을 높이 달아 굴삼려의 충절(忠節)을

17

---

168) 추팔월(秋八月): 음력 8월. 음력 7, 8, 9월은 가을에 해당함.

169) 구회(舊懷): 지난날을 생각하고 그리는 마음.

170) 교교(皎皎): 달빛이 맑고 밝음.

171) 객창한등(客窓寒燈): 객지에서 묵고 있는 방의 창에 비치는 쓸쓸한 불빛.

172) 일병잔촉(一柄殘燭): 희미한 등불 하나.

173) 웅: 웅지(雄志)·웅심(雄心)의 잘못으로 볼 수 있음.

174) 초창(悄愴): 마음이 근심스럽고 슬픔.

175) 접목(接目): 눈을 붙임. 잠을 잠.

176) 이러구러: 이럭저럭 시간이 흐르는 모양.

177) 멱라수(汨羅水): 굴원(屈原)이 빠져 죽은 강.

178) 굴삼려(屈三閭): 굴원(屈原). 전국시대(戰國時代) 초(楚)나라 사람으로 이름은 평(平) 또는 정칙(正則), 자는 원(原) 또는 영균(靈均). 초회왕(楚懷王) 때에 좌사(左徒)·삼려대부(三閭大夫)를 지내다가 모함을 받아 유배되어 이소(離騷)를 지었으며, 경양왕(頃襄王) 때에 다시 참소를 받아 강남으로 유배되어 초나라의 정치가 부패하여 구원할 길이 없으매, 멱라수에 빠져 죽었음. 삼려는 벼슬 이름. 임금에게 버림 받은 처지의 대명사로 자주 쓰임.

179) 택반(澤畔): 못가.

180) 행음(行吟): 거닐면서 글을 읊음. 또는 귀양살이를 하면서 글을 읊음.

181) 어복(魚腹)에 장(葬): 물고기 배에 장사 지낸다는 뜻으로 물에 빠져 죽음을 뜻함.

기록하였거늘, 주부가 그 글을 보고 충심(忠心)이 대발(大發)하여, 행리(行李)를 내려놓고 필묵(筆墨)을 내어 동벽상(東壁上)에 대자(大字)로 쓰되,

대명국 정언주부 유심은 간신 정한담과 최일대의 참소를 입어 연경으로 적거(謫居)[182]하여 가는 길에 이 땅에 이르러 우연히 보니, 삼려공(三閭公)[183]의 충렬(忠烈)이 만고(萬古)로 유전(流傳)키로, 옛일을 감창(感愴)[184]하와 소생(小生)의 성명을 기록하고, 공의 충렬(忠烈)을 따라 강수(江水)에 빠져 지하에 돌아가 모시고자 하나이다.

쓰기를 마치매 비회(悲懷)를 정(靜)[185]치 못하여 사면을 돌아보니, 옛 사람의 전장고적(戰場古蹟)[186]이 지금까지 분명하고, 오산(吳山)은 첩첩(疊疊)이요 초수(楚水)는 만곡(萬曲)[187]이라. 물가로 내려와 강수를 바라고 일장(一場)을 통곡하고 소매를 들어 앞을 가리고 만경창파(萬頃蒼波)를 향해 뛰어드니, 영거(領去)하는 차관(差官)이 주부의 급함을 보고 연망(連忙)[188]히 달려들어 손을 잡고 만류하여 왈,

"상공(相公)의 충성은 소관(小官)[189]도 알거니와, 원지(遠地)에 적거함

---

182) 적거(謫居): 귀양살이.
183) 삼려공(三閭公): 굴삼려(屈三閭) 곧, 굴원(屈原)을 가리킴.
184) 감창(感愴): 마음이 움직임. 감동함.
185) 정(靜): 가라앉힘. 진정(鎭靜).
186) 전장고적(戰場古蹟): 전쟁터의 고적. 멱라수 일대는 전국시절(戰國時節)에 군웅(群雄)들이 천하를 다투던 전쟁터였음.
187) 오산(吳山)은 첩첩(疊疊) 초수(楚水)는 만곡(萬曲): 산은 여러 겹으로 겹쳐 있으며, 물은 여러 굽이가 져 있음. 주변에 보이는 산과 강의 경치를 말함. 오(吳)나라와 초(楚)나라는 서로 연접해 있어 오두초미(吳頭楚尾)라는 말도 있음.
188) 연망(連忙): 놀라거나 당황하여 분주하고 바쁨.
189) 소관(小官): 벼슬아치가 자기보다 신분이 높은 사람에게 자기를 낮추어 이르는 말.

이 비록 원통하나, 천명(天命)190)을 받아 적소 가시다가 이곳에서 성명(性命)191)을 버리시면, 상공의 용우(庸愚)192)함을 조정이 웃으실 것이요, 소관에게도 근신(謹愼)치 못한 죄를 입을 것이오니, 원컨대 상공은 비회를 진정하시고 망령된 거조(擧措)193)를 마소서.”

하며 천만위로(千萬慰勞)하여 백사장으로 인도하니, 유주부가 하릴없어 차관을 따라 회사정(懷沙亭)194)을 지나 황하수(黃河水)에 다다르니, 서호(西湖)195) 십경(十景)이 이곳이라. 송(宋)나라 망국시(亡國時)에 일품(一品) 대신들이 국사(國事)를 돌아보지 아니하고 풍악(風樂)으로 일을 삼아 매일장취(每日長醉)하는 고로 서호(西湖)의 고운 태도 서시(西施)196)에 비하였으니, 어찌 아니 망극(罔極)197)하리오.

이곳을 지나 여러 달 만에 연경에 이르러 유주자사(幽州刺史)198)에게 공문(公文)을 부치니, 자사가 즉시 유주부를 불러 보고 군졸을 명하여 여염집을 잡아 아주 유(留)하게 하니, 주부가 객방(客房)에 들어가니 이 때는 엄동(嚴冬)이라. 연경이 극히 한랭한 땅이니, 객실에 냉풍이 소슬하고 밖에는 백설이 분분하여 남경지인(南京之人)199)이 견디기 어려우니, 유심의 고초(苦楚)를 이루 칭량(稱量)치 못할러라.

19

---

190) 천명(天命): 여기서는 임금의 명령을 뜻함.
191) 성명(性命): 목숨.
192) 용우(庸愚): 용렬하고 어리석음.
193) 거조(擧措): 행동.
194) 회사정(懷沙亭): 굴원(屈原)을 추모하여 지은 정자를 말함. 굴원이 조국의 장래를 근심하고 회왕(懷王)을 사모하여 회사부(懷沙賦)를 지은 데서 붙은 이름임.
195) 서호(西湖): 중국 절강성(浙江省) 항주(杭州)에 있는 호수 이름. 경치가 뛰어남.
196) 서시(西施): 춘추시대 월(越)나라의 미인. 오(吳)나라 왕 부차(夫差)의 애비(愛妃)가 됨.
197) 망극(罔極): 슬프기 그지없음. 또는 민망하기 그지없음.
198) 유주자사(幽州刺史): 유주의 지방관. 유주는 연경의 한 주로 지금의 북경시(北京市), 하북성(河北省) 북부 등에 해당됨.
199) 남경지인(南京之人): 남경에서 온 사람 곧, 따뜻한 기후에 적응이 된 사람.

차설(且說). 정한담과 최일대가 주부 유심을 참소하여 연경에 내치고 마음에 흔연(欣然)하여, 별당에 들어가 옥관도사에게 천자를 도모(圖謀)할 계책을 물으니, 도사(道士)가 문밖에 나와 천기(天氣)를 살펴보니 가히 두려울 것이 있는지라, 들어와 이르되,

"그 사이 밤마다 망기(望氣)하니, 성중(城中)에 영웅이 있으니 일로 두려워하노라."

정한담이 대경(大驚) 왈,

"선생이 어찌 아시나뇨?"

도사 왈,

"삼태성(三台星)이 황성(皇城)에 비치었으되, 그 중에 유심의 집에 응(應)하였으니, 유심이 비록 연경에 적거하였으나 신기한 영웅이 황성에 났으니, 그대의 도모하는 일이 도모키 어려울까 하노라."

한담이 이 말을 듣고 외당(外堂)에 나와 일대를 보고 도사의 말을 이르니, 일대가 대경 왈,

"도사의 신기함이 천하에 유명커늘, 기이한 영웅이 황성에 있다 하니 실로 마음에 놀랍도다."

한담이 말하되,[200]

"유심이 연만(年晩)하도록 자식이 없으매, 연전(年前)에 남악(南嶽) 형산(衡山)에 치성(致誠)하고 기자(奇子)[201]를 낳았다 하더니, 도사의 말이 이 아이를 응(應)함인가 하노라."

일대 왈,

"그러하면 유심의 집을 함몰(陷沒)[202]하여 후환을 없이함이 옳을까

---

200) 원문에는 '혜오되'이나, 이어지는 최일대의 말로 볼 때 대화로 보아야 함.
201) 기자(奇子): 재주와 슬기가 남달리 뛰어난 아이.
202) 함몰(陷沒): 아주 없애버림.

하노라.”

한담이 그 말을 그렇게 여겨,

“밤들기를 기다려 가만히 승상부(丞相府)에 나아가 나졸(邏卒) 십여 명을 초솔(招率)203)하여 유심의 집을 둘러싸고 화약 염초(焰硝)204)를 가지고 그 집 사방에 묻어놓고 화승(火繩)205)에 불을 당기어 일시에 지르면 그 안에 있는 사람이 아무리 영웅인들 어찌 함몰함을 면하리오.” 하고 약속을 정하여 야심(夜深)하기를 기다려 행사하려 하더라.

차시(此時) 장부인이 주부를 이별하고 아자만 데리고 수심으로 일월(日月)을 보내더니, 이날 밤 초경(初更)206)에 홀연 몸이 곤하여 침석(寢席)207)에 누웠더니, 비몽사몽간(非夢似夢間) 남쪽에서 일위(一位) 노옹이 들어와 홍선(紅扇)을 주며 왈,

“이 밤 삼경(三更)에 대환(大患)이 당두할 것이니, 이 부채를 가져다가 화광(火光)이 일어나거든 이 부채로 부치면서 후원(後園) 장원(牆垣)208) 밑에 은신하였다가, 충렬을 데리고 인적이 끊어진 후 남방을 향하여 급급히 피하라. 만일 그렇지 않으면 대화(大禍)를 면치 못하리라.” 하고 언흘(言訖)209)에 간데없거늘, 놀라 깨니 침상일몽(枕上一夢)이요, 충렬은 곁에 누워 잠이 깊이 들었고, 침변(枕邊)에 난데없는 홍선 일 병(柄)이 놓였거늘, 마음에 신기히 여기고 또한 놀라 선자(扇子)를 집어 들고 아자를 급히 깨워 앉히고 심신이 경황(驚惶)하더니, 삼경(三更) 때에

---

203) 초솔(招率): 일에 소용될 사람을 뽑아 거느림.
204) 염초(焰硝): 화약.
205) 화승(火繩): 불을 붙게 하는 데 쓰는 노끈.
206) 초경(初更): 하룻밤을 오경(五更)으로 나눈 첫째 부분으로 저녁 7시에서 9시 사이 두 시간. 일경(一更).
207) 침석(枕席): 잠자리.
208) 장원(牆垣): 담.
209) 언흘(言訖): 말을 마침. 언파(言罷), 언필(言畢).

이르러는 홀연(忽然) 포성(砲聲)이 일어나며 사면으로 화광(火光)이 충천(衝天)하여 수백 간 집이 일시에 재 됨을 면치 못하니, 부인이 창황(倉皇)210) 중에 아자의 **손**을 잡고 홍선으로 불을 향하여 부치며 후원 장원(牆垣) 밑에 숨었더니, 삼경이 지난 후에 불이 진정하고 인적이 고요하거늘, 눈 들어 달빛에 살펴보니 중중(重重)211)한 장원이 둘러 나갈 길이 없고 다만 물 나가는 구멍이 뵈거늘, 부인이 아자의 손을 잡고 그 구멍으로 기어 나오니, 모자(母子)가 온몸이 상하고 누추(陋醜)하여 악취(惡臭) 촉비(觸鼻)하더라.

부인이 충렬을 업고 사잇길로 나아가 남방(南方)을 바라고 한없이 달아날새, 한 곳에 다다르니 앞에 큰 뫼 가렸으니 높기 천만장(千萬丈)이라, 산봉(山峰) 위에 오운(五雲)이 어리었거늘, 부인이 슬픈 마음을 진정하고 자세히 살펴보니 전일(前日) 기도하던 남악 형산이라. 부인이 초창(悄愴)212)함을 이기지 못하여 충렬을 붙들고 통곡 왈,

"네 이 산을 알지 못하거니와, 칠 년 전에 너의 부친과 한가지로213) 이 산에 와서 정성으로 기도하여 너를 낳았더니, 명도(命途)214)가 기구(崎嶇)하여 불의지화(不意之禍)를 만나 이곳에 다시 올 줄 어찌 알리오."

하고 주부를 생각하고 슬퍼하거늘, 충렬이 이 말을 듣고 모친의 손을 받들어 슬피 통곡 왈,

"모친은 비회(悲懷)를 진정하소서. 소자가 비록 어리고 미거(未擧)215)하오나 수삼 년만 지내오면 부친을 모해한 원수를 갚고 공명(功名)을

---

210) 창황(倉皇): 미처 어찌할 사이 없이 매우 급작스러움. 창졸(倉卒).
211) 중중(重重): 겹겹으로 겹쳐져 있는 모습.
212) 초창(悄愴): 마음이 근심스럽고 슬픔.
213) 한가지로: 같이, 함께.
214) 명도(命途): 운명과 재수를 아울러 이르는 말. 명수(命數).
215) 미거(未擧): 철이 없고 사리에 어두움.

취하여 금일 곤욕을 설(雪)216)하리이다.”

부인이 아자의 말을 기특히 여겨 손을 이끌고 범양수(范陽水)를 건너 회수강(淮水江)217)에 다다르니, 이때 일색(日色)이 서산에 걸렸고 강촌(江村)에 모연(暮煙)218)이 잠겼는데, 창해(滄海)를 바라보니 사장(沙場)에 저219) 소리 세우(細雨) 중 들리니, 슬픈 마음을 진정치 못하여 충렬의 손을 이끌고 물가로 방황하나 건널 선척(船隻)이 없는지라. 정(正)히 민망하여 하늘을 우러러 탄식함을 마지아니하더라.

시시(是時)220)에 정한담·최일대 등이 유심의 집에 불을 지르고 살피더니, 홀연 바람이 일어나며 웅장한 집이 편시간(片時間)에 남지 않고 다 소진(消盡)하니, ‘그 속에 있던 사람이 응당 몰사(沒死)하였으리라.’ 하고 돌아와 옥관도사더러 왈,

“선생이 전일 우리 등이 대사(大事)를 이루려 하니, 선생 말씀이, ‘영웅이 있어 근심되다.’ 하시기로 소생 등이 그를 방어하였사오니, 다시 망기(望氣)하옵소서.”

도사가 밖에 나와 천기를 살펴보고 이르되,

“이제는 삼태성(三台星)이 황성을 떠나 범양(范陽)221) 땅 회수강(淮水江)에 비치었으니 그 일이 수상하도다. 내 뜻에는 유심의 가속(家屬)222)이 적소를 찾아가려 하고 회수강으로 갔는가 하나니, 심히 근심되나이다.”

24

---

216) 설(雪): 치욕이나 원한 등을 깨끗이 씻음. 설욕(雪辱)·설분(雪憤).
217) 회수강(淮水江): 회수(淮水). 하남성(河南省)에서 발원하여 안휘성(安徽省)을 지나 강소성(江蘇省)을 거쳐 바다로 흘러드는, 중국에서 셋째로 큰 강.
218) 모연(暮煙): 저녁 무렵의 연기.
219) 저: 통소. 가로로 불게 되어 있는 관악기를 통틀어 이르는 말.
220) 시시(是時): 이때.
221) 범양(范陽): 중국 삼국시대(三國時代) 위(魏)나라 때 설치한 현(縣)으로 현재의 하북성(河北省) 습현(褶縣)에 해당함.
222) 가속(家屬): 한 집안에 딸린 구성원.

한담이 도사의 말을 듣고 혜오되[223], '그때 화세(火勢) 그렇듯 맹렬하였으니 일정(一定)[224] 그 가속이 다 죽었나 하였더니, 저희 만일 화재를 벗어났으면 이는 천하영웅이라, 내 마땅히 잡으리라.' 하고 외당(外堂)에 나와 날랜 장사 수인(數人)을 불러 가만히 분부 왈,

"너희 등은 군사를 거느려 빨리 행하여 회수 가에 가서 사공을 불러 나의 명을 전하고 그곳에서 기다리면, 일개(一個) 여자가 한낱 소동(小童)을 데리고 강변으로 오리니, 곡직(曲直)[225]을 묻지 말고 결박하여 강수(江水)에 넣으라. 만일 위령(違令)하면 중죄(重罪)를 주리라."

소졸(小卒)이 청령(聽令)하고 즉시 발행(發行)하여 회수 가에 이르러 보니 과연 마침 여인의 울음소리 은은히 들리거늘, 나졸(邏卒)이 즉시 사공을 불러 한담의 영(令)을 전하니 사공이 대경(大驚) 왈,

"정상공(相公)의 엄령(嚴令)이 여차하시니 영(令)대로 행하리이다."
한데, 나졸이 수차 당부하고 돌아가니라.

차시 사공이 소선(小船) 일척(一隻)을 물가에 띄워 놓고 부인을 청하여 오르라 한데, 차시 장부인이 충렬을 데리고 물가에 방황하되 건널 배 없어 망조(罔措)[226]하더니, 뜻밖에 남쪽에서 일척 소선이 오며 물가에 대고 부인을 청하여 오르라 하니, 부인이 아자를 데리고 배에 올라 십여 리를 가더니, 강심(江心)[227]에 이르러 일진광풍(一陣狂風)[228]이 일어나며 돛대 부러지고 선창(船艙)[229]에 물결이 창일(漲溢)[230]하더니, 서쪽

---

223) 혜오되: 생각하되.
224) 일정(一定): 반드시.
225) 곡직(曲直): 여기서는 이유나 사정을 뜻함.
226) 망조(罔措): 너무 당황하거나 급하여 어찌할 줄을 모르고 갈팡질팡함. 망지소조(芒知所措).
227) 강심(江心): 강의 한복판.
228) 일진광풍(一陣狂風): 한바탕 몰아치는 사나운 바람.
229) 선창(船艙): 배 안에 짐을 싣기 위한 곳.

에서 일척 비선(飛船)이 나는 듯이 달려들어 부인의 탄 배를 잡아 저의
배에 매고, 무수한 적도(賊徒)들이 사면으로 에워싸고 선중(船中) 사람
을 다 결박하여 저의 배에 실은 뒤에 또 충렬을 잡아 물에 들이치니, 칠
팔 세 소동이 무슨 죄로 이런 독수(毒手)231)를 만나니 어찌 참혹(慘酷)치
않으리오.

차시 장부인이 도적의 손에 결박함을 당하여 선창 안에 거꾸러져 어
찌할 줄 모르다가 겨우 정신을 진정하여 아자를 부르짖어 통곡한들 수
중(水中)에 들어간 충렬이 어찌 대답하리오. 한 번 부르고 두 번 불러
대답이 없으니 망극(罔極)232)함을 이기지 못하더니, 좌우에 흉악한 도적
들이 바삐 배를 저어가며 부인의 입을 막고 소리 말고 가자 하니, 부인
이 물에 빠져 죽고자 한들 닻줄로 연약한 몸을 얽어매었으니 빠질 길
없고, 결항(結項)233)코자 한들 수족을 놀릴 수 없으니 그 또한 못할지
라. 하릴없어 도적에게 잡혀갈새, 한 곳에 다다르니 배를 언덕에 매고
부인을 끌어내어 말에 올려 앉히고 말을 채쳐 풍우(風雨) 같이 몰아가
니 세상에 이런 변이 어디 있으리오.

이때 회수강 사공의 성명은 마회룡이라, 삼자(三子)를 두었으니 다
용력(勇力)이 절륜(絶倫)234)하고 검술(劍術)이 신기한지라. 장자(長子)의
명은 '철'이니, 일찍이 상실(喪室)235)하고 아직 취처(娶妻)치 못하였더니,
장부인의 용색(容色)을 보니 어린 태도는 감(減)하였으나236) 화용월태(花
容月態)237) 늙지 아니하고, 수색(愁色)이 만면(滿面)하나 골격이 수려하

---

230) 창일(漲溢): 물이 불어 넘침.
231) 독수(毒手): 남을 해치려는 악독한 수단을 비유적으로 이르는 말.
232) 망극(罔極): 슬프기 그지없음.
233) 결항(結項): 목숨을 끊기 위해 목을 맴.
234) 절륜(絶倫): 더할 나위 없이 뛰어남.
235) 상실(喪室): 상처(喪妻).
236) 어린 태도는 감(減)하였으나: 앳된 모습은 별로 없으나.

니, 춘색(春色)238)이 오히려 저물지 아니하였는지라, '이는 하늘이 나에게 지시하심이라.' 하고 부인을 데려가 아내를 삼고자239) 하더라.

부인이 하릴없어 도적의 말에 실려 한 곳에 다다르니, 태산준령(泰山峻嶺) 밑에 암석을 의지하여 수삼간(數三間) 초옥(草屋)이 있는지라. 그 앞에 다다라 부인을 말에서 내려 이끌어 초옥 중에 들어가 깊은 방에 가두니, 장부인이 본래 상서공(尙書公)240)의 천금일녀(千金一女)로 유문(門)에 입승241)하여 삼십이 넘은 후에 충렬 같은 기자(奇子)를 두어 복록(福祿)이 무흠(無欠)242)할까 하더니, 불의(不意)에 가군(家君)243)을 만리원지(萬里遠地)에 보내고, 자기 몸이 또한 도적의 독수(毒手)에 들어 곤욕(困辱)을 당하게 되고 아자의 사생을 모르니 어찌 참분(慙憤)244)치 않으리오. 일만비회(一萬悲懷)를 억제치 못하여 무수히 통곡하고 기운이 진(盡)하여 누웠더니, 이윽고 시비(侍婢) 석반(夕飯)을 드리거늘, 기갈(飢渴)이 심한 바이나 한술 물을 먹지 못하고 도로 상을 물리니, 시비 들어가더니 미음을 가져왔거늘, 부인이 심중에 헤오되, '아자가 반드시 수중에 죽었으려니와 천신(川神)이 어여삐 여겨 혹자(或者)245) 환생케 하시면, 이제 적소로 내려가 가군을 보고 다시 충렬을 찾으리니 어찌 이 땅에서 죽으리오.' 하고 일어나 앉아 미음을 마시니, 시비들이 다행히 여겨 적도에게 고하니, 적도가 대희(大喜)하여 이날 밤에 부인의 방에

---

237) 화용월태(花容月態): 아름다운 여인의 얼굴과 맵시를 이르는 말.
238) 춘색(春色): 젊은 모습, 아름다운 모습.
239) 아내로 삼고자 한 자는 회수강 사공 마회룡의 큰아들 마철임.
240) 상서공(尙書公): 상서 벼슬을 한 사람을 높여 이르는 말.
241) 입승: 여성이 결혼하여 남편의 가문에 들게 됨을 뜻함.
242) 무흠(無欠): 흠이 없음. 부족함이 없음.
243) 가군(家君): 여성이 자신의 남편을 이르는 말.
244) 참분(慙憤): 부끄러워하며 분하게 여김.
245) 혹자(或者): 혹시.

들어가 예(禮)하고 앉으며 왈,

"부인이 이런 누지(陋地)에 이르시니, 소생이 비록 용우(庸愚)하나 부인의 장부(丈夫)[246]됨이 부끄럽지 아니하니, 부디 용서함을 바라노라."

부인이 이 말을 듣고 분기대발(憤氣大發)하여, 신세를 생각하니 함정에 든 범 같은지라. 임의로 탈신(脫身)[247]할 길이 없고 아직[248] 도적의 마음을 눅이고자 하여 강잉(强仍)[249] 대왈(對曰),

"나의 팔자 기박하여 수중에 죽은 목숨을 그대가 구하여 주니 감격한 마음이 어찌 없으리오마는, 그러나 나의 생부(生父) 기일(忌日)이 삼월 초삼일이니, 아무리 여자인들 부모 기일에 혼례를 지내리오. 다시 길일(吉日)을 택함이 옳으니 그대는 너무 조급히 굴지 말라."

도적이 부인의 말을 듣고 기쁨을 이기지 못하여 연망(連忙)히 답왈(答曰),

"부인의 말씀이 마땅하오니, 다시 길일을 택하리니 부인은 안심하소서."

부인이 칭사(稱謝)[250]하고 조금도 의심이 없는 듯하니, 도적이 감사하여 이에 안으로 들어가며 비자(婢子)[251]를 명하여,

"부인을 잘 모시라."

하니, 시비 들어와 부인 곁에 누워 잠이 깊이 들거늘, 부인이 밤들기를 기다려 급히 나와 중문을 열고 큰길로 내달을새, 방에서 자던 비자가 홀연 잠을 깨어 살펴보니 부인이 간데없거늘 급히 부인을 부르며 쫓아 나오거늘, 부인이 대겁(大怯)[252]하여 거짓 뒤를 보는 체하고 시비를 꾸

29

---

246) 장부(丈夫): 남편.
247) 탈신(脫身): 위험에서 벗어남.
248) 아직: 당분간.
249) 강잉(强仍): 억지로 참고 어떤 일을 함.
250) 칭사(稱謝): 고맙다고 말함. 고마움을 표현함.
251) 비자(婢子): 여자 종.
252) 대겁(大怯): 크게 두려워함.

짖어 왈,

 "내 복중(腹中)이 불평하여 대변을 보러 나왔거늘 어찌 이렇듯 요란히 구난다?"

 비자 등이 무료(無聊)[253]하여 도로 방중(房中)으로 들어가니, 부인이 하릴없어 자기도 방으로 들어와 그 밤을 지내고 사색(辭色)[254]이 태연하니, 이 이튿날 적한(賊漢)[255]이 부인의 말씀에 전연(全然)히 속아 노복을 데리고 제물(祭物)[256]을 장만하는지라.

 부인도 목욕재계(沐浴齋戒)하고 방 안에 들어가 집물(什物)을 살펴보니 한 그릇이 있으되 겹겹이 봉하였거늘, 가만히 떼어보니 금옥(金玉)으로 된 것도 아니요 목석(木石)의 류(類)도 아니나, 광채가 찬란하여 일색(日色)에 비치고, 윤색(潤色)[257]이 조요(照耀)하여 안채(眼彩)에 쏘이니, 짐짓[258] 고금에 보지 못한 옥함(玉函)이라. 전면(前面)을 보니 대자(大字)로 크게 썼으되, '대명국 유충렬은 개탁(開坼)[259]이라.' 하였거늘 부인이 일견(一見)에 대경(大驚)하여 심중에 혜오되, '세상에 동성동명(同姓同名)이 또 있는가? 진실로 나의 아자 충렬의 기물(己物)[260]일진대 어찌 이에 있는고? 충렬아! 네 옥함은 여기 있고 너는 어디 갔는고?' 하며 옥함을 다시 싸고 밤을 기다리더니, 이미 일모(日暮)하여 밤을 당하매 적한이 제물을 많이 차려 부인께 드리거늘, 부인이 받아 진설(陳設)하고 차례로 제(祭)를 지내고 각각 처소로 돌아가 밤을 지낼새, 적한과 모든

---

253) 무료(無聊): 무안함. 부끄럽고 열없음.
254) 사색(辭色): 말과 얼굴빛을 아울러 이르는 말.
255) 적한(賊漢): 흉악한 도둑놈.
256) 제물(祭物): 제사에 쓸 물건. 제수(祭需).
257) 윤색(潤色): 여기서는 윤기(潤氣)가 흐르는 모습.
258) 짐짓: 과연.
259) 개탁(開坼): 봉한 편지나 서류 따위를 뜯어봄.
260) 기물(己物): 소유물.

노복들이 제를 차리노라 종일 분주근로(奔走勤勞)하여 모두 곤한 잠이
깊이 들었거늘, 부인이 옥함을 행장(行裝)과 같이 가지고 문밖에 내달아
북두성(北斗星)을 바라보며 도망할새, 한 곳에 다다르니 날이 이미 밝았
는지라. 노상 행인더러 물은즉 영릉 땅이라 하거늘, 점중(店中)에 들어
가 점심을 사먹고 종일토록 행하니, 몇 리를 온 줄 모르는지라.

　또 한 곳에 다다르니 앞에 큰 강이 있고 풍랑이 도천(滔天)[261]하고
창파(蒼波)는 만경(萬頃)이라. 사고무인(四顧無人)[262] 적막한데 원산(遠山)
을 바라보니 백사장 넓은 뜰에 궂은비는 무슨 일고? 백설(白雪) 같은 양
류화(楊柳花)는 처처(處處)에 분비(紛霏)[263]하니, 슬픈 마음 긴 한숨에
피눈물이 점점이 떨어지니, 소상죽림(瀟湘竹林)[264]이 가까우면 반죽(斑
竹)[265] 되기 분명하더라. 부인이 이런 경치를 보나 슬픈 마음이 유동(流
動)하니 무슨 경황이 있으리오. 종일을 행하매 행역(行役)[266]이 시진(澌
盡)[267]하더라.

　차청하회(且聽下回)하라[268].

세(歲) 정미(丁未) 이월일 향목동 서(書).

---

261) 도천(滔天): 물이 넘쳐 하늘에까지 닿을 듯함.
262) 사고무인(四顧無人): 사방을 둘러보아도 사람이 없음.
263) 분비(紛霏): 꽃이나 잎 따위가 펄펄 날리며 어지럽게 많이 떨어짐.
264) 소상죽림(瀟湘竹林): 소상강(瀟湘江)가의 대숲.
265) 반죽(斑竹): 무늬 있는 대나무. 순(舜)임금이 순수(巡狩) 중 창오(蒼梧)에서 숨지
　　　자, 요(堯)임금의 딸들이기도 한 그의 두 부인 아황(娥皇)과 여영(女英)이 남편
　　　을 찾아 소상강(瀟湘江) 가에 이르러 피눈물을 흘리며 슬피 울다가 죽었는데
　　　그들의 눈물이 대나무에 물들어 무늬가 생겼다 함. 소상반죽(瀟湘斑竹)이라고
　　　도 함.
266) 행역(行役): 여행의 피로와 괴로움.
267) 시진(澌盡): 기운이 다 빠져 없어짐.
268) 차청하회(且聽下回)하라: '다음 회를 또 들어보라.'는 의미로, 장회소설의 한
　　　회 마지막에 상투적으로 붙는 구절.

유충렬전 권2

1   차설(且說). 부인이 종일토록 행하매 기력이 시진하여 인가를 찾아 밤을 지내고자 하나, 건널 배 없어 진퇴유곡(進退維谷)이라. 일모서산(日暮西山)하고 월출동령(月出東嶺)하여 한수(寒水)에 밤이 드니, 하릴없어 소로(小路)로 좇아가더니, 그 길이 끊어지지 아니하고 산곡(山谷) 사이로 연(連)하였거늘, 길을 잃지 아니하고 들어가니 인적이 적요(寂寥)[1]한데 다만 들으니 흐르는 물소리 처량한지라. 청림(靑林)을 더위잡고 간수(澗水)[2]를 따라가니 창망(蒼茫)[3]한 달빛 속에 수간초옥(數間草屋)이 뵈거늘, 마음에 반겨 시문(柴門)을 향하여 나아가니, 일위 노고(老姑)가 나오다가 보고 예(禮)하여 맞아 들어가 방안에 좌(坐)하매, 부인이 눈을 들어 살펴보니, 여복은 없고 남복만 걸렸으며 협방(夾房)[4]에서 남자의 소리 나거늘 마음에 불안하더니, 석반(夕飯)을 파(罷)하매 노고가 문왈(問曰),

"그대는 뉘 집 부인으로 이곳에 오시니잇가?"

부인이 대왈,

"나는 본래 근읍(近邑) 사람으로 친가(親家)에 가다가 해상에서 수적

2   (水賊)을 만나 목숨을 도망하여 이곳에 왔나이다."

---

1) 적요(寂寥): 인적이 드물고 고요함.
2) 간수(澗水): 골짜기에서 흐르는 물.
3) 창망(蒼茫): 넓고 멀어서 아득함.
4) 협방(夾房): 안방에 딸린 작은 방.

　노고가 이 말을 듣고 협방으로 들어가며 자식에게 왈,

　"저 여자의 말을 들으니 가장 괴이한지라. 수일(數日) 전에 들으니, 석장동 질아(姪兒)[5]가 회수강(淮水江)에서 행인을 건네다가 한 여자를 만나 실가(室家)[6]를 정하였다 함을 들었더니, 저 부인의 말을 들으니 수적을 만나 간신히 탈신하였노라 하니, 일정(一定) 그 부인이 당질(堂姪)[7]에게서 탈탈(脫脫)[8]한 여자라. 나아가 마철을 데리고 와 이 여자를 잃지 말게 하라."

하고 자식을 당부하여 보내니라.

　차시(此時) 노고(老姑)의 아들이 후원에 들어가 일필(一匹) 준마(駿馬)를 타고 급히 석장동으로 가더라. 이때 부인이 행역이 곤비(困憊)[9]하여 잠을 익히 들었더니, 비몽간(非夢間)[10]에 한 노승이 방에 들어와 부인더러 왈,

　"금야(今夜)에 대변(大變)이 있을 것이니, 부인은 어찌 잠만 자나뇨? 급급히 일어나 이 집 동산에 은신하였다가 대환(大患)이 일어나거든 물가로 내려가면 일엽편주(一葉片舟)가 있을 것이니 그 배를 타고 화를 피하라. 만일 더디면 함신지화(陷身之禍)[11]를 면치 못하리라."

하고 간데없거늘, 놀라 깨달아 생각하니 전일 황성에서 화변(火變)을 당할 제 부채 주던 노옹이라. 급히 행장(行裝)을 수습하고 동산으로 올라가 은신(隱身)하여 동정을 살피니, 과연 남쪽에서 방포일성(放砲一聲)[12]

3

---

5) 질아(姪兒): 조카.
6) 실가(室家): 아내를 가리키는 말.
7) 당질(堂姪): 사촌의 자녀, 곧 조카.
8) 탈탈(脫脫): 도망침. 누군가에게서 벗어남을 뜻하는 말로 쓰임.
9) 곤비(困憊): 아무것도 할 기력이 없을 만큼 지쳐 몹시 고단함.
10) 비몽간(非夢間): 비몽사몽간(非夢似夢間).
11) 함신지화(陷身之禍): 몸에 닥친 재앙을 말함.
12) 방포일성(放砲一聲): 포나 총을 쏘는 한 마디 소리.

에 화광(火光)이 충천(衝天)하며 무수(無數) 도적이 순식간에 들어와 노고의 집을 둘러싸고 일시에 고함하며 외쳐 왈,

"그 여자 어디 있느냐?"

하는 소리에 산곡(山谷)13)이 진동하거늘, 부인이 대경하여 천지를 불변(不辨)하고 황망(遑忙)14)히 산을 넘어 물가에 다다르니, 수면상(水面上)에 일엽소선(一葉小船)이 떠오며 선창 앞에 일위 부인이 나서며 배를 대고 부인을 청하여 바삐 배에 오르라 하니, 부인이 창황 중 배에 올라 그 선녀를 보니 머리에 벽련화(碧蓮花)15)를 꽂고 손에 봉미선(鳳尾扇)16)을 쥐었으며 청의금상(靑衣錦裳)17)에 옥패(玉佩)를 찼으니 짐짓 천상선(天上仙)이요, 인간 사람은 아니러라. 부인이 황망히 예(禮)하고 문왈(問曰),

"부인은 어디에 계시며 존호(尊號)18)는 뉘시완대, 박명(薄命) 천첩(賤妾)을 구하시니, 선랑(仙娘)의 깊은 은혜를 어찌 갚사오리잇가?"

선녀가 대왈(對曰),

"첩(妾)은 남해 용녀(龍女)19)이옵더니, 금일에 부왕(父王)이 분부하시되, '대명국 유충렬의 자모(慈母) 장씨 금야에 적화(賊禍)20)를 당할 것이니 구하라.' 하시기로 왔사오니, 부인의 화액(禍厄)을 상제(上帝)의 명(命)으로 구함이니, 첩이 어찌 은혜로 칭사(稱謝)21)하심을 감당하리잇고?"

부인이 청파(聽罷)에 천상(天上)을 향하여 무수히 절하고 용녀와 더불

---

13) 산곡(山谷): 산골짜기.
14) 황망(遑忙): 마음이 몹시 급하여 당황하고 허둥지둥함.
15) 벽련화(碧蓮花): 푸른빛을 띤 연꽃.
16) 봉미선(鳳尾扇): 봉황의 꼬리 모양으로 만들어 의장(儀仗)으로 쓰는 부채.
17) 청의금상(靑衣錦裳): 푸른 저고리와 비단 치마. 청의는 선동(仙童)의 복장.
18) 존호(尊號): 남을 높여 부르는 칭호.
19) 용녀(龍女): 용왕의 딸.
20) 적화(賊禍): 도적과 같은 못된 자들에게 입는 재난.
21) 은혜로 칭사(稱謝): 은혜라고 칭사함, 곧 은혜를 받았다고 고마움을 표현함.

어 배를 띄워 가고자 하더니, 문득 제적(諸賊)이 벌써 물가에 다다라 방포일성(放砲一聲)에 저의 동류(同類)를 데리고 일척(一隻) 쾌선(快船)[22]에 올라 풍범(風帆)[23]을 높이 달고 살같이 따르니, 부인의 배와 점점 가까운지라. 그 중에 영한(獰悍)[24]한 도적 일인(一人)이 장창(長槍)을 비껴 들고 선창을 두드리며 꾸짖어 왈,

"네 감히 어디로 달아나려 하난다? 나는 본래 수중(水中) 영웅이라. 너 같은 조그만 계집이 감히 나의 수중(手中)을 벗어나고자 하니 어찌 요악(妖惡)치 않으리오."

하며 크게 소리 지르니 소리 벽력(霹靂)같은지라. 부인이 혼백(魂魄)이 비월(飛越)[25]하여 창황 중 돌아보니, 도적의 배 이미 자기 배에 당하였는지라. 부인이 하릴없어 강수(江水)를 바라고 통곡 왈,

"나의 팔자가 기박하여 가군이 간적(奸賊)의 참소(讒訴)를 입어 만리 연경에 적거하여 사생을 모르고 모자 양인이 겨우 집을 지키었더니, 다시 간적의 화(禍)를 만나 집을 소화(燒火)하고 유자(幼子)를 이끌어 도망하다가, 천금아자(千金兒子)[26]를 마저 도적에게 잃고 남은 목숨이 금일 도적의 욕이 급하니, 차라리 수심(水心)에 빠져 청백(淸白)한 혼이 되리라."

하고 슬피 통곡하니, 도적이 대로(大怒)하여 급히 뛰어오르고자 하더니, 홀연 일진광풍(一陣狂風)이 동남(東南)으로부터 일어나 백사장에 쌓인 사석(沙石)이 바람결에 날려 비 같이 떨어지니, 만경창파(萬頃蒼波)에 풍랑이 대작(大作)하여 물결이 흉용(洶湧)하니 벽력같은 소리 강산을 뒤치

5

---

22) 쾌선(快船): 빠른 배.
23) 풍범(風帆): 본디 돛단배를 뜻하는 말이나, 여기서는 돛을 뜻함.
24) 영한(獰悍): 모질고 사나움.
25) 혼백(魂魄)이 비월(飛越): 정신이 아득함, 어지러워 정신을 차리지 못함.
26) 천금아자(千金兒子): 천금 같이 귀중한 아이.

는 듯한지라, 적선(賊船)이 어이 견디리오. 돛대 부러져 강수(江水)에 떨어지니,27) 도적이 아무리 천하영웅인들 돛대 없는 배로 해상에 어찌 잘 견디리오. 바람에 불려 동서(東西)를 지접28)치 못하고, 부인의 탄 배는 용왕의 표주(瓢舟)29)라, 바람이 비록 급하나 무엇이 두려우리오. 순식간에 물을 건너 언덕에 배를 대고 부인을 인도하여 배에서 내린 후 홀연간 데 없거늘, 부인이 공중을 향하여 무수히 사례(謝禮)하고 종일토록 정처 없이 가더니, 한 곳에 다다르니 산천이 수려(秀麗)하고 지형(地形)이 평탄하니 이 땅은 천덕산 화림동이라. 이에 이르러는 촌보(寸步)30)를 옮기지 못하고 날이 이미 저물거늘, 부인이 곤뇌(困惱)하여 물가에 앉아 졸더니 전일 현몽(現夢)31)하던 노승이라, 부인을 깨워 왈,

"이제는 액운(厄運)이 다 진(盡)하였으니 이 곡중(谷中)으로 들어가면 자연 구할 사람이 있으리이다."

하거늘, 부인이 놀라 깨달으니 남가일몽(南柯一夢)32)이라.

사면으로 둘러보니 천봉만학(千峯萬壑)이 중중첩첩(重重疊疊)하여 산길이 극히 험준(險峻)한지라. 부인이 섬섬(纖纖)33)한 기질로 등날34)을 붙들고 송백(松柏)을 더위잡아 기구한 험로(險路)를 올라가니, 일신이 험로에 상하여 유혈(流血)이 낭자(狼藉)하고 호흡이 천촉(喘促)35)하여 촌보를 옮길 수 없는지라. 암상(巖上)에 올라 앉아 슬피 울어 왈,

---

27) 원문에는 '쩌러'까지 있으나, 문맥상 '지니'를 넣어 봄.
28) 지접: 분별, 구분함.
29) 표주(瓢舟): 표주박처럼 만든 작은 배.
30) 촌보(寸步): 몇 발짝 안 되는 걸음.
31) 현몽(現夢): 꿈에 나타난 것을 이르는 말.
32) 남가일몽(南柯一夢): 꿈과 같이 헛된 한때의 부귀영화를 이르는 말이나, 여기서는 단지 현실이 아닌 꿈을 뜻함.
33) 섬섬(纖纖): 가냘프고 여림.
34) 등날: 등나무 줄기.
35) 천촉(喘促): 숨을 몹시 가쁘게 쉬며 헐떡거림.

"가군(家君)의 적소(謫所)를 향코자 하나 수만여 리를 혈혈(孑孑)한 여자가 어찌 행하리오. 차라리 이곳에서 죽어 음혼(陰魂)[36]이라도 고향으로 돌아가리라."

하고 옥함(玉函)을 내어놓고 보니, 깁수건[37]에 홍사(紅絲)로 수를 놓고 글자를 새겼으되, '모년월일(某年月日)에 대명국 동문 내에 거하는 유충렬의 자모(慈母) 장씨는 이 옥함을 유충렬에게 전하나니, 너의 죽은 혼백이라도 보라.' 하여 자자(字字)이 새겨 그 수건을 옥함에 매어 물 속에 넣고, 일장(一場)을 통곡하고 산에서 내려 치마를 무릅쓰고 물에 뛰어들려 할새, 산곡(山谷)에서 한 여자가 물을 뜨러 강변(江邊)으로 오다가 장씨의 익수(溺水)하려 함을 보고 급히 내려와 붙들고 만류하여 왈,

"부인이 무슨 연고로 수중원혼(水中冤魂)이 되고자 하시나잇가? 첩의 집이 이곳에서 멀지 아니하니 한가지로[38] 가사이다."

부인이 일변(一邊) 놀라며 눈을 들어보니 일개 양순한 여자라, 작야(昨夜) 몽사를 생각하고 기인(其人)을 따라가니, 일간모옥(一間茅屋)[39]이 정결하고 계변(溪邊)에 창송녹죽(蒼松綠竹)과 백화(百花)가 만발하였으니, 짐짓 명산승경(名山勝景)이요 별유세계(別有世界)[40]임을 알리러라. 그 여자를 따라 방 안에 들어가니 갈건야복(葛巾野服)[41]이 벽상(壁上)에 걸렸고 만권서책(萬卷書册)을 안상(案上)에 쌓았으며 문방사우(文房四友)와 칠현금(七絃琴)[42]이 놓였으니 짐짓 은사(隱士)의 곳이러라.

---

36) 음혼(陰魂): 죽은 사람의 혼. 혼령.
37) 깁수건: 비단 수건.
38) 한가지로: 같이, 함께.
39) 일간모옥(一間茅屋): 단 한 칸의 작은 초가.
40) 별유세계(別有世界): 이 세상 같지 않을 정도로 특별히 경치가 좋은 곳.
41) 갈건야복(葛巾野服): 칡베로 만든 두건과 베로 만든 옷. 은사(隱士)나 처사(處士)의 거칠고 소박한 옷차림을 말함.
42) 칠현금(七絃琴): 현악기의 한 가지. 모양은 거문고와 비슷하나, 일곱 줄을 걸고

부인이 잠깐 정신을 진정하여 그 여자를 대하여 자기의 전후 환란 당함을 설파(說罷)하니, 주인 여자가 심히 측은함을 마지않으니, 이 집은 원래 세종황제(世宗皇帝)[43] 시의 한림학사(翰林學士) 이인학의 아들 이처사의 집이니, 처사(處士)의 모친은 유주부의 종매(從妹)[44]라, 처사의 마음이 청정(淸淨)하고 환로(宦路)에 뜻이 없어 벼슬을 하직하고 이곳에 은거하여 농업을 힘쓰고 문학을 일삼으니, 세인(世人)이 이처사를 오류촌(五柳村) 도처사(陶處士)[45]와 부춘산(富春山) 칠리탄(七里灘) 엄자릉(嚴子陵)[46]의 절개에 비하더라.

차시 처사가 외당(外堂)에 있더니, 부인이 처사를 청하여 장부인의 말씀을 일일이 전하니, 처사가 대경하여 의관을 정제하고 장부인을 청하여,[47] 예(禮)를 파(罷)하고 이에 말씀을 펴 가로되,

"부인 말씀을 들으니, 유주부는 소생(小生)의 외숙(外叔)이라. 이별한 지 여러 해러니, 금일 숙모(叔母)의 말씀을 들으니 어찌 한심치 않으리잇고? 소질(小姪)의 집이 비록 누추하나 아직 머무시면 숙부가 천사(天赦)[48]를 만나시는 날 마땅히 경사(京師)로 가시게 하오리니 너무 우려

앞판 한쪽에 열세 개의 휘(徽)를 박았음. 휘금(徽琴).

43) 세종황제(世宗皇帝): 중국 명(明)나라 때의 세종(世宗)으로 연호는 가정(嘉靖), 재위 기간은 1522-1566. 1권의 서두에서 시대 배경을 가정(嘉靖)이라 한 것과 일치함.

44) 종매(從妹): 사촌 여동생.

45) 오류촌(五柳村) 도처사(陶處士): 도연명(陶淵明). <귀거래사(歸去來辭)>로 유명한 중국의 시인. 집 문 앞에 버드나무 다섯 그루를 심어놓고 스스로 오류선생이라 하였음. 이로써 그가 사는 곳을 오류촌이라 하고 그의 집을 오류택이라고도 함. 연명은 자, 이름은 잠(潛).

46) 부춘산(富春山) 칠리탄(七里灘) 엄자릉(嚴子陵): 엄자릉은 후한(後漢)때 사람. 자릉은 자(字). 이름은 광(光). 어렸을 때 광무제(光武帝)와 같이 공부하였는데, 광무제가 즉위하자 성명을 바꾸고 숨어 부춘산 칠리탄에 은거하여 광무제가 불러도 나아가지 않았음. 후세 사람들은 칠리탄을 엄릉뢰(嚴陵瀨)라 이름 붙였음.

47) 원문에는 '청'만 있으나, 문맥상 이와 같이 봄.

치 마소서.”

부인이 처사의 말을 들으매 기쁨을 이기지 못하여 후의(厚意)를 사사(謝辭)49)하고, 차후로 이처사 부중(府中)50)에 머물러 일신이 평안하나, 다만 아자(兒子)를 생각하고 주야로 읍읍(悒悒)51)하여 흉중(胸中)이 막힌 듯하더라.

각설(却說)52). 차시에 충렬이 모친을 따라 범양(范陽) 회수(淮水)에 다다르니 난데없는 적선(賊船)이 달려들어 부인을 결박하여 몰아가며 충렬을 집어 강심(江心)에 던지니, 물속에 빠져 어찌할 줄 모르더니 문득 두 발이 땅에 닿는지라. 이에 정신을 차려보니 몸이 암상(巖上)에 놓였거늘 그 위에 올라 하늘을 우러러 축수(祝手)53)하며 모친을 부르짖어 슬피 울더니, 차시 남경(南京) 왕래하는 상인이54) 장(場)에서 물화(物貨)를 많이 싣고 북경(北京)으로 나아갈새, 해상에 배를 띄워 중류(中流)하여 떠오더니, 홀연(忽然) 들으니 멀리서 슬픈 울음소리 나거늘, 선중(船中) 제인(諸人)이 괴히 여겨 울음소리를 찾아가니, 수중(水中) 암상(巖上)에 일개 동자(童子)가 앉아 울거늘, 선인(船人) 등이 급히 구하여 선중(船中)에 앉히고 연고를 물은즉, 해상에서 수적(水賊)을 만나 모친을 잃고 자기는 도적의 화를 만나 물에 빠졌더니, 요행 바위를 만났다 하거늘, 중인(衆人)이 모두 비감(悲感)하여 강변에 내려놓고, ‘무사히 가라.’ 하고 배를 저어 북경으로 향하더라.

10

11

---

48) 천사(天赦): 천자(天子)의 사면.
49) 사사(謝辭): 고맙다는 뜻을 나타내는 말. 또는 고맙다고 말함.
50) 부중(府中): 집. 높은 관리의 집을 말함.
51) 읍읍(悒悒): 마음이 몹시 답답하여 편치 못함.
52) 각설(却說): 화제를 돌려 다른 이야기를 꺼낼 때, 앞서 이야기하던 내용을 그만둔다는 뜻으로 다음 이야기의 첫머리에 쓰는 말.
53) 축수(祝手): 두 손을 모아 빎.
54) 원문에는 이 석자가 빠졌으나 문맥상 이와 같이 넣어 봄.

충렬이 선인을 이별하고 걸음을 돌이키니, 일신은 비록 살았으나 모친의 사생을 알 길 없고, 혈혈(孑孑)한 십삼 아동이 수만리 연경을 어찌 향하리오. 슬픔을 이기지 못하여 통곡하며 촌촌(村村)이 걸식(乞食)[55]하여 기갈을 면하나 자연 용모가 초췌하여 귀형(鬼形)[56]이 되었으니, 비컨대 부열(傅說)[57]이 여산(廬山)[58]에 밭 갈고 여상(呂尙)[59]이 위수(渭水)에 조어(釣魚)함과 같으니 충렬의 만고영웅(萬古英雄)이 때를 만나지 못하니 어찌 분(忿)치 않으리오.

동서(東西)로 개걸(丐乞)[60]하여 한 곳에 다다르니, 이 땅은 초국지경(楚國地境)[61]이라. 영릉 땅을 지나 장사원(長沙院)[62]을 바라며 한 물가에 다다르니, 창망(滄茫)[63]한 빈 물가에 원야성(猿夜聲)[64]이 한숨지고 백사장 세우(細雨) 중에 백구비거(白鷗飛去) 뿐이로다. 은(殷)나라 산이 천봉(千峰)이요, 조(趙)나라 물이 일만(一萬) 구비를 둘렀으니, 석일(昔日) 전국시절(戰國時節)에 천하를 다투던 전쟁터임을 가히 알리러라. 구의산(九疑山)[65]에 수운(愁雲)이 미치고 소상강(瀟湘江)에 밤비 오며, 동정호

12

---

55) 촌촌(村村)이 걸식(乞食): 마을 저 마을로 돌아다니며 빌어먹음. 촌촌걸식(村村乞食).

56) 귀형(鬼形): 몹시 파리하여지거나 아주 추하고 흉하게 된 얼굴.

57) 부열(傅說): 은나라 고종(高宗)때의 어진 재상. 부암(傅巖) 들판에서 성을 쌓고 있다가 고종에게 재상으로 발탁되어 은나라 중흥의 계기를 이루었음.

58) 여산(廬山): 중국 강서성(江西省) 구강현(九江縣) 남쪽에 있는 경치가 뛰어난 산.

59) 여상(呂尙). 이름은 상(尙). 주(周)나라 시조 문왕(文王)의 스승으로 흔히 강태공(姜太公)으로 부름.

60) 개걸(丐乞): 빌어먹음.

61) 초국지경(楚國地境): 양자강의 중류, 지금의 호남성(湖南省) 일대로 초나라가 차지하던 지역을 말함.

62) 장사원(長沙院): 전한(前漢)때의 문인 가의(賈誼)가 모함을 받아 좌천되어 간 곳.

63) 창망(滄茫): 너르고 멀어 아득함.

64) 원야성(猿夜聲): 밤에 들리는 원숭이 울음소리.

65) 구의산(九疑山): 중국 호남성(湖南省) 영원현(寧遠縣)의 남쪽에 있는 산. 이곳에 순(舜)임금의 종묘(宗廟)가 있음.

(洞庭湖)에 달이 밝고 황릉묘(黃陵廟)66)에 두견(杜鵑) 울 제, 하염없이 눈
물이 내리니 근심 없는 사람이라도 자연히 비창(悲愴)할러라. 후면(後面)
을 바라보니 녹죽창송(綠竹蒼松)이 울울(鬱鬱)한 가운데 일좌(一座)67) 누
각(樓閣)이 있으니 은은히 죽림 속에 뵈거늘, 그곳을 찾아가니 이 물은
멱라수(汨羅水)요 정자(亭子)는 회사정(懷沙亭)이라 하였고, 그 아래 표
묘(縹緲)68)한 집이 있으니 현판(懸板)에 크게 썼으되, '황릉묘'라 하였으
니 이는 이비(二妃)69)를 모신 사당이라. 제순(帝舜)70)이 남으로 순수(巡
狩)71)하사 창오산(蒼梧山)에 붕(崩)하시니, 두 아내는 제요(帝堯)72)의 딸
이니 이름은 아황(娥皇)·여영(女英)이라. 슬픔을 이기지 못하여 소상강
대숲에 □□□□□73)이 이른바 소상반죽(瀟湘斑竹)74)이라. 사면을 둘러
보며 회사정에 들어가니 만고효열(萬古孝烈)75)을 배향(配享)하였거늘, 우
연히 눈을 들어보니 석일(昔日)에 부공(父公)이 연경으로 정배(定配)갈

---

66) 황릉묘(黃陵廟): 중국 순(舜)임금의 부인 아황(娥皇)과 여영(女英)을 모신 사당.
67) 일좌(一座): 한 채. 여기서 좌(座)는 집이나 부처 등을 세는 단위.
68) 표묘(縹緲): 아렴풋하고 신비하게 보이는 모습.
69) 이비(二妃): 요(堯)임금의 딸들로서 함께 순(舜)임금의 부인이 된 아황(娥皇)과
    여영(女英).
70) 제순(帝舜): 순(舜)임금. 중국 고대의 성군(聖君). 나라의 호가 우(虞)였기 때문에
    우순(虞舜)이라고도 함.
71) 순수(巡狩): 황제가 나라 안의 여러 곳을 돌아다니며 살피는 일.
72) 제요(帝堯): 요(堯)임금. 중국 고대 전설상의 임금. 도(陶)땅에서 살다가 당(唐)땅
    으로 옮겨 살았기 때문에 도당(陶唐)이라고도 함. 요를 이은 순(舜)과 아울러 '요
    순(堯舜)의 치(治)'라 하여, 예로부터 중국에서는 가장 이상적인 천자상(天子像)
    으로 알려져 왔음.
73) 원문 훼손. 세창서관본 등 다른 본에는 황릉묘 묘사는 없어 비교할 수 없음.
74) 소상반죽(瀟湘斑竹): 중국 소상강(瀟湘江) 가의 얼룩무늬가 있는 대나무. 순(舜)
    임금이 순수(巡狩) 중에 창오(蒼梧)에서 숨진 뒤, 그의 두 부인인 아황(娥皇)과
    여영(女英)이 남편을 따라 상수(湘水)를 건너다 죽었는데 그 때 흘린 눈물이 대
    에 무늬를 만들어 소상반죽이 되었다 함.
75) 만고효열(萬古孝烈): 역사적으로 뛰어난 효자와 열녀.

13 때 별시(別詩)[76]를 지어 붙이고 물에 빠지려 하던 곳이라. 자연 마음이
비창(悲愴)하여 새로이 살펴보니, 제일좌(第一座)에 굴삼려의 행적을 현
판(懸板)에 새겼고 그 아래 만고영웅(萬古英雄) 문장풍월(文章風月)이며
행인과객(行人過客)의 시율(詩律)[77]이 가득하고, 벽상(壁上)에 두 줄 글
이 있으니, 하였으되,

　　모년 모월일에 남경 유심은 간인(奸人)의 해를 입고 연경으로 적거
하다가 멱라수에 빠져 죽노라.

하였거늘, 충렬이 보기를 맞고 일장(一場)을 통곡하고 기절하였다가 겨
우 정신을 진정하여 하늘을 우러러 탄식하고 부모를 부르짖어 분흉[78]
통곡 왈,
　"나의 부친이 연경으로 가신다 하더니 이 물에 빠져 수중원혼(水中冤
魂)이 되시니, 내 홀로 살아 무엇하리오. 회수에서 모친을 잃고 멱라수
에 부친이 망(亡)하심을 보니 차라리 죽어 부모의 뒤를 따르리라."
하고 슬피 울며 물가로 내려가니 어찌 하늘이 무심하시리오.

14 　이때에 영릉 땅에 강희주라 하는 재상이 있으니 일찍이 소년등과(少
年登科)[79]하여 벼슬이 육경(六卿)에 거(居)하여 물망(物望)[80]이 중(重)하
더니, 조정에 간신이 집권함을 보고 벼슬을 하직코 향리(鄕里)에 돌아오
나, 천자가 실덕(失德)함이 있으면 상소하여 그릇하심을 간(諫)하니, 조
정이 공의 강직함을 꺼려 조심하되, 그 중에 정한담과 최일대가 더욱

---

76) 별시(別詩): 여기서는 세상을 이별하며 남기는 시라는 뜻으로 쓰임.
77) 시율(詩律): 여기서는 시를 말함.
78) 분흉: 몹시 가슴이 아픔을 뜻함.
79) 소년등과(少年登科): 젊은 나이에 과거에 급제하는 일.
80) 물망(物望): 여러 사람이 우러러보는 명망(名望).

미워하더라.

차시(此時) 강공이 친우를 찾아보고 오는 길에 주점에서 쉬더니, 비몽간(非夢間)에 멱라수변(汨羅水邊)에 일개 선동(仙童)이 강수(江水)를 향하여 무수히 통곡하며 사장(沙場)을 배회하여 갈 바를 몰라 하거늘, 공이 기아(其兒)를 붙잡고 묻고자 하더니, 홀연 청룡(靑龍)이 소리 지르고 공중에서 내려오거늘, 놀라 깨달으니 일장춘몽(一場春夢)이라. 가장 경아(驚訝)[81]하여 사변(沙邊)에 나아가 보니 과연 한 동자가 물가에 앉아 울거늘, 이에 나아가 불러 물어 왈,

"너의 성명은 무엇이며 무슨 연고로 슬피 우느냐?"

충렬이 누수(淚水)를 거두고 대왈(對曰),

"소자는 남경(南京) 성(城) 동문 안에 사는 정언주부의 자(子) 충렬[82]이옵더니, 부친이 천자께 직간(直諫)하다가 간신의 참소(讒訴)를 입어 연경에 적거하시매, 소생이 주야로 가엄(家嚴)[83]의 간고(艱苦)하심을 근심하더니, 소자가 또한 적화(賊禍)를 만나 도로(道路)에 유락(流落)[84]하여 이곳에 이르러 회사정에 들어가 벽상(壁上)의 글의 보다가, 부친의 필적을 보오니 익수(溺水)하심이 정녕(丁寧)[85]하기로, 망극(罔極)함을 이기지 못하여 부모의 뒤를 따라 세상을 하직하고자 하나이다."

승상이 청파에 대경(大驚) 왈,

"주부 유공은 나의 죽마고우(竹馬故友)라. 내 근간(近間)에 연로다병(年老多病)하기로 황성 출입이 없더니 이다지 인심이 변할 줄 어이 뜻하였으리오. 그러나 왕사(往事)는 이의(已矣)[86]라 일컬어도 부질없거니와, 너

---

81) 경아(驚訝): 놀랄 정도로 의아하게 여김.
82) 원문에는 정언주부 충렬로 되어 있으나, 문맥상 이와 같이 봄.
83) 가엄(家嚴): 남에게 자기 아버지를 높여 이르는 말. 가친(家親).
84) 유락(流落): 타향에서 떠돌아 지냄.
85) 정녕(丁寧): 틀림없이 확실함.

는 나와 한가지로 폐사(弊舍)87)에 돌아가 안신(安身)함이 어떠하뇨?"

충렬이 일어나 재배(再拜) 왈,

"대인(大人)88)이 선친의 붕우시라 하니, 우러러 반김이 가엄(家嚴)이나 다르지 아니커늘, 소자의 고고(孤孤)함을 애휼(愛恤)하사 슬하에 거두고자 하시니 성덕에 감격함이 천지(天地) 같사오나, 소자는 천지의 불효자라 무슨 낯으로 입어세(立於世)89)하리잇고? 결단코 부모의 뒤를 좇고자 하오니 원컨대 대인은 만류치 마소서."

하고 슬퍼함을 마지않으니, 승상이 가장 불쌍히 여겨 좋은 말로 위로 왈,

"네 부모가 쌍망(雙亡)하시고 네 또한 죽기를 달게 여기니, 유씨 종사(宗祠)90)를 뉘게 전코자 하며, 네 지하에 돌아간들 무슨 면목으로 부모의 혼령을 뵈오려 하난다? 한 번 죽으면 다시 살지 못하리니 불효지죄(不孝之罪)를 면치 못할지라. 마땅히 내 집에 돌아가 잠깐 유(留)하였다가 길시(吉時)를 만나 간인(奸人)을 죽여 부모 원수를 갚고, 몸이 현달(顯達)하여 조종(祖宗) 향화(香火)를 빛내라91)."

충렬이 강공의 말씀에 감은(感恩)하여 공을 따라 영릉 땅 월계촌에 이르니, 공이 충렬의 손을 이끌어 외당(外堂)에 들어와 차(茶)를 파(罷)한 후 내당에 들어가 부인 소씨를 대하여 충렬의 말씀을 세세히 전하니, 부인이 또한 비감하여 이에 행하여 볼새, 충렬이 의관을 정제하고 내당(內堂)에 들어가 부인께 공순(恭順)히 배례(拜禮)하니, 부인이 생의

---

86) 왕사(往事)는 이의(已矣): 이미 지난 일은 어쩔 수 없음.
87) 폐사(弊舍): 자기 집을 낮추어 이르는 말.
88) 대인(大人): 신분이나 관직이 높은 사람을 상대하여 말할 때 쓰는 말.
89) 입어세(立於世): 세상에서 살아감. 살아감.
90) 종사(宗祠): 조상을 제사지내는 일.
91) 조종(祖宗) 향화(香火)를 빛내라: 종묘제례 때 향을 피우라는 뜻으로 종묘사직을 빛내라는 말. 조종은 임금의 조상을 뜻함.

기골이 비범함을 보고 애휼(愛恤)함이 친자(親子)에 내리지[92] 아니터라.

강공이 본래 아들이 없고 다만 일녀(一女)가 있으니, 부인이 소저를 생(生)할 때에 천상(天上)에서 선녀가 채운(彩雲)을 타고 내려와 부인더러 왈,

"차녀(此女)는 상제(上帝)의 시녀(侍女)이옵더니 자미원 대장성과 연분이 있기로 부인에게 보내심이니 귀히 길러 혼인하시되, 부디 천정(天定)하심을 어기지 마소서."

하고 언파(言罷)에 간데없거늘, 부인이 혼미(昏迷) 중 산아(産兒)를 돌아보니, 용모가 비범하고 시서음률(詩書音律)[93]에 무불통지(無不通知)하는지라[94].

부모가 사랑하여 택서(擇壻)[95]하기를 염려하더니, 금일 충렬의 영걸지풍(英傑之風)[96]을 보니 막심환희(莫甚歡喜)[97]하여 여아의 배필을 정하려 하더니, 공이 심중에 크게 기꺼워 혼사를 뇌정(牢定)[98]함을 의논하니, 부인이 또한 희열하여 바삐 유생과 의논하고 택일성례(擇日成禮)[99]함을 청하거늘, 공이 응낙코 회당(會堂)[100]에 나와 충렬의 손을 잡고 왈,

"노부(老父)가 그대에게 할 말이 있으니 가히 허락하랴?"

유생이 듣기를 청하니, 공 왈,

"노부가 박복(薄福)하여 말년에 다만 일녀(一女)를 두었으니, 비록 임

---

92) 친자(親子)에 내리지: 친자식보다 덜하지.
93) 시서음률(詩書音律): 시와 글씨, 소리와 음악을 아울러 이르는 말.
94) 태어난 아기의 상태에서 시서음률에 능통한 것으로 되어 문맥에 어색함. 용모가 비범한 것까지는 산아의 상태이고 뒤 구절은 성장한 뒤의 상태임.
95) 택서(擇壻): 사윗감을 고름.
96) 영걸지풍(英傑之風): 영특하고 용기와 기상이 뛰어난 기풍.
97) 막심환희(莫甚歡喜): 더할 수 없이 기쁨.
98) 뇌정(牢定): 확실히 정함.
99) 택일성례(擇日成禮): 좋은 날을 가려 혼인의 예식을 지냄.
100) 회당(會堂): 여기에서는 충렬이 머물고 있는 사랑채를 가리키는 말로 쓰임.

사(任姒)[101]의 덕(德)과 태사(太姒)[102]의 색(色)이 없으나 족히 그대의 건즐소임(巾櫛所任)[103]을 받듦직하매 그대에게 부치고자 하나니 군(君)의 의향이 어떠하뇨?"

생이 일어나 재배(再拜) 왈,

"대인의 말씀을 듣자오니 지극감사(至極感謝)하옵거니와, 소자의 팔자가 기박하여 양친을 동서(東西)로 이별하여 천하에 불효죄인이오니 어찌 취처(娶妻)할 뜻이 있으리잇고? 차사(此事)는 봉승(奉承)치 못할까 하나이다."

공이 생의 말을 비감(悲感)하여 탄식코 다시 위로 왈,

"그대의 말이 그르지 않으나 생존한 부모도 불고이취(不告而娶)[104]하는 권도(權道)[105]가 있거늘, 그대는 부모의 존망(存亡)을 모르고 혈혈단신(孑孑單身)이 의지할 곳이 없으니, 마땅히 권도로 취실(娶室)한 후에 부모를 후에 뵈거든 사연을 고함이 옳지 않으랴?"

생이 공의 간청함을 보고 마지못하여 허락하니, 공이 대희(大喜)하여 부인과 상의하여 길일을 택하고 혼구(婚具)를 성비(盛備)[106]하여 길기(吉期) 다다르매, 생이 길복(吉服)[107]을 정히 하고 내정(內庭)에 들어가 전안교배(奠雁交拜)[108]를 필(畢)하고, 인하여 일색(日色)이 저물매 동방(洞

19

---

101) 임사(任姒): 주(周)나라 문왕(文王)의 어머니인 태임(太任)과 문왕의 비(妃)이자 무왕(武王)의 어머니인 태사(太姒)를 함께 일컫는 말. 이들은 부덕(婦德)이 뛰어났음.
102) 태사(太姒): 주(周)나라 문왕(文王)의 비.
103) 건즐소임(巾櫛所任): 수건과 빗을 받드는 소임이라고 하여 여자가 아내나 첩이 됨을 겸손하게 이르는 말.
104) 불고이취(不告而娶): 부모에게 알리지 않고 아내를 맞아 혼인함 .
105) 권도(權道): 그때그때의 형편에 따라 임기응변으로 일을 처리하는 방법.
106) 성비(盛備): 잔치 따위를 성대하게 준비함.
107) 길복(吉服): 혼인 때 신랑 신부가 입는 옷.
108) 전안교배(奠雁交拜): 전안과 교배. 혼례 때 신랑이 기러기를 가지고 신부 집에

房)109)에 나아가 야심(夜深)한 후 시녀가 금금(錦衾)110)을 포설(鋪設)111)하고 물러가매, 생이 눈을 들어 신부를 보니 옥안화모(玉顔花貌)112)가 짐짓113) 경국지색(傾國之色)114)이라. 심리(心裏)에 대열(大悅)하여 신부를 이끌어 금리(衾裏)115)에 나아가니 양정(兩情)이 은근하여 원앙(鴛鴦)이 녹수(綠水)에 놀고 비취(翡翠)가 연리지(連理枝)에 깃들임116) 같더라.

삼일(三日)이 지난 후 외당(外堂)에 나와 승상을 모셔 문리(文理)를 확론(確論)하여 세월을 보내더니, 일일은 승상이 유공의 무죄히 적거함을 분(忿)하여 천자께 상소(上疏)하여 간당(奸黨)을 논핵(論劾)코자 하니, 유생이 간왈(諫曰),

"대인 말씀이 비록 당연하오나 간신이 조정에 가득하와 천자 좌우에서 떠나지 아니하오니 도리어 소인의 해를 보실지라. 아직 참으심이 좋을까 하나이다."

승상이 듣지 아니하고 즉시 황성에 올라가 일장(一張) 상소(上疏)를 지어 궐하(闕下)에 바치니, 통정사(通政使)117)가 받아 탑전(榻前)에 올리

가서 상 위에 놓고 절하는 예와 신랑과 신부가 서로 절을 주고받는 예(禮).
109) 동방(洞房): 신방(新房).
110) 금금(錦衾): 비단으로 겉은 한 이불.
111) 포설(鋪設): 펼쳐 놓음.
112) 옥안화모(玉顔花貌): 옥같이 아름답고 꽃다운 모습.
113) 짐짓: 과연.
114) 경국지색(傾國之色): 임금이 혹하여 나라가 기울어져도 모를 정도의 미인이라는 뜻으로, 뛰어난 미인을 이르는 말.
115) 금리(衾裏): 이불 속.
116) 원앙(鴛鴦)이 녹수(綠水)에 놀고 비취(翡翠)가 연리지(連理枝)에 깃들임: 맑고 푸른 물에 암수 원앙새가 노닐고, 암수 물총새가 연리지에 깃듦. 원앙과 비취 가운데 원(鴛)과 비(翡)는 수컷, 앙(鴦)과 취(翠)는 암컷임. 연리지는 두 나무의 가지가 서로 맞닿아서 결이 서로 통한 것을 말함. 남녀 사이에 정이 깊어 서로 떨어지지 않음을 비유하는 말로, 화목한 부부나 남녀 사이를 비유하는 관용어.
117) 통정사(通政使): 여기서는 임금에게 상소를 전달하는 임무를 맡은 관원을 말함.

20 니, 천자가 의아하사 입직학사(入直學士)로 하여금 읽으라 하시니, 그
표(表)118)에 가라사대,

전승상(前丞相) 강희주는 돈수백배(頓首百拜)119)하옵고 일장 표문
(表文)120)을 성상(聖上) 탑하(榻下)121)에 올리나이다. 고금 이래로 충신
은 국가의 근본이요, 간당(奸黨)은 망국(亡國)할 화근(禍根)이라. 폐하
몸소 성덕을 닦으사 충신을 나오게 하고 소인을 물리치사 덕화(德化)
가 만방에 행하옵시면, 노신(老臣) 등이 초야(草野)에 엎드리어 성덕
을 입을까 하였삽더니, 근일에 듣자오니 간신을 총행(寵幸)하시고 유
심 같은 충현지신(忠賢之臣)122)을 원방에 적거하시니, 이는 폐하의 크
게 실덕(失德)하심이라. 어찌 한심치 않으리잇고? 복원(伏願) 성상은 깊
이 생각하사 간녕(奸佞)123)을 멀리 내치시고 유심을 사(赦)하사 국사
를 다스리게 하옵시면, 만민(萬民)이 태평하고 사이(四夷) 열복(悅服)
하오리니, 신의 용우(庸愚)한 말씀을 찰납(察納)124)하옵시기를 바라나
이다.

하였더라.

천자가 남필(覽畢)에 대로(大怒)하사 상소를 백관(百官)에게 내리시어
보라 하시니, 이때 정한담 · 최일대 등이 강희주의 소(疏)125)를 보고 분

---

118) 표(表): 마음에 품은 생각을 적어서 임금에게 올리는 글. 표문(表文).
119) 돈수백배(頓首百拜): 머리가 땅에 닿도록 수없이 계속 절을 함.
120) 표문(表文): 마음에 품은 생각을 적어서 임금에게 올리는 글.
121) 탑하(榻下): 왕의 자리 앞.
122) 충현지신(忠賢之臣): 충성스럽고 현명한 신하.
123) 간녕(奸佞): 간사하고 아첨을 잘함. 여기서는 그런 사람, 곧 간신(奸臣).
124) 찰납(察納): 제안이나 요청을 자세히 살펴본 뒤에 받아들임.
125) 소(疏): 임금에게 올리는 글.

한절치(憤恨切齒)126)하여 즉시 탑전(榻前)에 주왈(奏曰),

"강희주의 글을 보오니 대역부도(大逆不道)127)라. 폐하를 원망하오며 역적 유심을 충신이라 하옵고 역당(逆黨)으로 처결하여128) 불의(不義)를 꾀함이니, 강희주를 마땅히 중률(重律)129)로 다스리심이 옳을까 하나이다."

천자가 옳게 여기사 허락하시니, 한담이 즉시 승상부(丞相府)에 나와 나졸을 명하여,

"강희주를 잡아오라."

하니, 나졸이 즉시 하처(下處)130)에 나아가 천자의 명을 전하고 철삭(鐵索)131)으로 결박코자 하니, 승상이 간신의 화를 면치 못할 줄 알고 가서(家書)132)를 이루어 가인(家人)133)을 명하여 본부(本府)134)로 보내고 즉시 위사(衛士)135)를 따라 금위부(禁衛府)136)에 나아가니, 공의 나이 칠십이 지난지라, 소소(素素)한 백설(白雪)137)이 귀밑을 덮었으니 어찌 참연(慘然)138)치 않으리오. 유심의 무죄함을 구코자 하다가 간신의 해를 입

---

126) 분한절치(憤恨切齒): 몹시 분하여 이를 갊.
127) 대역부도(大逆不道): 대역무도(大逆無道). 임금이나 나라에 큰 죄를 지어 도리에 크게 어긋나는 짓.
128) 역당(逆黨)으로 처결하여: 미상. 역당과 동모(同謀)한다는 뜻으로 보임.
129) 중률(重律): 중형(重刑)
130) 하처(下處): 길손이 묵는 집. 여기서는 강승상이 경사로 와 잠시 머물고 있는 거처를 가리킴.
131) 철삭(鐵索): 쇠밧줄.
132) 가서(家書): 자기 집으로 보내는 편지.
133) 가인(家人): 하인. 여기서는 집에서부터 수행하여 온 하인.
134) 본부(本府): 본집. 강승상 자신의 집을 가리킴.
135) 위사(衛士): 대궐·능·관아·군영 따위를 지키는 장교.
136) 금위부(禁衛府): 금문(禁門) 곧, 대궐 문을 지키는 막사(幕舍). 금위(禁衛), 금영(禁營).
137) 소소(素素)한 백설(白雪): 흰머리를 말함.
138) 참연(慘然): 슬프고 참혹함.

어 몸이 주륙(誅戮)함을 당하니, 가히 용봉(龍逢)[139]과 비간(比干)[140]과 방불(彷彿)하니, 공의 영명(令名)[141]이 천추(千秋)에 유전(流傳)할지라.

차시 한담이 위사를 명하여, '강희주를 잡으라.' 하고 승상부에 높이 앉아 나졸 등이 오기를 기다리더니, 이윽고 밖이 들레며[142] 강승상을 잡아 이르렀거늘, 한담이 소리를 높여 천자의 명을 전하고 수죄(數罪) 왈,

"네 전일은 충신이라 하더니 역적 유심과 동심(同心) 모의하여 조정 현신(賢臣)을 해코자 하니 어찌 역적이 아니리오."

승상이 청파에 대로하여 눈을 부릅뜨고 꾸짖어 왈,

"옛적에 관채(管蔡) · 숙채(叔蔡)[143]가 주공(周公)[144]더러 역적이라 하고, 환퇴(桓魋) · 양호(陽虎)[145]가 공자(孔子)더러 소인(小人)이라 하였으니,

---

139) 용봉(龍逢): 하(夏)나라의 마지막 왕인 걸(桀)의 신하로 임금에게 간하다가 죽임을 당했음.

140) 비간(比干): 은(殷)나라의 마지막 왕인 주(紂)의 신하로 임금에게 간하다가 죽임을 당했음.

141) 영명(令名): 훌륭한 인물이라는 좋은 평판.

142) 들레며: 야단스럽게 떠드는 소리에 시끄러우며.

143) 관채(管蔡) · 숙채(叔蔡): 주(周)나라의 관숙선(管叔鮮)과 채숙탁(蔡叔度)을 말함. 둘다 문왕(文王)의 아들이자, 무왕(武王)과 주공(周公)의 형제. 무왕이 죽고 성왕(成王)이 어려 주공(周公)이 섭정할 때, 주공이 장차 어린 성왕을 해칠 것이라고 소문을 냈음. 이 소문을 듣고 주공이 피하여 있었더니 성왕이 주공을 맞아 돌아왔음. 이후 관채가 주(紂)의 아들 무경(武庚)을 세워 반란을 일으켰을 때 주공이 출병하여 무경과 관숙을 죽이고 채숙을 추방하여 난을 평정했음. 이후로는 관채가 난국지신(亂國之臣)의 비유로 사용됨.

144) 주공(周公): 주(周)나라 문왕(文王)의 아들이자 무왕(武王)의 동생. 무왕을 도와 은(殷)나라의 마지막 왕 주(紂)를 쳐 은나라를 멸하고 주 왕조를 세우는 기틀을 마련했음.

145) 환퇴(桓魋) · 양호(陽虎): 사마환퇴(司馬桓魋)와 양호. 사마환퇴는 공자를 죽이려 한 사람이고, 양호는 춘추시대 노(魯)나라 계씨(季氏)의 가신(家臣)으로 난을 일으켜 정권을 독단한 사람. 공자가 56세 때 진(陳)나라로 가기 위해 광(匡) 땅을 지날 때에 그곳 사람들이 공자를 양호라고 착각하여 잡아 가둔 일이 있음. 같은 해 공자가 송(宋)나라에 가 나무 아래에서 예(禮)를 강론하고 있을 때, 사마환퇴가 공자를 죽이려고 그 나무를 벤 일이 있음. 이 둘은 직접 공자를 죽이

지금 보매 한담이 나에게 역적이라 하니 고금(古今)이 다름이 없도다.”

언파(言罷)에 기위(氣威)146) 엄렬(嚴烈)하여 조금도 구겁(懼怯)147)함이 없으니, 한담이 나졸을 꾸짖어 강희주를 수레에 실어 황성 동문 밖에 가 참(斬)하라 하니, 나졸이 달려들어 희주를 결박(結縛)하여 수레 위에 올리고 정히 대로(大路)로 나오니, 이때 황태후(皇太后)는 강승상의 고모시라, 승상을 죽이려 함을 들으시고 대경(大驚)하사, 급히 전전(殿前)에 나와 천자를 보시고 낙루(落淚) 왈,

“상이 강희주를 무슨 죄로 죽이려 하시나뇨? 짐(朕)148)의 친정 골육(骨肉)은 희주뿐이거늘, 제 비록 죽일 죄 있을지라도 짐의 낯을 보아 원방(遠方)에 유찬(流竄)149)함이 가하거늘, 하물며 충분(忠憤)150) 격발(激發)151)하여 상의 실덕(失德)함을 간(諫)함이 무슨 죄뇨? 원컨대 익히 생각하소서.”

천자가 태후의 말씀을 들으시고 황공하여 이에 고왈(告曰),

“신이 희주의 직간(直諫)함을 아오나, 언사(言辭)가 너무 태과(太過)하기로 일시 격분(激忿)하와 그리함이오나, 다시 관전(寬典)152)을 내리오리니 성려(聖慮)153)를 허비치 마소서.”

하고 즉시154) 외전(外殿)에 나와, 한담을 불러 가로사대,

___

려 하였거나, 간접적으로 공자를 괴롭힌 인물들임.

146) 기위(氣威): 기상과 위엄을 뜻함.

147) 구겁(懼怯): 두려워 겁냄.

148) 짐(朕): 황태후가 자신을 지칭한 말.

149) 유찬(流竄): 유배(流配).

150) 충분(忠憤): 충의(忠義)로 인하여 일어나는 분한 마음.

151) 격발(激發): 기쁨이나 분노 따위의 감정이 격렬히 일어남.

152) 관전(寬典): 관대한 은전(恩典)이라는 뜻으로 죄수에게 사면을 내리는 것을 이름.

153) 성려(聖慮): 여기서는 태후의 염려를 높여 이르는 말.

154) 원문에는 ‘즉’만 있으나, 여기서 한 면이 끝나는 것으로 보아 ‘시’가 빠진 것으로 봄.

"강희주를 죽이지 말고 유심의 일례(一例)155)로 원지(遠地)에 찬출(竄黜)하라."

하시니, 한담이 청령(聽令)하고 다시 나와 희주를 옥문관(玉門關)156)에 안치(安置)하고, 희주의 가속(家屬)을 모두 잡아오라 하여, 나졸을 재촉하여 영릉으로 보내니라.

차시(此時)에 유생이 승상을 배별(拜別)157)하고 주야 염려하더니, 홀연 가인(家人)이 승상의 서간을 올리거늘, 생이 경아(驚訝)하여 급히 떼어보니 대강 하였으되,

24　　　　노부(老夫)가 죄 중(重)하여 슬하에 자식이 없고 다만 일녀를 두었더니, 천행(天幸)으로 그대를 만나 여아의 평생을 의탁하니 심리(心裏)에 경행(慶幸)158)하더니, 가운(家運)이 불행하고 조물이 시기하여 이런 변을 당하니 어찌 한심치 않으리오. 노부는 만리변새(萬里邊塞)159)에 찬적(竄謫)160)하매 연급칠십(年及七十)에 사생(死生)을 모르리니, 군(君)은 마땅히 천금중신(千金重身)161)을 보호하고 학공(學功)을 힘써, 나라에 입신(立身)하여 부형(父兄)의 원한을 갚은 후 영명(令名)을 일세(一世)에 빛내고 길이 보중(保重)하라. 들으니 한담 등이 나의 가속을 잡아 곤욕(困辱)을 뵈리니, 그대는 빨리 이 땅을 떠나 피화(避禍)할지어

---

155) 일례(一例): 같은 방식.
156) 옥문관(玉門關): 죽국 감숙성(甘肅省) 돈황(燉煌)의 서쪽에 있는 관문. 예전에 서역(西域)으로 통하는 교통요지였음. 옥관(玉關), 옥문(玉門).
157) 배별(拜別): 절하고 작별한다는 뜻으로, 존경하는 사람과의 작별을 높여 이르는 말.
158) 경행(慶幸): 경사스럽고 다행스럽게 여김.
159) 만리변새(萬里邊塞): 멀리 떨어진 변방의 땅.
160) 찬적(竄謫): 귀양 감.
161) 천금중신(千金重身): 매우 귀중한 몸이라는 뜻으로 유충렬의 몸을 가리킴.

다. 나의 노처(老妻)와 아녀(兒女)는 비록 위태하나, 자고로 무죄한 사람은 죽는 법이 없나니, 비록 죽을 곳을 당하여도 절로 살 도리 있나니, 그대는 조금도 염려 말라.

하였거늘, 생이 승상의 서간을 보고 정신이 아득하여 급히 내당에 들어가 부인과 소저(小姐)[162]를 대하여 승상의 글을 뵈며 길이 탄왈(歎曰),

"소생의 고혈(孤子)[163]함을 악장(岳丈)[164]이 긍념(矜念)[165]하사, 의식(衣食)을 후히 하시고 천금지소저(千金之小姐)[166]로 용우(庸愚)한 필부(匹夫)[167]의 배필을 정하시니 감격한 마음을 골수(骨髓)에 새겼더니, 악장이 소생의 부친의 원억(冤抑)한 일을 격분(激忿)하사 천자께 간하다가 이런 화를 당하시고 악모(岳母)[168]와 실인(室人)[169]에게까지 여화(餘禍)가 미칠 듯하오니, 소생이 무슨 면목으로 다시 악장을 뵈오리이까? 악장이 소생을 명하여 이곳을 떠나 간당(奸黨)의 화(禍)를 면하라 하시니, 사리(事理)는 비록 그러하오나 차마 황연(荒然)[170]한 가중(家中)에 악모(岳母)와 실인(室人)을 버리고 집을 떠나리잇고?"

언파(言罷)에 비색(悲色)을 감추지 못하니, 부인과 소저가 생의 말을 듣고 누수(淚水)가 여우(如雨)[171]하여 능히 말을 이루지 못하더니, 소저

---

162) 부인과 소저(小姐): 강승상의 부인과 딸. 소저는 본디 '아가씨'를 뜻하나 여기서는 충렬과 혼인한 강승상의 딸을 가리킴.
163) 고혈(孤子): 가족이나 친척이 없어 외로움.
164) 악장(岳丈): 장인(丈人).
165) 긍념(矜念): 불쌍하게 생각함.
166) 천금지소저(千金之小姐): 천금 같이 귀중한 아가씨.
167) 필부(匹夫): 신분이 낮고 보잘것없는 사나이.
168) 악모(岳母): 장모(丈母).
169) 실인(室人): 자기의 아내를 이르는 말.
170) 황연(荒然): 황폐하여 쓸쓸함.
171) 누수(淚水)가 여우(如雨): 눈물이 비 오듯 함.

가 주루(珠淚)[172]를 뿌리고 생을 향하여 왈,

"군자는 첩을 염려치 마시고 멀리 피신하여 귀체(貴體)를 보중하소서. 첩이 비록 아녀자이나 간적(奸賊)의 화를 피할 도리 있나니이다."

언파에 실성통곡(失聲痛哭)[173]하니, 생이 소저의 경상(景狀)[174]을 보고 슬픔을 이기지 못하여 양항루(兩行淚)가 옷소매를 적시거늘, 소저가 또 울며 왈,

26 "낭군이 이제 떠나시면 어느 날 다시 뵈오리잇고? 첩신(妾身)은 어명으로 경사(京師)에 올라가면 낭군을 뵈올 날이 없으리니, 군자는 다시 나라에 입신(立身)하여 첩의 원한을 설치(雪恥)[175]하여 주옵소서."

언파에 슬피 울기를 마지않으니, 양인(兩人)의 경상이 어찌 가련치 않으리오.

충렬이 십 세에 부모를 잃고 회사정에서 죽은 목숨이 승상의 후은(厚恩)을 입어 강소저와 백년(百年)을 맺었더니[176], 이제 이별을 만나니, '차라리 회사정에서 죽었더라면 이런 화를 보지 않을 것을, 모진 목숨이 살아나서 차변(此變)을 다시 당할 줄 뉘 알리오.' 이렇듯이 슬퍼하니 일월(日月)이 무광(無光)하고 산천초목(山川草木)이 느끼는 듯하더라. 종일 통곡하다가 일색(日色)이 저물거늘, 생이 부인과 소저를 권하여 울음을 그치게 하고 석반(夕飯)을 내와 한 당(堂)에서 진식(進食)[177]하기를 맞고, 밤이 깊은 후 한가지로 침소에 돌아가 비회(悲懷)를 진정하여, 소저를 27 이끌어 금리(衾裏)에 나아가니, 견권(繾綣)[178]하는 중정(中情)이 태산이

---

172) 주루(珠淚): 구슬처럼 떨어지는 눈물.
173) 실성통곡(失聲痛哭): 목이 메어 슬프게 통곡함.
174) 경상(景狀): 불행한 처지에 있는 좋지 못한 모습. 불쌍한 모습.
175) 설치(雪恥): 부끄러움을 씻음. 설욕(雪辱).
176) 백년(百年)을 맺었더니: 백년가약(百年佳約)을 맺었더니.
177) 진식(進食): 식사를 함. 밥을 먹음.
178) 견권(繾綣): 생각하는 정이 두터워 서로 잊지 못하거나 떨어질 수 없음.

가벼운지라. 피차에 떠나는 회포를 이르며 밤이 다하는 줄을 모르더니, 이윽고 동방(東方)이 기백(旣白)[179]하거늘, 생과 소저가 게을리[180] 일어나 소세(梳洗)를 마치고 중당(中堂)에 나와 조반을 파(罷)하고 행리(行李)를 다스려 부인과 소저를 하직하고, 슬픔을 금억(禁抑)[181]하여 북(北)으로 향하여 발행(發行)하니라.

차시 부인과 소저가 유생을 이별하고 비회(悲懷)를 진정치 못하여 식음을 전폐하고, 금리[182]에 몸을 버려 세상을 잊고자 하더니, 생이 이발(已發)한 지 사오일(四五日)에 금오관(金吾官)[183] 위의(威儀)[184] 월계촌에 이르러 가인(家人)을 불러 군명(君命)을 전하고 나졸(邏卒)을 명하여 부인과 소저를 함거(轞車)[185]에 싣고, 군졸로 하여금 가중(家中) 집물(什物)을 수탐(搜探)하여 후거(後車)에 실은 후에 집을 헐어 빈터를 만들고, 나졸을 재촉하여 함거를 압령(押領)[186]하여 황성을 향하여 성화같이 올라갈새, 부인과 소저가 함거에 들어 승상의 고행(苦行)과 자기 등이 여자의 몸으로 이런 참욕(慘辱)[187]을 당함을 생각하니 차라리 죽어 괴로운 욕을 잊고자 하나, 수중(手中)에 촌철(寸鐵)이 없으니 죽기도 마음대로 못하매 원앙(怨怏)[188]한 슬픔을 이기지 못하여 애애(哀哀)히 통곡하니, 노상(路上)에 왕래 행인이 낙루(落淚)치 않을 이 없더라.

이렇듯이 종일 행하여 날이 저물거늘, 주점에 들어가 밤을 지내더니,

28

---

179) 기백(旣白): 날이 이미 밝음.
180) 게을리: 여기서는 '느지막이, 늦게'를 뜻함.
181) 금억(禁抑): 억제.
182) 금리: 미상.
183) 금오관(金吾官): 수도의 치안을 맡은 장관. 집금오(執金吾).
184) 위의(威儀): 위엄 있는 행차, 대열.
185) 함거(轞車): 예전에, 죄인을 실어 나르던 수레.
186) 압령(押領): 죄인을 맡아서 데리고 옴.
187) 참욕(慘辱): 비참한 욕이라는 뜻으로 쓴 말.
188) 원앙(怨怏): 원망하고 야속하게 여김.

이때에 금오부(金吾府)[189] 나졸에 장한이라 하는 군사가, 전일 강승상이 조정에 있을 때에 장한의 아비가 승상부(丞相府) 서리(胥吏)로 나라에 득죄(得罪)하여 거의 죽게 되었더니 승상이 구하여 살린 고로 장한의 부자가 주야로 은혜 갚기를 생각하더니, 이때를 당하여 부인과 소저의 경상(景狀)을 생각하고 다른 군사가 모르게 밤들기를 기다려 가만히 부인 있는 처소에 나아가니, 이때 부인과 소저가 서로 붙들고 잠을 이루지 못하더니, 장한이 문 밖에서 기침하고 부인이 취침(就寢)치 않으심을 묻자오니 부인이 경아(驚訝)하여 문을 열치니, 장한이 복지(伏地) 고왈(告曰),

29   "소인은 나졸인 장한이옵더니, 전일에 소인의 아비가 나라에 득죄하와 거의 죽게 되었삽거늘, 승상 노야(老爺)[190]가 힘써 구하사 죽기를 면하온지라. 이런 고로 소인의 부자가 노야의 은혜를 뼛골에 새겨 만분의 일이나 갚기를 생각하옵더니, 불의(不意)에 노야와 부인이 이런 화를 당하사 대욕(大辱)이 당전(當前)하오니, 소인이 어찌 죽기를 염려하와 급화(急禍)를 구치 않으리잇고? 바라건대 부인은 급급히 몸을 일으켜 원방(遠方)으로 피신(避身)하소서."

부인이 청파에 그 말을 옳이 여겨 갈 바를 알지 못하여 주저하거늘, 장한이 재촉하여 왈,

"밤이 늦어 오니 바삐 일어나소서."

부인이 나졸을 향하여 무수히 사례하고 뜻을 결(決)하여 소저의 옥수를 이끌어 문 밖으로 나서니, 장한이 앞을 인도하여 바삐 행할새, 이때 밤이 깊어 인적이 고요하거늘 동산을 넘어 이십 리를 가매 일대장강(一大長江)이 가로놓였거늘, 장한이 고왈,

---

189) 금오부(金吾府): 수도의 치안을 맡은 부서.
190) 노야(老爺): 지체가 높고 나이가 많은 남자를 높여 이르는 말.

"부인과 낭자는 이 물가에 빠져 죽는 표적을 두옵고 이 길로 바로 피하사 깊이 숨으시면 후환이 없을 것이오니, 부디 생존하사 후일을 보옵소서."

하고, 장한은 도로 자던 주점으로 돌아오니라.

이때 부인이 낭자의 신세를 생각하니, '이제 비록 명(命)을 도망하여 이 곳에 왔으나 청춘 여자를 데리고 어디로 가며, 천행(天幸)으로 살아 있은들, 승상과 서랑(壻郎)을 이별하고 어디에 가 의지하리오. 차라리 이 물에 빠져 죽으리라.' 하고 낭자를 데리고 물가에 앉아 쉬더니, 부인이 가로되,

"내 대변을 잠깐 보고 오리니 여기 앉았으라."

하고 즉시 강수(江水)를 당하여 신을 벗어 놓고 만경창파(萬頃蒼波) 중에 뛰어드니, 가히 불쌍하다! 승상의 부인이 귀함이 일국(一國) 후비(后妃)에 감(減)치 아니커늘[191], 간당(奸黨)의 해를 만나 욕이 몸에 미칠까 두려워 경각(頃刻)에 몸을 강수(江水)에 버리니 어찌 참연(慘然)치 않으리오.

차시 소저가 부인의 돌아오기를 기다리다가, 오래되대 기척이 없음을 경겁(驚怯)하여 급히 내려오며 모친을 부르니, 형용이 묘연(杳然)하거늘, 이에 두루 찾으며 강변으로 내려가니 모친의 신이 강변에 놓였거늘, 망극(罔極)함을 이기지 못하여 통흉돈족(痛胸頓足)[192] 왈,

"천호천호(天乎天乎)아! 이 어찌 된 일인고? 모친이 반드시 익수(溺水)하시도다."

하고 일성애호(一聲哀號)[193]에 기운이 진(盡)하여 강변에 엎어졌다가 식

---

191) 일국(一國) 후비(后妃)에 감(減)치 아니커늘: 한 나라의 왕비보다 못하지 않거늘.
192) 통흉돈족(痛胸頓足): 몹시 가슴이 아파 발을 구름.
193) 일성애호(一聲哀號): 슬프게 울부짖는 한마디 소리.

경(食頃)[194] 후 겨우 정신을 진정하여 종일토록 통곡하다가 스스로 생각하되, '모친이 마저 세상을 버리시니 혈혈(孑孑)한 아녀자가 누구를 의지하여 구차(苟且)히 살리오. 마땅히 천척(千尺) 강심(江心)에 몸을 감추어 모친의 뒤를 따르리라.' 하고 정히 몸을 소소아[195] 수중(水中)을 향코자 하더니, 마침 영릉관 비자(婢子)가 외촌(外村)에 갔다가 돌아오는 길에 청수강에 이르러 여자의 슬픈 곡성(哭聲)을 듣고 경괴(驚怪)[196] 하여 강변에 찾아 이르니, 일개(一個) 미모 여자가 강수에 빠져 죽고자 하거늘, 급히 붙들어 암상(巖上)에 앉히고 자세히 보니 옥안화모(玉顔花貌)가 짐짓 절대가인(絶代佳人)이라. 이에 물어 왈,

"낭자가 무슨 심회가 있기에 청춘에 요사(夭死)코자 하나뇨?"

소저가 부모의 실화(悉禍)[197]함을 자세히 이르니 관비(官婢)가 심중에 생각함이 있어 개유(開諭) 왈,

"낭자가 의지할 곳이 없으니 노신(老身)[198]의 집에 돌아가 아직 머무르다가 후일 낭군을 찾아 부모의 원을 설(雪)하라."

하니, 소저가 마지못하여 관비를 따라가니라.

차시 금오(金吾)[199] 나졸이 주점에 돌아와 자다가 바라본즉 부인과 소저의 종적이 없거늘, 짐짓[200] 혼동하여[201] 여러 나졸을 데리고 강변에 이르러 양인(兩人)의 수혜(繡鞋)[202]를 가지고 돌아와 금오관(金吾官)

---

194) 식경(食頃): 밥을 먹을 동안이라는 뜻으로, 그리 오래지 않은 동안을 이르는 말.
195) 소소아: 솟구어
196) 경괴(驚怪): 놀라고 의아하게 여김.
197) 실화(悉禍): 부모가 모두 화를 당함을 뜻함.
198) 노신(老身): 노구(老軀). 늙은 몸.
199) 금오(金吾): 금오부(金吾府).
200) 짐짓: 일부러.
201) 혼동하여: 소란스럽게 재촉하여.
202) 수혜(繡鞋): 수를 놓은 비단으로 만든 신.

에게 차사(此事)를 고하니, 금오관이 관부(官府)203)에 기별하여 수군(水軍)을 주어 상하류를 막고 찾으나, 어이 형적이 있으리오. 하릴없이 돌아와 이대로 정한담에게 보(報)하니 한담이 대로(大怒)하여 금오랑과 나졸을 중치(重治)204)하더라.

차시 유생이 강승상 집을 떠나 서천(西天)205)을 바라고 행할새, 스스로 신세를 생각하니 한심함을 이기지 못하여 탄식함을 마지않으며 여러 날 행하여 한 곳에 다다르니 큰 뫼가 앞에 있으되, 만학천봉(萬壑千峰)이 중중첩첩(重重疊疊)하고 오색(五色) 채운(彩雲)이 어린 곳에 기화이초(奇花異草)가 난만(爛漫)하고 난봉공작(鸞鳳孔雀)206)이 무리 지어 왕래하니 짐짓 선경(仙境)이라. 유생이 신기히 여겨 풍경을 완상(玩賞)터니, 홀연 경자(磬子)207) 소리 들리거늘, 점점 들어가니 은은한 구름 속에 표묘(縹緲)208)한 채각(彩閣)이 뵈거늘, 급히 나아가 보니 황금(黃金) 대자(大字)로 새겼으되, '서해 광덕산 백룡사'라 하였거늘, 생이 의관을 정제하고 산문(山門)209)에 들어가니 한낱 노승이 나오거늘, 생이 자세히 보니 머리에 백포(白布) 고깔을 쓰고 몸에 흑포장삼(黑布長衫)210)을 입고 손에 육환장(六環杖)211)을 짚고 목에 염주를 걸었으니 골격이 청수(淸

33

---

203) 관부(官府): 관청.
204) 중치(重治): 엄하게 다스림. 엄치(嚴治).
205) 서천(西天): 서쪽 방향을 말함. 충렬은 서쪽으로 가다가 '서해' 광덕산에 이르게 됨.
206) 난봉공작(鸞鳳孔雀): 난(鸞)새와 봉황(鳳凰)과 공작. 상서롭고 아름다운 새들. 난새와 봉황은 중국 전설에 나오는 상상의 새로 상서로움을 상징함.
207) 경자(磬子): 절에서 쓰는 악기로 놋으로 주발과 같이 만들어, 복판에 구멍을 뚫고 자루를 달아 노루 뿔 따위로 쳐 소리를 냄. 경(磬)쇠.
208) 표묘(縹緲): 아렴풋하고 신비하게 보이는 모습.
209) 산문(山門): 절의 바깥문.
210) 흑포장삼(黑布長衫): 검은 베로 만든 중의 웃옷.
211) 육환장(六環杖): 고리가 여섯 개 달린, 중이 짚는 지팡이.

秀)[212]하여 세상 범승(凡僧)과 다르더라. 유생을 맞아 합장 사배(四拜) 왈,

"소승이 연만(年晩)하기로 상공(相公) 행차를 동구(洞口)에 나와 맞지 못하오니 노승의 무례함을 용서하소서."

하더라.

차하(且下)를 분해(分解)하라[213].

세(歲) 임인(壬寅) 십일월일 향목동.

---

212) 청수(淸秀): 얼굴이나 모습 따위가 깨끗하고 빼어남.
213) 차하(且下)를 분해(分解)하라: '다음 회를 또 들어보라.'는 내용으로, 장회소설
   의 한 회 마지막에 상투적으로 붙는 구절.

유충렬전 권3

화설(話說). 노승이 유생을 맞아 합장(合掌) 배례(拜禮) 왈,

"소승이 연만(年晩)하와 상공(相公)[1] 행차를 멀리 맞지 못하오니 황공하여이다."

유생이 대경 왈,

"소생이 팔자가 기박(奇薄)하여 조실부모(早失父母)하고 처자가 없이 다니다가 우연히 선산(仙山)[2]에 이르러 대사를 만나매 이렇듯 후대(厚待)하시니 감사하나, 노사(老師)가 소생의 성명을 어찌 아시니잇가?"

노승이 답왈,

"작일(昨日)에 낙가산(洛迦山)[3] 선관(仙官)이 소승의 절에 왔삽다가 떠날 적에 소승더러 부탁하되, '명일(明日) 오시(午時)[4]에 남경(南京) 동문 밖에 있는 유정언의 아자 충렬이 이 산으로 올 것이니 극진 관대(款待)[5]하라.' 하시기로 소승이 기다리옵더니, 상공의 복색(服色)을 보온즉 남경 사람이온 고로 아나이다."

---

1) 상공(相公): 본래 재상을 뜻하는 말이나, 여기서는 상대방을 높여 부르는 말.
2) 선산(仙山): 경치가 아름다워 선경(仙境) 같다고 하여 이와 같이 말함. 권2 끝부분 참조.
3) 낙가산(洛迦山): 산 이름. 보타낙가산(普陀洛迦山), 보타(普陀)로도 불림. 구화산(九華山)·아미산(峨眉山)·오대산(五臺山)과 함께 불교의 4대 명산.
4) 오시(午時): 낮 12시를 전후한 2시간.
5) 관대(款待): 정성껏 대접함, 친절히 대접함.

유생이 이 말을 듣고 일희일비(一喜一悲)하여 노승을 따라 들어가니 제승(諸僧)이 다 나와 합장배례(合掌拜禮)하여 반겨하는지라. 노승이 방장(方丈)6)으로 인도하여 좌정 후 석반(夕飯)을 올리거늘, 생이 하저(下箸)7)한 후 그 밤을 편히 쉬고 이튿날 일어나매, 노승이 나와 생과 더불어 한가히 있어 병서(兵書)를 잠심(潛心)8)하며 고금흥망(古今興亡)을 의논하니, 진실로 광덕산 중의 유발승(有髮僧)9)이러라.

차시에 남경 조신(朝臣) 중에 도총대장(都總大將) 정한담이 병부상서(兵部尙書) 최일대와 더불어 유정언과 강승상을 만리 전진(戰塵)10)에 찬적(竄謫)11)하고 조정백관(朝廷百官)을 장악(掌握)에 넣고 흉모(凶謀)를 도모하여 천위(天位)를 찬탈코자 하여 신기한 병법(兵法)과 둔갑장신지술(遁甲藏身之術)12)을 주야로 잠심하니 재주가 절등(絶等)13)하고, 겸하여 옥관도사를 별당에 두고 주야로 옥관도사의 요술을 배워 술법이 신이(神異)하니, 범상한 사람은 당할 자가 없는지라. 이러므로 역모(逆謀)함이 급하여 남(南) 선우(單于)와 북(北) 흉노(匈奴)와 동심합력(同心合力)하여 중원(中原)14)을 도모할새, 서천(西天)15) 삼십육도(三十六道) 군장(軍

---

6) 방장(方丈): 고승(高僧)이 거처하는 곳.

7) 하저(下箸): 음식을 먹음.

8) 잠심(潛心): 마음을 두어 깊이 익힘.

9) 유발승(有髮僧): 머리를 깎지 않은 중이란 뜻으로 불도를 닦는 속인을 가리킴. 광덕산중의 유발승이란 충렬의 가리킴.

10) 전진(戰塵): 소란스러운 싸움터. 유심의 유배지인 연경의 상황을 이와 같이 표현함.

11) 찬적(竄謫): 귀양 보냄.

12) 둔갑장신지술(遁甲藏身之術): 남에게 보이지 않게 여러 가지 방법을 써서 몸을 마음대로 바꾸고 감추는 방법.

13) 절등(絶等): 아주 두드러지게 뛰어남.

14) 중원(中原): 중국 또는 중국 가운데서 변방을 제외한 중심부 지역을 가리킴.

15) 하저(下箸): 중국에서 인도를 가리키는 말로, 여기서는 서쪽 지방의 나라를 말함.

將)16)과 남만·가달이며 토번·서달 등을 결연(結緣)하여 장수 팔천여
원(員)과 정병(精兵) 오십만을 거느려 주야로 행군(行軍)하여 황성 남문
에 다다라 격서(檄書)17)를 성중(城中)에 전하고 남관(南關)에 웅거(雄據)
하니, 차시 백성이 오래 병혁(兵革)18)을 모르다가 뜻밖에 난(亂)을 만나
사면팔방(四面八方)으로 피난할새, 남녀노소가 길이 막혀 호곡지성(號哭
之聲)19)이 원근에 진동하니 인가(人家)에 계견(鷄犬)이 그칠러라20).

차시에 천자(天子)가 정월(正月) 망일(望日)에 호산대에 올라 망월(望
月)하시고 환궁(還宮)하사 대연(大宴)을 배설(排設)하고 만조(滿朝)21)를
모아 즐기시더니, 문득 남관(南關) 지키는 수관장(守關將)22)과 각도(各道)
군현(郡縣)의 표문(表文)이 오르거늘, 상이 대경하사 급히 떼어 보시니,
하였으되,

남적(南賊)이 강성하여 오국(吳國)23)을 합력(合力)하여 양국(兩國)
군병(軍兵)이 백리(百里)에 포만(飽滿)24)하여 인가를 노략하고 황성을
범코자 하니, 바삐 대병(大兵)을 발(發)하여 도적을 방비하옵소서.

---

16) 군장(軍將): 장수.
17) 격서(檄書): 적군을 달래거나 꾸짖기 위한 글. 여기서는 명나라에게 싸우자고
    하는 글을 말함.
18) 병혁(兵革): 무기를 통틀어 이르는 말로 전쟁을 뜻함.
19) 호곡지성(號哭之聲): 소리 내어 슬피 우는 소리.
20) 인가(人家)에 계견(鷄犬)이 그치다: 마을에 개와 닭이 보이지 않는다는 뜻으로,
    마을에 사람이 살지 않게 된다는 말.
21) 만조(滿朝): 조정의 모든 벼슬아치.
22) 수관장(守關將): 관문을 지키는 장수.
23) 오국(吳國): 다섯 나라로도 볼 수 있겠으나 바로 뒤에 '양국' 군병이라 한 데서
    남적과 오국이 각각 하나의 나라임을 알 수 있음.
24) 포만(飽滿): 넘치도록 가득 참.

하였거늘, 상이 남필(覽畢)에 대경하사 문무(文武)를 모아 의논하실새, 이때 정한담과 최일대가 이 말을 듣고 대희(大喜)하여 급히 별당에 들어가 도사(道士)를 보고 남적과 오국의 병(兵)이 남관(南關)에 둔취(屯聚)[25]하였음을 말하니, 도사가 망기(望氣)[26]하고 왈,

"차시에 국운(國運)이 비색(否塞)[27]하여 신기한 영웅이 황성에 없으니 이른바 천재일시(千載一時)[28]라. 급히 취하고 때를 잃지 말라."

4

한담이 대희하여 일대와 더불어 갑주(甲冑)[29]를 갖추고 궐내에 들어갈새, 천자가 제신(諸臣)과 더불어 방적(防敵)할 일을 의논하시더니, 문득 일진광풍(一陣狂風)이 일어나며 양원(兩員) 대장이 궐문(闕門)을 크게 열고 들어와 복지(伏地) 주왈(奏曰),

"소장 등이 비록 재주가 없사오나 한 번 나아가 남적을 함몰(陷沒)하여 폐하의 근심을 덜고자 하나이다."

하거늘, 모두 보니, 일인(一人)은 신장이 구척(九尺)이요 면목(面目)이 웅장하고 황금 투구에 녹포(綠袍)[30]를 껴입고 섰으니 이는 도총대장(都總大將) 정한담이요, 일인은 낯빛이 숯먹[31] 같고 안채(眼彩)가 화광(火光) 같으니 이는 병부상서(兵部尚書) 최일대라. 천자가 대열(大悅)하사 양원(兩員) 대장의 손을 잡으시고 왈,

"경등(卿等)의 충성과 지략을 아나니, 남적을 평정하여 짐(朕)의 근심을 덜게 하라."

---

25) 둔취(屯聚): 여기서는 군대가 주둔함.
26) 망기(望氣): 나타나 있는 기운을 보아서 일의 조짐을 알아냄.
27) 비색(否塞): 운수가 꽉 막힘.
28) 천재일시(千載一時): 천년에 한 번 오는 때라는 뜻으로, 좀처럼 만나기 어려운 좋은 기회를 이르는 말.
29) 갑주(甲冑): 갑옷과 투구를 아울러 이르는 말.
30) 녹포(綠袍): 공복(公服)으로 입는 녹색 도포.
31) 숯먹: 먹의 검은 빛을 강조하여 이르는 말.

양장(兩將)이 청령(聽令)하고 각각 물러나와 정병(精兵) 오천씩 거느려 남관에 다다라 십리(十里)를 격(隔)하여 하채(下寨)32)하고, 한담이, 밤들기를 기다려 심복(心腹) 소교(小校)33)로 하여금 항서(降書)을 써 주며 왈,

"가만히 적진(敵陣)에 들어가 적장(敵將)을 주고 회서(回書)를 맡아 오라."

하니, 소교가 즉시 적진에 들어가 항서를 올리니, 적장이 대희하여 떼어 보니, 하였으되,

남경 상장(上將)34) 정한담과 최일대는 일폭(一幅) 서찰을 남진(南陣) 대장 좌하(座下)에 올리나이다. 우리 양인이 충성을 다하여 천자를 도와 국가에 유공(有功)하고 백성에게 덕이 미쳐 간대로35) 그른 일이 없으되, 다만 명주(明主)를 만나지 못하여 일심(一心)에 앙앙(怏怏)36)하니, 장부가 세상에 처하매 울울(鬱鬱)37)히 남의 수하(手下)에 굴하리오. '남아(男兒)가 유방백세(流芳百世)38)를 못하게 되면 차라리 유취만년(遺臭萬年)39)이라도 하라.' 하였으니 이때를 당하여 우리 양인에게 선봉(先鋒)을 맡기시면 대사(大事)를 도모할 것이니 장군의 뜻이 어떠한지 회답을 바라노라.

---

32) 하채(下寨): 진을 치고 군사를 임시로 머물게 함.
33) 소교(小校): 군무(軍務)에 종사하는 낮은 벼슬아치.
34) 상장(上將): 여기서는 으뜸 장수를 말함.
35) 간대로: 멋대로, 함부로.
36) 앙앙(怏怏): 매우 마음에 차지 아니하여 야속함.
37) 울울(鬱鬱): 마음이 상쾌하지 않고 매우 답답함.
38) 유방백세(流芳百世): 훌륭한 업적으로 역사에 이름을 남김.
39) 유취만년(遺臭萬年): 더러운 이름을 후세에 오래도록 남김.

하였거늘, 적장이 글을 보고 대희하여 회답하여 보내고 좌우를 돌아보
아 왈,

"아등(我等)이 행군(行軍) 시에 도사의 말이, '정한담과 최일대가 근심
되다.' 하더니, 이제 저희 등이 항복코자 하니 이는 하늘이 도우심이라."
하고 즉시 회서를 주어 보내니, 소교가 돌아와 글을 올리거늘, 한담이
급히 떼어 보니 기서(其書)에 왈,

　　그대 마음이 아국에 항(降)하여 선봉이 되고자 하니 우리 뜻에 합당
한지라. 특별히 허(許)하나니 마땅히 오늘밤에 서로 보기를 바라노라.

하였거늘, 정 · 최 양인이 대희하여 갑주(甲胄)를 갖추고 적진으로 가니
라.

이때 중군대장(中軍大將)[40]이 이 기별을 듣고 대경하여 급히 퇴병(退
兵)하여 황성으로 돌아와 천자께 소유(所由)를 자세히 고하니, 천자가
대경대로(大驚大怒)하사 발을 구르며 왈,

"정 · 최 양적(兩賊)이 이런 줄을 어찌 알았으리오. 간적(奸賊)의 농술
(弄術)에 빠져 충신을 원찬(遠竄)하였더니, 이런 변을 당하니 이는 짐의
불명(不明)함이라. 누구를 한(恨)하리오."
하시고, 일변 우승상(右丞相) 조정만으로 대장을 삼으사 제조군마(諸曹
軍馬)[41]를 총독(總督)케 하시고, 태자로 중군(中軍)[42]을 정하고 친히 후
군(後軍)이 되사 행군함을 재촉하시니, 군사가 백여 만이요, 장수가 천
여 원이라. 백모황월(白旄黃鉞)[43]과 용봉기치(龍鳳旗幟)[44]는 해를 가리

---

40) 중군대장(中軍大將): 전군(全軍)의 한 가운데에 자리 잡고 있는 중심 부대의 대
　　장.
41) 제조군마(諸曹軍馬): 여러 부서의 군마.
42) 중군(中軍): 전군(全軍)의 한 가운데에 자리 잡고 있던 중심 부대.

었더라.

이때 기주자사(冀州刺史)45) 이준행이 원문(轅門)46)에 복지 주왈,

"소신이 비록 재주가 없사오나, 선봉인(先鋒印)을 빌리시면 어린47) 충성을 다하고자 하나이다."

천자가 대회(大喜)하사 이준행으로 선봉을 삼아 적진을 향하여 나아가니라.

차시 정한담과 최일대가 적진에 투항(投降)하니 적장이 대회하여 정한담으로 선봉(先鋒)을 삼고 최일대로 중군(中軍)을 삼아 급히 짓쳐들어오며, 의기양양(意氣揚揚)하고 검극(劍戟)48)이 삼열(森列)49)하여 군용(軍容)50)이 엄숙(嚴肅)51)하더라. 물밀 듯 들어와 황성 백리(百里) 밖에 하채(下寨)하고 도사는 진중(陣中)에서 망기(望氣)하고 싸움을 재촉하니, 적진 중에서 방포일성(放砲一聲)에 한 장사가 내달아 외쳐 왈,

"만일 명진(明陣) 중에 당할 장수가 있거든 바삐 나와 대적(對敵)하라."

하니, 명진 문기(門旗)52) 열리는 곳에 좌익장(左翼將)53) 주성해 말을 뛰어 내달아 맞아 싸워 수합(數合)54)이 못하여 적장 극한의 칼이 번듯하

---

43) 백모황월(白旄黃鉞): 천자가 정벌할 때 지니는 깃발과 도끼. 백모는 털이 긴 쇠꼬리를 장대 끝에 매달아 놓은 기(旗), 황월은 황금으로 장식한 도끼.

44) 용봉기치(龍鳳旗幟): 용과 봉황의 모양을 한 깃발.

45) 기주자사(冀州刺史): 기주의 지방관. 기주는 지금의 하북성(河北省) 임장(臨漳) 일대.

46) 원문(轅門): 군영(軍營)이나 진(陣)의 문.

47) 어린: 어리석은.

48) 검극(劍戟): 칼과 창.

49) 삼열(森列): 빽빽하게 벌여 있음.

50) 군용(軍容): 군대의 위용(威容) 또는 사기(士氣)나 기율(紀律).

51) 원문에는 엄습으로 되어 있으나, 문맥상 이와 같이 봄.

52) 문기(門旗): 진문(陣門) 밖에 세우는 군기(軍旗). 여기서는 군기를 세워 놓은 진문(陣門)을 말함.

53) 좌익장(左翼將): 군대의 왼쪽에 있는 부대를 통솔하는 장수.

며 주성해의 머리 마하(馬下)에 떨어지니, 명진 중에서 한 장수가 내달아 대호(大呼)55) 왈,

"극한은 가지 말고 최장성의 칼을 받으라."

극한이 맞아 싸워 삼 합이 못하여 극한의 칼끝에 장성의 머리 내려지니, 명진 중에서 왕렬공56)이 급히 내달아 극한을 맞아 싸워 반 합이 못하여 거의 죽게 되었더니, 명진 중에서 팔원(八員) 대장이 일시에 내달아 왕렬공을 구하더니, 적진에서 팔장(八將)이 나옴을 보고 한진이 또한 내달아 합력하여 팔장을 대적하여 싸우더니, 극한은 동(東)으로 치고 한진은 서(西)를 쳐서 삼 합이 못하여 극한의 칼끝에 팔장의 머리가 추풍낙엽(秋風落葉) 같이 떨어지는지라. 천자가 중군(中軍)에 계시다가 팔장의 죽음을 보시고 분기(憤氣)를 이기지 못하사 말을 타시고 진 밖에 나서며 크게 꾸짖어 왈,

"무도한 남적이 천명을 거역하니 어찌 통분(痛憤)치 않으리오. 너희 중에 정한담과 최일대를 베어 바치는 자가 있으면 천하를 반분(半分)하여 부귀를 한가지로 하리라."

하시고 친히 극한을 대적(對敵)하려 하시거늘, 선봉장(先鋒將) 이준행이 진전(進前) 고왈(告曰),

"신이 나아가 적장을 베어 오리이다."

하고, 나는 듯이 내달아 좌수(左手)에 창을 들어 극한의 머리를 베어 들고 우수(右手)에 한진의 머리를 베어 양수(兩手)로 갈라 들고, 좌우로 충돌하고 동서로 치빙(馳騁)57)하다가 본진(本陣)으로 돌아오니, 적진 중에

---

54) 수합(數合): 여러 합. 합은 칼이나 창으로 싸울 때, 칼이나 창이 서로 마주치는 횟수를 세는 단위.

55) 대호(大呼): 큰 소리를 지름.

56) 원문에는 '왕렬'로 되어 있음. 권1에서는 유심을 변호하던 인물로 '왕공렬'이 있으며, 바로 뒤에서도 이 인물을 '왕공렬'이라 하였으므로 이와 같이 봄.

선봉장 정한담이 싸움을 구경하다가 명장(明將)의 횡행함을 보고 분기
(憤氣)를 이기지 못하여 말을 뛰어 바로 명진(明陣)을 무찌르고자 하더
니, 아장(亞將)58) 적문걸이 내달아 왈,

"장군은 식노(息怒)59)하소서. 소장이 나아가 이준행을 잡아오리이다."
하고, 정창출마(挺槍出馬)60)하여 맞아 싸워 일 합이 못하여 문걸의 칼
이 빛나며 이준행의 머리 마하에 내려지는지라. 문걸이 칼끝에 찔러 진
(陣) 밖에 내치고 명진을 짓쳐 들어가며 대호(大呼) 왈,

"명제(明帝)는 불쌍한 인명을 상하게 하지 말고 빨리 항복하라."
하며, 선봉 군졸을 베고 중문(中門)에 돌입하니, 차시 태자가 중군(中軍)
을 지키었다가 당치 못할 줄 알고 후군(後軍)에 와 천자를 모시고 금산
성으로 도망하니, 이때 적문걸이 명진에 들어와 일군(一軍)을 대살(大殺)
하고 명제를 찾은즉 벌써 도망하였는지라, 군기치중(軍器輜重)61)을 탈
취하여 본진(本陣)에 돌아오니, 적진 선봉 정한담이 군사를 몰아 도성
(都城)을 치려 하고 풍우 같이 달려 들어가니, 수성장(守城將) 조정만이
당할 길이 없어 황후(皇后)와 태후(太后)를 모시고 또한 금산성으로 도
망하여 들어오거늘, 천자가 옥새(玉璽)를 땅에 던지고 통곡하사 왈,

"짐이 불명(不明)하여 선황제(先皇帝) 사백여 년 기업(基業)을 일조(一
朝)에 정한담의 손에 잃게 되었으니, 이는 다 짐의 불명함이라. 지하에
돌아간들 선황제를 어찌 뵈오리오."

언파(言罷)에 하늘을 우러러 통곡하시더니, 이윽고 수문장(守門將)이
보(報)하되,

---

57) 치빙(馳騁): 말을 타고 이리저리 달림.
58) 아장(亞將): 대장의 바로 아래 직책. 부장(副將).
59) 식노(息怒): 노여움을 가라앉힘.
60) 정창출마(挺槍出馬): 창을 겨누어 들고 말을 타고 나아감.
61) 군기치중(軍器輜重): 군대에서 쓰는 여러 물품.

"하남절도사(河南節度使)가 군사 십만 명을 거느려 성하(城下)에 이르렀나이다."

상(上)이 반기사 빨리 불러, 멀리 옴을 위로하시고 즉시 선봉을 삼으사 도적을 막으라 하시니, 절도사가 군사를 거느려 성외(城外)에 하채(下寨)하고 명일(明日)로 접전(接戰)코자 하더라.

이때 정한담이 도성에 들어가 용상(龍床)에 높이 앉아 백관(百官)을 호령하니, 문무백료(文武百僚)[62]가 일시에 항복하며 만성인민(滿城人民)이 도적의 밥이 되어 성중(城中)이 물 끓듯 하더라.

11 평명(平明)[63]에 한담이 삼군(三軍)[64]을 재촉하여 금산성을 치려 하여 대군을 몰아 이르니 명진 군사가 성하에 유진(留陣)하였거늘, 적문걸이 나는 듯이 달려들어 명진(明陣)에 돌입하여, 창검(槍劍)이 이는 곳에 장졸(將卒)의 머리 추풍낙엽(秋風落葉) 같아 십만 장졸이 물결 흩어지듯[65] 하거늘, 바로 성하에 다다라 성문을 깨치며 명제를 불러 왈,

"빨리 옥새를 드려 잔명(殘命)을 보전하라."

하는 소리 산악이 무너지는 듯하니, 성중에 있는 군졸이 혼백(魂魄)이 비월(飛越)하여 사면으로 분산(奔散)하거늘, 천자가 황황망극(遑遑罔極)[66]하여 군사의 의복을 입고 산성(山城) 북문으로 나와 암혈(巖穴) 사이에 은신하시고, 우승상(右丞相) 조정만은 서문으로 나와 천자를 찾다가 적세(敵勢) 위급하매 급히 달아나 북문에 이르러 천자를 만나 한가지로 은신하였더니, 이때 태자 · 황후(皇后)와 태후(太后)가 급히 피화(避禍)하려 하시더니, 홀연 적장 적문걸이 달려들어 천자를 찾다가 형영(形影)이 없

---

62) 문무백료(文武百僚): 모든 벼슬아치. 문무백관.
63) 평명(平明): 해가 뜰 무렵.
64) 삼군(三軍): 군 전체를 이르던 말.
65) 물결 흩어지듯: 많은 사람이나 물건이 일시에 흩어지는 모습.
66) 황황망극(遑遑罔極): 어쩔 줄 모르게 급하기 그지없음.

으매, 황후와 태후를 잡아 본진(本陣)으로 보내고 군기(軍器)[67]와 치중 12
(輜重)[68]을 탈취하며 성중에 불을 놓고 본진으로 돌아오니, 선봉(先鋒)
정한담이 황후를 핍박하여 왈,

"그대는 천자의 간 곳을 알지니 빨리 아뢰어 죽기를 면하라."

황후가 망극(罔極)하사 대답지 못하시니, 좌우의 군졸이 창을 들어 옥
체(玉體)를 향하여 왈,

"바른대로 아뢰지 않으면 창끝에 죽으리라."

황후가 총망(悤忙)[69] 중 대답하시되,

"이 몸은 여류(女流)라 성중에 깊이 들었으니, 천자의 가신 곳을 어이
알리오."

한담이 분노하여 태후와 황후를 깊이 가두고 음식을 아니 주어 주려
죽게 하더라.

한담이 용상(龍床)에 높이 앉아 천자를 수색하며 군중에 호령하여,

"명제(明帝)를 잡아들이는 자가 있으면 천금(千金)을 상사(賞賜)[70]하리
라."

하니, 장졸이 청령(聽令)하고 각 진에 물러올새, 이때 천자가 금산성으
로 도망하여 조정만과 더불어 산곡(山谷)에 은신하였다가 황후와 태후
가 잡혀감을 들으시고 통곡하며 암상(巖上)에 내려져 죽고자 하시거늘,
조정만이 울며 천자를 붙잡고 간왈(諫曰),

"이제 천병(天兵)이 미약하여 역적을 잡을 장수가 없사오니 산동육국 13
(山東六國)[71]에 청병(請兵)하와 승부를 결(決)하다가, 만일 패하거든 옥

---

67) 군기(軍器): 전쟁에 쓰는 도구나 기구.
68) 치중(輜重): 식량, 장막, 피복 등 군수품.
69) 총망(悤忙): 매우 급하고 바쁨.
70) 상사(賞賜): 칭찬하여 상으로 물품을 내려 줌.
71) 산동육국(山東六國): 중국 동쪽의 여러 나라를 가리킴.

새를 가지고 소신과 한가지로 요동수(遼東水)에 빠져 죽사이다."

천자가 옳이 여기사 청병(請兵) 패문(牌文)[72]을 바삐 지어 산동육국에 보내어 구원을 청하시니, 이때 육국이 천자의 위태함을 듣고 각각 군사 오만 명과 장수 천여 원(員)씩 발하여 남경 금산성에 합세하여 성외(城外) 십리 밖에 하채(下寨)하고 천자께 봉명(奉命)하니, 상이 대희하사 군장(軍將)을 위로하시고 적장에게 수삼 차 패한 말씀을 이르시니, 각국이 이 말을 듣고 노기충천(怒氣衝天)하여 영농으로 선봉을 삼고 조정만으로 중군(中軍)을 정하여 황성에 돌아오니, 군위(軍威) 비로소 정제(整齊)하고 호령(號令)이 엄숙(嚴肅)하더라.

이때 적문걸이 성 밖 십리에 하채(下寨)하였더니 명진 군위(軍威)가 엄정함을 보고 한담에게 기별한대, 한담 왈,

"명군(明軍)이 이렇듯 강성하니 장군이 어찌 대적코자 하난다?"

문걸이 대왈(對曰),

"장군이 소장의 재주를 어찌 이렇듯 나삐[73] 보시나잇고? 남경(南京)[74]이 비록 청병(請兵)하여 육국 군졸이 백만이라도, 소장의 칼이 사정이 없으니 무엇이 두려우리오."

한담이 대희하여 장대(將臺)[75]에 높이 앉아 문걸의 승패를 구경할새, 차시(此時) 문걸이 용(勇)을 분발하여 칼을 비껴들고 말을 채쳐 명진(明陣)을 바라고 짓쳐 들어가며 크게 호통 왈,

"명제(明帝)야! 옥새(玉璽)를 바치고 빨리 항복하여 죽기를 면하라."

하니, 그 소리 웅장하여 산이 무너지는 듯한지라. 칼을 춤추어 동서로 치빙(馳騁)하며 남북으로 충돌하니, 향하는 바에 주검이 뫼 같고 유혈

---

72) 패문(牌文): 관청에서 관청으로 내려 보내는 공문서.
73) 나삐: 부족하게.
74) 남경(南京): 명나라 조정을 가리킴.
75) 장대(將臺): 장수가 올라서서 명령 · 지휘하는 대.

(流血)이 성천(成川)76)하니, 문걸의 위풍(威風)은 초패왕(楚霸王) 항적(項籍)이 강동(江東)을 바삐 건너 함곡관(函谷關)을 함몰(陷沒)하는 형상77)이요, 삼국(三國) 명장(名將) 조자룡(趙子龍)이 장판파(長坂坡)에 조조(曹操)의 팔십만 대병을 충살(衝殺)하던 모양78)이라. 문걸의 앞에는 십만 군졸이 물결 흩어지듯 하니, 누백년(累百年) 사직(社稷)을 회복하기를 어찌 바라리오.

이때 천자와 중군장(中軍將) 조정만이 옥새(玉璽)를 가지고 용동수79)에 빠져 죽고자 하여 도망하나 갈 곳이 없으니, 수만 장졸의 울음소리 산천이 움직이더라.

차설(且說). 유충렬이 서해 광덕산 백룡사에 있어 노승과 한가지로 세월을 보내더니, 이때는 가정(嘉靖)80) 십삼 년 추칠월(秋七月) 망간(望間)이라. 한풍(寒風)은 소슬하고 낙엽은 분분(紛紛)하여 경개(景槪) 처량한지라. 고향을 생각하고 신세를 자탄하여 비감(悲感)함을 마지아니하더니, 노승이 들어와 유생을 불러 왈,

15

---

76) 성천(成川): 개울이나 내를 이름.

77) 초패왕(楚霸王) 항적(項籍)이 강동(江東)을 바삐 건너 함곡관(函谷關)을 함몰(陷沒)하는 형상: 중국 진(秦)나라 말기에 유방(劉邦)과 천하를 놓고 다툰 무장 항우(項羽)가 자신의 고향에서 기병한 이후 승승장구하여 함곡관을 빼앗는 형상을 말함. 우(羽)는 자(字), 이름은 적(籍). 항우의 출신지가 초(楚)땅인 데서 초패왕이라 부르기도 함. 함곡관은 중국 하남성(河南省)에 있는 요지(要地)로 동쪽의 중원(中原)으로부터 서쪽의 관중(關中)으로 통하는 요충지임.

78) 삼국(三國) 명장(名將) 조자룡(趙子龍)이 장판파(長坂坡)에 조조(曹操)의 팔십만 대병을 충살(衝殺)하던 모양: 중국 삼국시대 촉한(蜀漢)의 군사가 조조(曹操)의 대군에게 쫓길 때에 명장 조운(趙雲)이 당양(當陽)의 장판파(長坂坡)에서 필마단창(匹馬單槍)으로 유비의 아내인 감부인(甘夫人)과 유비의 아들 아두(阿斗)를 구하기 위해 용맹을 떨쳐 적을 물리치는 모습을 말함. 자룡(子龍)은 자. 장판은 지금의 호북성(湖北省) 당양(當陽) 동북쪽.

79) 용동수: 천자가 빠져죽으려는 강 이름이 위에서는 요동수로 지칭되었음. 이 다음에도 용동수로 나타남.

80) 가정(嘉靖): 중국 명나라 세종(世宗, 1522-1566)때의 연호.

“상공이 금일(今日) 천기(天氣)를 보시니잇가?”

유생이 그 말을 듣고 급히 나와 천문(天文)[81]을 보니, 천자(天子)의 자미성(紫微星)[82]이 떨어져 경선원[83]에 감추이었고 남경부(南京府)에 살기충천(殺氣衝天)하였거늘, 들어와 길이 탄식하니, 노승이 문왈,

“상공이 천기를 보시니 어떠하니잇고? 그러나[84] 남경에 병란이 있거니와, 산중에 피란한 사람이 무슨 근심이 있으리잇고?”

유생이 낙루(落淚) 왈,

“소생이 본디 남경 세록지신(世祿之臣)[85]이라. 국변(國變)이 이러하니 어찌 근심이 없으리오. 적수단신(赤手單身)[86]이 만리 밖에 있으니 한탄한들 어찌하리오.”

노승이 벽장을 열고 옥함(玉函)을 내어놓으며 왈,

“차물(此物)은 용궁(龍宮) 보배이거니와, 옥함 싼 수건은 어떤 사람의 수적(手迹)인지 자세히 보소서.”

유생이 대희(大喜)하여 옥함 전면(前面)을 보니, ‘남경 대사마(大司馬)

---

81) 천문(天文): 천체와 기상의 현상. 이러한 현상은 길흉을 미리 알려주는 것으로 서 나타남.
82) 자미성(紫微星): 북쪽 하늘 북극성 주변에 보이는 세 별자리의 하나인 자미원(紫微垣)의 별 이름. 옛 사람은 북극성 주변을 임금이 사는 궁궐이라는 뜻으로 자미궁(紫微宮)이라 하였는데, 그 자미궁의 담을 자미원이라 하였고 자미원에 있는 별은 궁궐을 지키는 장군과 신하라고 생각했음. 따라서 자미성이 떨어진다는 것은 황제에게 위태로운 일이 일어남을 예시함.
83) 경선원: 미상. 자미원(紫微垣), 태미원(太微垣), 천시원(天市垣) 등과 같은 별자리로 추정됨. 하지만 자미성이 떨어져 경선원에 숨겨졌다는 데서 이 삼원(三垣)과는 달리 북극성과는 동떨어진 별자리일 것으로 보임. 완판 86장본과 세창서관본에는 ‘명성원’으로 되었음.
84) 그러나: 문맥상 ‘비록’을 뜻함.
85) 세록지신(世祿之臣): 대대로 나라에서 녹봉을 받는 신하.
86) 적수단신(赤手單身): 맨손과 홀몸이라는 뜻으로, 재산도 없고 의지할 데도 없는 외로운 몸을 이르는 말.

도원수(都元帥) 유충렬은 개탁(開坼)'이라 새겨 있고, 싼 것을 끌러보니, '모년 모월일에 남경 동문 내에 거하는 유충렬의 자모(慈母) 장씨는 아자 충렬에게 부치노라.' 하였거늘, 충렬이 수건과 옥함을 붙들고 실성유체(失性流涕)[87]하니, 노승이 위로 왈,

"소승이 수년 전에 이 절 중 화주(化主)[88]와 더불어 범양(范陽) 땅에 갔삽더니, 기이한 오색구름이 호숫가에 덮였거늘 바삐 가 보오니 옥함이 물가에 놓였거늘, 임자를 찾아주려 하고 갖다가 간수하였거니와, 오늘날 보건대 상공의 전장기계(戰場器械)가 옥함 속에 들었으리이다[89]."

대저 이 함(函)은 회수 사공 마철이[90] 거북을 죽이고 이 함을 갖다가 집에 두었더니, 장부인이 사공의 집에서 얻어다가 도로 해수(海水)에 넣었더니, 비룡사 노승이 갖다가 충렬에게 전함이러라. 충렬이 함(函)을 보니 온통 옥으로 되어 열 길이 없거늘 가만히 빌어 왈,

"만일 충렬의 기물(己物)이거든 절로 열리소서."

하였더니 과연 열리거늘, 신기히 여겨 보니 황금 갑주(甲胄) 한 벌과 방천화극(方天畵戟)[91] 일 병(柄)과 천서(天書)[92] 일 권이 들었거늘, 충렬이 갑주를 보니 용린갑(龍鱗甲)[93]이라 새겼고, 창검(槍劍)을 쓰는 법을 모르매 신화경(神化經)[94] 올려놓고 칼 쓰는 법을 본 후에, '갑주(甲胄)를 입

17

---

87) 실성유체(失性流涕): 슬픔에 겨워 정신을 놓고 눈물만 흘림.
88) 화주(化主): 화주승(化主僧). 인가로 다니면서 사람들로 하여금 법연(法緣)을 맺게 하고, 시주를 받아 절의 양식을 대는 중.
89) 원문에는 '들었으니'로 되었으나, 문맥상 이와 같이 문장을 끝맺어야 함.
90) 세창서관본에는 이 다음에 '물속에서 잠수질하다가 큰 거북이 이 옥함을 지고 나오거늘'이 있음.
91) 방천화극(方天畵戟): 초승달 모양이나 창 모양으로 만든 옛날 중국 무기의 하나. 방천극(方天戟).
92) 천서(天書): 하늘의 계시를 적은 책.
93) 용린갑(龍鱗甲): 용의 비늘 모양으로 조각을 달아 만든 갑옷.
94) 신화경(神化經): 천지조화와 전쟁에서 이기는 비법이 적힌 책인 듯.

고 신화경을 외우고 천상대장성(天上大將星)[95]을 세 번 외치면 서린 칼
이 절로 펴이어 변화가 무궁하리라.' 하였거늘, 그대로 시험하니 삼척
장검(三尺長劍)이 번듯하여 사람을 놀래거늘, 자세히 보니 한가운데 '대
장성(大將星)'이라 새겼고 금자(金字)로 썼으되 '장성검(將星劍)'이라 하
였더라.

유생이 병기(兵器)를 행장(行裝)에 간수하고 노승더러 왈,

"소생이 존사(尊師)를 만나 갑주(甲胄)와 장검(長劍)을 얻었거니와 탈
말이 없으니 민망하도다."

노승 왈,

"영웅이 세상에 나매 용마(龍馬)가 어찌 없으리오. 노승이 수년 전에
서역(西域)을 가다가 백룡암에 이르러 보니 망아지가 물가에 누웠거늘,
그 말을 끌어다가 산 너머 송림촌 장도사의 집에 두었으니, 가다가 그
말을 찾아 타고 급히 가 천자를 구하라."

유생이 즉시 노승을 하직하고 바로 송림을 찾아 장도사를 보고 노승
의 말을 전하고 말을 보고자 하니 도사가 즉시 말 있는 곳을 가르치거
늘, 유생이 나아가 보니 그 말이 사람을 보고 소리를 벽력(霹靂)같이 지
르고 내닫거늘, 유생이 말을 향하여 경계 왈,

"네 만일 용총(龍驄)[96]이면 너의 주인을 알리니, 사나운 행실을 내지
말라."

그 말이 생의 말을 듣고 굽을 치고 반기는 듯하거늘, 생이 이에 가까
이 나아가 보니 턱밑에 일점용린(一點龍鱗)[97]이 박혔으니 '천사마(天使

---

95) 천상대장성(天上大將星): 대장성(大將星), 곧 가장 환하게 빛나는 별. 또는 신장
(神將) 가운데 하나일 수 있음. 신장은 귀신 가운데 무력을 맡은 장수 신.
96) 용총(龍驄): 매우 잘 달리는 훌륭한 말. 용마(龍馬).
97) 일점용린(一點龍鱗): 하나의 용의 비늘이란 뜻으로 명마(名馬)임을 드러내주는
징표를 말함.

馬)98)’라 뚜렷이 새겼더라. 유생이 대희(大喜)하여 장도사를 향하여 값을 물으니, 도사 웃어 왈,

“수년 전에 백룡사 선승이 이 말을 맡겨 왈, ‘수년을 잘 길러 제 임자를 찾아 주라.’ 하기로 두었으니, 이제 말이 장성하매 버릴 길이 없어 토굴(土窟)을 파고 가두었으니, 천만인(千萬人)이 구경하여도 가까이 가는 자가 없더니 그대를 보고 제 스스로 좇아오니, 이 말이 제 임자를 알고 따름이니, 하늘이 주신 보배를 어찌 매매하리오. 이 말은 상공의 기물(己物)이니 가져가라.”

유생이 그 말을 듣고 치사(致謝)99)하고, 안장을 갖추어 타고 도사를 하직하고 송림에서 나와 광덕산을 바라고100), 노승에게 백배사례(百拜謝禮)하고 말에 올라 남천(南天)101)을 바라고 갈새, 말을 경계 왈,

“방금에 천자가 위급하시매, 내 급히 가 구코자 하나니 너는 빨리 행하여 대사(大事)를 어그러지게 말라.”

그 말이 경계를 듣고 남천을 바라보며 소리를 벽력같이 지르고 백운을 헤쳐 나는 듯이 달려가니, 사람은 천신(天神) 같고 말은 비룡(飛龍) 같더라.

홍지원을 얼른 지나 마히역을 바삐 달려, 남천강을 얼른 지나 청성산을 바삐 넘어, 백마성을 빨리 넘어 망향대를 달려 오니, 남경 수만리(數萬里)를 순식간에 지나 금산성 하에 이르러 보니, 사면에 적병(敵兵)이 만산편야(滿山遍野)102)하여 성중에 곡성(哭聲)이 진동하는지라.

---

98) 천사마(天使馬): 명마(名馬)의 하나. 천사(天使)는 유성(流星)의 하나로, 천사마란 매우 빠른 말을 뜻함.
99) 치사(致謝): 고맙다고 말함. 감사하다는 뜻을 표시함.
100) 바라고: 바라보고.
101) 남천(南天): 남쪽 하늘.
102) 만산편야(滿山遍野): 산과 들에 가득함. 편산만야(遍山萬野).

이때에 천자가 중군장(中軍將) 조정만과 더불어 옥새를 가지고 도망하여 용동수에 빠져 죽고자 하되, 적진을 벗어날 길이 없어 황황망극(遑遑罔極)하시더니, 문득 북(北)에서 티끌이 일어나며 천병만마(千兵萬馬)가 짓쳐들어오며 천자(天子)를 부르거늘, 천자가 '본국 군사가 오는가?' 반겨 보시니, 남적과 동심합력하였던 마퉁이라. 옥관도사를 데리고 짓쳐들어오니, 차시 정한담은 천자(天子)가 되어 백관(百官)을 거느리고, 최일대는 대장이 되어 삼군(三軍)을 정제(整齊)하여 마퉁과 합세하여 짓쳐들어오니, 형세가 태산(泰山) 맹호(猛虎) 같은지라. 적진 선봉장 적문걸이 의기양양하여 명진(明陣) 육국(六國) 대병(大兵)을 일시에 무찌르고 무인지경(無人之境) 같이 들어오며 크게 외쳐 왈,

"명제(明帝)야, 빨리 항복하여 죽기를 면하라. 나의 한칼이 육국 대병을 다 죽였으니 바삐 나와 항복하고 너의 모자(母子)를 찾아가라."

하거늘, 천자가 하릴없어 인(印)끈을 목에 매고[103] 항서(降書)를 쓰고자 하더라.

차시 충렬이 금산 하에서 망기(望氣)하다가 천자의 급하심을 보고, 장성검(將星劍)을 높이 들고 천사마를 바삐 채쳐 나는 듯이 중군(中軍)을 헤쳐 들어오며, 조정만을 보고 성명을 통하고 싸움을 청하니, 조정만이 급히 충렬의 손을 잡고 울며 왈,

"그대의 충성이 지극하나 적세(敵勢) 저렇듯 강성하매 천자가 세궁(勢窮)[104]하사 항복하고자 하시니, 그대 청춘소년으로 전장백골(戰場白骨)이 될 것이니 익히 생각하여 후회치 말라."

충렬이 불승(不勝)[105]하여 정만의 말을 듣지 아니코 칼을 비껴들고

---

103) 인(印)끈을 목에 매고: 인끈은 인수(印綬), 곧 도장의 등에 있는 손잡이에 꿴 끈. 인끈을 목에 거는 일은 임금이 적에게 항복함과 아울러 자신이 자살하고자 함을 보여주는 행동임.

104) 세궁(勢窮): 형세가 막힘.

진전(陣前)에 내달아 소리를 벽력같이 지르고 적진(敵陣)을 충돌하며 크게 꾸짖어 왈,

"역적(逆賊) 정한담은 빨리 나와 죽음을 받으라. 네 능히 남경 동성문에 있는 유충렬을 아난다?"

하는 소리 천지 무너지는 듯하거늘, 적문걸이 대경(大驚)하여 돌아보니 일원(一員) 소년대장(少年大將)106)이 일광주(日光珠)107)를 들어 앞을 빛내고 용린갑(龍鱗甲)에 장성검을 들고 천사비룡마(天使飛龍馬)108)를 타고 반운반무(半雲半霧)109) 중에 섰으니, 소리만 나고 눈에 뵈지 아니하니, 문걸이 창검을 들고 주저하더니, 벽력 소리 나며 장성검이 빛나는 곳에 적문걸의 머리를 공중에서 베어 들고 좌충우돌(左衝右突)하니, 군사가 부지불각(不知不覺)에 천신 같은 장수를 만나매 정신이 산란(散亂)하고 수각(手脚)이 황란(慌亂)110)하여 사산분주(四散奔走)111)하거늘, 충렬이 문걸의 머리를 베어 들고 중군(中軍)에 달려오니 조정만이 급히 나와 손목을 붙잡고 들어가니, 이때 천자가 옥새(玉璽)를 목에 걸고 항서(降書)를 쓰시더니 뜻밖에 호통소리 나며 일원 소년대장이 문걸의 머리를 베어 들고 중군(中軍)에 들어오거늘, 천자가 대경대희(大驚大喜)하사 조정만을 불러 왈,

"적장 벤 장수는 누구뇨? 바삐 들어오라."

---

105) 불승(不勝): 문맥상 불승분기(不勝憤氣), 곧 분함을 참지 못하여.
106) 소년대장(少年大將): 나이가 젊은 대장.
107) 일광주(日光珠): 빛나는 구슬. 충렬의 투구 일광주(日光冑)와는 구별됨.
108) 천사비룡마(天使飛龍馬): 매우 빠른 말을 뜻함. 위에서 말한 천사마(天使馬)를 가리킴.
109) 반운반무(半雲半霧): 구름과 안개가 섞여 주위의 사물을 판단하기 어려운 상황을 이와 같이 표현함.
110) 황란(慌亂): 어지러움.
111) 사산분주(四散奔走): 사방으로 흩어져 재빨리 달아남.

하시니, 충렬이 말에서 내려 천자 앞에 나아가 복지(伏地)하니, 상이 가라사대,

"그대는 뉘완대 죽을 사람을 살리나뇨?"

충렬이 저의 부친과 강승상의 죽음112)을 분히 여겨, 이에 울며 주왈(奏日),

23　　"소신은 전 주부(主簿) 유심의 아들 충렬이옵더니, 간신의 화를 피하여 심산(深山)에 묻혔다가 성상의 급하심을 구하옵고 아비 원수를 갚으려 왔나이다. 폐하가 전일에 역신 정한담의 참언(讒言)을 들으시고 신의 아비를 무죄히 연경에 보내시고 퇴신(退臣) 강희주를 무죄히 옥문관(玉門關)에서 죽였으니, 만일 양신(良臣)이 있었던들 어찌 이런 급화(急禍)를 당하시리잇고?"

주파(奏罷)113)에 양항루(兩行淚)가 앞을 가리거늘, 천자가 충렬의 말을 들으시고 참괴(慙愧)하사 충렬을 위로 왈,

"이는 다 짐의 허물이라. 장군을 볼 낮이 없거니와, 경의 충성을 하늘이 감동하사 누백년(累百年) 사직이 회복되니, 하해 같은 은덕을 어찌 다 갚으리오."

하사 용안(龍顔)에 화기(和氣) 동(動)하사 군신(君臣)이 즐기더니, 이때 태자가 적진에 잡혀갔다가 본진(本陣)에서 문걸을 벰을 보고 탈신도주(脫身逃走)하여 본진에 돌아와 천자께 뵈오니, 상이 바삐 태자의 손을

24　잡으시고 탈신함을 물으시며 비희교집(悲喜交集)114)하시니, 충렬이 태자께 재배(再拜) 현알(見謁)하고 눈을 들어 태자의 상(相)을 보니, 천자의 기상이요 일세(一世)의 성군(聖君)일러라.

---

112) 강승상의 죽음: 위에서 강승상은 옥문관(玉門關)에 안치되었을 뿐 죽음을 당하지는 않았음.
113) 주파(奏罷): 다 아뢴 뒤.
114) 비희교집(悲喜交集): 슬픔과 기쁨이 뒤얽힘.

충렬이 투구를 벗어 땅에 놓고 천자께 사죄 왈,

"신의 아비 죽음을 한(恨)하와, 철천지원(徹天之寃)이 골수(骨髓)에 사무친 고로 폐하게 불공(不恭)하옴이 많사오니 계하(階下)에 엎드리어 사죄를 청하나이다."

상이 충렬의 말을 들으시고 낯빛을 고치시며 바삐 불러 손을 잡으시고 위로 왈,

"짐이 전사(前事)를 생각하니 참괴무언(慙愧無言)이라. 경은 짐의 불명(不明)함을 허물치 말고 경의 선조공(先祖公)의 입국공업(立國功業)을 생각하여 짐을 도와 역적을 토멸(討滅)하면 경의 은혜를 중히 갚으리라."

충렬이 천자의 말씀을 듣고 황공사은(惶恐謝恩)115)하고 물러와 장대(將臺)에 높이 앉고 군사를 총독(總督)하니 남은 군사가 겨우 삼백 명이라. 천자가 차탄(嗟歎)116)하시고, 충렬을 봉하여 대사마대장군(大司馬大將軍) 천하병마대도독(天下兵馬大都督) 대원수(大元帥)를 하이시고117) 제조군마(諸曹軍馬)를 총독(總督)케 하시니, 충렬이 사은(謝恩)118)하고 본진에 돌아와 제장군졸(諸將軍卒)을 호령하여 대오(隊伍)를 정제(整齊)하여 진법(陣法)을 시험하니, 호령이 엄숙하고 위풍이 늠름하여 조금도 소년 장사의 경박함이 없더라.

이때 적진 중에서 문걸이 죽음을 보고 일진(一陣)이 진동하여 서로 나와 싸우려 할 즈음에, 대장군 최일대 분기를 이기지 못하여 녹포은갑(綠袍銀甲)119)에 백은(白銀) 투구를 쓰고 적토마(赤兎馬)120)를 바삐 몰아 나

25

115) 황공사은(惶恐謝恩): 임금이 내린 은혜에 황공해 하며 감사함을 나타냄.
116) 차탄(嗟歎): 탄식하고 한탄함.
117) 하이시고: 하게 하시고. 시키시고.
118) 사은(謝恩): 새로 벼슬을 받은 신하에 임금에게 감사함을 표하는 예.
119) 녹포은갑(綠袍銀甲): 공복(公服)으로 입던 녹색의 도포와 은으로 된 갑옷.
120) 적토마(赤兎馬): 중국 삼국시대(三國時代)에 여포(呂布)가 타다가 관우(關羽)가 탔다는 준마의 이름으로 매우 빠른 말을 이름.

오며 대호(大呼) 왈,

"적장(敵將) 유충렬은 연소하여 시무(時務)를 모르는도다. 남북이 합병하여 네 임금을 잡았으니 천명(天命)이 다한지라. 순종하면 당연하고, 청춘소년의 혈기만 믿고 싸우려 하면 남북병(南北兵)을 네 어찌 당하리오."

충렬이 대로(大怒) 왈,

"너희 두 놈을 잡아 우리 부친 영혼에 제(祭)하리라."

하고 말을 뛰어 달려들어 장성검을 들어 일대의 창검을 치니 일시에 부러지거늘, 적장이 대경하여 철퇴로 치려 하나, 유원수의 일신은 간데없고 뵈난 이 장성검이라. 적진에서 옥관도사가 양진(兩陣) 승패를 보다가 대경하여 쟁(錚)[121] 쳐 급히 군을 거두니, 일대 겨우 본진에 돌아와 정신을 잃었는지라.

이때 북적(北狄) 선봉장 마퉁이 천하 명장이라. 일대가 충렬을 잡지 못함을 보고 분심(憤心)을 이기지 못하여 진문(陣門)[122]을 열고 내달아 왈,

"장군이 어찌 조그만 아이를 살리고 오시뇨? 소장이 비록 재주가 미(微)하나 나아가 잡으리이다."

하고 출마(出馬)[123]코자 하니, 적진 중에서 도사가 급히 나와 마퉁의 말머리를 잡고 왈,

"장군은 가지 마옵소서. 적장의 갑옷과 창검을 보니 용궁(龍宮)의 조화(造化)라. 수년 전에 대장성(大將星)이 남경(南京)에 떨어졌더니, 이제 적장의 검술을 보니 북두성 대장성이 검광(劍光)을 응하여 있고, 일광주

---

121) 쟁(錚): 전투에서 후퇴를 알릴 때 치던 꽹과리의 일종. 소가죽이나 나무로 만든 북이 양(陽)을 상징하므로 북을 치는 것은 적진을 향해 돌진하라는 신호인데 반해, 쇠로 만든 징은 음(陰)을 상징하여 정지 또는 후퇴를 뜻함.
122) 진문(陣門): 진영(陣營)으로 드나드는 문.
123) 출마(出馬): 말을 타고 나아감.

(日光胄)124) 용린갑(龍鱗甲)은 일광(日光)을 가리었사오니, 사람은 천신(天神)이요, 말은 비룡(飛龍)이라. 뉘 능히 당하리오.”

마통이 분노하여 도사를 꾸짖어 왈,

“대장부 안전(眼前)에 요망한 도사가 무슨 잔말을 하나뇨? 잠잠히 물렀으라.”

도사가 생각하되, ‘미구(未久)에 대환(大患)이 있으리라.’ 하고 진중(陣中)에 들지 아니하고 소로(小路)로 도망하여 싸움을 구경하더니, 일광주(日光珠) 쏘이는 빛이 두 눈이 어찔하여 정신이 없는지라. 유원수의 소리가 운무(雲霧) 중에서 나며 검광(劍光)이 빛나거늘, 마통이 창을 들어 원수를 찌르려 할 즈음에 장성검(將星劍)이 빛나며 마통의 손을 치니, 철퇴 든 손이 맞아 땅에 떨어지는지라. 마통이 대경하여 우수(右手)로 칼을 잡아 공중에 솟구어 원수를 치니, 원수는 간데없고 칠척(七尺) 장검(長劍)이 낱낱이 분쇄되어 자루만 남았으니, 제 아무리 명장인들 적수(赤手)로 당하리오. 본진(本陣)을 향하여 도망코자 하더니, 벽력 소리가 진동하며 장성검이 빛나는 곳에 마통의 머리 마하(馬下)에 내려지니, 목은 본진(本陣)에 던지고 몸은 적진에 던져 왈,

“적장 정한담은 죽기를 대령하라.”

하고 좌우로 횡행(橫行)하니, 공중에서 소리만 들리고 일신(一身)은 보지 못할러라. 적진이 대경하여 모두 실혼(失魂)하니, 정한담이 분노하여 용상(龍床)을 치며 왈,

“억만 군중(軍中)에 충렬을 잡을 자가 없느냐? 잡은 명제(明帝)를 이제까지 살려 두었으니 저런 것도 장수라 하느냐?”

하고 손사마125)를 타고 구 척 장검을 손에 들고 진문(陣門) 앞에 나서

124) 일광주(日光胄): 강한 빛을 내는 투구. 옥함에서 나온 갑주의 하나. 빛나는 구슬인 일광주(日光珠)와는 구별됨.

니, 최일대 응성(應聲)[126] 출왈(出曰),

"충렬아! 아시[127]에 미결(未決)한 싸움을 결(決)하자."

하니, 유원수가 응성(應聲) 왈,

"내 어찌 여등(汝等) 쥐 무리를 두려워하리오."

하고 천사마를 몰아 나오니, 좌수(左手)에 신화경(神化經)을 들고 신장(神將)[128]을 호령하며, 우수(右手)에 장성검을 들어 일월(日月)을 희롱하며 적진을 향하여 나는 듯이 맞아 싸워 반 합이 못 되어 장성검이 빛나며 일대의 머리 마하에 떨어지니, 원수가 일대의 머리를 칼끝에 꿰어 들고 본진으로 돌아와 천자에게 바쳐 왈,

"이것이 최일대의 수급(首級)[129]이로소이다."

상이 대희하사 일대의 머리를 도마 위에 놓고 점점이 오리며 원수를 칭찬하사 왈,

"짐이 불명(不明)하여 이 놈의 말을 듣고 경의 부친을 문외출송(門外黜送)[130]하였더니, 이 놈이 짐을 속이고 연경에 보내었으니 이제는 설원(雪冤)하였거니와, 경의 공을 의논컨대 결초보은(結草報恩)하여도 다 못 갚으리로다. 태후낭랑(太后娘娘)[131]과 황후(皇后)는 어디 계신고?"

하시며 심히 슬퍼하시니 원수가 천안(天顏)을 우러러 위로 왈,

"신이 명일 적진을 파하고 태후낭랑을 뫼셔 오리이다."

---

125) 손사마: 말의 이름. 미상. 완판 86장본에는 '형사마'로, 세창서관본에는 '청사마'로 나타남.

126) 응성(應聲): 소리에 응하여 반응을 보임.

127) 아시: 지난 번.

128) 신장(神將): 전략과 전술에 능한 장수 또는 귀신 가운데 무력을 맡은 장수 신.

129) 수급(首級): 전쟁에서 베어 얻은 적군의 머리.

130) 문외출송(門外黜送): 죄지은 사람의 관작(官爵)을 빼앗고 도성 밖으로 추방하는 형벌.

131) 태후낭랑(太后娘娘): 태후마마. 낭랑은 왕비나 공주 등 궁궐의 지위 높은 여성들에게 존대의 뜻을 나타내던 말.

하고 본진으로 돌아와 좌정하니, 중군장(中軍將) 조정만이 즐김을 이기지 못하여 무수(無數) 치하(致賀)하고 주배(酒杯)를 내와 통음(痛飲)[132]하니라.

차시 한담이 일대의 죽음을 보고 분심(憤心)이 탱출(撑出)[133]하여 벽력같이 소리 지르고 장창대검(長槍大劍)을 들고 오백 보에 몸을 솟구어 말을 타고 육정육갑(六丁六甲)[134]을 불러 좌우에 옹위(擁衛)하고 둔갑장신법(遁甲藏身法)[135]을 행하며 호통을 크게 하여 왈,

"충렬은 가지 말고 내 칼을 받으라."

하는 소리 천지진동하거늘, 유원수가 한담의 나옴을 보고 대희하여 응성출마(應聲出馬)[136]하니, 천자가 원수를 당부하여 왈,

"한담은 일대와 마통의 유(類)가 아니라. 법술(法術)[137]이 기이하고 만부부당지용(萬夫不當之勇)[138]이 있으며 변화가 무궁하니 각별 조심하라."

원수가 수명(受命)하고 진전(陣前)에 나와 한담을 보니, 신장(身長)이 십여 척(尺)이요, 면목(面目)이 웅장하고, 황금 투구에 백은갑(白銀甲)[139]을 입었으니, 천상(天上)의 익성(翼星)으로 흉중(胸中)에 무궁한 조화(造化)를 품었으니, 일대명장(一代名將)이요 만고영웅(萬古英雄)이라.

원수가 정신을 가다듬어 신화경을 잠깐 펴 한담의 기운을 쇠하게 하고, 장성검을 다시 들어 광채를 찬란하게 하고, 변화 좋은 일광주(日光

30

---

132) 통음(痛飲): 술을 매우 많이 마심.
133) 탱출(撑出): 탱천(撑天)의 뜻으로 쓰임. 하늘 높이 솟아오름.
134) 육정육갑(六丁六甲): 민속에서, 둔갑술을 할 때에 부르는 신장(神將)의 이름.
135) 둔갑장신법(遁甲藏身法): 남에게 보이지 않게 여러 가지 방법을 써서 몸을 마음대로 감추는 방법.
136) 응성출마(應聲出馬): 소리를 듣고 바로 말을 타고 나감.
137) 법술(法術): 술법(術法). 음양(陰陽)과 점을 치는 방법이나 기술.
138) 만부부당지용(萬夫不當之勇): 만 명이나 되는 많은 장부(丈夫)의 힘으로도 능히 당할 수 없는 한 사람의 용맹.
139) 백은갑(白銀甲): 백은으로 된 갑옷.

珠)를 들어 정신을 현란케 하고, 크게 호통하며 한담을 불러 왈,

"네 근본이 명나라 정총독(總督)의 아들이 아니냐? 세대(世代)로 명나라 녹을 먹고 그 임금을 섬기다가, 무엇이 부족하여 충신을 죽이고 부모국(父母國)을 치려 하니 이는 만고의 역적이라. 하늘이 어찌 무심하시랴? 억조창생(億兆蒼生)들이 네 고기를 먹고자 할 뿐더러 지하(地下)의 귀신도 너를 죽여 천자께 드리려 할 것이니, 너 같은 만고역적이 살기를 어찌 바라리오. 너를 사로잡아 전후(前後) 죄악(罪惡)을 다 물은 후에 너의 육신을 포(脯)를 떠서 종묘(宗廟)에 제사하고 남은 고기를 가져다가 우리 부친 충효당(忠孝堂)에 제사하고자 하나니 바삐 나와 목을 늘이어 내 칼을 받으라."

하니.

하회(下回) 어찌 된고? 석람(釋覽)하라[140].

세(歲) 임인(壬寅) 십일월일 향목동 서(書).

---

140) 하회(下回) 어찌 된고? 석람(釋覽)하라: '다음 회는 어떻게 될 것인가 잘 보라.' 는 내용으로 장회소설의 한 회 마지막에 상투적으로 붙는 구절.

유충렬전 권4

차설(且說). 정한담이 원수의 말을 듣고 대로(大怒)하여 칼을 비껴들고 진전(陣前)에 내달으니, 원수가 맞아 싸워 반 합이 못 되어 죽일 것이로되, 부디 사로잡고자 하여 장성검을 높이 들어 한담을 베려 하더니, 한담이 간데없고 편편(翩翩)[1]한 구름이 일어나며 장성검이 빛이 없거늘, 원수가 대경(大驚)하여 급히 물러나 신화경(神化經)을 외우며 장성(將星)을 부르며 풍백(風伯)[2]을 바삐 부르니 채운(彩雲)이 일시(一時)에 없어지는지라. 안손풍[3]의 조화(造化)를 부쳐 적진(敵陣)을 살펴보니, 한담이 몸을 구름 속에 숨겨 장검(長劍)을 번득이며 원수를 따르거늘, 원수가 그제야 깨달아 왈,

"한담은 천신(天神)이라. 사로잡으려 하다가는 도리어 화(禍)를 당하리라."

하고, 다시 장성검[4]을 짓치니 검광(劍光)이 번개 같으나 능히 한담을 범(犯)치 못하거늘, 원수가 하릴없어 바로 적진 뒤로 좇아 짓치려 하더니, 한담이 유원수를 잡고자 하여 급히 좇아오다가 말이 거꾸러지거늘, 유원수가 장성검을 높이 들어 한담의 목을 치니, 목은 맞지 아니하고

---

1) 편편(翩翩): 나는 모양이 가볍고 날쌤.
2) 풍백(風伯): 바람을 주관하는 신.
3) 안손풍: 미상. 완판 86장본과 세창서관본에는 '안순풍'으로 되었음.
4) 원문에는 '장성'이나 이와 같이 봄.

투구만 벗겨지거늘, 차시(此時) 도사가 진중에서 싸움을 보다가 한담의 실수함을 보고 대경하여 쟁(錚)을 쳐 급히 군을 거두니, 한담이 기운이 시진(澌盡)[5]하여 거의 죽게 되었더니 본진(本陣)에서 쟁을 침을 듣고 즉시 돌아와 정신을 수습치 못하다가, 겨우 일어나 앉아 왈,

"선생이 어찌 아시고 쟁을 쳐 군을 거두시니잇고?"

도사가 왈,

"적장의 칼이 장군의 투구를 깨치는지라, 일이 위급한 고로 쟁 쳐 군을 거두었노라."

한담이 대경하여 그제야 머리를 만져보니 과연 투구가 없는지라, 새로이 놀라 왈,

"적장은 실로 천신(天神)이요, 사람이 아니로다. 내 재주를 배워 십년을 공부하매 사람은커니와 귀신도 칭량(稱量)치 못할 법이 많더니, 마통과 최일대의 죽음을 보고 조심하여 십년을 배운 재주를 오늘날 다 베풀어 적장을 잡으려 하더니, 잡기는 새로이[6] 기운이 시진하여 거의 죽게 되었더니, 천행으로 선생의 구하심을 입어 목숨은 살았으나, 아무리 생각하여도 힘으로 잡을 수 없으니 선생은 깊이 생각하소서."

도사 청파에 간담이 서늘하여 이윽히 생각하다가 군중에 전령(傳令)하여 진문(陣門)을 굳게 닫고 한담을 불러 왈,

"적장을 잡으려 할진대 인력(人力)으로 잡지 못할 것이니, 군중기계(軍中器械)를 모아 여차여차(如此如此)하다가 적장을 유인하여 진문(陣門)에 들게 하면, 제 비록 천신이라도 피할 길이 없으리라."

한담이 대희하여 도사의 말대로 약속을 정하고, 수일을 지낸 후에 갑주(甲胄)를 갖추고 진문에 나서며 원수를 불러 왈,

---

5) 시진(澌盡): 기운이 빠져 없어짐.
6) 잡기는 새로이: 잡기는커녕.

"충렬아! 네 다만 혈기만 믿고 우리를 대적하려 하니, 어찌 어리석지 않으리오. 빨리 나와 자웅(雌雄)을 결(決)하라."

차시 유원수가 의기양양하여 진전(陣前)에 횡행하다가 부르는 소리를 듣고 내달아 맞아 싸워 십 합이 못 되어 거의 잡게 되었더니, 적진에서 쟁 쳐 군을 거두니, 원수가 승승(乘勝)[7]하여 바로 대진(大陣)을 짓쳐 들어가 장대(將臺) 하에 다다르니, 장대 위에서 북소리 나며 난데없는 토우(土雨)[8]와 안개 사면에 가득하며 지척(咫尺)을 불변(不辨)이러라.

충렬이 적장의 꾀에 빠져 함정에 들었으니 명재경각(命在頃刻)이라. 원수가 대경하여 신화경을 펼쳐놓고 진언(眞言)을 염(念)[9]하여 일신(一身)을 감추고 진중(陣中)을 살펴보니, 토굴(土窟)을 깊이 파고 그 가운데 기치창검(旗幟槍劍)을 살대[10] 같이 세우고 사해신장(四海神將)[11]이 나열하고 독한 안개와 모진 비 사면으로 뿌리며 크게 불러 항복함을 재촉하는지라.

원수가 그제야 적장(敵將)의 간계(奸計)에 빠진 줄 짐작코, 신화경을 외우며 육정육갑(六丁六甲)[12]을 벌여 신장을 호령하여 운무(雲霧)를 쓸어버리라 하니, 이윽고 일기(日氣) 명랑(明朗)한지라. 함정에서 솟아나오며[13] 살펴보니 무수한 귀졸(鬼卒)이며 사면의 복병(伏兵)이 일어나 에워싸고 장대(將臺)에서 북을 울리고 군사를 재촉하거늘, 유원수가 분노하여 일광주(日光珠)를 내어 들고 천사마를 바삐 채쳐 호통 일성(一聲)에

---

7) 승승(乘勝): 싸움 따위에서 이기는 형세를 탐.
8) 토우(土雨): 바람에 높이 날려 비처럼 떨어지는 보드라운 모래흙.
9) 염(念): 조용히 불경이나 진언(眞言) 따위를 외움.
10) 살대: 화살대.
11) 사해신장(四海神將): 온갖 신장. 신장은 귀신 가운데 무력을 맡은 장수 신.
12) 육정육갑(六丁六甲): 둔갑술을 할 때에 부르는 신장(神將)의 이름.
13) 원문에는 '함정의쇼'로 한 면이 끝나고 다음 쪽에는 '이나오며'로 연결되는데, 필사상의 오류로 보고 문맥상 이와 같이 봄.

달려들어 좌충우돌(左衝右突)하니, 번개가 곳곳에 일어나고 벽력(霹靂)이 처처(處處)에 진동하니, 군사는 넋을 잃고 장수는 귀가 먹먹하여 제 군사를 모르고 서로 짓밟아 죽는 자가 무수하더라.

원수가 장성검을 높이 들고 동서로 충돌하여 장졸의 머리 베기를 풀 베듯 하고 장대(將臺)에 치달으니, 한담이 칼을 들고 앉았거늘 정히 싸우려 하더니, 후면(後面) 토굴(土窟) 속에서 태후낭랑(太后娘娘)과 황후낭랑(皇后娘娘)이 밖을 내다보니 범 같은 소년대장(少年大將)이 횡행출몰(橫行出沒)하거늘 이에 소리를 높여 왈,

"저기 가는 장사가 우리 명장(明將)이거든 나의 고부(姑婦)를 살려주소서."

하거늘, 원수가 함정 속에서 무슨 소리가 남을 듣고 그곳을 향하여 급히 가 보니, 흉한 토굴 속에 태후와 황후가 앉아 계시거늘, 원수가 말에서 내려 복지 왈,

"소장(小將)은 동성문 안 유주부의 아들 충렬이옵더니, 천자(天子)의 급하심을 구하고 아비 원수를 갚으려 하와, 수천리(數千里)를 주야(晝夜)에 배도(倍道)[14]하여 이곳에 이르러 적장(敵將) 적문걸과 최일대 · 마통을 한 번에 베옵고 진중(陣中)에 횡행하옵더니, 낭랑(娘娘)의 곤(困)하심을 뵈오니 이는 신의 태만(怠慢)한 죄로소이다."

태후가 충렬의 말씀을 들으시고 만만칭사(萬萬稱辭)[15] 왈,

"장군의 충렬(忠烈)은 만고금(萬古今)[16]의 으뜸이라. 황상(皇上)의 급하심을 구했다 하니, 이 은혜를 어찌 다 갚으리오. 그러나 짐의 고식(姑媳)[17]이 이곳에 곤하니 장군은 구하여 줌을 바라노라."

---

14) 배도(倍道): 이틀에 갈 길을 하루에 걸음.
15) 만만칭사(萬萬稱辭): 여러 차례 칭찬함.
16) 만고금(萬古今): 아주 오랜 옛날부터 지금까지를 뜻함.
17) 고식(姑媳): 시어머니와 며느리를 아울러 이르는 말.

원수가 배사(拜謝)18)하고 이에 태후와 황후를 붙들어 모시고 적진을 충돌하여 본진(本陣)으로 돌아오니라.

차시 천자가 장대(將臺)에 올라 양진(兩陣) 승패를 보시다가 원수가 적진에 싸여 위태함을 보시고 발을 굴러 왈,

"천행(天幸)으로 충렬을 얻어 도적을 멸할까 하였더니, 이제 적진 함지(陷地)19)에 빠져 죽게 되니, 불명용우(不明庸愚)한 몸이 살아 무엇 하리오."

하시고 망극(罔極)함을 이기지 못하시더니, 문득 적진 억만 군이 물결 흩어지듯 하며 유원수가 당선(當先)20)하여 태후와 황후를 모셔 본진(本陣)으로 돌아오거늘, 상(上)과 태자(太子)가 대희과망(大喜過望)21)하사 바삐 내려 맞아 전상(殿上)에 올라 좌정하시고, 원수 은혜를 만만칭사(萬萬稱辭)하시며 태후와 황후를 맞으사 기쁨을 이기지 못하시며 지내신 환란(患亂)을 위문하시니, 태후가 누수(淚水)를 드리워 적진 고초와 뜻밖에 원수를 만나 무사히 돌아옴을 이르시며 충렬의 은혜를 백번이나 치사하시니, 일진(一陣) 장졸의 즐기는 소리 진동하더라.

각설(却說). 한담이 도사의 말을 듣고 원수를 유인하여 함지(陷地)에 넣었더니, 충렬이 법술(法術)을 행하여 몸을 솟구어 함정 밖에 내달아 수만 장졸을 짓쳐 태후와 황후를 구하여 데려감을 보매, 혼백(魂魄)이 비월(飛越)하여 도사를 대하여 왈,

"충렬은 일정(一定)22) 천신(天神)이요, 사람이 아니로다. 이제는 하릴없으니 선생은 묘계(妙計)를 가르치라."

---

18) 배사(拜謝): 웃어른에게 예의를 갖추어 고맙다는 뜻을 나타냄.
19) 함지(陷地): 빠져나가기 어렵게 된 처지.
20) 당선(當先): 남보다 앞섬.
21) 대희과망(大喜過望): 기대 이상임을 크게 기뻐함.
22) 일정(一定): 반드시.

도사가 대경망조(大驚罔措)[23]하여 어찌할 줄 모르다가 한 꾀를 생각코 한담더러 왈,

"적장 유충렬은 전일 연경에 귀양 간 유심의 아들이라 하니, 이제 급히 군사를 보내어 유심을 잡아다가 진중(陣中)에 가두고 죽이려 하면, 제 아무리 충신이나 나라만 생각하고 아비를 생각지 아니하랴?"

한담이 그 말을 옳이 여겨 군사를 재촉하여 연경에 보내더라.

이적[24]에 유심이 북방 극한지지(極寒之地)에 누년(累年) 고초(苦楚)하매 그 가련한 경상(景狀)[25]을 차마 보지 못할지라. 일일(一日)은 남경에 변란(變亂)이 일어남을 듣고 주야 근심하여 풍우(風雨)를 불피(不避)[26] 하고 하늘께 축수(祝手)하되,

"명천(明天)이 감동하사 우리 천자를 구할 자는 나의 아들 충렬이니, 남경(南京)을 구원하고 제 아비 원수를 갚게 하소서."

하더니, 뜻밖에 한 떼 군마(軍馬)가 달려들어 자기를 잡아내어 수레에 높이 싣고 풍우 같이 몰아가니, 혼백이 비월하여 인사(人事)를 모르다가 겨우 정신을 진정하여 생각하되, '만일 천자가 승전하였으면 나를 잡아 갈 리 만무(萬無)하니, 일정(一定) 정한담이 역적이 되어 천자를 죽이고 나를 또 죽이려 함이니 어찌 통분치 않으리오. 충렬이 일정 죽었도다! 만일 살았으면 어디 가고 아비 원수를 갚지 아니하는고?' 이렇듯 한(恨) 하며 군사를 따라 적진에 들어가니, 차시 정한담이 용상(龍床)에 높이 앉아 백관(百官)을 지휘하여 유심을 잡아들여 계하(階下)에 꿇리고 달래어 왈,

"그대 마음이 고집(固執)하여 만리 연경에 고초를 겪으니 내 마음이

---

23) 대경망조(大驚罔措): 크게 놀라 어찌할 줄을 모름.
24) 이적: 이때.
25) 경상(景狀): 불행한 처지에 있는 사람의 모습 또는 그러한 상황.
26) 풍우(風雨)를 불피(不避): 비바람을 피하지 않고.

불안한지라. 이제 짐이 천자가 되어 백관(百官)을 총령(總領)27)커늘, 그 대 아들 충렬이 미거(未擧)28)하여 천의(天意)29)를 모르고 죽을 명제(明帝)를 도와 우리 군사를 침노(侵擄)하니, 죄상(罪狀)을 생각하면 가히 죽일 것이로되, 그대의 낯을 보아 아직 살려 두었더니 종시(終是) 항복치 아니키로 그대를 데려왔나니, 빨리 자식에게 편지하여, 나에게 항복하여 천하를 평정(平定)하면 고관대작(高官大爵)을 원(願)대로 할 것이니, 그대는 사양치 말라."

하니, 유주부가 그 말을 듣고 분심(憤心)이 대발(大發)하여 눈을 부릅뜨고 고성대질(高聲大叱)30) 왈,

"이 역적 놈아! 천지(天地)도 무섭지 아니하고 일월(日月)도 두렵지 아니하냐? 나의 아들 충렬이 천자를 구하고 너 같은 역적을 토멸(討滅)코자 하니 이는 가히 신자(臣子)의 도리요, 나의 아들 됨이 부끄럽지 아니한지라. 네 아무리 위력(威力)으로 나를 겁박(劫迫)하여 불의를 행코자 하나, 내 어찌 들으리오. 내 벌써 알았던들 장검(長劍)을 가다듬어 너를 죽여 나라의 급함과 나의 원한을 설(雪)하리니 어찌 자식에게 불충불의(不忠不義)를 행하라 가르치리오."

언파(言罷)에 노발(怒髮)이 충관(衝冠)31)하여 고대 한담을 죽일 듯하니, 한담이 대로하여

"유심을 잡아 진문(陣門) 밖에 처참(處斬)32)하라."

하니, 좌우 군사가 일시에 달려들어 검극(劍戟)33)을 번득이며 유심을 잡

---

27) 총령(總領): 모든 것을 전부 거느림.
28) 미거(未擧): 철이 없고 사리에 어두움.
29) 천의(天意): 하늘의 뜻. 천심(天心).
30) 고성대질(高聲大叱): 크고 높은 목소리로 호되게 꾸짖음.
31) 노발(怒髮)이 충관(衝冠): 몹시 성이 나서 쭈뼛 일어선 머리카락이 관을 뚫으려 한다는 뜻으로, 몹시 화가 남을 이르는 말.
32) 처참(處斬): 참형(斬刑)에 처함.

11 아내니, 도사가 한담의 곁에 앉았다가 만류 왈,

"그대 어찌 경선(輕先)34)히 구나뇨? 유심의 상을 보니 장래에 왕이 될 기상(氣像)이라. 천명(天命)이 완전하니, 만일 죽이려 하다가는 대환(大患)이 목전(目前)에 있을 것이니 하수(下手)35)치 말라."
하니, 한담이 분심(憤心)을 이기지 못하여 유심을 호국 지경(地境)에 귀양 보내더라.

차시 정한담이 유충렬과 화친(和親)할 마음이 있어 거짓 유심의 편지를 만들어 무사로 하여금 살 끝에 매어 명진(明陣) 중으로 쏘아 유원수에게 보게 하니라.

차시 유원수가 장대(將臺)에 높이 앉아 부모를 생각하고 수색(愁色)이 만면(滿面)하더니, 홀연 난데없는 살이 진중(陣中)에 내려지거늘, 소졸(小卒)로 하여금 집어 올려 보니 살 끝에 글 쓴 종이 달렸거늘, 급히 떼어 보니 그 글에 하였으되,

연경에 적거(謫居)한 유주부는 불초자(不肖子) 충렬에게 일장 서신을 부치노라. 너의 부모가 연기(年紀)36) 반백(半百)이 되도록 혈속(血屬)이 없기로 남악산(南嶽山)에 빌어 너를 낳아 영화(榮華)를 보려 하

12 였더니, 팔자가 기박하여 천자(天子)에게 득죄(得罪)하고 만리 연경에 귀양가매 사생(死生)을 모를지라. 자식이 살았으면 부모를 상봉함이 천리(天理)에 당연하거늘, 나는 적소(謫所)에 있다가 천명(天命)을 받아 진명지주(眞命之主)37)를 찾아 천위(天位)를 정하고 너는 그 나라

---

33) 검극(劍戟): 칼과 창.
34) 경선(輕先): 경솔하게 앞질러 가는 성질이 있음.
35) 하수(下手): 손을 대어 사람을 죽임.
36) 연기(年紀): 나이.
37) 진명지주(眞命之主): 하늘의 뜻을 받아 어지러운 세상을 평정하고 통일하는 임

신하가 됨이 당연커늘, 구태여 망한 나라를 도와 진명천자(眞命天子)[38]를 침범하니 어찌 시무(時務)를 아는 장부(丈夫)의 행사(行事)리오. 신황제(新皇帝) 대로하사 너의 아비를 잡아다가 무수히 자식 잘못 둔 죄를 이르시고 왈, '만일 자식을 불러오지 않으면 너의 머리를 베어 천하에 호령하리라.' 하시니 이런 망극(罔極)[39]한 일이 어디 있으리오. 네 만일 아비 말을 듣지 아니하면 늙은 아비 자식의 죄로 백발 노년에 부월(斧鉞) 아래 죽음을 면치 못하리니 어찌 원통치 않으리오. 내 명(命)이 시각(時刻)에 있으니 너는 빨리 항복하라. 만일 내 말을 듣지 아니하면 죽은 후에 혼백이라도 너를 자식으로 알지 않으리니 너는 나의 말을 헛되이 듣지 말라. 네 아비 목숨이 오늘 오시(午時)를 당하면 검하경혼(劍下驚魂)[40]이 되리니 그 아니 망극하냐? 아비 경상(景狀)을 생각하여 쉬이 항복하라. 붓을 잡으매 흉격(胸膈)[41]이 답답하고 정신이 황란(慌亂)[42]하여 그만 그치노라.

하였더라.

원수가 남필(覽畢)에 글장[43]을 손에 들고 정신이 아득하여 어찌할 줄 모르더니, 겨우 심신(心身)을 정(靜)[44]하여 즉시 천자께 들어가 글을 올려 왈,

"폐하가 전일에 신의 아비 글씨를 보아 계실 듯하니, 적실(的實)[45]히

금. 문맥상 정한담을 가리킴.
38) 진명천자(眞命天子): 진명지주(眞命之主)와 같은 뜻.
39) 망극(罔極): 여기서는 민망하기 그지없다는 뜻.
40) 검하경혼(劍下驚魂): 칼에 찔려 죽은 혼.
41) 흉격(胸膈): 가슴 속.
42) 황란(慌亂): 어지러움.
43) 글장(-帳): 글이 적힌 종이.
44) 정(靜): 감정을 가라앉힘. 진정, 안정.

신의 아비 글씨니잇가?”

천자와 태자가 글씨를 보시고 원수를 위로 왈,

“경의 부친이 죽은 지 오래니 죽은 혼백이 어찌 그러할 리 있으리오. 또 이 글씨는 짐이 처음 보는 바라. 경부(卿父)[46]의 글씨와는 당(當)치 아니하니 원수는 염려 말고 정한담을 잡아 곡절(曲折)을 물으라. 짐의 말이 틀림이 없으리라.”

원수가 물러와 생각하되, ‘전일 강승상을 만났을 때에 멱라수에 빠져 죽은 표적(表迹)이 적실(的實)하거늘, 어찌 적진에 들어와 글을 부치리오. 그러나 마음이 산란(散亂)하니 적진을 파(破)하고 한담을 사로잡아 곡절을 물으리라.’ 하고, 일광주(日光胄)를 다시 쓰고 봉안(鳳眼)[47]을 부릅뜨고 장성검을 높이 들고 천사마를 몰아 급히 진전(陣前)에 나서며 한담을 불러 왈,

“네 아무리 간사한 꾀로 나를 항복 받고자 하나 내 어찌 너에게 속으리오. 바삐 나와 내 칼을 받으라.”

하니, 한담이 황겁(惶怯)[48]하여 성중으로 들어가 선봉(先鋒)으로 진문(陣門)을 지키게 하고 나지 아니커늘, 원수가 적장의 황겁함을 보고 승승장구(乘勝長驅)하여 적진에 달려들어 장성검을 번득이며 적진 선봉을 죽이고 동성문에 달려드니 성문을 닫았거늘, 호통 일성(一聲)에 장검을 들어 문을 깨치고 순식간에 궐문(闕門)에 들이달아 한담을 바삐 찾으니, 차시 한담이 유원수의 들어옴을 보고 황황급급(遑遑急急)[49]히 북문으로

---

45) 적실(的實): 틀림없음, 확실함.
46) 경부(卿父): 임금이 신하에게 그 아버지를 일컫는 말.
47) 봉안(鳳眼): 봉의 눈같이 가늘고 길며 눈초리가 위로 째지고 붉은 기운이 있는 눈. 주로 용감한 장수의 외모로 표현됨.
48) 황겁(惶怯): 겁이 나서 얼떨떨함.
49) 황황급급(遑遑急急): 매우 황급함.

도망하여 도사를 데리고 호산 대로로 급히 피란(避亂)하니라.

원수가 도성에 들어가 한담의 가속(家屬)과 삼족(三族)을 다 잡아 본진(本陣)으로 보내고, 만조백관(滿朝百官)50)을 호령하여 본진으로 돌아와 천자를 옥련(玉輦)51)에 모시고 환궁(還宮)할새, 태자가 황태후와 황후를 모셔 궐중(闕中)에 들어오신 후에, 유원수 궁중에 들어와 한담의 가속을 낱낱이 잡아내어 다 벤 후에 조정만에게 영(令)하여 본진을 지키고, 원수는 정한담에게 투항(投降)한 장수를 다 잡아내어 죄목을 물은 후에 장안시상(長安市上)52)에 처참(處斬)하고, 정한담을 찾으려고 군중에 전령(傳令)하니라.

차시 한담이 호산대에 올라 도사를 데리고 군정사(軍政事)를 의논할새, 도사도 하릴없어 주저하더니 한 꾀를 생각하고 왈,

"장군은 급히 패문(牌文)53)을 지어 남만·가달과 서번(西番)·호국에 보내어 구원병을 청하여 싸우다가, 다시 패하거든 목숨을 도모하여 깊이 숨었다가 후일을 도모함이 좋을까 하노라."

한담이 대희하여 청병(請兵) 패문을 급히 지어 호국에 보내니라.

이적에 가달·서번 양국(兩國) 왕이 각각 군사를 보내고 승전하여 옴을 기다리더니, 뜻밖에 한담의 패문이 왔거늘, 각각 분함을 이기지 못하여 서천(西天) 삼십육도(三十六道) 군장(軍將)이며 가달·토번 왕과 제국왕(諸國王)이 합병(合兵)하여 정병(精兵) 팔십 만과 장수 천여 원(員)을 거느려 진세(陣勢)를 베풀고, 각국 군왕이 중군(中軍)이 되고 천하명장(天下名將)을 뽑아 선봉(先鋒)을 정한 후에 대군을 몰아 일시에 이르니,

---

50) 만조백관(滿朝百官): 조정의 모든 벼슬아치.
51) 옥련(玉輦): 연(輦)을 아름답게 표현한 말. 연은 임금이 거둥할 때 타고 다니는 가마.
52) 장안시상(長安市上): 사람이 많이 모이는 번화한 서울의 거리를 뜻함.
53) 패문(牌文): 관청에서 관청으로 내려 보내는 공문서의 한 가지.

그 웅장한 거동이 불가형언(不可形言)이러라.

차시 한담이 각국 정병이 들어옴을 보고 성명을 기록하여 각기 영중(營中)에 통기(通寄)하고, 도사와 한가지로[54] 군중(軍中)에 들어와 호왕(胡王)께 현신(現身)하니, 호왕이 전후 말을 다 듣고 적문걸과 마통의 죽었단 말에 다다라서는 간담(肝膽)이 서늘하여 말을 못하나, 그러나 옥관도사의 도움을 보고 크게 기꺼워 호산대에 진(陣) 치고 격서(檄書)를 남경에 보내니라.

차시 유원수가 도성(都城)에 들어가고 조정만이 유진(留陣)하였더니, 홀연 조정만이 표문(表文)을 올렸으되,

호국왕(胡國王)이 중군(中軍)이 되어 팔십 만 대병(大兵)과 천여 원 장수를 거느려 한담과 옥관도사와 합력(合力)하여 격서(檄書)를 보내었으니 원수는 급히 나와 방적(防敵)하라.

하였거늘, 원수가 보고 대로하여,

"적문걸과 마통은 남북(南北) 명장이라. 그 놈의 머리를 한칼에 베었거늘, 한담이 세궁(勢窮)하여 다시 청병(請兵)하여 왔으나 무엇이 두려우리오."

하고 이에 천자께 주(奏)하니, 상(上)이 놀라사 원수에게 당부 왈,

"적세(敵勢) 호대(浩大)하니 경은 부디 조심하라."

원수가 배주(拜奏)[55] 왈,

"신의 장성검(將星劍)은 천하에 당할 자가 없사오니 폐하는 근심 마소서."

하고 일광주(日光胄)를 젖혀 쓰고 용린갑(龍鱗甲)을 입고 장성검을 비껴 들고 본진에 돌아와 군사를 재촉하여 대오(隊伍)를 정제(整齊)하고 적진에 글을 보내어 싸움을 돋우니, 차시 정한담이 호왕(胡王)에게 헌책(獻策)56) 왈,

"소생(小生)이 도사에게 십 년 재주를 배워 변화가 무궁하오며 구척 장검 이는 곳에 당할 자가 없더니, 명진(明陣) 도원수 유충렬이 또한 천신(天神)이요, 범인(凡人)이 아니라. 장군이 비록 억만 군을 거느려 왔으나, 충렬과 능히 접전(接戰)할 장수가 없사오니, 오늘 삼경(三更)에 군사를 나누어 금산성57)을 치면 충렬이 반드시 구하러 올 것이니, 그때에 소장이 도성에 들어가 천자를 항복 받고 옥새(玉璽)를 앗으면, 제 비록 천신인들 임금이 죽었는데 무엇을 보고 싸우리오. 그 계교가 가장 마땅하오니 대왕의 처분이 어떠하니잇가?"

호왕이 대희하여 한담으로 대장을 삼고 극한58)으로 선봉을 삼아, 약속을 정하고 군중에 전령(傳令)하여 도성을 치려 하더라.

이때 유원수가 산하(山下)에 진 치고 있다가 적세를 탐지하고 도성에 들어가더니, 이 밤 삼경(三更)에 한담이 극한을 불러 군사 십만을 주며 왈,

"그대는 바삐 금산성을 치라."

하니, 극한이 청령(聽令)하고 금산성에 달려들어 호통하며 진문(陣門)을

---

56) 헌책(獻策): 일에 대한 방책을 드림.

57) 금산성: 권4에서는 유충렬을 유인하여 싸움을 벌이는 장소로, '금성산'과 '금산성'으로 섞여 나타나는데, '금성산'은 3회, '금산성'으로는 6회가 나타남. 또한 권3에서는 '금산성'으로만 6회, '금산'이 1회 나오고 '금성산'은 나타나지 않음. 따라서 '금성산'은 '금산성'의 잘못으로 봄.

58) 극한: 완판 86장본과 세창서관본에서는 '천극한'으로 되었음. '극한'은 정한담과 최일대 측의 장수로 명진(明陣)의 여러 장수를 죽인 후 명진의 이준행에게 죽었음. 이하의 '극한'도 앞서 죽은 극한이 아니라, 여기에 새로 등장한 인물임.

헤쳐 들어가며 군사를 짓치니, 차시 조정만이 진중(陣中)에 있다가 불의지변(不意之變)을 만나 황황급급(遑遑急急)하더라.

19   차시 원수가 도성에서 적세를 탐지하더니, 뜻밖에 소졸이 보(報)하되,

"지금 금산성에 적장이 들어와 군사를 다 죽이고 중군(中軍)에서 횡행하오니 급히 구하소서."

하거늘, 원수가 대경하여 금산성으로 달려들어 소리를 벽력같이 지르며 적진을 짓치고 중군에 들어가 조정만을 구하여 장대에 앉히고, 필마단검(匹馬短劍)으로 적진에 들어가 장성검이 이는 곳에 십만 장졸의 머리가 추풍낙엽(秋風落葉)이러라.

원수가 본진에 돌아와 벤 머리를 보니, 한담은 어디 가고 전후(前後)에 못 보던 놈이라. 원수가 생각하되,

'범을 잡으려 하다가 토끼를 잡은 괘(卦)라.'

하고 불승분노(不勝憤怒)하여 급히 한담을 찾아 잡으려 하더니, 차시 한담이 유원수를 금산성에 보내고 정병(精兵) 십만(十萬)을 보내어 도성(都城)에 달려드니 성중(城中)에 군사가 없고 천자와 태자만 있는지라. 명제(明帝)를 호령하여 왈,

"이제도 어디로 갈다? 빨리 항서(降書)를 올리라."

하는 소리 궁궐이 무너지는 듯하고 혼백(魂魄)이 비월(飛越)하니, 명제(明帝)가 실혼(失魂)하여 용상(龍床)에서 떨어져 옥새를 품에 품고 말에 올라 북문으로 달아나 번수59) 가에 다다르니, 한담이 궐내(闕內)에 들어가 천자를 찾다가 형적(形迹)이 없고 다만 황후와 태자만60) 있거늘, 일성(一聲) 호통에 달려들어 삼인(三人)을 결박하여 궐문에 나와 호왕

---

59) 번수: 황제가 도망치는 곳으로 설정됨. 모두 다섯 차례 나타나는데 '변수'와 '번수'로 혼용됨. 앞에서 두 번은 '변수'로, 뒤에 세 번은 '번수'로 나타나므로 '번수'로 일치시킴.

60) 문맥상 황후와 태자만이 아니라 태후까지 삼인이 있었음.

(胡王)에게 맡기고, 천자의 뒤를 따라 북문에 나서 바라보니 번수 가에
일대(一隊) 군졸이 있거늘, 한담이 말을 달려 급히 따르며 소리를 벽력
같이 지르고 살같이 달려들어 구척 장검을 높이 들어 천자의 타신 말
을 찌르니, 말이 거꾸러지며 천자가 말에서 떨어지시거늘, 한담이 장검
(長劍)을 들어 용포(龍袍)[61] 자락을 베며 통천관(通天冠)[62]을 벗겨 버리
고 대질(大叱) 왈,

"내 이미 대의(大義)를 잡아 순리(順理)로 항복하기를 일렀거든, 네 어
찌 이렇듯 항거하나뇨? 내 십년을 공부하여 무궁한 재주가 천하에 당할
자가 없거늘, 네 어찌 순종치 아니코 조그만 유충렬을 믿어 대군을 침
범하니, 네 죄를 생각건대 살지무석(殺之無惜)[63]이라. 이제 바삐 옥새와
항서를 써 올려 목숨을 보전하라. 만일 그렇지 않으면 한칼에 베어 삼
군(三軍)을 호령하리라."

천자가 하릴없어 옥새를 목에 걸고 통곡 왈,

"우리 태조 고황제(高皇帝)가 창업(創業)하신 수백 년 기업(基業)이 일
조(一朝)에 나의 손에 마칠 줄 어찌 알리오."

설파(說罷)에 한담더러 왈,

"내 항서를 쓰고자 하나 지필(紙筆)이 없으니 어찌하리오."

한담이 질왈(叱曰)[64],

"항서를 올릴 자가 어찌 지필을 구하리오. 손가락을 깨물어 피로 써
서 올리라."

천자가 망극(罔極)하나 하릴없어 손가락을 깨물어 피를 내려 하시나
심히 아파 차마 물지 못하고 하늘을 우러러 통곡하시니, 용의 울음소리

---

61) 용포(龍袍): 곤룡포(袞龍袍). 임금이 입는 정복.
62) 통천관(通天冠): 황제가 정무(政務)를 보거나 조칙을 내릴 때 쓰던 관.
63) 살지무석(殺之無惜): 죽여도 아깝지 아니할 정도로 죄가 무거움.
64) 질왈(叱曰): 꾸짖어 말함.

구천(九天)65)에 사무치는지라. 명천(明天)이 어찌 무심하시리오.

어시(於時)66)에 유충렬이 금산성에 들어가 적병 삼십 만을 한칼에 짓치고 바로 호산대로 득달(得達)하여 적병의 씨를 없이하고 호왕을 베려 하더니, 홀연 월색(月色)이 희미하고 음운(陰雲)67)이 침침하거늘, 괴히 여겨 말을 잠깐 머무르고 천기(天氣)를 살피니, 도성에 살기(殺氣) 가득하여 자미성(紫微星)이 황황(慌慌)68)하여 거의 떨어지고자 하거늘, 원수가 대경실색(大驚失色)하여 발을 구르며 왈,

"반드시 천자(天子)가 급화(急禍)를 만나시도다."

하고, 천사검(天賜劍)69)을 비껴들고 말을 몰아 풍우(風雨) 같이 달려갈새, 천사마는 본디 용총(龍驄)이라, 주인의 뜻을 알고 두 귀를 쫑그리고 몸을 솟구어 번개 같이 다다르니, 순식간에 황성문(皇城門)을 지나 번수가에 다다르니, 천자는 백사장에 엎더지시고 한담은 칼을 들고 천자를 찌르려 하거늘, 유원수가 이를 보매 분기(憤氣) 백 장(丈)이나 일어나는지라. 소리를 벽력같이 지르니 산천이 무너지는 듯하고 천사마가 운무간(雲霧間)에 내닫는 듯하며, 장성검을 급히 휘두르니, 유원수 앞에는 귀신도 정신을 잃고 강산도 무너지고 하해(河海)도 뒤끓는 듯하더라.

원수가 크게 호통 왈,

"정한담아! 명국(明國) 대장 유충렬을 아난다?"

하는 소리 골이 터지는 듯하니, 한담이 정(正)히 천자를 해코자 하다가 유원수의 호통에 혼비백산(魂飛魄散)하여 정신을 잃고 탔던 말이 놀라

---

65) 구천(九天): 가장 높은 하늘.
66) 어시(於是): 이때, 이때에.
67) 음운(陰雲): 하늘을 덮은 검은 구름.
68) 황황(慌慌/恍恍): 빛을 잃고 희미함을 뜻함.
69) 천사검(天賜劍): 하늘에서 내려준 칼이란 뜻으로 쓴 말. 위에서는 충렬의 검을 '장성검(將星劍)'이라 하였으며 다른 곳에서도 그러함.

거꾸러지니, 한담이 점작이[70] 땅에 떨어지거늘, 유원수가 장성검을 들어 한담의 두 팔을 베어 내리치니, 제 아무리 천신(天神)인들 이런 총망(恖忙)[71] 중에 두 팔을 잃었으니 어찌 용신(用身)[72]하리오. 유원수가 장성검을 땅에 놓고 한담을 잡아 상투를 말에 달고 마하(馬下)에 내려 천자께 복지(伏地)하니, 이때 천자가 백사장에 엎더져 기절하였거늘, 원수가 천자를 붙들어 위로하여 정신을 정(靜)하신 후에 다시 복지 주왈,

"신이 금산성의 급함을 구하여 적병을 살퇴(殺退)[73]하고 도성(都城)으로 향코자 하더니, 천기(天氣)를 보오매 폐하가 역적에게 급하신 고로 말을 채쳐 왔사오니, 조금 더디 왔던들 급화를 당하실 뻔하오니 신의 죄 깊도소이다."

천자가 황망 중에 충렬의 말을 들으시고 정신을 수습(收拾)하여 일어나 앉으시며 원수의 손을 잡고 수루(垂淚)[74] 왈,

"짐이 하마터면 역적의 해(害)를 볼 뻔하였거니와, 한담이 어디 갔나뇨?"

원수가 다시 주왈(奏曰),

"신이 오는 길로 한담의 두 팔을 베고 결박(結縛)하여 잡아왔나이다."

천자가 한담을 잡음을 들으시고 대열(大悅)하사 왈,

"경의 충렬(忠烈)은 만고에 제일이로다. 이 은혜를 무엇으로 갚으리오."

하시고 이에 가라사대,

"만일 한담을 잡았으면 아직 살려두었다가 성중(城中)에 들어가 중형

---

70) 점작이: 미상.
71) 총망(恖忙): 매우 급하고 바쁨.
72) 용신(用身): 몸을 놀림. 몸을 움직임.
73) 살퇴(殺退): 죽이고 물리침.
74) 수루(垂淚): 눈물을 흘림.

(重刑)을 갖추어 저 놈의 죄상(罪狀)을 다 물은 후에 죽임이 옳을까 하노라.”

원수가 승명(承命)하고 천자를 모셔 도성으로 들어오니라.

차시 호국왕이 성중에 들어가 황태후와 황후·태자를 겁박(劫迫)하고 잔여(殘餘) 옥백(玉帛)을 수탐(搜探)하여 수레에 싣고 본진(本陣)으로 돌아오더니, 극한이 금산성을 치다가 십만 대병(大兵)을 함몰(陷沒)하며 한담이 번수에서 원수에게 죽음을 보고 황겁(惶怯)하여 각처 군사를 거두어 돌아갈새, 태후와 황후·태자를 수레에 실어 본국으로 돌아가니라.

차시 천자가 환궁하사 궐중에 드시매, 태후와 황후·태자가 거처(居處)에 없음을 보시고 대경(大驚)하사 궁녀를 불러 물으시니, 모두 주왈(奏曰),

“적병이 돌입하여 양전(兩殿) 낭랑(娘娘)[75]과 태자를 겁박(劫迫)하여 가니이다.”

천자가 대성통곡(大聲痛哭)하사 왈,

“짐이 불명(不明)하여 간적(奸賊)을 총임(寵任)[76]한 죄로 적화(賊禍)[77]를 만났으니 태후낭랑과 정궁(正宮)[78]과 태자를 만리 호국에 잡혀 보내니 짐이 혼자 살아 무엇 하리오.”

하시고 비회(悲懷)를 진정하지 못하사 궐내(闕內) 백화담에 빠져 죽고자 하시거늘, 원수가 민망하여 천자를 붙들어 만 번이나 만류하여 용상(龍床)에 편히 모시고 복주(伏奏)[79] 왈,

“소신이 충성이 비록 부족하오나, 이런 때를 당하와 신자(臣子)의 도

---

75) 양전(兩殿) 낭랑(娘娘): 태후와 황후.
76) 총임(寵任): 총애(寵愛)하고 신임함.
77) 적화(賊禍): 역적에게 당하는 재난.
78) 정궁(正宮): 황후나 왕비를 후궁에 상대하여 이르는 말.
79) 복주(伏奏): 엎드려 사룀.

리를 어찌 진심(盡心)치 않으리잇고? 신이 이제 호국에 들어가 호왕을
쳐 항복 받고 태후낭랑과 황후·태자를 평안히 모시고 본국에 돌아와
탑전(榻前)에 뵈오리이다."

천자가 원수의 손을 잡으시고 낙루(落淚)하시며 부탁하시되,

"경은 충성을 다하여 호국을 항복 받고 부모처자를 찾아 보게 하면
그 은혜를 어찌 다 갚으리오."

하시니, 원수가 배사(拜謝)하고 물러 본진에 돌아와 장대에 높이 앉고
제장(諸將) 군졸(軍卒)을 벌여 세우고 정한담을 잡아들여 계하(階下)에
꿇리고 온갖 형벌을 더하며 호령 왈,

"네 나더러 천의(天意)를 모른다 하더니, 네 어찌 두 팔이 없어지고
이에 잡혀 왔나뇨?"

한담이 참괴(慙愧)하여 가로되,

"내 불행히 도사 놈의 말을 들어 이런 일을 당하였으니 무슨 말을 하
리오."

원수가 대로 왈,

"도사 놈이 어디에 갔나뇨? 바삐 아뢰라."

한담이 가로되,

"내 번수 가에 갔을 때에 필연 호국으로 가니이다."

원수가 왈,

"너는 나의 큰 원수라. 급히 벨 것이로되, 너의 흉모(凶謀)를 다 안 후
에 죽이고자 하나니 바른대로 아뢰라."

한담이 하릴없어 다시 고왈(告曰),

"소인이 비록 무상(無狀)[80]하오나 도사 놈의 간계(奸計) 아니면 원수
(元帥)의 대인(大人)[81]을 모함할 리 있사오리오. 다만 도사의 말을 들어

---

80) 무상(無狀): 사리에 밝지 못함.

27 주부공(主簿公)을 연경에 정배(定配)하였더니, 일전에 원수와 화친(和親)
할 마음이 있사와 주부공을 데려다가 진중(陣中)에 가두고 천만 가지로
달래어 항복 받고자 하되, 종시 듣지 아니하기로, 분을 참지 못하와 호
국 지경에 보내었사오니, 기간(其間) 사생(死生)을 모르거니와 주부공의
몸은 무사할 듯하오니, 원컨대 원수는 소인의 잔명(殘命)을 용서하소서."

원수가 청파에 통곡 왈,

"또 강승상의 사생(死生)을 아뢰라."

한담이,

"강승상을 모해(謀害)하여 옥문관(玉門關)에 귀양 보내고 그 집 가속
(家屬)을 잡아오더니, 중로(中路)에서 도망하여 영릉 땅 청수강에 빠져
죽었다 하더이다."

원수가 분노하여 한담을 베어 분을 풀고자 하되, 부친을 모신 후 죽
이려 하여 결박(結縛)하여 옥에 가두고, 원수가 갑주(甲胄)를 갖추고 천
자께 하직하니, 천자가 계하(階下)에 내려 원수의 손을 잡고 울며 왈,

"짐의 수족(手足)[82]을 만리에 보내니 마음이 어찌 온전하리오. 경은
충성을 다하여 태후 · 황후와 태자를 구하여 돌아옴을 바라노라. 그러나
28 기간(其間)에 또 무슨 환(患)이 있으면 누구와 더불어 의논하리오."

하시고, 십리 밖에 나와 전송(餞送)하시며 천만당부(千萬當付)[83] 하시니,
원수가 청령(聽令)하고 필마단검(匹馬短劍)으로 만리 호국에 들어갈새,
차시 호왕이 본국에 돌아와 후환이 있을까 염려하여 연로(沿路) 각읍
(各邑)에 영(令)을 내려 신칙(申飭)[84]하되,

---

81) 대인(大人): 상대방의 아버지를 높여 이른 말.
82) 짐의 수족(手足): 황후 · 태후 · 태자를 가리킴. 수족은 형제나 자식을 비유적으
로 이르는 말로 여기서는 황제가 어머니와 아내와 아들을 지칭하였음.
83) 천만당부(千萬當付): 간곡한 당부.
84) 신칙(申飭): 단단히 타일러서 경계함.

"중국으로 통한 길에 인가(人家)를 없이하고 강마다 선척(船隻)을 없이하여 인적(人跡)을 서로 통치 못하게 하라."
하였더라.

차시 유원수가 전진(戰塵)에 출몰하매 용력(勇力)을 허비하고 식음(食飮)을 때로 나오지[85] 못한 중에, 부친의 안위(安危)를 몰라 분심(憤心)이 흉격(胸膈)에 가득하고 심신(心身)이 산란(散亂)하던 차에 수만리(數萬里)를 불분주야(不分晝夜)하고 달려가니 기운이 시진(澌盡)하고 행역(行役)[86]이 곤핍(困乏)하여, 유주(幽州) 고을에 들어가 자사(刺史)를 잡아내어 수죄(數罪) 왈,

"네 세대(世代) 식록지신(食祿之臣)[87]으로 국가가 불행하되 네 목숨만 생각하고, 또 한담의 말만 듣고, 유주부 상공(相公)이 네 고을에 귀양 왔다 하더니 지금 어디 계시냐?"

자사가 황겁(惶怯)하여 복지 사죄 왈,

"소인인들 국록지신(國祿之臣)[88]으로 어찌 무심하리잇고마는, 호병(胡兵)이 남경(南京) 가는 길에 들어와 군마(軍馬)와 양식을 탈취하고 소인을 죽이려 하옵거늘, 소인이 목숨은 살았사오나 본디 재주 없삽고 적수단신(赤手單身)[89]이라, 어찌할 길이 없사와 마음을 사르더니[90], 수일 전에 소식을 듣사오니 호병(胡兵)이 승전(勝戰)하고 황태후와 태자를 사로잡고 호국으로 갔다 하옵기로 황황망조(遑遑罔措)[91]하옵더니, 장군이 와 계시니 황공하옵거니와 존성대명(尊姓大名)이 뉘시며 무슨 일로 유

<hr>

85) 나오지: (음식을) 먹지.
86) 행역(行役): 여행의 피로와 괴로움.
87) 세대(世代) 식록지신(食祿之臣): 여러 대에 걸쳐 나라의 녹을 먹는 신하.
88) 국록지신(國祿之臣): 나라에서 주는 녹봉을 받는 신하.
89) 적수단신(赤手單身): 여기서는 군사력이 없는 처지를 뜻함.
90) 마음을 사르더니: 마음을 태우더니.
91) 황황망조(遑遑罔措): 마음이 급하여 어찌할 줄을 모르고 허둥지둥함.

주부를 찾으시나잇고?”

원수가 비읍(悲泣) 답왈,

“나는 이 고을에 적거(謫居)한 유주부의 아들이러니, 부모의 원수를 갚으려 하고 적진에 들어가 천자를 구하고 정한담과 최일대를 한칼에 베었거니와, 뜻밖에 호국이 합세하여 군사를 거느려 황성(皇城)을 엄살(掩殺)[92]하여 황후와 태자를 사로잡아 저희 본국으로 돌아간 고로, 북적(北狄)을 함몰(陷沒)하고 황태후를 모셔 경사(京師)에 회환(回還)하려 하는 길에 이곳에 와 나의 부친을 모셔 가려 하노라.”

자사가 그 말을 듣고 급히 계(階)에 내려 백배사죄(百拜謝罪) 왈,

“소생(小生)이 원수(元帥)를 누구신지 몰랐더니, 유대인의 자제이오니 소생의 불민(不敏)한 죄 많도소이다.”

하고 주배(酒杯)를 내와 맛보심을 권하니, 원수가 물리치고 천사마(天使馬)를 바삐 몰아 호국 지경에 이르니, 풍설(風雪)이 분분(紛紛)하고 도로가 험악하여 인적이 없더라.

차설(且說). 호왕이 본국에 돌아와 승전고(勝戰鼓)를 울리며 잔치를 배설(排設)하여 수일을 즐긴 후에, 태자를 죽이고 황후를 겁칙[93]하여 잉첩(媵妾)[94]을 삼고자 하여 태자를 잡아내어 계하(階下)에 꿇리고, 좌우에 나졸(邏卒)이 장창대검(長槍大劍)을 잡았으니 위풍(威風)이 늠름하더라. 전상(殿上)에 만조백관이 시위(侍衛)하였으니, 호왕이 통천관(通天冠)에 곤룡포(袞龍袍)[95]를 입고 구룡탑(九龍榻)[96] 상에 높이 앉아 태자를 호령 왈,

---

92) 엄살(掩殺): 별안간 습격하여 죽임.
93) 겁칙: 여기서는 협박하여 강제로 말을 듣게 한다는 뜻으로 쓰임.
94) 잉첩(媵妾): 여기서는 후궁을 가리킴.
95) 곤룡포(袞龍袍): 임금이 입는 정복.
96) 구룡탑(九龍榻): 임금이 앉아 정무를 보는 의자를 말함. 용탑(龍榻).

　　"네 비록 연유(年幼)하나 너의 나라 운수(運數)가 쇠(衰)함을 알지니, 과인(寡人)에게 항복하여 천명(天命)을 순종(順從)하고 네 어미를 들여 나의 잉첩을 삼게 하면, 너를 좋은 벼슬을 시켜 **부**귀를 누리게 하리라."

하니, 차시 황태후와 황후는 천지망망(天地茫茫)[97]하여 서로 붙들고 땅에 쓰러져 무수히 통곡할 뿐이요, 태자는 나이 십삼 세나 호왕의 욕언(辱言)을 듣고 분심(憤心)이 충천(衝天)하여 봉안(鳳眼)을 높이 뜨고 대매(大罵)[98] 왈,

　　"네 아무리 천시(天時)를 모르는 도적인들 강포(强暴)를 믿고 천조(天朝)[99] 태후낭랑을 이렇듯 질욕(叱辱)[100]하거니와, 군신지분(君臣之分)[101]으로 의논컨대 천자(天子)는 만민(萬民)의 부친이요, 황후는 만민의 모친이라. 무지한 오랑캐 놈이 욕설로 황후(皇后)를 핍박(逼迫)코자 하니 너 같은 놈은 금수(禽獸)와 일체요, 만고의 역적이라. 내 비록 미거(未擧)하나 너의 욕(辱)을 감심(甘心)[102]치 않으리라."

하니.

　　하회(下回) 어찌 된고? 석람(釋覽)하라.

세(歲) 정미(丁未) 십이월일 향목동 서(書).

---

97) 천지망망(天地茫茫): 온 세상이 아득함. 아득하여 어찌할 바를 모름.
98) 대매(大罵): 아주 심하게 욕하여 크게 꾸짖음.
99) 천조(天朝): 천자(天子)의 나라를 말함.
100) 질욕(叱辱): 꾸짖으며 욕함.
101) 군신지분(君臣之分): 임금과 신하 사이의 분수.
102) 감심(甘心): 괴로움이나 책망 따위를 기꺼이 받아들임.

유충렬젼 권5

1   **차**시에 호왕(胡王)이 대로(大怒)하여 용상(龍床)에서 뛰어내려 칼을 빼 손에 들고 좌우(左右)를 호령하여 황후(皇后)를 결박(結縛)하라 하니, 범 같은 나졸 등이 일시에 달려들어 황후의 고운 목을 옭아내어 뜰에 엎어뜨리니, 왕이 수죄(數罪) 왈,

"네 자식의 말이 심히 방자하나 너의 용색(容色)[1]을 아껴 용서하나니, 너는 빨리 순종(順從)하여 과인(寡人)의 침실에 모시라."

황후가 차언(此言)을 들으시고 대로하사 아미(蛾眉)를 거스리고 대질(大叱) 왈,

"이 무지한 역적 놈아! 천지신명(天地神明)이 두렵지 아니하냐? 네 아무리 오랑캐인들 외국 번신(藩臣)[2]이 되어 만승황후(萬乘皇后)[3]를 이렇듯 곤케 하리오. 빨리 우리 모자를 죽이라. 죽는 날이라도 염왕(閻王)께 설원(雪冤)하여 원수를 갚으리라."

호령이 추상(秋霜)같거늘, 호왕이 대분(大憤)하여 황후와 태자를 전목칼[4]을 걸고 온갖 형벌을 갖추어 무수히 결장(決杖)[5]하고, 무사(武士)를

---

1) 용색(容色): 용모와 안색.
2) 번신(藩臣): 제후(諸侯)를 일컬음.
3) 만승황후(萬乘皇后): 천자(天子) 나라의 황후. 만승이란 만 대의 병거(兵車)로, 천자 나라를 일컬음.
4) 전목칼: 중죄인에게 씌우던 나무로 된 형틀의 한 가지.
5) 결장(決杖): 죄인에게 곤장을 치는 일.

호령하여 다시 수레 위에 높이 내어 들고 위엄을 거룩히 하여 문외(門外)로 나오니, 그 경상(景狀)이 어찌 참연(慘然)치 않으리오.

차시 황후와 태자가 앙천통곡(仰天痛哭) 왈,

"우리 도무지 무슨 죄로 만리 호국에 잡혀 와 이적(夷狄)의 손에 죽을 줄 몽매(夢寐)에나 생각하였으리오."

언파(言罷)에 기운이 막혀 거상(車上)에 거꾸러지니, 그 참혹(慘酷)한 경상을 천지(天地)도 슬퍼하시고 일월(日月)이 무광(無光)하더라.

이때 총융대장(總戎大將)[6]이 군사를 재촉하여 황태후 삼 모자를 압령(押領)[7]하여 교외에 나와, 무사를 호령하여, 일시에 참(斬)하라 하니, 무사가 청령(聽令)하고 홍포남대(紅袍藍帶)[8]에 비수(匕首)를 번득이며 좌우로 횡행하니, 천지신명(天地神明)이 어찌 무심하리오.

이때 유원수가 호국 지경에 득달(得達)하여 행역(行役)이 노곤(勞困)하매 말을 잠깐 멈추었다가 하수(河水)를 바삐 건너 상림(上林)[9] 뜰에 달려드니 호국 선우대(單于臺)[10]가 구름 속에 은은히 뵈거늘, 원수가 말에서 내려 고삐를 끌어 강수(江水)를 먹이며 원수는 물가에 이르러 세수하더니, 홀연 일엽주(一葉舟)가 강상(江上)에 떠오며 일위(一位) 선녀가 선창(船窓)에서 내달아 원수께 배례(拜禮)하고 금낭(錦囊)을 열어 실과(實果)를 내어주며 왈,

"행역이 피곤하시거든 이것을 자시면 정신이 날 것이니 한 개만 자

---

6) 총융대장(總戎大將): 전군(全軍)을 통솔하는 장군.

7) 압령(押領): 죄인을 맡아서 데리고 옴.

8) 홍포남대(紅袍藍帶): 붉은 도포에 푸른 띠를 한 차림. 여기서는 참형을 실시하는 집행자의 복장을 가리킴.

9) 상림(上林): 상림원(上林苑). 진(秦)나라 때의 어원(御苑). 지금의 섬서성(陝西省) 장안(長安)의 서쪽.

10) 선우대(單于臺): 호국에 있는 대(臺)를 가리킴. 선우는 흉노(匈奴)가 그들의 군주나 추장을 높여 이르던 이름.

시고, 또 한 개는 두었다가 일후(日後)에 쓸 곳이 있으려니와, 지금 황태후와 황후·태자가 위급하여 명재경각(命在頃刻)하니 빨리 호국 대로(大路)로 가소서. 만일 중로(中路)에 지류(遲留)[11]하여 오늘 오시(午時)가 지나면 구원(救援)치 못하리니 급히 가서 구하옵소서.”

하고 배를 돌이켜 강상(江上) 중류로 내려가니, 그 선연(嬋娟)[12]한 행색(行色)이 가히 사람의 마음을 동(動)할러라. 원수가 대경하여 급히 그 실과 한 개를 먹고 천기(天氣)를 살펴보니, 대장성(大將星)이 떨어질 듯하고 자미원(紫微垣) 대성(大星)이 정히 황황(慌慌)[13]하여 광채가 없거늘, 대경망조(大驚罔措)하여 황룡수(黃龍鬚)[14]를 거스리고 봉안(鳳眼)[15]을 부릅뜨고 일광주(日光冑)를 고쳐 쓰고 장성검을 높이 들고 천사마(天使馬)에 높이 앉아 산호(珊瑚) 채를 급히 채쳐 나는 듯이 들어가니, 동문 밖 십리허(十里許)[16]에 백포장(白布帳)[17]을 둘러치고 기치창검(旗幟槍劍)이 가득한 곳에 일대(一隊) 군병이 에웠거늘, 원수가 소리를 높여 급히 호통하니, 마치 벽력 소리가 반공(半空) 중에서 내리는 듯한지라. 이에 호왕을 불러 왈,

4 　　“이 무지한 오랑캐 놈은 우리 태후·황후 양(兩) 낭랑(娘娘)과 동궁 전하를 해(害)치 말라. 천조(天朝) 대원수 유충렬이 예 있노라.”

하는 소리가 산이 무너지고 천지(天地)가 뒤놀더라.[18]

---

11) 지류(遲留): 때를 늦추어 머묾.
12) 선연(嬋娟): 얼굴이 곱고 아름다움.
13) 황황(慌慌/恍恍): 빛을 잃고 희미함을 뜻함.
14) 황룡수(黃龍鬚): 위엄 있게 보이는 수염.
15) 봉안(鳳眼): 봉의 눈같이 가늘고 길며 눈초리가 위로 째지고 붉은 기운이 있는 눈. 귀상(貴相)으로 여김.
16) 십리허(十里許): 십리쯤 되는 곳.
17) 백포장(白布帳): 흰 베로 만든 휘장(揮帳).
18) 뒤놀더라: 한곳에 붙어 있지 않고 이리저리 몹시 흔들리더라.

차시 무사가 정히 비수를 들어 태자를 하수(下手)[19]코자 하더니, 뜻밖에 벽력 소리가 천지진동하며 일원 대장이 말을 달려 풍우 같이 달려드니, 그 세(勢) 나는 범 같은지라. 벌써 동문(東門) 대로(大路)에 이르러 장성검을 높이 들어 좌우의 에운 군사를 풀 베듯 하고 무사를 한칼에 죽이고, 바로 말을 채쳐 성중(城中)에 달려들어 궐문(闕門)을 깨뜨리고 장성검을 급히 날려 호국 백관(百官)을 한칼에 베고, 용상(龍床)을 깨뜨리고 내전(內殿)으로 들이달아 호왕을 잡아 옆에 끼고 풍우 같이 말을 몰아 동문 대로로 급히 나오니, 이때 황후·태후와 태자가 무사의 검광(劍光)에 황겁(惶怯)하여 정신을 잃어 기절하였는지라. 원수가 급히 태자를 붙들어 구하고 태후와 황후를 구완[20]하니, 식경(食頃)[21] 후에 겨우 정신을 진정하여 일어나 앉거늘, 원수가 복지 주왈,

"대명국 대원수 유충렬이 호왕을 사로잡고 호병(胡兵)을 한칼에 무찌르고 이곳에 왔나이다."

태후와 황후가 이 말을 들으시고, 꿈인 듯 생시인 듯 반신반의(半信半疑)하여 통곡하시며 왈,

"유충렬이란 말이 어인 말인고?"

급히 눈을 들어 돌아보시니, 군사는 일인도 없고 다만 일원(一員) 소년대장이 앞에 복지하였거늘, 아득한 마음을 겨우 진정하여 가로되,

"경(卿)이 짐의 위급함을 어찌 알고 만리 호국에 필마단신(匹馬單身)으로 이르러 구하나뇨? 차은(此恩)을 갚을 길이 없도다. 그러나 우리 황상이 태평하시며 궁중이 무사하뇨? 짐은 오랑캐에게 이런 참욕(慘辱)을 당하니 도시(都是) 국운이 불행함이라. 누구를 한하리오."

---

19) 하수(下手): 손을 대어 사람을 죽임.
20) 구완: 아픈 사람을 보살핌.
21) 식경(食頃): 밥을 먹을 동안이라는 뜻으로, 잠깐 동안을 이르는 말.

하시며 통곡하기를 마지않으시니, 원수가 다시 주왈(奏曰),

"신이 황명(皇命)을 받자와 필마로 주야(晝夜) 달려 호국에 이르러 호국 군졸을 짓치고 호왕을 사로잡아 가지고 이곳에 왔나이다."

황후가 들으시고 만만칭사(萬萬稱辭) 왈,

"원수의 충의는 만고에 제일이로다. 우리 황야(皇爺)[22]의 급하심을 두 번 구하고 역적 한담 등을 잡아 국가를 평안히 하고 다시 만리 호국에 필마로 이르러 태후낭랑과 짐(朕)[23]과 태자의 죽게 됨을 구하고 역적 호왕을 잡았으니 은혜는 짐이 죽어 백골이 될지라도 갚지 못하리로다." 하시며, 태자가 원수의 손을 잡으시고 유체(流涕) 왈,

"황야와 태후낭랑 구한 은혜는 과인이 입으로 형언함이 오히려 경(輕)한지라. 오직 과인의 마음은 원수를 황야 버금으로 평생을 섬김을 원하나니, 나라를 중흥(中興)한 덕택은 하늘이 원수를 지시하심이라. 어찌 서어(齟齬)한 말로 칭사(稱辭)[24]하리오."

언파에 체루(涕淚)가 종횡하시니, 원수가 복지 주왈,

"소장이 금산성을 무찌르고 돌아오다가 천기를 살피온즉, 황상(皇上)의 주성(主星)[25]이 번수 가에 있사와 위급하옵거늘, 급히 달려가 일 합에 정한담을 사로잡아 황상을 구원하고, 환궁하온 후에 이곳에 들어와 태후와 황후와 전하를 구하였사오며, 돌아가는 길에 아비를 찾고자 하나이다."

태자가 들으시고 격절탄상(擊節嘆賞)[26]하사 무수히 치사 왈,

---

22) 황야(皇爺): 황제의 존칭.
23) 짐(朕): 여기서는 황후가 자신을 지칭한 말.
24) 칭사(稱辭): 칭찬.
25) 주성(主星): 여기서는 그 인물의 안위를 상징하는 별을 뜻함.
26) 격절탄상(擊節歎賞): 무릎을 손으로 치면서 탄복하여 칭찬함. 격상(擊賞), 격절칭상(擊節稱賞).

"우리 삼인이 원수의 덕택으로 죽기를 면하였으나, 고국에 돌아갈 길
이 망연(茫然)하여 원수의 지휘만 바라노라."

하시더라.

태자가 이에 정신을 가다듬어 원수의 칼을 앗아 손에 들고 봉안(鳳
眼)27)을 뜨고 호왕을 꾸짖어 왈,

"몹쓸 오랑캐 놈아! 황후낭랑을 곤욕하고 나를 항복 받아 신하를 삼
고자 하더니, 청천일월(靑天日月)이 명명(明明)하시거늘 너의 신명(身命)28)
이 어찌 온전하리오. 너를 잡아 황성에 들어가 성상 처분을 보려니와,
우선 분심(憤心)이 탱출하니 어찌 일시(一時)나 살려 두리오."

하고 장성검을 들어 호왕의 목을 베고 간을 내어 씹은 후에 성중에 들
어가 약간 남은 군사를 다 죽이고 본국 자녀(子女)를 데리고 향도관(嚮
導官)29)을 불러 길을 인도하라 하시고 양 낭랑을 모셔 나올새, 원수가 눈
물이 비 오듯 하여 슬픈 마음을 이기지 못하여 노상(路上)에서 울며 왈,

"우리 성상은 호국에서 죽게 된 처자를 만나보시니 기쁘거니와, 나의
부친은 포관30)에서 사생존망을 알지 못하고 모친은 회수 가에서 잃고
능청수31)에서 아내를 잃었으니, 천하를 주류(周流)하여 부친과 모친 존
망과 아내의 거처를 찾으리라."

설파(說罷)에 방성통곡(放聲痛哭)하니, 황후와 태자가 원수의 손을 잡
으시고 천만 위로하시며 행군을 재촉하여 포관에 득달하니, 해상 풍랑
은 사람의 간장을 경동(驚動)하고 한풍(寒風)은 소슬하여 원객(遠客)의

7

8

---

27) 봉안(鳳眼): 봉의 눈같이 가늘고 길며 눈초리가 위로 째지고 붉은 기운이 있는
　　눈. 귀상(貴相)으로 여김.
28) 신명(身命): 몸과 목숨을 아울러 이르는 말.
29) 향도관(嚮導官): 군사를 인솔하고 갈 때 길을 인도하는 관리.
30) 포관: 미상. 앞에서 유충렬의 아버지 유심이 유배된 곳은 연경으로 나타났음.
31) 능청수: 영릉의 청수 또는 청수강. 강부인이 자결하려다가 장모를 만나게 되는
　　곳.

수심을 돋우는지라. 이 땅 북해상(北海上)이 무인지경(無人之境)이매 인적이 끊어지고 수금(獸禽)이 난작(亂作)[32]하니, 유주부의 혈혈단신(孑孑單身)이 어찌 된고? 급급(急急) 하람(下覽)[33]하라.

차설(且說). 유주부가 도적에게 잡혀 가서 항복치 아니하니, 정한담이 온갖 형벌을 갖추니, 약한 몸에 독한 형장(刑杖)을 많이 맞고 북해상 무인처(無人處) 토굴 속에 갇혔으니, 기갈(飢渴)이 자심(滋甚)하고 형용이 초췌(憔悴)하여 해상(海上) 고혼(孤魂)이 되었으니, 차시(此時) 유충렬이 순식간에 득달하여 적소(謫所)를 바라보니, 토굴을 깊이 파고 험한 형극(荊棘)을 둘러싸고 자리 한 잎을 펴고 누웠으니, 굴 밖에 수직(守直)한 군사 일인만 두어 삼시(三時)로 죽물[34]을 주는지라. 원수가 이 같은 경상(景狀)을 보고 엎더져 기절하니, 좌우가 급히 구하여 정신을 진정하매 갑주(甲胄)를 벗어 땅에 놓고 형극을 헤치고 굴속에 들어가 주부를 붙들고 통곡 왈,

"불초자 충렬이 천자의 급함을 구하고 다시 호국에 들어가 태후와 황후낭랑과 태자를 구하여 고국에 환귀하오나, 국사(國事)에 골몰하와 야야(爺爺)의 이렇듯 곤욕을 당하심을 구치 못하였사오니, 소자의 죄 죽어도 아깝지 아니하니이다."

언파(言罷)에 기운이 막혀 엎더지니, 이때 주부가 인사(人事)를 모르고[35] 누웠더니 홀연 사람의 소리가 들리거늘, 눈을 들어 보니 일위(一位) 소년장군이 앞에 와 엎더져 기절하였거늘, 놀라 급히 일어나 수족을 주물러, 정신을 차리매, 자세 보니 의형(儀形)이 충렬 같은지라. 이에

---

32) 수금(獸禽)이 난작(亂作): 금수(禽獸)가 난작. 짐승이 어지럽게 날뜀.
33) 하람(下覽): 아래를 보라, 다음 회를 보라. 권이 나뉘지도 않았는데도 이와 같은 표현이 나타나는 점이 특이함.
34) 죽(粥)물: 멀겋게 쑨 죽.
35) 인사(人事)를 모르고: 정신을 차리지 못하고.

문왈,

"그대 나의 아자 충렬이 아닌다?"

언파에 통곡하니, 충렬이 다시 고왈,

"소자가 불초자 충렬이로소이다."

주부가 이 말을 듣고 다시 통곡 왈,

"네 과연 내 아들 충렬이면 십년 전에 적소로 갈 제 내가 주던 죽도
(竹刀)36)를 드리라."

원수가 죽도를 끌러 드리니, 주부가 그 칼을 보고 다시 보니, 소상반
죽(瀟湘斑竹) 다섯 마디에 황주죽누기37)를 화침(火針)38)으로 새겼으니 구
천(九泉)에 돌아간들 부자 신표(信標)를 어찌 모르리오. 이에 또 가로되,

"내 아들은 가슴에 대장성(大將星)이 박혀 있고 배 위에 삼태성(三台
星)이 있으니, 금자(金字)로 표적이 분명하니 어서 벗어 뵈라."

원수가 옷을 벗고 주부 앞에 복지(伏地)하여 왈,

"소자가 옷을 벗었사오니 표적을 보소서."

하며 복지 통곡하니, 주부가 일어나 앉아 가슴을 보고 배후(背後)를 살
펴보니, 샛별 같은 삼태성이 두렷이 박혔는데 금자(金字)로 '대명국 도
원수'라 번듯이 새겼거늘, 그제야 달려들어 붙들고 울며 왈,

"네 과연 충렬이로구나. 하늘에서 떨어지며 땅에서 솟았느냐? 어디
가 장성하며, 북방 만리에 찾아와 죽게 된 아비를 살려내고 만고역적
정한담을 죽이고 여기까지 왔느냐? 회수(淮水) 상에서 죽기가 적실(的實)
커늘 만경창파 하해(河海) 중에 칠 세 동자가 어찌 살아나서 부자 상봉

---

36) 죽도(竹刀): 대나무로 만든 칼. 권1의 유충렬 부자가 헤어지는 장면에서는 장도
   (粧刀)를 준 것으로 되어 있었음.
37) 황주죽누기: 칼집에 새긴 글의 제목. 완판 86장본에는 '황강죽누', 세창서관 '황
   강죽누기', 필사본에는 '황슈죽누기'로 되었음.
38) 화침(火針): 나무에 그림이나 글을 새기기 위하여 뜨겁게 달군 쇠꼬챙이.

이 되었나냐?"

이렇듯이 통곡하며 인하여 기절하니, 원수가 급히 행장을 열고 선녀가 주던 환약을 내어 바삐 갈아 입에 넣은 후 수족을 주무르며 정신을 회생(回生)케 하니, 식경(食頃) 후 일어나 앉아 정신을 수습하니 난데없는 맑은 기운이 청천(靑天)의 일월(日月) 같고 표일(飄逸)[39]한 정신이 황홀하여 십년 전에 한 일이 완연하니, 충렬의 손을 잡고 왈,

"무슨 약을 먹여 나의 정신이 상연(爽然)하여 전후 과사(過事)[40]가 소연(昭然)[41]하뇨?"

이때 황태후와 태자가 주부의 회생함을 보시고 굴 앞에 이르러 주부를 향하여 치하(致賀) 왈,

"그대 귀한 아들을 낳아, 만리 호국에 들어와 우리 삼인의 죽게 된 것을 구하고 회로(回路)에 그대를 구하니, 충렬은 가히 충효를 쌍전(雙全)[42]한 인재라. 아들 잘 낳음을 치하하노라."

주부가 복지하여 감루(感淚)를 머금어 왈,

"낭랑과 전하의 하교(下敎)[43]가 여차하시니 황송하오며, 정한담 역신이 조정을 탁란(濁亂)[44]하오매 신이 주야(晝夜) 종사(宗社)를 염려하옵더니, 천행으로 소신의 한낱 자식이 있어 간적(奸賊)[45]을 잡아 성상의 위태하심을 구하옵고 다시 호지(胡地)에 들어가 양전(兩殿) 낭랑과 춘궁(春宮)[46] 전하의 급하심을 구하오니, 신이 후세에 자식 잘못 낳은 죄를

12

---

39) 표일(飄逸): 성품이나 기상 따위가 뛰어나게 훌륭함.
40) 과사(過事): 지난 일.
41) 소연(昭然): 일이나 이치 따위가 밝고 선명함.
42) 쌍전(雙全): 두 가지 일이 모두 완전함.
43) 하교(下敎): 본래 임금이 내리는 명령을 뜻하나 여기서는 황태후와 태자의 말씀을 뜻함.
44) 탁란(濁亂): 사회나 정치의 분위기가 흐리고 어지러움.
45) 간적(奸賊): 원문은 '한적'이나 문맥상 이와 같이 봄.

거의 면할까 하나이다."

황후와 태자가 못내 위로하시고 치하가 분분하시니, 충렬이 다시 주부께 고왈,

"소자가 부친을 배별(拜別)하온 후에, 정한담의 화를, 천신(天神)이 구함을 입어 간신히 살아나서 회수강(淮水江) 가에 이르러 난데없는 도적이 달려들어 모친을 결박하고 소자를 물에 던지매, 모친의 존망(存亡)을 모르고 소자는 물에 떠 오더니, 천행(天幸)으로 바위를 만나 그 위에서 간신히 잔명(殘命)을 보전하였다가 다행히 남경(南京) 선인(船人)을 만나 살아나서 도로에 개걸(丐乞)하다가, 멱라수 회사정에 다다라 부친의 익수(溺水) 참사(慘死)하신 유적(遺跡)이 벽상(壁上)에 붙었거늘, 소자도 물에 빠져 죽고자 하였삽더니, 영릉 강승상이 구하여 회심(回心)하온 후에, 강공이 부친을 설원(雪冤)코자 하여 나라에 상소하였다가 정한담의 참소를 입어 옥문관(玉門關)으로 귀향간 후에, 금오랑(金吾郎)이 내려와 가공(家公)⁴⁷⁾의 가권(家眷)을 잡아다가 관비정속(官婢定屬)⁴⁸⁾하기로, 소자가 도망하여 정처 없이 가옵더니, 서해 광덕산 백룡사에 있는 신승(神僧)을 만나 병법을 배우고 옥함(玉函)을 얻어 함 속의 창검(槍劍)과 기계(器械)를 얻고, 또 천사마(天使馬)를 얻어 남경(南京)에 득달하여 남진(南陣) 대장 적문걸을 반 합에 베고 천자를 모셔 금산성에 모시고, 선봉장 최일대를 죽이고 반적(叛賊) 마퉁과 호국 청병(請兵)을 무찌르고 도성에 들어오니, 호왕의 남은 군사가 도성에 들어가 황후와 태자를 잡아 도망한 말⁴⁹⁾과 천자를 번수 가에서 구원하고, 한담을 사로잡아 옥에 가두고

13

---

46) 춘궁(春宮): 동궁(東宮) 곧, 태자를 가리킴.
47) 가공(家公): 여기서는 장인 곧, 강승상을 말함.
48) 관비정속(官婢定屬): 죄인이나 그 가족을 관비로 삼는 일.
49) 이 문장에는 주체가 뒤섞여 있음. 도성에 들어가 황후와 태자를 잡은 것은 호왕의 군사가 한 일이고 이어지는 내용은 유충렬이 한 일임. 중간에 빠진 부분이

부친을 모신 후에 죽이려 하고, 호국에 들어가 호왕을 베고 도적을 함
몰한 후에 황후와 태자를 모시고 이곳에 왔나이다."

주부가 청파에 대경대희(大驚大喜)하여 왈,

"북적(北狄) 마통은 천하 명장이라. 또 정한담 · 최일대는 천상(天上)
익성(翼星)이라. 네 손에 잡힐 줄 어이 알았으리오."

하고 원수의 손을 잡고 등을 어루만져 못내 두굿기며50), 황후와 태자를
모시고 한수를 바삐 건너 빙난51)을 지나 명선원52)을 바라보고 유주(幽
州)를 득달하여 객사(客舍)에 유숙(留宿)하고, 다시 유주 군마를 발(發)하
여 태후와 황후 양 낭랑과 태자를 호위하고, 원수는 주부를 모시고 뒤
를 따라 여러 달을 행하여 금산성에 이르러, 주검이 태산 같고 피 흘러
해(海)가 되었는지라. 주부가 이를 보고 대경(大驚)하여 충렬의 용맹을
못내 두굿기더라.

이때 천자가 유원수를 호국에 보내시고 주야로 근심하시며, 천행으
로 태후와 황후와 태자를 데려오기를 축수(祝手)하시더니, 뜻밖에 유원
수의 표문(表文)이 이르렀거늘 급히 개탁(開坼)하시니, 대강 하였으되,

도원수(都元帥) 유충렬이 호국에 들어가 호적(胡狄)을 함몰하옵고,
태후와 황후며 태자를 모시고 오는 길에 포관에 들어가 아비를 찾아
본국으로 돌아오나이다.

하였거늘, 천자가 대희(大喜)하사 필마(匹馬)로 바삐 나와 태후와 황후

있을 것임. 또한 유충렬의 말을 직접 인용하는 가운데, 간접 인용의 방식인 '…
인 말'이 끼어들었음.
50) 두굿기며: 몹시 기뻐하며.
51) 빙난: 지명.
52) 명선원: 지명.

와 태자를 영접하여 태후낭랑 앞에 꿇어 수월(數月)을 호지(胡地)에서 고
초하심을 위로하시며, 황후와 태자를 또한 위로하시니, 태자가 복지(伏
地)하여 호국에 들어가 호왕에게 욕본 말이며 동문(東門) 대로(大路)에
서 거의 죽게 되었더니 천행으로 유원수를 만나 살아온 말을 주달(奏
達)하시니, 천자가 들으시고 충렬의 등을 무마(撫摩)[53] 왈,

  "옛날 촉한시(蜀漢時)[54]에 유(劉)·관(關)·장(張)[55] 삼인(三人)이 도원
(桃園)에 결의(結義)하여 호형호제(呼兄呼弟)하였으니, 짐도 경과 더불어
형제지의(兄弟之誼)[56]를 맺으리라."

하시고 무수히 치사하시니, 이때 유주부가 말에서 내려 복지 주왈,

  "소신(小臣)은 연경에 귀양 갔던 유심이옵더니, 자식의 힘을 입사와
폐하를 다시 뵈오니 만행(萬幸)이오나, 폐하가 이렇듯 군란(軍亂)에 신
고(辛苦)하시되, 소신이 충성이 부족하와 호국에 갇히어 환난(患難)을
동고(同苦)치 못하오니 죄사무석(罪死無惜)[57]이로소이다."

  천자가 주부의 말씀을 들으시고 바삐 불러 인견(引見)하사 체읍(涕泣)
왈,

  "짐이 불명(不明)하고 국운(國運)이 불행하여 충신을 원찬(遠竄)하고
간신을 가까이 하여 여차(如此) 흉변(凶變)을 당하여 천하강산이 거의 망
케 되었거늘, 경의 아자 충렬이 짐의 급함을 구하고 역적 정한담을 잡아
종사(宗社)를 평안히 하고 다시 호국에 들어가 짐의 모후(母后) 낭랑(娘
娘)과 황후와 태자를 구하여 돌아오니, 경의 부자(父子)의 공을 갚을진

___

53) 무마(撫摩): 손으로 두루 어루만짐.
54) 촉한시(蜀漢時): 중국 후한(後漢) 말기에 조조(曹操)와 유비(劉備)·손권(孫權)이
    일어나 각기 위(魏)·촉(蜀)·오(吳)를 세워 서로 겨루던 시대. 촉한은 촉의 다
    른 이름으로 유비(劉備)가 세운 나라.
55) 유(劉)·관(關)·장(張): 유비(劉備)·관우(關羽)·장비(張飛)를 말함.
56) 형제지의(兄弟之誼): 형제 사이와 같이 정답게 지내는 벗의 우의(友誼).
57) 죄사무석(罪死無惜): 지은 죄가 너무 커 죽어도 안타깝지 않음.

대, 천하(天下)를 반분(半分)한들 만분지일(萬分之一)이나 갚으리오.”
하사 무수히 치사하시고, 중군장(中軍將) 조정만과 만조백관이 일시에
원수를 향하여 치하가 분분(紛紛)하여 왈,

“우리 원수 덕택이 하해(河海) 같아, 만리 호국에 들어가 호국 만종(蠻
種)58)을 도륙(屠戮)하고, 양전(兩殿) 낭랑과 태자를 구하여 고국에 무사
히 환국(還國)하시니, 원수의 공덕은 만고에 처음이니 어찌 기쁘지 않으
리잇고?”
하며 주배(酒杯)를 받들어 권하니, 원수가 불감(不敢)59)함을 겸양(謙讓)하
더라.

날이 늦은 후에 원수가 천자를 모셔 성중으로 들어올새, 만성(滿城) 인
민이 남녀노소 없이 원수의 말 머리를 잡고 백배(百拜) 고두(叩頭)60) 왈,

“우리 원수의 지용(智勇)이 겸전(兼全)하사 황상(皇上)의 급하심을 구
하고 역적 정한담을 잡으시되, 군사와 백성이 일인(一人)도 상한 자가
없고, 도적을 소멸하여 우리 억만 백성으로 하여금 낙업(樂業)61)하게
하시니 모든 백성이 감은(感恩)하여 일배(一杯) 박주(薄酒)를 올려 어진
정성을 고하나이다.”
하고 주육(酒肉)을 다투어 올리니, 원수가 흔연(欣然)히 맛보며, 면면(面
面)이 위로하니 백성의 환성(歡聲)이 원근에 진동하는지라. 천자가 태후
낭랑을 모셔 후진(後陣)에 들어오시다가, 장안 백성들이 원수의 공덕을
이렇듯 칭송함을 보시고 용안(龍顔)에 희(喜)가 무르녹으사, 주부를 돌
아보사 왈 생자(生子) 잘함을 칭사(稱辭)하시며 인하여 환궁하시고 원수
를 명하사,

---

58) 만종(蠻種): 오랑캐 종족.
59) 불감(不敢): 남의 대접을 받아들이기가 어렵고 황송함.
60) 고두(叩頭): 공경하는 뜻으로 머리를 땅에 조아림.
61) 낙업(樂業): 즐겨 생업에 종사함, 아무 일 없이 생업에 종사함.

"하처(下處)62)에 나아가 부자(父子)가 한가지로 밤을 지내라."

하시다.

이튿날 원수가 천자의 명을 받아 정한담을 잡아들여 계하(階下)에 엎어뜨리고 오형(五刑)63)을 갖추어 무수히 수죄하고, 주부가 청상(廳上)에 앉았다가 또한 호령 왈,

"한담아! 네 자칭 신(新) 황제(皇帝)**라** 하더니 두 팔이 어이 없으며 조그만 유충렬의 앞에 꿇었나뇨?"

한담이 다만 고개를 숙여 왈,

"나의 죄는 공의 부자가 이미 아는 바이니 그만 조롱하고 바삐 죽여 괴로움을 잊게 하라."

주부가 대로하여 수죄 왈,

"네 죄목(罪目)이 열 가지이니 자세히 들으라. 네 본시 천상 익성으로 명나라에 적강하여 명망(名望)이 과인(過人)하거늘, 요괴로운 도사의 말을 듣고 천하를 도모코자 하니 만고에 큰 죄 하나요, 조정 직신(直臣)을 꺼려 무죄인을 무함(誣陷)64)하여 연경에 귀양 보내었으니 그 죄 둘이요, 도사의 말만 듣고 내 자식을 죽이려 하고 내 집을 불을 놓아 화중(火中)에 남은 목숨이 회수(淮水)에 다다라서는 네 군사를 보내어 죽이려 하였으니 그 죄 셋이요, 또 퇴거(退去)65) 승상(丞相) 강희주를 모함하여 해(害)하려 하였으니 그 죄 넷이요, 강승상의 가속(家屬)을 어명(御命) 없

<hr>

62) 하처(下處): 나그네가 숙소로 정한 곳.

63) 오형(五刑): 죄인을 처벌하던 다섯 가지 형벌. 태형(笞刑: 작은 형장으로 볼기를 침), 장형(杖刑: 큰 형장으로 볼기를 침), 도형(徒刑: 중노동을 시킴), 유형(流刑: 귀양 보냄), 사형(死刑). 또는 묵형(墨刑: 이마나 팔뚝 따위에 먹줄로 죄명을 새겨 넣음), 의형(劓刑: 코를 벰), 비형(剕刑: 발을 벰), 궁형(宮刑: 생식기를 없앰), 대벽(大辟: 목을 벰).

64) 무함(誣陷): 없는 사실을 그럴듯하게 꾸며서 남을 어려운 지경에 빠지게 함.

65) 퇴거(退去): 여기서는 은거(隱居)의 뜻.

이 잡아다가 중로(中路)에서 죽였으니 그 죄 다섯이요, 충신을 죽이고 남적이 침노(侵擄)하매, '도적을 막는다' 위명(僞名)하고 도적에게 투항 (投降)하였으니 그 죄 여섯이요, 황후를 질욕(叱辱)하고 태자를 항복 받고자 하니 그 죄 칠(七)이요, 자칭천자(自稱天子)라 하고 생민(生民)을 도탄(塗炭)하여[66] 충신을 잡아 항복 받고자 하였으니 그 죄 팔(八)이요, 호국에 청병(請兵)하여 황후와 태자와 장안(長安) 미색(美色)을 호국에 보내었으니 그 죄 구(九)요, 천자를 변수 가에서 죽이려 하였으니 그 죄 십(十)이라. 만고(萬古)에 없는 죄목을 지었으니, 이렇듯 하고 어찌 살기를 바라리오. 우리 황상이 네 손에 여러 번 죽을 뻔하였으니, 그를 생각하면 일시(一時)나 살려 두리오."

한담이 대답할 말이 없어 묵묵이거늘, 원수가 나졸을 호령하여 한담의 목을 매어 수레에 싣고 장안대로(長安大路)로 나오며 외어 왈,

"장안 백성들은 들으라. 만고역적 정한담을 베노라."

하며 나오니, 백성들이 한담을 죽인단 말 듣고 남녀노소 없이 그 놈의 간을 내어 먹고자 하여, 일시에 부로휴유(扶老携幼)[67]하고 길이 메어 나오며 서로 이르되,

"오늘날 우리 원수가 역적 정한담을 죽이고자 하사 수레에 실어 장안시상(長安市上)으로 가시며 우리 백성더러 이르시니, 우리 등이 바삐 따라가서, 그 놈을 죽이시거든 그 놈의 살을 베어다가 부모 잃은 사람은 부모의 원수를 갚고, 자식을 잃은 자는 자식의 원수를 갚으리라."

하며 나오니, 따라온 군졸 등이 차탄(嗟歎)치 않을 이 없더라.

이에 장안시상에 다다라 시각을 기다려 오시(午時) 삼각(三刻)[68]에 이

---

66) 도탄(塗炭)하여: 도탄에 들게 하여. 도탄(塗炭)은 구렁에 빠지고 숯불에 탄다는 뜻으로, 몹시 곤궁하여 고통스러운 지경을 이르는 말.
67) 부로휴유(扶老携幼): 노인을 부축하고 어린이를 이끎.
68) 삼각(三刻): 45분. 일각(一刻)은 한 시간의 4분의 1. 곧 15분.

르매, 한담을 풀어 사지(四肢)를 벌여 수레에 매고 채질하여 소를 모니, 한담의 일신이 여섯 조각이 나거늘, 목은 베어 염수(鹽水)에 담가 천하에 돌리고 전신(全身)은 내어주니, 모든 백성들이 일시에 달려들어 혹 간(肝)도 씹으며 살도 베어 먹으며 왈,

"우리 부모처자의 원수를 만분지일(萬分之一)이나 갚는다."

하더라.

이에 관차(官差)[69]를 발(發)하여 한담과 일대의 가속(家屬)을 다 잡아 낱낱이 죽이고, 이튿날 천자가 종묘에 행행(行幸)[70]하사 중흥(中興)한 고유(告由)[71]로 제(祭)하시고, 인하여 황극전(皇極殿)[72]에 높이 전좌(殿座)[73]하시니 만조(滿朝) 문무제신(文武諸臣)이 만세를 불러 진하(進賀)[74]를 파(罷)하매, 상이 하교(下敎)[75]하사 유심을 불차(不次)[76]로 돋우어 금자광록대부(金紫光祿大夫)[77] 겸 대승상(大丞相) 연국공(燕國公)[78]을 봉(封)하시고 인부(印符)[79]와 절월(節鉞)[80]을 주시며 금포(錦袍)[81]와 옥대(玉帶)[82]

21

---

69) 관차(官差): 관아에서 파견하던 군뢰(軍牢), 사령(使令) 따위의 아전.
70) 행행(行幸): 임금이 대궐 밖으로 거둥함.
71) 고유(告由): 중대한 일을 치른 뒤에 그 내용을 사당이나 신명에게 고함.
72) 황극전(皇極殿): 황제가 정사를 보는 궁전.
73) 전좌(殿座): 임금이 정사를 보거나 조하를 받으려고 정전(正殿)이나 편전(便殿)에 나와 앉음.
74) 진하(進賀): 나라에 경사가 있을 때에 벼슬아치들이 조정에 모여 임금에게 축하를 올리는 일.
75) 하교(下敎): 임금이 내리는 명령.
76) 불차(不次): 순서를 따르지 않는 인사 행정의 특례.
77) 금자광록대부(金紫光祿大夫): 문관의 품계 중 하나. 금자숭록대부(金紫崇祿大夫), 금자흥록대부(金紫興祿大夫) 등과 함께 문관의 품계임. 금자는 금으로 만든 인장(印章)과 자수(紫綬)를 뜻함. 자수는 정삼품 당상관 이상의 벼슬아치가 차던 호패(號牌)에 달린 자줏빛 술.
78) 연국공(燕國公): 연(燕) 지역을 다스리는 봉건 제후. 황제의 위임을 받아 일정 지역을 다스리며 흔히 왕으로 불림.
79) 인부(印符): 관인(官印)과 명부(名符)를 아울러 이르는 말.

를 사급(賜給)하시고, 인하여 형제지의(兄弟之誼)를 맺으시니 상총(上寵)이 융성하더라.

또 조정만으로 우승상(右丞相) 겸 충무후(忠武侯)를 봉하시고, 충렬로 병부상서(兵部尙書) 대사마대장군(大司馬大將軍) 겸 천하병마절제사(天下兵馬節制使) 남경도총독(南京都總督) 겸 제조진무(提調鎭撫)[83] 안찰사(按察使)를 하이시고 초국공(楚國公)[84]을 봉하사 형초(荊楚)[85] 땅 삼천리로 탕목읍(湯沐邑)[86]을 하이시고, 기여제장(其餘諸將)을 차례로 벼슬을 돋우시고 상급(賞給)을 후히 하시니, 모두 천은(天恩)[87]을 숙사(肅謝)[88]하고 만세를 불러 즐기는 소리 진동하더라.

차시 연공(燕公)[89] 부자가 주(奏)하되, 조그만 공으로 봉작(封爵)[90]이 과람(過濫)함을 고사(固辭)하니, 상(上)이 탄식 왈,

---

80) 절월(節鉞): 임금이 지방에 부임하는 관리들에게 내어 주는 물건. 곧, 절부월(節斧鉞). 절은 수기(手旗)처럼 만들고 부월은 도끼처럼 만든 것으로, 명령을 어긴 자에 대한 생살권(生殺權)을 상징함.
81) 금포(錦袍): 비단으로 만든 도포나 두루마기.
82) 옥대(玉帶): 임금이나 관리의 공복(公服)에 두르던 옥으로 장식한 띠.
83) 제조진무(提調鎭撫): 겸직으로 진무의 일을 담당하는 관리를 뜻함. 제조란 당상관이 없는 잡무와 기술 계통의 관아에 겸직으로 배속되어 해당 관아를 통솔하는 관직을 뜻하며 진무란 여러 군영(軍營)의 군사 실무를 담당하는 관리를 뜻함.
84) 초국공(楚國公): 황제의 위임을 받아 봉건 영지를 다스리는 제후의 하나. 초(楚) 땅을 맡아 다스리므로 이와 같이 부름. 왕으로 불림.
85) 형초(荊楚): 중국의 양자강(揚子江) 중류 유역을 중심으로 한 지방.
86) 탕목읍(湯沐邑): 목욕의 비용을 마련하라는 명목으로 황제가 내리는 땅. 이 곳의 수입으로 목욕의 비용을 삼게 하여 몸을 깨끗이 하도록 한다는 명목으로 하사됨.
87) 천은(天恩): 임금의 은혜.
88) 숙사(肅謝): 숙배(肅拜)와 사은(謝恩)을 아울러 이르는 말. 숙배는 새로 벼슬에 임명된 관원이 임지(任地)로 가기 전에 먼저 대궐에 들어가 임금에게 작별을 아뢰던 일. 사은은 받은 은혜에 대하여 감사함을 표하는 예.
89) 연공(燕公): 유충렬의 아버지 유심이 연국공(燕國公)이 되었으므로 연공이라 했음.
90) 봉작(封爵): 벼슬과 지위.

"경의 공덕을 생각하면 천하를 반분(半分)하여 부귀를 같이할 것이로되, 경의 부자의 고절청심(高節淸心)[91]을 아는 고로 조그만 봉읍(封邑)[92]으로 위로함이거늘, 경등(卿等)이 이렇듯 고사하면 짐이 무슨 염치로 천하 신민(臣民)을 대하리오."

원수가 황공배사(惶恐拜謝)[93]하고 물러나와 생각하매, '천은이 망극(罔極)[94]하와 부친은 만났거니와, 모친은 어디 계시고 이런 영화(榮華)를 못 보시난고?' 하며, 또 '강승상의 사생(死生)과 강소저의 거처를 알 길이 없어 두루 광문(廣問)하여 찾다가 형영(形影)이 아주 없으니, 옥문관(玉門關)에 찾아가서 강승상의 백골(白骨)을 거두어 강씨 선영(先塋)에 안장(安葬)하고, 다시 회수강에 찾아가 모친 영혼에 제사하여 자식의 도(道)를 행하고, 청수강에 이르러 강씨의 혼백(魂魄)을 위로하리라. 타처(他處)의 요조가인(窈窕佳人)[95]을 취하여 부친의 노년(老年) 영화를 빛내리라.' 하고, 이에 공께 사연을 고하고 이튿날 천자께 아뢰니, 상이 들으시고 창연(悵然)[96] 낙루(落淚)하시고 그 말씀을 태후께 고하니, 태후는 강공의 고모시라, 차언(此言)을 들으시고 불승비감(不勝悲感)하사 원수를 입시(入侍)[97]하게 하여 그 손은 잡으시고 울며 왈,

"옥문관에 적거한 강승상은 나의 조카라. 지금까지 살았는지 모르거니와 만일 살았거든 데려오고 죽었을지라도 백골을 거두어 오라."

원수가 복지 주왈,

---

91) 고절청심(高節淸心): 높은 절개와 깨끗한 마음.
92) 봉읍(封邑): 제후의 영지. 제후를 봉하여 내리는 땅.
93) 황공배사(惶恐拜謝): 황공하여 웃어른에게 예의를 갖추어 고맙다는 뜻을 나타냄.
94) 망극(罔極): 임금의 은혜가 그지없이 큼.
95) 요조가인(窈窕佳人): 말과 행동이 품위가 있으며 얌전하고 정숙한 여자.
96) 창연(悵然): 몹시 서운하고 섭섭함.
97) 입시(入侍): 본래 대궐에 들어가서 임금을 뵙는 일을 뜻하나 여기서는 황후를 만나기 위해 대궐에 들어가는 일을 뜻함.

"신이 어려서 부모를 잃고 의지할 곳이 없거늘, 강공이 거두어 양육하와 천금옥녀(千金玉女)[98]로 배필을 삼았사오니 그 은혜를 어찌 일시(一時)나 잊으리잇고?"

태후가 들으시고 일희일비(一喜一悲)하사 왈,

"경이 짐의 손서(孫壻) 될 줄 어이 알리오. 어서 가 승상의 생사를 찾아 알고 모친과 나의 손녀를 찾아 무사히 돌아오라."

하시니, 원수가 사은(謝恩)하고 물러나 천자와 부친께 하직하고 대군(大軍)을 거느려 발행(發行)하니, 상이 백관(百官)을 거느려 멀리 나와 전송(餞送)[99]하사 원로행역(遠路行役)[100]에 무사왕반(無事往返)함을 당부하시니, 원수가 황공배사(惶恐拜謝)하고 발행하여 가니, 천자가 원수의 발행함을 보시고 비창(悲愴)한 마음을 이기지 못하시니, 연왕(燕王)[101]이 또한 천자를 위로하시고 백관을 거느려 환궁(還宮)하시니라.

차시 원수가 발행한 지 여러 날 만에 서번국(西蕃國) 지경(地境)에 이르러 공문(公文)을 번국(蕃國)에 보내고 행군을 재촉하여 번국 성내(城內)에 달려드니, 벌써 서천(西天) 삼십육도(三十六道) 군장(軍將)들이 유원수의 용맹과 재주를 알고 황겁(惶怯)하여 일시에 금은보화(金銀寶貨)를 수레에 싣고 옥새(玉璽)와 지도를 손에 들고 나와 항서(降書)를 원수께 바치고 인끈을 목에 걸고 낱낱이 항복하니, 원수가 장대(將臺)에 높이 앉아 국왕을 잡아들여 각각 수죄하고 삼십육도 군장의 항서를 연폭(連幅)하여 표문(表文)을 지어 경사(京師)에 올리고, 국왕을 불러들여 적거(謫居)하신 강승상의 소식을 묻고, 즉시 행군(行軍)하여 옥문관(玉門關)에 들어가 좌우를 살펴보고, 슬픈 마음을 진정치 못하여 식경(食頃) 후

---

98) 천금옥녀((千金玉女): 매우 귀중한 딸.
99) 전송(餞送): 서운하여 잔치를 베풀고 작별하여 보냄.
100) 원로행역(遠路行役): 먼 길을 가느라고 겪는 고생.
101) 연왕(燕王): 연국공(燕國公), 연공(燕公). 유심을 가리킴.

비로소 성중에 달려들어 수문장(守門將)을 불러 천자의 공문을 보여 왈,

"이곳에 적거하신 강승상이 어디 계시냐?"

하니, 수문장이 대왈(對曰),

"강승상이 이곳에 계시더니, 십여 일 전에 남적이 달려들어 대명국(大明國) 일을 묻고자 하여 강공을 호국으로 데려갔나이다."

원수가 이 말을 들으매 분심(憤心)이 새로우나 전일 북방 갈 때와 다름이 없는지라. 노기등등(怒氣騰騰)하여 군사를 옥문관(玉門關)에 유진(留陣)하고 수문장을 불러 분부하되,

"내 호국에 다녀올 것이니 기간(其間) 군사를 잘 대접하라."

하고, 필마단검(匹馬短劍)으로 남천(南天)을 바라고 풍우 같이 달려 호국 지경에 이르러 격서(檄書)를 바삐 보내니라.

화설(話說)[102]. 달왕(狚王)[103]이 정한담의 패문(牌文)을 보고 군사를 거느려 남경으로 향코자 하더니 유원수가 한담을 사로잡음을 듣고 대겁(大怯)하여 본국으로 돌아올새, 마침내 옥관도사를 만나 한가지로 허다 미색(美色)을 탈취하여 본국에 돌아와 궁중에 두고 주야(晝夜)로 풍악(風樂)을 갖추어 즐기더라.

이때 옥관도사가 마음이 산란(散亂)하여 천기(天氣)를 살펴보니, 남경(南京) 도원수가 가달을 치려 하고 풍우 같이 지경(地境)으로 들어오거늘, 도사가 대경하여 바삐 들어와 왕을 대하여 왈,

"천문(天文)을 보니 남경 도원수가 지경으로 들어오니 이를 어찌하리오."

달왕이 대경황겁(大驚惶怯)[104]하여 제신(諸臣)을 모아 방적(防敵)할 모

---

102) 화설(話說): 여기서는 각설(却說) 또는 차설(且說)의 뜻으로 쓴 말. 각설 또는 차설은 화제를 돌려 다른 이야기를 꺼낼 때, 앞서 이야기하던 내용을 그만둔다는 뜻으로 다음 이야기의 첫머리에 쓰는 말.

103) 달왕(狚王): 가달 또는 서달(西狚)의 왕.

책(謀策)을 의논하더니, 장하(帳下)에 삼원(三員) 대장이 백금(白金) 투구와 홍금(紅錦) 전포(戰袍)[105]를 들고 삼백 근 철퇴(鐵槌)를 들고 우수(右手)에 장검을 들고 계하(階下)에 복지 주왈,

"소장 등 삼인(三人)은 석장동에 있는 마철·마웅·마학이옵더니 평생에 마음이 오활(迂闊)[106]하여 어진 임금을 만나 빛난 이름을 후세에 현달(顯達)할까 하와 대왕의 성덕을 듣잡고 불원천리(不遠千里)하고 왔사오며, 또 들으니, 남경 대원수 유충렬이 들어온다 하오니, 대왕은 일지병(一枝兵)[107]과 선봉인(先鋒印)[108]을 주시면 충렬을 일 합(合)[109]에 베어 대왕의 탑하(榻下)에 바치오리이다."

하거늘, 모두 보니 신장(身長)이 구척(九尺)이요, 면목(面目)이 광대하고 기골(氣骨)이 웅장하니 기위당당(頎偉堂堂)[110]한 영웅이라. 달왕(狙王)[111]이 대희(大喜)하여 즉시 마철로 전부선봉(前部先鋒)을 삼고 마웅으로 중군장(中軍將)[112]을 삼아 정병 팔십 만을 발하여, 마학으로 구응사(救應使)[113]를 삼아 석대(石臺) 하에 진을 치고, 달왕이 도사와 백관을 거느려 후군(後軍)이 되어 군사 오백 명으로 나오니 기치창검(旗幟槍劍)이 햇빛을 가리었더라.

---

104) 대경황겁(大驚惶怯): 크게 놀라고 겁이 나서 얼떨떨함.
105) 전포(戰袍): 장수가 입던 긴 웃옷.
106) 오활(迂闊): 사리에 어둡고 세상 물정을 잘 모름.
107) 일지병(一枝兵): 한 무리의 병사.
108) 선봉인(先鋒印): 선봉장(先鋒將)이 지니는 인(印).
109) 합(合): 칼이나 창으로 싸울 때, 칼이나 창이 서로 마주치는 횟수를 세는 단위.
110) 기위당당(頎偉堂堂): 매우 풍채가 좋고 당당함.
111) 달왕(狙王): 원문에는 '호왕'이나, 내용상 이와 같이 고침. 이하 두 번의 '달왕'도 마찬가지.
112) 중군장(中軍將): 전군(全軍)의 한 가운데에 자리 잡고 있던 중심 부대의 우두머리 장수.
113) 구응사(救應使): 위험에 빠진 아군에게 호응하여 구원하는 책임을 맡은 군대의 대장을 말함.

각설(却說). 강공이 옥문관에 적거(謫居)하여 국사를 날로 근심하더니, 난데없는 호병(胡兵)이 달려들어 불문곡직(不問曲直)하고 수레에 실어 가니, 공이 아무런 줄 모르고 잡혀오니 달왕(㺚王)이 승상을 호령 왈,

"네 명국(明國) 승상이니 국사를 자세히 알리니, 바로 아뢰고 과인(寡人)에게 항복하여 죽기를 면(免)하라."

공이 정신을 진정하여 눈을 부릅뜨고 소리 질러 대매(大罵) 왈,

"네 천의(天意)를 모르고 나를 수욕(授辱)[114]하니 어찌 통분치 않으리오. 나는 대명국 승상이거늘 네 어찌 나를 항복 받으려 하나뇨? 나의 명(命)은 재천(在天)하니 너희 오랑캐 간대로[115] 범치 못하리라."

하고 무수히 질매(叱罵)[116]하니, 달왕이 대로(大怒)하여 죽이려 하더니, 뜻밖에 유원수가 풍우 같이 군(軍)을 몰아 들어오며 호통 소리 뇌정(雷霆) 같으니, 왕이 황겁(惶怯)하여 강공을 깊이 가두어 주려 죽게 하니라.

차시 달왕이 남경(南京)에서 데려온 계집 하나가 있으니, 종시(終始) 즐기지 아니하고 매양 강승상을 불쌍히 여겨 한가지로 고생하며 부모같이 구완[117]하여 승상을 붙들고 일시도 떠나지 아니하고 밤마다 축수(祝手)하여 왈,

"우리 유원수 노야(老爺)[118]가 바삐 오사 남적을 함몰(陷沒)하고 승상 노야를 구하시면, 우리도 본국에 돌아가 다시 부모를 반기게 하여 주소서."

이렇듯이 축수하더니, 뜻밖에 강공을 옥중에 가두니 그 계집이 한가

---

114) 수욕(授辱): 욕을 줌.
115) 간대로: 제멋대로, 함부로.
116) 질매(叱罵): 몹시 꾸짖어 나무람.
117) 구완: 아픈 사람을 간호함.
118) 노야(老爺): 지체 높고 나이 많은 남자를 높여 이르는 말이나 여기서는 유충렬을 이른 말.

지로 옥중에 들어가 공을 위로하며 주야 한탄하더니, 이때 유원수가 필마단창(匹馬單槍)[119]으로 호국에 달려드니 오백 리 너른 뜰에 천병만마(千兵萬馬)가 유진(留陣)하였으니 굳음이 철통같거늘, 원수가 정신을 가다듬어 소리를 벽력(霹靂)같이 지르고 장성검을 높이 들어 나는 듯이 들어오며 호통 왈,

"이놈 달왕아! 강승상을 해(害)치 말라."

하며 적진 선봉을 짓치니, 호장(胡將) 마철이 응성출마(應聲出馬)하여 유원수를 맞아 싸워 일 합이 못 되어 장성검이 빛나는 곳에 마철의 철퇴(鐵槌)와 창검(槍劍)을 부수니, 마웅·마학이 제 형이 당치 못할 줄 알고 일시에 달려들어 좌우로 협공(挾攻)하니 고함 소리 천지진동하거늘, 시석풍우(矢石風雨)[120] 중에 검광(劍光)이 번개 같고, 일광주(日光胄) 용린갑(龍鱗甲)은 천신(天神)의 수적(手迹)이요 용궁의 조화이거늘, 살 일개(一個)인들 어찌 들어오리오. 장성검이 번개가 되어 동으로 번듯하며 마철을 베고, 남으로 번듯 마웅을 베고, 서(西)로 번듯 마학을 베어들고, 적진을 충돌하여 일 합에 짓쳐 버리고 말을 채쳐 석대산에 다다라 호통하며 달려드니, 달왕(㺚王)과 도사가 대경망조(大驚罔措)하여 어찌할 줄 모르니, 천사마가 닫는 곳에 나는 제비도 못 날거늘, 하물며 사람이야 어찌 달아나리오. 원수가 달려들어 벽력같이 소리 지르니 도사는 자빠지고 달왕은 엎더져 기절하여 정신을 잃었거늘, 원수가 장성검을 높이 들어 달왕의 목을 치니 통천관(通天冠)이 깨어지고 머리가 풀어지니 달왕이 황망(遑忙) 중에 가로되,

"이것이 나의 죄 아니요, 옥관도사의 죄로소이다."

---

119) 필마단창(匹馬單槍): 한 필의 말과 한 자루의 창이란 뜻으로, 혼자 간단한 무장을 하고 한 필의 말을 타고 감을 이르는 말.

120) 시석풍우(矢石風雨): 화살과 돌이 바람과 비처럼 쏟아짐.

하거늘, 원수가 분망(奔忙)한 중에도 옥관도사란 말을 듣고 더욱 분노하여 꾸짖어 왈,

"옥관도사가 어디 있나뇨? 바삐 잡아오라."

하니.

차청하문(且聽下文)하라.121)

세(歲) 임자(壬子) 이월일 항목동 서(書).

---

121) 차청하문(且聽下文)하라: '아래의 내용을 또 들어보라.'는 내용으로 장회소설의 한 회 마지막에 상투적으로 붙는 구절.

유충렬전 권6

1   **화**설(話說). 유원수가 분한 중에 옥관도사란 말을 듣고 대로(大怒)하여 왈,

"이 도사 놈이 어디 있나뇨?"

달왕(㺚王)이 일어나 앉아 도사의 있는 곳을 가리키거늘, 즉시 잡아다가 장하(帳下)에 꿇리고 전후(前後) 죄목을 일러 왈,

"너를 이곳에서 주륙(誅戮)할 것이로되, 경사(京師)로 잡아다가 천정(天庭)[1]에 바친 후 왕법(王法)을 정(正)히 하리라."

하고, 다시 달왕을 잡아 엎어뜨리고 강승상의 거처를 탐문(探問)하니, 달왕이 옥중에 가두었음을 고하거늘, 원수가 급히 옥문을 깨뜨리고 들어가 옥졸(獄卒)을 다 죽이고 승상을 찾으니, 마침 한 낭자가 이 거동을 보고 대경(大驚) 왈,

"달왕이 우리를 다 죽이려 하여 급히 잡으려 함이라."

하여 혼절(昏絶)하는지라.

원수가 바삐 들어가 승상을 붙들고 통곡 왈,

"대인(大人)[2]은 정신을 진정하소서. 소생은 유충렬이라. 대인을 이별한 후에 악모(岳母)[3]와 실인(室人)을 보호하여 지내옵더니, 악장(岳丈)[4]

---

1) 천정(天庭): 천자국(天子國)의 조정 곧, 황제국의 조정. 천조(天朝).
2) 대인(大人): 여기서는 장인을 부르는 말.
3) 악모(岳母): 장모를 이르는 말.

의 서사(書辭)⁵⁾를 보옵고 명(命)을 도망하여 정처없이 가옵다가, 광덕산 백룡사에 있는 신승(神僧)을 만나 재주를 배우고 병기(兵器)를 얻어, 그리로 금산성에 가 천자의 급하심을 구하고 역적 정한담을 사로잡고, 다시 호국에 들어가 태후·황후 낭랑과 태자를 구하여 경사에 올라와 복명(復命)⁶⁾하옵고, 다시 옥문관에 이르러 악장 거처를 찾으온즉, 자사의 말이, '달왕이 잡아갔다.' 하옵기로, 이에 이르러 악장을 뵈오니이다."

조낭자(娘子)가 곁에 있다가 원수의 전후수말(前後首末)을 듣고 원수를 향하여 배례(拜禮) 왈,

"첩도 또한 중국 사람으로 달왕에게 잡혀왔으나, 강승상의 위태하심을 보고 주야(晝夜) 구호(救護)하와 사생(死生)을 한가지로 하고자 하옵더니, 천만 뜻밖에 원수(元帥) 대인(大人)⁷⁾의 구하심을 입사오니, 첩도 다시 고국을 볼까 하나이다."

원수가 그 성의를 칭사(稱謝)하고 다시 승상께 고왈(告曰),

"소생이 중로(中路)에 오다가 회수강(淮水江)에 이르러 듣자오니, 모친이 수중(水中)에 익수(溺水)하시고 또 청수강에서 악모(岳母)와 실인(室人)이 수중 참사(慘死)하셨다 하오니, 이런 망극통도(罔極痛悼)⁸⁾하온 일이 어디 있사오리잇고?"

언파(言罷)에 실성통곡(失聲痛哭)함을 마지아니하거늘, 승상이 부인과 여아의 참사(慘死)함을 듣고 일성장통(一聲長慟)⁹⁾에 운절(殞絶)¹⁰⁾하였다가 겨우 정신을 차려 대곡(大哭) 왈,

---

4) 악장(岳丈): 장인을 이르는 말.
5) 서사(書辭): 여기서는 편지의 내용을 말함.
6) 복명(復命): 명령을 받고 일을 처리한 사람이 그 결과를 보고함.
7) 대인(大人): 상대방을 높여 부르는 말. 원수 대인은 바로 유원수, 곧 충렬.
8) 망극통도(罔極痛悼): 지극히 슬프고 마음이 아픔.
9) 일성장통(一聲長慟): 한 마디의 긴 울부짖음.
10) 운절(殞絶): 잠시 정신을 잃고 까무러침.

"부인과 여아가 죽었을진대 나의 일신이 어찌 세상에 부지(扶持)하여 무슨 재미를 보리오. 차라리 내 또 죽어 괴로움을 면하리라."

하고 언파에 통흉돈족(痛胸頓足)[11]하니, 원수와 낭자가 공을 붙들어 지성 위로하니, 공이 겨우 진정하고 원수의 손을 잡고 전후 풍파를 물어 무한히 칭찬하며 두굿기며[12] 한가지로 객관(客館)에 들어와 서로 심회(心懷)를 위로하고 격서(檄書)를 토번국(吐蕃國)에 보내니, 토번왕이 황겁(惶怯)하여 항서를 쓰고 금은채단(金銀綵緞)을 올리거늘, 원수가 토번 사신을 대하여 국왕의 불공(不恭)함을 수죄하고 도사를 함거(轞車)[13]에 넣어 경사(京師)로 올릴새, 달왕(狙王)의 항서와 번왕(蕃王)[14]의 항서를 자기 표문(表文)과 함께 올리고 번왕이 탈취한 미녀를 거장(車丈)[15]을 차려 고국으로 돌려보내니, 모든 미녀가 기쁨을 이기지 못하여 원수께 백배사례(百拜謝禮)하고 고국을 바라며 천자의 성은을 송덕(頌德)하더라.

수일(數日)이 지난 후 원수가 승상을 모셔 길을 날새, 준마(駿馬)에 순금(純金) 안장을 갖추어 승상을 태우고 군사를 재촉하여 본국으로 돌아올새, 여러 날 만에 범양(范陽) 회수(淮水)에 다다르니 비회(悲懷) 복발(復發)[16]하여 능히 진정치 못할러라.

군사를 명하여 사장(沙場)에 결진(結陣)하고 승상을 청하여 말에서 내린 후에 제전(祭奠)[17]을 갖추어 강변에 벌이고, 원수가 백의백대(白衣白帶)[18]를 갖추고 제장군졸(諸將軍卒)을 거느려 강변으로 나아갈새, 열읍

---

11) 통흉돈족(痛胸頓足): 몹시 가슴이 아파 발을 구름.
12) 두굿기며: 몹시 기뻐하며.
13) 함거(轞車): 예전에, 죄인을 실어 나르는 수레.
14) 번왕(蕃王): 토번(吐蕃)의 왕. 번(蕃)은 오랑캐 나라라는 뜻으로 위에서는 서쪽의 가달과 함께 동번서달(東蕃西狙)로 지칭되기도 하였음.
15) 거장(車丈): 수레와 수레를 모는 사람.
16) 복발(復發): 가라앉았던 근심이나 설움 따위가 다시 일어남.
17) 제전(祭奠): 의식을 갖춘 제사와 갖추지 아니한 제사를 통틀어 이르는 말.

(列邑) 태수가 유원수가 그 모친의 영혼을 치제(治祭)[19]함을 듣고 저마다 다투어 제물(祭物)과 단자(單子)[20]를 올리며 일시에 강변에 나아와 원수께 문안하고, 영당부인(令堂夫人)[21]의 함원익사(含怨溺死)하심을 치위(致慰)[22]하여 거마(車馬)가 분분(紛紛)하고, 만성인민(滿城人民)이 강변에 가득히 모여 원수의 충효가 고금에 희한(稀罕)함을 칭송하는 소리 원근에 진동하더라.

차시 원수가 열읍 수령을 면면(面面)이 관대(款待)하고, 이에 강변에 나아가 막차(幕次)[23]에 들어 의관을 고치고 제소(祭所)에 올라 제물(祭物)을 진설(陳設)하고 상하(床下)에 꿇어 분향(焚香) 후 재배(再拜) 헌작(獻爵)하고 다시 꿇어 제문을 읽으니 왈,

유세차(維歲次)[24] 모년월일에 불초자 충렬은 모친 장씨 영위지전(靈位之前)[25]에 일배(一杯) 청주(淸酒)로 해상고혼(海上孤魂)을 위로하옵나니, 오호통재(嗚呼痛哉)라! 우리 부모가 반백(半百)이 거의로되 일개 혈속(一個血屬)[26]이 없사와 주야 슬퍼하시다가 남악산(南嶽山)에 들어가사 전조단발(剪爪斷髮)[27]하시고 칠일(七日) 도축(禱祝)[28]하옵신 후에

---

18) 백의백대(白衣白帶): 흰 옷과 흰 띠. 백대는 조례(弔禮)나 제례(祭禮) 때에 허리에 두르는 하얀 띠로 끈목의 양쪽 끝에 술을 달아 만듦.
19) 치제(治祭): 제사를 지낸다는 뜻으로 쓴 말.
20) 단자(單子): 부조나 선물 따위의 내용을 적은 종이. 돈의 액수나 선물의 품목, 수량, 보내는 사람의 이름 따위를 써서 물건과 함께 보냄.
21) 영당부인(令堂夫人): 모부인(母夫人). 자당(慈堂). 남의 어머니를 높여 이르는 말.
22) 치위(致慰): 상(喪)을 당한 사람을 위로함.
23) 막차(幕次): 의식이나 거둥 때에 임시로 장막을 쳐서, 왕이나 고관들이 잠깐 머무르게 하던 곳.
24) 유세차(維歲次): '이 해의 차례는'이라는 뜻으로 제문(祭文)의 첫머리에 관용적으로 쓰는 말.
25) 영위지전(靈位之前): 신위(神位) 앞. 영위는 혼백(魂魄).
26) 일개혈속(一個血屬): 일점혈육(一點血肉).

돌아오셨더니, 천지 감동하사 일자(一子)를 점지하여 주시니, 우리 부모가 말년에 소자를 얻으사 애지중지(愛之重之)하시더니, 국운이 불행하여 간녕지신(奸佞之臣)29)이 농권(弄權)하니 현인이 화를 어찌 면하리오. 우리 대인(大人)이 정한담의 모해(謀害)를 입으사 만리 연경에 찬배(竄配)하시니, 그 후에 모친이 간적(奸賊)의 화를 두려워하여 소자를 이끌고 부친 적소(謫所)를 향하시다가 이 물가에 이르러 난데없는 수적(水賊)이 달려들어 우리 모자를 결박하여 창파(滄波) 중에 들이치니, 우리 모친은 간데없고 소자는 천행으로 살아나서, 광덕산 신승(神僧)에게 모친의 주신 옥함을 얻어 전장에 나아가 정한담을 한칼에 베어 원수를 갚고 황상을 구원하며, 만리 연경에 적거(謫居)하신 부친을 모셔다가 천은(天恩)을 입사와 높은 작록을 받으시고, 또 남적을 소멸하고 옥문관에 들어가 강승상을 모셔 이곳에 왔사오나, 모친의 익수(溺水)하심을 생각하오니 소자의 비통한 마음은 모친을 모셔 구원(九原)30)에 놀고자 하오나, 노년 부친의 고고(孤苦)하심을 차마 저버리지 못할지라. 세간(世間)에 머무르나 부귀작록(富貴爵祿)에 마음이 없사오니, 모친의 영혼이 멀리 아니 계시거든 소자의 긍측(矜惻)31)한 정사(情事)32)를 돌아보사 바삐 데려가사 모친을 모시게 하옵소서. 고할 말씀이 무궁(無窮)하오나 슬픈 마음이 격발(激發)하오니 지필(紙筆)로 다 기록치 못하나니, 후생(後生)에 다시 뵈옵고 하정(下情)33)을 아

---

27) 전조단발(剪爪斷髮): 제사를 지내거나 기원을 올리기 전에 근신하는 뜻으로 손톱을 깎고 머리털을 자름.
28) 도축(禱祝): 기원(祈願).
29) 간녕지신(奸佞之臣): 간사하고 아첨을 잘하는 신하.
30) 구원(九原): 저승.
31) 긍측(矜惻): 불쌍하고 가엾음.
32) 정사(情事): 처지나 형편, 사정(事情).
33) 하정(下情): 어른에게 대하여, 자기 심정이나 뜻을 겸손하게 이르는 말.

뢰리이다. 복유(伏惟)34) 존령(尊靈)35)은 흠향(歆饗)하옵소서.

하였더라. 원수가 읽기를 맞고 강심(江心)을 바라 일장(一場)을 통곡하니 성음(聲音)이 처절하여, 용신(龍神)이 비감(悲感)하고 창파가 위하여 흐르지 아니하는 듯하며 산천초목이 다 슬퍼하는 듯하더라. 이때 강변 좌우에 가득한 인민이 원수의 세세(細細) 정원36)을 들으니 철석간장(鐵石肝腸)37)이 아니거든 뉘 아니 낙루(落淚)하리오. 그중에 슬픈 일 있는 사람은 대성통곡(大聲痛哭)하니 강천(江天)38)이 창망(滄茫)하고 일색(日色)이 무광(無光)하며 천신(天神)도 비감(悲感)하더라.

치제(治祭)하기를 파(罷)하고 제물을 많이 쏟아 강중(江中)에 넣은 후에 그 남은 음식은 백성을 나눠 주고, 성중(城中)에 들어와 군사를 호궤(犒饋)39)한 후 길을 떠날새, 각읍(各邑)에 선문(先文)40)하고 금릉(金陵)41) 성중(城中)에 숙소(宿所)하고 군사를 쉬더라.

선시(先時)에 장부인이 화림동 이처사의 집에 있어 주야로 가군(家君)과 아자를 생각하여 슬픈 눈물이 마를 적이 없어 세월을 보내더니 남경에 병란이 일어남을 듣고 탄식 왈,

"이제는 나의 몸이 이곳에서 죽으리로다. 충렬이 만일 생존하였으면

---

34) 복유(伏惟): 삼가 엎드려 생각함.
35) 존령(尊靈): 영혼(靈魂)을 높여 이르는 말.
36) 정원: 문맥상 제문의 내용을 말함.
37) 철석간장(鐵石肝腸): 여기서는 쇠와 돌 같이 굳어 인정이 없는 마음을 가리킴.
38) 강천(江天): 멀리 보이는, 강 위의 하늘.
39) 호궤(犒饋): 군사들에게 음식을 주어 위로함.
40) 선문(先文): 중앙의 벼슬아치가 지방에 출장할 때, 그곳에 도착할 날짜를 미리 알리는 공문을 보냄.
41) 금릉(金陵): 중국 강소성(江蘇省) 남서쪽의 도읍지로 지금의 남경(南京). 삼국시대(三國時代)에 오(吳)나라 손권(孫權)이 건업(建業)이라고 개칭하여 도읍한 뒤부터 발전하였음. 당(唐)나라 때에는 금릉(金陵)으로 불림.

병란(兵亂)을 삭평(削平)[42]하고 나를 찾아 이곳에 오려니와, 이미 수중
(水中)에 몸을 버렸으니 나의 고고함을 뉘 염려하리오.”

하고 침식(寢食)이 불안하더니, 마침 이처사가 범양 땅에 갔다가 회수(淮
水)가에 이르러 보니, 강변(江邊) 사장(沙場)에 구름차일(遮日)[43]을 높이
치고 만성인민(滿城人民)이 너른 사장에 가득하거늘, 마음에 의혹(疑惑)
하여 아는 사람더러 물으니, 기인(其人)이 대왈(對曰),

“유원수 충렬이 화란(禍亂)을 삭평하고 오는 길에 그 모부인(母夫人)
이 이 강에서 익수함을 슬퍼하여 제물을 갖추어 치제하여 수중고혼(水
中孤魂)을 위로함이니다.”

하거늘, 처사가 듣고 대경대희(大驚大喜)하여 바삐 달려 돌아와 장부인
께 고왈(告曰),

“세상에 기이한 일이 있더이다. 마침 범양에 갔다가 돌아오는 길에
회수강에 이르러 보니 구름차일에 천병만마(千兵萬馬)와 수만 백성이 가
득히 모였거늘, 굿보는[44] 사람더러 물은즉, ‘남경 도원수 유충렬이 모
친을 위하여 회수에 제사한다.’ 하기로 백성과 한가지로 구경하오니, 과
연 유원수가 소복(素服)을 갖추고 만반진수(滿盤珍羞)를 진설(陳設)하고
통곡(痛哭)하며 제문을 읽으니, 그 제문을 들은즉 적실(的實)한 부인의
천금아자라. 부인의 지내신 일을 제문에 다 기록하였더이다.”

부인이 이 말을 듣고 대성통곡 왈,

“이 말이 무슨 말씀인고? 원수의 하던 말을 이르소서.”

처사가 왈,

“남경 동문 밖에 거(居)하는 유충렬이라 하고 남악산에 기도하여 탄

---

42) 삭평(削平): 반란이나 소요를 누르고 평온하게 진정함. 평정(平定).
43) 구름차일(遮日): 아주 높이 친 차일. 차일을 햇볕을 가리기 위하여 치는 포장.
44) 굿보는: 구경하는.

생한 말과, 저의 부친이 화를 만나 만리 연경에 귀양 가시고 모친만 모셨더니, 도망하여 회수에 이르러 난데없는 도적이 모자를 결박하여 물에 넣거늘, 천행으로 살아나와 모친이 주신 옥함을 얻어 전장기계(戰場器械)를 갖추어 도적을 함몰(陷沒)하고, 연경에 적거한 부친을 찾아 모셔와 천은(天恩)을 입어 대승상 연국공이 되시고, 충렬은 대사마 초국공[45]이 되었으며, 정한담·최일대를 잡아 원수를 갚았으나, 모친의 형적(形迹)이 없기로 금일 치제하여 모친 혼령을 위로한다 하더이다.”

부인이 청필(聽畢)에 대경차희(大驚且喜) 왈,

“내 아이 충렬이 살았도다.”

하며 꿈인 듯 생시인 듯하고, 또 물에 넣은 옥함을 얻었단 말을 듣고 무수히 통곡하며 아자의 있는 곳을 찾아가려 하거늘, 처사가 말려 왈,

“적실히 그러할진대 내 먼저 찾아가 진위(眞僞)를 알고 오리이다.”

하고 다시 가려 하거늘, 부인이 또 물어 왈,

“유원수의 나이는 몇이라 하며 외가는 뉘 집이라 하더뇨?”

처사가 대왈,

“나이는 이십이요, 외가는 이부상서(吏部尙書) 장윤이라 하더이다.”

부인이 그 말 듣고 더욱 통곡 왈,

“이는 분명 내 아이 충렬이로다. 만일 나의 아자가 아니면 나의 부친의 함자(銜字)를 어찌 알리오. 바삐 나아가 알아오라.”

이처사가 급히 행하여 금릉성(金陵城)[46]에 들어가 원문(轅門)[47] 밖에 이르러 군사를 불러 통하되,

“천덕산 화림동[48]에 사는 이처사가 와서 원수께 뵈오려 하노라.”

---

45) 원문은 ‘위국공’이나, 위에서 충렬이 ‘초국공’에 봉해졌으므로 ‘위국공’은 ‘초국공’의 잘못임.
46) 금릉성(金陵城): 남경성(南京城). 금릉은 남경.
47) 원문(轅門): 군영(軍營)이나 영문(營門)을 이르는 말.

군사가 들어와 고하거늘, 원수가 군관(軍官)을 명하여 영접하여 들이라 하니, 군관이 청령(聽令)하고 나와 맞아들이니, 처사가 천천히 걸어 들어와 청상(廳上)에 올라 원수께 예(禮)하니, 원수가 답례하고 좌정하고 원수가 문왈,

"선생이 뉘시며, 무슨 가르칠 일이 있어 찾으시니잇가?"

처사 왈,

"소생은 원수의 영명(令名)이 우주에 가득하옴을 듣고 뵈오려 이르렀나이다. 장군의 웅재대략(雄才大略)[49]은 천고(千古)에 처음이라. 역적 한담 등을 한칼에 베고 남만·가달 등을 쳐 함몰하옵고, 황상의 급하심을 구하며 종사(宗社)의 위태함을 회복하고 억조창생(億兆蒼生)을 수화(水火)[50] 중에서 건지시니 천하의 제일대공(第一大功)이라. 만민의 복이로소이다. 소생 같은 인생이야 일러 무엇 하리잇고?"

원수가 거수손사(擧袖遜謝)[51] 왈,

"이는 다 성천자(聖天子)[52]의 홍복(洪福)이요, 만민의 덕이라. 소생이 어찌 선생의 과장하심을 감당하리잇고? 다시 묻잡나니 무슨 가르칠 일이 있나잇가?"

이처사가 공수(拱手)[53] 대왈(對曰),

"적실(的實)히 알고자 하는 일이 있사와 왔사오니, 작일(昨日) 회수강에서 장군이 제문을 독축(讀祝)하시는 말씀을 듣자오니, 지내신 일이 정

---

48) 원문은 '화린동'이나 앞서 언급된 '화림동'의 잘못임. 이후 두 차례 '화린동'도 '화림동'으로 일치시킴.
49) 웅재대략(雄才大略): 크고 뛰어난 재능과 지략.
50) 수화(水火): 물과 불을 아울러 이르는 말로 매우 곤란한 환경을 비유적으로 이르는 말.
51) 거수손사(擧袖遜謝): 소매를 들어올려 겸손하게 사양함.
52) 성천자(聖天子): 덕이 높은 천자라는 뜻으로 황제를 높여 부르는 말.
53) 공수(拱手): 왼손을 오른손 위에 놓고 두 손을 마주 잡아 공경의 뜻을 나타냄.

녕(丁寧) 그러하시니잇가?"

원수가 이 말을 들으매 자연 마음이 비창(悲愴)하여 누수(淚水)가 추수봉안(秋水鳳眼)에 동(動)[54]하는지라. 마음에 의괴(疑怪)[55]하여 이처사를 다시 보니 비창한 마음이 절로 동(動)하여 능히 진정할 길이 없는지라. 이에 낙루(落淚) 대왈(對曰),

"선생이 어찌 소생의 긍측(矜惻)한 정사(情事)를 자세히 묻나니잇고?"

처사가 왈,

"원수의 치제(治祭)하심을 보니, 보는 사람으로 하여금 감창(感愴)[56]한지라. 진정 그러하실진대 이는 희행(喜幸)한지라. 영대인(令大人)[57] 유주부를 모셔왔다 하오니 유주부는 곧 생의 처숙(妻叔)이라. 연경으로 적거하신 후 여러 해에 뵈옵지 못하니 심히 창모(愴慕)[58]하더니 이제 원수의 말씀을 듣사오니 희행함을 어찌 형언(形言)하리잇고?"

원수가 청필(聽畢)에 차경차희(且驚且喜)[59] 왈,

"영존공(令尊公)[60] 휘함(諱銜)[61]을 부르기 미안하나, 전임(前任) 한림학사 이인학이시니잇가?"

처사 왈,

"과연 소생의 가엄(家嚴)[62]이시니이다."

---

54) 누수(淚水)가 추수봉안(秋水鳳眼)에 동(動): 눈물이 눈에 어림. 추수봉안은 맑고 깨끗한 얼굴빛에 봉의 눈같이 가늘고 길며 눈초리가 위로 째지고 붉은 기운이 있는 눈을 말함. 추수는 가을 물이라는 뜻으로 맑고 깨끗함을 뜻함.
55) 의괴(疑怪): 의심스럽고 괴이함.
56) 감창(感愴): 마음이 움직임. 감동함.
57) 영대인(令大人): 남의 아버지를 높여 이르는 말.
58) 창모(愴慕): 슬퍼하며 그리워 사모함.
59) 차경차희(且驚且喜): 한편으로 놀라면서 한편으로 기뻐함.
60) 영존공(令尊公): 존공(尊公)을 높여 부르는 말. 존공은 손윗사람의 아버지를 높여 이르는 말.
61) 휘함(諱銜): 돌아가신 분의 생전의 이름을 높여 일컫는 말.

원수가 비환(悲歡)이 병출(竝出)하여 거수(擧袖) 칭사(稱辭)[63] 왈,

"소생의 가엄이 매양 영대인(令大人) 말씀을 하시더니, 금일 존형(尊兄)을 이곳에서 만날 줄 몽리(夢裏)에나 생각하였으리잇고?"

처사가 그제야 의심 없는 유충렬임을 알고 환희(歡喜) 왈,

"존공(尊公)의 화란(禍亂)이 비록 한심하나 도차(到此)[64]하여 다행히 영당(令堂)[65] 태부인(太夫人)[66]이 수중(水中) 화액(禍厄)을 벗어나 소생의 집에 머무사 주야(晝夜)로 공을 생각하시고 침식(寢食)의 맛을 모르시더니, 소생이 우연히 회수(淮水)에 왔다가 공의 설제(設祭)[67] 통곡(痛哭)하심을 보매 의심이 맹동(萌動)[68]하여 돌아가 말씀하오니, 존태부인(尊太夫人)[69]이 경희(驚喜)하사 자세함을 알고자 하시기로 소생이 다시 이르러 묻자옴이니, 원수는 의려(疑慮)치 마시고 생의 집에 왕림(枉臨)하사[70] 천륜을 완전히 하시고 태부인 우려지심(憂慮之心)을 관위(寬慰)[71]하소서."

원수가 청파에 환천희지(歡天喜地)[72]하고 심신이 도리어 황란(慌亂)[73]하여 양구(良久)[74] 후 정신을 진정하여 처사를 향하여 모부인이 존택

---

62) 가엄(家嚴): 남에게 자기 아버지를 높여 이르는 말. 가친(家親).

63) 칭사(稱辭): 여기서는 대답함을 뜻함.

64) 도차(到此): 이에 이르러.

65) 영당(令堂): 남의 어머니를 높여 이르는 말. 자당(慈堂)

66) 태부인(太夫人): 남의 어머니를 높여 이르는 말. 자당(慈堂), 대부인(大夫人).

67) 설제(設祭): 제사를 차림. 제물을 준비하여 제사를 지냄.

68) 맹동(萌動): 어떤 생각이나 일이 일어나기 시작함.

69) 존태부인(尊太夫人): 태부인을 다시 높여 이른 말.

70) 원문에는 '싱의왕림'이나 문맥상 '집에' 또는 '거처에'를 넣어야 함.

71) 관위(寬慰): 너그럽게 위로함.

72) 환천희지(歡天喜地): 하늘도 즐거워하고 땅도 기뻐한다는 뜻으로, 아주 즐거워하고 기뻐함을 이르는 말.

73) 황란(慌亂): 어지러움.

74) 양구(良久): 시간이 꽤 오래 지남.

(尊宅)에 안거하심을 무수사례(無數謝禮)하니, 처사가 재삼 손사(遜謝) 왈,

"공은 마땅히 소생의 뒤를 좇으심이 좋을까 하나이다."

원수가 대희(大喜)하여 무수사례하고 즉시 처사를 따라 화림동으로 나아갈새, 사면을 둘러보니 경개 절승한데 송림 속에 정쇄(精灑)75)한 초옥이 은은히 보이더라.

처사가 시문(柴門)에 이르러 원수의 손을 이끌고 들어가니, 이때 장부인이 처사를 보내고 반가운 소식을 고대(苦待)하매 심신이 황란하여 자리에 안접(安接)76)치 못하고 당(堂)에서 내려 시문을 의지하여 금릉(金陵)을 바라고77) 기다리는 마음이 일각(一刻)이 삼추(三秋) 같더니, 날이 반오(半午)78)에 지나매 처사가 일위(一位) 소년을 데리고 들어오거늘, 부인이 급히 문왈,

"그대와 같이 들어오는 소년이 누구뇨?"

처사가 대왈,

"차인(此人)은 부인의 영랑(令郎) 남경 대원수 유충렬이로소이다."

부인이 충렬이란 말을 듣고 정신이 아득하여 어찌할 줄 모르다가 땅에 엎더져 기절하는지라. 충렬이 달려들어 수족(手足)을 주무르며 회생단(回生丹)79)을 갈아 입에 드리오니, 식경(食頃) 후 겨우 정신을 차리거늘, 원수가 이에 꿇어 통곡 왈,

"불초자 충렬이 왔나이다."

부인이 여취여광(如醉如狂)80)하여 가로되,

14

---

75) 정쇄(精灑): 매우 맑고 깨끗함.
76) 안접(安接): 마음을 편안히 하고 머물러 있음.
77) 바라고: 바라보고.
78) 반오(半午): 하루 낮의 반. 한나절.
79) 회생단(回生丹): 까무러쳐 의식을 잃은 사람에게 의식을 회복할 수 있도록 먹이는 알약.
80) 여취여광(如醉如狂): 너무 기쁘거나 감격하여 미친 듯도 하고 취한 듯도 하다는

"네 만일 나의 아들 충렬일진대 회수강(淮水江)에 빠져 죽었으니 죽은 혼백이 어미를 찾아 왔느냐? 내 아들 충렬은 등 위에 삼태성이 있고 금자(金字)로 표적이 있으니, 옷을 벗어 나의 아득한 심사를 풀게 하라."

원수가 즉시 옷을 벗고 부인 앞에 나아가 복지(伏地)하니, 부인이 자세히 보니 과연 삼태성이 두렷하고 금자로 새긴 것이 완연하거늘, 이를 보매 다시 의심이 없는지라. 이에 충렬의 손을 잡고 통곡하니 모자의 곡성(哭聲)이 처량하여 화림동에 진동하더라. 서로 붙들고 통곡하는 경상(景狀)에 방인(傍人)이 슬퍼하니, 전일 호국에서 부친을 만날 때에 배승(倍勝)한지라. 원수가 울음을 그치고 앉아 고왈(告曰),

"소자가 모친의 익수참사(溺水慘死)하신 줄로 알고 회수강에 이르러 제사를 파(罷)하고 돌아오더니, 천만의외(千萬意外)에 이처사를 만나 모친의 생존하심을 듣사오니, 기쁜 마음이 칭량(稱量)없어 이처사와 한가지로 이르러 태태(太太)[81]를 뵈오니, 금석수사(今夕雖死)이나 무한(無恨)[82]이로소이다."

부인이 불승희열(不勝喜悅)하여 아자의 손을 잡고 유체(流涕) 왈,

"너는 그 사이 어디 가 의지하여 저렇듯 장성하였으며, 무슨 재주로 천자(天子)를 구하여 종사(宗社)를 평안히 하며 대공(大功)을 세웠나뇨?"

원수가 고왈(告曰),

"소자가 회수강에서 죽은 목숨이 겨우 살아나 간신히 행하여 회사정에 이르러 부친의 글 쓴 것을 보고 즉시 죽고자 하더니 마침 강승상을 만나 그 곳에 유(留)하오매, 승상이 소자를 과애(過愛)하여 천금옥녀(千

뜻으로, 이성을 잃은 상태를 비유적으로 이르는 말. 여광여취(如狂如醉).
81) 태태(太太): 어머니를 높여 부르는 말.
82) 금석수사(今夕雖死)이나 무한(無恨): 당장 오늘 저녁에 죽더라도 조금도 한이 없음.

金玉女)83)로써 소자를 배(配)84)하였더니, 그 후 강공이 부친의 원찬(遠竄)하심을 분격(憤激)85)하여 황성에 올라가 부친을 위하여 설한(雪恨)코자 하고 상표(上表)86)하여 간당(奸黨)을 없애고자 하다가, 정한담의 참소를 입어 옥문관에 원찬(遠竄)하옵고, 다시 강공의 가속을 잡으려 하오매 소자가 화(禍)를 당할까 두려워 몸을 피하여 서해 광덕산 백룡사에 들어가 신승(神僧)을 만나 후대(厚待)함을 입사와 편히 있삽더니, 그 중이 일일은 옥함을 주며 이르되, '이 함 속에 그대 갑주(甲胄)와 병기(兵器) 들었으니 급히 경사에 올라가 황상의 급하심을 구하라.' 하기로 그 길로 천사마를 얻어 타고 주야배도(晝夜倍道)87)하여 황성에 이르러 정한담과 최일대를 베고, 다시 호국에 들어가 태후와 황후와 태자를 구하여 황성으로 돌아오는 길에 북해에 이르러 부친을 모셔 경사로 오시매, 황은(皇恩)을 입사와 국공(國公)88) 관작(官爵)을 받잡고, 다시 옥문관에 들어가 강승상을 구코자 하니, 그곳 지방관이 이르기를, '서번왕이 강공을 잡아갔다.' 하옵기로 바로 번국에 들어가 국왕을 항복받고 강공을 구하여 돌아오는 길에, 회수(淮水)에 이르러 감창(感愴)함을 이기지 못하여 일배주(一杯酒)로 모친 영혼에 위로하고 슬픔을 진정치 못하옵더니, 천만의외(千萬意外)에 이처사가 진중(陣中)에 이르러 모친의 생존하심을 이르기로 의사(意思)가 총망(悤忙)하여 급급히 왔나이다."

언파(言罷)에 누수(淚水)가 여우(如雨)89)하여 소매를 적시거늘, 부인이

17

---

83) 천금옥녀(千金玉女): 천금 같이 귀한 딸. 옥녀는 남의 딸을 높여 이르는 말.
84) 배(配): 짝 지음.
85) 분격(憤激): 몹시 분하고 노여운 감정이 북받쳐 오름.
86) 상표(上表): 표(表)를 올림. 신하가 임금에게 올리는 문장 형식. 자기의 심중을 나타내 임금에게 알린다는 의미에서 표라 함.
87) 주야배도(晝夜倍道): 밤낮으로 빠르게 걸어 이틀에 갈 길을 하루에 걸음.
88) 국공(國公): 관작(官爵)의 하나로 제후를 가리킴. 천자의 아래이며 왕으로 불림.
89) 누수(淚水)가 여우(如雨): 눈물이 비 오듯 함.

비황(悲惶)[90] 중이나 주부공(主簿公)[91]의 생환함과 아자의 영귀(榮貴)함을 희열하여 전후에 지내던 말을 이르며 설화(說話)가 탐탐(耽耽)[92]하더라.

이때 강승상이 조낭자와 더불어 장부인이 이처사 부중(府中)에 있음을 듣고 대희하여, 장졸을 지휘하여 일승(一乘) 채교(彩轎)를 갖추어 화림동 이처사 택중(宅中)으로 보내고 원수께 태부인(太夫人)의 생존·태평하심을 치하하니, 원수[93]가 만면희색(滿面喜色)으로 모부인(母夫人) 모셔 거중(車中)에 오른 후[94] 자기는 천사마를 타고 성중(城中)으로 돌아오니, 행로(行路)에 백성들이 길을 막고 화교(華轎)[95]를 붙들어 만만치하(萬萬致賀)하더라.

차시 장부인이 거중(車中)에서 백성의 말을 듣고 만심환열(滿心歡悅)하여 성중에 들어와 사오일 유숙(留宿)하여 원수더러 왈,

"이곳 백성들이 우리 모자의 상봉함을 이렇듯 환열하니 심히 감사한지라. 너는 원근 백성을 다 불러 주육(酒肉)을 먹여 저의 성심(誠心)을 위로하라."

원수가 모친의 말씀을 듣고 대희하여 잔치를 백사장(白沙場)에 배설(排設)하고 구름차일(遮日)을 높이 치고, 원수가 의관(衣冠)을 정제(整齊)하고 강승상을 상좌(上座)에 모셔 열읍(列邑) 수령들이 모여 좌(座)를 정한 후, 모든 백성을 불러들여 주육을 싫컷 먹이니 일읍(一邑) 백성의 송덕(頌德)하는 소리 원근에 진동하더라.

---

90) 비황(悲惶): 슬프고 두려움.
91) 주부공(主簿公): 주부(主簿)를 높여 이른 말. 유충렬의 아버지 유심을 가리킴.
92) 탐탐(耽耽): 마음에 들어 매우 즐거움.
93) 원문은 '생수'이나 문맥상 이와 같이 봄. 서술자는 원수가 되기 전의 유충렬을 '생'으로 일컬었음. '생'과 '원수'를 혼동하여 나온 잘못으로 보임.
94) 오른 후: '오르시게 한 후'가 되어야 함.
95) 화교(華轎): 아름답게 장식한 가마.

삼일(三日)을 즐기다가 원수가 모친을 모시고 발행할새 또 이처사를 권하여 가권(家眷)을 거느려 한가지로 경사(京師)로 올라갈새, 원수가 십만 장졸을 거느려 강승상과 선진(先陣)이 되고, 모든 부장(副將)은 서천(西天) 삼십육도(三十六道) 군장(軍將)을 거느려 중군(中軍)이 되고, 장부인과 이처사 가권(家眷)은 처사가 배행(陪行)96)하여 후진(後陣)이 되어 행하니, 그 위의(威儀)의 부성(富盛)97)함이 만고에 짝이 없더라. 백성들이 원수의 말 머리를 붙들고 눈물을 머금어 배별(拜別)하더라.

행한 지 여러 날 만에 영릉 땅에 다다르니, 이곳은 강승상의 고향이라. 승상과 원수가 전사(前事)를 생각하매 슬픈 마음이 유동(流動)하여 승상이 원수의 손을 잡고 백수(白首)에 양항루(兩行淚)가 이음차98) 희허(欷歔)99) 탄식 왈,

"나의 팔자(八字)가 무상(無常)하여 슬하에 한낱 골육(骨肉)이 없고 쇠로지경(衰老地境)100)에 이르러 우리 부부가 한낱 여아를 의지하여 세월을 보내어 여년(餘年)을 마칠까 하였더니, 본심이 우직한지라, 간신의 농권(弄權)함을 통분하여 천자께 간쟁(諫諍)하여 간당(奸黨)을 소청(掃淸)하고 충렬지사(忠烈之士)101)를 내어 종사(宗社)를 붙들고자 하다가, 도리어 간당의 해를 만나 늙은 몸이 절새(絶塞)에 원적(遠謫)하고 부인과 여아를 실산(失散)하여 사생존망이 묘연(杳然)하니, 내 몸이 비록 무사하여 고국에 환귀하여 부귀를 다시 한들 뉘를 의지하여 남은 세월을 보내리오."

---

96) 배행(陪行): 윗사람을 모시고 따라 감. 또는 떠나는 사람을 일정한 곳까지 따라 감.
97) 부성(富盛): 넉넉하고 많음.
98) 이음차: 줄줄이 이어져.
99) 희허(欷歔): 한숨을 지음. 허희(歔欷).
100) 쇠로지경(衰老地境): 늙고 쇠약하게 된 형편을 말함.
101) 충렬지사(忠烈之士): 충렬의 아버지 유심을 말함.

언파에 오열유체(嗚咽流涕)하여 능히 말을 이루지 못하니, 원수가 또한 강소저의 화용월태(花容月態)와 선연미질(嬋娟美質)[102]을 생각하매 심회(心懷) 비창(悲愴)하나 승상의 비회(悲懷)를 도울까 염려하여 슬픔을 강잉(强仍)하여 호언(好言)으로 위로 왈,

"소서(小壻)의 모친도 비명참사(非命慘死)하신 줄 알았더니, 천지신명이 도우사 다시 인세(人世)에 생존하사 모자가 단합(團合)하는 낙사(樂事)를 얻었사오니, 지금의 악모(岳母)와 실인(室人)이 형영(形影)이 없사오나, 현인(賢人)과 성녀(聖女)는 가만한[103] 중 하늘이 도우시니 필경(畢竟) 생존하신 희보(喜報)가 왔사오리니, 원컨대 대인은 심회를 진정하사 후일을 보심이 마땅하오니 소서의 말씀을 헛되이 듣지 마소서."

강공이 원수의 말을 들으매 반신반의(半信半疑)하나 이렇듯 체읍(涕泣) 비황(悲惶)[104]함이 부질없는지라. 스스로 심사를 억제하여 하처(下處)를 정하고 원수와 한가지로 밤을 지내고, 이튿날 가인(家人)을 불러 월계촌에 나아가 자세한 소식을 알아오라 하고 이곳에서 사오일을 유숙(留宿)하더라.

이적에 강소저가 모부인과 한가지로 목숨을 도망하여 청수강변에 이르러 모부인이 자기를 속이고 익수참사(溺水慘死)함을 보매, 슬픔이 흉격(胸膈)[105]에 막히니 천지가 망망(茫茫)한지라. 모친의 영혼을 따라 수중(水中) 어복(魚腹)의 밥이 되매[106] 통흉운절(痛胸殞絶)[107]하여 종일 호곡(號哭)하더니, 홀연 한 중년 여자가 이르러 만단위로(萬端慰勞)하여

---

102) 선연미질(嬋娟美質): 고운 얼굴과 아름다운 바탕.
103) 가만한: 움직임 따위가 그다지 드러나지 않을 만큼 조용하고 은은한.
104) 비황(悲惶): 슬퍼하고 두려워 함.
105) 흉격(胸膈): 가슴 속.
106) 어복(魚腹)의 밥이 되매: 문맥상 '어복의 밥이 되고자 하여'로 보아야 함. '어복의 밥'이 되는 것은 물에 빠져 죽음을 뜻함.
107) 통흉운절((痛胸殞絶): 몹시 슬퍼하다가 잠시 정신을 잃고 까무러침.

한가지로 가기를 청하거늘, 비록 죽고자 하나 사생을 임의로 못할지라. 사세(事勢) 마지못하여 그 여자를 따라 한 곳에 이르니, 가사(家舍)가 화려하고 인물이 번화(繁華)하여 분면홍대(粉面紅黛)108)한 고운 계집이 방방이 가득하니 분명한 청루주사(靑樓酒肆)라. 마음에 놀랍고 한심하여 가만히 생각하되, '나의 명도(命途)109)가 가지록110) 기박하여 이런 창루(娼樓)에 빠졌으니 만일 오래 머물다가는 빙옥(氷玉) 같은 일신에 더러운 욕을 면치 못하리니, 가만히 몸을 빼어 도망하여 청수강에 다시 가 천척수심(千尺水心)에 몸을 던져 모친의 뒤를 따라 불측(不測)한 욕을 면하리라.' 하여 심사가 초황(焦慌)111)하더니, 그 여자가 식반(食盤)을 성비(盛備)하여 지성으로 권하며 호언(好言)으로 위로 왈,

"낭자의 청춘이 이십도 못 되었으니 고혈일신(孤孑一身)112)이 타향에 유락(流落)113)하면 무뢰악소년(無賴惡少年)114)의 봉욕(逢辱)이 쉬우리니, 마땅히 부귀 재상가의 문인재사(文人才士)를 가리어 평생을 의탁함이 좋을까 하노라."

소저가 청파에 모골이 송연하고 분기(憤氣)가 복발(復發)하나, 너무 강렬히 굴다가 주인 노고(老姑)의 급화를 당할까 두려워 강잉(强仍) 대왈(對曰),

"내 비록 미거(未擧)115)하나 재상가 부녀라, 그대는 이런 말을 다시 말

---

108) 분면홍대(粉面紅黛): 예쁘게 화장한 얼굴. 분면은 분칠한 얼굴, 홍대는 볼에 바르는 연지와 눈썹을 그리는 먹을 말함.
109) 명도(命途): 운명과 재수를 아울러 이르는 말.
110) 가지록: 갈수록.
111) 초황(焦慌): 애가 타서 마음이 조마조마하며 어찌할 바를 모름.
112) 고혈일신(孤孑一身): 가족이나 친척이 없이 외로운 몸.
113) 유락(流落): 타향살이.
114) 무뢰악소년(無賴惡少年): 성품이 막되어 예의와 염치를 모르며 함부로 행동하는 젊은 사람.
115) 미거(未擧): 철이 없고 사리에 어두움.

23 지어다.”

　언파(言罷)에 기색이 강렬하나, 노고가 들은 체 아니코 주야로 개유(開諭)하며 또 위엄으로 협박하여 잠시를 떠나지 않으니, 소저가 비록 도망코자 하나 틈이 없는지라. 하릴없어 수일을 머물더니, 일일은 노고가 이르되,

　“태수(太守) 상공(相公)이 그대의 자색(姿色)이 절세(絶世)함을 들으시고 나를 불러 분부하시되, ‘그 여자를 바삐 불러들이라.’ 하시니 그대는 아중(衙中)116)에 들어가 태수 노야(老爺)의 명을 순종하여 부귀를 무흠(無欠)117)히 누림이 어떠하뇨?”

　소저가 차언(此言)을 들으매 혼백이 비월(飛越)하여 어찌할 줄 모르더니, 노고에게 한 딸이 있으니 이름은 연심이니 약간 자색(姿色)이 있더니, 강소저를 만난 후로 지기상합(志氣相合)118)하여 매양 소저를 불쌍히 여기고 그 절개를 탄복하여 그 어미 행사(行事)를 그르게 여기던지라. 금일 소저의 초황(焦慌)함을 보고 가만히 소저의 귀에 대어 이르되,

24 　“소저는 다만 응답하시면 소녀가 따라가 소저의 급한 욕을 면하게 하리이다.”

　소저가 이 말을 듣고 마음을 적이 놓고 호락(好諾)119)하니 노고(老姑)가 대희(大喜)하여 소저를 우발120) 지분(脂粉)121)을 다스려 들어갈새, 연심이 어미더러 왈,

---

116) 아중(衙中): 지방 군아(郡衙)의 안.
117) 무흠(無欠): 흠이 없음. 완전함.
118) 지기상합(志氣相合): 두 사람 사이의 의지와 기개가 서로 잘 맞음.
119) 호락(好諾): 기꺼이 승낙함.
120) 우발: 미상. ‘지분’과 함께 쓰여, 여성의 화장 또는 머리 장식에 소용되는 물건을 말하는 듯.
121) 지분(脂粉): 여성이 화장품으로 쓰던 연지(臙脂)와 백분(白粉)을 아울러 이르는 말.

“소녀가 낭자를 따라 들어가 주야(晝夜) 개유(開諭)하여 회심(回心) 순종케 하리이다.”

노고가 허락하거늘, 연심이 소저와 한가지로 들어가 낮이면 협실(夾室)[122]에 숨었다가, 밤 든 후 소저는 협실에 숨고 제 몸이 대신 태수(太守)의 침식을 받들더니, 이때 유원수가 아중(衙中)에 숙침(宿寢)[123]하는지라. 노고가 원수의 풍채(風采) □□함을 보고 가만히 생각하되, ‘강낭자를 원수 노야께 바치면 중상(重賞)을 얻으리라.’ 하여 제 딸더러 이 말을 이르니 연심이 대경하여 가만히 소저께 고왈,

“금야(今夜)에 욕(辱)을 당하시리니, 사양치 마시고 들어가시면 중간에 가다가 내 몸으로 낭자를 대신할 것이니 그리 아옵소서.”

하더니, 과연 그날 밤에 연심의 어미 소저더러 왈,

“월색(月色) 가려(佳麗)하니 달구경 하자.”

하고 나오라 하여 소저를 데리고 동헌(東軒)으로 들어가니, 소저가 짐작코 노고더러 왈,

“내 그대의 마음을 아나니 내 원수의 명을 순종하리니, 그대는 염려 말고 돌아가라.”

노고가 대희(大喜) 왈,

“그대 평일은 높은 절개를 자랑하더니 이제 남경 대원수의 영걸위풍(英傑威風)이 출세(出世)[124]함을 듣고 섬기기를 사양치 아니하니, 가히 희한한 일이로다.”

하고 흔흔낙락(欣欣樂樂)[125]하여 돌아가거늘, 연심이 어두운 구석에 숨었다가 제 어미의 돌아감을 보고 즉시 소저를 내보내고 제가 낭자를

25

대신하여 들어가니, 이때 원수가 등촉(燈燭)을 밝히고 고요히 앉았으매
강소저의 화용월태(花容月態)로 도로(道路)에 유리(流離)하여 사생존망
(死生存亡)이 묘연함을 생각하매 심회(心懷) 울울(鬱鬱)하여 앉았더니, 연
심이 소저의 대신으로 들어오거늘, 원수가 눈을 들어 보니 일개 여자가
홍상(紅裳) 지분(脂粉)을 치레하였으나 한갓 평평한 인물이라. 마음에 우
습게 여겨 생각하되, '저런 것이 무슨 미색이라 자랑하는고?' 하고 조금
도 유의함이 없어 울울히 탄식하다가 인하여 촉(燭)을 멸(滅)하고 취침
하니라.

이때 강소저가 연심으로 대신하고 침소에 돌아와 신세를 생각코 밤이
맞도록 탄식 유체(流涕) 왈,

"세상에 수상한 일도 있도다. 연심의 말을 들으니 대원수의 성명이 유
충렬이라 하니 우리 상공과 동성동명(同姓同名)이니 어찌 괴이치 않으
리오. 만일 유상공이실진대 반드시 월계촌에 들어가 우리 집 사기(事
機)126)를 묻지 않을 리 없을지라. 명일 연심이 나오기를 기다려 진위(眞
僞)를 물어보리라."
하고 경경불매(耿耿不寐)127)하더라.

이튿날 연심이 나와 제 어미를 보니, 노고(老姑)가 야간 사기(事機)를
알고 대로(大怒)하여 연심을 꾸짖어 왈,

"네 어미를 속이고 낭자를 대신하여 원수 노야께 수청(守廳)하니 너
의 평상(平常)한 용색(容色)을 원수께 들였으니 무슨 중상(重賞)을 받으
리오. 필연 책벌(責罰)이 내릴 것이니, 원수께 들어가 바른대로 고하여
너의 방자무쌍(放恣無雙)128)한 죄를 다스리리라."

---

126) 사기(事機): 일이 되어 가는 중요한 기틀.
127) 경경불매(耿耿不寐): 염려되고 잊혀지지 않아 잠을 이루지 못함.
128) 방자무쌍(放恣無雙): 방자하기 짝이 없음.

하고 분분(忿憤)129)히 아중(衙中)에 들어가 원수께 문안하고 꿇어 고왈,

　"소녀의 여식이 절색미녀(絶色美女)요, 재기절등(才器絶等)130)하옵기로 노야께 들여 객회(客懷)를 위로하실까 하였더니 제 몸이 피하고 다른 계집으로 대신하였사오니, 이녀(二女)를 함께 잡아다가 치죄하옵소서."

　원수가 이 말을 들으매 마음에 잠깐 통해(痛駭)131)하여,

　"두 계집을 다 잡아들이라."

하니, 군사가 청령하고 급히 나와 연심을 잡아들여 계하(階下)에 꿇리고, 원수가 잠깐 웃으며 수죄(數罪) 왈,

　"너는 무슨 욕심으로 남의 몸을 대신하기를 잘하느냐? 죽을 곳에도 대신 갈까?"

　연심이 조금도 두려워하는 빛이 없어, 고왈,

　"소녀가 비록 천기(賤妓)오나 평생(平生)132)의 마음이 수절(守節)하는 사람을 사모하옵더니, 연전(年前)에 소녀의 어미 촌중(村中)에 갔삽다가 길에서 한낱 절색미녀를 만나 데려다가 수양녀(收養女)133)로 두고 태수 노야께 드려 금백(金帛)을 얻고자 하되, 그 여자가 굳은 절개가 송죽(松竹) 같아 순종치 아니하더니, 근일에 원수 노야가 숙침(宿寢)하심을 보고 또 그 여자를 노야께 드려 재보(財寶)를 얻고자 하여 소녀더러, '달래어 순종케 하라.' 하거늘, 소녀가 그 여자의 절행이 사생(死生)을 초개(草芥) 같이 여김을 아옵는 고로, 그 여자와 의논하옵고 대신 들어와 상공을 모셔 그 절행(節行)을 온전케 하고자 하옴이니, 복원(伏願) 노야는 소녀의 방자한 죄를 용서하옵소서."

---

129) 분분(忿憤): 분하고 원통하게 여김.
130) 재기절등(才器絶等): 재주와 기량이 매우 두드러지게 뛰어남.
131) 통해(痛駭): 몹시 이상스러워 놀람.
132) 평생(平生): 평소(平素).
133) 수양녀(收養女): 수양딸. 남의 자식을 데려다가 제 자식처럼 기른 딸.

원수가 청파에 양녀(兩女)의 소위(所爲)를 기특히 여겨, 이에 연심의 의기(義氣)를 표창(表彰)하고 또한 기녀(其女)의 절행(節行)을 탄복하는 중, 의심이 맹동(萌動)하여 연심을 가까이 불러 올려 문왈,

"네 의기 심중(深重)하여 그 여자와 수년(數年)을 동거하였으면, 정의(情誼) 골육형제(骨肉兄弟) 같을지라. 반드시 그 성명거주를 알았으리니 무엇이라 하더뇨?"

연심이 대왈(對曰),

"그 여자와 더불어 수년을 동거하였으나 성명과 거주를 물은즉 대답이 모호하여 자세히 알지 못하였나이다."

원수가 괴이히 여겨 왈,

"내 물을 말이 있으니 그 여자를 아무쪼록 잠깐 불러오라."

하니, 이때 강소저가 연심의 잡혀감을 보고 침소에 돌아와 신세를 생각코 한탄함을 마지아니하더니, 뜻밖에 관차(官差)[134] 십여 명이 달려들어 강소저를 불러내어 원수의 명을 전하고 급히 감을 재촉하거늘, 소저가 망극(罔極)하여 지금 죽고자 하나 무가내하(無可奈何)[135]라. 하릴없어 관차를 따라 아중(衙中)에 이르러 머리를 숙이고 계하(階下)에 서서 어찌할 줄 모르거늘, 원수가 청상(廳上)에 나와 그 여자를 자세히 보니 면목이 익은 듯한지라. 마음에 비감(悲感)하여 생각하되, '이 여자의 거동이 촌민(村民)의 자식은 아니라. 의상이 비록 남루하나 연약기질(軟弱氣質)이 형산미옥(荊山美玉)[136]이 진토(塵土)에 묻혔는 듯, 난봉(鸞鳳)[137] 같은 형상이 선연쇄락(嬋娟灑落)[138]하여 분명한 재상가 부녀라.' 원수가 심히

---

134) 관차(官差): 관아에서 파견하던 군뢰(軍牢), 사령(使令) 따위의 아전.
135) 무가내하(無可奈何): 어찌할 방도가 없음.
136) 형산미옥(荊山美玉): 형산백옥(荊山白玉)을 말함. 중국 형산에서 나는 백옥이라는 뜻으로, 귀한 보물을 말함.
137) 난봉(鸞鳳): 난새와 봉새. 상서로움을 상징하는 상상 속의 새.

(心下)139)에 의혹하여 공수(拱手) 문왈,

"소생이 들으니 낭자가 천가(賤家)에 유락(流落)하여 관비(官婢)의 양녀(養女)가 되어 이런 욕을 보시나뇨? 낭자의 소회를 은휘(隱諱)치 말고 설파하시면 소생이 해석할 일이 있노라."

소저가 원수의 말소리를 들으니 유생의 성음(聲音)인 듯하나, 차마 면목(面目)을 들어 남자와 대면할 길이 없어 원수의 외모를 보지 못하나, 성음을 들은즉 일분(一分)도 다름이 없으니 심하에 기쁨을 이기지 못하여 능히 대답을 못하니.

하회(下回) 어찌 된고? 하회를 분석(分釋)하라140).

세(歲) 정미(丁未) 이월일 향목동 서(書).

---

138) 선연쇄락(嬋娟灑落): 매우 곱고 깨끗함.

139) 심하(心下): 마음 속.

140) 하회(下回) 어찌 된고? 하회를 분석(分釋)하라: '다음 회는 어찌 될 것인가? 다음 회를 잘 보라.'는 내용으로 장회소설의 한 회 마지막에 상투적으로 붙는 구절.

유충렬전 권7 종(終)

화설(話說). 강소저가 관정(官庭)에 들어와 원수의 말소리를 들으니 분명한 자기 장부(丈夫)라, 마음에 자연 비감(悲感)하여 진정으로 고하되,

"첩은 이 고을 월계촌에 사는 전임(前任) 승상 강공의 여아요, 연경에 적거한 유주부의 자부(子婦)러니, 우리 부친이 나의 존구(尊舅)[1]의 적거함을 설원(雪冤)코자 하여 천자께 상표(上表)하였더니, 간신의 참소를 입어 만리 절역(絶域)[2]에 원찬(遠竄)하시고 가속(家屬)을 금오랑(金吾郞)이 잡아가옵더니, 나졸(邏卒) 장한의 힘을 입어 길에서 도망하여 청수강에 다다라 모친은 수중에 익사하시고, 첩은 천지망극(天地罔極)[3]하와 모친을 따라 죽고자 하더니, 마침 영릉 창모(娼母)[4]가 외촌(外村)에 갔다가 오는 길에 첩의 경상(景狀)을 보고 구하여 제 집으로 돌아와 주야로 창루(娼樓)에 오르라 보채되, 창모의 여식 연심이 극진히 구호(救護)하므로 지금까지 완명(頑命)[5]이 보전하였더니, 원수의 이렇듯 물으시는 욕을 당하니 첩의 몸이 죽어도 이런 누를 씻지 못할까 하나이다."

원수가 청파에 그 여자의 말씀과 거동을 보니 분명한 자기 부인이라. 급히 하리(下吏)를 명하여 아중(衙中) 내헌(內軒)에 조용한 곳을 치우고

---

1) 존구(尊舅): '시아버지'를 높여 이르는 말.
2) 절역(絶域): 한 국가 내에서, 멀리 떨어져 있는 지역.
3) 천지망극(天地罔極): 온 세상이 망극함. 슬프기 그지없음.
4) 창모(娼母): 창가(娼家)의 나이 든 여인을 말함.
5) 완명(頑命): 죽지 않고 모질게 살아 있는 목숨.

영리한 관비를 불러 부인을 모셔 들어가라 하고, 자기 또한 뒤를 좇아 들어가 소저와 더불어 서로 예필(禮畢)에, 원수가 먼저 지나간 일을 이르며 척연(慽然)⁶⁾ 타루(墮淚) 왈,

"생이 소저를 이별하고 문을 나서 도처에 유락(流落)하다가 다행히 신승(神僧)을 만나 재주를 배워 천자의 급하심을 구하고, 다시 부친을 모셔 오고 서번에 들어가 악장(岳丈)을 모셔 오는 길에 생의 모친을 중로(中路)에서 만나 뵈어 모시고 오나니, 소저는 비회(悲懷)를 진정하시고, 악장을 이곳으로 청하리니 부녀가 상봉하여 즐거움을 다하소서."

소저가 원수의 말을 들으니 비희교집(悲喜交集)⁷⁾하여 함루(含淚) 대왈(對曰),

"첩의 몸이 천가(賤家)에 유락하여 규녀(閨女)⁸⁾의 예를 잃을 뻔하였사오니 군자를 뵈오매, 낯을 깎고자⁹⁾ 하나이다."

언파(言罷)에 오열비읍(嗚咽悲泣)¹⁰⁾하여 말씀을 이루지 못하니 원수가 다시금 위로하고 하리를 명하여, '승상 노야를 모셔 오라.' 하니 이때 승상이 혼자 앉아 부인과 여아를 생각하고 비회를 진정치 못하다가 행역(行役)이 곤하여 잠을 들었더니, 유원수의 청하는 소리를 듣고 하리를 따라 아중에 들어오니, 유생이 한낱 소년여자(少年女子)¹¹⁾를 데리고 앉았거늘, 승상이 의아하여 물어 왈,

"현서(賢壻)¹²⁾가 무슨 연고로 아중에 들어와 어떤 여자와 병좌(竝坐)¹³⁾

---

6) 척연(慽然): 근심스럽고 슬픔.
7) 비희교집(悲喜交集): 슬픔과 기쁨이 뒤얽힘.
8) 규녀(閨女): 규방에서 지내는 정숙한 여성을 뜻함. 규방은 여성이 거처하는 안채.
9) 낯을 깎고자: 여기서는 너무 부끄러워 볼 낯이 없다는 뜻.
10) 오열비읍(嗚咽悲泣): 목이 메어 슬피 욺.
11) 소년여자(少年女子): 젊은 여자.
12) 현서(賢壻): 어진 사위라는 뜻으로, 자기의 사위나 남의 사위를 높여 이르는 말.
13) 병좌(竝坐): 나란히 함께 앉음.

하여 나를 청하나뇨?”

원수가 흔연(欣然) 왈,

“차인이 악장(岳丈)의 애녀(愛女)이오니 정회를 펴소서.”

승상이 황망(慌忙)히 눈을 들어보니 과연 자기 여아라. 정신이 산란하여 부녀가 서로 붙들고 통곡할새, 승상이 희허(欷歔)[14] 탄왈(歎曰),

“너의 모친은 어디 가고 너만 혼자 살았느냐?”

4   소저가 부친을 붙들고 통곡 왈,

“부친을 만나 뵈오니 한이 없거니와 모친이 익수참사(溺水慘死)하시니, 소녀가 모친의 뒤를 따르고자 하나이다.”

승상이 희허탄식(欷歔歎息)[15]하고, 너무 과통(過痛)하여 심사를 상하게 하지 말도록 이르고 밖으로 나가니, 장부인이 강소저의 생환(生還)함을 듣고 대희(大喜)하여 연망(連忙)[16]히 이르러 소저의 옥수를 잡고 왈,

“세상에 우리 고식(姑媳)[17] 같이 고생한 사람이 어디에 있으리오.”

하여 애중(愛重)함을 친녀(親女) 같이 하더라.

차시 소저를 데려온 창모(娼母)와 작첩(作妾)코자 하던[18] 관속(官屬)[19]들을 잡아들여 꿇리고 원수가 당상(堂上)에 좌정하고 창모를 수죄 왈,

“너희 죄상을 논죄하면 장하(杖下)에 죽일 것이로되, 소저의 급함을 구한 공이 있기로 용서하노라.”

하고 연심을 불러 의기를 찬양하니, 소저가 원수를 향하여 왈,

“연심은 첩의 불세은인(不世恩人)[20]이라, 평생 동거코자 하나니 황성

---

14) 희허(欷歔): 허희(歔欷). 한숨을 쉼.

15) 희허탄식(欷歔歎息): 한숨을 지으며 탄식함. 허희탄식(歔欷歎息).

16) 연망(連忙): 놀라거나 당황하여 분주하고 바쁨.

17) 고식(姑媳): 시어머니와 며느리. 고부(姑婦).

18) 작첩(作妾)하고자 하던: 위에서 관속들이 작첩하고자 한 일이 없었음. 강부인의 고초를 강조하는 과정에서 생긴 오류임.

19) 관속(官屬): 지방 관아의 아전과 하인을 통틀어 이르는 말.

으로 돌아감이 어떠하니잇고?”

원수가 흔연히 허락하고 연심을 불러 당상에 앉히고 위로 왈,

“부인이 너를 데려가고자 하나니 부디 조심하여 모시라.”

연심이 황공하여 백배칭사(百拜稱謝)21)하더라.

차시 각읍(各邑) 인민이 그 소문을 듣고 길이 메어 구경하며 송성(頌聲)이 도로에 낭자(狼藉)22)하더라. 원수가 호국을 항복 받을 제 예단 받은 말씀과 도로에서 모친을 만나 데려오는 길에 영릉에서 강씨를 만나 데려오는 허다(許多) 말씀을 상전(上前)23)에 주달(奏達)하는 표문(表文)을 지어 막하관(幕下官)24)으로 하여금 상달(上達)하고, 길일을 택하여 장부인은 금덩25)에 모시고 강소저는 채교(彩轎)26)에 올려 앞에 세우고 원수가 강승상과 더불어 후진(後陣)이 되어 승전곡(勝戰曲)을 울리고 올라오니, 기치창검(旗幟槍劍)27)은 일월(日月)을 가리고 고각함성(鼓角喊聲)28)은 천지진동하니 그 거동이 만고에 처음일러라.

원수가 장졸을 재촉하여 청수강에 다다르니 이곳은 소부인 익수(溺水)한 곳이라. 원수가 남군(南軍)을 명하여 안상(岸上)29)에 진세(陣勢)를 이루고 원수가 승상과 소저와 한가지 물가에 이르러 부인을 불러 아무리 통곡한들 수중에 죽은 혼백이 어이 대답하리오. 원수가 승상과 소저

---

20) 불세은인(不世恩人): 세상에 보기 드물 정도로 큰 은혜를 베풀어 준 은인.
21) 백배칭사(百拜稱謝): 수없이 절하며 감사함을 표함.
22) 낭자(狼藉): 여기서는 가득하다는 뜻.
23) 상전(上前): 임금의 앞.
24) 막하관(幕下官): 지휘관이나 책임자가 거느리는 사람.
25) 금(金)덩: 황금으로 호화롭게 장식한 가마.
26) 채교(彩轎): 채색을 하거나 채색 비단으로 꾸민 가마.
27) 기치창검(旗幟槍劍): 군대에서 쓰는 온갖 깃발과 창, 칼 따위를 통틀어 이르던 말.
28) 고각함성(鼓角喊聲): 사기를 북돋우기 위하여, 북을 치고 나발을 불며 아우성치는 소리.
29) 안상(岸上): 강가의 언덕 위.

를 위로하고 영릉 태수에게 기별을 하여 제물(祭物)을 차려 물가에 진설(陳設)하고, 원수가 승상과 한가지로 백의소대(白衣素帶)[30]를 갖추고 분향재배(焚香再拜)한 후 제문을 읽으니 하였으되,

유세차(維歲次) 갑자(甲子) 삼월 갑오삭(甲午朔) 이십오일 무오(戊午)에 대원수 유생 충렬은 근이비박지정(謹以菲薄之情)[31]으로 빙모(聘母) 소부인의 영위(靈位)에 고하옵나니, 오호통재(嗚呼痛哉)라! 시운(時運)이 불행하여 나라에 간역지신(奸逆之臣)이 농권(弄權)하므로 악장(岳丈)이 화를 만나사 변새(邊塞)에 원찬(遠竄)하시고, 악모(岳母)와 실인(室人)에게까지 여화(餘禍)를 당하여 도로에 유락(流落)하시다가 수중고혼(水中孤魂)이 되시니 어찌 통분치 않으리잇고? 일시 곤궁함을 잠깐 참았더라면 일월의 광휘(光輝)를 다시 만나 영화부귀로 일생을 누리시리니 어찌 애달프고 원통치 않으리잇고? 악장(岳丈)과 실인은 고택(故宅)[32]에 환귀하여 영화부귀를 안락(安樂)[33]하되, 악모의 음용(音容)[34]이 돈절(頓絶)하니 소서(小壻)의 마음이 어찌 감창(感愴)[35]치 않으리잇고? 역적 정한담과 최일대는 소서의 손으로 죽여 설원하였사오니, 악모의 혼령이 앎이 계시면 음음지중(陰陰之中)[36]이나 어찌 쾌(快)치 않으리잇고? 소서가, 악모의 은덕이 하해 같으나 차생(此生)에 갚

---

30) 백의소대(白衣素帶): 흰 옷과 흰 띠. 백대는 조례(弔禮)나 제례(祭禮) 때에 띠던, 끈목의 양쪽 끝에 술을 달아 만든 하얀 띠. 백의백대(白衣白帶).
31) 근이비박지정(謹以菲薄之情): 삼가 변변치 못한 정성. 비박(菲薄)은 얼마 되지 않아 변변치 못함을 뜻함.
32) 고택(故宅): 예전에 살던 집.
33) 안락(安樂): 편히 즐김.
34) 음용(音容): 음성과 용모.
35) 감창(感愴): 어떤 느낌이 가슴에 사무쳐 슬픔.
36) 음음지중(陰陰之中): 어두운 가운데라는 뜻으로 저승 세계를 가리킴.

을 길이 없는 고로, 감창함을 이기지 못하와 일배(一杯) 청작(淸酌)으로 슬픈 정회를 고하옵나니, 복유(伏惟)[37] 존령(尊靈)[38]은 서기흠향(庶幾歆饗)[39] 하옵소서.

하였더라.

읽기를 파(罷)하매 승상과 원수가 강수를 향하여 일장을 통곡하니, 울음소리 앙장[40] 처절하여 산천이 느끼는 듯하고 슬픈 눈물이 백포광삼(白袍纊衫)[41]에 어룽지니, 좌우에 모신 사람이 낙루(落淚) 않을 이 없더라. 원수가 슬픔을 억제하여 울음을 그치고 승상을 치위(致慰)[42]하고, 인하여 제(祭)를 파하매 비(碑)를 세워 소부인의 사적(事跡)을 기록하니라.

원수가 승상과 더불어 하처(下處)에 돌아와 밤을 지내고 이튿날 장졸을 거느려 행군할새, 태부인(太夫人)과 소저는 후진(後陣)이 호위하게 하고 원수가 대군을 거느려 여러 날 만에 경사에 이르니라.

차설(且說). 천자가 유충렬을 가달국에 보내시고 전진(戰陣) 승패를 몰라 염려가 무궁하고 생각이 간절하사 연왕(燕王)을 명초(命招)[43]하시니, 이때 연왕이 아자를 만리타국에 보내고 주야 근심하더니, 천자의 부르시는 명을 듣고 조복(朝服)을 갖추고 궐내에 들어가 천자께 조현(朝見)[44]하오니, 상이 반기사 수존[45]을 주시고 가라사대,

---

37) 복유(伏惟): 삼가 엎드려 생각하옵건대.
38) 존령(尊靈): 혼령, 영혼을 높인 말.
39) 서기흠향(庶幾歆饗): 차려 놓은 제물을 드시기 바람. 서기는 바란다는 뜻.
40) 앙장: 미상.
41) 백포광삼(白袍纊衫): 백포는 예복으로 겉에 입던 흰 도포. 광삼은 고운 솜을 둔 옷.
42) 치위(致慰): 상(喪)을 당한 사람을 위로함. 원문에는 '희위'이나 이와 같이 봄.
43) 명초(命招): 임금의 명으로 신하를 부름.
44) 조현(朝見): 신하가 궁궐에 들어가 임금을 뵙는 일.
45) 수존: 미상. 완판86장본을 비롯한 다른 본들에는 '수돈을 주시고'가 '손을 잡으시

"충렬이 군사를 거느려 만리타국에 가더니 지금까지 소식이 묘연하니 염려가 적지 아니키로 경을 보고자 함이로다."

연왕이 복지 주왈,

"신의 자식이 연소무재(年少無才)하오나, 가달을 항복 받아 돌아오리니 성상은 물우(勿憂)하옵소서. 신의 우견(愚見)에는 강희주를 만날 것이요, 신의 가속(家屬)도 찾아 돌아올까 하나이다."

상이 연왕의 말씀을 들으시고 반신반의하사 침식(寢食)이 불안하시더니, 뜻밖에 원수의 장계(狀啓)[46]가 올라왔거늘 바삐 떼어 보니 하였으되,

대원수 신 유충렬은 일장 표문(表文)을 성상 탑하(榻下)에 올리나이다. 신이 호국에 들어가 달왕(狚王)을 항복 받고 서번과 각처 호종(胡種)[47]이 다 승복(承服)하오매, 대군을 돌이켜 옥문관에 나아가 강희주를 찾아 데리고 나오다가 회수강에 이르러 신의 어미가 수중익사함을 감창(感愴)하와 설향치제(設香治祭)[48]하였삽더니, 다행히 살아나 화림동 이처사 집에 있기로 데리고 오다가, 영릉 성중에 이르러 신의 가속을 다행히 만났사오나, 강희주의 처 소씨는 이미 수중 익사하와 찾을 길이 없는 고로 군졸을 잠깐 쉬여 상경코자 하나이다.

하였더라. 상이 남필(覽畢)에 연왕을 돌아보사 웃으시며 왈,

"경이 쇠로지년(衰老之年)에 누년(累年) 사생을 모르던 부인을 다시 단합(團合)케 되니 이런 즐거운 일이 어디 있으리오."

하시며 상사(賞賜)를 많이 하시고, 태후낭랑은 승상과 소저의 살아 돌아

고'로 된 것으로 보아, 황제의 손을 높여 수존(手尊)이라 하였을 가능성이 있음.
46) 장계(狀啓): 왕명을 받고 지방에 나가 있는 신하가 왕에게 보고하는 문서.
47) 호종(胡種): 오랑캐 종족.
48) 설향치제(設香治祭): 제수(祭需)를 마련하여 제사를 지냄.

옴을 들으시고 만심환희(滿心歡喜)하사 손을 꼽아 기다리시더니, 추칠월(秋七月) 초순에 원수의 돌아오는 선성(先聲)[49]이 들리니, 상이 대열하사 백관을 거느려 교외에 나와 맞으시니, 만성인민(滿城人民)이 원수의 돌아오는 위의(威儀)를 구경코자 하여 길이 메어 십 리 장정(長程)에 가득하더라.

차시 유원수가 대소 장졸을 거느려 여러 날 만에 경사(京師)에 이르러 멀리 바라보니, 평원광야에 구름차일(遮日)이 높았고 백모황월(白矛黃鉞)[50]과 주번보독(朱旛寶纛)[51]이 일색을 가리고, 만조백관과 시위(侍衛) 군졸이 삼렬(森列)[52]한 가운데 경필(警蹕)[53] 소리 은은히 들리거늘, 원수와 강승상이 천자의 친림(親臨)하신 줄 알고 장졸을 명하여 진세(陣勢)를 이루고 급히 말에서 내려 어전(御前)에 추진(趨進)[54]하여 산호배무(山呼拜舞)[55]하고 만세를 부르니, 상이 불승희열(不勝喜悅)하사 바삐 원수의 손을 잡으시고 위로 왈,

"짐이 경을 만리타국에 보내고 주야로 염려하여 숙식(宿食)의 맛을 모르더니, 경의 표문(表文)을 보니 서번·가달 등 삼십육도 군장을 항복받아 나라에 대공(大功)을 세우고, 강희주 부녀를 데려오며 경의 모부인(母夫人)을 희한히 만나 인자(人子)의 망극(罔極)한 정사(情事)를 면하니, 경에게도 이만한 경사가 없을까 하노라."

---

49) 선성(先聲): 미리 보내는 기별.
50) 백모황월(白矛黃鉞): 희게 빛나는 창과 누렇게 빛나는 도끼.
51) 주번보독(朱旛寶纛): 화려하게 치장된 의장기(儀仗旗). 번(旛)은 강인번(降引旛)·신번(信旛)·표미번(豹尾旛) 따위의 의장기. 독(纛)은 임금이 타고 가는 가마 앞이나 군대의 대장 앞에 세우는 큰 의장기.
52) 삼렬(森列): 촘촘하게 늘어섬.
53) 경필(警蹕): 임금이 거둥할 때에 경호하기 위하여 통행을 금하는 소리.
54) 추진(趨進): 예의에 맞도록 허리를 굽혀 종종걸음으로 나아감.
55) 산호배무(山呼拜舞): 천자를 배알할 때, 무릎을 꿇고 절을 하면서 두 손을 치켜들고 임금의 만수무강을 축원하여 만세를 부르는 예절.

하시고, 친히 잔을 잡아 권하사 천애(天愛)가 은근하시니 융성한 은총이 백료(百僚)에 으뜸이라. 원수가 잔을 받아 마시고 감루(感淚)를 드리워 주왈(奏曰),

"미신(微臣)의 천한 몸에 은전(恩典)56)이 이렇듯 과도하시니, 엷은 복(福)이 손(損)할까57) 하나이다. 지어(至於)58) 가달 등의 복종하옴은 우리 성상의 위덕(威德)이 만방(萬邦)에 덮임이라. 신의 용우(庸愚)한 재주로 어찌 서번 등을 순종케 하리잇고? 신이 이번 행도(行途)59)에 어미를 찾아 돌아옴도 또한 국은이라. 아무리 생각하여도 폐하의 은덕을 다 갚삽지 못할까 하나이다."

상이 흔연 돈유(敦諭)60) 왈,

"경의 말이 너무 과도하니 짐이 어찌 부끄럽지 않으리오."

하시고, 또 강승상의 손을 잡으시고 위로 왈,

"짐이 불명(不明)하여 간적의 참언을 신청(信聽)61)하여 충신을 원방(遠方)에 내쳐 만고풍상(萬古風霜)을 겪게 하니 무슨 낯으로 경을 대하리오. 그러나 경은 짐의 허물을 괘념(掛念)치 말고 짐을 도와 부귀를 한가지로 할까 하노라."

승상이 돈수(頓首)62) 주왈,

"이는 다 천수(天數)로 말미암아 간역(奸逆)이 농권(弄權)함이니, 국가의 불행이요 신의 운수가 불길함이니, 어찌 홀로 폐하의 불명하심이리

---

56) 은전(恩典): 나라에서 은혜를 베풀어 내리는 특전.
57) 엷은 복(福)이 손(損)할까: 자신의 분수에 맞는 적은 복이 오히려 깎일까 두렵다고 하여, 받은 복이 과하여 자신의 타고난 복에 넘친다고 겸양하는 표현.
58) 지어(至於): 어떠한 데에 이르러서는.
59) 행도(行途): 멀리 가는 길.
60) 돈유(敦諭): 임금이 신하에게 권유함.
61) 신청(信聽): 믿고 곧이들음.
62) 돈수(頓首): 머리가 땅에 닿도록 절함.

잇고?"

상이 흔연 위로하시고 인하여 주배를 내와 군신이 잔을 날려 즐길새, 이때 연왕이 다른 하처(下處)를 정하여 있다가 부인의 채거(彩車)[63]가 임하매, 바로 하처에 나와 부부가 서로 예필(禮畢)에 연왕이 부인을 향하여 척연(慽然) 탄왈(歎曰),

"왕사(往事)를 일러 무익하나, 복(僕)[64]이 너무 강직함을 말미암아 간역(奸逆)의 해를 만나 만리 연경에 찬적하고 부인까지 여화(餘禍)를 당하여 피차의 사생을 모르더니, 천행(天幸)으로 몸이 무사하여 부부가 산낮으로 서로 보고 충렬이 나라에 득공(得功)하여 작위(爵位) 일품(一品)에 거하여, 부부가 영화가 극진하여 우리 노년 부부가 무한한 행락(行樂)을 보게 하니 부인은 환란지중(患亂之中)에 고초(苦楚)함을 생각지 마소서."

부인이 타루(墮淚) 왈,

"첩의 일시 화액(禍厄)이야 괘념하리잇고마는, 상공이 만리변새(萬里邊塞)에 찬적하여 누년(累年) 고초하심을 생각하면 첩이 세상을 버려 모르고자 하나 임의로 못하고, 충렬을 중로(中路)에 실산(失散)[65]하여 사생존망을 몰라 주야 비읍(悲泣)하여 죽기만 바라더니, 천행으로 아자를 만나 영화로이 경사에 돌아와 상공의 무사하심을 뵈오니 첩이 여한이 없나이다."

설파(說罷)에 부부가 서로 왕사를 일러 설화 탐탐(耽耽)[66] 하더니, 원수가 몸을 잠깐 빼 하처(下處)에 이르러 공에게 배례(拜禮)하여 그 사이 존후(尊候)[67]를 묻잡고, 모부인과 부공이 병좌(竝坐)하였음을 보매 만심

13

14

63) 채거(彩車): 아름답게 장식한 수레.
64) 복(僕): 남자가 자신을 낮추어 이르는 말.
65) 실산(失散): 뿔뿔이 흩어짐.
66) 탐탐(耽耽): 마음에 들어 매우 즐거움.

쾌락(滿心快樂)68)하여 잠깐 모셔 앉아, 강공과 강씨를 찾아 돌아옴을 고하여 호치주순(晧齒朱脣)69)의 도도(滔滔)70)한 말씀이 흐르는 물 같으니, 연왕이 아자의 영준(英俊)한 기상을 보고 두굿김71)을 이기지 못하여 등을 어루만져 사랑함을 마지아니하더라.

이윽고 강소저와 조낭자의 채거(彩車)가 하처(下處)에 이르러 연왕께 현알(見謁)하여 누년(累年) 존후를 묻자오니, 연왕이 양인의 옥안화태(玉顔花態)72) 초출(超出)하여 아자의 배필이 마땅함을 보고 심중에 대열(大悅)하여 흔연히 강소저를 집수(執手) 무애(撫愛) 왈,

15 　"나의 전후(前後) 화액(禍厄)과 영엄(令嚴)73)의 **환**란을 일러 부질없거니와 현부(賢婦)의 난자혜질(蘭姿蕙質)74)로 천가(賤家)에 유락(流落)하여 창모(娼母)의 욕을 보았으며, 영당(令堂)75) 모부인이 수중참사(水中慘事)하사 현부의 종천지통(終天之痛)76)을 품게 하니 어찌 한심치 않으리오마는, 영엄(令嚴) 상공의 누년(累年) 독처(獨處)하심을 당하여는 시하(侍下)에 봉양할 자손이 현부 일인(一人)뿐이라, 과도히 애상(哀傷)하여 몸을 상하게 하지 말라."

소저가 존구(尊舅)의 말씀이 당연하심을 짐작코 감루(感淚)를 드리워 순순(順順) 수명(受命)77)하고 잠깐 모셨더니, 차시(此時) 태후 낭랑이 또

---

67) 존후(尊候): 다른 사람의 건강 상태를 높여 이르는 말.
68) 만심쾌락(滿心快樂): 만족하여 매우 흐뭇하고 즐거움.
69) 호치주순(晧齒朱脣): 희고 깨끗한 이와 붉고 고운 입술.
70) 도도(滔滔): 말하는 모양이 거침이 없는 모양.
71) 두굿김: 몹시 기뻐함.
72) 옥안화태(玉顔花態): 아름다운 여인의 얼굴과 맵시를 이르는 말.
73) 영엄(令嚴): 남의 아버지를 높여 이르는 말.
74) 난자혜질(蘭姿蕙質): 여자의 아름다운 자태와 뛰어난 자질을 향기로운 꽃에 비유하여 이르는 말.
75) 영당(令堂): 남의 어머니를 높여 이르는 말. 자당(慈堂).
76) 종천지통(終天之痛): 이 세상에서 더할 수 없이 큰 슬픔.

한 동가(動駕)78)하사 하처를 따로 정하시고 강승상과 소저를 부르시니, 승상이 연망(連忙)히 소저를 불러 낭랑의 하처에 나아가 재배(再拜) 현알(見謁)하고 고두복지(叩頭伏地)79)하여 체읍(涕泣) 고왈,

"국운이 불행하와 간역(奸逆)이 작란(作亂)하와 낭랑 성체(聖體)가 만리 호국에 유락하사 망극한 욕을 당하였으니, 신의 죄 더욱 깊도소이다."

낭랑이 승상의 손을 잡으시고 엄읍유체(掩泣流涕)80) 왈,

"짐이 하마터면 현질(賢姪)81)을 보지 못하고 호지원혼(胡地冤魂)이 될 뻔하였더니, 유충렬의 관일(貫日)82)한 충성으로 용력(勇力)을 분발하여 필마단창(匹馬單槍)으로 만리타국에 들어와 짐의 죽을 목숨을 구하여 고국에 환귀하여 심궁(深宮)에 편히 있어 행락(行樂)이 무흠(無欠)하나 현질의 사생을 몰라 주야 슬퍼하더니, 금일 현질의 부녀가 돌아옴을 보나 질부(姪婦)는 이미 수중참사하였으니 어찌 슬프지 않으리오."

하시고 소저를 나오혀83) 집수(執手) 무애(撫愛) 왈,

"너의 화용월태(花容月態)로 천가(賤家)에 유락(流落)하여 하마터면 욕을 당할 뻔하였으니 이는 도시 너희 집 운수라. 누구를 한(恨)하리오."

하시고 조낭자를 가까이 불러 승상을 구한 의기를 찬양하시고, 인하여 일색(日色)이 늦으매 상(上)이 태후를 모셔 환궁하실새, 원수가 대군을 거느려 선진(先陣)이 되어 승전곡(勝戰曲)을 울리고 천자와 태후를 모셔 장안으로 들어오니, 만성인민(滿城人民)이 거리에 가득하여 유원수의 승전함과 부모를 찾으며 강소저를 다시 단합함을 찬양하여 송성(頌聲)이

16

17

---

77) 수명(受命): 명령에 따름.

78) 동가(動駕): 여기서는 태후가 대궐 밖으로 행차함을 이름.

79) 고두복지(叩頭伏地): 공경하는 뜻으로 머리를 땅에 조아리며 몸을 땅에 엎드림.

80) 엄읍유체(掩泣流涕): 얼굴을 가리고 눈물을 흘림.

81) 현질(賢姪): 어진 조카라는 뜻으로, '조카'를 높여 이르는 말.

82) 관일(貫日): 여기서는 해를 뚫을 만큼 큰 정성을 말함.

83) 나오혀: 나오게 하여.

도로에 이었더라.

원수가 천자를 모셔 들어와 궐중(闕中)에 드심을 보고 비로소 퇴하여 연왕을 모셔 부중(府中)에 돌아오니, 장부인과 강소저가 먼저 들어와 정당(正堂)[84]을 수리하고 공의 부자가 돌아오기를 기다리다가, 연왕이 충렬을 데리고 들어옴을 보고 바삐 맞아 좌정하매 시비 석반을 올리거늘, 연왕이 부인과 병좌(竝坐)하여 아자 부부를 앞에 앉히고 한가지로 나와 진식(進食)[85]한 후 밤이 깊도록 담화타가, 계성(鷄聲)이 악악(喔喔)[86]함을 보고 아자 부부를 물러가라 하고 부인과 한가지로 정당에서 취침하니라.

이튿날 천자가 황극전(皇極殿)[87]에 전좌(殿座)[88]하시고 만조문무(滿朝文武)의 진하(進賀)[89]를 받으신 후 서번 · 가달 등 사신을 불러들여 표문(表文)과 예폐(禮幣)[90]를 받으시고, 예부(禮部)에 전지(傳旨)[91]하여 어찬(御饌)[92]을 내리와 먹이시고 각기 화서(和書)를 주어 보내시고, 옥관도사를 잡아들여 계하(階下)에 꿇리고 여성(厲聲)[93] 수죄(數罪) 왈,

"네 한담더러 이르되, '성중에 영웅이 있으니 버려두면 후환이 있으리라.' 하여 부디 충렬을 잡아 죽이려 하더니, 도리어 조그만 충렬의 손에 잡히어 죽게 되었으니 천도(天道)가 어찌 무심하리오. 네 스스로 도

---

84) 정당(正堂): 한 구획 내에 지은 여러 채의 집 가운데 가장 주된 집채.
85) 진식(進食): 밥을 먹음.
86) 악악(喔喔): 닭이나 새가 우는 소리.
87) 황극전(皇極殿): 황제가 정사를 보는 궁전.
88) 전좌(殿座): 임금이 정사를 보거나 조하(朝賀)를 받으려고 정전(正殿)이나 편전(便殿)에 나와 앉음.
89) 진하(進賀): 나라에 경사가 있을 때에 벼슬아치들이 조정에 모여 임금에게 축하를 올리는 일.
90) 예폐(禮幣): 고마움과 공경의 뜻으로 보내는 물건.
91) 전지(傳旨): 여기서는 임금이 승정원의 담당 승지를 통하여 왕명(王命)을 내림을 뜻함.
92) 어찬(御饌): 임금이 하사하는 음식.
93) 여성(厲聲): 성이 나서 큰 소리를 지름.

법(道法)이 높다 하고 몹쓸 역적을 도와 천하를 어지럽히더니 천의(天意)가 어찌 무심하리오.”

도사가 복지 주왈,

“소도(小道)94)가 천시(天時)를 모르고 한담을 도와 불궤(不軌)95)를 꾀하였으나, 위로 성상과 아래로 충렬의 부자가 사망지화(死亡之禍)를 당하지 아니하였사오니, 신의 잔명(殘命)을 용서하심을 바라나이다.”

상이 대로(大怒)하사 무사를 호령하여,

“장안시상(長安市上)에 참하라.”

하시고, 원수의 공을 생각하사 연왕은 다만 별궁(別宮)을 사급(賜給)하사 조용히 행락하게 하시고, 원수로 남평왕을 봉하시고 대사마대장군(大司馬大將軍) 대승상(大丞相)을 하이사96) 경사(京師)에 거하여 국정을 다스리게 하시고, 본국의 대소사는 그 나라 대신으로 다스리게 하시고, 장부인으로 정숙부인(貞淑夫人)97) 겸 인성왕후를 봉하사 직첩(職牒)을 내리오시고 시녀 삼백을 사급(賜給)하사 봉황궁에 거처하게 하시고, 화림동 이처사로 간의대부(諫議大夫) 이부상서(吏部尙書)를 하이시고, 금부(禁府) 나졸(邏卒) 장한으로 병마도총독(兵馬都總督)98)을 하이시고, 영릉 관비(官婢)의 딸 연심으로 남평왕의 기실부인(寄室夫人)99) 직첩(職牒)을 주시고, 남은 제장(諸將)은 차례로 벼슬을 돋우시니라.

이때 강승상을 구하던 낭자는 다른 사람이 아니라, 원수가 호국에 들어갔을 때에, 백발 노인이 청의(靑衣)100)를 데리고 원수의 마두(馬頭)에

94) 소도(小道): 도사가 스스로 자신을 낮추어 이르는 말.
95) 불궤(不軌): 법을 지키지 않고 반역을 꾀함.
96) 하이사: 하게 하시어. 시키시어.
97) 정숙부인(貞淑夫人): 높은 벼슬아치의 아내에게 임명하는 관작(官爵)의 칭호.
98) 병마도총독(兵馬都總督): 각 지방의 병마를 지휘하던 책임을 맡은 벼슬아치.
99) 기실부인(寄室夫人): 본부인 외의 아내를 뜻하는 말로 쓰임. 부실(副室), 소실(小室).

이르러 주육(酒肉)을 드리고 축수(祝手)하던 노인[101]의 딸이라. 원수가 천자께 아뢰어 제 오라비로 거기장군(車騎將軍)[102]을 배(拜)[103]하고, 상사(賞賜)를 많이 하사 부녀가 상봉케 하시니라. 이에 봉작(封爵)[104]하시기를 다하매, 원수가 탑전(榻前)에 엎드리어 자기 봉작이 과람(過濫)함을 주(奏)하되, 상이 종불윤(終不允)하시니, 연왕 부자가 하릴없어 탑전에 하직코 집에 돌아오니, 부인이 원수더러 조낭자의 거처를 묻거늘 원수가 고왈,

"조낭자가 부모를 찾아 동성문 밑에 갔나이다."

부인이 조씨 떠남을 홀연(欻然)[105]하더라.

차시 강승상이 조낭자의 은공을 갚고자 하여 제 오라비를 불러 자기의 양녀(養女)로 정함[106]을 이르고, 데려다가 무휼(撫恤)하며 천자께 주하되, 조낭자로 남평왕의 재실(再室)[107]로 사혼(賜婚)[108]하심을 주(奏)하니, 상이 흔연(欣然)히 허락하시고 태후 낭랑이 대희하사 사지상궁(事知尙宮)[109] 보내어 조낭자를 불러오라 하시니, 상궁이 조인태 집에 이르

---

100) 청의(靑衣): 청의동자(靑衣童子). 신선의 시중을 든다는 푸른 옷을 입은 사내아이.

101) 이 본에서는 이런 내용이 위에 나타나지 않았으나 세창서관본 등에는 이러한 내용이 나타남.

102) 거기장군(車騎將軍): 동한(東漢) 삼국시대(三國時代) 때 상설(常設)되었던 고급 장군의 명칭.

103) 배(拜): 조정에서 벼슬을 주어 임명함.

104) 봉작(封爵): 벼슬과 지위를 줌.

105) 홀연(欻然): 매우 갑작스러워 함.

106) 조낭자를 자신의 양녀로 삼은 것임.

107) 재실(再室): 여기서는 두 번째 부인을 말함.

108) 사혼(賜婚): 임금이 혼인을 허락함.

109) 사지상궁(事知尙宮): 맡은 일에 능숙한 상궁. 여기서 사지란 어떤 일에 익숙함 또는 그러한 일을 도맡아 처리하는 사람이라는 뜻으로 수복(守僕)이라는 잡직(雜織)의 앞에 붙이기도 함. 따라서 사지상궁이란 대전(大殿)의 좌우에서 잠시도 떠나지 아니하고 임금을 모시던 대령상궁(待令尙宮), 지밀상궁(至密尙宮)과

러 낭랑 하교를 전하니, 인태가 황공하여 상궁을 관대(款待)하고 일승(一乘) 교자(轎子)110)를 내어 조씨를 태워 상궁이 압령(押領)111)하여 궐내에 들어와 내전(內殿)에 이르니, 조씨 계하에 엎드려 낭랑(娘娘)께 사배(四拜)하고 만세를 부르니, 낭랑이 조씨의 용모를 보시매 옥안화태(玉顔花態)가 소담 가려(佳麗)하여 일대가인(一代佳人) 됨을 사양치 않을지라. 이에 가까이 불러 전상(殿上)에 앉히시고 강승상 구한 은혜를 표장(表章)112)하시고 낭랑이 친히 강승상의 양녀(養女)를 봉하시며,

"남평왕의 후비(後妃)113)로 친영(親迎)114)하라."

하시고, 궁문호위(宮門護衛) 거기장군(車騎將軍) 조인태로 병부상서 총융대장(總戎大將)을 겸하여 일영(一營) 병권(兵權)을 주시고 은총이 날로 더하시니 이런 영광은 천고에 처음이러라.

이때는 춘삼월 망간(望間)이라. 만산(滿山) 초목이 시절을 만나 백화(百花)가 만발하여 봄빛을 자랑하고, 계변(溪邊)의 양류(楊柳)는 천만사(千萬絲)115)를 드리우고 황금 같은 꾀꼬리는 이리저리 왕래하니 강산 초목이 모두 다 춘광(春光)이라. 상하 평전(平田)116)의 농부들은 태평세계를 다시 만나 강구연월(康衢煙月)117)에 격양가(擊壤歌)118)를 노래하니 함포

같은 상궁을 말하는 것으로 봄.
110) 교자(轎子): 가마. 평교자(平轎子).
111) 압령(押領): 여기서는 어떤 사람을 호송함을 뜻함.
112) 표장(表章): 표창(表彰)과 같은 뜻.
113) 후비(後妃): 여기서는 두 번째 부인을 뜻함. 충렬이 남평왕으로 책봉되었기에 비(妃)라 함.
114) 친영(親迎): 육례의 하나. 신랑이 신부의 집에 가서 신부를 직접 맞이하는 의식.
115) 천만사(千萬絲): 천만을 헤아릴 만큼 여러 개의 버들가지를 가리킴.
116) 평전(平田): 평야에 있는 좋은 밭.
117) 강구연월(康衢煙月): 번화한 큰 길거리에서 달빛이 연기에 은은하게 비치는 모습을 나타내는 말로, 태평한 세상의 평화로운 풍경을 이르는 말.
118) 격양가(擊壤歌): 풍년이 들어 농부가 태평한 세월을 즐기는 노래. 중국의 요임금 때에, 태평한 생활을 즐거워하여 불렀다고 함.

고복(含哺鼓腹)[119]하는 소리 곳곳이 화답하여 군민동락(君民同樂)[120) 노래하여 즐기기를 마지아니터라.

　차시 만세(萬歲) 황야(皇爺)가 황극전(皇極殿) 상에 태평연(太平宴)[121)을 배설(排設)하여 군신이 즐기실새, 태후 낭랑이 또한 내전에 잔치를 배설하시고 황친국척(皇親國戚)[122)과 공후경상(公侯卿相)[123)의 부인을 조현(朝見)[124)케 하여 내외(內外)[125) 군신(君臣)이 한가지로 즐기시니, 이런 성연(盛宴)이 본 바 처음이러라. 천자가 삼 일을 즐기신 후 파연(罷宴)하시니, 날이 어두울 즈음에야 남평왕이 연왕을 모셔 궁으로 돌아오니라. 이튿날 조회를 여시고 만조백관의 진하(進賀)를 받으신 후 천하에 행관(行關)[126)하여 각도(各道) 각읍(各邑)의 죄인을 방송(放送)하고 백성의 부세(賦稅)를 덜고 농사를 권장하니, 시절이 태평하고 백성이 낙업(樂業)[127)하니 요순지치(堯舜之治)나 다름이 없더라.

　흥진비래(興盡悲來)는 인지상사(人之常事)라. 연왕의 나이 팔십에 이르고 강승상은 나이 구십이라. 양공(兩公)이 고당(高堂)[128)에 언와(偃臥)[129)하여 자손의 영화를 무수히 즐기더니, 태후 낭랑이 홀연히 불평(不平)[130)

---

119) 함포고복(含哺鼓腹): 잔뜩 먹고 배를 두드린다는 뜻으로, 먹을 것이 풍족하여 즐겁게 지냄을 이르는 말.
120) 군민동락(君民同樂): 임금과 백성이 함께 즐김. 임금이 그 백성과 함께 즐거움을 누림.
121) 태평연(太平宴): 전쟁에서 이긴 뒤에 베푸는 잔치.
122) 황친국척(皇親國戚): 황족(皇族)과 임금의 인척.
123) 공후경상(公侯卿相): 귀족들과 높은 벼슬아치들을 통틀어 이르는 말.
124) 조현(朝見): 신하가 궁궐에 들어가 임금을 뵙는 일.
125) 내외(內外): 태후가 거처하는 내전(內殿)과 황제가 집무하는 외전(外殿)을 대비하여 일컬음. 내전과 외전에서 각각 잔치가 열리고 있는 상황을 말함.
126) 행관(行關): 관아에서 관아로 공문을 보내는 일.
127) 낙업(樂業): 맡은 직업을 즐김.
128) 고당(高堂): 노부모가 거처하는 곳을 이름.
129) 언와(偃臥): 편히 지냄을 뜻함.

하사 수일 만에 붕(崩)하시니 천자의 망극애통(罔極哀痛)[131]하심은 이를 것도 없고, 강승상과 연왕의 부자가 비통함이 친상(親喪)을 당한 것과 다름이 없는지라. 그 중에 강승상이 더욱 애통하여 기력(氣力)이 감쇠(減衰)하여 상석(床席)[132]에서 일어나지 못하더니, 인하여 이어 졸(卒)하니 시년(時年)[133]이 구십 일 세라.

강부인이 발상거애(發喪擧哀)[134]하여 주야로 호곡(號哭)[135]함을 그치지 않으니 방인(傍人)이 감탄치 않을 이 없더라. 이에 성복(成服)[136]을 당하매 부인의 삼자(三子)로 하여금 승상의 후사(後嗣)를 잇게 하고, 상례(喪禮)를 다스려 장일(葬日)을 택하여 영구(靈柩)를 모셔 영릉 월계촌에 이르러 선영에 안장하고, 남평왕의 부부가 상례(喪禮)를 극진히 다스리니라.

이러구러 평왕의 원비(元妃) 강부인이 삼자 일녀를 두고 좌부인(左夫人)[137] 조씨는 사자 일녀를 생하고 후궁 이씨는 삼자 사녀를 생하니, 개개(個個)이 부풍모습(父風母習)[138]하여 아들은 옥수기린(玉樹麒麟)[139] 같

24

---

130) 불평(不平): 병으로 몸이 불편함을 말함.
131) 망극애통(罔極哀痛): 어버이를 잃고 한없이 슬퍼함.
132) 상석(牀席): 여기서는 침상, 이부자리를 말함.
133) 시년(時年): 그때의 나이.
134) 발상거애(發喪擧哀): 상례에서, 죽은 사람의 혼을 부르고 나서 상제가 머리를 풀고 슬피 울어 초상난 것을 알리는 절차.
135) 호곡(號哭): 소리를 내어 슬피 우는 울음.
136) 성복(成服): 상을 당한 뒤 초종(初終)·습(襲)·소렴(小斂)·대렴(大斂) 등을 마친 뒤 상복으로 갈아입는 절차.
137) 좌부인(左夫人): 본부인 외의 부인을 말함.
138) 부풍모습(父風母習): 모습이나 언행이 아버지와 어머니를 고루 닮음.
139) 옥수기린(玉樹麒麟): 훌륭한 인재를 나무와 동물에 비유하여 나타낸 말. 옥수는 아름다운 나무라는 뜻으로 재주가 뛰어난 사람을 가리키며, 기린은 성인이 이 세상에 나올 징조로 나타난다고 하는 상상 속의 짐승으로 역시 뛰어난 사람을 가리킴.

고 딸은 천상옥녀(天上玉女)[140] 같아 하나도 평범한[141] 자가 없는지라.
강부인의 장자(長子)로 세자를 봉하여 남평왕의 뒤를 잇게 하고, 그 나
머지 아들은 다 나라에 입신(立身)[142]하여 벼슬이 경상(卿相)에 이르러
성권(聖眷)[143]이 융융(融融)하더라.

　세월이 여류하여 연왕의 연기(年紀) 구십에 이르니, 천자가 연왕의 수
복(壽福)을 아름답게 여기사 남평왕에게 전지(傳旨)하여 잔치를 내리시고
찬선(饌膳)[144]과 악공(樂工)을 사급(賜給)하시고, 대신을 보내어 연왕에게
헌수(獻壽)[145]하시니, 남평[146]이 감사하여 물러와 부인과 아자를 대하여
상교(上敎)[147]를 이르고 잔치를 시작할새, 천하 열읍군현(列邑郡縣)이 연
왕의 수연(壽宴)을 천자가 사송(賜送)[148]하심을 듣고 각기 소산지물(所産
之物)을 일시에 진공(進貢)하니, 남평왕이 열에 하나를 받고 아홉을 퇴
(退)하나 이루 칭량(稱量)치 못할러라.

　당일에 이르러 내외 당사(堂舍)[149]를 넓히고 빈객을 맞을새, 만조공경
(滿朝公卿)이 천자의 사송(賜送)[150]하심을 만홀(漫忽)[151]치 못하여 일시
에 모이니 광활한 당사가 터질 듯한지라. 남평왕이 금관면류(金冠冕
旒)[152]에 홍포(紅袍)[153]를 가하고 부공(父公) 연왕(燕王)을 주벽(主壁)[154]

---

140) 천상옥녀(天上玉女): 선녀(仙女).
141) 원문에는 '비범한'으로 되어 있으나 문맥상 이와 같이 봄.
142) 입신(立身): 세상에서 떳떳한 자리를 차지하고 지위를 확고하게 세움.
143) 성권(聖眷): 임금의 총애. 은권(恩眷).
144) 찬선(饌膳): 음식.
145) 헌수(獻壽): 환갑잔치 따위에서, 주인공에게 장수를 비는 뜻으로 술잔을 올림.
146) 남평: 남평왕 곧, 유충렬.
147) 상교(上敎): 임금의 지시.
148) 사송(賜送): 임금이 신하에게 물건을 내려 보냄.
149) 당사(堂舍): 여기서는 안채와 별채 등 집안의 여러 채를 말함.
150) 사송(賜送): 원문에는 '사혼'으로 되었으나 내용상 이와 같이 봄.
151) 만홀(漫忽): 되는대로 내버려 두고 소홀히 여김.
152) 금관면류(金冠冕旒): 황금으로 만든 관의 앞뒤에 늘어뜨린 구슬꿰미.

에 모시고 제객(諸客)을 거느려 빈객을 맞아 동서로 분좌(分座)하고 배반(杯盤)을 내오며 풍악을 진주(進奏)하여 즐기니, 내연(內宴)155)이 또한 성비(盛備)156)한지라. 강부인이 조부인과 이씨와 더불어 태부인(太夫人)을 모셔 주벽에 좌하여 공경열후(公卿列侯)의 부인을 맞아 좌를 정하고 배반을 내와 즐기더니, 날이 반오(半午)157)에 이르러 문전이 들레며 중사(中使)158)가 성지(聖旨)159)를 받들어 이르니, 연왕 부자와 만조공경(滿朝公卿)이 일시에 당에서 내려 맞아 올려 피차(彼此) 예필(禮畢)에 주배(酒杯)를 내와 즐기더니, 남평왕이 고왈,

"일색(日色)이 늦었으니 내헌(內軒)에 들어가사 예를 받으심이 좋을까 하나이다."

연왕이 그렇게 여겨 일어나니, 자손이 좌우로 부축하여 내당에 들어가니 내객(來客)은 일시에 장내로 피하거늘, 연왕이 부인과 한가지로 주벽에 병좌(竝坐)하니, 중사가 들어와 황명(皇命)을 전하고 이원풍악(梨園風樂)160)을 진주(進奏)하며 앵무배(鸚鵡杯)에 포도주를 가득 부어 연왕 부부께 드리고 물러 재배하니, 왕의 부부가 땅에 엎드려 잔을 받고 몸을 일으켜 북궐(北闕)161)을 향하여 재배(再拜) 사은(謝恩)162)하고 중사를 향하여 답배(答拜)하니, 중사가 헌작(獻酌)하기를 마치매 외당(外堂)으로

26

---

153) 홍포(紅袍): 벼슬아치가 입는 붉은색의 예복.
154) 주벽(主壁): 여러 사람이 앉은 자리에서 가장 중심이 되는 자리.
155) 내연(內宴): 봉작을 받은 부인들을 궁중으로 초대하여 베푸는 잔치.
156) 성비(盛備): 잔치 따위를 성대하게 베풂.
157) 반오(半午): 한나절.
158) 중사(中使): 왕의 명령을 전하는 내시(內侍).
159) 성지(聖旨): 임금의 뜻.
160) 이원풍악(梨園風樂): 궁중에서 벌이는 연희(演戲). 이원(梨園)은 중국 당(唐) 현종(玄宗)이 배우들을 훈련시키던 곳.
161) 북궐(北闕): 황제가 있는 궁전을 가리킴.
162) 사은(謝恩): 신하가 임금이 내린 은혜에 대하여 감사함을 표하는 예.

나가거늘, 남평왕이 홍포(紅袍) 금관(金冠)에 면류(冕旒)[163]를 드리고 원비(元妃) 강씨와 차비(次妃) 조씨와 더불어 어깨를 갈와[164] 백옥배(白玉杯)를 받들어 드리고 물러나 재배하고 축수가(祝壽歌)를 부르니 성음(聲音)이 청건(淸健)[165]하여 구소(九霄)[166]에 사무치더라. 이에 물러나매 남평왕의 제자(諸子)가 각기 부인과 더불어 헌수(獻壽)하기를 마치매, 연왕이 희열한 빛이 홍안에 무르녹아 제손(諸孫)에게 붙들려 외당(外堂)에 나와 주배를 내와 제빈(諸賓)과 즐기더라.

일색(日色)이 서(西)로 기울매 파연곡(罷宴曲)을 주(奏)하니 제객이 각산기가(各散其家)하고, 연왕이 대취하여 제손에게 붙들려 내당에 들어와 부인과 담화하여 밤이 깊은 후에 침석(寢席)에 누우니, 남평왕이 제자를 거느려 외당에 나와 숙침(宿寢)하고 이튿날 조회에 들어가 천자께 사은하니라.

이러구러 연왕의 나이가 백 세에 이르러서는 비록 기력이 강건하나 천명(天命)이 머지않음을 짐작하고 남평왕과 제손을 불러 좌우에 앉히고, 왕의 손을 잡고 왈,

"내 나이 백 세가 되었으니 무엇이 부족하리오. 전사(前事)를 생각하니 명천(明天)이 도우사 너의 힘으로 국가를 회복하고 천자를 평안하시게 하니 어찌 다행치 않으리오. 천은이 융성하사 나의 몸이 왕작(王爵)에 거하고, 네 또한 일국 왕위를 누리고 제손이 육경(六卿)에 오유(娛遊)하니 엷은 복이 손(損)할까 두려운 바라. 이제 천명이 다하여 돌아갈 길을 당하니 너를 불러 이르나니, 부디 진충(盡忠)하여 군상(君上)을 돕고

---

163) 면류(冕旒): 제왕(帝王)의 정복(正服)에 갖추어 쓰던 관의 앞뒤에 늘어뜨린 구슬꿰미.
164) 갈와: 나란히 하여.
165) 청건(淸健): 노랫소리가 매우 맑음을 뜻함.
166) 구소(九霄): 높은 하늘.

제손을 무애(撫愛)하여 길이 천록(天祿)을 마치라.”

　또 강부인과 조부인을 돌아보아 왈,

　“현부(賢婦) 등은 자녀를 거느려 영화를 누리고 친척을 화목하여 가택(家宅)을 평안히 하라.”

하고 유언(遺言)을 마치매 좌우를 명하여 향탕(香湯)을 가져오라 하여 연왕 부부가 목욕을 정히 하고 상상(床上)에 누우며 인하여 졸(卒)하니 왕의 침실에 향운(香雲)167)이 자욱하더라.

　남평왕의 부부가 피발돈족(披髮頓足)168)하여 주야로 애통하니, 제자(諸子)가 붙들고 권유(勸諭)하나 왕의 부부가 비통을 어찌 억제하리오. 이러구러 연왕의 흉음(凶音)169)이 북궐(北闕)에 들리니, 천자가 참연(慘然) 비창(悲愴)하사 대신을 보내사 왕의 영위(靈位)에 치제(致祭)170)하시고 시호(諡號)를 문정공이라 하고 부의(賻儀)를 두터이 하시니라.

　이러구러 장일(葬日)이 다다르매 선산에 안장(安葬)할새, 천자가 연왕의 장일이 가까움을 들으시고 친히 연(燕) 왕궁에 행행(行幸)171)하시니, 남평왕이 최복(衰服)172)을 끌고 문외(門外)에 복지(伏地)하여 성가(聖駕)173)를 맞으매, 천자가 친히 남왕174)의 손을 잡으시고 빈소에 친림(親臨)하사 일장(一場)을 통곡하시고 다시 남왕을 조문(弔問)하사 천애(天愛)175) 은근하시고 만단위로(萬端慰勞)하시니, 남왕이 황공감은(惶恐感

---

167) 향운(香雲): 여기서는 향기를 말함.
168) 피발(披髮): 부모가 돌아갔을 때 머리를 풀고 발을 구름.
169) 흉음(凶音): 사람의 죽음을 알리는 소식. 부음(訃音).
170) 치제(致祭): 임금이 제물과 제문을 보내어 죽은 신하를 제사 지내는 일.
171) 행행(行幸): 임금이 대궐 밖으로 거둥함.
172) 최복(衰服): 아들이 부모, 증조부모, 고조부모의 상중에 입는 상복.
173) 성가(聖駕): 임금의 수레.
174) 남왕: 남평왕. 곧, 유충렬을 가리킴.
175) 천애(天愛): 임금의 은혜를 말함.

恩)176)하여 바삐 환궁하심을 주(奏)한대, 상이 면유(面諭)177)하사 왈,

　"부디 상례(喪禮)를 존절(撙節)178)하여 몸을 상하게 하지 말라."

하시고 인하여 환궁하시니, 남왕이 문외에 나와 천자를 배별(拜別)하고 영구(靈柩)를 모셔 선영(先塋)에 안장하고 삼 년을 묘측(墓側)에 거하여 삼시곡읍(三時哭泣)179)을 폐치 않아 효성이 극진터니, 인하여 왕이 삼기(三朞)180)를 마치매 상이 주사(主事)를 보내어 남왕을 위문하시고 바삐 조현(朝見)함을 재촉하시니, 남왕이 하릴없어 예복을 갖추고 천궐(天闕)에 사은하온대, 상이 반기사 어수(御手)181)로 왕의 손을 잡으시고 위로 권면(慰勞勸勉)하시고 국사를 다시 맡기시니, 상총(上寵)이 융융(融融)하고 만민이 새로이 즐기더라.

　이후로 남왕이 무흠(無欠)히 행락(行樂)하여 세월을 보낼새, 일일(一日)은 만조백관을 모아 후원 백화당에 연석(宴席)을 배설(排設)하여 즐길새, 교방(敎坊)182) 미녀를 불러 검무(劍舞)를 시키며 현금(絃琴)을 희롱하니 금성(琴聲)이 청렬(淸烈)하여 사람의 즐김을 돕는지라. 종일 즐기다가 석양에 파연하니 제신(諸臣)이 각귀기가(各歸其家)하니라. 왕이 세자에게 전위(傳位)하여 정사를 다스리게 하고, 차차 자라는 자녀를 남혼여취183)하여 내외 제손이 만당(滿堂)하니 옛날 곽분양(郭汾陽)184)의 백자

176) 황공감은(惶恐感恩): 황공하여 은혜를 고맙게 여김.
177) 면유(面諭): 면전에서 말로 잘 타이름.
178) 존절(撙節): 알맞게 절제함.
179) 삼시곡읍(三時哭泣): 하루 세 차례 곡을 하며 슬피 욺.
180) 삼기(三朞): 만 삼년, 곧 삼년상을 말함.
181) 어수(御手): 임금의 손.
182) 교방(敎坊): 궁중에서 기녀(妓女)들을 중심으로 하여 가무(歌舞)를 관장하는 기관.
183) 남혼여취: 남혼여가(男婚女嫁). 아들은 장가들고 딸은 시집간다는 뜻으로, 자녀의 혼인을 이르는 말.
184) 곽분양(郭汾陽): 곽자의(郭子儀). 중국 당나라 때의 무장(武將). 안사(安史)의 난을 평정했음. 분양왕(汾陽王)에 봉해졌으며, 당나라 최대의 공신으로서 영광을

천손(百子千孫)을 부러워하리오.

남평왕은 천자를 모셔 주야로 국정을 다스려 천하 만민의 일에 조금도 원통함이 없게 하니, 국세(國勢)가 날로 강성하고 백성이 낙업(樂業)하여 산무도적(山無盜賊)185)하고 야불폐문(夜不閉門)186)하여 교화(敎化)가 대행(大行)하니, 남만제국(南蠻諸國)이 왕의 위엄을 두려워하여 조공(朝貢)을 여일(如一)히 하니, 상이 대열하사 왕을 돌아보사 왈,

"경의 충성이 아니면 만이(蠻夷)를 빈복(賓服)187)함이 어찌 이렇듯 하리오."

하시니, 왕이 복지(伏地) 왈,

"이는 다 폐하의 홍복(洪福)이오니 어찌 신의 공(功)이리잇고?"

하니, 만조백관이 일시에 만세를 불러 즐기더라.

남평왕이 별궁에 돌아와 날마다 삼 부인과 더불어 동락하며 즐기니, 그 자손이 왕의 풍도(風度)188)를 이어 나라를 갈충진력(竭忠盡力)189)하여 섬기며 집에 돌아오면 효성으로 부모를 섬겨, 증자(曾子)190)·왕상(王祥)191)을 효칙(效則)하니 남왕 부자의 효성이 일국에 진동하더라.

이때 천자가 춘추 높으신지라, 남평왕과 공경대신을 모아 의논하시

31

누렸음. 곽령공(郭令公)으로도 불림.

185) 산무도적(山無盜賊): 산에 도둑이 없다는 뜻으로, 세상이 태평함을 이르는 말.

186) 야불폐문(夜不閉門): 밤에 대문을 닫지 아니한다는 뜻으로, 세상이 태평하여 인심이 순박함을 이르는 말.

187) 빈복(賓服): 작은 나라가 큰 나라에 공물을 바치고 복종함. 문맥상 '빈복함'은 '빈복시킴'으로 되어야 함.

188) 풍도(風度): 풍채와 태도를 아울러 이르는 말.

189) 갈충진력(竭忠盡力): 있는 힘을 다해 충성함.

190) 증자(曾子): 공자의 제자. 공문십철(孔門十哲)의 한 사람. 이름은 삼(參). 자는 자여(子輿). 효성이 뛰어났음.

191) 왕상(王祥): 중국 진(晉)나라 때의 효자. 일찍이 계모에게 효를 다하였는데 어느 겨울날 계모가 잉어를 먹고 싶다고 하여 잉어를 구하고자 하자 얼음이 깨지고 두 마리 잉어가 뛰어나왔다고 함.

고 태자에게 전위하여 호를 '명현황제'라 칭하고 백관의 진하(進賀)를 받으시니라.

이후로 남왕이 한가히 별궁에 들어 삼부인과 더불어 즐기고 자손 영효(榮孝)192)를 받아 나이 구십에 이르러 홀연 득질(得疾)하여 삼 부인과 왕이 일시에 졸(卒)하니, 자손이 부모의 상사(喪事)를 일시에 만나매 애통함이 비길 데 없는지라. 천자가 왕의 졸함을 들으시고 슬퍼하사 친히 빈소에 이르러 통곡 · 치제(致祭)하시니, 만성인민이 또한 슬퍼하여 일시에 별궁에 모여 망곡(望哭)193)하더라. 자손이 왕의 영구(靈柩)를 모셔 길지에 안장하고 능호(陵號)를 '영릉'이라 하고 삼년초토(三年草土)194)를 극진히 지내니라. 그 후로 남왕의 자손이 대대로 명조(明朝)195)에 사환(仕宦)하여 부귀 극진하니 이는 도시(都是) 남평왕의 공덕이라.

이 말이 신기하기로 대강 기록하여 후세에 전하노라.

세(歲) 임인(壬寅) 십일월일 향목동 서(書) 종(終).

---

192) 영효(榮孝): 부모를 영화롭게 하는 효도.
193) 망곡(望哭): 국상(國喪)을 당하여 대궐 문 앞에서 백성들이 모여서 곡을 함.
194) 삼년초토(三年草土): 부모의 상을 당해 삼 년 동안 상(喪)을 지내는 일. 삼년상(三年喪), 삼상(三喪).
195) 명조(明朝): 명나라 조정.

정비전

▌해제

1.

　<정비전>은 주인공 정성모가 태자비가 되어 '정비'로 불리게 됨으로써 붙여진 제목이다. 이 작품은 방각본으로 간행되지 않았던 것으로 보이며, 현재 남아 있는 이본도 그리 많지 않다. 활판본으로도 출간되기는 했으나 <유충렬전>처럼 인기 있는 작품은 아니었던 것으로 보인다. 여러 정황으로 보아 19세기 중반 이후에 창작된 작품일 가능성이 크다. 이 작품은 연구자들도 별로 관심을 갖고 있지 않았으므로 연구논문도 거의 없다.

　우리가 주석을 한 대본은 현재 일본 동양문고에 소장되어 있는 4권 4책의 세책본이다. 각 권의 장수와 필사 시기는 다음과 같다.

　　1권 30장 갑인년(1914) 5월
　　2권 30장 갑인년(1914) 5월
　　3권 30장 갑인년(1914) 5월
　　4권 33장 갑인년(1914) 5월

　모두 1914년 5월에 필사된 것이다. 한 면은 11행이고, 한 행은 14~16자 정도로 19세기 말에서 20세기 초엽에 만들어진 세책의 전형적인 형식을 갖추고 있다.

동양문고에 소장된 세책본은 실제로 세책으로 유통된 본이므로 낙서가 대단히 많은데, 이『정비전』은 거의 빌려준 흔적이 없을 정도로 깨끗하다. 세책으로 제작되기는 했지만, 실제로는 별로 유통되지 않았던 것으로 보인다. 아마도 필사본으로 만든 거의 마지막 단계의 세책본이었던 것 같다.

<정비전>은 여자 주인공이 남장을 하고 전쟁에 나가 가족과 나라를 구하는 얘기가 줄거리인데, 이런 내용을 갖고 있는 소설을 '여호걸계소설' 또는 '여장군계소설'이라는 이름으로 학계에서 분류하고 연구해왔다. 이 계열의 소설은 그 내용이 거의 비슷한데, 이런 하나의 유형을 갖고 있는 일련의 소설이 어떻게 만들어지고 유통되었나 하는 것을 밝히는 데까지는 아직 연구가 미치지 못하고 있다. 고소설의 창작과 유통에서 세책집의 역할이 무엇이었나 하는 점을 연구해나가면 이런 문제를 해결할 수 있는 실마리를 얻을 수 있을 것으로 생각한다.

여기서는 일본 동양문고에 소장된 향목동본 세책『정비전』의 줄거리를 요약해서 제시하는 것으로 해제를 대신하기로 한다.

2.

당나라 현종 때 재상인 정유는 자식이 없었는데 명산에 기도한 뒤에 딸을 얻는다. 이 딸은 태어날 때 손에 '태평성모'라고 새겨져 있어, 현생에서의 직분이 황후로 예정되어 있다. 7세에 이르러 성모는 무예를 익히기 시작하는데, 이것을 안 아버지 정유는 딸이 남자의 할 일에 힘쓰는 것을 나무라지만 딸의 뜻이 국난을 해결하려는 데 있음을 알고 더 이상 반대하지 않는다.

양귀비의 남동생 양경은 황제의 총애를 받고 있었는데, 성모를 며느리로 삼겠다고 정유에게 청했으나 거절당한 뒤, 그 분풀이로 정유를 교지국이 일으킨 난에 출정시킨다. 아버지가 떠난 뒤 성모는 자신이 죽은 것처럼 꾸미고 숨어 지냄으로써 위기에서 벗어난다. 민가에 잠행하였다가 우연히 성모의 모습을 본 태자는 정숙하고 아름다우면서도 강맹한 기상에 반하여 성모를 아내로 삼으려고 여장을 하고 성모에게 접근하여 교유를 갖는다. 천자는 양경의 딸을 태자비로 삼으려는 생각이 있었으나, 태자는 부왕에게 성모를 천거하여 배필을 삼고자 한다.

한편 아버지가 적진에서 곤경에 빠졌음을 알게 된 성모는, 현몽에 따라 집안에 숨겨져 있던 명마와 갑옷과 칼을 찾아 출전한다. 홀로 병서를 읽으며 무예를 익혀온 성모는 청운산의 도사에게 수십 년 간 수학한 독고태를 비롯하여, 만학토리, 서호충 황통고리 등을 차례로 물리친다. 성모의 무용으로 교지국의 반란은 진압되고, 성에 갇혀 양식이 떨어지는 어려움을 겪던 정유는 위험에서 벗어나 무사 귀환하게 된다.

정유는 승전을 이끈 소년 장사의 신원을 확인하지 못하였다고 조정에 보고하지만 태자는 차관을 통해 정체불명의 소년 장사가 성모임을 알게 된다. 태자는 절에서 만난 인연을 빌미로 계속 여장을 하고 성모를 방문하여 친밀히 지내다가, 어느 날 밤 자신이 태자임을 밝힌다. 황제도 태자를 통해 성모의 무공을 알게 되고 결국 성모는 태자비로 간택된다.

태자비가 된 성모는 황제와 황후, 육궁비빙으로부터 공경을 받으나, 양귀비는 성모를 시기한다. 양경 또한 정비가 두려워 먼저 계교를 쓴다. 이들의 음모로 정비를 오해한 황제는 정비를 미워하기 시작하고, 양귀비는 자기의 소생이 독질로 사망하자 정비가 독살한 것으로 꾸민다. 임신 중이던 정비는 출산 후 바로 사약을 받게 되어 있었는데 출산

후 태자는 정비를 몰래 빼돌려 친가에 숨어 지내도록 조치하고 때때로 정비를 방문한다. 그러다 황후가 이 사실을 알고 정비로 하여금 멀리 떠나도록 하자 정비는 남장을 하고 태자가 모르는 곳으로 떠난다.

정비는 남장을 하고 길을 나섰다가 아버지와 죽마고우간인 이처사를 만나 그의 집에 기거하게 된다. 정비를 남자로 안 이처사는 정비를 그의 딸과 혼인 시키고자 하고, 정비는 부득이 그에 따른다. 이때 정비는 자신의 누명이 벗겨지는 날, 이소저를 태자의 후궁으로 삼으려는 계획을 갖는다. 결혼한 후 얼마 지나지 않아 정비는 자신의 신분을 밝히고, 이후 여복을 입고 생활하며 낮이면 병서를 공부하고 밤이면 갑옷을 갖추고 무예를 익힌다.

한편 조정을 장악한 양경 일당이 모반을 시도하자 황제와 태자는 이들을 징벌하려다가 목숨을 잃을 위험에 처한다. 이 소식을 들은 정비는 달려가 그들을 구한 뒤 양경의 죄를 다스리고 태자비의 자리를 회복한다. 누명을 밝힌 뒤 정비는 친가에 있다가 길일을 택하여 화려하게 입궐하여 황손과 대면하고, 이후 이소저의 일을 고하여 이소저와 태자가 혼례를 치른다. 이와 같이 국모로 예정되었던 주인공이 다음 세대의 국모로서 확고한 위치를 잡게 되며 그 과정에서 발생한 문제들도 해결된 뒤에, 홀로 된 주인공 아버지가 결혼하여 대를 이을 아들을 얻는 이야기까지 삽입된다. 대부분의 영웅소설들에서 주인공의 전 세대 인물들의 회갑연과 죽음 그리고 주인공 세대의 죽음과 다음 세대의 대체적 행적까지 그려지는 게 보통이다. 그런데 이 작품에서는 여기에서 그치지 않고 정유가 교지국 공주와 결혼하여 대를 이을 아들 쌍둥이를 얻는다는 이야기까지 화려하게 덧붙는다.

3.

　전체 4권으로 되어 있는 『정비전』 각 권의 마지막은 다음과 같다. 1권은 주인공이 독고태, 만학토리, 서호충을 죽인 뒤 황통고리가 진격하려는 대목에서 끝나고, 2권은 대군 독살의 누명을 쓰고 사약을 받기를 기다리던 정비가 황손을 낳은 대목에서 끝난다. 3권의 마지막은 정비가 황제와 태자를 구하려고 전진에 나아가 적장과 대결하는 장면이며, 4권은 모든 문제가 해결된 뒤 정비와 태자의 두 번째 혼례를 비롯하여, 태자와 이소저와의 결혼, 정유와 교지국 공주와의 결혼, 정유의 회갑연 등 잔치 장면 위주로 이루어진다. 이야기의 끝부분에서 주인공의 아버지가 재혼하여 대를 이을 아들을 얻는 이야기가 삽입되어 있는데, 이러한 부분은 여러 가지 이야기를 끼워 넣는 과정에서 생긴 것으로 보인다. 조선후기 소설의 창작방식의 한 면을 볼 수 있는 좋은 예라고 할 것이다.

정비전 권1

당(唐) 명황(明皇)[1] 시절에 형주(荊州)[2] 설학촌에 한 재상이 있으니 성(姓)은 '정'이요, 명(名)은 '유'요, 자(字)는 '자범'이니, 대대로 명문거족(名門巨族)[3]이요, 교목세가(喬木世家)[4]라. 일찍이 천문(天門)[5]에 올라 벼슬이 좌각로(左閣老)[6]에 이르니, 공의 위인이 인자공검(仁慈恭儉)하고 강명정직(剛明貞直)[7]하니, 상총(上寵)이 융성하고 조야(朝野)[8]가 흠앙(欽仰)[9]하더라. 사중(舍中)[10]의 부인 이씨는 이부상서(吏部尙書) '문한'의 여(女)이니, 이부인이 난자혜질(蘭姿蕙質)[11]로 숙녀지풍(淑女之風)[12]이 가

---

1) 명황(明皇): 당나라의 제6대 현종(玄宗). 명황은 별칭. 노년에 양귀비(楊貴妃)에 빠져 정사를 포기하다시피 함. 안록산(安祿山)의 난 이후, 숙종(肅宗)에게 양위함. 예술에 재주가 있었으며 특히 음악과 글씨에 능했음.
2) 형주(荊州): 중국의 지명. 지금의 호북성(湖北省) 남부로 오늘날의 강릉현(江陵縣)·양양현(襄陽縣)에 해당함.
3) 명문거족(名門巨族): 문벌이 높고 대대로 번창한 집안.
4) 교목세가(喬木世家): 여러 대에 걸쳐 중요한 벼슬을 지내 나라와 운명을 같이하는 집안.
5) 천문(天門): 대궐의 문을 높여 이르는 말.
6) 좌각로(左閣老): 좌의정(左議政). 각로는 재상(宰相)을 뜻함.
7) 강명정직(剛明貞直): 성질이 곧고 두뇌가 명석함.
8) 조야(朝野): 조정과 민간.
9) 흠앙(欽仰): 공경하여 우러러 사모함.
10) 사중(舍中): 집안.
11) 난자혜질(蘭姿蕙質): 여자의 아름다운 자태와 뛰어난 자질을 향기로운 꽃에 비유하여 이른 말.
12) 숙녀지풍(淑女之風): 숙녀다운 태도와 용모.

작한[13] 고로 공이 공경중대(恭敬重待)하여 동주(同住) 수십 년에 은애(恩愛) 심중(深重)하나, 다만 슬하에 일점혈육(一點血肉)이 없으니 공이 매양 미우(眉宇)[14]에 수색(愁色)이 가득하더니, 일일(一日)은 부인이 공을 대하여 왈,

"첩(妾)[15]이 존문(尊門)에 입승[16]한 지 수십 년에 상공의 후대(厚待)함을 감사하나 다만 첩의 팔자가 기험(崎險)하여 지금까지 농장지경(弄璋之慶)[17]이 없으니 이는 다 첩의 죄라. 상공은 마땅히 고문대가(高門大家)[18]의 요조숙녀(窈窕淑女)[19]를 광구(廣求)하여 재취(再娶)하사 일개(一個) 기남자(奇男子)[20]를 얻어 조선향화(祖先香火)[21]를 받듦이 마땅할까 하나이다."

각로가 웃어 왈,

"부인 말씀이 과도(過度)하도다. 자녀가 선선(詵詵)[22]치 못함은 복(僕)[23]의 팔자라. 어찌 부인의 허물이 되리오."

부인이 재삼(再三) 겸양하여 왈,

"고인(古人)도 산천에 기도하여 귀자(貴子)를 얻은 일이 있사오니, 첩의 생각에는 명산(名山)에 기도함이 좋을까 하나이다."

---

13) 가작한: 고루 갖추어져 있는.
14) 미우(眉宇): 이마의 눈썹 근처.
15) 첩(妾): 여성이 자신을 겸손하게 이르는 말.
16) 입승: 여성이 결혼하여 남편의 가문에 들게 됨을 이르는 말.
17) 농장지경(弄璋之慶): 아들을 낳은 즐거움. 아들을 낳으면 규옥(圭玉)으로 된 구슬의 덕을 본받으라는 뜻으로 구슬을 장난감으로 주었다는 데서 유래함.
18) 고문대가(高門大家): 대대로 부귀를 누리며 번창한, 지체 높은 집안.
19) 요조숙녀(窈窕淑女): 말과 행동이 품위가 있으며 얌전하고 정숙한 여자.
20) 기남자(奇男子): 재주와 슬기가 남달리 뛰어난 남자.
21) 조선향화(祖先香火): 조상의 제사. 향화는 향을 피운다는 뜻으로, 제사를 이르는 말.
22) 선선(詵詵): 자손이 많음.
23) 복(僕): 남자가 자신을 겸손하게 이르는 말.

공이 점두(點頭)[24] 왈,

"부인 말씀이 유리(有理)[25]타."

하고, 이에 길일(吉日)을 택하여 부부 양인이 목욕재계(沐浴齋戒)하고 칠 일 기도한 후 집에 돌아온 지 수일(數日)에, 공이 서당(書堂)에 누웠더니 홀연 일위(一位)[26] 선녀가 하늘로부터 내려와 공을 향하여 재배(再拜)하거늘, 공이 눈을 들어 보니, 얼굴이 도화(桃花) 같고 몸에 채의(彩衣)를 입고 허리에 말 만한 금인(金印)[27]을 차고 머리에 채봉운화관(彩鳳雲花冠)[28]을 쓰고 두 어깨에 일월(日月)을 붙였으며 손에 창검(槍劍)을 쥐었거늘, 공이 놀라 문왈(問曰),

"부인은 누구시뇨?"

그 선녀가 대왈(對曰),

"첩(妾)은 천상옥녀(天上玉女)[29]이옵더니, 대인(大人)[30] 슬하에 모시러 왔으니 어여삐 여기소서."

하고 공에게 안기거늘, 공이 놀라 깨달으니 남가일몽(南柯一夢)[31]이라.

이에 내당(內堂)에 들어가 부인을 대하여 몽사(夢事)를 전하니, 부인이 자기 몽사와 같음을 신기히 여겨 심히 기꺼하더니, 그달부터 태기(胎氣) 있어 십 삭(朔)이 되매, 일일(一日)은 부인이 신기(身氣)[32] 불평(不平)

3

---

24) 점두(點頭): 상대방의 말을 승낙하거나 그것이 옳다는 뜻으로 머리를 끄덕임.
25) 유리(有理): 이치에 맞음. 일리 있음.
26) 일위(一位): 한 사람.
27) 금인(金印): 황금으로 만든 도장.
28) 채봉운화관(彩鳳雲花冠): 봉황새 모양과 구름 문양의, 빛깔이 곱고 아름다운 쓰개.
29) 천상옥녀(天上玉女): 하늘의 선녀(仙女). 옥녀는 선녀.
30) 대인(大人): 상대방을 높여 부르는 말이기도 하고 자신의 아버지를 이르는 말이기도 함. 여기서는 그 둘에 다 해당됨.
31) 남가일몽(南柯一夢): 본디 꿈과 같이 헛된 한때의 부귀영화를 이르는 말. 여기서는 단지 사실이 아닌 꿈임을 말함.

하여 상석(牀席)33)에 누웠더니, 오색구름이 집을 두르고 향취(香臭) 진동하더니 부인이 복통(腹痛)이 급하며 일개 옥녀(玉女)34)를 생(生)하니, 손 가운데 글자를 새겼으되, '태평성모(太平聖母)라.' 하였거늘, 공의 부부가 신기히 여겨 이름을 '성모'라 하다.

정소저(小姐)가 점점 자라 칠 세에 이르러서는 시서(詩書)에 능통(能通)하고 기질(氣質)이 비상(非常)하여 짐짓 요조가인(窈窕佳人)35)이라. 공의 부부가 더욱 사랑하더니, 그날36) 밤에 공이 일몽(一夢)을 얻으니, 무수한 귀졸(鬼卒)37)이 문밖에서 이르되,

"옥녀성(玉女星)38)이 내림(來臨)39)하였으니 우리 등이 물러가지 아니하면 대화(大禍)를 당할 것이니 빨리 가리라."

하고 다 흩어져 가거늘, 공이 놀라 깨어 부인더러 몽사를 이르고, 심하(心下)40)에 여아가 범인(凡人)이 아님을 짐작하였더니, 슬프다! 흥진비래(興盡悲來)는 자고상사(自古常事)라. 부인이 홀연 득병(得病)하여 백약(百藥)이 무효하여 인하여 세상을 버리니, 소저의 애통함과 각로의 슬퍼함이 비길 데 없더라. 공이 길일(吉日)을 택하여 선영(先塋) 하에 안장(安葬)하고, 가중(家中) 대소사(大小事)를 소저가 친집(親執)하여 비복(婢僕) 등을 인의(仁義)로 다스리니, 각로가 더욱 사랑함이 중(重)하더라.

---

32) 신기(身氣): 몸의 기력.
33) 상석(牀席): 침대.
34) 옥녀(玉女): 여기서는 딸을 가리킴.
35) 요조가인(窈窕佳人): 얌전하고 정숙하며 아름다운 여성을 말함. 요조숙녀(窈窕淑女).
36) 문맥상 '그날'은 성모가 태어나던 날.
37) 귀졸(鬼卒): 온갖 잡스러운 귀신을 통틀어 이르는 말.
38) 옥녀성(玉女星): 가장 환하게 빛나는 별을 여성형으로 이름붙인 것. 남성형은 대장성(大將星).
39) 내림(來臨): 왕림(枉臨).
40) 심하(心下): 마음 속.

소저가 삼시곡읍(三時哭泣)[41]에 비통(悲痛)이 참참(慘慘)[42]하나 스스로 심사를 위로하여 공을 지효(至孝)로 받들고, 밤이면 손오병서(孫吳兵書)[43]와 『육도삼략(六韜三略)』[44]을 공부하며 월하(月下)에 말 타기와 활 쏘기를 공부하니, 각로가 소저더러 왈,

"여자의 도(道)가 침선(針線) 여가에 『열녀전(列女傳)』[45]·『효행록(孝行錄)』[46]을 공부함은 마땅하거니와, 『육도삼략』과 무예를 익힘은 남자의 할 바이거늘 네 어찌 행코자 하나뇨?"

소저가 대왈,

"진나라 사목[47]이란 사람은 비록 여자로되, 전장(戰場)에 나아가 융적(戎狄)을 소멸하고 공후(公侯)[48]의 이름을 천추(千秋)에 유전(流傳)하되, 후인(後人)이 그르다 아니하였나니, 소녀가 지금 골육형제(骨肉兄弟) 없으니 부모의 뒤를 누가 보리잇고? 원컨대 대인(大人)[49]은 소녀의 행사(行事)를 과책(過責)치 마소서."

공이 여아의 마음이 철석같음을 보고 하릴없어 여아의 거동만 보더라.

차시(此時) 양귀비(楊貴妃)[50]의 제남(弟男)[51] 양경[52]이 천자(天子)께 득

---

41) 삼시곡읍(三時哭泣): 하루 세 번 곡(哭)을 하며 욺.
42) 비통(悲痛)이 참참(慘慘): 매우 슬퍼한다는 뜻.
43) 손오병서(孫吳兵書): 중국 춘추전국시대의 병법서 『손자(孫子)』와 『오자(吳子)』.
44) 육도삼략(六韜三略): 중국의 병서(兵書) 『육도』와 『삼략』을 아울러 이르는 말.
45) 열녀전(列女傳): 중국 한(漢)나라의 유향(劉向)이 지은 책. 고대로부터 한대(漢代)에 이르는, 중국의 현모(賢母)·열녀(烈女)들의 약전(略傳).
46) 효행록(孝行錄): 효자에 관한 전기.
47) 진나라 사목: 미상.
48) 공후(公侯): 높은 귀족.
49) 대인(大人): 여기서는 아버지를 뜻함.
50) 양귀비(楊貴妃): 당(唐)나라 현종(玄宗)의 총비(寵妃).
51) 제남(弟男): 남동생.
52) 양경: 미상. 역사적으로는 양귀비의 사촌오빠 양국충(楊國忠)이 당(唐) 현종(玄宗)

5 총(得寵)하여 교만방자(驕慢放恣)하여 가만히 백성을 잔해(殘害)[53]하고 조정을 희롱하니 만고(萬古)의 소인(小人)이라. 정소저의 향명(香名)[54]을 듣고 음욕(淫慾)[55]을 참지 못하여 매파(媒婆)를 보내어 공께 청혼하니, 공이 분연(憤然) 왈,

"내 어찌 양경 적자(賊子)[56]와 연혼(連婚)하리오."

하고 매파를 꾸짖어 물리치니, 매파가 돌아와 연유(緣由)를 고하니, 양경이 대로(大怒) 왈,

"내 마땅히 정유를 음해(陰害)하여 제 스스로 청혼하게 하리라."

하더라.

이적[57]에 운남(雲南)[58] 교지국(交趾國)[59]이 반(叛)하여 천조(天朝)[60]를 침범한다 하거늘, 천자가 대경(大驚)하사 만조문무(滿朝文武)[61]를 모아 방비함을 의논하시니, 이부상서(吏部尙書) 양경이 출반주왈(出班奏曰)[62],

"승상(丞相) 정유가 지모(智謀) · 재략(才略)이 과인(過人)[63]하오니, 차인(此人)으로 도적을 막음이 마땅할까 하나이다."

    때 재상이 되어 실권을 잡았음.

53) 잔해(殘害): 사람에게 모질게 굴고 물건을 해침. 잔인해물(殘人害物).

54) 향명(香名): 향기로운 이름이라는 뜻으로 처녀의 이름을 나타냄.

55) 음욕(淫慾): 여기서는 며느리로 삼고자 하는 마음을 뜻함. 양경은 정소저를 며느리로 삼고자 함.

56) 양경 적자(賊子): 양경과 같은 적자. 적자는 불충(不忠)하거나 불효한 사람.

57) 이적: 이때.

58) 운남(雲南): 중국 남서부의 지명.

59) 교지국(交趾國): 베트남 북부 홍하(紅河)일대와 현재 베트남의 수도 하노이를 포함한 지역의 역사적 이름.

60) 천조(天朝): 황제가 다스리는 조정(朝廷).

61) 만조문무(滿朝文武): 조정의 모든 벼슬아치. 만조백관(滿朝百官), 만조제신(滿朝諸臣).

62) 출반주왈(出班奏曰): 신하들이 줄을 지어 서 있는 가운데 특별히 혼자 나아가 임금에게 아룀.

63) 과인(過人): 보통 사람보다 뛰어남.

상(上)이 종기언(從其言)[64]하사 정각로를 가까이 부르사 돈유(敦諭)[65]
왈,

"경이 능히 교지국을 파(破)하여 짐의 근심을 덞이 어뎌하뇨?"

각로가 주왈,

"신이 비록 무재(無才)하오나 도적을 파하고 개가(凱歌)를 불러 돌아
오리이다."

상이 대열(大悅)하사 즉시 정유를 배(拜)[66]하여 정남대원수(征南大元
帥)[67]를 하이시고[68] 정병(精兵) 십만을 조발(調發)하여 주시니, 정공이
사은(謝恩)[69]하고 잠깐 집에 돌아와 소저를 집수(執手) 왈,

"내 황명(皇命)을 받아 운남에 출전하매 회환(回還) 기약이 막연하니,
너의 고고일신(孤苦一身)[70]이 뉘게 의탁하리오."

소저가 화연(和然)[71] 위로 왈,

"대인은 염려치 마소서. 소녀가 비록 지식이 천단(淺短)[72]하오나 스스
로 방신지책(防身之策)[73]이 있사오니, 쉬이 파적(破敵) 환귀(還歸)하시면
아해(兒孩)[74] 마땅히 웃음을 머금어 대인의 환거(還車)를 맞으리이다."

공이 소저의 말을 기특히 여겨 옥수(玉手)를 어루만져 쉬이 떠나지
못하니, 소저가 일색(日色)이 늦음을 아뢰니, 공이 드디어 몸을 일으키

6

---

64) 종기언(從其言): 그 말을 따름.
65) 돈유(敦諭): 임금의 말씀.
66) 배(拜): 조정에서 벼슬을 주어 임명함.
67) 정남대원수(征南大元帥): 남방(南方)을 정벌하는 대원수.
68) 하이시고: 시키시고. 하게 하시고.
69) 사은(謝恩): 새로 벼슬을 받은 신하가 임금에게 감사함을 표하는 예.
70) 고고일신(孤苦一身): 외롭고 가난한 처지.
71) 화연(和然): 부드러운 기운, 기색.
72) 천단(淺短): 지식이나 생각 따위가 얕고 짧음.
73) 방신지책(防身之策): 몸을 보호하는 꾀나 방법. 호신책(護身策).
74) 아해(兒孩): 아이. 정소저 자신을 가리킴.

매, 소저가 계하(階下)에 내려 재배(再拜) 하직하니라.

차시 공이 비회(悲懷)를 겨우 참아 문에 나고자 하더니, 문득 양경에게서 매파가 이르러 다시 청혼 왈,

"상공이 만리 전장(戰場)에 출전하시나, 공의 귀체(貴體)로써 어찌코자 하시나잇고? 만일 위험지지(危險之地)에 가심이 가사(家事)에 민망하시면 소생이 마땅히 천자께 아뢰어 타인으로 대행(代行)할 것이니 승상은 혼사를 허(許)하소서."

원수가 대로 왈,

"차적(此賊)이 어찌 이렇듯 방자하뇨? 신자(臣子)가 되어 체모(體貌)를 모르고 국법(國法)을 희롱하니 가히 통분(痛憤)한 일이로다."
하고, 매파를 구축(驅逐)하고 행거(行車)75)를 돌이켜 교장(敎場)76)에 나아가 장졸을 점고(點考)하여 즉일 발행(發行)하니라.

차시 소저가 부친을 배별(拜別)77)하고 비회(悲懷)를 이기지 못하다가 문득 일계(一計)를 생각하고 노복(奴僕)을 불러 가만히 계교를 가르치되,

"여등(汝等)78)이 외인(外人)에게 반포(頒布)하되, '우리 소저가 독질(毒疾)을 얻어 홀연 기세(棄世)하시매, 우리 등이 빈 집을 지키어 의식(衣食)이 곤핍(困乏)한 고로 외사(外舍)79)를 열어 시민(市民)80)에게 세(貰)주노라.' 하라."
하고, 다시 남녀 노복을 분부하여 상복(喪服)을 갖추고 발상거애(發喪擧哀)81)하니 곡성(哭聲)이 내외에 진동하더라.

---

75) 행거(行車): 사람을 태우는 수레.
76) 교장(敎場): 군사를 교육하고 훈련하는 곳.
77) 배별(拜別): 절하고 작별한다는 뜻으로, 존경하는 사람과의 작별을 높여 이르는 말.
78) 여등(汝等): 너희.
79) 외사(外舍): 바깥채.
80) 시민(市民): 시장 사람 또는 일반 백성이라는 의미.

소저가 가만히 심복(心腹) 시녀 옥소·애랑과 유랑(乳娘)[82]을 데리고 후원 화춘당에 들어가 몸을 감추고 후원 문을 잠가 외인을 통치 아니케 하였더니, 과연 수일(數日)이 못 되어 양경이 제 아들을 데리고 정부(府)[83] 근처에 이르러 보니 문전(門前)이 요란하여 시정(市井)[84]이 즐비하거늘, 정부(府) 노자(奴子)를 불러 물으니 노복의 말이,

"소저가 기세하시고 집이 비었는 고로 시민을 들였나이다."

양경이 괴히 여겨 생각하되, '정씨 필연 거짓 죽은 체하여 나를 속임이라.' 하고 좌우를 호령하여 중문(中門)을 어그러뜨리고 내실(內室)로 깨뜨려 들어가니, 과연 청상(廳上)에 검은 관(棺)과 붉은 명정(銘旌)[85]이 처량하고 남녀 노복의 곡성(哭聲)이 진동하는지라. 양경이 이를 보매 과연 죽을시 적실(的實)하거늘, 비감함을 이기지 못하여 시비(侍婢)를 불러 왈,

"너희 소저가 어느 날 별세하시뇨?"

시비 등이 울며 고왈(告曰),

"승상 노야(老爺)[86]가 이가(移家)[87]하신 후에 우리 소저가 애통하시더니 홀연 독질(毒疾)을 얻으사 불시(不時)에 별세하시니이다."

양경이 하릴없어 집으로 돌아가니라. 이후로 소저가 은신하였으니 황연(荒煙)[88]히 빈 집에 수삼(數三) 비자(婢子)가 의지하였는지라. 슬픈 심

81) 발상거애(發喪擧哀): 장례에서, 죽은 사람의 혼을 부르고 나서 상제가 머리를 풀고 슬피 울어 초상난 것을 알리는 절차.
82) 유랑(乳娘): 유모(乳母). 여기서는 '옥소', '애랑', '유랑'이 모두 심복(心腹) 시녀의 이름인 것으로 볼 수도 있으나 권3에서 '유랑 경파와 시비 옥소'라고 하여 유랑은 유모(乳母)임이 분명함.
83) 정부(府): 정씨 집. 부(府)는 높은 벼슬아치의 집을 말함.
84) 시정(市井): 가게라는 의미.
85) 명정(銘旌): 죽은 사람의 관직(官職)과 성씨 따위를 적은 붉은 천.
86) 노야(老爺): 지체 높은 남성을 높여 이르는 말.
87) 이가(離家): 집을 떠남.

사가 울울(鬱鬱)하여 양경을 원(怨)하여 신세를 자탄하더라.

차시 황태자(皇太子)가 수삼 환시(宦侍)[89]를 데리고 밤이 깊은 후 민간을 구경하사 가만히 궐문(闕門)을 나 정부(府) 근처에 이르러 환시에게 문왈,

"이 장원(莊園)[90]이 뉘 집이뇨?"

환시 주왈,

"승상 정유의 집이니이다."

태자가 정공의 집이 장려(壯麗)함을 보시고 후원에 들어가사 심수(深邃)[91]한 경치를 두루 구경하시더니 문득 바람결에 청아(淸雅)한 독서성(讀書聲)이 들리거늘, 괴히 여겨 환자(宦子)[92]를 물리치고 태자가 홀로 배회하더니, 홀연 한 떼 홍운(紅雲)이 일어나 몸을 둘러 첩첩한 장원(牆垣)[93]을 절로 넘어가 초당(草堂) 앞에 놓이거늘, 심중에 신기하여 좌우를 살펴보니 사오 간 초당이 정결하고 방중(房中)에 일위 미소저(美小姐)가 촉하(燭下)에 단좌(端坐)하여 『육도삼략』을 읽으니, 옥성(玉聲)이 청아하고 기질이 정숙하며 태도가 요라(夭羅)[94]하니 짐짓 절대가인(絶代佳人)이라. 태자가 심중에 생각하되, '육도병서(六韜兵書)[95]는 장부의 사업이거늘, 차녀(此女)의 거동이 아녀자의 잔미(孱微)[96]한 태도가 전혀 없고 요요작작(夭夭灼灼)[97]한 중에 강맹(强猛)함이 남자의 기상을 겸하

---

88) 황연(荒煙): 인적이 끊긴 채 황폐함.
89) 환시(宦侍): 내시(內侍).
90) 장원(莊園): 여기서는 넓은 집과 정원을 말함.
91) 심수(深邃): 깊숙하고 그윽함.
92) 환자(宦子): 환시(宦侍), 내시.
93) 장원(牆垣): 담, 담장.
94) 요라(夭羅): 여기서는 생기가 있고 아름다움을 말함.
95) 육도병서(六韜兵書): 육도삼략(六韜三略).
96) 잔미(孱微): 가냘프고 연약함.
97) 요요작작(夭夭灼灼): 나이가 젊고 용모가 아름다움.

였으니 가히 기특하도다.' 하고 돌아가기를 잊고 그 거동을 보더니, 소
저가 병서를 물리치고 추연(惆然)98) 탄왈(歎曰),

"나의 팔자 기박하여 모친을 여의고 야야(爺爺)99)를 모셔 세월을 보
내더니, 죄악이 미진(未盡)하여 간인(奸人)의 해를 입어 대인이 원지(遠
地)에 출전하시니, 쇠로지년(衰老之年)에 승패를 어찌 기필(期必)하리오.
대인의 구로지은(劬勞之恩)100)을 생각하면 양가(楊家) 적추(積秋)101)의 원
한을 어느 때에 설(雪)102)하리오. 내일은 마땅히 관음사(觀音寺)에 가 부
친을 위하여 기도하리라."
하고, 시비를 불러 향촉(香燭)103)을 가져오라 하며 슬픔을 참지 못하여
은은히 체읍(涕泣)하니, 그 애원(哀怨)한 거동이 뼈가 녹는 듯한지라. 태
자가 생각하되, '이는 반드시 정유의 여아로소니, 내 마땅히 태자비(太子
妃)를 정하리니, 다시 저 여자의 덕행을 시험하여 숙녀지풍(淑女之風)이
있음을 안 후에 황상(皇上)께 주(奏)하여 태자비를 정하리라.' 하고 즉시
돌아와 밤을 지내니라.

명일(明日) 정소저가 수삼 시비를 거느려 관음사로 행할새, 차시 태
자가 심복(心腹) 궁인(宮人)을 명하여 정소저의 행지(行止)를 탐지한 후
자기도 여복(女服)을 개착(改着)하고 수삼 시비를 데리고 정소저의 뒤를
따라 관음사로 향하니, 뉘 능히 태자의 진가(眞假)를 분변(分辨)하리오.

차시 정소저가 관음원(觀音院)104)에 이르니 모든 이고(尼姑)105)가 산

10

---

98) 추연(惆然): 처량하고 슬픔.
99) 야야(爺爺): 아버지를 이르는 말.
100) 구로지은(劬勞之恩): 낳고 기르느라 수고하는 어버이의 은덕.
101) 적추(積秋): 오랜 세월. 적년(積年).
102) 설(雪): 모욕이나 울분을 씻어냄, 풀어냄.
103) 향촉(香燭): 향과 초.
104) 관음원(觀音院): 위에서 말한 관음사(觀音寺). 원(院)은 절을 가리킴.
105) 이고(尼姑): 비구니.

11 문(山門)106)에 나와 **합**장 왈,

"소니(小尼)107) 등이 소저의 내림(來臨)하심을 모르고 멀리 맞지 못하였사오니 죄를 용서하소서."

소저가 손사(遜謝)108) 왈,

"첩의 부친이 원지에 출사(出師)109)하시매 전진(戰陣)110) 승패를 근심하여 부처께 정성을 드리고자 하여 귀원(貴院)에 이르렀으니, 원컨대 선사(禪師)는 불전(佛前)에 인도하라."

제승(諸僧)이 소저를 맞아 대웅전에 들어가니, 소저가 나아가 공경 배례(拜禮)하고 부친의 무사 성공하사 쉬이 환가(還家)하심을 암축(暗祝)111)한 후 모든 이고(尼姑)와 더불어 방장(方丈)112)에 돌아오더니, 문득 사오 시비가 한 낱113) 화교(華轎)114)를 옹위(擁衛)하여 불정(佛庭)115)에 이르니, 제승이 일시에 맞아 전(殿)에 오르매, 그 소저가 화장성식(化粧盛飾)116)을 정히 하고 또한 부처께 배례하고, 정소저와 한가지로117) 방장에 돌아와 서로 예필(禮畢)에 그 소저가 정소저를 향하여 왈,

"어느 댁 귀소저(貴小姐)시완대 무슨 일로 사중(寺中)에 이르러 계시뇨?"

정소저가 눈을 들어 보니, 그 여자가 연기(年紀)118)는 이칠(二七)에

---

106) 산문(山門): 절의 바깥문 또는 산의 어귀.
107) 소니(小尼): 비구니가 자신을 겸손하게 이르는 말.
108) 손사(遜謝): 겸손하게 사양함.
109) 출사(出師): 출병.
110) 전진(戰陣): 전투를 하기 위해 진을 쳐 놓은 곳, 전쟁터.
111) 암축(暗祝): 신에게 마음속으로 기원함.
112) 방장(方丈): 고승(高僧)이 거처하는 처소.
113) 낱: 여기서는 가마를 세는 단위로 쓰임. 채.
114) 화교(華轎): 아름답게 꾸민 가마.
115) 불정(佛庭): 절의 경내를 뜻함.
116) 화장성식(化粧盛飾): 머리나 옷의 매무새를 매만지고 잘 차려 입음.
117) 한가지로: 함께.
118) 연기(年紀): 나이.

넘지 못하였으되, 용모(容貌)가 빼어나고 재기(才氣) 상당하여 한낱 절색(絶色) 미소저(美小姐)라. 심중에 흠경(欽敬)하여 거수(擧袖)[119] 칭사(稱辭)[120] 왈,

"첩은 정각로의 일녀(一女)로 부공(父公)[121]이 원방(遠方)에 출정(出征)하시매 전진(戰陣)을 근심하여 불전에 기도코자 왔거니와, 소저의 거주를 듣고자 하나이다."

그 소저가 대왈,

"첩은 동화문 안에 거(居)한 이상서(尙書)의 여아라. 부친이 안찰사(按察使)로 원지에 나가시고 가중(家中)을 주장(主掌)할 자가 없는지라. 부공을 염려하여 불전에 공양코자 왔더니, 귀소저의 행거(行車)를 만나니 첩의 정세(情勢)와 방불하니, 피차에 심곡(心曲)[122]을 열어 정회(情懷)를 베풂이 어떠하뇨?"

언파(言罷)에 눈을 들어 소저를 보니, 비록 단장(丹粧)을 아니하였으나 옥면화안(玉面花顔)[123]에 백태(百態)[124] 구비하니 진실로 요조가인(窈窕佳人)이라. 심하(心下)에 대열(大悅)하여 소저의 옥수를 잡고 추연(惆然)[125] 왈,

"첩의 팔자도 기박하여 모친을 여의고 부친을 만리에 이별하였더니 소저도 첩의 소회(所懷)와 같도다."

언파에 점점 가까이 앉아 정회를 베풀며 소안(笑顔)이 미미하여[126] 희

---

119) 거수(擧袖): 남에게 답례 인사를 하기 위하여 소매를 들어 올림.
120) 칭사(稱辭): 대답함.
121) 부공(父公): 아버지를 높여 이르는 말.
122) 심곡(心曲): 속마음.
123) 옥면화안(玉面花顔): 꽃처럼 아름다운 여자의 얼굴.
124) 백태(百態): 온갖 자태. 여러 가지 아름다운 모습.
125) 추연(惆然): 처량하고 슬픔.
126) 미미하여: 보기에 좋아.

색이 만안(滿顔)하나, 정소저는 조금도 즐거움이 없어 안색이 냉락(冷落)하더니, 이러므로 황혼이 되매, 두 소저가 각각 석식(夕食)을 파(罷)하고 의복[127]을 정제하고 불전에 나아가 배축(拜祝)[128]할새, 이소저가 먼저 배례하고 가만히 빌어 왈,

"만일 정소저를 이생의 배필이 되리라 하시거든, 금전(金錢)이 절로 떨어져 반중(盤中)[129]에 놓이소서."

하고 빌기를 마치매, 과연 금전이 공중에 올랐다가 반중에 떨어지거늘, 이태자(李太子)[130]가 다시 금전을 던지고 암축 왈,

"지금 황상이 손자를 위하사 양씨(楊氏)로 간택(揀擇)을 정하고자 하시니, 만일 양씨를 퇴(退)할 수(數)거든 금전이 스스로 반(盤) 밖에 내려지게 하소서."

하고 빌기를 마치매, 금전이 과연 반 밖에 내려지는지라. 태자가 마음에 심히 기꺼하더니, 정소저가 또 불전에 배축(拜祝) 왈,

"부친이 전진(戰陣)에 성공하고 반사(班師)[131]하실 수거든 금전이 스스로 반중에 내려지소서."

하고 금전을 던지니, 금전이 반 밖에 떨어지는지라. 다시 재배(再拜) 독축(讀祝)[132] 왈,

"소첩이 몸이 여자로서 어려서부터 병서를 공부하였사오니, 부친을 도와 전장에 가 대공(大功)을 이루리라 하거든 금전이 반중에 떨어지소서."

---

127) 원문에는 '라복'이나, 문맥상 이와 같이 봄. 광동서국판 활자본에도 이와 같음.
128) 배축(拜祝): 절하고 빎.
129) 반중(盤中): 상 위.
130) 이태자(李太子): 이제까지 언급되었던 태자. 당나라의 황제의 성이 이(李)이므로 이와 같이 성을 붙여 말한 것임. 다음의 서술에서는 '이소저'라고 지칭되기도 함.
131) 반사(班師): 군사를 이끌고 돌아옴.
132) 독축(讀祝): 신명(神明)께 고하는 글을 읽음.

하고 빌기를 **마**치매, 금전이 과연 반중에 내려지는지라. 소저가 일변 14
기꺼하며 다시 배축 왈,

"일후(日後)에 다시 험한 일이 없고 심중에 먹은 마음대로 되리라 하
거든 금전이 반중에 내려지소서."

하고 또 던지니, 금전이 낱낱이 흩어지며 반중에 내려지거늘, 일희일비
하여 물러 나오니라.

태자 왈,

"소저의 축원한 길흉이 어떠하니잇고?"

정소저 대왈,

"길흉이 상반(相半)하니이다."

태자가 다시 위로 왈,

"소저의 명박(命薄)[133]함이 도시(都是)[134] 팔자이오니, 너무 슬퍼 마
소서."

정소저가 왈,

"우리 피차에 수일(數日)을 담화하여 심곡(心曲)을 서로 비추니, 무슨
말을 못하리잇가? 첩이 약간 자색(姿色)이 있는 고로 권척(權戚)[135] 소
인(小人)이 위력(威力)으로 겁혼(劫婚)[136]코자 하매, 우리 대인이 매매(每
每)[137] 거절하시니, 기인(其人)이 사혐(私嫌)[138]을 갚고자 하여 천자께 고
하여 융년(隆年)[139] 노친을 전진(戰陣)에 출사케 하니, 이는 도시 첩의
연고(緣故)라. 친전(親前)에 불효함을 생각하니 어찌 한심치 않으리잇고?"

---

133) 명박(命薄): 운명이 기구하고 복이 없음.
134) 도시(都是): 모두.
135) 권척(權戚): 왕실의 친척으로서 권세가 있는 사람.
136) 겁혼(劫婚): 위협하고 협박하여 혼인을 맺음.
137) 매매(每每): 번번이.
138) 사혐(私嫌): 사적인 이유로 남을 꺼리고 미워함.
139) 융년(隆年): 노년(老年).

언파에 화협(華頰)[140]에 옥루(玉淚)가 어룽지니, 태자가 정소저의 거동을 보고 애련(哀憐)함을 이기지 못하여 호언(好言)으로 위로하더니, 노승이 들어와 소저더러 왈,

"소승의 제자가 성내(城內)에 들어갔다가 소문을 들으니, 정원수가 도적에게 대패(大敗)하여 나라에 고급(告急)[141]하여 구원(救援)을 청한다 하더이다."

소저가 청파(聽罷)에 대경실색(大驚失色)[142]하여 급히 일어나며, 이소저더러 왈,

"첩의 부친이 전진(戰陣)에 대패하여 노년에 위태함을 당하시니, 인자지도(人子之道)[143]에 어찌 망극치 않으리잇고? 급히 집으로 가고자 하나니 후일 다시 뵈올 날이 없을까 하나이다."

태자가 정소저의 기색을 보니, 심신이 황황(遑遑)[144]하여 옥면성안(玉面盛顏)[145]에 주루(珠淚)가 연락(連落)[146]하매 애연(哀然)한 거동이 금석(金石)이 녹는 듯한지라. 이에 옥수를 잡고 위로 왈,

"영대인(令大人)[147]이 비록 일시 실패하였으나, 지용(智勇)이 겸비하니 어찌 도적을 삭평(削平)[148]치 못하리오. 소저는 너무 심사를 상(傷)하게 하지 말고 천금지구(千金之軀)[149]를 돌아보라. 금일 서로 이별이 결연(缺然)[150]하나 후일 다시 뵈올 날이 있을까 하나이다."

---

140) 화협(華頰): 아름다운 뺨.
141) 고급(告急): 급한 상황을 알림.
142) 대경실색(大驚失色): 몹시 놀라 얼굴빛이 하얗게 질림.
143) 인자지도(人子之道): 자식 된 도리.
144) 황황(遑遑): 어쩔 줄 모르게 급함.
145) 옥면성안(玉面盛顏): 옥같이 깨끗하고 아름다운 얼굴.
146) 주루(珠淚)가 연락(連落): 구슬 같은 눈물이 줄지어 떨어짐.
147) 영대인(令大人): 남의 아버지를 높여 이르는 말.
148) 삭평(削平): 적을 무찔러 평온하게 함.
149) 천금지구(千金之軀): 천금같이 귀중한 몸.

언파에 옥수를 굳이 잡고 차마 떠나지 못하니, 정소저가 태자의 능휼(能譎)[151]함을 어찌 알리오. 저의 관곡(款曲)한 **말**에 감격하여 재삼 칭사(稱謝)[152]하고 서로 손을 나누어[153] 집으로 돌아오니라.

16

차시 정원수가 대군을 거느려 교지국(交趾國)에 이르러 세 번 싸워 연하여 패하니, 적장(賊將)의 성명은 황통고리와 특고만·학토대·정춘이니, 사장(四將)은 당시에 범 같은 장사라. 정원수[154]가 능히 저당(抵當)[155]치 못하여 싸운 지 삼사 삭에 십만 장졸이 반이나 감(減)하였는지라. 약간 장졸을 거느려 태양성에 굳이 들어 지키고 이에 표문(表文)[156]을 닦아[157] 천자께 올리니라.

차시 상이 정원수의 표문을 보시고 대경(大驚)하사 급히 만조문무(滿朝文武)를 모으시고 교지국 일을 의논하시니, 문득 좌반(左班)[158] 중에서 일원소장(一員小將)이 출반주왈,

"신이 비록 재주 없사오나, 일지병(一枝兵)[159]을 빌리시면 교지(交趾)에 나아가 적장(敵將)을 파하고 정유를 구하리이다."

모두 보니, 이는 표기장군(驃騎將軍)[160] 원포라. 상이 대열(大悅)하사 원포로 운남(雲南) 초토사(招討使)[161]를 하이시고 삼만 정병(精兵)을 주

---

150) 결연(缺然): 서운함.
151) 능휼(能譎): 속임.
152) 칭사(稱謝): 고마움을 표현함.
153) 손을 나누어: 인사를 나누고 헤어져. 분수(分手), 분메(分袂).
154) 원문에는 '명원수'이나, 정원수의 잘못임.
155) 저당(抵當): 맞서서 겨룸.
156) 표문(表文): 마음에 품은 생각을 적어서 임금에게 올리는 글. 표(表).
157) 닦아: 글을 지어 다듬어.
158) 좌반(左班): 왼쪽 반열, 곧 무반(武班).
159) 일지병(一枝兵): 한 무리의 병사.
160) 표기장군(驃騎將軍): 동한(東漢)과 삼국시대에 상설 되었던 고급 장군의 명칭.
161) 초토사(招討使): 변란을 평정하기 위하여 중앙에서 임시로 보내던 벼슬아치.

사 즉시 발행하라 하시니, 원포가 사은하직(謝恩下直)[162]코 물러나와 즉
일 발행하여 여러 날 만에 교지 지경(地境)[163]에 이르러 적진(敵陣)을 바
라보니, 교지 군졸이 만산편야(滿山遍野)[164]하여 태양성을 철통같이 에
웠으니, 비록 나는 새라도 들어갈 길이 없는지라. 이에 산을 의지하여
하채(下寨)[165]하고 적진과 시살(廝殺)[166]코자 하더라.

차시 정소저가 집에 돌아와 부친의 위태하심을 생각하니 심신이 당
황하여 식음을 폐하고 좌(座)를 안접(安接)[167]치 못하여 어찌할 줄 모르
다가 침석(枕席)에 의지하여 잠깐 졸더니, 홀연 한 노승이 들어와 소저
더러 왈,

"이제 국가 존망이 조석(朝夕)에 있고 그대 부친의 위태함이 수유(須
臾)에 있거늘, 그대 어찌 속수(束手)하고 앉았으리오. 낭자가 비록 여자
이나 병서(兵書)를 달통(達通)하고 지략(智略)이 과인(過人)하니, 급히 가
부친을 구하고 나라에 불세지공(不世之功)[168]을 세우라. 그대 타고 갈
말은 낭자 집 마구(馬廐)에 있으니, 세인(世人)이 알지 못하되 이는 용총
(龍驄)[169]이니 하루 천리를 갈 것이요, 갑주(甲冑)[170]와 칼은 후원 석갑
(石匣) 속에 묻혔으니 하늘께 정성을 들이면 얻으리니, 부디 병기(兵器)
를 수습하여 도적을 파(破)하고, 나의 말을 헛되이 알지 말라."

하거늘, 놀라 깨달으니 한 꿈이라. 소저가 신기히 여겨 창두(蒼頭)[171]를

---

162) 사은하직(謝恩下直): 관직을 받아 지방으로 가는 벼슬아치가 임금에게 감사함
     을 표하고 작별을 아룀.
163) 지경(地境): 나라나 지역 따위의 구간을 가르는 경계.
164) 만산편야(滿山遍野): 산과 들에 가득함.
165) 하채(下寨): 진을 치고 군사를 임시로 머물게 함.
166) 시살(廝殺): 싸움터에서 마구 침.
167) 안접(安接): 편히 지냄. 안주(安住).
168) 불세지공(不世之功): 세상에 보기 드문 큰 공로.
169) 용총(龍驄): 매우 잘 달리는 훌륭한 말.
170) 갑주(甲冑): 갑옷과 투구.

불러 분부 왈,

"마구에 있는 말을 모두 끌어들이라."

노복(奴僕)이 수명(受命)하고 외청(外廳)에 나와 모든 말을 몰아들이니, 소저가 청사(廳舍)[172]에 앉아 일일이 점고(點考)하되 하나도 합의(合意)한 말이 없거늘, 다시 물어 왈,

"가중(家中)에 있는 말이 이뿐이냐?"

노자(奴子)가 고왈,

"성한 말을 다 들여왔삽고, 말 한 필이 있으되 병든 지 여러 해라 부리지 못하고 마구에 누웠나이다."

소저가 왈,

"비록 그러할지라도 몰아 오라."

창두가 나와 병든 말을 억지로 끌어왔거늘, 소저가 자세히 본즉 온몸에 똥을 무수히 묻히고 눈을 뜨지 아니하니, 이 말은 본디 정각로가 천축국(天竺國)[173]에 사신 갔다가 돌아오는 길에 완산을 지나다가 산중에 임자 없는 말을 얻어 돌아왔던 것이라. 그 말이 소저를 보고 일떠나[174] 소리 지르고 두 눈이 번개 같으니, 노복 등이 다 놀라 피하거늘, 소저가 그제야 마음에 상쾌하여 비복(婢僕)을 명하여 물로 씻고 다시 보니, 장(長)이 구척(九尺)이요, 사족(四足)은 범의 발 같고, 갈기는 일척(一尺)에 지나고[175], 몸은 푸르고 붉으며, 등에 **태성**(台星)[176]이 박혔으며 허리에

19

---

171) 창두(蒼頭): 사내종.
172) 청사(廳舍): 여기서는 바깥채, 곧 사랑채를 말함.
173) 천축국(天竺國): 인도 또는 인도와 그 주변 나라.
174) 일떠나: 벌떡 일어나, 기운차게 일어나.
175) 일척(一尺)에 지나고: 한 척이 넘고.
176) 태성(台星): 삼태성(三台星). 북두칠성 아래 우리 머리 바로 위에 아주 뚜렷하게 떠 있는 별자리로 세 쌍의 별이 연이어 있음. 서양 별자리로는 큰곰자리에서 큰곰의 발에 해당함.

붉은 칠성(七星)[177]이 완연하거늘, 소저가 대희 왈,

　"이 말이 삼태칠성마(三台七星馬)[178]로다."

하고 즉시 목욕재계(沐浴齋戒)하고 향촉을 갖추고 후원에 들어가 천지(天地)께 예배(禮拜)하고 고요히 엎드렸더니, 홀연 일진광풍(一陣狂風)이 일어나며 뇌정벽력(雷霆霹靂)이 진동하더니, 석류나무 아래 없던 일개(一箇) 석갑(石匣)이 드러났거늘, 나아가 자세히 보니 돌 위에 글자를 새겼으되, '정성모(聖母)는 개탁(開坼)[179]이라.' 하였거늘, 석갑을 열고 보니, 과연 황금 쇄자갑(鎖子甲)[180]에 칠성보검(七星寶劍)[181]이 들었거늘, 마음에 황홀하여 갑주를 들고 보니 두 어깨에 쌍룡(雙龍)이 어리어 기운을 토하거늘, 자세히 보니 등에 황금 글자를 새겼으되, '충의부(忠義符)[182]'라 하였거늘, 즐거운 마음을 이기지 못하여 갑주와 보검을 가지고 돌아와 비복을 불러 왈,

　"여등(汝等)은 외인에게 전설(傳說)[183]치 말라. 내 비록 여자이나 노야(老爺)[184]가 전진(戰陣)에 패하심을 듣고 어찌 안연(晏然)[185]히 앉았으리오. 주야로 달려 교지로 가려 하나니, 여등은 문전(門前)을 엄히 지키어 나의 돌아옴을 기다리라."

20

---

177) 칠성(七星): 북두칠성(北斗七星).
178) 삼태칠성마(三台七星馬): 삼태성과 북두칠성 모습의 반점이 있는 말이라는 뜻으로 명마(名馬)를 말함.
179) 개탁(開坼): 봉해진 것을 뜯어 열어 봄.
180) 쇄자갑(鎖子甲): 돼지가죽으로 된 조각들을 작은 고리로 꿰어 만든 갑옷.
181) 칠성보검(七星寶劍): 북두칠성이 새겨진 보배로운 칼이란 뜻으로 칠성검을 귀하게 표현한 말. 아래에는 정비의 이 칼을 삼태칠성검(三台七星劍), 칠성검(七星劍)으로 표현함.
182) 충의부(忠義符): 충성과 절의의 신표, 징표.
183) 전설(傳說): 말을 전함.
184) 노야(老爺): 여기서는 자신의 아버지를 가리킴.
185) 안연(晏然): 걱정 없이 편안함.

하고, 이날 새벽에 장속(裝束)186)을 정제(整齊)하고 머리에 황금 투구를 쓰고 몸에 용린갑(龍鱗甲)187)을 입고 손에 칠성보검을 잡고, 허리에 보조궁(寶雕弓)188)을 차고 삼태칠성마를 타고 나서니, 그 거동이 늠름하여 천신(天神) 같더라. 비복 등이 일변 놀라고 일변 망극하여 감히 말을 못하고 눈물을 흘려 전송하더라.

소저가 말을 놓아 채를 한 번 치니, 천리 강산이 눈앞의 번개 같은지라. 수일 만에 한 곳에 이르니 여러 사람이 모여 말하되,

"정원수가 태양성에 갇히어 사생(死生)을 미가분(未可分)189)이요, 초토사 원포는 감히 들어가지 못하고 적진과 서로 상지(相持)190)하여 있더라."

하거늘, 소저가 대경하여 바로 원포의 진(陣)에 가 소리를 높여 왈,

"이 진이 어느 군사뇨?"

원포가 왈,

"나는 천조(天朝) 초토사거니와 그대는 뉘완대 대진(隊陣)191)에 들고자 하나뇨?"

소저가 정색 왈,

"장군이 천조 초토사시면 어찌 정원수를 구치 아니코 세월만 보내나뇨?"

원포가 왈,

"그대 말도 옳거니와, 적세 강성하매 아직192) 안병(按兵)193)하였다가

---

186) 장속(裝束): 옷차림.
187) 용린갑(龍鱗甲): 용의 비늘 모양으로 조각을 달아 만든 갑옷.
188) 보조궁(寶雕弓): 정교하고 아름다운 활. 활의 본체에 꽃무늬를 조각하고 보석이나 옥(玉)을 박아 넣어 장식함.
189) 사생(死生)을 미가분(未可分): 살지 죽을지 알 수 없음.
190) 상지(相持): 양편의 힘이 엇비슷하여 서로 승부를 내지 못하고 서로 버팀.
191) 대진(隊陣): 부대, 진영.

저의 해태(懈怠)194)하기를 기다려 충돌코자 하노라."

소저가 빈미(顰眉)195) 왈,

"장군 말 같을 양이면 어느 때에 원수를 구하리오. 내 비록 무재(無才)하나 일비지력(一臂之力)196)을 도와 원수를 구코자 하노라."

원포가 거수(擧袖) 읍왈(揖曰)197),

"장군은 뉘시완대 이런 의기를 발(發)코자 하나뇨?"

소저가 왈,

"나는 천지의 무가객(無家客)198)이라. 길이 이곳에 지나다가 정원수가 태양성에 곤(困)199)함을 듣고 이리 와 적병을 물리치고 정공을 구코자 하노라."

원포가 대왈,

"장군이 모르는도다. 적진 중에 명장(名將)이 천여 원(員)이요, 군사가 백만이라. 대세(大勢)를 보아 싸움이 옳도다."

소저가 왈,

"장군은 염려 말라."

하고 북을 울리며 군사를 재촉하여 들어가니, 고각함성(鼓角喊聲)200)이

---

192) 아직: 당분간.

193) 안병(按兵): 진군하던 군대를 한 곳에 멈추어 둠.

194) 해태(懈怠): 여기서는 해이(解弛)를 뜻함.

195) 빈미(顰眉): 눈살을 찌푸림.

196) 일비지력(一臂之力): 한 팔 또는 한쪽 팔꿈치의 힘이라는 뜻으로, 남을 도와주는 작은 힘을 이르는 말.

197) 읍왈(揖曰): 읍하면서 말함. 읍은 인사하는 방식의 하나로 두 손을 맞잡아 얼굴 앞으로 들어 올리고 허리를 앞으로 공손히 구부렸다가 몸을 펴면서 손을 내리는 것.

198) 무가객(無家客): 일정한 거처 없이 떠도는 사람.

199) 곤(困)함: 곤경에 처함.

200) 고각함성(鼓角喊聲): 전투에서 돌격 태세로 들어갈 때, 사기를 북돋우기 위하여, 북을 치고 나발을 불며 아우성치는 소리.

천지진동하더라.

차시 적장 독고태가 진을 굳게 하고 장차 태양성을 함몰(陷沒)[201]코자 하더니, 문득 대군이 급히 들어옴을 보고 독고태 정창출마(挺槍出馬)[202]하여 크게 외쳐 왈,

"여등(汝等)은 어찌 감히 대진(隊陣)을 범하여 죽기를 자취(自取)하나뇨?"

원포가 대질(大叱)[203] 왈,

"우리는 천조(天朝) 구병(救兵)이라. 너희 어찌 강포(强暴)를 믿고 정 원수를 곤케 하난다? 내 황명(皇命)을 받자와 교지(交趾)를 삭평코자 하나니 여등은 빨리 항복하여 죽기를 면하라."

독고태 대로하여 좌수에 장창(長槍)을 들고 우수에 대도(大刀)를 들어 달려드니, 소저가 대로하여 보검(寶劍)을 비춰고[204] 말을 달려 적장을 취하니, 그 날랜 용력(勇力)이 중천(中天)의 제비 같고, 엄숙함이 단산(丹山)의 맹호(猛虎)[205] 같은지라. 서로 싸워 십여 합(合)[206]에 독고태 칼을 날려 소저를 치니, 소저가 몸을 기울여 피하고 정신을 가다듬어 칼을 들어 적장의 머리를 치니, 독고태의 투구를 맞춰 마하(馬下)에 내려지거늘, 독고태 대경(大驚)하여 몸을 솟구어 본진(本陣)으로 달아나니, 소저가 진전(陣前)에서 좌우로 횡행(橫行)하다가 저물어서야 돌아오니라.

이때 청운산에 일위 도사가 있으니 이름은 자허도인이라. 도학이 고

---

201) 함몰(陷沒): 완전히 무찌름.

202) 정창출마(挺槍出馬): 창을 겨누어 들고 말을 타고 나아감.

203) 대질(大叱): 큰 소리로 꾸짖음.

204) 비춰고: '빛내고'의 뜻.

205) 단산(丹山)의 맹호(猛虎): 매우 용맹함을 비유함. 단산은 중국 호북성(湖北省) 파동현(巴東縣) 서쪽에 있는 산. 권1의 뒷부분과 권2의 앞부분에서는 적장인 독고태와 황통고리를 공산(空山)의 맹호(猛虎)와 같다고 하였음.

206) 합(合): 칼이나 창으로 싸울 때, 칼이나 창이 서로 마주치는 횟수를 세는 단위.

23 명하고 술법이 기이한지라. 독고태 자허도사의 기특함을 알고 청운산에 들어가 도사에게 재주를 배운 지 수십 년에, 일일은 독고태 도사더러 왈,

"당금(當今)에 천하 요란하오니, 제자가 산에서 내려 천하에 횡행코자 하나이다."

도사가 말려 왈,

"천시(天時)가 아직 멀었으니 때를 기다리라."

독고태 스승의 말을 듣지 아니코 산에서 내려오니, 도사가 차탄(嗟歎)[207]하나 수십 년 사제지의(師弟之誼)[208]를 저버리지 못하여 독고태를 따라 나왔다가, 금일 양장(兩將)의 싸움을 보고 독고태더러 왈,

"하늘이 너 같은 장수를 내시매, 반드시 쓰일 때 있나니, 너는 모름지기 전진(戰陣)을 파(罷)하고 나와 같이 산에 들어가 때를 기다림이 좋도다. 내 금일 전진을 보니 천신(天神) 옥녀성(玉女星)이 진중에 횡행하매, 삼태성(三台星)과 북두성(北斗星)이 좌우로 옹위(擁衛)하였거늘, 내 놀라 자세히 보니 그 사람이 인간 범인(凡人)이 아니요, 그 탄 말은 천축산(天竺山) 신령이 주신 바요, 그 갑주와 칼은 하늘이 주신 바이니, 범인이 아닌 줄 가히 알지라. 부질없이 저와 겨루지 말고 나와 한가지로 산에 돌아감이 옳으니라."

독고태 노왈(怒曰),

24 "사부는 근심치 마소서. 명일(明日)에 나아가 승부를 결(決)[209]하오리니, 만일 이기지 못하거든 명(命)을 좇으리이다."

도사 왈,

---

207) 차탄(嗟歎/嗟嘆): 탄식하고 한탄함.
208) 사제지의(師弟之誼): 스승과 제자 사이의 두터운 정.
209) 결(決): 승부를 냄.

"너의 말도 유리(有理)하니, 명일은 승부를 결단하라. 네 용력(勇力)을 발(發)하여 싸우되, 그 장수를 죽이지 말고 만일 이기거든 급히 돌아오라. 만일 더디면 나를 보지 못하리라."

하고 재삼 당부하니라.

차시 정소저가 본진에 돌아와 독고태의 용력을 칭찬하며, 명일은 자웅(雌雄)을 결하리라 하더니, 평명(平明)210)에 소저가 장속(裝束)을 정제(整齊)하고 진전에 나와 싸움을 돋우며 요무양위(耀武揚威)211)하니, 독고태가 중군(中軍)212)에 분부하되,

"오늘날 승부를 결단할 것이니, 비록 날이 저물어도 쟁(錚)213)을 쳐 군을 거두지 말고 진(陣)을 굳이 지키라."

하고 진문(陣門)214) 밖에 나와 크게 외쳐 왈,

"어제 미결(未決)한 승부를 오늘날 결단하라."

언파에 칼을 춤추어 달려들어, 소저가 섬섬옥수(纖纖玉手)로 보검(寶劍)을 날려 적장을 취하며 꾸짖어 왈,

"이 오랑캐 놈아! 천위(天威)215)를 범하여 태역부도(太逆不道)216)를 행하니, 내 천명(天命)을 받아 너를 잡으러 왔나니, 빨리 항복하여 죽기를 면하라."

독고태 대소(大笑) 왈,

---

210) 평명(平明): 해가 뜰 무렵.
211) 요무양위(耀武揚威): 무공(武功)을 빛내고 위엄을 드날림. 무력의 위세를 떨침.
212) 중군(中軍): 전군(全軍)의 한 가운데에 자리 잡고 있는 중심 부대.
213) 쟁(錚): 예전에 전투에서 후퇴를 알릴 때 치던 꽹과리의 일종. 소가죽이나 나무로 만든 북이 양(陽)을 상징하여 돌진하라는 신호인 데 반해, 쇠로 만든 징은 음(陰)을 상징하여 정지 또는 후퇴를 뜻함.
214) 진문(陣門): 진영(陣營)으로 드나드는 문.
215) 천위(天威): 천자의 위엄.
216) 태역부도(太逆不道): 임금이나 나라에 큰 죄를 지어 도리에 크게 어긋남. 대역무도(大逆無道), 대역부도(大逆不道).

"너의 하는 소리를 들으니, 진실로 아녀자의 성음(聲音)이요, 현연(睍然)[217]한 태도가 절대미인(絶代美人)과 방불하니, 너의 청춘이 아깝도다. 국사(國事)가 아니면 너를 살리려니와 국법(國法)이 사정(私情)이 없나니 가히 한스럽도다."

언파에 맞아 싸워 삼십여 합에 독고태 정신을 가다듬어 칼을 날려 반공(半空)에 던지니, 소저가 몸을 기울여 피하고 다시 몸을 솟구어 보검을 날려 독고태를 치니, 독고태 황겁(惶怯)[218]하여 소리를 벽력같이 지르고 몸을 솟구어 달려드니 그 날램이 공산(空山)의 맹호(猛虎)[219] 같은지라. 다시 싸워 이십여 합에 두 어깨에 쌍룡(雙龍)이 일어나며 용마(龍馬)[220] 두 귀에서 푸른 안개 자욱한지라.

도사가 장대(將臺)[221]에서 보다가 실색(失色)[222]하여 쟁 쳐 독고태를 부르니, 독고태 제 용맹만 믿고 의기양양하더니, 홀연 푸른 안개 자욱하여 진중(陣中)을 둘렀으니, 독고태 정신이 어질하여 그제야 도사의 말을 생각코 말머리를 돌이켜 본진으로 향하니, 소저가 적장의 뒤를 따르며 꾸짖어 왈,

"적장은 닫지[223] 말고 내 칼을 받으라."

하고 칼을 들어 공중에 던지니, 검광(劍光)이 충천(衝天)하며 적장의 머리 마하에 내려지는지라. 소저가 독고태의 머리를 칼끝에 꿰어 들고 좌충우돌(左衝右突)하니, 적진 장졸이 사산분궤(四散奔潰)[224]하는지라. 이

---

217) 현연(睍然): 아름다운 모양.
218) 황겁(惶怯): 겁이 나고 두려움.
219) 공산(空山)의 맹호(猛虎): 매우 용맹함을 뜻함.
220) 용마(龍馬): 매우 잘 달리는 훌륭한 말. 위에서 말한 정소저의 천리비룡마를 가리킴.
221) 장대(將臺): 장수가 올라서서 명령하고 지휘하던 대.
222) 실색(失色): 놀라서 얼굴빛이 달라짐.
223) 닫지: 빨리 뛰지. 빨리 뛰어 달아나지.

때 청운도사[225]가 독고태의 죽음을 보고 차탄함을 마지않고 구름 타고 청운산으로 돌아가니라.

소저가 일진(一陣)을 대첩(大捷)하고 본진으로 돌아오고자 하더니, 문득 적진 중에서 방포(放砲)[226] 소리 나며 한 장수가 내닫거늘, 모두 보니 신장이 구척(九尺)이요, 얼굴이 먹칠한 듯하고 소리 우레 같은지라. 일진 장졸이 대경실색하거늘, 소저가 대로하여 보검을 휘두르고 달려드니, 적장이 소왈(笑曰),

"나의 성명은 만학토리니 너의 모양을 보니, 어린 아이 같도다."

하고, 좌수(左手)에 칠 척(尺) 장검(長劍)을 들고 우수(右手)에 백운창(白雲槍)을 들어 맞아 싸워, 진시(辰時)[227]로부터 미시(未時)[228]까지 싸워 팔십여 합에 이르되 승부를 결(決)치 못하더니, 소저가 몸을 솟구어 칼을 들어 치니, 만학토리가 들어오는 칼을 막으며 기운을 다하여 공중에 솟구어 창으로 소저를 찌르니, 소저가 몸을 기울여 피하고 정신을 가다듬어 다시 싸우더니, 소저의 탄 말이 소리를 벽력같이 지르고 앞발을 높이 들어 적장의 가슴을 차니 적장이 마하(馬下)에 내려지거늘, 소저가 칼을 날려 만학토리의 머리를 베어들고 의기양양하여 진중에 횡행하니, 적진 장졸이 대경실색하더라.

적진 중에 서호충이란 장수가 용력이 절륜(絶倫)[229]하고 술법이 고명하더니, 정소저의 용력이 무쌍(無雙)함을 보고 중장(衆將)더러 왈,

"차인의 용맹이 범상치 아니하여 그 날램이 비호(飛虎)같고, 그 기상

224) 사산분궤(四散奔潰): 사방으로 흩어져 재빨리 달아남.
225) 청운도사: 위에서 말한 자허도사. 위에서는 청운산에 있는 자허도사라 하였음.
226) 방포(放砲): 군중(軍中)의 호령으로 포나 총을 쏘는 일.
227) 진시(辰時): 십이시(十二時)의 다섯째 시. 오전 일곱 시부터 아홉 시까지임.
228) 미시(未時): 십이시(十二時)의 여덟째 시. 오후 한 시부터 세 시까지임.
229) 절륜(絶倫): 아주 두드러지게 뛰어남.

을 보니 정녕(丁寧)한 여자의 거동이라. 내일 싸움에 마땅히 자웅을 결단할 것이니, 오늘은 다시 접전(接戰)치 말라."

제장(諸將)이 청령(聽令)하더라.

차시 정소저가 진중에 횡행하며 칼을 춤추어 대호(大呼)[230] 왈,

"적진 중에 능히 나를 대적할 자가 있거든 빨리 나와 내 칼을 받으라."

하는 소리 청아쇄락(淸雅灑落)하여 청산(靑山) 백옥(白玉)을 때리는[231] 듯하되, 적진 중에서 일인(一人)도 응하는 자가 없으니, 소저가 종일토록 질욕(叱辱)[232]하다가 황혼 때에 본진으로 돌아와 자고 명일 다시 진전(陣前)에 나와 싸움을 돋우니, 적장 서호충이 팔문금쇄진(八門金鎖陣)[233]을 치니, 안으로 육정육갑(六丁六甲)[234]과 십이신장(十二神將)[235]을 응하여 진세(陣勢)를 엄밀히 하고 다시 말에 올라 진전(陣前)에 나오니, 좌수(左手)에 칠성검(七星劍)[236]을 들고 우수에 장창(長槍)을 들었더라. 소리를 높여 대질(大叱) 왈,

"구상유취(口尙乳臭)[237]의 백면서생(白面書生)[238]이 어찌 나의 대장을 해(害)하나뇨? 오늘은 너를 잡아 나의 분(憤)을 설(雪)하리라."

하고 달려드니, 소저가 옥성(玉聲)을 가다듬어 대질 왈,

---

230) 대호(大呼): 크게 외침.
231) 청산(靑山) 백옥(白玉)을 때림: 청산의 백옥을 부수는 것 같다고 하여 매우 맑은 소리를 뜻함.
232) 질욕(叱辱): 꾸짖으며 욕함.
233) 팔문금쇄진(八門金鎖陣): 팔문금사진(八門金蛇陣). 팔문(八門)을 이용한 진법(陣法). 팔문(八門)이란 음양이나 점술에 능한 사람이 길흉을 점치는 여덟 문(門)으로 휴문(休門)·생문(生門)·상문(傷門)·두문(杜門)·경문(景門)·사문(死門)·경문(驚門)·개문(開門)이 있음.
234) 육정육갑(六丁六甲): 둔갑술을 할 때에 부르는 신장(神將)의 이름.
235) 십이신장(十二神將): 귀신 가운데 무력을 맡은 열둘의 장수 신.
236) 칠성검(七星劍): 북두칠성이 새겨진 칼.
237) 구상유취(口尙乳臭): 입에서 아직 젖내가 난다는 뜻으로, 말이나 행동이 유치함.
238) 백면서생(白面書生): 한갓 글만 읽고 세상일에는 전혀 경험이 없는 사람.

"이 개 같은 놈아! 네 한갓 강포(强暴)를 믿고 천위(天威)를 범하니, 너 같은 도적을 어찌 살리리오."

언파에 칼을 들어 맞아 싸울새, 양장의 용맹이 신출귀몰(神出鬼沒)하여 팔십여 합(合)에 이르되 승부가 없더니, 서호충이 가만히 육정육갑과 십이신장을 부르며 칼을 들어 공중에 던지며 진언(眞言)[239]을 염(念)하니, 홀연 광풍(狂風)이 대작(大作)하며 운무(雲霧)가 자욱하니, 소저가 대경하여 급히 말머리를 돌이켜 본진으로 향코자 하되, 능히 갈 곳이 없으매 죽음이 목전에 있는지라. 다시 칼을 들어 두드리며 길이 탄식 왈,

"내 수천리를 발섭(跋涉)[240]하여 부친을 구코자 하다가 적진 중에서 몸을 마칠 줄 어이 알리오."

언파에 칼을 들어 자문(自刎)[241]코자 하더니, 탄 말이 문득 한소리[242] 지르고 몸을 날려 진중에 횡행하니, 용마의 두 귀 사이에서 붉은 안개 솟아나며 육정육갑과 십이신장이 절로 흩어지거늘, 서호충이 대경하여 어찌할 줄 모르더니, 정소저의 탄 말이 적장의 말을 물어 엎어뜨리니, 적장이 마하에 떨어지는지라. 소저가 칼을 들어 서호충의 머리를 베어 들고 좌우로 충돌하니, 가는 허리는 춘풍(春風)의 세류(細柳)[243] 같고 고은 태도는 추수(秋水)의 부용(芙蓉)[244]이라. 적진 장졸이 정소저의 영용(英勇)[245]과 염태(艶態)[246]를 보고 황황실색(遑遑失色)[247]하더라.

---

239) 진언(眞言): 주문(呪文).
240) 발섭(跋涉): 산을 넘고 물을 건너 길을 감.
241) 자문(自刎): 스스로 자신의 목을 베거나 찔러 죽음.
242) 한소리: 크게 지르는 소리.
243) 춘풍(春風)의 세류(細柳): 봄바람에 나부끼는 가는 버들가지라는 뜻으로 가냘프고 고운 여성의 외모를 비유함.
244) 추수(秋水)의 부용(芙蓉): 가을 연못의 매우 맑은 물에 핀 연꽃이라 하여 매우 아름다움을 말함. 가을 물은 매우 맑고 깨끗함을 뜻함.
245) 영용(英勇): 영특하고 용감함.
246) 염태(艶態): 아리따운 모양이나 태도.

30 각설(却說)[248]. 적장 황통고리가 십만 대군을 거느려 태양성을 에워
싸고 급히 치니, 정원수의 위태함이 조석(朝夕)에 있더니, 문득 체탐(諦
探)[249]이 보(報)하되,

"천조(天朝)에서 초토사(招討使) 원포가 이르러 독고태와 상지(相持)하
더니, 당진(唐陣)[250] 중에서 소년 장사가 내달아 독고태와 서호충을 죽
이고 우리 대군을 짓치고[251] 물밀 듯 들어오나이다."
하니, 황통고리 대경하여 의갑(衣甲)[252]을 정제하고 원문(轅門)[253]에 나
와 바라보니, 당진 장졸이 만산편야(滿山遍野)하여 태양성으로 들어오
더라.

차청하회(且聽下回)하라[254].

세(歲) 갑인(甲寅) 오월일 향목동 서(書).

---

247) 황황실색(遑遑失色): 놀라서 갈팡질팡 어쩔 줄 모르고 얼굴빛이 달라짐.
248) 각설(却說): 화제를 돌려 다른 이야기를 꺼낼 때, 앞서 이야기하던 내용을 그
    만둔다는 뜻으로 다음 이야기의 첫머리에 쓰는 말.
249) 체탐(諦探): 적의 형편이나 지형 등을 살피는 임무를 맡은 병사.
250) 당진(唐陣): 당나라 진영(陣營).
251) 짓지고: 함부로 마구 치고.
252) 의갑(衣甲): 갑옷.
253) 원문(轅門): 군영(軍營)이나 영문(營門).
254) 차청하회(且聽下回)하라: '다음 회를 또 들어보라.'는 의미로, 중국 장회소설의
    한 회 마지막에 붙는 상투적인 구절.

정비전 권2

화설(話說)[1]. 적장(敵將) 황통고리 바삐 원문(轅門)에 나와 바라보니, 1
당진(唐陣) 중에 일위 소년대장(少年大將)이 삼군(三軍)[2]을 지휘하여 물
밀 듯 들어오는지라. 황통고리 대로(大怒) 질왈(叱曰)[3],

"무명(無名) 소장이 어찌 감히 우리 대장을 죽이나뇨? 오늘날 여등(汝
等)을 다 죽여 원수를 갚으리라."

원포가 정창출마(挺槍出馬)하여 고성(高聲) 질왈,

"무지(無知) 소촌적(小村賊)[4]이 천명(天命)을 항거하여 정원수를 곤(困)
케 하니, 오늘날 당당히 여등 촌적(村賊)을 진멸(盡滅)하여 천조(天朝) 위
엄을 빛내리라."

양장(兩將)이 싸워 십여 합에 황통고리 칼을 날려 원포의 머리를 베
어 마하에 내리치니, 정소저가 중군에 있다가 원포의 죽음을 보고 대로
하여 칼을 휘두르고 대질(大叱) 왈,

"네 어찌 우리 대장을 죽이나뇨?"

하고 번개 같이 달려드니, 황통고리 바라보매, 일위 미소년(美少年)이
말을 달려 내달으니, 얼굴은 백옥(白玉) 같고 육척(六尺) 신장에 성음(聲

---

1) 화설(話說): 본대 이야기를 시작할 때 쓰는 말이나 여기서는 권을 달리하여 앞
   권의 이야기를 이어 하면서 쓴 말.
2) 삼군(三軍): 군 전체를 이르는 말.
3) 질왈(叱曰): 꾸짖으며 말함.
4) 소촌적(小村賊): 보잘 것 없는 시골 도적.

音)이 청랑(淸朗)[5]하여 백옥반(白玉盤)에 산호(珊瑚) 채를 굴리는 듯[6]하니, 양진(兩陣) 장졸이 바라보고 홀홀역색(欻欻易色)[7]하여 서로 이르되,

"차인(此人)이 태상선인(太上仙人)[8]이요, 인간 범인(凡人)이 아니라."

하더라. 황통고리 외쳐 왈,

"너의 거동을 보니, 백면서생에 청춘소년이라. 전진(戰陣)에 한 번 실수하면 그 나이 어이 아깝지 않으리오. 부질없이 싸우지 말고 빨리 물러가 목숨을 보전하라."

소저가 더욱 대로하여 칼을 춤추어 달려드니, 황통고리가 맞아 싸울새, 소저의 영용(英勇)은 창해(滄海)의 비룡(飛龍) 같고, 황통고리의 용력(勇力)은 공산(空山)의 맹호(猛虎) 같은지라. 서로 싸워 백여 합에 이르되 승부 없더니, 소저가 일계(一計)를 생각코 거짓 패하여 달아나니, 황통고리 급히 따르거늘, 소저가 보조궁(寶雕弓)에 금비전(金飛箭)[9]을 먹여 쏘니, 황통고리 미처 피치 못하여 흉복(胸腹)을 맞아 말에서 떨어져 죽거늘, 소저가 더욱 승승(乘勝)하여 적진을 짓쳐 들어가며 일진(一陣)을 대살(大殺)하니, 적진 장졸이 상혼낙담(喪魂落膽)[10]하여 다투어 항복하니, 소저가 적진 장졸을 호언(好言)으로 위로하고 다시 분부 왈,

"여등은 빨리 돌아가 교지왕더러 이르되, 대병(大兵)이 조석(朝夕)에 너희 도성(都城)을 함몰(陷沒)하리니, 만일 일국 생령(生靈)[11]을 구코자 하거든, 빨리 나와 항복하라 이르라."

---

5) 청랑(淸朗): 소리가 맑고 또랑또랑함.
6) 백옥반(白玉盤)에 산호(珊瑚) 채를 굴리는 듯: 매우 맑고 고운 음성을 뜻함. 백옥반은 흰 옥으로 만든 쟁반. '백옥반을 산호 채로 치는 듯'으로도 표현함.
7) 홀홀역색(欻欻易色): 갑자기 얼굴빛이 달라짐. 홀홀은 갑작스러운 모양.
8) 태상선인(太上仙人): 매우 뛰어난 경지의 신선을 말함.
9) 금비전(金飛箭): 금박을 칠한 매우 빠른 화살.
10) 상혼낙담(喪魂落膽): 몹시 놀라거나 마음이 상해서 넋을 잃음.
11) 생령(生靈): 백성.

제인(諸人)이 순순히 수명(受命)하고 저희 국도(國都)에 돌아가 왕을 보고 패한 연유를 말하며, 당진(唐陣) 소년장군이 영용이 무쌍(無雙)하다 아뢰니, 국왕이 대경하여 황망(慌忙)[12]히 백관(百官)을 모으고 차사(此事)를 의논하니, 모사(謀士) 신공철이 주왈,

"천조의 병력이 이렇듯 강성하오니, 만일 순종치 않으면 일국 생령을 구치 못하오리니 쉬이 항복하심이 마땅할까 하나이다."

왕이 하릴없어 만조(滿朝)[13]를 거느리고 지경(地境) 밖에 나와 대후(待候)[14]하더라.

차시(此時) 정원수가 태양성에 곤(困)한 지 사오 삭(朔)에 적세(敵勢) 점점 강성하여 성중에 양식이 핍절(乏絶)하니, 성을 함몰함이 조석에 있는지라. 마음에 분완(憤惋)[15]하여 탄식키를 마지아니하더니, 문득 소졸(小卒)이 보(報)하되,

"적진이 물결 흩어지듯 하며 일위 소년장(少年將)이 좌우로 횡행하나이다."

원수가 대희하여 성루(城壘)[16]에 올라 바라보니, 일개 미모 소년이 보검을 비껴들고 십만 대병을 거느려 적진을 짓치고 바로 성하(城下)에 이르러 성문을 열라 하거늘, 원수가 군사를 분부하여 성문을 크게 여니, 그 장수가 제군(諸軍)을 분부하여 성외에 하채(下寨)[17]하고, 자기는 바로 성중에 들어와 원수를 향하여 절하고 원수의 소매를 붙들고 실성통곡(失聲痛哭)[18] 왈,

4

---

12) 황망(慌忙): 마음이 몹시 급하여 당황하고 허둥지둥함.
13) 만조(滿朝): 조정의 모든 벼슬아치. 만조백관(滿朝百官).
14) 대후(待候): 기다림.
15) 분완(憤惋): 몹시 분하게 여김. 분개(憤慨).
16) 성루(城壘): 적을 막으려고 성 밖에 임시로 만든 소규모 요새.
17) 하채(下寨): 진을 치고 군사를 임시로 머물게 함.
18) 실성통곡(失聲痛哭): 목이 멜 정도로 슬피 욺.

"불초녀(不肖女) 성모는 부친의 급하심을 듣고 몸을 변하여 남자가 되어 필마(匹馬)로 이곳에 이르러 도적을 파(破)하고 야야(爺爺)를 뵈오니 이제 죽어도 한이 없나이다."

원수 대경하여 눈을 들어 자세히 보니, 이 곧 여아의 의형(儀形)[19]이 분명한지라. 옥수(玉手)를 잡고 누수(淚水)가 여우(如雨)[20]하여 왈,

"노부(老父)가 도적의 독수(毒手)에 명을 맞게 되었더니, 네 일개 아녀자로 만리 전진(戰陣)에 이르러 흉적(凶賊)을 물리치고 아비를 구할 줄 어이 알리오."

언파에 길이 통곡하니, 소저가 울음을 그치고 위로 왈,

"야야는 슬픔을 억제하사 소녀의 말을 들으소서. 야야가 출전하신 후 소식을 모르와 주야로 근심하와 관음원(觀音院)에 가 부처께 공양하더니, 여승이 성중에 들어가 야야의 병(兵)이 패한 표문(表文)이 이르렀음을 들었노라 하거늘, 소녀가 대경하여 집에 돌아와 적실(的實)함을 자세히 알고 야야를 구코자 하나 계교가 없더니, 몽중(夢中)에 신인(神人)이 이르러 여차여차(如此如此)하오매, 그 말을 좇아 후원에 기도하여 갑주와 칼을 얻고 다시 마구의 말을 점고(點考)하여 용마(龍馬)를 얻어 타고 주야로 달려 이곳에 이르러 적장을 죽이고 부친을 구하니이다."

정공이 대희하여 소저의 손을 어루만져 정회(情懷)를 펴고 익일(翌日)에 첩보(捷報)[21]를 조정에 보(報)하니라.

차시 천자가 원포를 교지(交趾)에 보내고 전진(戰陣) 승패를 모르사 주야 염려하시더니, 문득 정원수의 첩서(捷書)[22]가 오르거늘, 상이 대열(大悅)하사 떼어 보시니 왈,

---

19) 의형(儀形): 태도나 모습.
20) 누수(淚水)가 여우(如雨): 눈물이 비 오듯이 흘러내림.
21) 첩보(捷報): 싸움에 이겼다는 소식이나 보고.
22) 첩서(捷書): 싸움에서 승리한 것을 보고하는 글.

대원수 신(臣) 정유는 돈수백배(頓首百拜)[23]하고 일장(一張) 표문(表文)을 용탑(龍榻)[24] 하에 올리나이다. 신이 조서(詔書)를 받자와 교지를 치다가 지식이 천단(淺短)하와 도적에게 실패하와 태양성이 곤(困)하옵더니, 초토사(招討使) 원포가 이르러 도적과 싸우다가 적장의 손에 죽고 적세(敵勢) 점점 강성하옵더니, 홀연 일개 소년 장사가 의기(義氣)를 발(發)하여 신의 급함을 구하옵고 적병을 대파하였사오나, 기인(其人)의 거주성명(居住姓名)을 묻기 전에 말을 채쳐 돌아가오니, 하릴없어 교지(交趾) 백성을 진무(鎭撫)하고 회군(回軍)하옵고자 하오매, 먼저 상달(上達)하나이다.

6

하였더라. 상이 남파(覽罷)[25]에 희기(喜氣) 용안(龍顏)에 무르녹으사 책책칭선(嘖嘖稱善)[26]하시고, 기인의 성명을 모름을 애석하사 차관(差官)[27]을 불러 물으시나 대답이 또 한가지라. 이에 조서(詔書)를 내리사 쉬이 반사(班師)하라 하시다.

차시 태자가 정소저를 이별한 후 주야로 생각이 간절하더니, 홀연 교지 차관이 태자께 조현(朝見)[28]하거늘, 크게 반기사 가까이 불러 전진(戰陣) 승패를 물으사, 기꺼하시며 탄왈,

"정유의 승전함이 그 여아의 효성을 하늘이 감동하심이로다."

차관이 주왈,

"전하가 정공의 여아를 어이 아시나잇가?"

---

23) 돈수백배(頓首百拜): 머리가 땅에 닿도록 수없이 계속 절을 함.
24) 용탑(龍榻): 임금이 앉는 의자.
25) 남파(覽罷): 보기를 마침. 다 본 뒤.
26) 책책칭선(嘖嘖稱善): 큰 소리로 잘했다고 칭찬하여 말함.
27) 차관(差官): 임금이 특별한 임무를 맡겨 임시로 지방으로 파견하는 관원.
28) 조현(朝見): 신하가 조정에 나아가 임금을 뵙는 일을 이르던 말로 여기서는 신하가 세자를 뵙는 일을 가리킴.

태자 미소하시고 정소저 만나던 수말(首末)을 설화(說話)하시니, 차관이 가만히 주왈,

"정유의 첩서(捷書)에 주(奏)한 바 성명 모르는 장사가 곧 자기 여아라. 천정(天庭)29)에 규중 여자의 행사를 주달(奏達)30)함이 번거하여 이렇듯 함이니이다."

태자가 대열하사 서안(書案)을 치시며 왈,

"기재(奇哉)라, 정녀(女)의 행사(行事)여! 효행이 이러하니 가히 과인(寡人)의 내조(內助)31)를 빛낼지라. 마땅히 성상께 주(奏)하여 호연(好緣)을 맺으리라."

하시고 인하여 정씨의 거처를 물으시니, 차관이 주왈,

"정씨 저의 부친을 보고 즉시 경사(京師)32)로 올라오니이다."

태자가 이에 가만히 심복 궁녀로 하여금 서간(書簡)을 닦아33) 정부(府)에 보내니라.

차시 소저가 부친을 하직하고 주야로 달려 경사에 이르러 의구(依舊)히 정부 후원에 처하여 울적함을 정(靜)34)치 못하더니, 마침 이소저의 서간이 왔거늘 뜯어보니 하였으되,35)

    이씨 옥란36)은 정소저에게 글을 부치나이다. 관음원(觀音院)에서 이

---

29) 천정(天庭): 천자국(天子國)의 조정, 곧 황제국의 조정. 천조(天朝).
30) 주달(奏達): 임금에게 아룀.
31) 내조(內助): 여기서는 아내의 위치.
32) 경사(京師): 수도, 서울.
33) 닦아: 글을 지어 다듬어.
34) 정(靜): 진정(鎭靜)함.
35) 원문에는 '마침 이소저의'에서 바로 편지 내용으로 넘어가지만 문맥상 이와 같이 봄. 광동서국본에는 '서간이 왔거늘 뜯어보니 하였으되'가 있음.
36) 옥란: 태자가 여장한 이씨 낭자의 이름. 여기서 이 이름이 처음 나타남.

별한 후 소식이 그쳐졌더니, 지금 교지(交趾) 차관의 전언(傳言)을 들으니, 소저가 영대인(令大人)의 급함을 구하시고 국가에 대공(大功)을 세우셨다 하니, 소매(小妹)37) 소저의 효성과 나라에 충렬 높음을 치하(致賀)코자 하오나, 가사(家事)에 번다(繁多)하오니 수일 후에 마땅히 배알(拜謁)하여 정회를 펴고자 하나이다.

하였더라. 정소저 견필(見畢)에 이씨의 간절함을 감사하나, 자기 행색이 세상에 파다(播多)함을 미안(未安)하여 즉시 회서(回書)를 닦아 보내니, 태자가 정씨의 회서를 떼어보니, 하였으되,

8

정씨 성모는 돈수(頓首)38)하고 이소저께 회서를 올리나이다. 첩이 소저와 더불어 관음원에서 상별(相別)한 후로 소저의 성덕(盛德)39)을 주야로 앙모(仰慕)하더니, 비처(鄙處)40)에 서찰을 부치시니 감사하옴이 측량없사오며, 대인의 승전하심은 우리 성상의 덕택을 힘입음이라. 어찌 첩의 조그만 공을 이를 바이리잇고? 소저가 만일 누처(陋處)41)에 한 번 왕굴(枉屈)42)하시면 정회를 펼까 하나이다.

하였더라.

---

37) 소매(小妹): 여동생이 오빠나 언니를 상대하여 자기를 낮추어 이르는 말. 여기서는 태자가 자신을 일컬은 말.
38) 돈수(頓首): 본래 구배(九拜)의 하나로 머리가 땅에 닿도록 하는 절인데 편지의 첫머리나 끝에 상대편에 대한 경의를 표하기 위하여 씀.
39) 성덕(盛德): 크고 훌륭한 덕.
40) 비처(鄙處): 보잘것없는 곳이라는 뜻으로, 자기가 사는 곳을 낮추어 이르는 말.
41) 누처(陋處): 보잘것없는 곳이라는 뜻으로, 자기가 사는 곳을 낮추어 이르는 말. 비처(鄙處).
42) 왕굴(枉屈): 왕림(枉臨).

태자 남필(覽畢)에 대열(大悅)하사, 일일은 여복을 개착하고 심복 시녀를 데리고 정부(府)에 이르러 시녀로 하여금 소저께 통(通)하니, 소저가 급히 중문(中門)에 나와 태자를 맞아 들어가 서로 예필(禮畢)에 태자가 눈을 들어 정씨를 보니, 옥안화태(玉顏花態)[43]가 볼수록 기이한지라. 탐탐(耽耽)[44]한 춘정(春情)[45]을 이기지 못하여 밤이 진(盡)토록 담화할새, 태자가 소저더러 왈,

"현매(賢妹)[46]의 의복이 화려하지 못하니 이는 너무 예에 어긋나도다."

소저가 추연(惆然)[47] 왈,

"대인이 번국(蕃國)[48]에 출사(出師), 주야로 침식이 편하지 못하시거늘, 첩이 무슨 경황에 의복을 사치로이 하리잇고?"

언파에 염염(艶艶)[49]한 태도가 설상한매(雪上寒梅)[50] 새벽 서리를 띠었는 듯하니, 태자가 정소저의 예중(禮重)함[51]을 너무 과도히 여기더라. 태자가 정소저와 여러 날 동거하여 서로 사랑함이 골육형제에 지나니, 정소저가 일야(一夜)는 한가함을 타 태자를 대하여 양경의 수말(首末)을 낱낱이 설파(說破)하니, 태자가 심중에 분완(憤惋)하여 일후에 양경 부자(父子)를 별(別)로 처치코자 하더라.

일일은 태자가 소저를 이별하고 돌아갈새, 유모를 불러 황금 일 천 냥(兩)과 백옥병(白玉瓶)[52] 한 쌍과 채단(綵緞)[53] 일천 필(匹)과 백옥패(白玉

---

43) 옥안화태(玉顏花態): 여성의 아름다운 외모를 일컫는 말.
44) 탐탐(耽耽): 마음에 들어 매우 즐거움.
45) 춘정(春情): 남녀간에 애정을 느끼는 마음.
46) 현매(賢妹): 여장한 태자가 정성모를 일컫는 말.
47) 추연(惆然): 처량하고 슬픔.
48) 번국(蕃國): 오랑캐 나라. 정유가 출정한 운남 교지국을 가리킴.
49) 염염(艶艶): 곱고 아름다움.
50) 설상한매(雪上寒梅): 눈 내린 추운 겨울에 핀 매화.
51) 예중(禮重)함: 예의, 법도를 중시함.
52) 백옥병(白玉瓶): 흰 옥으로 만든 병.

佩)[54] · 산호패(珊瑚佩)[55]와 촉금(蜀錦)[56] 두 필을 가져오라 하여 소저께 전하여 왈,

"차물(此物)이 비록 약소하나 첩의 정을 표하나니 소저는 막지 마소서."

소저가 만만고사(萬萬固辭)[57] 왈,

"첩의 집이 비록 한미(寒微)하오나 의식(衣食)이 풍족하오니 금은을 무엇에 쓰며, 들으니 촉금은 천하에 유명한 채단이라 천자나 황후나 입고 육궁비빙[六宮妃嬪][58]도 감히 입지 못한다 하거늘, 첩이 그런 보배를 무엇에 쓰리오. 이 보배는 물에 들어도 물이 묻지 아니하고, 불에 들어도 타지 아니한다 하니 천하에 희귀한 보배라. 첩이 어찌 감히 받으리잇고?"

태자가 더욱 그 말을 기특히 여겨 재삼 개유(開諭)[59]하니, 소저가 마지못하여 받거늘, 태자가 소저와 더불어 피차의 정회를 베풀더니, 이미 밤이 깊으매 각각 침석(寢席)에 올라 자고자 할새, 이때는 춘삼월(春三月) 망간(望間)[60]이라. 월색(月色)이 조요(照耀)하여 사창(紗窓)에 명랑한지라. 황태자(皇太子)가 춘정(春情)을 참지 못하여 정씨의 곳에 나아가 보니, 정소저가 비취금(翡翠衾)[61]을 반만 덮고 봉침(鳳枕)[62]을 의지하여

---

53) 채단(綵緞): 온갖 비단을 통틀어 이르는 말.
54) 백옥패(白玉佩): 흰 옥으로 만든 패물.
55) 산호패(珊瑚佩): 산호로 만든 패물.
56) 촉금(蜀錦): 촉(蜀) 지방에서 생산되는 질 좋은 채색 비단.
57) 만만고사(萬萬固辭): 매우 여러 차례 굳이 사양함.
58) 육궁비빙[六宮妃嬪]: 궁전 안의 황후와 모든 후궁. 육궁은 왕비와 후궁들의 궁실 전체를 말하며 비빙[妃嬪]은 비(妃)와 빈(嬪)을 아울러 이르는 말.
59) 개유(開諭): 알아듣도록 잘 타이름.
60) 망간(望間): 음력 보름께.
61) 비취금(翡翠衾): 비취색 비단 이불.
62) 봉침(鳳枕): 베갯모에 봉황의 모양을 수놓은 베개.

봉안(鳳眼)[63]을 그린 듯이 감았으니, 백설(白雪) 같은 안모(顔貌)에 천태만광(千態萬光)[64]이 월광(月光)에 바애는지라[65]. 태자가 심신이 황홀하여 바삐 나아가 옥수(玉手)를 무마(撫摩)[66]하고 화협(花頰)[67]을 접하여 애중(愛重)함을 이기지 못하더니, 소저가 놀라 깨달아 정색(正色) 왈,

"소저의 사랑하심이 지극하니 심히 감사하나, 너무 압일(狎逸)[68]하니 규녀(閨女)[69]의 정정(貞靜)[70]하심이 아닌가 하노라."

언파에 팔을 밀치고 기색(氣色)이 불호(不好)하거늘, 태자가 미미(微微)히 함소(含笑)하고 다시 소저의 옥수를 잡아 왈,

"나는 여자가 아니라 동궁(東宮) 태자러니, 모일(某日)에 수삼(數三) 환시(宦侍)를 데리고 민간에 한유(閒遊)하다가 그대의 독서성(讀書聲)이 청아(淸雅)함을 듣고 심리(心裏)에 사모하더니, 홀연 신인(神人)이 나의 몸을 보호하여 첩첩한 장원(牆垣)을 넘어 이곳에 내리거늘, 청상(廳上)에 가만히 숨어 그대의 의형(儀形)이 절묘함과 행동이 유례(有禮)함을 흠모하나, 심야(深夜)에 남자가 무단(無斷)히 돌입(突入)함은 예의에 손상(損傷)한 고로 앞문을 찾아 도로 나와 그 후로 심복인(心腹人)을 보내어 그대의 동정을 살피더니, 일일은 관음원(觀音院)으로 향함을 고하거늘, 과인이 여복을 개착하고 그대의 행거(行車)를 좇아 암중(庵中)[71]에 이르러

---

63) 봉안(鳳眼): 봉의 눈같이 가늘고 길며 눈초리가 위로 째지고 붉은 기운이 있는 눈으로, 관상에서 귀한 상(相)으로 여김.
64) 천태만광(千態萬光): 요모조모 아름다운 모습을 말함.
65) 바애는지라: 빛나는지라.
66) 무마(撫摩): 손으로 어루만짐.
67) 화협(花頰): 고운 뺨.
68) 압일(狎逸): 버릇없이 너무 지나치게 친함. 또는 사이가 너무 가까워서 예의가 없음. 친압(親狎).
69) 규녀(閨女): 규방(閨房)의 여성. 규방은 여성이 거처하는 안채를 이름. 여기서 규녀는 '정숙한 여성'의 뜻으로 쓰임.
70) 정정(貞靜): 여자의 행실이 곧고 깨끗하며 조용함.

그대와 더불어 수일(數日)을 담론하니, 짐짓 요조숙녀라. 이러므로 과인이 뜻을 결(決)하여 다시 이곳에 이르러 그대와 맹약을 정한 후 성상께 주달하여 태비(太妃)[72]로 정코자 하노라.”

소저가 청파(聽罷)에 혼비백산(魂飛魄散)하여 금금(錦衾)[73]으로 일신(一身)을 싸고 실성통곡(失聲痛哭) 왈,

“나의 팔자가 극히 기박하여 세상에 용납(容納)치 못할 몸이 되었으니, 차라리 죽어 세상을 모름이 옳도다.”

언파에 일성애호(一聲哀號)[74]에 기운이 그쳐질 듯하니, 태자가 정씨의 너무 강렬함을 미안히 여기나 과도히 슬퍼함을 애석하여 금금을 억지로 헤치고 보니, 연화보협(蓮花寶頰)에 진주 이슬이 가득하거늘[75], 태자가 호언(好言)으로 위로 왈,

“과인의 행사가 심야에 돌입함이 비례(非禮)인 듯싶으나, 이 또한 연분이라. 이렇듯 무익지비(無益之悲)[76]로 옥장(玉腸)[77]을 상(傷)하게 하지 말라.”

소저가 일언(一言)을 부답(不答)하고 향벽잠와(向壁潛臥)[78]하여 숨소리도 없으니, 태자가 호호(浩浩)[79]히 웃으며 만단위로(萬端慰勞)하더니, 이러구러 동방(東方)이 기백(旣白)[80]하니, 시위(侍衛) 시녀가 장(帳) 밖에

---

71) 암중(庵中): 절.
72) 태비(太妃): 태자비(太子妃).
73) 금금(錦衾): 비단으로 겉을 싼 이불.
74) 일성애호(一聲哀號): 슬프게 부르짖는 한 마디.
75) 연화보협(蓮花寶頰)에 진주 이슬이 가득하거늘: 아리따운 뺨에 눈물이 흘러내리거늘.
76) 무익지비(無益之悲): 쓸모없이 슬퍼함.
77) 옥장(玉腸): 속마음을 아름답게 표현한 말.
78) 향벽잠와(向壁潛臥): 벽을 향하여 잠잠히 누워 있음.
79) 호호(浩浩): 호탕한 모양.
80) 기백(旣白): 이미 밝아짐. 훤하게 밝음.

대후(待候)하였다가 장복(章服)81)을 드리니, 태자가 소세(梳洗)를 파(罷)하고 홍금망룡포(紅錦蟒龍袍)82)에 구룡면류관(九龍冕旒冠)83)을 쓰고 통천백옥대(通天白玉帶)84)를 띠었으니, 두 어깨에 일월(日月)이 두렷하고 아홉 줄 면류(冕旒)85)는 두상(頭上)에 어룽지니, 옥면봉안(玉面鳳眼)86)에 일월각(日月角)87)이 두렷하고 융준호비(隆準豪鼻)88)에 성덕(聖德)89)이 융융(融融)90)하니 짐짓 태평천자(太平天子) 될 기상이라. 소저가 태자의 성덕지기(聖德之氣)91)와 그 영걸지풍(英傑之風)92)이 늠름함을 보고 자기 본심을 간대로93) 발뵈지94) 못하고 고개를 숙이고 맥맥히95) 단좌(端坐)하였으니, 태자가 정녀의 저러함을 민망하여 화성유어(和聲柔語)96)로 지

---

81) 장복(章服): 본디 벼슬아치들의 공복(公服)을 뜻하나, 여기서는 황태자비의 정복(正服)을 가리킴.

82) 홍금망룡포(紅錦蟒龍袍): 붉은 비단으로 지은 임금이 입는 정복. 망룡포는 임금의 정복으로 누런빛이나 붉은빛의 비단으로 지으며, 가슴과 등과 어깨에 용의 무늬를 수놓음.

83) 구룡면류관(九龍冕旒冠): 아홉 줄을 늘어뜨린 면류관을 말함. 면류관은 제왕(帝王)의 정복(正服)에 갖추어 쓰는 관.

84) 통천백옥대(通天白玉帶): 무소의 뿔과 흰 옥으로 장식한 허리띠.

85) 아홉 줄 면류(冕旒): 아홉 줄을 늘어뜨린 면류관. 구룡면류관(九龍冕旒冠).

86) 옥면봉안(玉面鳳眼): 옥같이 깨끗하고 아름다운 얼굴과 봉의 눈. 봉안은 봉의 눈같이 가늘고 길며 눈초리가 위로 째지고 붉은 기운이 있는 눈으로 귀상(貴相)으로 여김.

87) 일월각(日月角): 관상에서, 넓은 이마의 눈 위 부분 양쪽 복판이 솟아난 것. 사회적으로 명성을 얻을 상으로 일컬어짐.

88) 융준호비(隆準豪鼻): 우뚝하고 위엄 있는 코.

89) 성덕(聖德): 천자의 덕. 천자로서의 덕.

90) 융융(融融): 조화롭게 갖추어짐.

91) 성덕지기(聖德之氣): 천자로서의 덕을 갖춘 기상, 기운.

92) 영걸지풍(英傑之風): 영특하고 용기와 기상이 뛰어난 기풍.

93) 간대로: 함부로.

94) 발뵈지: 드러내 보이지.

95) 맥맥히: 여기서는 '가만히'를 뜻함.

96) 화성유어(和聲柔語): 부드러운 목소리로 다정하게 하는 말.

극 위로 왈,

"그대는 정혼(定婚)치 않은 규중 여자요, 과인도 아직 태비를 정치 않았으니 성상께 고하여 그대를 간선(揀選)[97]하면 태평국모(太平國母)의 초방(椒房)[98] 부귀를 누리리니 무엇이 비례(非禮)라 하리오."

소저가 마지못하여 복주(伏奏)[99] 대왈,

"전하(殿下)는 옥체(玉體)를 진중(珍重)하사 호방(豪放)한 마음을 줄이소서. 신첩(臣妾)이 비록 미천하나 규중 여자라. 무단히 심야에 돌입(突入)하사 신첩의 몸에 누욕(陋辱)[100]이 되게 하시니 전하의 성덕(聖德)이 크게 손상할까 하나이다."

태자 대열(大悅) 왈,

"그대의 말을 들으니 과인의 허물이 적지 않으나, 이 또한 천의(天意)가 정하신 바라. 어찌 인력(人力)으로 그대의 집에 오리오."

언파에 화연(譁然)[101]히 대소(大笑)하고 이에 소저의 손을 잡고 왈,

"수일 후에 조칙(詔勅)[102]이 내려 간선에 참례(參禮)하게 하시리니, 부디 순종하여 상의(上意)를 어기지 말라."

하고 위의(威儀)[103]를 돌이키니, 시위 군졸이 바삐 대후하였다가 태자를 모셔 환궁(還宮)하니라.

수일 후 태자가 상(上)께 정유의 여아가 현덕(賢德)이 구비함을 주(奏)

---

97) 간선(揀選): 임금·왕자·왕녀의 배우자를 고르는 일. 간택(揀擇).
98) 초방(椒房): 왕후를 가리키는 말. 본래 후춧가루를 바른 방이라는 뜻으로, 왕비나 왕후가 거처하는 방이나 궁전 따위를 이름. 후추나무는 온기가 있고 열매가 많아, 자손이 많이 퍼지라는 뜻에서 왕후의 방 벽에 발랐음.
99) 복주(伏奏): 엎드려 사룀.
100) 누욕(陋辱): 부끄럽고 불명예스러운 일. 욕(辱).
101) 화연(譁然): 떠들썩함. 여기서는 큰 소리로 웃는 모습.
102) 조칙(詔勅): 임금의 명령을 일반에게 알릴 목적으로 적은 글. 조서(詔書).
103) 위의(威儀): 여기서는 위의(威儀) 있는 행차. 곧 위엄이 있고 엄숙한 태도나 차림새를 갖춘 행차.

하니, 상이 기꺼하사 즉시 조지(詔旨)[104]를 정부(府)에 내리사 입궐(入闕)함을 재촉하시니, 소저가 하릴없어 의상을 정돈하고 교자(轎子)[105]에 올라 궐하(闕下)에 나아가 옥계(玉階)에 추진(趨進)[106]하여 산호배무(山呼拜舞)[107]하니, 천자가 눈을 들어 보시매, 정씨의 옥안화모(玉顔花貌)[108]가 염염쇄락(艶艶灑落)하고 예모(禮貌)[109] 행동이 규구(規矩)[110]에 맞갖으니[111] 천연성덕(天然性德)[112]이 짐짓 태평성모(太平聖母)의 기상이라. 용안(龍顔)에 희색(喜色)이 무르녹으사 연기(年紀)를 물으시니, 소저가 계하(階下)에 부복(俯伏)[113]하여 대답이 온순하며, 성음(聲音)이 청아(淸雅)한지라. 상이 대열하사 사지상궁(事知尙宮)[114]을 명하여,

"정씨를 별궁(別宮)에 유(留)하여 길일(吉日)[115]을 대후(待候)케 하라."

하시고 황금 채단(綵緞)을 많이 사급(賜給)[116]하시니, 소저가 천은(天恩)[117]을 숙사(肅謝)[118]하고 상궁을 따라 별궁으로 물러가니라. 상이 내전(內

---

104) 조지(詔旨): 어명(御命).

105) 교자(轎子): 가마.

106) 추진(趨進): 종종걸음으로 나아감. 높은 어른에게 예의를 다하는 행동임.

107) 산호배무(山呼拜舞): 천자를 배알할 때, 무릎을 꿇고 절을 하면서 두 손을 치켜들고 임금의 만수무강(萬壽無疆)을 축원하여 만세를 부르는 일.

108) 옥안화모(玉顔花貌): 여성의 아름다운 외모를 일컫는 말. 옥안화태(玉顔花態).

109) 예모(禮貌): 예절에 맞는 몸가짐.

110) 규구(規矩): 기준이 되는 척도.

111) 맞갖으니: 꼭 들어맞으니.

112) 천연성덕(天然性德): 타고난 덕성(德性).

113) 부복(俯伏): 고개를 숙이고 엎드림.

114) 사지상궁(事知尙宮): 맡은 일에 능숙한 상궁. 사지란 어떤 일에 익숙함, 또는 그러한 일을 도맡아 처리하는 사람이라는 뜻으로 수복(守僕)이라는 잡직(雜織)의 앞에 붙이기도 함. 따라서 사지상궁이란 대전(大殿)의 좌우에서 잠시도 떠나시 아니하고 임금을 보시던 대령상궁(待令尙宮), 지밀상궁(至密尙宮)과 같은 상궁을 말하는 것으로 봄.

115) 길일(吉日): 혼례 날.

116) 사급(賜給): 나라나 관청에서 금품을 내려 줌.

117) 천은(天恩): 임금의 은덕.

殿)에 드사 황후(皇后)를 대하여 정유의 딸로 간택함을 이르시니, 황후가 또한 기꺼하시더라.

일일(一日)은 상이 귀비궁(貴妃宮)에 숙침(宿寢)[119]하실새, 귀비 주왈,

"들으니 정녀로 태자비를 정하셨다 하오니, 신첩(臣妾)이 질녀(姪女)로 간택하심을 주달(奏達)하였삽더니, 폐하가 잊으시니잇가?"

상이 소왈(笑曰),

"경(卿)은 모르는도다. 정녀를 태자가 친견(親見)하고 태자비를 정코자 하매, 짐이 간선에 들여 허락하였으니 어찌 물리치리오."

양귀비 심중에 앙앙(怏怏)[120]하더라.

이러구러 정원수의 반사(班師)하는 선성(先聲)[121]이 경사(京師)에 이르니, 상이 대열하사 만조(滿朝)를 명하여 문외(門外)에 영접하라 하시고, 황극전(皇極殿)[122]에 조회(朝會)를 여사, 정원수의 입조(入朝)함을 기다리시더니, 날이 반오(半午)에 원수가 승전고(勝戰鼓)를 울리고 문외에 이르니, 백관(百官)이 일시에 맞아 승전 반사함을 치하(致賀)하고 주배(酒杯)를 내와 수순(數巡)[123]에 지나매, 원수가 즉시 삼군(三軍)을 휘동(麾動)하여 궐하(闕下)에 나아가 계하(階下)에 고두팔배(叩頭八拜)[124]하고 전지(戰地)에 실패하였음을[125] 사죄하니, 천자가 반겨 가까이 불러 원수의 손을 잡으시고 왈,

15

---

118) 숙사(肅謝): 정숙하게 사례함.
119) 숙침(宿寢): '잠'을 높여 이른 말. 침수(寢睡).
120) 앙앙(怏怏): 야속하게 여겨 원망함.
121) 선성(先聲): 미리 보내는 기별.
122) 황극전(皇極殿): 황제가 거처하는 곳. 황극은 제왕의 자리를 말함.
123) 수순(數巡): 술자리에서 몇 차례 술잔이 돌아감.
124) 고두팔배(叩頭八拜): 공경하는 뜻으로 머리를 땅에 조아린 뒤 여덟 번 큰 절을 함.
125) 원문에는 '젼빈의 실러ᄒ여시믈'이나, 문맥상 이와 같이 봄.

　　"경이 노년 괴로움과 소임을 다하여 거의 패망(敗亡)에 당할러니, 영

16　녀(令女)[126]의 영걸지풍(英傑之風)이 장성(壯盛) 남자에 지남을 어이 알

리오. 경의 소표(所表)[127]에는 영녀의 재풍(才風)[128]을 감추어 무성명(無

姓名) 소년 장사의 구함을 입어 도적을 삭평(削平)하였다 하매, 짐이 기

인(其人)의 거주(居住)를 모름을 애달파 하였더니, 태자의 주언(奏言)을

들으니, 차관의 언내(言內)에 경의 여아가 남복(男服)을 개착하고 수만

리 전진(戰陣)에 달려가 경을 구하고 국가에 불세지공(不世之功)[129]을 세

워 강적을 토멸(討滅)하였다 하니, 어찌 아름답지 아니하리오. 그러나 경

녀(卿女)[130] 재덕(才德)이 있음을 듣고 태비를 정코자 하여 경녀를 간택

(揀擇)에 입궐(入闕)[131]하여 짐이 친견(親見)하니, 과연 요조숙녀라. 소망

(素望)[132]에 흡족한 고로 태비를 정하여 별궁(別宮)에 두고 경의 돌아옴

을 기다려 택일(擇日)하여 성례(成禮)[133]코자 하나니, 이제 짐과 경이 군

신지의(君臣之誼)[134] 자별하고 또 인친지의(姻親之誼)[135]를 겸하니 어찌

아름답지 아니하리오."

　　설파(說罷)[136]에 웃으시니, 원수가 대경(大驚)하여 복주(伏奏) 왈,

17　"신의 재주가 극히 노둔(駑鈍)하여 적장과 싸우다 패하오매 그 죄 적

지 아니하옵거늘, 폐하가 성덕(聖德)을 드리우사 죄를 주지 않으시니 천

---

126) 영녀(令女): 상대방의 딸을 높여 이르는 말. 영애(令愛).
127) 소표(所表): 표(表)를 올려 아뢴 바.
128) 재풍(才風): 재주와 기풍.
129) 불세지공(不世之功): 세상에 보기 드문 큰 공로.
130) 경녀(卿女): 임금이 신하에게 그의 딸을 일컫기 위해 쓴 말.
131) 간택(揀擇)에 입궐(入闕): 간택에 참여하기 위해 입궐함.
132) 소망(素望): 평소에 늘 바라던 일.
133) 성례(成禮): 혼인의 예식을 지냄.
134) 군신지의(君臣之誼): 임금과 신하 사이의 정.
135) 인친지의(姻親之誼): 사돈간의 정.
136) 설파(說罷): 말하기를 마친 뒤.

은(天恩)을 갚을 바를 알지 못하나이다. 그러하오나 신녀(臣女)[137]가 아비를 구코자 하여 남복(男服)을 입고 진중(陣中)에 행함을 방자(放恣)히 하여 규녀(閨女)의 행사(行事)가 아니거늘 도리어 기특타 하시니, 신녀의 무식기질(無識氣質)로 어찌 태자를 모시리잇고? 폐하는 신의 용우노둔(庸愚駑鈍)[138]함을 치죄(治罪)하시고 신녀의 무식방자(無識放恣)함을 계책(戒責)하사 후세지인(後世之人)의 시비(是非)[139]를 취하지 마심이 마땅하니이다.”

상이 환연(歡然)[140]히 웃으시고 가라사대,

“경의 재덕이 부족함이 아니라 이는 적장의 휼계(譎計)[141]에 빠짐이요, 더욱 경녀의 효행과 지용(智勇)이 만고에 처음이라. 무엇이 방자하며 천루(淺陋)[142]타 하리오. 경은 너무 짐의(朕意)[143]를 역(逆)치 말라.”

하시고 흠천관(欽天官)[144]에 전지(傳旨)[145]하사 길일(吉日)을 택하니, 춘삼월(春三月) 망간(望間)이라. 겨우 십수 일을 격(隔)하였거늘, 정공이 하릴없어 집에 돌아오니라.

이러구러 길일이 다다르니 천자가 대열(大悅)하사 미앙궁(未央宮)[146] 장락전(長樂殿)[147]을 통하여 대연(大宴)을 배설(排設)하고 황극전(皇極殿)

18

---

137) 신녀(臣女): 임금에게 자신의 딸을 지칭하는 말.
138) 용우노둔(庸愚駑鈍): 어리석고 미련하며 둔함.
139) 후세지인(後世之人)의 시비(是非): 후세의 사람들이 그 일을 두고 옳고 그름을 가림, 논란이 됨.
140) 환연(歡然): 마음에 즐겁고 기쁨.
141) 휼계(譎計): 남을 속이는 간사한 꾀.
142) 천루(淺陋): 생각과 행동이 천박하고 고루함.
143) 짐의(朕意): 임금이 자신의 뜻을 일컫는 말.
144) 흠천관(欽天官): 흠천감(欽天監)을 말함. 흠천감은 중국 명・청 시대에, 천문・역수(曆數)・점후(占候) 따위를 맡아보던 관아.
145) 전지(傳旨): 임금이 명령서를 내림.
146) 미앙궁(未央宮): 중국 한(漢)나라 때에 장안(長安)에 세운 궁전.
147) 장락전(長樂殿): 중국 한(漢)나라 때에 지은 궁전으로 황궁의 궁전 가운데 하나.

상에 또한 잔치를 베풀어 만조(滿朝)를 모아 즐기실새, 일색(日色)이 늦

으매 태자가 위의(威儀)148)를 휘동(麾動)하여 별궁(別宮)으로 향하시니,

만조백관(滿朝百官)이 태자를 시위하여 별궁에 이르러 태자가 홍안(鴻

雁)149)을 안아 천자께 예배(禮拜)하고, 정비(妃)를 금덩150)에 올리고 순금

쇄약(鎖鑰)151)으로 잠그고 백관을 거느려 먼저 행하시니, 정비 또한 대

내(大內)152)로 향할새, 보모상궁(保姆尙宮)153)은 금덩을 호위하고 수백

시녀는 홍상채의(紅裳彩衣)154)로 향촉(香燭)을 잡아 앞을 인도하고, 호

위 군졸은 붉은 곤장(棍杖)과 넓은 매155)를 가져 전후(前後)에 옹위(擁衛)

하였으니, 위의(威儀) 부성(富盛)156)함은 이르지도 말고157) 울금(鬱金)158)

향취(香臭) 십리(十里)에 쏘이더라. 행하여 대내에 들어가 막차(幕次)159)

에 잠깐 쉬어 장락전(長樂殿) 너른 대청(大廳)에 나아가 태자와 합근교배

---

148) 위의(威儀): 위엄 있는 행차.

149) 홍안(鴻雁): 혼례에서 쓰는 기러기. 신랑이 기러기를 가지고 신부 집에 가서
　　상 위에 놓고 절을 하는데 그 절차를 전안(奠雁)이라 함.

150) 금(金)덩: 황금으로 호화롭게 장식한 가마.

151) 쇄약(鎖鑰): 자물쇠.

152) 대내(大內): 임금이 거처하는 궁전. 대전(大殿).

153) 보모상궁(保姆尙宮): 대궐에서 왕자나 왕녀의 양육을 책임진 상궁.

154) 홍상채의(紅裳彩衣): 다홍빛의 치마와 여러 가지 빛깔과 무늬가 있는 저고리.
　　화려한 의복을 뜻함.

155) 붉은 곤장(棍杖)과 넓은 매: 호위하는 군사가 갖춘 의장. 왕의 행차에는 완전
　　무장한 수백 명의 군사들의 행진이 빠질 수 없는데, 갑옷과 무기를 갖추고 위
　　풍당당하게 행진하는 군사들은 왕의 행차를 보호할 뿐만 아니라 국왕의 힘을
　　과시하고 위엄을 드러냄. 의장용 도구로는 부(斧) · 작자(斫子) · 도(刀) · 장(杖) ·
　　봉(棒) 등이 있음. 여기서는 태자와 태자비의 행차에서도 이와 같은 의장을 갖
　　춘 것임.

156) 부성(富盛): 넉넉하고 아름다움.

157) 이르지도 말고: 말할 것도 없고. 물론이고.

158) 울금(鬱金): 향료로 쓰이는 풀.

159) 막차(幕次): 의식이나 거둥 때에 임시로 장막을 쳐서, 왕이나 고관들이 잠깐
　　머무르게 하던 곳.

(合졸交拜)160)를 마치매, 진주선(眞珠扇)161)을 반개(半開)하니, 태자의 영준엄위(英俊嚴威)162)한 기상과 정비의 요요작작(夭夭灼灼)163)한 태도가 서로 바애니, 상(上)과 후(后)가 대열(大悅)하시더라. 교배를 마치고 다시 연보(蓮步)164)를 돌이켜 조율(棗栗)165)을 높이 받들어 상후(上后)166)께 드리고 팔배대례(八拜大禮)167)를 마치매, 상이 명하여 가까이 앉히시고 그 옥수(玉手)를 어루만져 귀중(貴重)하심이 친생(親生) 공주에 지나니, 정비 황공감은(惶恐感恩)하더라.

일색(日色)이 저물매 정비 침전(寢殿)에 돌아와 장복(章服)168)을 벗고 단의홍군(單衣紅裙)169)으로 금병(金屛)170)에 의지하여 단좌하였더니, 야심(夜深) 후 태자가 침전에 들어오매, 염전(簾前)171) 시아(侍兒)가 분분(紛紛)히 영접하며 방중(房中)에 들어가니, 사지상궁(事知尙宮)이 정비를 붙들어 태자를 맞아 동서로 분좌(分座)172)하매, 태자가 정비를 향하여 영대

---

160) 합근교배(合졸交拜): 전통 결혼식에서 신랑과 신부가 서로 절을 주고받는 절차. 합근, 교배.
161) 진주선(眞珠扇): 전통 혼례 때에 신부의 얼굴을 가리는 데 쓰는, 진주로 꾸민 둥근 부채.
162) 영준엄위(英俊嚴威): 재주와 슬기가 빼어나며 엄하고 위풍이 있음.
163) 요요작작(夭夭灼灼): 나이가 젊고 용모가 아름다움.
164) 연보(蓮步): 미인의 정숙하고 아름다운 걸음걸이를 비유적으로 이르는 말.
165) 조율(棗栗): 대추와 밤을 아울러 이르는 말로, 혼례에서 신부가 시부모께 드리는 폐백(幣帛)을 가리킴.
166) 상후(上后): 상과 후, 곧 황제와 황후를 함께 이르는 말.
167) 팔배대례(八拜大禮): 태자비(太子妃) 가례(嘉禮)에서 태자비가 여덟 번 절하는 절차. 대례는 궁중에서 임금이 몸소 주관하는 모든 의식을 뜻하며 민간에서는 혼인을 뜻함.
168) 장복(章服): 여기서는 혼례식에서 입었던 예복을 말함.
169) 단의홍군(單衣紅裙): 홑저고리와 붉은 치마.
170) 금병(金屛): 금으로 장식하여 아름답게 꾸민 병풍.
171) 염전(簾前): 발을 드리운 앞.
172) 분좌(分座): 각각 자리를 잡고 앉음.

인(令大人)의 무사 환경(還京)하심을 칭하(稱賀)하여 담소(談笑)가 은근하니, 정비 태자의 언사(言辭)가 이럴수록 더욱 수괴(羞愧)하여 일언(一言)을 부대(不對)[173]하니, 태자가 불열(不悅) 왈,

"과인의 말씀이 희언(戲言)이 아니거늘, 현비(賢妃)[174] 어이 과인 말씀을 대(對)치 아니하나뇨?"

정비 수색(愁色)을 띠어 염임(斂衽)[175] 대왈,

"전하의 존문(尊問)[176]하심을 신첩이 어찌 감히 만모(慢侮)하여, 대치 않으리오마는, 첩의 성정(性情)이 소졸(疏拙)[177]하와 전하께 불민(不敏)한 죄 많도소이다."

태자가 소용(笑容)[178]이 미미(微微)하사 정비의 언내(言內)에 은은히 자기의 무례함을 미온(未穩)[179]히 앎을 웃으시고 설화(說話)가 탐탐(耽耽)[180]하니, 정비 마지못하여 간간이 대답이 순순(順順)하니, 태자가 대열(大悅)하여 밤이 깊은 후 태비를 예로 청하여 상요[181]에 나아가니, 태자의 권권(眷眷)[182]한 정이 이루 칭량(稱量)치 못할러라.

이러구러 동방(東方)이 밝으니 태자와 정비가 일어나 소세(梳洗)를 맞고 양전(兩殿)[183]에 문안하니, 상과 후가 정비를 사랑하사 수유(須臾)를

---

173) 부대(不對): 대답하지 않음. 부답(不答).
174) 현비(賢妃): 어진 비라는 뜻으로 여기서는 태자비가 된 정씨를 가리킴.
175) 염임(斂衽): 삼가 옷깃을 여밈. 염금(斂襟).
176) 존문(尊問): 다른 사람이 하는 질문을 높여 이르는 말.
177) 소졸(疏拙): 꼼꼼하지 못하고 서투름.
178) 소용(笑容): 웃는 얼굴. 또는 웃는 모습.
179) 미온(未穩): 마땅치 않음, 마음에 들지 않음.
180) 탐탐(耽耽): 마음에 들어 매우 즐거움.
181) 상(牀)요: 침상에 편 요라는 뜻으로, '잠자리'를 이르는 말.
182) 권권(眷眷): 서로 사랑하는 모양.
183) 양전(兩殿): 대전(大殿)과 중궁전(中宮殿)을 아울러 가리키는 말로 황제와 황후를 함께 이르는 말.

좌우에 떠나지 않으시니, 정비 천은(天恩)을 감축(感祝)하여 주야로 소심익익(小心翼翼)[184]하여 상후(上后)를 지효(至孝)로 섬기니, 상총(上寵)이 날로 융성하시고 육궁비빙[六宮妃嬪]이 정비의 현숙(賢淑)함을 공경 흠앙(欽仰)하더라.

차시 천자가 두씨를 육원비빙[六院妃嬪][185] 중 으뜸으로 총애하시니 양귀비 시기하여 매양 **해**할 꾀를 생각하더니, 태자비의 현숙함을 보고 공연히 시기하매 매양 독한 눈을 흘기어 정비를 물어 삼킬 듯하니, 정비 양귀비의 불현(不賢)함을 개탄하여 극진히 선대(善待)[186]하되, 갈수록 정비를 더욱 해(害)코자 하더라.

어시(於是)[187]에 두씨·정비의 연기상적(年紀相敵)[188]하고 지기상합(志氣相合)[189]한 고로 피차에 정의(情誼) 두터워 매양 자매[190], 침전(寢殿)에 이르러 정회를 베풀새, 두씨 아미(蛾眉)를 찡그리고 양비(楊妃)의 불현함이 자기와 현비(賢妃)를 해(害)코자 함을 이르고 염려함을 마지않으니, 정비 또한 근심하여, 일일은 태자가 들어옴을 타 야심 후 좌우 시녀가 물러나매, 비로소 고왈,

"양경이 첩의 집과 은원(隱怨)[191]이 깊은지라. 지금 위세 높으니 첩의 노부(老父)를 가만히 해할까 주야 근심되오니, 전하는 구하여 주심을 바라나이다."

---

184) 소심익익(小心翼翼): 공경하는 마음으로 삼가는 모양.
185) 육원비빙[六院妃嬪]: 육궁비빙[六宮妃嬪]. 육원은 육궁(六宮)을 가리킴.
186) 선대(善待): 친절하게 잘 대접함.
187) 어시(於是): 이때, 이때에.
188) 연기상적(年紀相敵): 나이가 비슷함.
189) 지기상합(志氣相合): 두 사람 사이의 의지와 기개가 서로 잘 맞음.
190) 이 부분은 문맥상 약간 어색함. 광동서국판에는 '매양 자매'가 없고, '두텁더니, 일일은 두씨 정비의'라고 연결됨.
191) 은원(隱怨): 숨은 원한이라는 뜻으로 쓴 말.

태자가 분연(憤然) 왈,

"정공은 과인의 악장(岳丈)[192]이라. 제 어이 간대로[193] 만모(慢侮)[194]하리오. 성상께 차사(此事)를 고하고 양경을 엄히 처치하리니, 비는 과려(過慮)[195]치 마소서."

하고 일일은 조용함을 타 상께 이 소유(所由)[196]를 고하니라.

차시 양경이 정공의 여아가 죽은 줄로 알았더니, 천만의외(千萬意外)에 태자비 됨을 보고 심중에 분한(憤恨)하여 생각하되, '정녀가 거짓 죽었다 하고 가만히 요괴로운 색(色)으로 태자를 농락하여 간택에 올라 태자비 되었으니, 제 반드시 우리 일문(一門)을 해(害)하리니 내 먼저 계교를 도모하리라.' 하고, 즉시 양귀비 궁에 들어가 남매가 밀밀(密密)[197]히 상의하여 계교를 정하고, 일일은 양귀비 정비 침전(寢殿)에 이르니, 정비 맞아 예를 필(畢)하매, 양귀비 가로되,

"황상(皇上)이 현비의 침재(針才)[198]를 보고자 하사, 첩으로 하여금 황룡단(黃龍緞)[199] 일 필(疋)을 정비를 주어 삼 일 내로 용포(龍袍)[200]를 지어 올리라 하시더이다."

하고 촉금 일 필을 내어놓으니, 정비가 허리를 굽혀 상교(上敎)[201]를 듣잡고 인하여 주과(酒果)를 내어 양비를 애대(愛戴)[202]하니, 양비 이윽히

192) 악장(岳丈): 장인.
193) 간대로: 함부로.
194) 만모(慢侮): 거만한 태도로 남을 업신여김.
195) 과려(過慮): 정도에 지나치게 염려함.
196) 소유(所由): 말미암은 바. 그렇게 된 까닭.
197) 밀밀(密密): 매우 빽빽함, 빈틈없음.
198) 침재(針才): 바느질 솜씨.
199) 황룡단(黃龍緞): 용무늬가 있는 누런빛의 비단. 또는 용무늬가 있는 비단, 곧 망룡단.
200) 용포(龍袍): 곤룡포(袞龍袍).
201) 상교(上敎): 임금의 지시.

앉았다가 돌아와 즉시 자기 딸 비연 공주를 불러 계교를 가르치니, 비연이 순순(順順) 응낙(應諾)코 즉시 장락전(長樂殿)에 이르러 낮 문안을 파(罷)하고 황상의 곁에 모셨더니, 비연이 문득 양비더러 왈,

"소저가 정비 낭랑(娘娘)203)께 갔삽더니, 낭랑이 용포를 짓더이다."

양비 짐짓 꾸짖어 왈,

"너 같은 소아(小兒)가 무엇을 아노라 잡담을 하나뇨?"

상이 웃으시며 왈,

"비연아! 네 무슨 말을 하다가 여모(汝母)204)에게 책언(責言)을 듣나뇨? 짐에게 자세히 말하라."

비연 공주가 상전(上前)205)에 복지(伏地) 대왈,

"신(臣)이 태자궁에 갔삽더니, 정비 낭랑이 용포를 지으니, 수품(手品)206)이 절묘(絶妙)하더이다."

상이 다시 문왈,

"네 정녕(丁寧)히 본다?"

비연이 고왈,

"황룡단에 구룡(九龍)을 수놓으니, 용포가 아니면 무엇이리잇가?"

상이 침음(沈吟)207)하사 생각하시되, '태자는 아직 입을 때 멀었거늘, 제 용포를 지어 무엇에 쓰려 하는고? 반드시 범람(氾濫)208)한 뜻이라.' 하시고 좌우를 명하여, 태자를 부르라 하시니, 양비 고왈,

"이 일이 비록 범람하오나, 소아의 모호한 말을 어이 취신(取信)209)하

---

202) 애대(愛戴): 웃어른으로 인정하고 소중하게 떠받듦.
203) 낭랑(娘娘): 임금이나 태자의 아내를 높여 부르는 말.
204) 여모(汝母): 손아랫사람에게 그 어머니를 가리켜 하는 말.
205) 상전(上前): 임금의 앞.
206) 수품(手品): 솜씨.
207) 침음(沈吟): 속으로 깊이 생각함.
208) 범람(氾濫): 하는 행동이 분수나 처지에 넘침.

여 궁중을 요란케 하시리잇고? 내두사(來頭事)[210]를 서서히 보아 처치
하소서. 태자의 천성이 인효(仁孝)하더니 근일 정비를 취한 후로 행지
(行止) 조금 변하오니, 폐하는 천노(天怒)[211]를 참으시고 후일을 보소서."

상이 귀비의 말을 아름답게 여기사 이후로는 귀비를 더욱 총애하시고,
태자와 정비를 보시면 옥색(玉色)[212]이 미온(未穩)하사 노기(怒氣) 어리시
니, 태자와 정비 불승황공(不勝惶恐)하나 이런 기미를 모르고 용포를 지
어 귀비께 드리니, 귀비 받아가지고 상께 드려 왈,

"폐하가 정비를 보시고 불안지색(不安之色)[213]을 두시니, 정비는 본디
총명한 인물이라. 그 기미(幾微)를 짐작코 짐짓 용포를 지어 첩에게 보
내며 황상께 드리라 하니, 그 허물이 신첩에게 있는지라. 도리어 황공
하여이다."

상이 청파(聽罷)에 대로(大怒)하사 즉시 용포를 소화(燒火)하시니, 정
비 이 말을 듣고 근심하더라.

상이 두씨를 부르시니, 시녀가 즉시 양귀비께 보(報)한대, 양귀비 들
어와 모시니, 상이 불열(不悅) 왈,

"짐이 두씨를 불렀거든 경이 어이 들어오뇨?"

양비 주왈,

"시녀가 두씨 부르시는 어명을 전하옵기로, 즉시 두씨의 침전(寢殿)
에 가보니 없기로, 두씨 시녀더러 물으니 태자궁에 갔다 하옵기로, 신
첩이 시녀를 데리고 태자궁에 가 보오니, 모든 시녀가 청전(廳前)[214]에

---

209) 취신(取信): 취하여 믿음.
210) 내두사(來頭事): 앞으로 다가올 일. 전두사(前頭事).
211) 천노(天怒): 천자(天子)의 노여움.
212) 옥색(玉色): 임금의 안색.
213) 불안지색(不安之色): 편하지 않은 기색. 좋지 않은 기색.
214) 청전(廳前): 건물의 앞을 가리킴.

셨다가 막아 왈, '우리 낭랑이 두 낭랑과 더불어 방중(房中)에서 말씀하시매, 모든 시녀가 들어가지 못하고 대후(待候)하였나니, 낭랑은 잠깐 서 계시면, 들어가 고하리이다.' 하고 들어간 지 식경(食頃)[215]이 지나되 나오지 아니하니, 신첩이 생각하니, 정씨와 두씨 반드시 외인(外人)을 꺼림인 줄 알고 들어와 폐하께 고하나이다."

상이 대로(大怒)하사 왈,

"역자(逆者)가 두녀 정녀와 더불어 음모를 꾀하니, 짐이 마땅히 역종(逆種)[216]을 잡아 국법을 정(正)히 하리라."

양비귀 양경(佯驚)[217]하여 다시 주왈,

"폐하가 어찌 자세치 못한 일을 미리 발설코자 하시나잇고? 오래지 아니하여 자연 흉모(凶謀)가 발각(發覺)하오리니, 아직[218] 참으심이 좋으니이다."

상이 침음(沈吟) 불열(不悅)하시더니, 익일(翌日)에 두씨 상전(上前)에 뵈오니, 상이 변색(變色) 왈,

"경이 체모(體貌)를 모르고 동궁(東宮)[219]에 출입하니 어찌 통분치 않으리오."

두씨 그 연고(緣故)를 몰라 감히 묻잡지 못하고 다만 머리 조아려 죄를 청하니, 상이 노기등등(怒氣騰騰)하사 물러가라 하시니, 두씨 침실에 돌아와 무슨 일인지 몰라 주야(晝夜) 노심(勞心)하더라.

차시 양비의 친자(親子)가 총명영오(聰明穎悟)[220]하니, 상이 심히 사

26

---

215) 식경(食頃): 밥을 먹을 동안이라는 뜻으로, 길지 않은 동안을 이르는 말.
216) 역종(逆種): 역적의 혈통이나 자손을 뜻하는 말이나, 여기서는 역적 본인을 가리킴.
217) 양경(佯驚): 거짓으로 놀라는 체함.
218) 아직: 당분간.
219) 동궁(東宮): 여기서는 태자비의 거처를 말함.
220) 총명영오(聰明穎悟): 남보다 뛰어나게 영리하고 슬기로우며 재주가 있음.

랑하시더니, 우연히 독질(毒疾)을 얻어 죽으니, 양귀비 애통하는 중이나 정비를 해코자 하여 가만히 독약을 죽은 아이의 입에 넣고 붙들고 통곡 왈,

"황상이 불명(不明)하사 간인(奸人) 등을 치죄(治罪)치 않으시니, 음모가 점점 성하여 신첩(臣妾)을 미워한 빌미로 무죄한 자식을 독약으로 죽이니, 이 원수를 무엇으로 갚으리오."

설파(說罷)[221]에 실성운절(失性殞絶)[222]하니, 상이 대로하사 즉시 태자궁(太子宮) 사지상궁(事知尙宮)과 모든 시녀를 잡아내어 엄형(嚴刑)을 갖추어 친히 국문(鞫問)하시니, 모든 시녀 등이 양비의 뇌물을 받았는지라 일호(一毫)나 정비의 애매함을 아끼리오. 일시에 주왈,

"엄문지하(嚴問之下)[223]에 어찌 감히 은휘(隱諱)하리잇가? 과연 태자비 궁중에서 폐하와 양비 낭랑(娘娘)을 원망하며 황자(皇子) 해함을 꾀하더니, 이런 변이 났사오니 어이 망극치 않으리오."

양귀비 이 말을 듣고 더욱 통곡 왈,

"신첩이 정씨와 무슨 원수가 있기에 이런 독한 수단을 놀려 나의 천금아자(千金兒子)[224]를 죽였단 말인가[225]? 폐하는 자식의 원수를 갚아 주소서."

천자가 대로 왈,

"정녀의 죄는 만사무석(萬死無惜)[226]이라. 하나 아직 가두었다가 해잉(解孕)[227]하기를 기다려 법을 정(正)히 하리라."

---

221) 설파(說罷): 말하기를 마친 뒤.
222) 실성운절(失性殞絶): 정신을 잃고 기절함.
223) 엄문지하(嚴問之下): 엄하게 심문하는 가운데.
224) 천금아자(千金兒子): 매우 귀중한 자녀.
225) 원문에는 '죽였단 말인가'가 빠졌으나 문맥상 이와 같이 넣어 봄. 광동서국본에는 이와 같이 되어 있음.
226) 만사무석(萬死無惜): 지은 죄가 너무 커 만 번 죽어도 아까울 것이 없음.

하고 시녀를 호령하여 정비를 잡아내어 연안궁에 안치(安置)[228]하시니, 황후 낭랑이 차언(此言)을 들으시고 개탄(慨嘆)함을 마지않으시고 천자가 입궁(入宮)[229]하심을 기다려 주왈,

"정비는 한낱 정숙한 여자라. 그런 악행이 있을 길이 만무하니, 폐하는 살피소서."

상이 대로 왈,

"현비(賢妃)[230]가 정녀의 음흉(陰凶) 대악(大惡)을 모르고 짐을 의심하니, 저런 위인이 어찌 곤위(坤位)[231]에 모첨(冒忝)[232]하여 만민의 어미 되리오."

언파에 옥색(玉色)이 준엄(峻嚴)하시니, 후(后)가 심리(心裏)에 앙앙(怏怏)하나 말씀이 무익한 고로 묵묵 단좌(端坐)하더라.

차시 정비 잉태 구 삭에 이런 대변(大變)을 만나 후원에 안치하심을 당하니, 옥장금심(玉腸金心)[233]이 촌촌(寸寸)[234] 바아지는[235] 듯하여 희허탄식(欷歔歎息)[236] 왈,

"나의 팔자가 기박하여 십 세에 모친을 여의고 부친을 받들더니, 대인이 쇠로지년(衰老之年)에 교지(交趾)에 출전하사 겨우 공업(功業)을 이루어 돌아오나, 가지록[237] 불효 심하여 일시도 엄친(嚴親)을 봉양치 못하

---

227) 해잉(解孕): 몸을 풂. 임신한 여성이 아기를 낳음.
228) 안치(安置): 처벌의 일종으로, 일정한 곳으로 주거를 제한함.
229) 입궁(入宮): 여기서는 황제가 황후의 처소에 듦을 뜻함.
230) 현비(賢妃): 여기서는 황후를 가리킴.
231) 곤위(坤位): 황후의 지위.
232) 모첨(冒忝): 외람되게 어떤 자리를 차지하고 있음.
233) 옥장금심(玉腸金心): 마음·심정을 아름답게 표현한 말.
234) 촌촌(寸寸): 마디마디.
235) 바아지는: 부서지는.
236) 희허탄식(欷歔歎息): 한숨을 지으며 탄식함. 허희탄식(歔欷歎息).
237) 가지록: 갈수록.

고 궁금(宮禁)238)에 엄류(淹留)239)하여 태자를 섬기니 주야로 불안하여 침식(寢食)의 맛을 모르더니, 일조(一朝)에 괴이한 변을 만나 심궁(深宮)240)에 안치하니 어느 날 누욕(陋辱)을 신백(申白)241)하고 야야(爺爺)를 뵈오리오. 비록 세상을 하직하여 분한(憤恨)을 잊고자 하나, 첫째는 노년 엄친께 불효가 비경(非輕)242)하고 둘째는 복중(腹中) 해아(孩兒)243)를 어찌 하리오."

하며 식음을 전폐하고 주야로 눈물이 마를 때 없더라.

차시 태자는 정비의 애매함을 알고 양귀비의 참언(讒言)임을 짐작하나, 무엇이라 발명(發明)244)하리오. 오직 상전(上前)에 부복(俯伏)하여 주왈,

"신이 불명혼암(不明昏闇)245)하여 정녀의 대악(大惡)을 모르와 어린 아이 비명횡사(非命橫死)를 당하니, 신의 불명한 죄를 청하나이다."

상이 정색(正色) 책왈(責曰),

"네 나이 이십이 되었거늘, 정녀의 요색(妖色)이 인륜대변(人倫大變)을 범하니 무슨 낯으로 짐을 보나뇨?"

언파에 좌우를 명하여 밀어내치시니, 태자가 황공하여 감히 삼시(三時) 문안을 못하고 전전(殿前)에 대죄(待罪)246)하여 상명(上命)을 기다리니, 차시 정각로가 여아의 대변(大變) 당함을 듣고 탄왈,

"나의 팔자가 기박하여 말년(末年)에 부인을 이별하고 다만 일녀를

---

238) 궁금(宮禁): 궁궐.
239) 엄류(淹留): 오래 머무름.
240) 심궁(深宮): 깊고 그윽한 궁중.
241) 신백(申白): 사실을 밝힘.
242) 비경(非輕): 일이 가볍지 않고 중대함.
243) 해아(孩兒): 어린아이. 여기서는 태아(胎兒)을 뜻함.
244) 발명(發明): 죄나 잘못이 없음을 말하여 밝힘.
245) 불명혼암(不明昏闇): 어리석고 못나서 사리에 어두움.
246) 대죄(待罪): 죄인이 처벌을 기다림.

길러 어진 군자(君子)를 택하여 아녀(兒女)를 배(配)[247]하여 노년 재미를 볼까 하였더니, 제사(諸事)가 여의치 못하여 여항(閭巷) 천녀(賤女)[248]가 금루옥궐(金樓玉闕)[249]에 태자의 배우(配偶)가 되어 주야로 소심익익(小心翼翼)하여 근심하더니, 아녀가 유죄무죄 간 인륜대변을 당하니, 내 지금까지 살아 화를 당할 줄 알리오."

언파에 항루(降淚)[250]가 백수(白首)에 이음차니[251], 좌우 제인(諸人)이 슬퍼 않을 이 없더라. 공이 의관을 끄르고 궐하(闕下)에 대죄(待罪)하여 상명(上命)을 기다리더니, 상이 정공의 대죄함을 들으시고 환시(宦侍)로 전어(傳語) 왈,

"요순지자(堯舜之子)가 불초(不肖)[252]하나 후세지인(後世之人)이 그 부모를 그르다 함을 듣지 못하였으니, 경녀(卿女)의 불현(不賢)함이 경에게 무슨 연좌(連坐)가 있으리오. 경은 안심하고 집에 돌아가 누웠으라."

공이 부복(俯伏)하여 상교(上敎)를 듣잡고 백수(白首)에 감루(感淚)[253]를 드리워 천은(天恩)을 숙사(肅謝)하고 초교(草轎)[254]에 몸을 실려 본부(本府)[255]에 돌아와 후당(後堂)[256] 문호(門戶)를 봉하고 고요히 처하여 세

30

---

247) 배(配): 짝지어줌. 결혼시킴.
248) 여항(閭巷) 천녀(賤女): 민간의 신분이 낮은 여자라는 뜻으로 자신의 딸을 낮추어 표현한 말.
249) 금루옥궐(金樓玉闕): 궁궐을 아름답게 이른 말.
250) 항루(降淚): 흘러내리는 눈물.
251) 이음차니: 줄줄이 이어지니.
252) 요순지자(堯舜之子)가 불초(不肖): 요임금과 순임금의 아들들이 어리석음. 요임금과 순임금이 각각 자신의 아들이 불초하다 하여 제위를 물려주지 않고 선위(禪位)를 한 데서 나온 말.
253) 감루(感淚): 매우 감격하여 흘리는 눈물.
254) 초교(草轎): 가장자리에 흰 휘장을 두르고 위에 큰 삿갓을 씌운 가마. 상제(喪制)가 타는 가마인데 여기서는 정각로가 스스로 죄인임을 자처하고 이러한 가마를 탄 것임.
255) 본부(本府): 자신의 집. 부(府)는 높은 벼슬아치의 집을 말함.

사(世事)를 잊더라.

차시 정비가 별궁에 안치(安置)한 후로 일편(一片) 홍운(紅雲)이 궁중을 둘렀으니 궁중 상하제인(上下諸人)이 다 놀라더라. 정비 출궁(出宮)한 지 일망(一望)257)에 홀연 서기(瑞氣)가 실중(室中)을 두르고 이향(異香)258) 이 가득하더니, 정비 복통이 급하며 일개(一個) 옥동(玉童)을 생하니, 어찌 범연(凡然)259)하리오. 정비 환란(患亂) 중이나 유아(乳兒)의 영오(英悟)260)함을 심리(心裏)에 기꺼하더라.

차하(且下)를 석람(釋覽)하라261).

세(歲) 갑인(甲寅) 오월일 향목동 서(書).

---

256) 후당(後堂): 집 뒤의 별당.

257) 일망(一望): 15일.

258) 이향(異香): 익숙하지 않은 좋은 향기.

259) 범연(凡然): 평범함. 이 부분의 주어는 옥동으로, 태아의 용모가 비범함을 말함.

260) 영오(英悟): 용모가 뛰어나고 총명함.

261) 차하(且下)를 석람(釋覽)하라: '다음 회는 어떻게 될 것인가 잘 보라.'는 내용으로, 장회소설의 한 회 마지막에 붙는 상투적인 구절.

정비전 권3

화설(話說). 연안궁 지키는 환관(宦官)이 정비의 황손(皇孫) 탄생함을 천자께 주(奏)하니, 상이 하교(下敎)[1]하사 황손은 유모와 보모를 정하여 기르라 하시고, 정비는 짐주(鴆酒)[2]를 내리와 심궁(深宮)에 자진(自盡)케 하시니, 태자궁 상하(上下)가 황황망극(遑遑罔極)[3]하여 어찌할 줄 모르거늘, 태자가 일이 급함을 보고 가만히 심복 시녀를 명하여 민간의 유죄(有罪)한 여자를 만금(萬金)을 주고 사서 가만히 궁중에 들여다가 정비 처소에 두고 정비더러 왈,

"황상이 잠깐 깨닫지 못하시고 요비(妖妃)의 참언(讒言)을 믿으사 현비(賢妃)를 사약(賜藥)[4]하시나, 일후(日後)에 현비 신백(申白)할 날이 있으리니 모름지기 외간(外間)에 나아가 깊이 숨어 있다가 후일을 기다리라."

정비 주루(珠淚)가 옥협(玉頰)에 가득하여 칭사(稱謝) 왈,

"첩의 기구한 몸을 전하가 이렇듯 염려하사 황명(皇命)을 속이시고 사정(私情)을 돌아보사 첩의 일명(一命)을 꾸이시니[5], 비록 감격하나 후일

1

---

1) 하교(下敎): 임금이 명령을 내림. 전교(傳敎).
2) 짐주(鴆酒): 짐독(鴆毒)을 섞은 술. 짐독은 짐새의 깃에 있는 강한 독으로, 먹으면 사망함.
3) 황황망극(遑遑罔極): 놀라서 어쩔 줄 모르게 급하기가 그지없음.
4) 사약(賜藥): 임금이 독약을 내림.
5) 꾸이시니: 빌려주시니.

에 황상께 기망(欺罔)한 죄를 어찌하고자 하시나잇가?"

태자가 빈미(顰眉) 왈,

"이 일이 비록 옳지 않으나, 첫째는 후일에 황상 실덕(失德)을 감추고자 함이요, 둘째는 현비의 몸을 보호하여 다시 과인의 내조(內助)를 빛내고자 하나니, 부디 과인의 말씀을 헛되이 알지 마소서."

언파에 심복 시녀 수삼인(數三人)을 명하여, 모셔 나가라 하고 후원 문을 열어 내보내고 독약을 가지고 방중(房中)에 들어가 그 여자를 먹이니 즉시 죽거늘, 이에 천자께 고하니 상이 전지(傳旨) 왈,

"정비 비록 유죄하나 황손을 낳았으니 태자비 예로 후장(厚葬)하라." 하시다.

차시 황후 낭랑이 정비 무죄히 청년조사(靑年早死)6)함을 슬퍼하사 용루(龍淚)7)가 화협(華頰)에 어룽져 각골비통(刻骨悲痛)하시더라. 이적에 양경 부자(父子)가 정비 사약하심을 듣고 더욱 의기양양하여 독한 수단을 내어 정공을 마저 없이코자 하니, 어찌 양경의 심지(心地)8) 극악함이 아니리오.

차시 천자가 태자를 위하여 숙녀(淑女)를 간택(揀擇)코자 하시니, 양귀비 주왈,

"신첩의 오라비 일녀(一女)를 두었으니 재덕이 겸비하고 천태만염(千態萬艶)9)이 가작하오니 가히 태자비를 정하심이 마땅할까 하나이다."

상이 대열(大悅)하사 이에 양경에게 전지(傳旨)하사 왈,

"너의 여(女)로써 태자비를 정코자 하나니 간선(揀選)에 올려 명을 기다리라."

---

6) 청년조사(靑年早死): 젊은 나이에 죽음.
7) 용루(龍淚): 본디 임금의 눈물을 높여 부른 말이나 여기서는 황후의 눈물을 뜻함.
8) 심지(心地): 마음의 본바탕.
9) 천태만염(千態萬艶): 여러 가지 모양으로 곱고 아름다운 모습.

양경이 대희하여 여아를 단장(丹粧)을 다스려[10] 간택에 올렸더니, 천자가 보시고 즉시 태자비를 삼으사 총행(寵幸)[11]하시나, 황후는 양씨의 위인이 불현(不賢)함을 보시고 황상의 불명(不明)함을 개탄하시고 정비를 생각하심이 간절하시더라.

차설(且說)[12]. 정비 수삼 시아(侍兒)를 데리고 불시에 연안궁 후원문으로 내달으니, 밤이 깊으매 인적이 고요한지라. 시녀의 손을 붙들고 촌촌전진(寸寸前進)[13]하여 정부(府)에 이르러 바로 내당에 들어가니, 정공이 침석(枕席)에 의지하여 여아의 신세를 생각코 슬퍼하더니, 문득 일위(一位) 소년 여자가 수삼 시녀를 데리고 방중(房中)에 들어와 공의 소매를 잡고 실성통곡(失聲痛哭)하거늘, 공이 놀라 눈을 들어 보니 이 곧 여아 태자비라. 급히 비(妃)의 옥수(玉手)를 잡고 누수(淚水)가 여우(如雨)[14]하여 왈,

"비의 누명을 들으니 노부(老父)가 죽어 모르고자 하더니, 무슨 연고로 심야(深夜)에 나왔나뇨?"

비(妃) 인하여 전후사연과 태자가 주선(周旋)하여 내보내던 사유를 세세히 고하고 왈,

"대인이 소녀를 죽은 이와 같이 아시고 외인(外人)에게 누설치 마소서."

하고 노복 등을 당부 왈,

"너희 등은 나의 이곳에 있음을 외인에게 발설하면 중죄를 입으리라."

---

10) 단장(丹粧)을 다스려: 곱게 단장하여. 단장하여.
11) 총행(寵幸): 특별히 총애함.
12) 차설(且說): 주로 글 따위에서, 화제를 돌려 다른 이야기를 꺼낼 때, 앞서 이야기하던 내용을 그만둔다는 뜻으로 다음 이야기의 첫머리에 쓰는 말. 각설(却說).
13) 촌촌전진(寸寸前進): 한 치 한 치 더듬어 나아간다는 뜻으로, 나아가는 속도가 매우 더딤을 이르는 말.
14) 누수(淚水)가 여우(如雨): 눈물이 비 오듯 흘러내림.

하고, 심복 시녀 수인을 데리고 후원에 들어가 일 간 비실(卑室)[15]에 초석(草席)[16]을 깔고 머리를 베개에 던지고 향벽잠와(向壁潛臥)[17]하여 주야에 일종[18] 미음을 마셔 목을 적시고 스스로 죽기를 기다리더니, 차시 태자가 정비의 애매한 누명을 생각하고 애련(愛憐)함을 이기지 못하여 일일은 천자께 주왈,

"금일 일기(日氣) 화창하고 풍경이 가려(佳麗)하오니, 미복(微服)[19]으로 외간(外間)에 나아가 잠깐 유완(遊玩)[20]코자 하나이다."

상이 허락하시니, 태자가 기꺼워 수삼 환시(宦侍)를 가만히 분부하여 정부 문전(門前)에 이르니 집이 고요하여 인적이 드물거늘, 바로 서헌(書軒)[21]에 들어가니 정공이 죽침(竹枕)을 의지하여 서책을 잠심(潛心)하고 수삼(數三) 서동(書童)은 난간 밖에 섰거늘, 태자가 환관을 데리고 바로 청상(廳上)에 오르니, 공이 비로소 눈을 들어보매, 이 곧 동궁 태자라. 대경(大驚)하여 황망(慌忙)히 계하(階下)에 내려 부복(俯伏) 주왈,

"전하가 무슨 연고로 옥체(玉體)를 잇비하사[22] 누추한 신의 집에 내림(來臨)[23]하시니잇고?"

태자가 바삐 붙들어 올려 왈,

"공은 너무 겸사(謙辭)치 말고 방중(房中)에 들어가 정회를 폄이 어떠하뇨?"

---

15) 비실(卑室): 누추하고 작은 집.
16) 초석(草席): 짚자리.
17) 향벽잠와(向壁潛臥): 벽을 향하여 잠잠히 누워 있음.
18) 일종: 한 그릇.
19) 미복(微服): 지위가 높은 사람이 남의 눈을 피하려고 입는 남루한 옷차림.
20) 유완(遊玩): 노닐며 즐김.
21) 서헌(書軒): 공부방. 서재.
22) 잇비하사: 피곤하게 하시어.
23) 내림(來臨): 왕림(枉臨).

공이 마지못하여 태자를 붙들어 들어와 복주(伏奏) 왈,

"전하의 귀체(貴體)로 사가(私家)에 잠행(潛行)하심이 불가하니이다."

태자가 탄왈,

"현비(賢妃)의 일시 누얼(累孼)24)이 비록 한심하나, 이른바 일월지광(日月之光)이 부운(浮雲)에 옹폐(壅蔽)함25)이라. 얼마 하여26) 누욕(陋辱)을 신백(申白)하리오마는, 명공(明公)27)이 다만 일녀를 두었다가 이런 화변(禍變)을 보게 하니 과인의 마음이 불안하거니와, 과인이 금일 성상께 춘경(春景)을 유람함을 고하고 잠깐 이곳에 와 현비를 보고자 하나니, 공은 영녀(令女)의 침실을 인도하라."

공이 마지못하여 태자를 모셔 비의 침소(寢所)에 이르니, 차시 정비 침석(枕席)에 몸을 던져 세사(世事)를 잊고자 하더니, 시녀의 전어(傳語)로 좇아 태자의 내림(來臨)하심을 듣고 대경하여 급히 계하(階下)에 내려 태자를 맞아 방중에 들어와 예필(禮畢)에 정비 옷깃을 여미고 태자를 향하여 가로되,

"전하가 무슨 연고로 여염(閭閻)에 사행(私行)하사, 외간(外間) 시비(是非)를 생각지 아니하시나잇고?"

태자가 희허장탄(欷歔長歎)28) 왈,

"현비의 화액(禍厄)을 당함은 도시(都是)29) 양가(楊家) 남매의 작얼(作孼)30)이니 어찌 통분치 않으며, 더욱 귀비의 참언(讒言)을 들으사 양가(楊

---

24) 누얼(累孼): 연루된 재앙이라는 뜻.
25) 일월지광(日月之光)이 부운(浮雲)에 옹폐(壅蔽)함: 햇빛과 달빛이 지나는 구름에 막혀 가려짐. 해와 달은 지나는 구름에 잠시 가려지기도 하지만 다시 빛나게 된다는 데서 누명이 벗겨질 것임을 비유한 표현.
26) 얼마 하여: 얼마간 시간이 흐른 뒤에.
27) 명공(明公): 상대방을 높여 부르는 이인칭 대명사.
28) 희허장탄(欷歔長歎): 한숨을 지으며 길게 탄식함.
29) 도시(都是): 모두.

家) 여자로 과인의 내조(內助)를 정하시니, 주야 울울(鬱鬱)한 분심(憤心)을 어이 진정하리오. 그러나 현비는 마음을 안정히 하여 후일 신백을 기다리고 부질없이 노심(勞心)하여 몸을 상하게 하지 마소서."

정비 청파(聽罷)에 칭사(稱謝) 왈,

"전하의 이렇듯 과려(過慮)하심이 첩의 직분에 외람(猥濫)하오며 첩의 화액(禍厄)은 도시 신수(身數)가 불길함이니, 남을 원(怨)할 바가 아니오, 더욱 전하의 내궁(內宮)31)이 비었으니 양가 여자가 요조현숙(窈窕賢淑)32)하여 전하의 내조를 빛내면 어찌 아름답지 않으리잇고? 전하는 바삐 환궁(還宮)하사 첩의 일신을 사념(思念)치 마시고 양전(兩殿)을 지효(至孝)로 받들어 후세에 성덕(聖德)을 빛내소서. 첩은 마땅히 일루(一縷)33)를 보전하여 후일 신백하기를 기다려 노부를 받들어 규중(閨中)에서 늙고자 하옵나니, 첩의 일은 조금도 거리끼지 마소서."

언파에 사기자약(辭氣自若)34)하여 조금도 비색(悲色)을 나타내지 않으니, 태자가 정비의 기우(氣宇)35) 냉담(冷淡)하여 세속(世俗) 물욕(物慾)을 모르는 사람 같음을 보고 심하(心下)에 탄복하고 다시 정회를 얼어 담소(談笑)가 이윽하더니, 일색(日色)이 석양이 되매 즉시 환궁하야 이후로 환관(宦官) 강문창으로 하여금 전미(錢米)36)와 보약(補藥)을 자주 보내며, 정비의 화모(花貌)를 차마 잊지 못하여 한 달에 수삼 차씩 야심(夜深)함을 타 정부에 나와 비를 위로하니, 정비가 굳이 간하되 태자가

---

30) 작얼(作孽): 지은 죄. 만든 죄.
31) 내궁(內宮): 황후(皇后)나 왕후(王后)가 거처하는 궁전.
32) 요조현숙(窈窕賢淑): 행실이 얌전하고 어질고 마음씨가 맑고 고움.
33) 일루(一縷): 한 오라기의 실과 같은 목숨. 일루잔천(一縷殘喘).
34) 사기자약(辭氣自若): 큰일을 당하여도 당황하지 아니하고 침착하여 안색이나 말투가 변하지 않고 천연스러움.
35) 기우(氣宇): 기개와 도량을 아울러 이르는 말.
36) 전미(錢米): 돈과 쌀.

듣지 않으시매 자연 궁중 내외인(內外人)이 모를 자가 없는지라.

시녀의 전어(傳語)로 좇아 황후 낭랑이 들으시고 놀라사, 일일은 저녁 문안을 당하여 태자가 입시(入侍)하였더니, 낭랑이 좌우 시녀를 물리고 태자를 경계하사 왈,

"모자지간(母子之間)보다 더 가까운 바가 없나니, 태자는 기이지[37] 말고 정씨의 곳에 출입함을 바로 이르라."

태자가 낭랑의 물으심을 당하여 불승황공(不勝惶恐)하나 감히 기망(欺罔)치 못하여 수말(首末)을 자세히 고하니, 낭랑이 책(責)하사 왈,

"경의 부부가 비록 사정(私情)이 중하나 정씨의 죄책(罪責)이 인륜에 범하였으니 아무리 애매함을 알지라도 성상(聖上)을 기망하고 죄처(罪妻)[38]를 사념함이 대의(大義)에 불가하고, 더욱 상이 아시면 정씨의 몸을 보전치 못할 것이요, 태자도 중죄(重罪)[39]를 당하리니, 다시는 정부에 가지 말라."

태자가 황공하여 복지(伏地) 사죄하고 물러나거늘, 낭랑이 시녀를 명하여 강문창을 불러 전지(傳旨) 왈,

"네 정부에 나아가 비에게 짐의 명을 전하되, 태자가 여러 번 왕래하여 궁중 상하가 모를 자가 없으니 만일 성상이 아시면 비의 일명(一命)이 위태하리니 경사(京師)에 있지 말고 몸을 피하여 하방(遐方)[40] 깊은 곳에 숨어 후일을 기다리라 전하라."

문창이 즉시 정부에 이르러 비의 침실 계하(階下)에 서서 황후 낭랑의 전지를 고하니, 정비가 부복(俯伏)[41] 문파(聞罷)[42]에 불승황공하여 즉

8

---

37) 기이지: 숨기지.
38) 죄처(罪妻): 죄를 지은 아내.
39) 중죄(重罪): 중벌.
40) 하방(遐方): 서울에서 멀리 떨어진 지방.
41) 부복(俯伏): 고개를 숙이고 엎드림.

시 문창더러 왈,

"네 대내(大內)[43]에 들어가 낭랑께 고하되, '신첩이 신수(身數)가 불길하와 이런 환란을 당하매, 사실(私室)[44]에 엎드려 죽을 날을 기다리옵더니, 태자가 여러 번 신첩(臣妾)의 곳에 임하여 첩의 신세를 위로코자 하오니, 신첩이 누차 불가함을 간하되 태자가 듣지 않으시매 주야 불안하옵더니, 낭랑 전지를 듣자오매 더욱 황공하와 아뢸 말씀이 없나이다. 그러하오나 낭랑 하교(下敎)를 듣고 원방(遠方)에 피신하여 후일 상명(上命)을 기다리로소이다.' 고하라."

문창이 궐중(闕中)에 들어와 낭랑께 고하니라.

정비 이에 행장을 갖추어 각로께 고왈,

"황후 낭랑이 전지(傳旨)하심이 사리에 옳사오니, 급히 원방으로 피신코자 하나이다."

공이 점두(點頭)하거늘, 정비 즉시 천사마(天使馬)[45]를 끌러 타고 병기(兵器)[46]와 갑주(甲冑)를 행구(行具)[47]에 지니고 말을 달려 항주(杭州)[48] 구계촌 외구(外舅)[49] 이시랑(侍郎) 부중(府中)[50]으로 향할새, 남복(男服)을 개착하고, 유랑(乳娘)[51] 경파와 시비(侍婢) 옥소는 서동(書童)·창두(蒼

---

42) 문파(聞罷): 다 들은 뒤에.
43) 대내(大內): 임금이 거처하는 궁전. 대전(大殿).
44) 사실(私室): 개인의 방. 여기서는 궁궐이 아닌 민가를 뜻함.
45) 천사마(天使馬): 매우 빠른 말이란 뜻으로 위에서 나온 삼태칠성마(三台七星馬)를 가리킴. 천사는 유성(流星)을 뜻하는 말.
46) 병기(兵器): 전쟁에 쓰는 기구를 통틀어 이르는 말.
47) 행구(行具): 여행할 때 쓰는 차림. 행장(行裝).
48) 항주(杭州): 중국 절강성(浙江省)의 성도(省都). 이 부분과 바로 다음의 '항주'는 원문에는 '형주'로 되어 있으나, 권1 앞머리에서 정각로의 집이 형주로 설정되었으며, 이어지는 정비의 말에서 외숙의 거처가 '항주'로 나타난다는 점에서 '항주'로 봄.
49) 외구(外舅): 외삼촌.
50) 부중(府中): 높은 벼슬아치의 집, 집안.

頭)52)의 복색(服色)을 갖추고, 정비의 뒤를 따라 강두(江頭)에 이르러서
는 수로(水路)로 항주로 가고자 하여 일 척 쾌선(快船)53)을 세 내어 선
두(船頭)에 오르니, 선상(船上)에 한 중년 장자(長者)54)가 앉았다가 정비
의 기이한 풍모를 보고 몸을 일으켜 맞아 서로 예필(禮畢)에 기인(其人)
이 거수(擧袖)55) 문왈,

"그대의 존성대명(尊姓大名)56)을 듣고자 하노라."

정비가 기인의 외모를 보니 기위(其威) 엄숙(嚴肅)·정대(正大)하여 장
자지풍(長者之風)이 가작하거늘, 이에 놀란 마음을 진정하여 공수(拱手)57)
대왈,

"소생(小生) 정성모는 정각로의 자(子)라. 유시(幼時)에 모친을 여의고
부친을 모셔 세월을 보내더니, 부친이 원지(遠地)에 출사(出師)하시고 가
중(家中)이 황연(荒煙)58)한 고로 항주의 외숙에게 의탁하고자 항주로 향
하나이다."

기인이 기꺼워 왈,

"복(僕)은 시랑(侍郎)59) 이원준60)이니, 그대의 부공(父公)과 더불어 교
계(交契)61) 심후(深厚)62)한지라. 내 전일(前日) 들으니 정공의 아자(兒子)

10

---

51) 유랑(乳娘): 유모(乳母).
52) 창두(蒼頭): 사내 종.
53) 쾌선(快船): 속도가 빠른 배.
54) 장자(長者): 덕망이 뛰어나고 경험이 많아 세상일에 익숙한 어른.
55) 거수(擧袖): 남에게 답례 인사를 하기 위하여 소매를 들어 올림.
56) 존성대명(尊姓大名): 남의 성과 이름을 높여 이르는 말.
57) 공수(拱手): 공경의 뜻으로 두 손을 마주 잡는 일. 왼손을 오른손 위에 놓음.
58) 황연(荒煙): 인기척이 없이 쓸쓸함.
59) 시랑(侍郎): 중국의 벼슬 이름. 진나라와 한나라 때에는 낭중령(郎中令)의 속관
    (屬官)으로 궁문을 지키는 일을 맡아보았고, 당나라 때에는 중서성과 문하성의
    실질적 장관이었으며, 그 이후에는 육부의 차관(次官)이었음.
60) 원문에는 '이춘경'으로 되었으나 이 인물이 아래에서는 모두 여섯 차례에 걸쳐
    '이원준'으로 나타남. 따라서 이 부분의 이름을 이원준으로 함.

가 없다 하더니, 그대의 말을 들으니 정대인(大人)이 기자(奇子)[63]를 두었도다. 그러나 군(君)의 표숙(表叔)[64]이 항주를 떠나 산동(山東)[65]으로 이접(移接)[66]했단 말을 들었나니, 그곳에 찾아가면 허행(虛行)이 될 것이요, 노부(老夫)는 그대 부친과 죽마고우(竹馬故友)라. 일찍이 자식이 없고 집이 요부(饒富)하니 아직[67] 노부의 집에 가 있다가 영대인의 환경(還京)하심을 기다려 경성(京城)에 올라감이 어떠하뇨?"

정비 사례 왈,

"소자가 대인의 말씀을 들으니, 생의 부친과 죽마고우시라 하오니 존의(尊意)[68]를 봉승(奉承)하리로소이다."

이공이 대희(大喜)하여 종일토록 담화할새, 고금치란(古今治亂)을 물으니 대답이 여류(如流)[69]한지라. 이공이 심리(心裏)에 탄복하고 여러 날 동행하여 배에서 내려 한가지로 부중(府中)에 이르니, 산천이 명려(明麗)하고 송죽(松竹)이 울울(鬱鬱)하니 경개 절승한지라. 생이 이공과 한가지로 들어가니, 산맥(山脈)[70]을 의지하여 일좌(一座)[71] 고루채각(高樓彩閣)[72]이 운소(雲宵)[73]에 표묘(縹緲)[74]하니 짐짓 은거한 재상의 가택(家宅)이라.

11

---

61) 교계(交契): 서로 사귄 정.
62) 심후(深厚): 사귐이 매우 깊고 두터움.
63) 기자(奇子): 재주와 슬기가 남달리 뛰어난 아들.
64) 표숙(表叔): 외삼촌.
65) 산동(山東): 중국에 있는 성(省) 가운데 하나. 황하(黃河) 하류 유역과 산동반도로 이루어져 있음.
66) 이접(移接): 거처를 잠시 옮기어 자리를 잡음.
67) 아직: 당분간, 우선.
68) 존의(尊意): 남의 뜻이나 의견을 높여 이르는 말.
69) 여류(如流): 말을 하거나 글을 읽는 것이 물 흐르듯이 거침이 없음.
70) 산맥(山脈): 산줄기.
71) 일좌(一座): 한 채. 좌(座)는 집 따위를 세는 단위.
72) 고루채각(高樓彩閣): 높고 크며 아름답게 단청한 집.
73) 운소(雲霄): 구름 낀 하늘.

　　이공이 정생의 소매를 잡아 서헌(書軒)에 들어가니, 방중(房中)이 정쇄(精灑)하여 옥병(玉屛)[75] 아상(牙床)[76]에 만 권 서책을 쌓았으니, 가히 문사(文士)의 거처하는 곳이러라. 공이 생을 청하여 좌정 후 석반(夕飯)을 올려 진식(進食)[77]하매, 공이 생을 권하여 하저(下箸)[78]하기를 마치매, 이윽히 한담(閑談)할새, 정비 공을 향하여 왈,

　　"소생이 성정(性情)이 졸직(拙直)[79]하고 수개(數個)[80] 서동이 있사오니, 대인을 모셔 유숙(留宿)함이 심히 불안하오니, 일 간 초실(草室)을 빌리시면 소생의 노주(奴主)가 거처코자 하나이다."

　　공이 또한 그렇게 여겨 수삼 간 정쇄한 서당을 치워 주거늘, 정비가 유모와 한가지로 방중(房中)에 들어가니 산호(珊瑚) 서안(書案)에 만 권 서책이 가득하고 침석이 정결하거늘, 정비 노주 삼 인이 마음에 기꺼워 서책으로 일월(日月)을 보낼새, 일일은 이공이 서당에 이르러 고금 사적을 담론하니, 정**비**의 대답이 여류(如流)하여 모를 것이 없으니, 공이 책책칭복(嘖嘖稱服)[81]하더니, 홀연 탄왈,

　　"복(僕)의 팔자가 기구하여 육십이 거의로되, 슬하(膝下)가 적막(寂寞)하여 다만 일녀(一女)를 두었으니, 숙녀가인(淑女佳人)은 되지 못하나 거의 군자의 건즐(巾櫛)[82]을 받들 만하니, 군이 만일 허락하면 아녀의 평생이 영화로울까 하노라."

---

74) 표묘(標緲): 끝없이 넓거나 멀어서 있는지 없는지 알 수 없을 만큼 어렴풋함.
75) 옥병(玉屛): 옥으로 꾸민 아름다운 병풍.
76) 아상(牙床): 상아로 장식한 책상.
77) 진식(進食): 밥을 먹음.
78) 하저(下箸): 음식을 먹음.
79) 졸직(拙直): 성격이 고지식하고 융통성이 없음.
80) 수개(數個): 몇 명.
81) 책책칭복(嘖嘖稱服): 큰 소리로 칭찬하고 탄복함.
82) 건즐(巾櫛): 수건과 빗을 아울러 이르는 말로 아내의 소임을 가리킴. 건즐을 받는다는 말은 아내가 된다는 뜻.

정비 청파(聽罷)에 불행함을 이기지 못하여 이윽히 주저하다가 염슬(斂膝)[83] 대왈,

"대인이 만금교녀(萬金嬌女)[84]를 가져 소생 같은 용우지인(庸愚之人)[85]을 유의하시니, 비록 감격하오나 부부 혼취(婚娶)[86]는 인륜대사(人倫大事)라. 엄친(嚴親)이 환귀(還歸)하신 후 사기(事機)[87]를 취품(取稟)[88]하고 정혼(定婚) 성례(成禮)함이 옳을까 하나이다."

이공이 흔연(欣然) 소왈,

"군의 말이 인자(人子)에 당연하나 노체(老體) 질병이 잦아 세상에 오래지 못할 것이요, 겸하여 영대인 환경(還京)하심이 기한이 없으니, 군의 연기 이십이 거의라. 아직[89] 권도(權道)[90]로 성례(成禮)하고 영엄(令嚴)[91]이 오신 후 사연을 고하면 인자지도(人子之道)[92]에 과히 불효라 하지 않으시리니, 군은 노부의 말을 신청(信聽)[93]하여 허락함을 바라노라."

13 　정비 거수(擧袖) 칭사(稱辭)[94] 왈,

"대인 명(命)이 간절하시니 엄친께 책죄(責罪)[95]를 입을지라도 어찌 봉행(奉行)치 않으리잇고?"

공이 대열(大悅)하여 즉시 내당에 들어가 부인을 대하여 정생의 단아

---

83) 염슬(斂膝): 무릎을 모아 몸을 단정히 함.
84) 만금교녀(萬金嬌女): 매우 귀하고 사랑스러운 딸. 교녀는 사랑스러운 딸을 뜻함.
85) 용우지인(庸愚之人): 용렬하고 어리석은 사람.
86) 혼취(婚娶): 혼인.
87) 사기(事機): 일이 되어 가는 중요한 기틀.
88) 취품(取稟): 웃어른께 여쭈어서 그 의견을 기다림.
89) 아직: 우선.
90) 권도(權道): 그때그때의 형편에 따라 임기응변으로 일을 처리하는 방도.
91) 영엄(令嚴): 남의 아버지를 높여 부르는 말.
92) 인자지도(人子之道): 자식으로서의 도리.
93) 신청(信聽): 믿고 곧이들음.
94) 칭사(稱辭): 여기서는 대답함을 뜻함.
95) 책죄(責罪): 잘못을 저지른 책임. 죄책(罪責).

정직(端雅正直)함을 이르고 청혼함을 설파(說破)하니 부인이 또한 기꺼하거늘, 공이 즉시 외당(外堂)에 나와 정비와 앉아 택일(擇日)하니, 납채(納采)96)는 금월 염간(念間)97)이요, 길기(吉期)98)는 삼월 망간(望間)이라. 공이 대열하여 주과(酒果)를 내와 정비를 권하고 자기 또한 통음(痛飮)99)하다가 일색(日色)이 저물매 흩어지니라.

정비의 유모가 가만히 고왈,

"낭랑(娘娘)이 이런 대사를 헛되이 허락하시고 나중을 어찌코자 하시나잇고?"

정비 빈미(矉眉)100) 탄왈,

"나의 팔자가 가지록 기구하여 이런 곡경(曲境)101)을 당하나, 그러나 이공의 위인을 보니 관후장자(寬厚長者)102)라. 만일 자기 여아가 불민(不敏)103)할진대 말씀이 그렇듯 쾌활(快闊)104)치 못하리니, 이 반드시 숙녀가인(淑女佳人)이라. 아직 권도로 성례하였다가 후일에 다행히 나의 신루(身累)105)를 벗는 날 성상께 아뢰고 태자의 내궁(內宮)106)을 빛내리니, 그대는 너무 염려치 말라."

유모 또한 그렇게 여기더니, 이러구러 납채 일이 다다르니 정비가 태

14

---

96) 납채(納采): 혼인할 때에, 사주단자(四柱單子) 교환이 끝난 후 정혼이 이루어진 증거로 신랑 집에서 신부 집으로 예물을 보내는 일. 납폐(納幣).
97) 염간(念間): 음력 이십일 전후. 염일(念日)은 20일.
98) 길기(吉期): 혼인날을 말함.
99) 통음(痛飮): 술을 매우 많이 마심.
100) 빈미(矉眉): 눈살을 찌푸림.
101) 곡경(曲境): 몹시 힘들고 어려운 처지.
102) 관후장자(寬厚長者): 너그럽고 점잖은 사람.
103) 불민(不敏): 어리석고 둔함.
104) 쾌활(快闊): 시원스럽고 활달함.
105) 신루(身累): 자신의 몸에 씌워진 혐의.
106) 내궁(內宮): 여기서는 태자의 후궁을 말함.

자의 주시던 백옥패(白玉佩)를 공에게 전하여 왈,

"소생의 행중(行中)[107]에 이 옥패(玉佩) 밖에 없사옵기에 받들어 드리나니 이로써 빙물(聘物)[108]을 삼으소서."

공이 받아 소저의 유모를 불러 주며 왈,

"이 옥패 정상공의 납채 신물(信物)이니, 가져다가 소저 협사(篋笥)[109]에 간수하라."

유모가 받아 소저께 드리니라.

광음(光陰)이 신속하여 길일이 다다르니, 정비 길복(吉服)[110]을 정제하고 홍안(鴻雁)[111]을 안아 천지(天地)께 제(祭)하고 이에 소저와 교배(交拜)[112]를 마치매, 눈을 들어 보니 짐짓 요조가인(窈窕佳人)이라. 심하(心下)에 다행하여 외당에 나오니라. 이에 날이 저물매, 동방(洞房)[113]에 나아가니 신부가 홍군취삼(紅裙翠衫)[114]을 갖추어 일어나 맞거늘, 정비 말을 펴 왈,

"생은 용우(庸愚) 속자(俗子)[115]로 학식이 고루(固陋)하거늘, 영존(令尊)[116] 대인이 천금소교(千金小嬌)[117]로 학생(學生)[118]의 배우(配偶)를 정

---

107) 행중(行中): 행장(行裝) 안.
108) 빙물(聘物): 결혼할 때 신랑이 신부의 친정에 보내는 예물.
109) 협사(篋笥): 버들가지, 대나무 따위를 엮어 상자처럼 만든 직사각형의 작은 손그릇.
110) 길복(吉服): 혼인 때 신랑 신부가 입는 옷.
111) 홍안(鴻雁): 전안례(奠雁禮)에서 쓰는 기러기. 전안 또는 전안례는 혼례 때, 신랑이 기러기를 가지고 신부 집에 가서 상 위에 놓고 절하는 의식.
112) 교배(交拜): 혼례에서 신랑과 신부가 서로 절을 주고받는 예식(禮式).
113) 동방(洞房): 신랑, 신부가 첫날밤을 치르도록 새로 차린 방. 신방(新房).
114) 홍군취삼(紅裙翠衫): 붉은 빛의 치마와 남파랑 빛 저고리. 여기서는 신혼의 새 색시가 입는 다홍치마와 연두저고리를 말함.
115) 속자(俗子): 학문이 부족하고 속된 사람.
116) 영존(令尊): 남의 아버지를 높여 이르는 말.
117) 천금소교(千金小嬌): '매우 귀한 따님'이라는 뜻. 소교는 남의 딸을 높여 이른 말.

하시니, 소저의 일생이 영화롭지 못할까 하노라."

언파에 소색(笑色)이 미미하여[119] 숙시(熟視)[120]하니, 소저가 **수괴**(羞愧)함을 이기지 못하여 옥안(玉顔)을 숙여 치신무지(置身無地)[121]하는 거동이 금불(金佛)이 녹을 듯[122]하거늘, 정비 저의 거동이 절묘기이(絶妙奇異)함을 애중(愛重)하여 짐짓 옥수를 잡아 권권(眷眷)한 사랑이 유출(流出)하니, 유모와 시녀배(侍女輩) 창외(窓外)에서 규시(窺視)[123]하고, 부인이 대열하여 이르러 말씀을 펴 가로되,

"첩이 만래(晩來)[124]에 여아를 낳아 기질이 불미(不美)하거늘, 이제 군자의 쾌허(快許)하심을 얻어 아녀의 평생이 즐거울지라. 어찌 기쁘지 않으리오. 군자는 다만 여아의 용렬(庸劣)함을 관서(寬恕)하심을 바라나이다."

정비 청파(聽罷)에 눈을 들어 부인을 보니, 연(年)[125]이 육십이 거의로되, 안모(顔貌)가 백설 같고 거지유법(擧止有法)[126]하여 가히 인자쾌활(仁慈快闊)한 부인이라. 흠복경복(欽服敬服)[127]하여 염슬(斂膝) 대왈,

"소생은 한미지가(寒微之家)[128]의 일개(一個) 용우지인(庸愚之人)이거늘, 악장(岳丈)의 거두심을 입어 천금소교의 동상(東床)[129]을 정하시니,

15

---

118) 학생(學生): '공부하고 있는 사람'이라는 뜻으로, 남장한 정비가 자신을 지칭하는 말.
119) 미미하여: 보기에 좋아.
120) 숙시(熟視): 눈여겨 자세히 들여다봄.
121) 치신무지(置身無地): 몸 둘 바를 모름. 여기서는 부끄러움으로 몸 둘 바를 모름을 뜻함.
122) 금불(金佛)이 녹을 듯: 무엇이 마음에 들어 매우 흐뭇함을 뜻함.
123) 규시(窺視): 몰래 훔쳐봄. 엿봄.
124) 만래(晩來): 늙은 뒤. 노래(老來).
125) 연(年): 나이. 연기(年紀).
126) 거지유법(擧止有法): 행동거지에 법도가 있음. 행동거지가 법도에 맞음.
127) 흠복경복(欽服敬服): 마음속 깊이 존경하여 복종하고 탄복함.
128) 한미지가(寒微之家): 가난하고 지체가 변변하지 못한 집안.

286 _ 유충렬전 · 정비전

생의 과분한 처실(妻室)130)이라. 또 영녀(令女)의 위인이 현숙(賢淑)하와 조금도 하자(瑕疵)131)할 것이 없사오니, 악모(岳母)132)는 거리끼지 마소서."

공의 부부(夫婦)가 희열(喜悅)하여 주과(酒果)를 내와 관대(款待)133)하니, 정비 흔연(欣然)히 하저(下箸)하며 간간이 단순(丹脣)을 열어 묻는 말을 답론(答論)하매, 말씀이 온중정대(穩重正大)134)하니, 공과 부인이 서랑(壻郎)의 위인을 흠애(欽愛)135)하여 웃는 입을 줄이지 못하더라.

이러구러 수월(數月)이 지나되, 낮이면 서당에서 고서(古書)를 열람(閱覽)하고 밤이면 내실에 들어가 소저와 숙침(宿寢)하되, 침석을 각각 설(設)하여 금슬지락(琴瑟之樂)이 멂이 하수(河水) 같으니136), 유모와 시녀 등이 어찌 비(妃)의 거동을 모르리오. 부인께 들어와, 정생이 겉으로 흡연(洽然)137)한 듯하나 침실지락(寢室之樂)138)이 없음을 고하니, 부인이 악연(愕然)139)하여 일일은 정생을 청하여 문왈,

"유모의 말을 들으니, 군자가 아녀와 금슬지락이 흡연치 못하다 하니 여아의 재덕이 부족하여 그러함이 아니면 군자의 몸이 병이 있음이니, 은닉치 말고 바로 말씀하여 첩의 마음을 시원케 하소서."

---

129) 동상(東床): 사위.
130) 처실(妻室): 아내.
131) 하자(瑕疵): 흠잡음. 흠잡아 말함.
132) 악모(岳母): 장모.
133) 관대(款待): 정성껏 대접함.
134) 온중정대(穩重正大): 조용하며 침착하고 올바르고 당당함.
135) 흠애(欽愛): 기쁜 마음으로 존중하며 사랑함.
136) 하수(河水) 같음: 둘 사이가 매우 멀리 떨어져 있음을 뜻함. '하해(河海)를 격(隔)한 것 같음'이라고 표현하기도 함.
137) 흡연(洽然): 매우 흡족함.
138) 침실지락(寢室之樂): 운우지락(雲雨之樂)을 뜻함.
139) 악연(愕然): 몹시 놀라 정신이 아찔함.

정비가 부인의 물으심을 당하여 자기 종적(蹤迹)을 감출 길이 없는지라. 옥안(玉顔)이 홍매(紅梅) 같아 이에 설파(說破)하여 왈,

"첩은 남자가 아니요, 정공의 여아라. 대인이 원방에 출정(出征)하시고 첩이 홀로 비복을 데리고 집을 지키었더니, 동방[140] 태자가 미복(微服)으로 민정(民情)을 구경코자 여염(閭閻)에 나오사 첩의 집 후원에 이르러 첩의 독서성(讀書聲)을 들으시고 가만히 규시(窺視)하여 첩의 외모가 누추키를 면함을 기꺼하사 천자께 고하시니, 상이 전지(傳旨)를 내리와 간선(揀選)에 올려 태자비를 정하시니, 첩의 직분에 외람하나 하릴없이 태자의 건즐(巾櫛)을 받들더니, 첩의 운수가 불길하여 간인(奸人)의 모해를 입어 가만히 집에 숨었더니, 태자가 첩의 심사를 위로코자 하여 자주 왕래하시니, 첩의 마음이 주야로 송구하옵더니, 황후 낭랑이 아시고 가만히 전지를 내리시되, '급히 피하여 화를 취치 말라.' 하시니, 첩이 경황(驚惶)[141]하여 엄친(嚴親)을 하직하고 가만히 집을 나와 외구(外舅) 이시랑 부중(府中)을 향코자 하더니, 선중(船中)에서 대인(大人)[142]을 상봉하와 어디로 향함을 물으시매 첩이 바른대로 고하오니, 대인이 이르시되 첩의 외구가 타향에 이접(移接)하셨다 하니, 어찌할 줄 모르매, 대인이 첩의 모양을 보시고 한가지로 가기를 권하시니, 첩이 귀택(貴宅)에 이르매, 숙식(宿食)이 편하옵더니, 대인이 첩을 남자로 아사, 영소저(令小姐)[143]를 가져 굳이 구혼하시니, 첩이 사세난처(事勢難處)[144]하여 바로 고(告)치 못하고 거짓으로 영녀(令女)와 인륜을 맺었다가 일후(日後)에 첩이 신루(身累)를 벗는 날 상후(上后)께 고하여 영소저로 태자의 내궁을 빛

---

140) 동방: 동궁(東宮), 곧 태자를 가리킴.
141) 경황(驚惶): 놀라고 두려워 허둥지둥함.
142) 대인(大人): 남을 높여 이르는 말. 시랑(侍郎) 이원준을 가리킴.
143) 영소저(令小姐): 윗사람의 딸을 높여 이르는 말.
144) 사세난처(事勢難處): 일의 형세가 처리하기 어려움.

내게 하고자 주의(主意)를 정하였더니[145], 첩의 일이 주밀(周密)[146]치 못하여 부인이 사기(事機)를 아시고 이렇듯 물으시니, 전후 사기를 바른대로 고하나이다.”

시랑 부부가 대경(大驚)하여 계하(階下)에 내려 사죄 왈,

“신의 부부가 성모 낭랑(娘娘)의 존위(尊威)를 범하와 무례한 죄 많사오니 용서하심을 바라나이다. 신도 일찍이 양경의 모해를 입어 벼슬을 하직코 전리(田里)에 돌아왔사오니, 간신의 죄악이 호대(浩大)[147]하오나 반드시 패할 때 있사오리니, 아직 신의 집에 유(留)하사 후일을 기다리소서. 지어(至於) 신녀(臣女)의 혼사 하여(何如)는 가소로운 일이오니, 일후(日後)에 낭랑의 선처하심을 바라나이다.”

언파에 시비를 명하여 홍상채의(紅裳彩衣)[148]를 받들어 드려 왈,

“낭랑의 남복(男服)이 괴이하오니 복색(服色)을 개착하소서.”

비 사례 왈,

“명공(明公)의 후은(厚恩)이 여차하오니 어느 때에 갚기를 바라리오.”

공의 부부가 만만사례(萬萬謝禮)하고 차후로 정비를 극진히 존경하여 군신지의(君臣之義)[149]를 잃지 아니하더라.

정비 소저의 침소에서 숙식(宿食)을 한가지로 하며 일월(日月)을 보낼새, 정비 일일은 소저더러 왈,

“그대 무슨 말을 영당(令堂)[150] 양친께 고하였기에, 나의 행색이 탄로

---

145) 주의(主意)를 정하였더니: 마음먹었더니, 작정하였더니.

146) 주밀(周密): 허술한 구석이 없고 세밀함.

147) 호대(浩大): 세력이나 기세가 매우 크고 넓음.

148) 홍상채의(紅裳彩衣): 다홍 치마에 아름답게 무늬 놓은 저고리라는 뜻으로 여성의 화려한 옷차림을 말함.

149) 군신지의(君臣之義): 임금과 신하 사이의 분별. 여기서는 황족에 대한 신하의 예의를 가리킴.

150) 영당(令堂): 본래 어머니를 뜻하는 말이나, 여기서는 부모를 가리킴.

케 하였나뇨?"

　소저가 아미(蛾眉)를 숙이고 수색(羞色)이 만면(滿面)하여 공경 대왈,

　"신첩(臣妾)이 어찌 감히 낭랑의 거취(去就)를 고하리잇고? 시녀 중의 요망한 무리가 고함인가 하나이다."

　정비가 이씨의 말이 온공(溫恭)151)함을 보고 사랑함을 마지아니터라.

　정비 일일은 공의 부부더러 왈,

　"첩이 어려서 여공(女功)152)을 버리고 무예를 배웠더니, 부친이 전장(戰場)에 곤(困)하심을 듣고 잠깐 남복(男服)을 갖추고 전진(戰陣)에 나아 궁(窮)하심을 구하였더니, 지금 몸이 한가하오니 병서를 빌리시면 서책으로 소일코자 하나이다."

　시랑이 절하여 왈,

　"낭랑의 말씀을 듣자오니, 석일(昔日) 목란(木蘭)153)의 종군(從軍)이 무엇이 기특타 하리잇고. 신의 집에 손오병서(孫吳兵書)가 있사오니, 이를 보심이 좋을까 하나이다."

　언파에 시동(侍童)을 명하여 서책을 드리니, 정비 주야로 병서를 공부하며 매양 월색(月色)을 띠어154) 갑주(甲胄)를 갖추고 말을 달려 무예를 익히니, 그 날램이 제비 같더라.

　차설(且說). 이적에 양경의 벼슬이 점점 높아 공후(公侯)에 거하매, 크게 외람(猥濫)한 뜻을 두어 국권(國權)을 임의로 희롱하여 충량지인(忠良之人)155)을 모해하니, 천자는 다만 양경의 참언(讒言)만 들으니, 조정이

---

151) 온공(溫恭): 성격, 태도 따위가 온화하고 공손함.
152) 여공(女功): 부녀자들이 하던 길쌈질. 실을 잣고, 천을 짜는 일을 말함.
153) 목란(木蘭): 예전 중국에서 늙은 아버지를 대신하여 남장을 하고 싸움터에 나가서, 공을 세우고 고향으로 돌아왔다고 하는 여성. 서사시 <목란사(木蘭辭)>의 주인공.
154) 월색(月色)을 띠어: 달빛을 받아, 달빛 아래에서.
155) 충량지인(忠良之人): 충성스럽고 선량한 사람.

점점 탁란(濁亂)156)하는지라. 양적(楊賊)157)이 점점 음흉한 계교를 내어 저의 동종(同宗)158) 양의태로 서주자사(徐州刺史)159)를 삼고, 양일춘으로 청주자사(靑州刺史)160)를 삼고, 양운으로 기주자사(冀州刺史)161)를 삼고, 양광영으로 황주자사(黃州刺史)162)를 삼고, 제 외사촌 원이겸으로 병부상서(兵部尙書) 도원수(都元帥) 대사마(大司馬) 대장군을 하이고 문무천관(文武千官)163)이 다 저의 일당이로되, 천자는 혼몽(昏懜) 중에 있어 모르더라.

21 　　문득 탐마(探馬)164)가 급보(急報)하되,

　"육주(六州)의 자사가 일시에 반(叛)하여 도성으로 향하니, 장수가 천여 원(員)이요, 군사가 수십만이라. 일시에 짓쳐들어오나이다."

　천자가 대경하사 만조(滿朝)를 모으시고 방어할 모책(謀策)을 의논하시니, 만조제신(滿朝諸臣)이 다 양경의 당이라. 일시에 주왈,

　"적세(敵勢)가 강성하오니, 폐하가 친정(親征)165)하시고, 양경이 지용(智勇)이 겸전(兼全)하오니, 대원수를 하이시면 도적을 멸함이 근심이 없

---

156) 탁란(濁亂): 사회나 정치의 분위기가 흐리고 어지러움.
157) 양적(楊賊): 성이 양(楊)인 역적. 양경을 가리킴.
158) 동종(同宗): 성과 본이 같은 친족.
159) 서주자사(徐州刺史): 서주의 지방 장관. 서주는 중국 강소성(江蘇省)과 산동성(山東省)의 경계 부근. 자사는 중국 한나라 때에, 군(郡)·국(國)을 감독하기 위하여 각 주에 둔 감찰관.
160) 청주자사(靑州刺史): 청주의 지방 장관. 청주는 지금의 산동성(山東省) 임치현(臨淄縣).
161) 기주자사(冀州刺史): 기주의 지방 장관. 기주는 지금의 하북성(河北省) 임장(臨漳) 일대.
162) 황주자사(黃州刺史): 황주의 지방 장관. 황주는 지금의 호북성(湖北省) 황강(黃岡) 일대.
163) 문무천관(文武千官): 조정의 모든 관리. 문무백관(文武百官).
164) 탐마(探馬): 적의 형편을 살피는 병사.
165) 친정(親征): 임금이 몸소 나아가 정벌함.

으리이다."

상이 기꺼하사 양경으로 대원수를 삼고 십만 정병(精兵)을 조발(調發)하시고 천자가 친히 중군(中軍)166)이 되어 행군하실새, 수일 만에 평원광야(平原曠野)에 이르러 진세(陣勢)를 이루고 도적 치기를 경영하더라.

차시(此時) 양일춘이 선봉이 되어 천자와 대진(對陣)하였는지라. 융복(戎服)167)을 정제히 하고 진전(陣前)에 내달아 대호(大呼)168) 왈,

"천자가 실덕(失德)하여 만민이 도탄(塗炭)하니169) 천하 만민이 다 성군(聖君) 만나기를 축수(祝手)하는 고로, 내 이제 의병(義兵)을 일으켜 무도혼군(無道昏君)170)을 멸코자 하나니, 빨리 나와 항복하여 죽기를 면하라."

언파에 의기양양(意氣揚揚)하여 진전에 횡행하니, 천자가 대로(大怒)하사 좌우를 돌아보사 왈,

"뉘 능히 나아가 도적을 잡아 짐의 분을 풀꼬?"

언미필(言未畢)171)에 대원수 양경이 나와 싸워 수합(數合)172)이 못하여 짐짓 도적에게 사로잡히니, 부원수 원이겸이 또 내달아 싸워 수합에 사로잡히어 가니, 상이 어찌 저의 흉계를 알리오. 대경실색(大驚失色)하사 어찌할 줄 모르시니, 양일춘이 승세(乘勢)하여 창을 비껴들고 대호(大呼) 왈,

22

---

166) 중군(中軍): 전군(全軍)의 한 가운데에 자리 잡고 있는 중심 부대.
167) 융복(戎服): 무신(武臣)들의 관복. 문신(文臣)도 전쟁이 일어났을 때나 임금을 호종(扈從)할 때에 입음.
168) 대호(大呼): 큰 소리를 지름.
169) 도탄(塗炭)하니: 진구렁에 빠지고 숯불에 탄다는 뜻. 도탄에 드니, 도탄에 빠지니. 앞으로는 '도탄하다'를 '도탄에 빠지다'로 고침.
170) 무도혼군(無道昏君): 도리에 어긋나고 사리에 어두운 어리석은 임금.
171) 언미필(言未畢): 하던 말이 채 끝나기 전.
172) 수합(數合): 여러 합. 합은 칼이나 창으로 싸울 때, 칼이나 창이 서로 마주치는 횟수를 세는 단위임.

"무도지군(無道之君)[173]은 빨리 항복하여 죽기를 면하라."

상이 황황망극(遑遑罔極)[174]하사 제신(諸臣)을 돌아보시며 왈,

"뉘 능히 이 도적을 물리쳐 짐의 급함을 구할꼬?"

문무제신(文武諸臣)이 다 양경의 당이라. 일시에 주왈,

"적세 이렇듯 강성하오니, 폐하는 일찍이 항복하사 만민의 도탄을 구하소서."

상이 더욱 망극하사 앙천통곡(仰天痛哭)하시니, 급함이 경각(頃刻)에 있는지라.

차시 태자가 후영(後營)[175]에 있다가 함성이 대진(大振)함을 듣고 수백 철기(鐵騎)[176]를 거느려 진 밖에 나와 보시니, 수만 적병이 천자를 에워싸고 시석(矢石)이[177] 빗발치듯 하니, 급함이 누란(累卵) 같은지라. 태자가 대경대로(大驚大怒)하사 급히 창을 휘두르며 적진(敵陣)에 다다라 대질(大叱) 왈,

"무지(無知) 역적아! 너희 양가가 대대로 국은(國恩)을 입었거늘, 일시 강악(强惡)을 믿고 천위(天威)를 범코자 하느냐? 너를 죽여 나라 위엄을 빛내리라."

적장이 웃어 왈,

"태자는 분하여 말라. 황상이 무도(無道)하여 만민이 도탄에 빠지매, 우리가 천명(天命)을 받아 인심을 평안코자 하나니, 네 어찌 망령되이 우리를 대적코자 하나뇨?"

언파에 제군(諸軍)을 지휘하여 태자를 에워싸니, 태자가 대로(大怒)하

---

173) 무도지군(無道之君): 도리에 어긋난 임금. 패군(悖君), 난군(亂君).
174) 황황망극(遑遑罔極): 갈팡질팡 어쩔 줄 모르게 급하기 그지없음.
175) 후영(後營): 진의 편성에서, 뒤에 있는 진영. 후군(後軍).
176) 철기(鐵騎): 철갑옷을 입고 말을 타고 싸우는 병사.
177) 원문에는 이 세 글자가 없으나, 문맥상 이와 같이 넣어 봄.

여 좌우로 치빙(馳騁)178)하여 충돌하나, 어이 수십 겹 에움을 벗어나리
오. 하릴없어 하늘을 향하여 통곡하사 왈,

　"부자가 함께 적진(敵陣) 속에 들었으니, 황상의 급하심이 조석(朝夕)
에 있는지라. 뉘 능히 도적을 죽여 우리 부자의 급함을 구할꼬?"

　언파에 실성엄읍(失聲掩泣)179)하시니, 산천초목이 다 위하여 슬퍼하
는 듯하더라. 적장이 크게 외쳐 왈,

　"너희 부자가 이미 진중에 싸이어 사생(死生)이 수유(須臾)에 있으니,
빨리 항서(降書)를 올려 죽기를 면하라."
하니, 그 소리가 벽력같은지라. 천자와 태자가 혼비백산(魂飛魄散)하여
어찌할 줄 모르시더라.

　차시 정비 이시랑 부중(府中)에 있어 일야(日夜)로 무예를 연습하며 황
성(皇城) 소식을 탐지하더니, 문득 비복이 들어와 고왈,

　"황성 소식을 들으니, 육도(六道)180) 자사(刺史)가 다 반(叛)하여 경성
(京城)을 범하오되, 천자와 태자가 친정(親征)하시다가 적진(敵陣)에 싸
이어 칠 일을 절량(絶糧)181)하시니, 급함이 누란(累卵) 같다 하더이다."

　정비 대경 왈,

　"이는 필경 양적(楊賊)의 소위(所爲)라. 어찌 일시나 지체하리오. 급히
달려가 천자와 동궁을 구하고 도적을 삭평(削平)하리라."
하고 의갑(衣甲)182)을 정제(整齊)하고 말에 오르니, 시랑이 고왈,

　"노신이 낭랑을 모셔 가 황상과 동궁 전하를 뵙고자 하옵나니, 이제
모셔 발행(發行)183)함이 어떠하니잇고?"

---

178) 치빙(馳騁): 말을 타고 달림.
179) 실성엄읍(失聲掩泣): 얼굴을 가리고, 목이 멜 정도로 슬피 욺.
180) 육도(六道): 육주(六州)를 말함.
181) 절량(絶糧): 양식이 떨어짐.
182) 의갑(衣甲): 갑옷.

정비 말려 왈,

"공의 말씀이 당연하나, 첩의 탄 말이 천리용구(千里龍駒)184)라. 한 번 채를 던지면 빠름이 풍우(風雨) 같아 만리강산(萬里江山)을 눈앞에 지내나니, 공의 노력(老力)으로 어찌 나의 뒤를 좇으리오. 첩이 마땅히 천자를 뵙는 날에는 공의 충심을 고하리라."

하고, 인하여 공의 부부와 소저를 하직코 천사보검(天賜寶劍)185)을 비껴 들고 말에 올라 채를 들어 한 번 치니, 그 말이 소리를 벽력같이 지르고 급히 달려 일주야(一晝夜) 만에 황성 가까이 이르러 바라보니, 평원 광야에 수만 철기(鐵騎) 천자와 태자를 에워쌌으니, 살기등등(殺氣騰騰)하여 급함이 경각(頃刻)에 있는지라. 정비 대로(大怒)하여 소리 질러 왈,

"너희는 어떤 도적이기에 감히 천자를 범하나뇨? 한칼로 여등(汝等)을 죽여 씨를 없이하리라."

하니, 적진 중에서 일장(一將)이 나오며 대호 왈,

"천자가 덕이 없어 만민이 도탄에 빠지매, 우리 천명(天命)을 받아 의병을 이루어 혼군(昏君)을 없이하고 만민을 구하거늘, 너희는 어떤 사람이기에 천시(天時)를 모르고 호위(虎威)186)를 범코자 하난다?"

정비 대로하여 창을 들어 찌르며 왈,

"너희 양가 일문(一門)이 대대로 국록을 먹고, 너희 누이 초방(椒房)187)의 귀함을 받으니 천은(天恩)이 망극하거늘, 도리어 역당(逆黨)을 취모(聚募)188)하여 임금을 해코자 하니, 명천(明天)이 어이 무심하리오. 자고

---

183) 발행(發行): 길을 떠남.
184) 천리용구(千里龍駒): 천리를 달리는 매우 좋은 말. 천리마(千里馬).
185) 천사보검(天賜寶劍): 하늘에서 내려준 보배로운 검.
186) 호위(虎威): 매우 강한 위세를 지닌 군대를 뜻함.
187) 초방(椒房): 후춧가루를 바른 방이라는 뜻에서, 왕비나 왕후를 뜻하나, 여기서는 총애 받는 후궁의 위치에 있음을 말함.
188) 취모(聚募): 모아들임.

로 임금이 있은 후에 백성이 평안하나니, 군신지의(君臣之義)는 삼강(三綱)의 으뜸이라. 너희 등이 오륜을 모르니, 일러 무엇 하리오.”

하고 칼을 들어 급히 치니, 양춘[189]이 대로하여 창을 들어 맞아 싸워 수합(數合)이 못하여, 정비 칼을 들어 양적(楊賊)[190]의 말 다리를 찌르니, 양흉(楊兇)[191]이 몸을 번드쳐 말에서 떨어지거늘, 정비 칼을 날려 그 머리를 베어 꿰어 들고 진전(陣前)에 횡행하며 대호 왈,

“너희 중에 나를 당할 자가 있거든 빨리 나와 승부를 결하라.”

서주(徐州) 자사 양의태[192] 양적(楊賊)의 죽음을 보고 여성(厲聲)[193] 문 왈,

“구상유취(口尙乳臭)가 어찌 감히 우리 주장(主將)을 해(害)하나뇨?”

하고 달려드니, 정비 맞아 싸워 수합이 못하여 칼을 날려 의태의 머리를 베어 마하(馬下)에 내리치고 바로 적진에 달려들어 좌우충돌(左右衝突)[194]하며 적군의 머리를 풀 버이듯 하니, 적진 장졸(將卒)이 대경하여 상혼낙담(喪魂落膽)[195]하여 감히 가까이 올 자가 없는지라.

다시 천자와 태자를 모시고 본진에 돌아오니, 천자가 비로소 정신을 차려 문왈,

“장군이 누구완대 짐의 급함을 구하나뇨?”

정비 통곡 주왈,

---

189) 양춘: 양일춘을 가리킴.

190) 양적(楊賊): 성이 양(楊)인 역적. 여기서는 양일춘을 가리킴. 위에서는 양경을 이렇게 일컬었음.

191) 양흉(楊兇): 성이 양(楊)인 흉측한 자. 양일춘을 가리킴.

192) 원문에는 ‘양위’로 되어 있으나, 앞서 서주 자사는 ‘양의태’였음. 이 인물은 바로 아래에서는 ‘위태’라고 되었으나, ‘양의태’의 잘못으로 보아 바로잡음.

193) 여성(厲聲): 성이 나서 크게 소리를 지름.

194) 좌우충돌(左右衝突): 좌충우돌.

195) 상혼낙담(喪魂落膽): 몹시 놀라거나 마음이 상해서 넋을 잃음.

"신첩(臣妾) 정성모는 폐하께 중죄(重罪)를 입어 천위를 기망(欺罔)하고 몸을 숨겨 초야(草野)에 엎드려 누명을 신백(申白)함을 기다리옵더니, 양적(楊賊)196)이 창궐하여 천위를 범함을 듣고 죄첩(罪妾)이 방자함을 돌아보지 아니하옵고 급히 달려와 폐하와 춘궁(春宮)197) 전하를 뵈오나, 첩의 죄는 더욱 깊사오니 불승황공(不勝惶恐)하도소이다."

상과 태자가 황망(慌忙)히 눈을 들어 보시니, 과연 태자비 정씨라. 상이 집수(執手) 낙루(落淚) 왈,

"간녀(奸女)의 참언을 들어 현비를 액살(縊殺)198)하였더니, 가만한199) 가운데 기모(機謀)를 운동(運動)200)하여 천금지구(千金之軀)201)를 보호하였다가 짐의 급함을 구하니, 짐이 무도(無道)하여 혼군(昏君)으로서, 죽이려 하되, 현부는 짐의 목숨을 구하니, 짐이 장차 무엇으로써 그 은공을 갚으리오."

태자가 또한 거수(擧袖) 칭사(稱辭)202) 왈,

"현비 능히 몸을 보전하여 황상(皇上)과 과인의 급함을 구하니, 어찌 기쁘지 않으리오."

하니, 차시 정공이 천자를 모셨다가 여아의 충렬(忠烈)이 완전하여 천자를 구함을 보고 두굿김203)이 있으나, 상(上)의 과장(誇張)하심을 보고 심히 불안하여 천자께 주왈,

---

196) 양적(楊賊): 성이 양(楊)인 도적들. 양경과 그의 무리를 말함.
197) 춘궁(春宮): 동궁, 태자.
198) 액살(縊殺): 목을 매어 죽임. 위에서 임금은 정비에게 사약을 내렸으므로 액살은 잘못.
199) 가만한: 움직임 따위가 매우 조용하여 잘 드러나지 않는.
200) 기모(機謀)를 운동(運動): 꾀를 내어 씀.
201) 천금지구(千金之軀): 천금같이 귀중한 몸.
202) 칭사(稱辭): 칭찬.
203) 두굿김: 몹시 기뻐함.

"신의 천녀(賤女)204)가 중죄(重罪)를 입고 목숨을 기망(欺罔)하였사오니, 방자한 죄 깊삽거늘 조금도 책(責)치 않으시고, 비록 어가(御駕)205)를 구한 조그마한 공이 있으나 이렇듯 과장하시니, 신의 마음이 더욱 황공하와 자식의 방자한 죄를 당코자206) 하나이다."

상이 용안(龍顔)에 희기(喜氣) 가득하사 정공의 기녀(奇女)207) 둠을 치하하시더니, 홀연 함성이 대진(大振)하며, 기주자사 양운이 본디 용력(勇力)이 절륜(絶倫)208)하여 만부부당지용(萬夫不當之勇)209)이 있는지라. 분기충천(憤氣衝天)하여 피갑상마(被甲上馬)210)하여 내달으니 신장이 구척(九尺)이요, 표두환안(豹頭環眼)211)이요, 기위웅장(頎偉雄壯)212) 하더라. 정비가 바라보고 대질(大叱) 왈,

"무지한 역적아! 네 천시(天時)를 모르고 찬역지심(簒逆之心)213)을 행하니, 한칼에 너를 죽여 우리 황상(皇上)의 근심을 덜리라."

양운이 대로(大怒) 왈,

"너를 보니, 청춘이 아직 멀었는지라. 그릇 전장(戰場)에 죽으면 어찌 가련치 않으리오. 만일 목숨을 아끼거든 우리를 도와 천하를 평정할지

---

204) 천녀(賤女): 천한 여자. 자신의 딸을 낮추어 겸양하는 표현.
205) 어가(御駕): 임금이 타던 수레. 여기서는 임금을 말함.
206) 죄를 당하고자: 벌을 받고자. 여기서 죄는 죄에 해당하는 벌을 뜻하며, 당하는 것은 책임을 맡는 것을 뜻함.
207) 기녀(奇女): 재주와 슬기가 남달리 뛰어난 여자.
208) 절륜(絶倫): 아주 두드러지게 뛰어남.
209) 만부부당지용(萬夫不當之勇): 수많은 장부(丈夫)로도 능히 당할 수 없는 용맹.
210) 피갑상마(被甲上馬): 갑옷을 입고 말에 올라탐.
211) 표두환안(豹頭環眼): 표범의 머리와 고리눈. 기세가 사나움을 나타냄. 고리눈은 눈을 부릅뜨면 흰자위가 눈동자를 둘러서 나타나는 눈으로 장사의 전형적인 외모의 하나.
212) 기위웅장(頎偉雄壯): 매우 풍채가 좋고 우람하여 의기가 당당함.
213) 찬역지심(簒逆之心): 찬역하려는 마음, 곧 임금의 자리를 빼앗기 위해 반역하려는 마음.

라. 어진 이름이 죽백(竹帛)[214]에 오르리라.”

정비 대로하여 여성(厲聲) 대질 왈,

“네 전일에 운남(雲南) 교지국(交趾國)의 백만 장졸을 풀 베듯 하고 적진 장사(壯士) 사만을 한칼에 베고 정공 구하던 장수의 이름을 듣지 못하였느냐? 하물며 너 같은 쥐 무리를 죽임이 무엇이 어려우리오.”

언파에 달려들어 싸워 백여 합에 승부를 결(決)치 못하더니, 문득 정비의 어깨에서 쌍룡(雙龍)이 일어나고 삼태칠성검(三台七星劍)[215] 양 귀로 좇아 안개 일어나며 적장을 둘러싸니, 양운이 정신이 아득하여 대적치 못할 줄 알고 말 머리를 돌이켜 피코자 하더니, 정비 일성(一聲) 호통[216]에 몸을 솟구어 양운을 취하니, 일진광풍(一陣狂風)[217]이 일어나며 양운의 머리가 공중으로 좇아 땅에 떨어지니, 정비 더욱 승승(乘勝)하여 운의 머리를 말에 달고 좌우로 횡행(橫行)하더라.

하회(下回)를 분석(分釋)할지어다.[218]

세(歲) 갑인(甲寅) 오월일 향목동 서(書).

---

214) 죽백(竹帛): 역사를 기록한 책.
215) 삼태칠성검(三台七星劍): 삼태성(三台星)과 북두칠성의 모양이 새겨진 칼. 매우 좋은 칼을 가리킴. 삼태성은 북두칠성 아래에 늘어선 세 별로 우리 조상들이 사람의 수명을 관장하는 별이라고 여겨 북두칠성과 함께 가장 중요하게 여겼음.
216) 일성(一聲) 호통: 몹시 화가 나서 크게 소리 질러 꾸짖는 한 마디.
217) 일진광풍(一陣狂風): 한바탕 몰아치는 사나운 바람.
218) 하회(下回)를 분석(分釋)할지어다: ‘다음 회를 잘 보라.’는 내용으로 장회소설의 한 회 마지막에 상투적으로 붙는 구절.

정비전 권4 종(終)

차설(且說). 정비 양운의 머리를 칼끝에 꿰어 들고 싸움을 돋우니, 양광원과 양진경이 양운의 죽음을 보고 일시에 내달아 정비를 취하니, 정비 맞아 싸울새 좌수(左手)로 양광원[1]을 대적(對敵)하고 우수(右手)로 양진경을 막으니, 그 날램이 나는 제비라도 밎지 못할지라. 정비의 칼이 빛나며 양진경의 머리 마하(馬下)에 떨어지니, 양광원[2]이 죽음을 보고 능히 대적(對敵)치 못할 줄 알고 말을 돌이켜 본진(本陣)으로 닫고자 하더니, 정비 급히 활을 당기어 쏘니, 양광원의 탄 말이 맞아 거꾸러지며 광원이 땅에 떨어지거늘, 정비 칼을 날려 머리를 베어들고 바로 적진에 달려들어 일진(一陣)을 짓치니 적병이 사산분주(四散奔走)[3]하거늘, 정비가 남은 적병을 효유(曉諭)[4] 왈,

"여등(汝等)은 다 무죄하니, 각각 물러가 부모처자를 반기고 농업을 힘써 하며 주경야독(晝耕夜讀)하여 국은(國恩)을 갚으라."

제적(諸賊)이 백배사례(百拜謝禮)하고 물러가는지라.[5] **차**시 양경과 원이겸이 적진(敵陣)이 파(破)함[6]을 보고 하릴없어 나와 정비를 보고 왈,

---

1) 원문에는 '양명'이나, 바로 위에 언급된 양광원으로 보아야 함.
2) 원문에는 '양광명'이나, 바로 위에 언급된 양광원으로 보아야 함.
3) 사산분주(四散奔走): 사방으로 흩어져 재빨리 달아남.
4) 효유(曉諭): 알아듣도록 타이름.
5) 원문에는 이 여섯 글자가 빠져 있음. 한 면이 끝나는 부분임.
6) 파(破)함: 여기서는 싸움에 짐을 뜻함.

"우리는 천조(天朝)[7] 선봉장이옵더니, 적장에게 사로잡혀 진중(陣中)에 갇혔더니, 장군의 구하심을 입어 본진에 돌아가 황상을 다시 모시게 되니, 장군의 하해지덕(河海之德)을 어찌 다 갚으리잇고?"

정비 짐짓 위로 왈,

"장군은 너무 칭사(稱謝)치 말고 한가지로 돌아가 황상께 뵈옴이 좋다." 하고, 승전고(勝戰鼓)를 울리며 장졸을 거느려 돌아와 천자께 뵈옵고 육도(六道) 자사(刺史)의 수급(首級)[8]을 올리니, 상이 희기(喜氣) 만안(滿顔)하여 집수(執手) 칭사(稱辭)[9] 왈,

"경의 높은 재주로 적장을 소멸하니, 이 은혜를 어찌 다 갚으리오."

정비 복지(伏地) 주왈,

"폐하의 홍복(洪福)[10]을 힘입어 도적을 파하였사오니, 신첩(臣妾)이 무슨 공(功)이리잇고? 그러나 역당(逆黨)을 다 죽였사오니, 속히 환궁(還宮)하시면 아뢸 말씀이 있나이다."

상이 삼군(三軍)[11]에 하령(下令)하사 즉일로 행군하사 여러 날 만에 황성에 이르러 승전고를 울리며 들어오시니, 만성인민(滿城人民)이 향화(香火)[12]를 갖추어 어가(御駕)를 맞으며 일시에 만세를 부르니, 인성(人聲)이 훤화(喧譁)[13]하여 만천(滿天)[14]이 흔들리더라. 정비 칠성검(七星劍)을 비껴들고 마상(馬上)에 단정히 앉아 어가를 호위하여 성중에 들어

---

7) 천조(天朝): 천자(天子)의 조정(朝廷).
8) 수급(首級): 전쟁에서 베어 얻은 적군의 머리.
9) 칭사(稱辭): 칭찬.
10) 홍복(洪福): 큰 행복. 크게 복된 운수.
11) 삼군(三軍): 군 전체를 이르는 말.
12) 향화(香火): 향불. 신분이 높은 사람을 맞이하는 예절 가운데 하나로 향불을 켜들고 맞이하는 모습.
13) 훤화(喧譁): 시끄럽게 지껄이며 떠듦.
14) 만천(滿天): 온 하늘.

와, 천자가[15] 황극전(皇極殿) 상에 좌(座)를 높이시고 출전(出戰) 장사의 공을 보아 차례로 상사(賞賜)[16]하실새, 정비 다시 주왈,

"이제 비록 반적(叛賊)을 소멸하였사오나 역당이 무수(無數)하옵고, 옥석(玉石)을 분발(分拔)[17]할 일이 있사오니, 특별히 남문(南門) 누상(樓上)에 어좌(御座)[18]를 베푸소서."

상이 그 말을 좇으사 다시 만조(滿朝)를 거느려 남문루에 좌(座)를 정하시니, 정비 주왈,

"역신(逆臣) 양경·원이겸 등을 잡아 군중(軍中)에 가두어 폐하 처치를 기다리나이다."

상이 청파(聽罷)에 노기(怒氣) 용미(龍眉)[19]에 어리사 무사를 호령하여 양경 등을 빨리 잡아들이라 하시니, 무사가 일시에 양경을 결박하여 좌하(座下)에 꿇리거늘, 상이 진노(震怒)하사 여성(厲聲) 문왈,

"너희 양가 일문(一門)이 대대로 국은이 망극하고, 너희 누이 짐의 총비(寵妃)[20]로 위권(威權)[21]이 육궁(六宮)에 으뜸이거늘, 무엇이 부족하여 양비(楊妃) 간녀(奸女)와 밀밀(密密)[22]히 모의하여 태자비를 모해(謀害)하고, 오히려 부족하여 양가 역적으로 육주 자사를 하이고 밖으로 결당(結黨)하여 기병(起兵)케 하고 너는 내응(內應)이 되어 짐짓 역적에게 사로잡히고, 다시 짐을 해(害)하고 선조의 창업하신 만리강산을 앗고자 하니, 너의 죄는 만사무석(萬死無惜)이라. 괴로운 형벌을 받지 말고 전후

---

15) 원문에는 이 세 글자가 없으나, 문맥상 이와 같이 넣음.
16) 상사(賞賜): 칭찬하여 상으로 물품을 내려 줌.
17) 옥석(玉石)을 분발(分拔): 옥과 돌을 가림, 좋은 것과 나쁜 것을 가려 골라냄.
18) 어좌(御座): 임금이 참석한 모임.
19) 용미(龍眉): 임금의 미간(眉間)을 말함.
20) 총비(寵妃): 임금의 총애를 받는 비.
21) 위권(威權): 위세와 권력을 아울러 이르는 말.
22) 밀밀(密密): 매우 빽빽함, 빈틈없음.

실정을 직고(直告)하라."

언파에 용미대상(龍眉臺上)23) 노기(怒氣) 묵묵(默默)하사 북풍한설(北風寒雪) 같으니, 좌우제신(左右諸臣)이 무죄한 자도 황률(惶慄)24)하여 한한(寒汗)이 첨의(沾衣)25)하되, 양경은 조금도 두려워함이 없어 고두(叩頭)26) 주왈,

"신의 일문(一門)이 국은(國恩)을 입사와 주야로 소심익익(小心翼翼)27)하옵고, 더욱 태자비는 내조(內朝)28) 일이거늘 외신(外臣)29)이 알 길이 없으며, 수월(數月)에 한 번씩 누이를 보고자 하여 궁중에 들어가 잠깐 문후(問候)하고 나올 뿐이요, 양광영 육 인을 육주 자사를 하임은 폐하를 보익(輔翼)30)코자 함이러니, 기적(其賊) 등이 가만히 반역지심(叛逆之心)을 두어 기병(起兵)·범상(犯上)31)할 줄이야 어이 아오며, 지어(至於) 신이 적진(敵陣)에 잡힘은 신이 용력(勇力)이 없사와 그러하옴이니, 다른 아뢸 말씀이 없나이다."

상이 익익대로(益益大怒)32)하사 무사를 호령하여 오형(五刑)33)을 갖추

---

23) 용미대상(龍眉臺上): 임금의 얼굴을 뜻함. 양쪽 끝이 길게 치올라가는 모양의 눈썹.
24) 황률(惶慄): 몹시 무서워 두려워함.
25) 한한(寒汗)이 첨의(沾衣): 식은땀이 옷을 적심.
26) 고두(叩頭): 머리를 땅에 조아림.
27) 소심익익(小心翼翼): 공경하는 마음으로 삼가는 모양.
28) 내조(內朝): 황후(皇后)나 왕후(王后)가 거처하는 궁전. 내궁(內宮).
29) 외신(外臣): 조정의 신하. 내조(內朝)와 대비하여 이와 같이 말함.
30) 보익(輔翼): 보좌(輔佐).
31) 범상(犯上): 윗자리에 있는 사람을 범함. 여기서는 모반함을 말함.
32) 익익대로(益益大怒): 더욱 크게 성냄.
33) 오형(五刑): 죄인을 처벌하던 다섯 가지 형벌. 태형(笞刑: 작은 형장으로 볼기를 침)·장형(杖刑: 큰 형장으로 볼기를 침)·도형(徒刑: 중노동을 시킴)·유형(流刑: 귀양 보냄)·사형(死刑). 또는 묵형(墨刑: 이마나 팔뚝 따위에 먹줄로 죄명을 새겨 넣음)·의형(劓刑: 코를 벰)·비형(剕刑: 발을 벰)·궁형(宮刑: 생식기를 없앰)·대벽(大辟: 목을 벰).

시고 극형(極刑)[34]으로 엄문(嚴問)[35]하시니, 양경 적자(賊子)[36]가 비록 역률(逆律)[37]을 도모하였으나 몸인즉 부귀 중에 있어 희미한 태벌(笞罰)도 보지 못하였거든 이런 독형(毒刑)[38]을 당하였으리오. 수십 장(杖)[39]이 넘지 못하여 옥각(玉脚)[40]이 웃쳐지고[41] 붉은 피 솟아나며 뼛골이 드러나니, 아무리 악종(惡種)이나 견딜 길이 없는지라. 이에 슬피 빌어 왈,

"형벌을 잠깐 늦추시면 바른대로 고하리이다."

상이 명하사,

"형벌을 그치고 초사(招辭)[42]를 올리라."

하시니, 양경이 이에 지필(紙筆)을 구하여 개개(個個)이 기록하여 올리거늘, 상이 친히 보시니, 하였으되,

죄신(罪臣) 양경은 본디 공후지가(公侯之家)[43]로 겸하여 내척(內戚)[44]의 위권(戚權)을 가졌으니 뜻이 교만하옵더니, 다만 일자(一子)를 두고 자부(子婦)를 구하오매, 정씨의 현숙함을 듣고 매파를 보내어 구혼하오니, 정각로가 매매(每每) 거절하오매, 말씀이 많이 권척(權戚)[45] 소인임을 혐의(嫌疑)하옵거늘, 신이 분함을 이기지 못하여 성상께 아

6

---

34) 극형(極刑): 가장 무거운 형벌.
35) 엄문(嚴問): 엄하게 심문함.
36) 적자(賊子): 불충하거나 불효한 사람.
37) 역률(逆律): 역적을 처벌하는 법률.
38) 독형(毒刑): 독한 형벌.
39) 장(杖): 곤장, 태장, 형장 따위를 세는 단위.
40) 옥각(玉脚): 고운 다리라는 뜻으로, 곱게 살아온 양경의 다리를 이와 같이 표현함.
41) 웃쳐지고: 으깨어지고.
42) 초사(招辭): 죄인이 범죄 사실을 진술한 글.
43) 공후지가(公侯之家): 매우 높은 벼슬아치 집안.
44) 내척(內戚): 임금의 총애를 받는 부인의 친척.
45) 권척(權戚): 권세가 있는 친척.

뢰어 정공을 만리 전진(戰陣)에 보내매, 병혁(兵革)에 몸이 죽어 신을 곤욕(困辱)함을 설분(雪憤)하고 다시 정씨를 겁탈(劫奪)코자 하여, 정부(府)에 이르러 정부의 문전(門前)이 요란함을 보고 물은즉, 정부 노자(奴子)의 말이 소저가 이미 기세(棄世)하였다 하기로, 신이 친히 내정(內庭)에 돌입하여 보니, 죽을시 적실(的實)하여 비복(婢僕)의 치상(治喪)46)이 완연하옵거늘, 하릴없어 집에 돌아왔삽더니, 그 중에 정씨 기모(機謀)47)를 운동(運動)하여 몸이 후원 깊은 곳에 숨고 거짓 초상(初喪)을 발(發)하니, 신의 겁혼(劫婚)48)을 막은 후 다시 소식을 듣보고49) 부친을 구코자 하여, 만리 새외(塞外)에 나아가 대공(大功)을 이루고 돌아와, 태자의 친견(親見)하신 바가 되어 간선(揀選)에 올라 태자비 될 줄 어이 알았으리잇고? 신이 부끄럽고 분함을 이기지 못하여 귀비와 동모(同謀)하여 정비를 해(害)하고 다시 생각하니, 일후(日後)에 차사(此事) 누설하면 주륙(誅戮)을 면치 못할 고로 부득이 누이와 동모하여 양문(楊門) 육 인을 육주 자사를 하이고 육 인에게 전후 실사(實事) 일러 대사(大事)를 도모코자 함이러니, 하늘이 신의 악사(惡事)를 밉게 여겨 정씨의 한칼에 양씨 육 인이 일시에 죽고 신이 또한 정씨의 손에 잡혀 폐하의 국문(鞫問)하심을 당하와 독한 형벌이 몸을 괴롭게 하오니, 견딜 길이 없사와 바른대로 고하나이다.

하였더라.

상이 남파(覽罷)에 분기(憤氣)를 이기지 못하여 어수(御手)로 서안(書案)을 치시며 대질(大叱) 왈,

---

46) 치상(治喪): 초상을 치름.
47) 기모(機謀): 상황에 알맞게 일을 잘 처리하는 슬기나 지혜. 기략(機略).
48) 겁혼(劫婚): 위협하고 협박하여 혼인을 맺음.
49) 듣보고: 듣기도 하고 보기도 하며 알아보거나 살피고.

"심의(甚矣)라, 차적(此賊)이여[50]! 정비의 신묘한 계교 곧 아니런들 우리 부자가 역적의 손에 죽고 종묘사직(宗廟社稷)이 양적(楊賊)의 기물(己物)[51]이 되리로다."

하시고, 무사를 호령하여, 양녀(楊女)의 내궁(內宮)에 돌입(突入)하여 모든 시녀를 잡으라 하사, 형추(刑椎)[52]에 올려 매고 극형(極刑)으로 엄문(嚴問)하시니, 궁녀 등이 하릴없어 개개(個個) 직초(直招)[53]하니, 양비의 허다 음모(陰謀)·비계(秘計)가 모두 드러나는지라. 상이 더욱 분노하사 이에 죄인을 처결(處決)[54]하실새, 양경은 문외(門外)에 내어 능지처참(陵遲處斬)[55]하고 처자는 관정(官廷)에 박고[56] 종적(從賊)[57] 원이겸은 정형(正刑)[58]하고, 양비는 내궁에 안치(安置)[59]하여 영영 사(赦)[60]를 입지 못하게 하고, 궁녀 중에 간모(奸謀)에 참예(參預)한 자를 가리어 원방(遠方)에 내치시고, 이에 정공을 가까이 부르사 집수(執手) 왈,

"짐이 불명하여 태자비를 저버린 허물이 많으니, 경은 영녀(令女)[61]를 데리고 집에 돌아가 짐의 회과(悔過)함을 일러 다시 태자(太子) 내궁위

---

50) 심의(甚矣)라 차적(此賊)이여: 심하도다, 이 도적이여.
51) 기물(己物): 소유물.
52) 형추(刑椎): 형틀을 말함.
53) 직초(直招): 지은 죄를 사실대로 바로 말함.
54) 처결(處決): 결정하여 조처함.
55) 능지처참(陵遲處斬): 대역죄를 범한 자에게 과하던 극형으로 죄인을 죽인 뒤 시신의 머리·몸·팔·다리를 토막 쳐서 각지에 보내 백성들에게 돌려 보임.
56) 관정(官廷)에 박고: 관노비(官奴婢)의 명단에 올려 적(籍)을 두게 하고.
57) 종적(從賊): 역적 가운데 주범이 아닌 종범(從犯)이란 뜻에서 쓴 말.
58) 정형(正刑): 사형.
59) 안치(安置): 죄인을 먼 곳에 보내 다른 곳으로 옮기지 못하게 주거를 제한하는 일.
60) 사(赦): 사면(赦免)이나 사전(赦典). 사전은 국가적인 경사가 있을 때 죄인을 사면하는 일.
61) 영녀(令女): 상대방의 딸을 높여 이르는 말. 영애(令愛).

(內宮位)62)에 올라 짐을 봉양케 하라.”

정공이 고두배사(叩頭拜辭)63) 왈,

“신의 자식이 무슨 사람이라64) 감히 폐하의 지우지은(知遇之恩)65)을 저버려 태자를 섬기지 아니코 군신지간(君臣之間)에 잠깐 그릇하심을 혐의하리잇고? 원(願) 폐하는 조금도 염려치 마시고 환궁하심을 바라나이다.”

상이 대열하사 정비를 가까이 인견(引見)66)하사 집수 칭사(稱辭) 왈,

“경의 지용(智勇)은 고금(古今)에 일인(一人)이라. 짐이 무슨 복으로 경 같은 여자로 태자의 내궁을 빛내나뇨? 이후 짐의 백세후(百歲後)67)에 태자가 대통(大統)을 이으면 경이 마땅히 태자를 보좌하여 억만창생(億萬蒼生)68)을 도덕으로 다스려 종묘사직(宗廟社稷)이 반석(盤石) 같으리니 어찌 기쁘지 않으리오. 비록 그러나 짐의 불명한 허물이 호대(浩大)하나 경은 마땅히 구식간(舅媳間)69) 인륜대의(人倫大義)를 돌아보아 짐의 허물을 용서하라.”

정비 감루(感淚)를 드리워 복주(伏奏) 왈,

“신첩(臣妾)이 무슨 사람이완대 감히 폐하의 일시 실덕(失德)하심을 혐의로이 여기리잇가?”

---

62) 태자(太子) 내궁위(內宮位): 태자비의 자리. 내궁은 황후(皇后)나 왕후(王后)가 거처하는 궁전으로 황후나 왕후를 가리킴.
63) 고두배사(叩頭拜辭): 공경하는 뜻으로 머리를 땅에 조아리고 웃어른에게 삼가 사양함.
64) 무슨 사람이라: 무슨 대단한 사람이기에.
65) 지우지은(知遇之恩): 자기의 인격이나 학식을 알아 잘 대우하여 준 은혜.
66) 인견(引見): 윗사람이 아랫사람을 불러서 만나 봄.
67) 백세후(百歲後): 지위가 높거나 나이가 많은 사람의 죽은 뒤를 삼가 이르는 말. 백세지후(百歲之後)
68) 억만창생(億萬蒼生): 수많은 백성.
69) 구식간(舅媳間): 시아버지와 며느리 사이.

상이 더욱 기꺼하사 비의 옥수(玉手)를 잡으시고 왈,

"경이 금일 마땅히 본부(本府)에 돌아가 노부를 반기고 정회를 펴 부녀지정(父女之情)을 다하라. 짐이 마땅히 길일을 택하여 경을 맞아 태자 내위(內位)70)를 바르게 하리라."

정비 천은(天恩)을 숙사(肅謝)하고 물러날새, 상이 하교(下敎)하사, 수백 시녀와 환관(宦官)·궁노(宮奴)71) 등을 명하여, 태자비를 호위하여 정각로 부중(府中)으로 모시고 비의 입궐할 동안에 시녀와 환관 궁노배(宮奴輩)가 주야로 시위하여 조금도 태만하지 말라 하니, 영이 한 번 내리매, 궐중(闕中)으로 좇아 무수(無數) 시녀가 홍상채의(紅裳彩衣)를 정제(整齊)히 하고 검은 머리72)를 갖추어 전후(前後)로 옹위(擁衛)하였으니, 향취(香臭) 십리에 쏘이고 수백 궁노(宮奴)가 붉은 곤장(棍杖)과 검은 매73)를 잡아 앞을 인도하여 정부에 이르니, 남녀노복이 대문 밖에 복지(伏地)하여 비를 맞아 내당에 들어가 청상(廳上)에 좌정하매, 비복 등이 당하(堂下)에 고두(叩頭) 배알(拜謁)하여 반김이 무궁하더라.

차시 상이 삼군(三軍)을 명하여 각각 집에 돌아가라 하시고, 시위 군졸과 백관을 거느려 입궐하시니, 제신(諸臣)이 모두 물러날새 정공이 또한 부중에 돌아오니, 시위 궁노가 밖으로 호위하고 무수한 궁노가 향촉(香燭)을 잡아 비의 좌우에 시립(侍立)하였으니, 삼엄한 위의(威儀) 가히 태자비의 존중함을 알리러라. 공이 바로 내당에 들어가 비의 손을 잡고 희허(欷歔)74) 낙루(落淚) 왈,

---

70) 태자 내위(內位): 태자비의 자리. 태자 내궁위(內宮位).
71) 궁노(宮奴): 궁(宮)에 딸리어 있던 사내종.
72) 검은 머리: 미상. 중대한 의례에 임하는 궁녀의 머리치장을 말하는 듯.
73) 붉은 곤장(棍杖)과 검은 매: 곤장과 매는 둘 다 태형(笞刑)을 집행하는 도구이나, 여기서는 정비를 호위하는 행렬의 의장으로 쓰인 것임.
74) 희허(欷歔): 한숨을 지음. 허희(歔欷).

　"노부(老父)가 비(妃)75)를 얻은 후 환열(歡悅)함이 인간낙사(人間樂事)가 이밖에 없는가 하였더니, 불의에 부인이 기세(棄世)하매 비창(悲愴)함이 견딜 길이 없으나 비의 효성을 의지하여 세월을 보내더니, 불의에 간적(奸賊)의 해를 입어 원지(遠地)에 출정하매, 함신지화(陷身之禍)76)를 당할러니, 비의 구함을 입어 강적을 소멸하고 무사 반사(班師)하였으나, 여염 여자가 어찌 태자비 간택에 참예(參預)하여 초방(椒房)77)에 근시(近侍)할 줄 알리오. 외람(猥濫)함을 이기지 못하더니, 조물(造物)이 시기하여 기괴한 환란을 당하여 비의 죄명이 인륜에 범하매, 노부가 몸이 죽어 세사(世事)를 모르고자 하더니, 요행 하늘이 도우심을 입어 간역(奸逆)을 삭평(削平)하고 누명(陋名)을 신백(申白)하여 다시 태자 내위(內位)에 참예케 되니, 어찌 기쁘지 않으리오. 비는 원컨대 그럴수록 성심(誠心)을 다하여 상후(上后)를 봉양하고 태자를 어질게 도와 칭예(稱譽)78) 하는 소리 노부 귀에 들리면 이만 기쁜 일이 없을까 하노라."

　비(妃) 문파(聞罷)에 복주 대왈,

　"소녀가 불초(不肖)하와 야야의 심우(深憂)를 도우니, 불효가 비록 많사오나 다시는 화액(禍厄)이 없으면 다행일까 하나이다."

　언파에 부녀가 한가지로 석식(夕食)을 파(罷)하매, 밤이 깊도록 공을 모셔 말씀할새,

　"이시랑 부중에 수년을 두류(逗留)79)하다가 필경(畢竟)80) 이공이 여아를 가져 청혼하매 부득이 허락하고 정혼 성례하였더니, 자연 부부간

---

75) 정비가 자신의 딸이나, 신분이 황족이 되었으므로 이와 같이 높여 부르는 것임.
76) 함신지화(陷身之禍): 몸에 닥친 재앙을 말함.
77) 초방(椒房): 왕후를 가리키는 말. 본래 후춧가루를 바른 방이라는 뜻으로, 왕비나 왕후가 거처하는 방이나 궁전 따위를 이름.
78) 칭예(稱譽): 칭찬.
79) 두류(逗留): 객지에 머무름. 체류.
80) 필경(畢竟): 마침내.

의 생소함을 인하여 이공의 부부가 사기를 짐작코 자세한 곡절을 유심
히 물으니, 아무리 생각하여도 은닉할 길이 없기로 바른대로 설파하니,
이공 부부가 더욱 공경중대(恭敬重待)하나 자기 여아의 전정(前程)[81]을
염려하거늘, 소녀의 말이, 후일 천자께 고하여 태자의 내궁으로 정혼함
을 고하니, 공의 부부가 대희과망(大喜過望)[82]하여 극진 후대함."[83]
을 고하니, 공이 이공의 관인장자(寬仁長者)[84]임을 아는 고로 심중에 기
꺼하여 정비더러 왈,

　"이소저의 전정이 망연(茫然)하니, 입궐 후에 조용한 때를 타 부디 상
후께 고하여 속히 조처함이 옳도다."

　비(妃) 배사수명(拜謝受命)[85]하더라.

　명일(明日) 상이 황극전(皇極殿)에 조회(朝會)를 베푸시고 백관(百官)의
진하(進賀)[86]를 받은 후, 정공의 벼슬을 돋우어 영승상(領丞相)[87] 평남후
(平南侯)[88]를 봉하시고, 정비는 태자빈(太子嬪)인 고로 더 봉할 것이 없
는 고로 상사(賞賜)를 후히 하시고, 길일을 택하여 태자로 하여금 친히
비를 호행(護行)[89]하여 입궐케 하시니, 정공이 황공하되, 재삼(再三) 간
(諫)하매, 상이 불윤(不允)[90]하고 파조(罷朝)하시다.

━━━━━━━━━━━━━━━━━

81) 전정(前程): 앞길, 앞날.
82) 대희과망(大喜過望): 기대 이상임을 크게 기뻐함.
83) 여기까지는 정비의 말이 직접 인용되었으나 마무리가 제대로 안 됨.
84) 관인장자(寬仁長者): 너그럽고 어질며 점잖은 사람. 관대장자(寬大長者), 관후장
　　자(寬厚長者).
85) 배사수명(拜謝受命): 존경하는 웃어른에게 공경히 받들어 감사함을 표하며 그
　　명을 받듦.
86) 진하(進賀): 나라에 경사가 있을 때에 벼슬아치들이 조정에 모여 임금에게 축하
　　를 올리는 일.
87) 영승상(領丞相): 영의정(領議政)을 말함.
88) 평남후(平南侯): 남방(南方)을 평정하는 임무를 맡은 제후.
89) 호행(護行): 보호하며 따라감.
90) 불윤(不允): 임금이 신하의 청을 허락하지 않는 일.

이러구러 길일이 다다르니 태자가 백관을 거느려 정부에 행행(行幸)[91]하시니, 부성(富盛)[92]한 위의(威儀)가 태자비의 친영일(親迎日)[93]이나 다름이 없더라. 차시 정부에서 입궐 날이 당하매, 사지상궁(事知尙宮)이 비의 예복을 올리거늘 비 시러곰[94] 하릴없어 단장을 고치고 법복(法服)[95]을 입을새, 홍금(紅錦) 취라상(翠羅裳)[96]에 황룡(黃龍) 적의(翟衣)[97]를 가하니 두 어깨에 일월(日月)이 찬연(燦然)하고, 두상(頭上)에 구봉채화관(九鳳綵華冠)[98]을 삽(插)하매[99] 아홉 줄 면류(冕旒)[100]가 일월(日月) 같은 면모(面貌)에 어리니 백태만염(百態萬艶)[101]이 찬연(燦然)하여 실벽(室壁)에 조요(照耀)하더라.

이러구러 일색(日色)이 늦으매[102] 멀리서 경필(警蹕)[103] 소리 요량(嘹喨)[104]하니, 태자의 친림(親臨)하심을 알지라. 정공이 황망히 조복(朝服)[105]을 정제하고 동구(洞口) 밖에 나와 태자의 거가(車駕)[106]를 영접하여 재

---

91) 행행(行幸): 임금이 대궐 밖으로 거둥함. 여기서는 세자의 거둥을 가리킴.
92) 부성(富盛): 규모가 크고 화려함.
93) 친영일(親迎日): 신랑이 신부의 집에 가서 신부를 직접 맞이하는 의식을 행하는 날.
94) 시러곰: 능히.
95) 법복(法服): 궁중의 일정한 예식에 갖추어 입는 예복을 가리킴.
96) 취라상(翠羅裳): 푸른빛의 비단 치마. 나상은 얇고 가벼운 비단으로 만든 치마.
97) 적의(翟衣): 나라의 중요한 의식 때 왕비나 태자비가 입는 예복.
98) 구봉채화관(九鳳綵華冠): 아홉 마리의 봉황새가 수놓인 비단으로 화려하게 꾸민 관.
99) 삽(插)하매: 쓰매 또는 더하매.
100) 면류(冕旒): 제왕(帝王)의 정복(正服)에 갖추어 쓰던 면류관의 앞뒤에 늘어뜨린 구슬꿰미. 여기서는 태자비가 쓴 채화관의 줄을 높여 말한 것임.
101) 백태만염(百態萬艶): 여러 가지 모양으로 곱고 아름다운 모습. 천태만염(千態萬艶).
102) 일색(日色)이 늦으매: 저물녘이 가까워지매.
103) 경필(警蹕): 임금이 거둥할 때에 경호하기 위하여 통행을 금하는 소리.
104) 요량(嘹喨): 소리가 맑고 낭랑함.
105) 조복(朝服): 관원이 조정에 나아가 하례할 때에 입는 예복.

배(再拜) 주왈,

"전하가 어찌 옥체(玉體)를 잇비하사[107] 누추한 신의 집에 내림(來臨)하시니잇고?"

태자가 바삐 연(輦)[108]에서 내려 답례 왈,

"공은 너무 과례(過禮)를 말지어다. 과인이 몸이 존중(尊重)하나 공은 나의 악부(岳父)[109]이니, 빙가(聘家)[110]에 이르러 현비를 호행함이 무엇이 비례(非禮)라 하리오."

공이 황공하여 재삼 추사(推辭)[111]하고 태자를 맞아 내실에 들어가니, 비 바삐 중계(中階)에 내려 태자를 맞아 공경 배례(拜禮)[112]하니, 태자가 답례하고 눈을 들어 비의 용모를 살피니, 휘황한 광휘(光輝) 예복 아래 더욱 새롭거늘, 이에 거수(擧袖) 공경 왈,

"현비의 지모(智謀)가 유여(有餘)하여 과인 부자의 위태함을 구하니 구설(口舌)로[113] 칭하(稱賀)[114]함이 오히려 서어(齟齬)[115]하거니와 석일(昔日) 비의 누액(累厄)[116]은 도시 운수가 불길함이라. 금일 성상이 전일을 후회하사 과인을 명하사 호행하라 하시니, 군명(君命)을 거역치 못하여 부득이 나왔거니와 실가(室家)를 호행(護行)[117]함이 어찌 우습지 않

14

---

106) 거가(車駕): 임금이 타는 수레. 여기서는 태자가 탄 수레를 높여 이른 말.
107) 잇비하사: 피곤하게 하시어.
108) 연(輦): 임금이 거둥할 때 타고 다니는 가마. 여기서는 태자가 탄 가마.
109) 악부(岳父): 장인.
110) 빙가(聘家): 처가.
111) 추사(推辭): 물러나며 사양함.
112) 배례(拜禮): 절하여 예를 표함.
113) 구설(口舌)로: 말로. 단지 말만으로.
114) 칭하(稱賀): 남이 한 일에 대하여 고마움이나 칭찬의 뜻을 표시함.
115) 서어(齟齬): 딱 들어맞지 않음. 틀어져 어긋남.
116) 누액(累厄): 연루된 액. 모질고 사나운 운수.
117) 실가(室家)를 호행(護行): 처가에서부터 아내를 맞아 자신의 집으로 감. 실가는
     아내를 뜻하며, 여기서 호행은 혼례를 치른 후 아내를 맞아 집으로 감을 뜻함.

으리오.”

언파에 소용(笑容)이 미미하여 비의 면모를 보아 환희함이 비길 데 없으니, 비 수괴(羞愧)함을 띠어 공경 대왈,

“죄첩(罪妾)의 불용누질(不容陋質)118)로 궁액(宮掖)119)에 근시(近侍)하여 전하를 받듦을 하늘이 밉게 여기사 일시 재앙을 내리오시나, 이는 첩의 팔자가 기구함이니, 무엇을 한(恨)하리잇고? 다행히 첩의 방자함을 책치 않으심이 황송하옵거늘, 더욱 전하가 친림(親臨)하사 이렇듯 권유하시니 첩의 엷은 복이 손(損)할까120) 하나이다.”

태자가 웃으시고 좌우를 명하여 금련(金輦)121)을 놓고 비의 오름을 권하니, 비 마지못하여 몸을 일으켜 정공을 향하여 재배(再拜) 하직하니, 노년 부친을 떠나는 마음이 창연(悵然)122)하여 주루(珠淚)가 만면하거늘, 공이 또한 비창(悲愴)하나 심회를 진정하여 거수(擧袖) 경계 왈,

“비는 심사를 상(傷)하게 하지 말고, 궐중(闕中)에 들어가 상후를 지성으로 섬기고 전하를 어질게 도와 비의 현명(賢名)이 노부의 귀에 들리면, 삼생(三牲)123)을 갖추어 노부를 봉양하는 효성보다 나으니 부디 그름이 없게 하라.”

비 배사수명(拜謝受命)124)하고 연에 오르니, 태자 뒤를 좇아 만조(滿

118) 불용누질(不容陋質): 용납되지 못할 비천한 바탕.
119) 궁액(宮掖): 궁궐.
120) 엷은 복이 손(損)할까: 자신의 분수에 맞는 적은 복이 오히려 깎일까봐 두렵다고 하여, 새로이 받은 복이 과하여 자신의 타고난 복에 넘친다고 겸양하는 표현.
121) 금련(金輦): 연(輦)을 높여 이르는 말. 옥련(玉輦).
122) 창연(悵然): 몹시 서운하고 섭섭함.
123) 삼생(三牲): 예전에, 제물로 쓰던 세 가지 짐승. 소, 양, 돼지를 가리킴. 여기서는 온갖 맛난 음식을 가리킴.
124) 배사수명(拜謝受命): 존경하는 웃어른에게 공경히 받들어 감사함을 표하며 그 명을 받듦.

朝)를 거느려 행하시니, 장려(壯麗)한 위의(威儀)가 천고에 처음이라. 도로의 만성인민(滿城人民)이 길에 가득하여 태자와 비의 행거(行車)[125]를 관광(觀光)하고 칭선(稱善)[126]하는 소리가 원근에 진동하더라.

차시 천자가 장락전(長樂殿)에 대연(大宴)을 베푸시고 후(后)와 더불어 병좌(竝坐)하시매, 육원비빙[六院妃嬪]과 삼천궁녀가 좌우로 시립(侍立)하여 태자비의 입궐함을 기다리시더니, 이윽고 향취 욱욱(郁郁)[127]하며 무수 시녀가 향촉을 잡고 금덩을 호위하여 계하(階下)에 이르러, 비(妃) 연(輦)에서 내려 환패(環佩)[128]를 끄르고 계하에 청죄(請罪)[129]하니, 상과 후가 육원비빙을 명하여 비를 붙들어 올리라 하시니, 비빙 등이 일시에 내려와 상명을 전하되, 비 마지못하여 전(殿)에 올라 상후를 향하여 고두(叩頭)[130] 사배(四拜)하고 다시 황후 낭랑 슬전(膝前)에 엎드려 수년 존후(尊候)[131]를 묻자오니, 말씀이 곡진(曲盡)하여 자부(子婦)의 도리를 다하니, 후(后)가 비의 옥수(玉手)를 잡으시고 창연(悵然)히 낙루(落淚)하사 왈,

"현부(賢婦)의 화액(禍厄)은 이르지도 말고 황상과 태자의 급하심과 종사(宗社)[132]의 위태함이 시각에 있거늘, 현부의 지용(智勇)으로 도적을 삭평하여 엎어질 종사를 다시 평안케 하니, 현부는 짐의 모자(母子)의 불세지은(不世之恩)[133]이라. 어찌 범연(凡然)한 자부(子婦)로 대접하

16

---

125) 행거(行車): 타고 가는 수레.
126) 칭선(稱善): 좋다고, 착하다고 칭찬함.
127) 욱욱(郁郁): 매우 향기로움.
128) 환패(環佩): 왕과 왕비의 법복이나 문무백관의 조복(朝服)과 제복의 좌우에 늘 이어 차는 옥. 흰 옥을 이어서 무릎 밑까지 내려가도록 함. 패옥(佩玉).
129) 청죄(請罪): 저지른 죄에 대하여 벌을 줄 것을 청함
130) 고두(叩頭): 공경하는 뜻으로 머리를 땅에 조아림.
131) 존후(尊候): 웃어른의 건강 상태를 높여 이르는 말.
132) 종사(宗社): 종묘와 사직이라는 뜻으로, 나라를 이르는 말.
133) 불세지은(不世之恩): 세상에 보기 드문 큰 은혜.

리오.”

하시니, 말씀을 이어 육원비빙이 모두 비를 향하여 칭하지성(稱賀之
聲)134)이 분분하니, 비 불감(不敢)135)함을 손사(遜謝)136)하고 다시 황후
를 향하여 복주(伏奏) 사왈(辭曰)137),

“신첩의 일시 액운(厄運)이 무엇이 원통하리잇고? 첩의 일로 말미암
아 귀비(貴妃) 심궁(深宮)에 수계(囚繫)138)하오니, 신첩의 마음이 불안하
오며 더욱 여자의 몸으로 만군(萬軍) 중에 횡행하였사오니, 백희(伯姬)139)
에게 죄인 됨을 면치 못하오니, 죄첩(罪妾)의 만사무상(萬死無償)140)하
온 죄 더욱 깊도소이다.”

상과 후가 더욱 애중(愛重)하사 호언(好言)으로 위로하시고 보모상궁
(保姆尚宮)141)을 명하여 황태손(皇太孫)을 안아다가 비의 앞에 놓으니,
기아(其兒)가 비록 수 세(歲)에 지나지 못하였으나 영형수발(英亨秀拔)142)
함이 오륙 세나 된 듯하여 융준(隆準)143) 용안(龍顔)에 일월각(日月角)이
두렷하니, 일후(日後)에 만승지주(萬乘之主)144)가 될 기상이라. 기아(其

---

134) 칭하지성(稱賀之聲): 축하하는 말.
135) 불감(不敢): 남의 대접을 받아들이기가 어렵고 황송함.
136) 손사(遜謝): 겸손하게 사양함.
137) 사왈(辭曰): 사양하여 말함.
138) 수계(囚繫): 죄인을 가두어 맴. 여기서는 양비를 내궁에 안치하여 주거를 제한
     한 일을 말함.
139) 백희(伯姬): 여성으로서의 도리를 지킨 일로 유명한 사람. 중국 노(魯)나라 선
     공(宣公)의 딸로 송(宋)나라 공공(共公)에게 시집갔으나 일찍이 남편을 여의었
     음. 어느 날 밤 집에 불이 났는데 ‘부인된 도리는 보모(保姆)와 부모(傅母) 없이
     는 밤에 방 밖에 나서지 않는다.’고 하며 의리를 벗어나 사는 것은 의리를 지키
     다 죽는 것만 못하다고 하여 끝내 불길에 휩싸여 죽었음.
140) 만사무상(萬死無償): 만 번 죽어도 갚을 수 없다고 하여 죄가 큼을 뜻함.
141) 보모상궁(保姆尚宮): 궁중에서 왕자나 왕녀의 양육을 책임지는 상궁.
142) 영형수발(英亨秀拔): 매우 뛰어나게 훌륭함.
143) 융준(隆準): 우뚝한 코. 융비(隆鼻).
144) 만승지주(萬乘之主): 병거(兵車) 일만 채를 갖출 만한 힘이 있는 나라의 임금이

兒)가 비를 보고 절하여 심히 반기며 옥안성모(玉顔聖貌)[145]에 신천이 동하니[146] 비 또한 감회(感懷)함을 이기지 못하여 슬전(膝前)에 앉히고 옥수(玉手)를 무마(撫摩)하여 권권(拳拳)[147]한 정이 비길 데 없더라.

이러구러 날이 저물매 저녁 문안을 파(罷)하고 침전(寢殿)에 돌아오니, 염전(簾前)[148]의 무수(無數) 시비(侍婢) 맞아 방중(房中)에 들어가 장복(章服)[149]을 벗고 금병(金屛)[150] 하에 단좌(端坐)하였더니, 야심(夜深) 후 태자가 이르러 비와 대좌(對坐)하매 적년(積年)[151] 사상지심(思想之心)[152]이 활연(豁然)[153]히 풀어지매, 애중(愛重)함을 이기지 못하여 비의 옥수(玉手)를 잡고 웃어 왈,

"비와 과인이 무슨 액운(厄運)으로 피차 남북에 상리(相離)하여 존망(存亡)을 모르더니 하늘이 감동하사 우리 부부가 다시 단합(團合)하니, 어찌 기쁘지 않으리오."

언파에 야심함을 일컬어 시녀를 명하여 금금(錦衾)을 포설(鋪設)하고 촉(燭)을 장외(場外)로 물린 후 비를 권하여 상요[154]에 나아가니, 양인이 권권(眷眷)[155]한 정이 흡연(洽然)[156]하여 어수지락(魚水之樂)[157]이 비길

란 뜻으로, 황제를 이르는 말.

145) 옥안성모(玉顔聖貌): 아름다운 얼굴과 성스러운 태도라는 뜻으로, 황태자의 외모를 높여 이른 말.

146) 신천이 동하니: 미상. 슬퍼하는 기색이 나타난다는 뜻으로 보임.

147) 권권(拳拳): 살뜰하게 보살피고 사랑해 주는 모양.

148) 염전(簾前): 드리운 발의 앞.

149) 장복(章服): 벼슬아치들의 공복(公服). 여기서는 태자비의 예복.

150) 금병(金屛): 금으로 장식하여 아름답게 꾸민 병풍.

151) 적년(積年): 여러 해.

152) 사상지심(思想之心): 서로 생각하고 그리워하는 마음.

153) 활연(豁然): 환하게 터져 시원한 모양.

154) 상(牀)요: 침상에 편 요라는 뜻으로, 잠자리를 이르는 말.

155) 권권(眷眷): 서로 사랑하는 모양.

156) 흡연(洽然): 매우 흡족함.

데 없더라.

태자비 일일(一日)은 조용함을 타 상후께 문안하고 복주 고왈,

"신첩이 고할 말씀이 있사오나, 여자 도리에 방자하옴이 심한 고로 죄를 기다리나이다."

상이 웃으사 왈,

"현부(賢婦)의 행사가 일호(一毫)도 그름이 없거늘, 어찌 이렇듯 하나뇨? 바른대로 설파하라."

비 이에 고왈,

"신첩이 폐하를 기망(欺罔)하고 남복을 개착하고 외구(外舅)를 찾고자 하여 유모를 데리고 심야(深夜)에 길을 나 강두(江頭)에 이르러 선상(船上)에 올라 수로(水路)로 행하려 할새, 선중(船中)에서 시랑(侍郎) 이원준을 만나 성명을 통하고 어디로 향함을 묻거늘, 신첩이 외구(外舅) 이어사158) 부중(府中)으로 향함을 이르니, 기인(其人)의 말이, '이어사가 원방(遠方)으로 이향(離鄕)하여 찾을 길이 없으니, 나를 좇아 폐사(弊舍)159)로 돌아가 아직160) 유(留)함'을 권하거늘, 신첩이 기인의 형모(形貌)를 보니, 관후장자(寬厚長者)161)의 틀이 있으니 맹랑치 않은 인물이거늘, 기인을 좇아가니 유벽(幽僻)162)한 처소를 구처(求處)하여 주거늘, 수월(數月)을 두류(逗留)하여 숙식(宿食)이 편한지라. 일일(一日)은 이원준이 자기 여아를 가져 구혼(求婚)함이 간절하니, 아무리 생각하여도 물리칠 길

---

157) 어수지락(魚水之樂): 물과 고기가 서로 만나 즐김. 부부가 서로 즐기는 정이 간절함을 말함.
158) 원문에는 '양어사'이나, 앞서 외구를 '이시랑'이라 하였기에 이와 같이 봄. 다음의 '이어사'도 마찬가지임.
159) 폐사(弊舍): 자기 집을 낮추어 이르는 말.
160) 아직: 당분간.
161) 관후장자(寬厚長者): 너그럽고 후하며 점잖은 사람.
162) 유벽(幽僻): 장소가 한적하고 외짐.

이 없는지라. 부득이 허락하고 행빙(行聘)날163) 하릴없어 태자의 주신 바 옥패(玉佩)를 납빙(納聘)164)하고, 다시 길일(吉日)이 다다르매 마지못하여 전안교배(奠雁交拜)165)하여 부부지도(夫婦之道)를 다하나, 침석지간(寢席之間)은 하릴없어 각침각와(各寢各臥)166)하여 서어(齟齬)함이 심하니, 시녀배(侍女輩) 주야로 규시(窺視)하여 사기(事機)를 이공 부부께 고하니, 공의 부부가 대경하여 신첩을 대하여 곡절을 힐문(詰問)하니, 아무리 하여도 오래 기이지167) 못할 고로 실정을 이르니, 원준의 부부가 대경실색(大驚失色)하여 공경중대(恭敬重待)하니, 군신지분(君臣之分)168)을 극진히 차리나, 자기 여아의 신세를 한탄하여 세상 폐인(廢人) 됨을 슬퍼하니, 원준의 뜻이 다른 가문에 다시 출가(出嫁)치 않을 뜻이 깊은 고로 신첩이 호언(好言)으로 위로하여 후일 구처(區處)169)할 도리를 이르니, 원준의 부부가 대희과망(大喜過望)하여 신첩의 지휘만 기다림이 가긍(可矜)하온지라. 신첩의 천견(淺見)170)에는 폐하가 하해지택(河海之澤)을 내리오사, 태자 부빈(副嬪)으로 거두시면 일부함원지앙(一婦含怨之殃)171)이 없을까 하나이다.”

19

---

163) 행빙(行聘)날: 납빙(納聘)하는 날, 곧 신랑 집에서 신부 집으로 예물을 보내는 날.

164) 납빙(納聘): 혼인할 때에 사주단자의 교환이 끝난 후 신랑 집에서 신부 집으로 예물을 보내는 일.

165) 전안교배(奠雁交拜): 혼례 때 신랑이 기러기를 가지고 신부 집에 가서 상 위에 놓고 절하는 예와 신랑과 신부가 서로 절을 주고받는 절차.

166) 각침각와(各寢各臥): 이부자리를 따로 펴고 각자 누워 잠.

167) 기이지: 숨기지.

168) 군신지분(君臣之分): 임금과 신하 사이의 분별에 따른 격식. 여기서는 황족에 대한 신하의 예의를 가리킴.

169) 구처(區處): 변통하여 처리함.

170) 천견(淺見): 얕은 견문이나 견해라는 뜻으로 자기의 의견을 겸손하게 이르는 말.

171) 일부함원지앙(一婦含怨之殃): 한 여인의 한을 품어 생기는 재앙.

상후가 청파(聽罷)에 책책칭선(嘖嘖稱善)[172]하사 왈,

"대재(大哉)라, 현부의 도량(度量)이여! 그대 말이 비록 유리(有理)하나, 기녀(其女)의 위인이 어떠한지 모르되, 만일 불미(不美)하면 궁중의 대환(大患)이 될까 하노라."

비 이어 주왈,

"이녀(女)[173]의 천성이 현숙(賢淑)하여 요조숙녀의 제일좌(第一座)를 사양치 않을 것이요, 인물이 탁월초출(卓越超出)[174]하여 태자의 부빈(副嬪) 됨이 그름이 없을까 하나이다."

상이 심히 기꺼하사 이에 허락하시니, 비 심리(心裏)에 흔열(欣悅)하여 상후께 배사(拜謝)[175]하고 물러나다.

이튿날 상이 이원준으로 이부상서(吏部尙書)를 하이사, 바삐 솔권상경(率眷上京)[176]하라 하사 조지(詔旨)를 내리오시니, 차관(差官)이 조서를 받들어 주야로 달려 이시랑 부중(府中)으로 가니라.

차시 이시랑이 정비를 배별(拜別)하고 경사(京師) 소식을 몰라 심우(深憂)[177]를 펴지 못하더니, 전언(傳言)을 들으니, 태자비 정씨 도적을 삭평하고 천자를 구했다 하거늘, 이공이 대열(大悅)하여 부인과 더불어 정비의 지용(智勇)을 찬양하더니, 일일은 밖이 들레며[178] 황칙(皇勅)[179]이 이르렀다 하거늘, 공이 의괴(疑怪)하여 즉시 향안(香案)[180]을 배설(排設)하

---

172) 책책칭선(嘖嘖稱善): 큰 소리로 잘했다고 칭찬하여 말함.
173) 이녀(女): 이씨 집안의 여성, 곧 이원준의 딸을 말함.
174) 탁월초출(卓越超出): 다른 사람에 비하여 두드러지게 뛰어남.
175) 배사(拜謝): 존경하는 웃어른에게 공경히 받들어 감사함을 표함.
176) 솔권상경(率眷上京): 집안 식구를 거느리고 서울로 올라감.
177) 심우(深憂): 깊은 근심.
178) 들레며: 소란스러우며.
179) 황칙(皇勅): 황제의 명을 백성에게 널리 알릴 목적으로 적은 문서.
180) 향안(香案): 제사 때에 향로나 향합(香盒)을 올려놓는 상.

고 조서(詔書)를 받아 향안에 높이고 분향재배(焚香再拜)[181]하고 조서를 읽으니, 하였으되,

　　짐이 간신의 참언(讒言)을 들어 경의 현명함을 모르고 전리(田里)에 내쳤더니, 이제야 불명(不明)함을 깨달아 특별히 조서를 내려 이부상서(吏部尚書)로 부르나니, 즉일로 솔권상경하여 짐의 기다림을 위월(違越)[182]치 말라.

하였더라. 이공이 남필(覽畢)에 다시 북향(北向)[183] 사배(四拜)하고 황사(皇使)[184]를 관대(款待)하여 보내고, 즉시 행장을 수습하여 부인과 소저를 화교(華轎)[185]에 올려 수십 시비(侍婢)와 건장한 노복(奴僕) 오십 명으로 호행(護行)하고, 자기는 가묘(家廟)[186]를 모셔 행하여, 여러 날 만에 경사(京師)에 이르러 고택(故宅)[187]으로 들어가고[188] 공은 교외(郊外)에 이르니, 정승상이 사오 친붕(親朋)과 더불어 이공을 맞아 서로 예필(禮畢)에 주배(酒杯)를 내와 즐길새, 정공이 이상서(尚書)를 향하여 아녀의 고고(孤苦)[189]함을 거두어 수년 두류(逗留)한 은혜를 만만칭하(萬萬稱賀)[190]하니, 이공이 공수(拱手) 사왈(辭曰),

---

181) 분향재배(焚香再拜): 향을 피우고 두 번 절을 함. 황제의 명을 받기 위해 삼가고 정성을 다하는 모습.
182) 위월(違越): 따르지 않고 어김.
183) 북향(北向): 임금이 있는 쪽을 향한다는 뜻.
184) 황사(皇使): 황제가 보낸 사신.
185) 화교(華轎): 화려하게 장식한 가마.
186) 가묘(家廟): 한 집안의 사당(祠堂). 여기서는 사당에 모시는 위패를 말함.
187) 고택(故宅): 예전에 살던 집.
188) 고택으로 들어간 주체는 부인과 소저임.
189) 고고(孤苦): 외롭고 어려운 처지에 있음.
190) 만만칭하(萬萬稱賀): 매우 여러 차례 고맙다고 칭송함.

"합하(閤下)[191]는 너무 추사(推辭)치 마소서. 현비 낭랑이 폐처(弊處)[192]에 내림(來臨)하사 맥반초식(麥飯草食)[193]으로 세월을 보내시니, 소제(小弟)[194]의 마음이 주야 황송하옵거니와, 지금 불세지공(不世之功)을 이루시고 누명(陋名)을 신백(申白)하사 다시 태자 내궁에 처하신다 하니, 합하를 위하여 칭하하나이다."

정공이 흔연(欣然)히 불감(不敢)함을 사사(謝辭)[195]하고, 인하여 날이 늦으매 궐하(闕下)에 나아가 봉명(奉命)하니[196], 상이 인견(引見)하사 은근 면유(面諭)[197] 왈,

"경은 짐의 불명(不明)함을 허물치 말고 직임(職任)을 다스려 짐의 허물을 보좌하라."

상서가 고두배사(叩頭拜辭)[198] 왈,

"신의 재질이 노둔하와 이부천관(吏部天官)[199]의 중대지임(重大之任)을 당치 못할까 하나이다."

상이 재삼 권유하시고 인하여 웃어 가라사대,

---

191) 합하(閤下): 존귀한 사람이라는 뜻으로, 상대편을 높여 부르는 말. '각하'와 같은 뜻.
192) 폐처(弊處): 자기 집을 낮추어 이르는 말.
193) 맥반초식(麥飯草食): 보리밥과 풀만의 반찬, 곧 매우 보잘것없는 음식.
194) 소제(小弟): 말하는 이가 대등한 관계에 있는 사람이나 윗사람을 상대하여 자기를 낮추어 이르는 말.
195) 사사(謝辭): 예를 갖추어 사양함.
196) 봉명(奉命)하니: '정공이'로 시작된 이 문장의 주어는 정공과 이시랑이 섞여 있음. 불감함을 사사하는 주체는 정공이지만, 궐하에 봉명한 주체는 이시랑(이하에는 이상서)임.
197) 면유(面諭): 면전에서 말로 잘 타이름.
198) 고두배사(叩頭拜辭): 공경하는 뜻으로 머리를 땅에 조아리고 웃어른에게 삼가 사양함.
199) 이부천관(吏部天官): 이조의 으뜸 벼슬아치. 천관이라 한 것은 이조가 육조(六曹) 가운데 으뜸이라는 뜻임.

"짐이 태자비의 말씀을 들으니, 비 짐의 불명함으로 애매한 누명을 싣고[200] 타향에 망명유락(亡命流落)하여 경의 집에 유숙(留宿)하매, 경이 비의 여화위남(女化爲男)[201]함을 모르고 여아를 가져 구혼하니 비 마지못하여 납폐(納幣) 성례(成禮)하였다 하니 가히 우스운 일이거니와, 경녀(卿女)의 사세(事勢) 난처(難處)하다 하니 이는 도시 짐의 허물이라. 특별히 태자 부빈(副嬪)을 정코자 하나니 경이 허(許)할소냐?"

상서가 고두 주왈,

"태자비 신의 집에 왕림하심을 모르고 도리어 천녀(賤女)로 성례하여 완연히 부부지도(夫婦之道)를 차렸으니, 이는 신의 암매용우(暗昧庸愚)[202]함이라. 아무리 천녀이오나 납폐를 두 번 받을 길이 없는 고로 하릴없이 심규(深閨)에 두고자 하였더니, 폐하가 이렇듯 성려(聖慮)[203]를 드리우사 천한 여자로 높이 태자 부빈(副嬪)으로 거두고자 하시니, 신의 부녀가 성은을 감축(感祝)하와 백골이 되어도 잊지 못할까 하나이다."

상이 흔열(欣悅)하사 즉시 흠천관(欽天官)을 명하사 전안길일(奠雁吉日)을 택하시니, 불과 순일(旬日)[204]이 격(隔)하였더라. 이상서가 사은(謝恩) 퇴조(退朝)하여 집에 돌아와 부인을 대하여 연중사(筵中事)[205]를 이르고 성덕(聖德)이 호대(浩大)함과 정비의 현덕을 잊지 못하더라.

이러구러 길일이 다다르니 태자가 위의(威儀)를 거느려 이부(邱府)[206]에 행행(行幸)하사 신부를 맞아 대내(大內)로 들어와 합환교배(合歡交拜)[207]

---

200) 누명을 싣고: 누명을 쓰고.

201) 여화위남(女化爲男): 여자가 (변장하여) 남자로 됨.

202) 암매용우(暗昧庸愚): 생각이 어둡고 어리석음.

203) 성려(聖慮): 임금의 배려.

204) 순일(旬日): 열흘, 열흘 동안.

205) 연중사(筵中事): 임금과 신하가 모여 자문(諮問)·주달(奏達)하던 자리에서 있던 일.

206) 이부(邱府): 이상서의 집.

를 마치매, 상후가 눈을 들어보시니, 신부의 탁월한 면모가 녹파(綠波)의 부용(芙蓉)208) 같고 아리따운 덕성(德性)이 가작하니, 상이 대열(大悅)하사 정비를 돌아보사 왈,

"경의 주언(奏言)이 헛되지 아니토다."

하시고, 신부의 처소를 태자비 침전(寢殿) 동편의 별당에 정하여 있게 하시니, 신부가 사은(謝恩)하고 물러나 침당(寢堂)에 이르렀더니, 태자가 들어오시니 소저가 일어나 맞거늘, 태자가 손을 들어 좌(座)를 청하고 완완(緩緩)209)히 눈을 들어보니, 과연 절염숙완(絶艶淑婉)210)이라. 심중에 기꺼워 완이(莞爾)211) 소왈,

"그대 재상의 일 교아(嬌兒)212)로 과인의 빈실(賓室)213)에 참예(參預)함이 욕되지 않으랴?"

소저가 불승수괴(不勝羞愧)214)하여 얼굴을 들지 못하니, 태자가 애련(愛戀)함을 이기지 못하여 시녀를 명하여 금금(錦衾)을 포설(鋪設)하고 소저를 이끌어 나요215)에 나아가니 어수지락(魚水之樂)이 비길 데 없더라.

차시 교지왕(交趾王)이 신춘(新春) 정월(正月)에 천자께 조회하니, 상

---

207) 합환교배(合歡交拜): 합환주를 마시를 마시고 절을 주고받음. 합환과 교배 모두 혼례의 절차로, 합환주는 신랑 신부가 서로 잔을 바꾸어 마시는 술이며, 교배는 신랑과 신부가 서로 절을 주고받는 절차.
208) 녹파(綠波)의 부용(芙蓉): 푸른 물결에 피어 있는 연꽃이라는 뜻으로 매우 아름다운 용모를 가리킴.
209) 완완(緩緩): 동작이 더디고 여유가 있음.
210) 절염숙완(絶艶淑婉): 비할 데 없을 정도로 아름답고 상냥함.
211) 완이(莞爾): 빙그레 웃는 모양.
212) 교아(嬌兒): 귀한 딸.
213) 빈실(賓室): 아내, 아내의 자리.
214) 불승수괴(不勝羞愧): 몹시 부끄럽고 창피함.
215) 나(羅)요: 비단으로 만든 요.

이 기꺼하사 동각(東閣)에 잔치를 배설하여 교지왕을 연향(宴享)[216]하시니, 교지왕이 천은(天恩)을 숙사(肅謝)하고 인하여 주왈,

"신이 천한 소회(所懷) 있사와 폐하께 고코자 하나이다."

상이 문왈,

"경의 주사(奏辭)[217]가 무슨 말인고? 듣고자 하노라."

왕이 주왈,

"신에게 천한 여식(女息)이 있사오니, 금년 이십칠 세[218]라. 비록 색덕(色德)이 구비한 숙녀 절색(絶色)은 못 되나 약간 자색(姿色)이 있사온지라. 승상 정유가 나이 비록 많으나 아직 강장(强壯)함이 소년이나 다르지 않사오니, 정유의 빈실(賓室)로 출가코자 하오나, 유의 고집이 태과(太過)[219]하여 불응(不應)키 쉬운지라. 폐하께 고하오니, 사혼(賜婚)[220]하심을 바라나이다."

상이 웃어 왈,

"경의 주언이 심히 마땅하니 승상이 어찌 불응(不應)하리오. 짐이 마땅히 권하리니, 경은 물려(勿慮)하라."

하시고 내전에 드사 태자비를 불러 교지왕의 주언을 이르시니, 비 흔행(欣幸)[221]하여 복지 주왈,

"신첩(臣妾)의 아비 노년에 슬하가 적막하여 실가지락(室家之樂)[222]이 없사오니, 신첩이 가만히 불효를 자탄하옵더니, 지금 교지왕의 말을 들으니, 신첩의 은인이라. 노부가 만일 사양하면 신첩이 죽기로 간(諫)하

---

216) 연향(宴享): 국빈을 대접하는 잔치.
217) 주사(奏辭): 임금에게 아뢰는 말.
218) '금년이 십칠 세'로도 볼 수 있음.
219) 태과(太過): 매우 지나침.
220) 사혼(賜婚): 임금이 혼인을 명함.
221) 흔행(欣幸): 다행스러움을 기뻐함, 복된 일임을 기뻐함.
222) 실가지락(室家之樂): 부부 사이의 화목한 즐거움.

오리니, 폐하는 신부를 인견(引見)하사 소유(所由)를 이르시고 속히 성
례(成禮)케 하소서."

상이 점두(點頭)하시고 명일 조회(朝會)를 파(罷)하매, 백관이 다 물러
갈새, 홀로 승상 정유를 편전(便殿)으로 인견하사 교지왕의 주사(奏辭)
를 이르시니, 승상이 대경하여 굳이 사양하니, 상이 불열(不悅) 왈,

"경의 말이 그르다. 경이 아직 육십이 멀었고 겸하여 봉사(奉祀)할 자
식이 없으니, 선대(先代)에 죄인이라. 마땅히 숙녀를 취하여 슬하에 자
손이 선선(詵詵)하면 노년행락(老年行樂)이 이에서 지남이 없으리니, 경
은 사양치 말라."

26   승상이 천의(天意)223) 굳으심을 보고 하릴없어 재배(再拜) 수명(受命)
하니, 상이 대열하사 즉시 교지왕을 불러 정승상의 허락함을 이르시니,
왕이 대희하여 천은(天恩)을 숙사(肅謝)하고 정공과 한가지로 정부(府)에
이르러 승당(昇堂)224) 좌정 후, 왕이 인하여 왈,

"소왕(小王)225)이 대인 성덕을 말미암아 일국이 태평하온지라. 주야로
대덕(大德)을 잊지 못하여 용우(庸愚)한 여식을 드려 대인 건즐(巾櫛)을
받들고자 하나, 존의(尊意)226)를 모르와 천자께 비루(鄙陋)한 사정을 고
하였더니, 성상이 대인께 하교(下敎)하사 번국(藩國)227) 여자로 승상을
받들게 하시니, 외람(猥濫)하와 고할 말씀이 없나이다."

공이 흔연(欣然) 사왈(辭曰),

"대왕은 너무 겸사(謙辭)치 말라. 일국 천금귀주(千金貴主)228)로 노부

---

223) 천의(天意): 임금의 뜻.
224) 승당(昇堂): 마루에 오름.
225) 소왕(小王): 제후국의 왕이 황제나 황제국의 대신에게 자신을 낮추어 이른 말.
226) 존의(尊意): 남의 뜻이나 의견을 높여 이르는 말.
227) 번국(藩國): 제후의 나라.
228) 천금귀주(千金貴主): 매우 귀한 공주. 귀주는 공주.

(老夫)의 배우(配偶)를 구하니, 복(僕)의 마음이 불안하도다."

교지왕이 재삼 겸양하여 왈,

"소왕이 명일 천자께 하직하고 본국에 돌아가 여아를 데리고 성야(星夜)[229]로 상경(上京)하여 길일을 대령하리이다."

공이 희열하여 돗 위에서[230] 택일(擇日)하니, 추칠월(秋七月)[231] 망간이 전안(奠雁) 길일(吉日)이라. 주객(主客)[232]이 대희하여 종야(終夜)토록 통음(痛飮)[233]하고, 명일(明日) 교지왕이 궐하(闕下)에 나아가 천자께 하직하고 추종(騶從)[234]을 거느려 주야로 행하여 국도(國都)[235]에 이르러 왕비를 대하여 수말(首末)을 이르고, 즉시 행구(行具)[236]를 다스려 옥영 공주[237]를 화교(華轎)에 올려 호위(護衛) 군졸 수백 명을 거느려 유월 초순에 비로소 경사(京師)에 이르러 가사(家舍)[238]를 세내어 공주를 안돈(安頓)[239]하고, 궐하(闕下)에 나아가 천자께 조회(朝會)하고 정부에 이르러 승상께 뵈오니, 공이 왕의 무사 상경함을 기꺼하여 지극 관대(款待)하더라.

이러구러 길일이 다다르니, 공이 노년(老年)에 재취(再娶)함이 비록 불가하나 일자(一子)를 얻어 조선(祖先) 절사(絶祀)[240]를 면코자 함이요,

27

---

229) 성야(星夜): 별빛이 밝은 밤이란 뜻에서 급히 길을 떠남을 말함.
230) 돗 위에서: 그 자리에서.
231) 추칠월(秋七月): 음력 7월. 음력 7, 8, 9월은 가을에 해당함.
232) 주객(主客): 주인과 손님. 곧, 정승상과 교지국의 왕.
233) 통음(痛飮): 술을 매우 많이 마심.
234) 추종(騶從): 윗사람을 따라다니는 종.
235) 국도(國都): 교지국의 수도를 가리킴.
236) 행구(行具): 행장.
237) 옥영 공주: 교지국 공주. 옥영은 이름.
238) 가사(家舍): 집. 여기서는 임시로 머물 집을 말함.
239) 안돈(安頓): 안정되게 함. 여기서는 거처를 마련하여 편히 있게 한다는 뜻.
240) 조선(祖先) 절사(絶祀): 조상의 제사가 끊어짐.

겸하여 환거(鰥居)[241] 사정이 절박한지라, 심중에 또한 다행하여 길일이 당하매, 잔치를 베풀어 빈객(賓客)을 청하고, 일색(日色)이 늦으매 공이 마지못하여 위의(威儀)[242]를 거느려 여사(旅舍)[243]에 이르러 신부를 맞아 본부(本府)에 돌아와 합근교배(合巹交拜)를 파하매, 신부와 한가지로 가묘(家廟)에 올라 현알(見謁)하기를 마치매, 공이 눈을 들어 신부를 보니, 은근한 체기(體氣)[244]와 천연(天然)한 태도가 인자관후(仁慈寬厚)하여 가히 승상 부인의 위(位)를 감당할지라. 심중에 기꺼워 외당에 나와 빈객을 접대하더라.

28   차시 태자비의 사지상궁(事知尙宮)이 비의 명을 받아 연석(宴席)에 참례하여 공주의 현숙함을 보고 심히 기꺼워 석양(夕陽)에 중빈(衆賓)을 하직하고 궐중에 들어가 태자비께 신부의 현숙함을 고하니, 비 흔열다행(欣悅多幸)[245]함이 평생 처음으로 경사(慶事)를 당한 듯하더라.

차야(此夜)에 정공이 신방에 들어가 공주와 동침하매 어수지락(魚水之樂)이 흡연(洽然)하더라. 교지왕이 수십 일을 경사(京師)에 유(留)하여 정공과 공주의 양정(兩情)이 흡연함을 보고 심히 기꺼워 천자께 하직코 정부에 이르러 공을 하직할새, 여아의 손을 잡고 승상을 정성으로 받듦을 경계하고 위의를 거느려 본국으로 돌아가니라.

그해 겨울에 공주가 잉태하여 명년 하오월(夏五月)[246]에 쌍태(雙胎) 남아를 생하니, 양아(兩兒)의 작성(作成)[247]이 기이하여 일세(一世) 기남

---

241) 환거(鰥居): 아내 없이 남자 혼자 사는 일.
242) 위의(威儀): 위의(威儀) 있는 행차. 곧 위엄이 있고 엄숙한 태도나 차림새를 갖춘 행차.
243) 여사(旅舍): 임시로 머무는 곳. 교지왕과 공주가 경사로 와 머물고 있는 곳.
244) 체기(體氣): 몸에서 풍기는 기운.
245) 흔열다행(欣悅多幸): 다행으로 여겨 기뻐하고 즐거워함.
246) 하오월(夏五月): 음력 오월. 음력 4, 5, 6월은 여름에 해당함.
247) 작성(作成): 사람됨. 인물 됨됨이.

자(奇男子)라. 공이 노년에 양개(兩個)[248] 기린(麒麟)[249]을 얻으니 황홀한 사랑이 비길 데 없는지라. 태자비 부친의 생남(生男)함을 듣고 만심희열(滿心喜悅)[250]하여 금주보패(金珠寶貝)와 촉금(蜀錦)·채단(綵緞)을 무수히 내리어 양아(兩兒)의 의복을 도우니, 공의 부부가 너무 화려함을 보고 복이 넘침을 염려하더라.

이러구러 오륙 년이 지나 공의 수연일(壽宴日)이 다다르니, 상이 태자비의 공업(功業)을 생각하시매, 그 부친의 수연(壽宴)을 범연(凡然)한 신자(臣子)와 같이 못할치라. 이에 상방어찬(尙房御饌)[251]과 황금 채단을 내리시고 이원풍악(梨園風樂)[252]을 사급(賜給)하시고 태자와 비를 명하사 수연일 정부에 나아가 승상께 헌수(獻壽)[253]하라 하시니, 태자와 비 수명(受命)하고 공의 초도일(初度日)[254]에 위의(威儀)를 거느려 정부에 나오니라.

차시 정공이 천자의 사연(賜宴)[255]하심을 사양코자 하나, 천의(天意) 굳으심을 황송하여 심히 불안하더니, 회갑(回甲) 일자가 가까우매 천하 십삼성(十三省)의 예물이 산 같이 들어오니, 아무리 물리치나 이는 천자의 사연하심이라. 어찌 막으리오. 내외(內外) 가사(家舍)[256]에 산 같이

---

248) 양개(兩個): 두 명.

249) 기린(麒麟): 기린 같은 훌륭한 인재. 기린은 성인이 이 세상에 나올 징조로 나타난다고 하는 상상 속의 짐승으로 뛰어난 사람을 가리킴.

250) 만심희열(滿心喜悅): 마음에 흐뭇하게 족하여 기뻐함.

251) 상방어찬(尙房御饌): 상방에서 나온 음식. 상방은 임금의 의복과 궁내의 일용품, 보물 따위의 관리를 맡아보는 관아.

252) 이원풍악(梨園風樂): 여기서는 궁중에서 연희(演戱)를 담당하는 연희단. 이원(梨園)은 중국 당(唐) 현종(玄宗)이 배우들을 훈련하던 곳.

253) 헌수(獻壽): 환갑잔치 따위에서, 주인공에게 장수를 비는 뜻으로 술잔을 올림.

254) 초도일(初度日): 환갑날.

255) 사연(賜宴): 나라에서 잔치를 열어 줌.

256) 내외(內外) 가사(家舍): 집의 안채와 바깥채.

쌓이고, 상방어찬과 산진해미(山珍海味)가 도로에 이었으니 잔치의 장려(壯麗)함이 만고의 처음이라.

길일이 다다르매 내외 빈객이 구름 같이 모이고, 일색이 늦으매 태자와 현비 낭랑이 행행(行幸)하시니, 만조백관(滿朝百官)이 떠진[257] 이 없이 거가(車駕)를 모셔 정부에 이르니, 수천 간 광실(廣室)이 터질 듯하더라. 정공이 태자의 내림(來臨)하심을 보고 황공하여 문외에 맞아 고왈,

"전하의 거가(車駕)가 신의 집에 내림하시니, 노신(老臣)의 엷은 복이 손(損)할까 하나이다."

태자가 공경 대왈,

"공은 너무 추양(推讓)[258]치 말라. 성상(聖上)이 과인의 부부를 명하사, 공에게 헌수(獻壽)하여 빙악지례(聘岳之禮)[259]를 극진히 하라 하시니, 공이 너무 추사(推辭)하면 과인의 마음이 불안토다."

공이 하릴없어 태자를 모셔 서헌(書軒)에 올라와 상좌(上座)에 모시고 모든 대신이 좌우로 시립(侍立)하니, 태자가 가라사대,

"원컨대 제경(諸卿)은 동서로 좌(座)를 정하라. 우리 군신이 서로 주배(酒杯)를 내와 즐김이 좋도다."

제신(諸臣)이 태자의 명을 거역치 못하여 동서로 좌를 갈라 앉으니, 이윽고 진수성찬(珍羞盛饌)을 갖추어 태자 좌하(座下)에 올리고 좇아 모든 대신에게 상(床)을 올리거늘, 태자가 먼저 잔을 잡으시고, 다시 제신을 권하사 즐김을 다하시더니, 일영(日影)이 장반(將半)[260]의 태자가 정공을 향하여 왈,

"일색이 늦어가니 공은 내헌(內軒)에 들어가 수배(壽杯)[261]를 받으

---

257) 떠진: 떨어진, 처진.
258) 추양(推讓): 여기서는 사양(辭讓)의 뜻으로 쓰임.
259) 빙악지례(聘岳之禮): 장인을 대하는 예.
260) 일영(日影)이 장반(將半): 한낮이 지나 오후로 접어들었음을 말함.

소서."

공이 마지못하여 태자를 모셔 내헌(內軒)에 이르니, 내객은 모두 당내(堂內)로 피하거늘, 공이 요석262)을 돋우고 주벽(主壁)에 좌(座)를 이루매, 공주가 또한 수괴(羞愧)함을 띠어 공과 병좌(並坐)하거늘, 태자가 예복을 정제하고 비를 돌아보니, 비(妃) 옥안(玉顔)이 통홍(通紅)263)하여 홍금적의(紅錦翟衣)264) 구장면복(九章冕服)265)을 갖추고 태자와 어깨를 갈와266) 헌수(獻壽)할새, 태자는 백옥배(白玉杯)를 들어 공에게 헌(獻)하고 비는 앵무배(鸚鵡杯)267)를 들어 공주께 헌(獻)하고 물러나 배례(拜禮)하니, 공과 공주가 황송함을 이기지 못하여 연망(連忙)268)히 잔을 받아 옆에 놓고 돗269)에서 내려와 태자를 향하여 재배 왈,

"노신(老臣)의 기구한 팔자로 일녀를 두어 전하의 건즐(巾櫛)을 받들게 하오니 주야 황률(惶慄)하옵거늘, 더욱 옥체를 잇비하사 천한 신에게 외람하온 잔을 주시니, 만세황야(萬歲皇爺)의 성덕과 전하의 은덕을 만분지일(萬分之一)도 갚지 못할까 하나이다."

태자가 재삼 겸양하고 이에 비를 돌아보아 왈,

"현비는 일야(一夜)를 머물러 부공을 위로하고 명일 환궁하소서. 과인

---

261) 수배(壽杯): 환갑잔치 따위에서, 주인공에게 장수를 비는 뜻으로 올리는 술잔.
262) 요석(席): 요를 높인 말.
263) 통홍(通紅): 얼굴빛이 붉어짐.
264) 홍금적의(紅錦翟衣): 왕비 등이 입는 붉은 비단 예복. 청색으로 꿩 무늬를 수놓음.
265) 구장면복(九章冕服): 아홉 가지의 수를 놓은 곤룡포(袞龍袍)와 면류관(冕旒冠). 구장이란 임금의 정복에 수놓는 아홉 가지로 웃옷의 산·용·불·꿩·범과, 아래옷의 마름(藻)·분미(粉米)·보(黼)·불(黻)을 말함.
266) 갈와: 나란히 하여.
267) 앵무배(鸚鵡杯): 자개를 가지고 앵무새의 부리 모양으로 만든 술잔.
268) 연망(連忙): 놀라거나 당황함.
269) 돗: 돗자리 등 깔아 놓은 자리.

은 대내(大內)에 들어가 상후께 비의 사정을 주달(奏達)하리이다."

비 공경 사왈(辭曰),

"첩의 사정이 비록 그러하오나, 상후께 취품(取稟)270)치 못하였사오매, 이러므로 주저하옵더니, 전하의 명이 여차하시니, 금일 부모를 반기고 명일 궐중에 들어가고자 하나이다."

태자가 점두(點頭)하시고 거가(車駕)를 돌이키시니, 공이 문외에 나와 거전(車前)에 배별(拜別)하니, 백관이 태자를 모셔 환궁하니라.

이러구러 날이 저물매 파연곡(罷宴曲)을 주(奏)하니, 제객이 흩어지고 공이 내당에 들어와 비를 반기나, 보모상궁(保姆尙宮)과 시녀배(侍女輩) 좌우에 옹위하였으니 능히 사정(私情)을 베풀지 못하고 흐뭇이 반김을 이기지 못하여 이윽히 담화하다가, 야심 후 비(妃)가 침소를 찾아 쉬고, 명일(明日) 일어나 부공께 문안하고 옥영 공주와 담화하매, 위인이 현숙하여 가히 공의 뒤를 이를지라. 비 흔행(欣幸)하여 이윽히 공을 모셨다가 이에 하직을 고하고 금련(金輦)271)에 올라 상궁과 시녀를 거느려 궐중에 들어가 상후께 문안하고 일야(一夜)를 두류(逗留)함을 사죄하니, 상이 은근 위유(慰諭)272)하시니, 비 이에 물러 침전에 돌아오니라.

이러구러 비(妃) 삼자 일녀를 생하고 이빈(嬪)273)이 이자 일녀를 생하니, 개개(個個)이 초출(超出)하여 일세의 기남옥녀(奇男玉女)274)라.

세월이 여류하여 상이 춘추가 높으사 칠십여 세에 이르되, 기력(氣力)이 강건하시더니, 홀연 숙병(宿病)이 발(發)하여 삼사일을 신음하시다가

---

270) 취품(取稟): 웃어른께 여쭈어서 그 의견을 기다림.
271) 금련(金輦): 금으로 장식한 연. 연은 임금 등이 거둥할 때 타고 다니는 가마.
272) 위유(慰諭): 위로하고 타일러 달램.
273) 이빈(嬪): 태자의 부빈(副嬪) 이씨.
274) 기남옥녀(奇男玉女): 재주와 슬기가 남달리 뛰어난 남자와 마음과 몸이 깨끗한 여자. 뛰어난 아들과 딸을 말함.

인하여 붕(崩)하시니, 태자 부부의 망극함은 이르지도 말고, 정공이 또한 지극 애통하여 인하여 병을 얻어 십여 일 만에 이어 졸(卒)하니, 수(壽)가 칠십오 세라. 비(妃) 망극 중에 또 부친의 상사(喪事)를 당하니, 호천벽용(呼天擗踊)[275]하고 수장(水漿)[276]을 불입(不入)하고 애통함을 마지아니하여 형용이 초췌하여 기운이 시진(澌盡)[277]할 듯하니, 태자가 망극 중이나 경려(驚慮)[278]함을 마지않아 비를 절책(切責)[279] 왈,

"현비의 부상(父喪)을 당함이 망극하나 집상(執喪)[280]함이 중도(中道)에 지남이 예(禮)가 아니라. 하물며 자녀의 정사(情事)[281]를 돌아보아 몸을 보호하소서."

비 태자의 말씀이 당연함을 들으매, 감히 비색(悲色)을 동(動)치 못하고 강잉(强仍)하여 죽음(粥飮)[282]을 내와 몸을 보호하니라.

이러구러 장일(葬日)이 다다르니 선릉에 안장(安葬)하고, 태자가 보위(寶位)에 오르사 백관(百官)의 진하(進賀)를 받으시고 천하를 대사(大赦)한 후, 황후를 존(尊)하여 황태후를 봉하시고 정비로 정궁황후를 봉하시고 이빈(嬪)으로 귀비(貴妃)를 봉하시고 덕정(德政)을 부지런히 닦으시니, 조야(朝野)가 황상의 성덕(聖德)을 흠앙하더라.

황상(皇上)과 정후(后)가 나이 구십여 세에 일시에 붕(崩)하시고, 자손이 면면부절(綿綿不絶)[283]하여 성제명왕(聖帝明王)[284]이 계계승승(繼繼

---

275) 호천벽용(呼天擗踊): 하늘을 우러러 슬피 울부짖으며 가슴을 두드리고 몸부림을 침.
276) 수장(水漿): 마실 것.
277) 시진(澌盡): 기운이 빠져 없어짐.
278) 경려(驚慮): 놀라고 근심함.
279) 절책(切責): 아주 심하게 책망함.
280) 집상(執喪): 어버이 상에서 예절을 지킴.
281) 정사(情事): 사정, 형편.
282) 죽음(粥飮): 묽은 죽.
283) 면면부절(綿綿不絶): 오랜 시간 동안 이어져 끊어지지 않음.

承承)하여 태평을 누리니라.

대저(大抵) 정비의 사적(事跡)이 기특하기로 대강 기록하노라.

세(歲) 갑인(甲寅) 오월일 향목동 서(書).

---

284) 성제명왕(聖帝明王): 성스럽고 현명한 제왕들.

뉴충녈전 원문

권1

1

뉴츙녈젼권지일

화셜디명가졍년간의왕실이미약ᄒ여법녕이희이ᄒ니그즁의남만북젹이강셩ᄒ여일야동심모반ᄒ고동번셔달은사졸이번셩ᄒ고국부민강ᄒ미찬역홀뜻을두어시미텬지남경의잇슬뜻이업셔피ᄒ여도읍을옴기고져ᄒ시더니희동창희국의셔일위명시와시니셩은님이오명은경텬이니슐법과지조ᄂᆞᆫ일셰의졔일이오ᄯᅩ한문장지덕이텬ᄒ의당홀지업더라맛참동지ᄉᆞ로드러와네단을드리거늘텬지반기ᄉ슈일졉디ᄒᆞᆫ후도읍옴길닐을의논ᄒ니창희ᄉ신이옥누상의올나국닉산쳔을망긔ᄒ고복지쥬왈남경은본디티죠황졔긔국공신뉴긔가텬문지리롤아ᄂᆞᆫ고로남경은만고졔왕금셩지∥라ᄒ여이ᄶᅡ희도읍ᄒᆞᆫ신비오쇼신은본디외국인이오니상국지셰롤보오니북두셩졍긔남방의ᄒᆞ강ᄒ읍고삼티셩긔운이황

2

셩의빗최엿고ᄌ미원디장셩이남방의ᄶᅥ러져ᄉ오니미구의신긔ᄒᆞᆫ영웅이날거시니복원황상은조고마ᄒᆞᆫ도젹을피ᄒ여이런텬부금셩지∥롤엇지바리오며ᄯᅩ한션황뎨만∥셰황도지∥롤일조의져바리∥잇가텬지이말숨을드르시고셩심이상쾌ᄒᆞ사도읍옴기실의논을긋치시고국졍을다ᄉ리시니시졀이풍등ᄒ고인심이평안ᄒ더라차셜이ᄶᅥ됴졍의한신희이시니셩은뉴오명은심이니녜날티조황졔창업공신뉴긔의십ᄉ디숀이라셰디명문거족의후녜로공후거경이ᄶᅥ나지아니ᄒ더니뉴심의게니르러벼살이던언쥬부의잇ᄂᆞᆫ지라위인이졍직ᄒ고긔골이활달ᄒ니일셰의칭숑치아니리

업스디다만슬하의일졈혈육이업스니부뷔쥬야로한탄ᄒ더니이후션친향스롤당ᄒ여홀노참스ᄒ니슬푼마음이유동ᄒ여녕연압희업

3

디여일장을통곡ᄒ고부인을향ᄒ여탄식왈우리동쥬슈십년의일기스속이업스니죠션향화롤뉘게젼ᄒ며우리노년의니르러가스롤어디다부탁ᄒ리오불효삼쳔의무후위디ᄒ니도시나의젼셰罪악으로이러ᄒ가ᄒ노라셜파의냥항뉘옷깃살젹시니부인장시공의슬허ᄒ믈보고옥누롤드리워스罪왈상공의무후ᄒ시믄모다쳡의罪라칠거지罪로의논컨디발셔츌거롤당홀거시로디상공의후덕으로츌화롤면ᄒ오나쳡의마음이쥬야의불안ᄒ고면목이참괴ᄒ여디홀말슴이업스오나근너듯즈온즉남악형산니신령의신산이라ᄒ오니슈고롤혀지말고도츅발원ᄒ와졍셩이나드려보스이다ᄒ니공이탄왈스람의화복은하눌이졍ᄒ시고팔즈의미인비니ᄒ날이쥬시지아니ᄒ즈식을긔도혼다어드며발원혼들어드리오졍셩드려

4

어들진디쳔하의무즈홀스람이뉘잇스리오장부인이쏘갈오디스리로의논ᄒ면당연ᄒ오나녯날슉양흘이〃구산의발원ᄒ여공부즈롤탄싱ᄒ시고졍나라뎡녀후ᄂ우셩산산의지셩ᄒ고뎡즈산을나하시니우리도졍셩을다ᄒ여보스이다지셩이면감텬이오니상공은싱각ᄒ쇼셔공이쳥파의부인의말을올히너겨그날부터목욕지계ᄒ고삼칠일이지난후의관을졍졔ᄒ고졔믈을쥰비ᄒ며츅문을숀의들고부인으로더부러남악산을츠즈가니산셰ᄂ웅장ᄒ고봉만이슈려ᄒ믄일필난긔라쳥산은울〃ᄒ여괴셕을둘너잇고쇼상강아춤안긔ᄂ동졍호로도라들고창오산져문구름은무산으로왕니ᄒ고만학쳔봉의창숑녹쥭이울〃창〃혼지라공의부뷔슈양가지롤더위잡고뉵칠니롤드러가니연봉화봉이란봉만이잇거늘그우희올나사면을바라보니녯날ᄒ후시구년지

5

슈롤다스릴시층암절벽타든터이오텬졔단을놉히모흐고빅마롤잡아비든곳이라지
금가지원연ᄒ더라후면을도라보니광활호암셕우의셰낫비셕을셰웟거놀ᄌ셔이보
니비문의ᄒ여시더님군의명을바다구년지슈롤다스리고억죠창싱을구호공덕이만
∥셰의불망이라ᄒ엿고젼면을바라보니남악산위부인니션동옥녀롤다리고도학ᄒ
든빅텬관이어졔갓치분명호지라두로도라구경호후의일층단을별노히모화놋코노
구의지은밥을졍ᄒ게담아노코부인은단하의지비ᄒ고쥬부논단상의셔좌ᄒ여츅문
을숀의들고쳥향일쥬롤픠온후의셩음을가다듬어독츅ᄒ니졔문의갈와시더뉴셰츠
모년모월모일의남경동셩문너의거ᄒ옵논디명국뎡언듀부뉴심은목욕직계ᄒ고지
셩감쇼고우남악형산녕위의지셩고츅ᄒ

6

옵너니오회라뉴심이더명틱조황졔긔국공신뉴긔십삼디숀으로부귀영홰무량힝년
이스십이넘도록혈속이업스오니사후의됴션향화롤뉘게다젼ᄒ오며지ᄒ의도라가
션됴롤뵈오리잇고이러므로미호졍셩을다ᄒ여산쳔신령긔고ᄒ옵나니황쳔니ᄒ감
ᄒ스ᄌ식을졈지ᄒ여쥬옵쇼셔ᄒ엿더라빌기롤맛츠미단상의업더여가마니엄읍ᄒ
니산쳔도감응ᄒ고텬진들무심ᄒ시리오빌기롤맛츠미단상의오운니∥러나고산즁
의빅녕이셰∥히흠양ᄒ니졍셩이여츠ᄒ미귀ᄌ롤엇지득지못ᄒ리오부∥냥인니이
의집의도라왓더니일∥은부인니한꿈을어드니텬상으로셔오운니녕농호즁일위션
관니쳥뇽을트고나려와부인압희안지며왈쇼ᄌ논텬상ᄌ미원츠지호호위션관이옵
더니익셩이나롤모함ᄒ여빅옥누잔치의익

7

셩과디젼호고로상졔노ᄒ스인간의젹강ᄒ시미갈곳지업셔근심ᄒ옵더니남악산신
령이부인긔지시ᄒ옵기로왓스오니부인은이휼ᄒ옵쇼셔ᄒ고타고온신령은오운간
노아왈후일풍운즁의다시츠ᄌ리라ᄒ고부인품속의들거놀놀나씨다르니일장츈몽

이라정신니쇄락ᄒ여쥬부롤쳥ᄒ여몽ᄉ롤말ᄒ니쥬뷔만심환희ᄒ미비홀디업더라
과연그달부터틱긔잇셔십삭이ᄎ미일긔옥동을셩ᄒ니방즁의향ᄎ진동ᄒ고문밧긔
셔긔몽〃ᄒ며셔치만실혼즁의일위션녜나려와부인압희빅옥상을노코그우희노흰
거살부인긔드려왈쇼녀ᄂᆞᆫ옥뎨압희신님ᄒᄂ시녀옵더니금일옥황이분부ᄒ시티ᄌ
미원디장셩이남경뉴심의집의ᄒ강ᄒ여시니밧비나려가산모롤구완ᄒ고유아롤잘
거두라ᄒ시기로왓ᄉ오니옥병향탕슈의유아롤씻기시면빅병이쇼

8

멸ᄒ고유리디의노흔과실은산뫼잡슈시면일셩의무병ᄒ실거시오두기ᄂᆞᆫ두어다가
한긔ᄂᆞᆫ이후의귀공ᄌ롤쥬옵고ᄯᅩ한긔ᄂᆞᆫ일후의쥴ᄉ람이잇ᄉ오니상뎨게셔졍ᄒ여
쥬신과실이오니후일두고쓰옵쇼셔ᄒ고이의아희롤거두어옥병슈의목욕ᄒ여금〃
의누이고부인긔ᄒ즉ᄒ고오운즁의오르니반공의셔긔영농ᄒ고실즁의향ᄎ촉비ᄒ
더라부인니션녀롤보닉고그과실한긔롤먹으니심신니평안ᄒ고뉴되풍족ᄒ며졍신
과긔운니젼의셔비나더ᄒ더라이의일변쥬부롤쳥ᄒ여왈차아롤셩혼후의션녜나려
와향슈로씩기니이다쥬뷔부인의말을듯고공즁을향ᄒ여무슈비례ᄒ고아희롤살펴
보니웅댱ᄒ고긔이ᄒ여텬졍이광활ᄒ고지각이방원ᄒ며쵸산갓튼두눈셥은강산슈
긔롤씌엿고명월ᄀᆞ튼낭안은광

9

치찬란ᄒ고흉즁의텬지죠화롤품은듯ᄒ고북두칠셩밝은별이두팔의박혀시며삼터
셩졍신셩은등우희두렷ᄒ여쥬홍을찍은듯혼지라쥬뷔디희과망ᄒ여부인을향ᄒ여
왈이아희상을보니만일을능히디격ᄒ리니이ᄂᆞᆫ만고의영웅쥰걸이라젼일황상이도
읍을옴기고ᄌᄒᄉ창희국ᄉ신님경쳔다려무르시니경쳔니의말이북두셩졍긔남방
의ᄒ강ᄒ옵고자미원디장셩이장안의ᄺᅥ러져시니미구의녕웅이나리라ᄒ더니이아
희상뫼긔이ᄒ니엇지즐겁지아니리오미구의부귀공명이일셰의빗나고위엄니ᄉ희
의진동홀졔뉘아니탄복ᄒ리오신령의은덕은ᄉ후의도난망이오빅골이된들이ᄌ리

오ᄒ며아희일홈을츙녈이라ᄒ고ᄌ롤승학이라ᄒ다셰월이여류ᄒ여칠셰의니르니
골격이쥰슈ᄒ고총명

10

니과인ᄒ더라문장필법은ᄉ마쳔왕우군을묘시ᄒ고지략과영용은숀오와발불ᄒ며
텬문지리와뉵도삼냑을흉즁의장ᄒ고궁마지지의졍슉지아니미업더라슬푸다시운
니불힝ᄒ여죠믈이다시ᄒ여뉴쥬부의셰디부귀로니런영ᄌ롤두어시니흥진비리의
지앙이엇지업ᄉ리오츠시됴졍의두간신니잇시니ᄒ나흔도총디당뎡한담이오쏘하
나흔병부상셔최일더라다텬상늭셩으로ᄌ미원디장셩과븩옥누잔치의디젼훈고로
상뎨노ᄒᄉ인간의젹강ᄒ여디명국황뎨의신희되여ᄂ지라본시쳔상ᄉ람으로지략
이유여ᄒ고슐법이비상ᄒ며만부 〃 당지용이잇고벼살이일품의거ᄒ니강악이무상
ᄒ여만민의셩살지권을가져시니위엄니텬하의진동ᄒ고일국디권을숀가온디너허
시니쵸회왕의항젹이오당명황의녹산이라평싱마음이텬위

11

롤찬탈코ᄌᄒ디다만졍쥬부뉴심의강직홈과퇴지샹강희쥬롤쩌려ᄌ져훈지오린지
라이쩐녕종황졔즉위ᄒ신지삼십여년이라그희의각국사신드리경ᄉ의드러와됴공
ᄒ디토번과가달이강포ᄒ믈밋고텬됴롤능멸ᄒ여사신과녜단이업거놀뎡한담최일
더냥인니이쩐롤타쥬왈폐하즉위ᄒ신후로브터덕홰만방의덥히고위엄이ᄉ희의진
동ᄒ와ᄉ방번국이진복ᄒ오디오즉토번가달이강포롤밋고텬됴롤항거ᄒ오니신등
이비록지罪업ᄉ오나일녀지ᄉ롤쥬시면나아가남젹을항복바다디국위엄빗닉고폐
ᄒ의근심을덜고ᄌᄒ옵나니원폐하ᄂ상찰지ᄒ쇼셔샹이남젹의강셩ᄒ믈근심ᄒ시
다가이인의말솜을드르시고디희ᄒᄉ왈경등이가히국가의동냥이라ᄒ시고긔병ᄒ
믈허 〃 시니츠시쥬부뉴심이반열의잇다가이말

12

듯고디경ㅎ여탑젼의나아가복지쥬왈이졔폐히남젹을치고져ㅎ시나니가샹이갈아
스디졍한담등이여츠〃〃ㅎ기로문죄코즈ㅎ노라쥬뷔쥬왈폐히엇지이러틋쇼루히
허〃시니잇가당금의왕실이미약ㅎ고번국이강셩ㅎ오니만닐긔병문죄ㅎ시면이는
비컨디즈는범을놀너미오들의잇는톳기롤놋치미니한낫시알이쳔근지즁을견디오
며긔아미무리쵸픠왕을당ㅎ리잇가이미훈인명만샹ㅎ오리니복원폐ㅎ슉찰지ㅎ스
긔병치마르쇼셔샹이드르시고불쾌ㅎ스유네ㅎ시며침음ㅎ시거놀뎡한담이우쥬왈
뉴심의말슘이나라홀그릇치는간신이오니죄당쥬륙이로쇼이다디국을젹게넉이옵
고쇼국을츙디ㅎ오며디국을긔아미의비ㅎ고폐ㅎ롤한낫시알노비ㅎ오니이는님군
을젹게넉이는녁신이오가달과동심ㅎ여닝응이되오미니뉴심을참ㅎ옵고가달을졍
벌ㅎ

13

쇼셔샹이연기언ㅎ스뉸허〃신디이쎠한님학스왕공열이뉴심을쥭이려ㅎ믈보고밧
비계의나려복지쥬왈쥬부뉴심은긔국공신뉴긔의십삼셰손이라위인니강직ㅎ고츙
의잇스와시무의츙언으로남젹을치지말으시믈쥬ㅎ미당연ㅎ옵거놀직언을죄라ㅎ
스츙신을살륙ㅎ시면고황데비향공신을츈츄디졔의공신을디ㅎ시미난연ㅎ실거시
오츙간지신니업스올거시니복원셩샹은살피스뉴심을사ㅎ옵쇼셔샹이쳥필의뎡한
담을도라보시니한담이쥬왈뉴심의죄샹은만스무셕이오나챵업공신의후예오니죄
롤감ㅎ스극변원찬ㅎ시미가홀가ㅎ나이다뎐지올히녁이스연경황셩문밧게찬비ㅎ
라ㅎ시니한담이승명ㅎ고승샹부의놉히안고뉴심을잡아드려무슈이슈죄왈네죄롤
의논헐진디머리롤버혀국법을졍히홀거시로디셩샹이공신의후예롤하렴

14

ㅎ스관젼을드리워목슘을살녀쥬시니츠후는셩심도그런불츙지언을다시구두의올
이지말고밧비젹쇼로힝홀지어다만닐다시국스롤알은쳬ㅎ여망녕된말을홀진디목

슘을보젼치못ㅎ리라쥬뷔이말을듯고흉격이막희고분심이디발ㅎ여양구후갈오디
니무삼죄로원지졍비롤ㅎ나뇨녯날왕망이셥졍ㅎ니한실이위티ㅎ고동탁이작난ㅎ
니츙신니다죽은지라니죽거든눈을빼혀동문의놉히다라두면젹장의칼끚히쩌러지
믈완연이보게ㅎ라지하의도라가도오ᄌ셔의츙신을붓그리게말지어다한담이쳥필
의노긔츙쳔ㅎ여발을구르며닐오디어명이지즁ㅎ니무삼잡언을ㅎ는다ㅎ고궐니로
드러가며나졸을지촉ㅎ여뉴심을밧비녕거ㅎ여젹쇼로가라ㅎ믈셩화갓치ㅎ니뉴심
이홀일업셔젹쇼로향코ᄌㅎ여집으로도라오니

15

일긔망극ㅎ여곡셩이진ㅎ더라쥬뷔츙녈의숀을잡고부인을향ㅎ여왈우리부뷔즁년
의이르디일긔ᄌ녜업다가황텬니어엿비녁이스아ᄌ롤어더시니봉황의짝을어더부
귀영화로ᄌ미롤보려ㅎ엿더니가운니불힝ㅎ여간신의참쇼롤닙어슈만니롤쩌나니
싱ᄉ롤미가분이라어너날다시보리오날갓튼인싱을싱각지말고아ᄌ롤잘길너죠션
향화롤밧드러끚지아니면황텬의도라가도여한이업살가ㅎ노라ㅎ고이의아ᄌ의숀
을잡고누쉬종횡ㅎ여왈네아비는간신의모히롤닙어만니타향의외로이힝ㅎ나〃의
몸은됴금도넘녀업스니아비는일졀싱각지말고너의모친을시봉ㅎ여공부롤착실이
ㅎ여이후의부지상봉ㅎ기롤바라노라ㅎ고이의차든장도롤글너츙녈을치오고왈일
후의상봉홀쩌의부ᄌ신폐업지못ㅎ리니잘간슈ㅎ라ㅎ고이의부

16

인과아ᄌ롤니별ㅎ고힝니롤슈습ㅎ여문밧그로나가니슬푸미가득ㅎ여텬지아득ㅎ
고눈물이압흘가리오니장부의간장이셜〃키롤면치못홀지라이의동셩문을나연경
을바라고나아갈시녕거ㅎ는치관을ᄯ라힝훈지슈월만의쳥송녕을너머옥화관의다
〃르니이쩌는츄팔월망간이라한풍이쇼슬ㅎ고낙엽이쇼〃훈디언덕의빗난황국은
구회슈심을ᄶ여잇고벽공의걸인달은교〃이밝앗더라긱창한등깁흔밤의일병잔쵹
으로벗살숨아긱침을베고누어시니장부웅이날노쵸창ㅎ믈이긔지못ㅎ여죵야토록

접목지못ᄒ고쳐자의고〃ᄒ믈싱각ᄒ여심회녹ᄂᆫ듯ᄒ더니이러구러동방이밝거ᄂᆞᆯ 인ᄒ여이러나쇼세롤맛고차관을ᄯ라길을날시여러날ᄒᆡᆼᄒ여쇼상강을건너명나슈 롤다〃르니이ᄯ흔쵸나라만고츙신굴삼녀가간신의모

17

히롤닙어틱반의힝음ᄒ다가분심을니긔지못ᄒ여어복의장ᄒ니녯ᄉ람의놉흔ᄯᅳᆺ을 후인니감동ᄒ여츙신묘롤셰우고현판을놉히다라굴삼녀의츙졀을긔록ᄒ여거ᄂᆞᆯ쥬 뷔그글을보고츙심이디발ᄒ여힝니롤나려노코필묵을니여동벽상의디ᄌᆞ로쓰되디 명국젼언쥬부뉴심은간신뎡한담과최일디의참쇼롤닙어연경으로젹거ᄒ여가ᄂᆞᆫ길 의이ᄯᄒᆞ니르러우연니보니상녀공의츙녈이만고로유젼키로녯일을감창ᄒ와쇼싱 의셩명을긔록ᄒ고공의츙녈을ᄯ라강슈의ᄲᅥ져지하의도라가뫼시고ᄌᆞᆨᄒ나이다쓰 기롤맛ᄎ미비회롤졍치못ᄒ여ᄉ면을도라보니녯ᄉ람의젼댱고젹이지금가지분명 ᄒ고오산은쳔쳡이오쵸슈ᄂᆞᆫ만곡이라믈가로나려와강슈롤바라고일장을통곡ᄒ고 ᄉ미롤드

18

러압흘가리오고만경창파롤향ᄒ여ᄲᅱ여드니영거ᄒᆫ치관이쥬부의급ᄒ믈보고연망 이다라드러숀을잡고말뉴ᄒ여왈상공의츙셩은쇼관도알거니와원지의젹거ᄒ미비 록원통ᄒ나텬명을바다젹쇼가시다가이곳의셔셩명을바라시면상공의용우ᄒ믈됴 졍이우으실거시오쇼관의게도근신치못ᄒᆫ죄롤닙을거시오니원컨더상공은비회롤 진졍ᄒ시고망녕된거조롤마르쇼셔ᄒ며쳔만위로ᄒ여빅ᄉ장으로인도ᄒ니뉴쥬뷔 허릴업셔치관을ᄯ라회ᄉ졍을지나황하슈의다〃르니셔호십경이〃곳이라숑나라 망국시의일품디신드리국사롤도라보지아니ᄒ고풍악으로닐을삼아미일장츄ᄒᄂᆞᆫ 고로셔호의고은틱되셔시의비ᄒ여시니엇지아니망극ᄒ리오이곳을지나여러달만 의연경의이르러유쥬

19

자ᄉ의게공문을붓치니ᄌ신즉시뉴쥬부롤불너보고군졸을명ᄒ여∥넘집을잡아∥
쥬뉴ᄒ게ᄒ니쥬뷔긕방의드러가니잇써ᄂᆞᆫ엄동이라연경이극히한닝헌ᄯ히니긕실
의닝풍이쇼슬ᄒ고밧게ᄂᆞᆫ빅셜이분∥ᄒ여남경지인니견디기어려오니뉴심의고쵸
롤이로칭냥치못ᄒᆞᆯ네라ᄎ셜뎡한담과崔일디쥬부뉴심을참쇼ᄒ여연경의닉치고마
음의흔연ᄒ여별당의드러가옥관도ᄉ의게텬ᄌ롤도모ᄒᆞᆯ계칙을무르니도시문밧긔
나와텬긔롤살펴보니가히두려울거시잇ᄂᆞᆫ지라드러와니르디그ᄉ이밤마다망긔ᄒ
니셩즁의영웅이잇시니일노두려ᄒ노라뎡한담이디경왈션싱이엇지아시나뇨도시
왈삼티셩이황셩의비崔엿시디그즁의뉴심의집의응ᄒ여시니뉴심이비록연경의적
거ᄒ여시나신

20

긔ᄒ영웅이황셩의나시니그디의도모ᄒᆞᆫ닐이도모키어려울가ᄒ노라한담이∥말
을듯고외당의나와일디롤보고도ᄉ의말을이른디일디∥경왈도ᄉ의신긔ᄒ미텬ᄒ
의유명커놀긔이ᄒ영웅이황셩의잇다ᄒ니실노마음의놀납도다한담이혜오디뉴심
이년만ᄒ도록ᄌ식이업스미년젼의남악형산의치셩ᄒ고긔ᄌ롤나ᄒ다ᄒᄉ더니도ᄉ
의말이∥아희롤응ᄒ민가ᄒ노라일디왈그러ᄒ면뉴심의집을함몰ᄒ여후환을업시
ᄒ미올흘가ᄒ노라한담이그말을그러히넉여밤들기롤기다려가마니승상부의나아
가나졸십여명을쵸솔ᄒ여뉴심의집을둘너ᄊ고화약넘쵸롤가지고그집ᄉ방의무더
노코화승의불을다리여일시의지르면그안의잇ᄂᆞᆫ사람이아모리영웅인들엇지함몰
ᄒ믈면ᄒ리오ᄒ고약속을졍ᄒ여야심ᄒ기롤기

21

다려힝ᄉᄒ려ᄒ더라ᄎ시장부인니쥬부롤니별ᄒ고아ᄌ만다려슈심으로일월을보
니더니이날밤쵸경의호련몸곤ᄒ여침셕의누어더니비몽ᄉ몽간남다히로셔일위노
옹이드러와홍션을쥬며왈이밤삼경의디환니당두ᄒᆞᆯ거시니이붓쳬롤가져다가화광

이니러나거든이붓체로붓치면셔후원장원밋희은신ᄒ엿다가츙녈을다리고인젹이
쓴허진후남방을향ᄒ여급 〃 히피ᄒ라만일그러치아니면디화롤면치못ᄒ리라ᄒ고
언흘의간디업거눌놀나씨니침상일몽이오츙녈은졍히누어잠을깁히드럿고침변의
난디업눈홍션일병이노혓거눌마음의신긔히넉기고쏘한놀나션ᄌ롤집어들고아ᄌ
급히씨와안치고심신니경황ᄒ더니삼경씨의니르러눈호련포셩이니러나며ᄉ면으
로화광이츙텬ᄒ며슈빅간집이일시의지되믈면치못ᄒ니부인니창황즁의아ᄌ의

22

손을잡고홍션으로불을향ᄒ여붓치며후원댱원밋희슘어더니삼경이지난후의불이
진졍ᄒ고인젹이고요ᄒ거눌눈드러달빗히살펴보니즁 〃 호장원니둘너나갈길이업
고다만믈나가눈궁기뵈거눌부인니아ᄌ의숀을잡고그궁그로긔여나오니모지윈몸
이상ᄒ고누츄ᄒ여악췌쵹비ᄒ더라부인니츙녈을업고ᄉ이길노나아가남방을바라
고한업시다라날시한곳의다 〃 라니압희큰뫼가려시니놉기쳔만장이라산봉우희오
운니어리엿거눌부인이슬푼마음을진졍ᄒ고ᄌ셔이살펴보니젼일긔도ᄒ든남악형
산이라부인니쵸창ᄒ믈이긔지못ᄒ여츙녈을붓들고통곡왈네이산을아지못ᄒ거
와칠년젼의너의부친과한가지로이산의와셔졍셩으로긔도ᄒ여너롤나ᄒ더니명되
긔구ᄒ여불의지화롤맛나이곳의다시올쥴엇지알니오ᄒ고쥬부롤싱각고슬허 〃 거
눌츙녈이 〃 말

23

을듯고모친의숀을밧드러슬통곡왈모친은비회롤진졍ᄒ쇼셔쇼지비록어리고미거
ᄒ오나슈삼년만지닉오면부친을모희ᄒ원슈롤갑고공명을췌ᄒ여금일곤욕을셜ᄒ
리이다부인니아ᄌ의말을긔특이넉여숀을닛글고범양슈롤건너회슈강의다 〃 르니
이씨일식이셔산의걸엿고강촌의모연니잠겨눈디창희롤바라보니ᄉ댱의져쇼리셰
우즁들니 〃 슬푼마음을진졍치못ᄒ여츙녈의숀을닛글고믈가로방황ᄒ나건널션척
이업눈지라졍히민망ᄒ여하눌롤우러 〃 탄식ᄒ믈마지아니ᄒ더라시 〃 의뎡한담최

일디등이뉴심의집의불을지르고살피더니호련바람이니러나며웅장훈집이편시간
의남지아니코다쇼진ᄒ니그속의잇든ᄉ롬이응당몰ᄉᄒ여시리라ᄒ고도라와옥관
도ᄉ다려왈션싱이젼일우리등이디ᄉ롤닐우려ᄒ니션싱말삼이영웅이잇셔근심되
다ᄒ시기로쇼싱등이

24

그롤방어ᄒ엿ᄉ오니다시망긔ᄒ옵쇼셔도시밧긔나와텬긔롤살펴보고이로디이졔
ᄂ삼틱셩이황셩을ᄶ나범양ᄶ회슈강의빗최여시니그일이슈상ᄒ도다니ᄯᆺ의ᄂ뉴
심의가쇽이젹쇼롤ᄎ져가랴ᄒ고회슈강으로간는가ᄒ나니심이근심되나이다한담
이도ᄉ의말을듯고혜오디그ᄶ화셰그러틋밍널ᄒ여시니일졍그가쇽이다죽은가ᄒ
여더니져의만닐화지롤버서나시며이ᄂ텬ᄒ녕웅이라ᄂ맛당이잡으리라ᄒ고외당
의나와날닌장ᄉ슈인을불너가마니분부왈너희등은군ᄉ롤거ᄂ려ᄲᆯ니힝ᄒ여회슈
가의가셔ᄉ공을불너나의명을젼ᄒ고그곳의셔기다리면일긔녀지한낫쇼동을다리
고강변으로오리니곡직을뭇지말고결박ᄒ여강슈의녀흐라만일위령ᄒ면즁죄롤쥬
리라쇼졸이쳥녕ᄒ고즉시발힝ᄒ여회슈가의니르러보니과연마쵸아녀인의우름쇼
리은〃이들니거놀나졸이즉시

25

사공을불너한담의녕을젼ᄒ니ᄉ공이디경왈뎡상공의엄녕이여ᄎᄒ시니녕디로힝
ᄒ리이다훈디나졸이슈ᄎ당부ᄒ고도라가니라ᄎ시ᄉ공이쇼션일쳑을물가의찍여
노코부인을쳥ᄒ여오르라훈디ᄎ시댱부인니츙녈을다리고물가의방황ᄒ디건널비
업셔망조ᄒ더니ᄯᆺ밧긔남다히로셔일쳑쇼션이오며물가의다히고부인을쳥ᄒ여오
르라ᄒ니부인니아ᄌ롤다리고비의올나십여리롤가더니강심의니르러일진광풍이
〃러나며돗디부러지고션창의물결이창일ᄒ더니셔다히로셔일쳑비션이나는다시
다라드러부인의탄비롤잡아져의비의미고무슈훈젹도드리ᄉ면으로에워싸고션즁
ᄉ람을다결박ᄒ여져의비의실은니의ᄶ츙녈을잡아물의드리치니칠팔셰쇼동이무

숨죄로니런독슈룰맛나니엇지참혹지아니리오츳시장부인니도젹의숀의결박ㅎ믈
당ㅎ

26

여션창안의것구러져아모리홀줄모르다가겨유정신을진정ㅎ여아즈롤부르지져통
곡혼들슈즁의드러간츙널이엇지디답ㅎ리오한번부르고두번불너디답이업스니망
극ㅎ믈니긔지못ㅎ더니좌우의흉악혼도젹드리밧비비롤져어가며부인의닙을막아
쇼리말고가즈ㅎ니부인니물의싸져쥭고즈혼들닷줄노연약혼몸을얼거미여시니쌘
질길업고결항코즈혼들슈족을놀닐슈업스니그쏘혼못홀지라홀일업셔도젹의게잡
혀갈시한곳의다∥르니비롤언덕의미고부인을쓰어니여말긔올녀안치고말을칙쳐
풍우갓치모라가니셰상의니런변이어디잇시리오이쎄회슈강사공의셩명은마회룡
이라삼즈롤두어시니다용녁이졀윤ㅎ고검슐이신긔혼지라장즈의명은쳘이니일작
이상실ㅎ고아즉취쳐치못ㅎ엿더니장부인의용식을보니어린티

27

도논감ㅎ여시나황용월티늙지아니ㅎ고슈식이만면ㅎ나골격이슈려ㅎ니츈식이오
히려져무지아니ㅎ여논지라이논하늘이나의게지시ㅎ시미라ㅎ고부인을다려가안
히롤삼고즈ㅎ더라부인니홀일업셔도젹의말긔실녀한곳의다∥르니티산쥰녕밋히
암셕을의지ㅎ여슈삼간쵸옥이잇논지라그압히다∥라부인을말긔나려잇그러쵸옥
즁의드러가깁혼방의가도니장부인니본디상셔공의쳔금일녀로뉴문의닙송ㅎ여삼
십이너문후의츙녈갓흔긔즈롤두어복녹이무흠홀가ㅎ더니불의∥가군을만니원지
의보니고즈긔몸이쏘한도젹의독슈의드러곤욕을당ㅎ게되고아즈의ᄉ셩을모로니
엇지참분치아니리오일만비회롤억졔치못ㅎ여무슈히통곡ㅎ고긔운니진ㅎ여누어
더니이윽고시비셕반을드리거놀긔갈이심혼비나한슐물을먹지못ㅎ고도로상을물
니∥시비드러가

28

더니미음을가져왓거놀부인니심즁의혜오디아직반다시슈즁의죽어시려니와텬신
니어엿비너겨혹ᄌ환싱케ᄒ시면이졔젹쇼로나려가 // 군을보고다시츙녈을차지리
니엇지이ᄯ히셔쥭으리오ᄒ고니러안ᄌ미음을마시니시비드리다힝이넉여젹도의
게고ᄒᄃ젹되디희ᄒ여니날밤의부인의방의드러가네ᄒ고안지며왈부인이니런누
지의니르시니쇼싱이비록용우ᄒ나부인의장부되미붓그럽지아니 // 부디용셔ᄒ믈
바라노라부인니이말을듯고분긔티발ᄒ여신셰롤싱각ᄒ니함졍의든범갓튼지라님
의로탈신홀길이업고아즉도직의마음을눅이고져ᄒ여강잉터왈나의팔지긔박ᄒ여
슈즁의죽은목슘을그티구ᄒ여쥬니감격ᄒ마음이엇지업스리오마ᄂ그러나 // 의싱
부긔일이삼월쵸삼일이니아모리녀진들부모긔일의혼녜롤지너리오다시

29

길일을퇴ᄒ미올ᄒ니그티ᄂ너모조급히구지말나도젹이부인의말을듯고깃부믈니
긔지못ᄒ여연망이답왈부인의말슘이맛당ᄒ오니다시길일롤퇴ᄒ리니부인은안심
ᄒ쇼셔부인니칭ᄉᄒ고죠금도의심이업ᄂ듯ᄒ니도젹이감ᄉᄒ여이의안으로드러
가며비ᄌ롤명ᄒ여부인을잘뫼시라ᄒ니시비드러와부인겻히누어잠이깁히들거놀
부인니밤들기롤기다려급히나와즁문을녈고큰길노니다롤시방의셔ᄌ든비지호련
잠을ᄭ여살펴보니부인니간디업거놀급히부인을부르며ᄶ츠나오거놀부인니디겁
ᄒ여거즛뒤롤보ᄂ체ᄒ고시비롤ᄭ지져왈니복즁이불평ᄒ여디변을보라나왓거놀
엇지일어틋요란이구ᄂ다비ᄌ등이무류ᄒ여도로방즁으로드러가니부인니ᄒ릴업
셔ᄌ긔도방으로드러와그밤을지너고ᄉ식이타연ᄒ니이잇튼날젹한니부인의말삼
을젼연니

30

쇽아노복을다리고졔물을장만ᄒᄂ지라부인도목욕지계ᄒ고방안의드러가즙믈을
살펴보니한그릇시잇시디겹 // 이봉ᄒ여거놀가마니ᄶ혀보니금옥으로된것도아니

오목셕의뉴도아니나광치찬란ᄒ여일식의바이고윤식이조요ᄒ여안치의쑈이니진
짓고금의보지못혼옥함이라젼면을보니더자로크게쎠시되더명국뉴츙녈은긔탁이
라ᄒ엿거놀부인니일견의더경ᄒ여심즁의혜오더셰상의동셩동명이쏘잇논가진실
노나의아ᄌ츙녈의긔믈일진더엇지이의잇논고츙녈아네옥함은여긔잇고너논어더
갓논고ᄒ며옥함을다시쏫고밤을기다리더니님의일모ᄒ여밤을당ᄒ미젹한이졔물
을만히츳려부인게드리거놀부인니바다진셜ᄒ고츳례로졔롤지니고각 〃 쳐쇼로도
라가밤을지닐시젹한과모든노복드리졔롤츳리노라죵일분쥬근노ᄒ여모다곤혼잠
이깁히드럿거놀부인니옥

31

함을힁장과갓치가지고문밧긔니다라북두셩을바라보며도망ᄒᆯ시한곳의다 〃 르니
날이님의발가논지라노상힁인다려무른즉녕능쏘히라ᄒ거놀졈즁의드러가졈신을
스먹고죵일토록힁ᄒ니몟니롤온쥴모로논지라쏘한곳의다 〃 르니압히크강잇잇고
풍낭이도쳔ᄒ고창파논만경이라스고무인젹막혼더원산을바라보니빅사댱너른뜰
의구진비논무삼일고빅셜갓흔냥뉴화논쳐 〃 의분비ᄒ니슬푼마음긴한슘의피눈믈
이졈 〃 이쩌러지니쇼상쥭님이갓가오면반쥭되기분명ᄒ더라부인니이런경치롤보
나슬푼마음이유동ᄒ니무삼경황이잇시리오죵일을힁ᄒ미힁녁이쇠진ᄒ더라츳쳥
ᄒ회ᄒ라
셰졍미이월일향목동셔

권2

1

류튱녈젼권지이
차셜부인이죵일토록힝ᄒ미긔력이쇠진ᄒ여인가를ᄎᄌ밤을지니고ᄌᄒ나건널비
업셔진퇴유곡이라일모셔산ᄒ고월츌동녕ᄒ여한슈에밤이드니홀일업셔쇼로∥조
ᄎᄌ가더니그길이끈치지아니ᄒ고산곡슈이로련ᄒ엿거늘길을닐치아니ᄒ고드러가
니인젹이젹요훈ᄃᆡ다만드ᄅ니흐ᄅ 눈물소리쳐량훈지라쳥님을더위잡고간슈를ᄯᅡ
라가니창망훈달빗속의슈간쵸옥이뵈거늘마음의반겨셕문을향ᄒ여나아가니일위
노괴나오다가보고녜ᄒ고마ᄌ드러가방안의좌ᄒ미부인이눈을드러살펴보니녀복
은업고남복만걸녀시며협방의셔남ᄌ의소리나거늘마음의불안ᄒ더니셕반을파ᄒ
미노괴문왈그ᄃᆡ눈뉘집부인으로이곳의오시니잇가부인이ᄃᆡ왈나눈본ᄃᆡ근읍ᄉ롬
으로친가의가다가희상의셔슈젹

2

을맛나목슘을도망ᄒ여이곳의왓ᄂᆡ이다노괴이말을듯고협방으로드러가며ᄌ식다
려왈져녀ᄌ의말을드르니가장고히훈지라슈일젼의드ᄅ니셕장동질이회슈강의셔
힝인을건네다가한녀ᄌ를맛나실가를졍ᄒ다다ᄒ믈드럿더니져부인의말을드ᄅ니
슈젹을맛나간신이탈신ᄒ엿노라ᄒ니일졍그부인이당질의탈탈훈녀지라나아아가
마쳘을다리고와이여ᄌ를일치말게ᄒ라ᄒ고자식을당부ᄒ여보니니라ᄎ시노고의
아들이후원의드러가일필쥰마를ᄐ고급히셕장동으로가더라이ᄯᅥ부인이힝역이곤
비ᄒ여잠을익이드럿더니비몽간의한노승이방의드러와부인다려왈금야의ᄃᆡ변이

잇슬거시니부인은엇지잠만ᄌ나뇨금 ∥ 히니러나이집동산의은신ᄒ엿다가디환이
∥ 러나거든물가로나려가면일엽편쥐잇실거시니그비롤ᄐ고화

3

롤피ᄒ라만일더듸면함신지화롤면치못ᄒ리라ᄒ고간디업거늘놀나씨다라싱각ᄒ
니젼일황셩의셔화변을당ᄒ졔부치쥬던노옹이라급히힝장을슈습ᄒ고동산으로올
나가은신ᄒ여동졍을살피니과연남다히로셔방포일셩의화광이츙텬ᄒ며무슈도젹
이슌식간의드러와노고의집을둘너싼고일시의고함ᄒ며웨여왈그녀지어디잇ᄂ냐
ᄒᄂ소릭산곡이진동ᄒ거늘부인이디경ᄒ여텬지롤불변ᄒ고황망이산을너머물가
의다 ∥ ᄅ니슈면상의일엽소션이쩌오며션창압희일위부인이나셔며비롤다히고부
인을쳥ᄒ여밧비비의오르라ᄒ니부인이창황즁비의올나그션녀롤보니머리의벽연
화롤못고손의봉미션을쥐여시며쳥의금상의옥피롤ᄎ시니진짓텬상션이오인간ᄉ
롬은아니러라부인이황망이녜ᄒ고문왈부인

4

은어디계시며존호ᄂ뉘시완디박명쳔쳡을구ᄒ시니션낭의깁흔은혜롤엇지갑ᄉ오
리잇가션녜디왈쳡은남히농녀옵더니금일의부왕이분부ᄒ시디디명국뉴츙열의ᄌ
모댱시금야의젹화롤당ᄒ거시니구ᄒ라ᄒ시기로왓ᄉ오니부인의화익은상뎨명으
로구ᄒ미니쳡이엇지은혜로칭ᄉᄒ시믈감당ᄒ리잇고부인이쳥파의텬상을향ᄒ여
무슈히졀ᄒ고농녀로더부러비롤씌여가고ᄌᄒ더니믄득졔젹이발셔물가의다 ∥ 라
방포일셩의져의동유롤다리고일쳑쾌션의올나풍범을놉히달고살ᄀ치ᄶ로니부인
의비와졈 ∥ 갓가온지라그즁의영한훈도젹일인이장창을빗기들고션창을두다리며
쑤지져왈네감히어디로다라나려ᄒᄂ다나ᄂ본디슈즁녕웅이라너갓흔조고만계집
이감히나의슈즁의버셔나고ᄌᄒ니엇지요악지아니리오ᄒ

5

며크게쇼리지르니쇼리벽역ス흔지라부인이혼빅이비월ᄒ여창황중도라보니도적
의비임의ス긔비의당ᄒ엿는지라부인이홀일업셔강슈롤바라고통곡왈나의팔지긔
박ᄒ여가군이간적의참소롤닙어만니연경의격거ᄒ여ᄉ성을모로고모ᄌ냥인이겨
유집을직희여더니다시간적의화롤맛나집을소화ᄒ고유ᄌ롤잇그러도망ᄒ다가쳔
금아ᄌ롤마ᄌ도적의게닐코나믄목슘이금일도적의욕이급ᄒ니찰ᄒ리슈심의ᄲ져
쳥빅훈혼이되리라ᄒ고슬피통곡ᄒ니도젹이더로ᄒ여급히ᄲ위오르고ᄌᄒ더니홀
련일진광풍이동남으로셔이러나빅ᄉ쟝의ᄊ흰ᄉ셕이바롬결의날녀비ス치ᄶ러지
니만경창파의풍낭이더작ᄒ여믈결이흉용ᄒ니벽역ス흔소리강산을뒤치는듯훈지
라격션이어이견디리오돗더부러져강슈의ᄶ러

6

도젹이아모리텬하녕웅인들돗더업는비로희상의엇지잘견듸리오바롬의불녀동셔
롤지졉지못ᄒ고부인의탄비는농왕의표쥬라바롬이비록급ᄒ나무어시두리∥오슌
식간의물을건너언덕의비롤다히고부인을인도ᄒ여비의나린후홀연간더업거늘부
인이공중을향ᄒ여무슈히ᄉ례ᄒ고종일토록졍쳐업시가더니한곳의다∥르니산쳔
이슈려ᄒ고지형이평탄ᄒ니이ᄯ흔쳔덕산화림동이라이의니르러는쵼보롤옴기지
못ᄒ고날이임의져믈거늘부인이곤뇌ᄒ여물가의안ᄌ조으더니젼일현몽ᄒ던노승
이라부인을ᄭᅵ여왈이졔는익운이다진ᄒ여시니이곡중으로드러가면ᄌ연구홀ᄉ롬
이잇시리이다ᄒ거늘부인이놀나ᄭᅵ다르니남가일몽이라ᄉ면으로둘너보니쳔봉만
학이중∥쳡∥ᄒ여산길이극히험쥰훈지라부인이

7

셤∥훈긔질노등날을붓들고송빅을더위잡아긔구훈험노롤올나가니일신이험노의
상ᄒ여유혈이낭ᄌᄒ고호흡이쳔츅ᄒ여쵼보롤옴길슈업는지라암상의올나안ᄌ슬
피우려왈가군의격쇼롤향코ᄌᄒ나슈만여리롤혤∥훈녀지엇지힝ᄒ리오찰ᄒ리이

곳의셔죽어음혼이라도고향으로도라가리라ᄒ고옥함을니여놋코보니김슈건의홍
사로슈롤놋코글ᄌ롤삭엿시ᄃ모연월일의ᄃ명국동문너거ᄒᄂ뉴츙열의ᄌ모댱시
ᄂ이옥함을뉴츙열의게젼ᄒᄂ너의죽은혼빅이라도보라보라ᄒ여ᄌ〃히삭여그
슈건을옥함의미여플속의너코일장을통곡ᄒ고산의나려치마롤무롭쓰고물의뛰여
들녀ᄒ시산곡으로셔한녀지물을쓰려강변으로오다가댱시의익슈ᄒ려ᄒᄆ보고급
히

8

나려와붓들고말유ᄒ여왈부인이무삼연고로슈즁원혼이되고ᄌᄒ시ᄂ잇가쳡의집
이〃곳의셔머지아니ᄒ니한가지로가ᄉ이다부인이일변놀나며눈을드러보니일기
양슌ᄒ녀지라작야몽ᄉ롤싱각ᄒ고기인을쓰라가니일간모옥이이정결ᄒ고계변의
창숑녹죽이과빅ᅢ만발ᄒ여시니진짓명산승경이오별유세계믈알니러라그녀ᄌ롤
쓰라방안의드러가니갈건야복이벽상의걸엿고만권셔칙을안상의쌋하시며문방ᄉ
우와칠현금이노혀시니진짓은ᄉ의곳이러라부인이잠간졍신을진졍ᄒ여그녀ᄌ롤
디ᄒ여ᄌ긔의젼후환란당ᄒᄆ셜파ᄒ니쥬인녀지심히칙은ᄒᄆ마지아니〃이집은
원닉셰종황뎨시의한님학ᄉ니인학의아들니쳐ᄉ의집이니쳐ᄉ의모친은뉴쥬부의
죵미라쳐ᄉ의마음이쳥졍ᄒ고환노의뜻이

9

업셔벼술을하직ᄒ고이곳의은거ᄒ여농업을힘쓰고문학을일숨으니셰인이니쳐ᄉ
롤오류쵼도쳐ᄉ와부츈산칠니탄엄ᄌ릉의졀기의비ᄒ더라ᄎ시쳐시외당의잇더니
부인이쳐ᄉ롤쳥ᄒ여댱부인의말슴을일〃히젼ᄒ니쳐시ᄃ경ᄒ여의관을졍졔ᄒ고
댱부인을쳥네롤파ᄒ고이의말슴을펴갈오ᄃ부인말슴을드르니뉴쥬부ᄂ쇼싱의외
슉이라니별ᄒ연지여러힌러니금일슉모의말슴을드르니엇지한심치아니리잇고소
질의집이비록누츄ᄒ나아직머무르시면슉뷔텬ᄉ롤맛나시ᄂ날맛당이경ᄉ로가시
게ᄒ오리니너모우려치마로쇼셔부인이쳐ᄉ의말을드르미깃부믈니긔지못ᄒ여후

의롤ᄉ〃ᄒ고ᄎ후로니쳐ᄉ부즁의머무러일신이평안ᄒ나다만아ᄌ롤싱각고쥬야 로웁〃ᄒ여흉즁이막휜듯ᄒ더라

10

각셜ᄎ시의츙열이모친을ᄯ라범양회슈의다〃ᄅ니난덕업ᄂ젹션이다라드러부인 을결박ᄒ여모라가며츙열을집어강심의더지니믈쇽의ᄲ져엇지홀쥴모르더니믄득 두발이ᄯ히닷ᄂ지라이의졍신을찰혀보니몸이암상의노혓거늘그우희올나하날을 우러〃축슈ᄒ며모친을부로지져슬피우더니ᄎ시남경왕니ᄒᄂ장의물화롤만히싯 고북경으로나아갈시희상의비롤ᄧ여즁뉴ᄒ여ᄶ오더니홀연드ᄅ니먼니셔슬푼우 롬소리나거늘션즁졔인이고히넉겨우롬쇼리롤ᄎᄌ가니슈즁암상의일기동지안ᄌ 울거늘션인등이급히구ᄒ여션즁의안치고연고롤무른즉희상의셔슈젹을맛나모친 을닐코자긔ᄂ도젹의화롤맛나물의ᄲ져더니요힝바회롤맛낫다낫다ᄒ거늘즁인이 모다비감ᄒ며강

11

변의나려놋코무ᄉ히가라ᄒ고비롤져어북경으로향ᄒ더라츙열이션인을니별ᄒ고 거롬을도로혀니일신은비록ᄉ라시나모친의ᄉ셩을알길이업고혈〃ᄒ십삼아동이 순만니연경을엇지향ᄒ리오슬푸믈니긔지못ᄒ여통곡ᄒ며쵼〃이걸식ᄒ여긔갈을 면ᄒ나ᄌ연용뫼쵸췌ᄒ여귀형이되여시니비컨디부열이녀산의밧갈고녀상이위슈 의조어홈과ᄀᆞᆺᄒ니츙열의만고영웅이ᄶ롤맛나지못ᄒ니엇지분치아니리오동셔로 긔걸ᄒ여한곳의다〃ᄅ니이ᄯ흔쵸국지경이라영능ᄯ흘지나장ᄉ원을바라며한믈 가의다〃ᄅ니창망ᄒ흔빈믈가의원야셩이한슘지고빅사댱셰우즁의빅구비거ᄯ니로 다은나라산이쳔봉이오됴나라믈이일만구뷔롤둘너시니셕일젼국시졀의텬하롤닷 도던젼장터이믈가

12

히알니러라구의산의슈운이밋치고쇼상강의밤비오며동졍호의달이밝고황능묘의
두견울졔희음업시눈믈이나리오니근심업눈스룸이라도자연이비창홀너라후면을
바라보니녹쥭창숑이울〃훈가온디일좌누각이잇시니은〃이쥭님쇽의뵈거눌그곳
을츠져가니이믈은명나슈오졍즈눈회스졍이라호엿고그아리표묘훈집이〃시니현
판의크게뼈시디황능묘라호여시니이눈이비의뫼신사당이라뎨슌이남으로슌슈호
샤창오산의붕호시니두안히눈데요의딸이니일홈은아황녀영이라슬푸믈니긔지못
호여소상강디슈풀의□□□□□이〃른바소상반쥭이라스면을둘너보며회스졍의
드러가니만고효열을비향호엿거눌우연이눈을드러보니셕일의부공이연경으로졍
비갈졔별시롤지

13

어붓치고믈의쌘지려호던곳이라즈연마음이비창호여시로이살펴보니졔일좌의굴
삼녀의힝격을현판의삭엿고그아리만고영웅문장풍월이며힝인과긱의시뉼이가득
호고벽상의두쥴글이〃시니호엿시디모연모월일의남경뉴심은간인의희롤닙고연
경으로격거호다가명나슈의쌘져쥭노라호엿거눌충열이보기롤맛고일장을통곡호
고긔졀호엿다가겨유졍신을진졍호여하날을우러〃탄식호고부모롤부르지져분흉
통곡왈나의부친이연경으로가시다호더니이믈의쌘져슈즁원혼이되시니니홀노스
라무엇호리오회슈의셔모친을닐코명나슈의부친이망호시믈보니찰하리쥭어부모
의뒤흘쌰르리라호고슬피울며믈가로나려가니엇지하날이무심호시리오이쎄의녕
능짜히강희쥬라호

14

눈지상이〃시니일작이소년등과호여벼슬이뉴경의거호여믈망이즁호더니조졍의
간신이집권호믈보고벼슬을하직고향니의도라오나텬지실덕호미잇시면상소호여
그릇호시믈간호니조졍이공의강직호믈쎄려조심호디그즁의뎡한담과최일디더옥

미워ᄒ더라ᄎ시강공이친우롤ᄎ져보고오ᄂ길의쥬졈의셔쉬더니비몽간의명나슈
변의일긔션동이강슈롤향ᄒ여무슈히통곡ᄒ며ᄉ장을비회ᄒ여갈바롤몰나ᄒ거늘
공이가ᄋ롤붓잡고뭇고ᄌᄒ더니홀연쳥농이소리지ᄅ고공듕으로셔ᄂ려오거늘놀
나ᄭᆡ다ᄅ니일장츈몽이라가장경아ᄒ여ᄉ변의나아가보니과연한동지ᄑᆞᆯ가의안ᄌ
울거늘이의나아가불너무러왈너의셩명은무어시며무삼연고로슬피우ᄂ다츙열이
누슈롤거두고ᄃᆡ왈쇼ᄌᄂ남경셩동문안의ᄉᄂ졍언쥬부

15

츙열이옵더니부친이텬자긔직간ᄒ다가간신의참쇼롤닙어연경의젹거ᄒ시미쇼셩
이쥬야로가엄의간고ᄒ시믈근심ᄒ더니쇼지ᄯᅩ한젹화롤맛나도로의유락ᄒ여이곳
의니ᄅ러회ᄉ졍의드러가벽상의글을보다가부친의필젹을보오니익슈ᄒ시미졍녕
ᄒ기로망극ᄒ믈니긔지못ᄒ여부모의뒤흘ᄯᅡ라셰상을하직고ᄌᄒ나이다승상이쳥
파의디경왈쥬부뉴공은나의쥭마고위라니건간의연노다병ᄒ기로황셩츌입이업더
니이디지인심이변ᄒᆞᆯ쥴어이ᄯᆺᄒ여시리오그러나왕ᄉᄂ이의라닐카ᄅ부졀업거니
와너ᄂ날과한가지로폐ᄉ의도라가안신ᄒ미엇더ᄒ뇨츙열이∥러지비왈디인이션
친의붕위시라ᄒ니우러∥반기미가엄이나다ᄅ지아니커늘쇼ᄌ의고∥ᄒ믈이휼ᄒ
샤슬하의거두고ᄌᄒ시니셩덕을감

16

격ᄒ미텬지ᄀᆞᆺᄉ오나쇼ᄌᄂ텬지의불효지라무삼낫ᄎ로입어셰ᄒ리잇고결단코부
모의뒤흘쫏고ᄌᄒ오니원컨디∥인은말뉴치마ᄅ쇼셔ᄒ고슬허ᄒ믈마지아니∥승
상이가장불상이너겨조흔말노위로왈네부뫼쌍망ᄒ시고네ᄯᅩ한쥭기롤달게너기니
뉴시죵ᄉ롤뉘게젼코ᄌᄒ며네지하의도라간들무삼면목으로부모의혼녕을뵈오려
ᄒᄂ다한번쥭으면다시살지못ᄒ리니불효지죄롤면치못ᄒᆞᆯ지라맛당이니집의도라
가잠간유ᄒ엿다가길시롤맛나간인을쥭여부모원슈롤갑고몸이현달ᄒ여조죵향화
롤빗니라츙열이강공의말슘을감은ᄒ여공을ᄯᅡ라녕능ᄶᅥ월계촌의니ᄅ니공이츙열

의숀을닛그러외당의드러와츠룰파훈후니당의드러가부인소시룰디ᄒ여츙열의말
슴을셰〃히젼ᄒ니부인이쪼쪼한비감ᄒ여이의힝ᄒ여볼시

17

츙열이의관을졍졔ᄒ고니당의드러가부인긔공슌이비례ᄒ니부인이셩의긔골이비
범ᄒ믈보고이휼ᄒ미친즈의나리지아니터라강공이본디아들이업고다만일녜잇시
니부인이소져룰싱홀쩌의텬상으로셔션녜치운을트고나려와부인다려왈츠녀논상
뎨시녀옵더니자미원디장셩과연분이잇기로부인의긔보너시미니귀히길너혼인ᄒ
시되부디텬졍ᄒ시믈어긔지마르쇼셔ᄒ고언파의간디업거눌부인이혼미즁산아룰
도라보니용뫼비범ᄒ고시셔음늉의무불통지ᄒ논지라부뫼스랑ᄒ여틱셔ᄒ기룰넘
녀ᄒ더니금일츙열의영걸지풍을보니막심환희ᄒ여녀아의비필을졍ᄒ려ᄒ더니공
의심즁의크게깃거혼스룰뇌졍ᄒ믈의논ᄒ니부인이쪼한희열ᄒ여밧비뉴싱과의논
ᄒ고틱일셩녜ᄒ믈쳥ᄒ거눌공이응낙고외당의나와충열의숀을잡고왈노뷔그디의

18

게훌말이잇시니가히허락ᄒ랴뉴싱이듯기룰쳥훈디공왈노뷔박복ᄒ여말연의다만
일녀룰두어시니비록님스의덕과틱스의식이업스나족히그디의건질소임을밧드럼
즉ᄒ미그디의게부치고즈ᄒ느니군의〃향의엇더ᄒ뇨셩이니러지비왈디인의말슴
을듯즈오니지극감스ᄒ옵거니와소즈의팔지긔박ᄒ여냥친을동셔로니별ᄒ여텬하
의불효죄인이오니엇지취쳐훌뜻이잇스리잇고츠스논봉승치못훌가ᄒ느이다공이
셩의말을비감ᄒ여탄식고다시위로왈그디의말이그르지아니나싱존훈부모도불고
이취ᄒ논권되잇거눌그디논부모의존망을모르고혈〃단신이의지훌곳이업스니맛
당이권도로로취실훈후의부모룰후의뵈거든스연을고ᄒ미올치아니랴싱이공의간쳥
ᄒ믈보고마지못ᄒ여허락ᄒ니공이디희ᄒ여부인과상의ᄒ여길일을틱ᄒ고혼구룰
셩비ᄒ여길다〃라미

19

셩이길복을졍히ᄒ고니졍의드러가젼안교비ᄅ롤필ᄒ고인ᄒ여일셕이져믈미동방의
나아가야심ᄒ후시녜금∥을포셜ᄒ고믈너가미셩이눈을드러신부ᄅ롤보니옥안화뫼
진짓경국지식이라심니의뎌열ᄒ여신부ᄅ롤닛그러금니의나아가니냥졍이은근ᄒ여
원앙이녹슈의놀고비취가연니지의깃드림ᄀ더라삼일이지ᄂ후외당의나와승샹을
뫼셔문리ᄅ롤확논ᄒ여셰월을보니더니일∥은승샹이뉴공의무죄히격거ᄒ믈분ᄒ여
텬ᄌ긔샹쇼ᄒ여간당을논힉고ᄌᄒ니뉴셩이간왈뎌인말삼이비록당연ᄒ오나간신
이조졍의가득ᄒ와텬ᄌ좌우의ᄯᆞᄂ지아니ᄒ오니도로혀쇼인의히ᄅ롤보실지라아직
참으시미조흘가ᄒᄂ이다승샹이듯지아니ᄒ고즉시황셩의올나가일쟝샹쇼ᄅ롤지어
궐ᄒ의밧치니통졍시바다탑젼의올닌디텬지의아ᄒ샤입직학ᄉ

20

로ᄒ여금넓으라ᄒ시니그표의갈왓시디젼승샹강희쥬논돈슈빅비ᄒ옵고일쟝표문
을셩샹탑하의올나이다고금이리로츙신은국가의근본이오간당은망국홀화근이
라폐히몸쇼셩덕을닷그샤츙신을나오고소인을믈니치샤덕홰만방의힝ᄒ옵시면노
신등이쵸야의업디여셩덕을닙을가ᄒ엿ᄉ옵더니근일의듯ᄌ오니간신을춍힝ᄒ시고
뉴심ᄀᆞ흔츙현지신을원방의격거ᄒ시니이논폐하의크게실덕ᄒ시미라엇지한심치
아니리잇고복원셩샹은깁히싱각ᄒ샤간영을먼니니치시고뉴심을사ᄒ샤국ᄉᄅ롤다
스리게ᄒ옵시면만민이티평ᄒ고ᄉ이열복ᄒ오리니신의용우ᄒ말슴을찰납ᄒ옵시
기ᄅ롤바라나이다ᄒ엿더라텬지남필의디로ᄒ샤상쇼ᄅ롤빅관의게나리와보라ᄒ시니
이ᄯᅥ뎡한담죄일디등이강희쥬의소ᄅ롤보고분한졀치ᄒ여즉시탑젼의

21

쥬왈강희쥬의글을보오니디역부되라폐하ᄅ롤원망ᄒ오며역젹뉴심을츙신이라ᄒ옵
고역당으로쳐결ᄒ여불의ᄅ롤뫼ᄒ오미니강희쥬ᄅ롤맛당이즁뉼노다스리시미올흘가
ᄒ나이다텬지올히넉기ᄉ허락ᄒ신디한담이즉시승샹부의나와나졸을명ᄒ여강희

쥬룰잡아오라ᄒ니나졸이즉시ᄒ쳐의나아가텬ᄌ의명을젼ᄒ고철삭으로결박고ᄌ
ᄒ니승상이간신의화룰면치못ᄒᆯ쥴알고가셔룰닐워가인을명ᄒ여본부로보니고즉
시위ᄉ룰ᄯ라금위부의나아가니공의나히칠십이지ᄂᆫ지라쇼〃ᄒᆫ빅셜이귀밋츌텹
허시니엇지참연치아니리오뉴심의무罪ᄒᆯ구코ᄌᄒ다가간신의희룰닙어몸이쥬
륙ᄒᆯ당ᄒ니가히용방과비간으로방불ᄒ니공의녕명이쳔츄의유젼ᄒᆯ지라츳시한
담이위ᄉ룰명ᄒ여강희쥬룰잡으라ᄒ고승상부의

22

놉히안자나졸등의오기룰기다리더니이윽고밧긔들네며강승상을잡으니ᄅ럿거놀
한담이소리룰놉혀텬ᄌ의명을젼ᄒ고슈罪왈네젼일은츙신이라ᄒ더니역젹뉴심과
동심모의ᄒ여조졍현신을희코ᄌᄒ니엇지역젹이아니리오승상이쳥포의디로ᄒ여
눈을부룹쓰고ᄭ지져왈옛젹의관치슉치쥬공다려역젹이라ᄒ고한티양희공ᄌ다려
소인이라ᄒ여시니지금보미한담이날다려역젹이라ᄒ니고금이다ᄅ미업도다언파
의긔위엄열ᄒ여조금도구겁ᄒ미업ᄉ니한담이나졸을ᄭ지져강희쥬룰슈레의실어
황셩동문밧긔가참ᄒ라ᄒ니나졸이달녀드러희쥬룰결박ᄒ여슈레우희올니고졍히
디로〃나오니이ᄶ황티후ᄂᆫ강승상의고모시라승상을죽이려ᄒᆯ믈드ᄅ시고디경ᄒ
샤급히젼던의나와텬ᄌ룰보시고낙루왈상이강희쥬룰무삼罪로죽이려ᄒ

23

시나뇨짐의친졍골육은희쥬ᄲᆫ이어늘졔비록죽일罪잇실지라도짐의낫출보아원방
의유찬ᄒ미가ᄒ거늘허물며츙분이격발ᄒ여상의실덕ᄒᆯ간ᄒ미무삼罪뇨원컨디
익이싱각ᄒ쇼셔텬지티후의말삼을드ᄅ시고황공ᄒ여이의고왈신이희쥬의직간ᄒ
믈아오나언신너모티과ᄒ기로일시격분ᄒ와그리ᄒ미오나다시관젼을나리오리니
셩녀룰허비치마로쇼셔ᄒ고즉외던의나와한담을불너갈오ᄉ디강희쥬룰죽이지말
고뉴심의일네로원지의찬츌ᄒ라ᄒ시니한담이쳥녕ᄒ고다시나와희쥬룰옥문관의
안치ᄒ고희쥬의가속을모도잡으오라ᄒ여나졸을지쵹ᄒ여녕능으로보니니라츳시

의뉴셩이승상을비별ᄒᆞ고쥬야넘녀ᄒᆞ더니홀연가인이승상의셔간을올니거늘셩이
경ᄋᆞᄒᆞ여급히ᄢᅥ혀보니디강ᄒᆞ엿시디노뷔죄즁ᄒᆞ여슬하의ᄌᆞ식이업

24

고다만일녀롤두엇더니쳔힝으로그디롤맛나녀ᄋᆞ의평셩을의탁ᄒᆞ니심니의경힁ᄒᆞ
더니가운이불힁ᄒᆞ고조물이싀긔ᄒᆞ여니런변을당ᄒᆞ니엇지한심치아니리오노부는
만니변시의찬젹ᄒᆞ미연급칠십의ᄉᆞ셩을모로리니군은맛당이텬금즁신을보호ᄒᆞ고
학공을힘뼈나라희닙신ᄒᆞ여부형의원한을갑흔후영명을일셰의빗니고기리보즁ᄒᆞ
라드ᄅᆞ니한담등이나의가쇽을잡ᄋᆞ곤욕을뵈리니그디ᄂᆞᆫ쌜니이ᄯᅳᆯᄢᅥ나피화홀지
어다나의노쳐와ᄋᆞ녀ᄂᆞᆫ비록위티ᄒᆞ나자고로무죄혼ᄉᆞ롬은죽ᄂᆞᆫ법이업ᄂᆞ니비록죽
을곳을당ᄒᆞ여도졀노이살도리잇ᄂᆞ니그디ᄂᆞᆫ조금도넘녀말나ᄒᆞ엿거늘셩이승상의
셔간을보고졍신이아득ᄒᆞ여급히니당의드러가부인과소져롤디ᄒᆞ여승상의글을뵈
며기리탄왈소셩의고혈ᄒᆞᆷ을악장이긍염ᄒᆞ샤의식을후히ᄒᆞ시고쳔금지쇼져로

25

용우혼필부의비필을졍ᄒᆞ시니감격혼마음을골슈의삭엿더니악장이쇼셩의부친의
원억혼일을격분ᄒᆞ샤텬자긔간ᄒᆞ다가니런화롤당ᄒᆞ시고악모와실인가지여홰밋츨
듯ᄒᆞ오니쇼셩이무삼면목으로다시악장을뵈오리잇가악장이쇼셩을명ᄒᆞ여이곳을
ᄢᅥ나간당의화롤면ᄒᆞ라ᄒᆞ시니ᄉᆞ리ᄂᆞᆫ비록그러ᄒᆞ오나참아황연혼가즁의악모와실
인을바리고집을ᄢᅥ나리잇고언마의비식을감쵸지못ᄒᆞ니부인과소계셩의말을듯고
누쉬여우ᄒᆞ여능히말을닐우지못ᄒᆞ더니소계쥬루롤ᄲᅮ리고셩을향ᄒᆞ여왈군ᄌᆞᄂᆞᆫ쳡
을넘녀치마로시고먼니피신ᄒᆞ여귀체롤보즁ᄒᆞ쇼셔쳡이비록아녀지나간젹의화롤
피홀도리잇나니이다언파의실셩통곡ᄒᆞ니셩이소져의경상을보고슬푸물니긔지못
ᄒᆞ여냥항뉘옷ᄉᆞ미롤젹시거늘소졔ᄯᅩ울며왈낭군이 ∥ 졔ᄢᅥ나시면

26

어닉날다시뵈오리잇고첩신은어명으로경스의올나가면낭군을뵈올날이업스리니
군즈는다시나라히닙신호여첩의원한을설치호여쥬옵쇼셔언파의슬피울기룰마지
아니〃냥인의경상이엇지가련치아니리오츙열이십셰의부모롤닐코회스졍의쥭은
목슘이승상의후은을닙어강소져로빅연을미졋더니이졔니별을맛나니찰하리회스
졍의셔쥭어시면니런화룰보지아닐거슬모진목슘이스라나셔츠변을다시당홀쥴뉘
알니오이러틋시슬허호니일월이무광호고산쳔쵸목이늣기는듯호더라종일통곡호
다가일셩이져물거눌셩이부인과쇼져룰권호여우롬을긋치게호고셕반을나와한당
의셔진식호기룰맛고밤이깁흔후한가지로침소의도라가비회룰진졍호여소져룰닛
그러금니의나아가니견권호눈즁졍

27

이티산이가비야온지라피츠의쩌나눈회포룰니르며밤이다호눈쥴을모로더니이윽
고동방이기빅호거눌셩과소졔거얼니니러나소셰룰맛고즁당의나와조반을파호고
힝니룰다스려부인과소져룰하직호고슬푸믈금억호여북으로향호여발힝호니라츠
시부인과소졔뉴셩을니별호고비회룰진졍치못호여식음을젼폐호고금니의몸을바
려셰상을닛고즈호더니셩이니발혼지스오일의금오관위의월계쵼의니르러가인을
불너군명을젼호고나졸을명호여부인과소져룰함거의실고군졸로호여금가즁즙믈
을슈탐호여후거의실은후의집을허러빈터흘민들고나졸을직쵹호여함거룰압녕호
여황셩을향호여셩화롯치올나갈시부인과소졔함거의드러승상의고힝과즈긔등이
녀즈의몸으로니런참욕을당호믈싱각호니찰하리쥭어

28

괴로온욕을잇고즈호나슈즁의쵼쳘이업스니쥭기도마음디로못호믹원앙호슬푸믈
니긔지못호여익〃이통곡호니노상의왕닉힝인이낙누치아니리업더라이러틋시종
일힝호여날이져물거눌쥬졈의드러가밤을지닉더니이쩌의금오부나졸의당한이라

ㅎᄂᆞ군시젼일강승상이조졍의잇실ᄶᅥ의장한의아비승상부셔리로나라히득罪ㅎ여
거의죽게되엿더니승상이구ㅎ여살인고로장한의부지쥬야로은혜갑기롤싱각ㅎ더
니이ᄶᅥ롤당ㅎ여부인과소져의경상을싱각ㅎ고다른군시모로게밤들기롤기다려가
마니부인잇ᄂᆞ쳐쇼의나아가니이ᄶᅥ부인과소계셔로붓들고잠을닐우지못ㅎ더니장
한이문밧게셔기침ㅎ고부인의취침치아니시믈뭇ᄌᆞ오니부인이경아ㅎ여문을열치
니장한이복지고왈소인은나졸의장한이옵더니젼일의소인의아비나

29

라히득罪ㅎ와거의죽게되엿습거늘승상노애힘뻐구ㅎ샤죽기롤면ㅎ온지라이런고
로쇼인의부지노야의은혜롤ᄲᅥ골의삭여만분의일이나갑기롤싱각ㅎ옵더니불의〃
노야와부인이이런화롤당ㅎ샤디욕이당젼ㅎ오니소인이엇지죽기롤넘녀ㅎ와급화
롤구치아니리잇고바라건디부인은급〃히몸을니러원방으로피신ㅎ쇼셔부인이쳥
파의그말을올히넉겨갈바롤아지못ㅎ여쥬져ㅎ거늘장한이지촉ㅎ여왈밤이느져오
니밧비니러나쇼셔부인이나졸을향ㅎ여무슈히ᄉᆞ례ㅎ고ᄯᅳᆺ을결ㅎ여소져의옥슈롤
닛그러문밧그로ᄂᆞ셔니장한이압흘인도ㅎ여밧비ㅎᆼ홀시이ᄶᅥ밤이깁허인젹이고요
ㅎ거늘동산을너머이십니롤가미일디장강이가로졋거늘장한이고왈부인과낭ᄌᆞᄂᆞᆫ
이믈가의ᄲᅡ져죽ᄂᆞᆫ표젹을두옵고이길노바로피ㅎ샤

30

깁히슘으시면후환이업슬거시오니부디셩존ㅎ샤후일을보옵쇼셔ㅎ고장한은도로
자든쥬졈으로도라오니라이ᄶᅥ부인이낭ᄌᆞ의신셰롤싱각ㅎ니이졔비록명을도망ㅎ
여이곳의왓시나쳥츈녀ᄌᆞ롤다리고어디로가며텬힝으로ᄉᆞ라신들승상과셔랑을니
별ㅎ고어디가의지ㅎ리오찰하리이믈의ᄲᅡ져죽으리라ㅎ고낭ᄌᆞ롤다리고믈가의안
ᄌᆞ쉬더니부인이갈오디너디변을잠간보고오리니여긔안ᄌᆞ시라ㅎ고즉시강슈롤당
ㅎ여신을버셔놋고만경창파즁의ᄲᅯ여드니가히불상ㅎ다승상의부인이귀ㅎ미일국
후비의감치아니커눌간당의화롤맛나욕이몸의밋츨가두려경긱의몸을강슈의바리

니엇지참연치아니리오츠시쇼제부인의도라오기롤기다리다가오릭디긔척이업스
믈경겁ᄒ여급히나려오며모친을부로니형용이

31

묘연ᄒ거눌이의두로츠ᄌ며강변으로ᄂ려가니모친의신이강변의노혓거눌망극ᄒ
믈니긔지못ᄒ여통흉돈족왈텬호〃〃아이엇진일고모친니반다시익슈ᄒ시도다ᄒ
고일성이호의긔운이진ᄒ여강변의업더져다가식경후겨유정신을진정ᄒ여종일토
록통곡ᄒ다가스스로싱각ᄒ디모친이마ᄌ세상을바리시니혈〃ᄒ아녀지누롤의지
ᄒ여구츠히살니오맛당이쳔쳑강심의몸을감쵸아모친의뒤흘ᄯ로리라ᄒ고정히몸
을쇼〃아슈중을향코자ᄒ더니맛춤연능관비지외쵼의갓다가도라오ᄂ길의쳥슈강
의니ᄅ러녀ᄌ의슬푼곡셩을듯고경괴ᄒ여강변의츠ᄌ니ᄅ니일긔미모녀지강슈의
ᄲᅦ져죽고ᄌᄒ거눌급히붓드러암상의안치고ᄌ셔히보니옥안화뫼진짓졀디가인이
라이의무러왈낭지무삼심회잇관디쳥츈의요ᄉ코ᄌᄒ나뇨소제부모의실화ᄒ믈ᄌ
셔이

32

니로니관비심즁의싱각ᄒ미잇셔기유왈낭지의지홀곳이업스니노신의집의도라가
아즉머무르다가후일낭군을차ᄌ부모의원을셜ᄒ라ᄒ니소제마지못ᄒ여관비롤ᄯ
라가니라츠시금오나졸이쥬졈의도라와ᄌ다가바라본즉부인과소져의종젹이업거
눌진짓혼동ᄒ여여러나졸을다리고강변의니ᄅ러냥인의수혜롤가지고도라와금오
관의게츠ᄉ롤고ᄒ니금오관이관부의긔별ᄒ여슈군을쥬어상ᄒ류롤막고츠지나어
이형젹이〃시리오홀일업시도라와이디로뎡한담의게보ᄒ니한담이디로ᄒ여금오
낭과나졸을즁치ᄒ더라츠시뉴싱이강승상집을ᄲᅥ나셔쳔을바라고힝홀시스스로신
세롤싱각ᄒ니한심ᄒ믈니긔지못ᄒ여탄식ᄒ믈마지아니며여러날힝ᄒ여한곳의다
〃라니큰뫼희희압히잇시디만학쳔봉이즁〃쳡〃ᄒ고오싴치운이어린곳의긔화니최
난만

33

ᄒᆞ고난봉공작이무리지어왕니ᄒᆞ니진짓션경이라뉴셩이신긔히넉겨풍경을완상터
니홀연경ᄌᆞ쇼리들니거놀졈〃드러가니은〃ᄒᆞᆫ구롬쇽의표묘ᄒᆞᆫ치각이뵈거놀급히
ᄂᆞ아가보니황금디ᄌᆞ로삭여시디셔히광덕산빅룡ᄉᆞ라ᄒᆞ엿거놀셩이의관을졍졔ᄒᆞ
고산문의드러가니한낫노승이나오거놀셩이자셔히보니머리의빅포곳갈을쓰고몸
의흑포장삼을닙고숀의뉴환장을집고목의염쥬롤거러시니골격이쳥슈ᄒᆞ여셰상범
승과다ᄅᆞ더라뉴셩을마ᄌᆞ합장ᄉᆞ비왈쇼승이연만ᄒᆞ기로상공ᄒᆡᆼᄎᆞᄅᆞᆯ동구의나와맛
지못ᄒᆞ오니노승의무례ᄒᆞᆷ믈용셔ᄒᆞ쇼셔ᄒᆞ더라ᄎᆞ하ᄒᆞ롤분ᄒᆡᄒᆞ라
셰임인십일월일향목동

권3

1

뉴츙열젼권지삼

화셜노승이뉴셩을마즈합장비례왈소승이연만ᄒ와상공힝츠롤먼니맛지못ᄒ오니

황공ᄒ여이다뉴셩이디경왈소셩이팔지긔박ᄒ여조실부모ᄒ고쳐지업시단니다가

우연이션산의니ᄅ러디스롤맛나미이러틋후디ᄒ시니감스ᄒ나노시소셩의셩명을

엇지아시니잇가노승이답왈작일의낙가산션관이소승의졀의왓습다가쩌날젹의소

승다려부탁ᄒ디명일오시의남경동문밧게잇논뉴졍언의아즈츙열이이산으로올거

시니극직관디ᄒ라ᄒ시기로소승이기다리옵더니상공의복식을보온죽남경스롬이

온고로아ᄂ이다뉴셩이〃말을듯고일희일비ᄒ여노승을ᄯ라드러가니졔승이다나

와합장비례ᄒ여반겨ᄒ논지라노승이방장으로인도ᄒ여좌졍후셕반을올니거놀셩

이하져혼후그밤을편히쉬고잇튼날이러나미노승이나

2

와셩으로더부러한가히잇셔병셔롤잠심ᄒ며고금흥망을의논ᄒ니진실노광덕산즁

의유발승이러라츠시의남경조신즁의도총디장뎡한담이병부상셔최일디로더부러

뉴졍언과강승상을만니젼진의찬젹ᄒ고조졍빅관을장악의넛코흉모롤도모ᄒ여텬

위롤찬탈고즈ᄒ여신긔혼병법과둔갑장신지술을쥬야로잠심ᄒ니지罪졀등ᄒ고겸

ᄒ여옥관도스롤별당의두고쥬야로옥관도스의요술을비화술법이신이ᄒ니범상혼

스롬은당홀지업논지라이러므로역모ᄒ미급ᄒ여남션우와북흉노로동심합녁ᄒ여

즁원을도모홀시셔텬삼십뉵도군장과남만가달이며토번셔달등을결연ᄒ여장슈팔

쳔여원과졍병오십만을거나려쥬야로힝군ᄒ여황셩남문의다 # 라격셔롤셩즁의젼
ᄒ고남관을웅거ᄒ니츠시븍셩이오릭병혁을모로다가뜻밧긔난을

3

맛나ᄉ면팔방으로피난홀시남녀노쇠길히메여호곡지셩이원근의진동ᄒ니인가의
계견이긋칠너라츠시의텬지졍월망일의호산디의올나망월ᄒ시고환궁ᄒ샤디연을
비셜ᄒ고만조롤모화즐기시더니믄득남관직휜슈관장과각도군현의표문이오로거
놀상이디경ᄒ샤급히쪄혀보시니ᄒ엿시디남젹이강셩ᄒ여오국을합역ᄒ여냥국군
병이븍니의포만ᄒ여인가롤노략ᄒ고황셩을범코즈ᄒ니밧비디병을발ᄒ여도젹을
방비ᄒ옵쇼셔ᄒ엿거놀상이남필의디경ᄒ샤문무롤모화의논ᄒ실시이쩌뎡한담과
최일디이말을듯고디희ᄒ여급히별당의드러가도사롤보고남젹과오국병이남관의
둔취ᄒ여시믈말ᄒ니도시망긔ᄒ고왈츠시의국운이비식ᄒ여신긔훈영웅이황셩의
업ᄉ니이른바쳔지일시라급히취ᄒ고쎠롤닐치말나한담이디희ᄒ여

4

일디로더부러갑쥬롤갓쵸고궐닉의드러갈시텬지졔신으로더부러방격홀일을의논
ᄒ시더니믄득일진광풍이니러나며냥원디장이궐문을크게열고드러와복지쥬왈소
장등이비록지죄업ᄉ오나한번나아가북젹을함몰ᄒ여폐ᄒ의근심을덜고자ᄒ나이
다ᄒ거놀모다보니일인은신장이구쳑이오면목이웅장ᄒ고황금투고의녹포롤쪄닙
고셧시니이논도총디장뎡한담이오일인은낫빗치슛먹ᄌᄒ고안치화광ᄌᄒ니이논병
부상셔최일디라텬지디열ᄒ샤냥원디장의손을잡으시고왈경등의츙셩과지략을아
ᄂ니남젹을평졍ᄒ여짐의근심을덜게ᄒ라냥장이쳥녕ᄒ고각 # 믈너나와졍병오쳔
식거나려남관의다 # 라십니롤격ᄒ여하치ᄒ고한담이밤들기롤기다려심복소교로
ᄒ여금항셔롤뼈쥬며왈가마니젹진의드러가젹장을쥬고회셔롤맛타오라ᄒ니소교
즉시젹

5

진의드러가항셔롤올닌디젹장이디희ᄒ여ᄊ혀혀보니ᄒ엿시디남경상장뎡한담과崔
일디논일폭셔찰을남진디장좌하의올니나이다우리냥인이츙셩을다ᄒ여텬즈롤도
와국가의유공ᄒ고빅셩의게덕이밋쳐간디로그른일이업스디다만명쥬롤맛나지못
ᄒ여일심의앙∥ᄒ니장뷔셰상의쳐ᄒ미울∥이남의슈하의굴ᄒ리오남이유방빅셰
롤못ᄒ게되면찰하리유취만년이라도ᄒ라ᄒ여시니이ᄊ롤당ᄒ여우리냥인으로션
봉을맛기시면디스롤도모ᄒ거시니장군의ᄯ의엇더ᄒ지회답을바라노라ᄒ엿거놀
젹장이글을보고디희ᄒ여회답ᄒ여보니고좌우롤도라보와왈아등이힝군시의도스
의말이뎡한담과崔일디가근심되다ᄒ더니이졔져의등이항복고자ᄒ니이논하날이
도으시미라ᄒ고즉시회셔롤쥬어보니니소픠도라와글을올니거놀한담이급히ᄊ혀
보니기

6

셔의왈그디마음이아국의항ᄒ여션봉이되고즈ᄒ니우리ᄯ의합당ᄒ지라특별이허
ᄒ느니맛당이오날밤의셔로보기롤바라노라ᄒ엿거놀뎡·崔냥인이디희ᄒ여갑쥬롤
갓쵸고젹진으로가니라이ᄊ즁군디장이∥긔별을듯고디경ᄒ여급히퇴병ᄒ여황셩
으로도라와텬지긔소유롤즈셔히고훈디텬지디경디로ᄒ샤발을구르며왈뎡·崔냥젹
의니런쥴을엇지아르시리오간젹의농술에ᄲ져츙신을원찬ᄒ엿더니이런변을당ᄒ
니이논짐의불명ᄒ미라누롤한ᄒ리오ᄒ시고일변우승상죠셩만으로디장을삼으샤
졔죠군마롤총독게ᄒ시고틱자로즁군을졍ᄒ고친히후군이되스힝군ᄒ믈지쵹ᄒ시
니군시빅여만이오장쉬쳔여원이라빅모황월과용봉긔치논ᄒᆡ롤가리왓더라이ᄊ긔
쥬즈스니쥰힝이원문의복지쥬왈소신이비록지죄업스오나션봉닌을빌니시면어린
츙셩을다ᄒ

7

고즈ᄒ나이다텬지디희ᄒ샤니쥰힝으로션봉을삼아젹진을향ᄒ여나아가니라츠시

뎡한담과崔일딕젹진의투항ᄒ니젹장이딕희ᄒ여뎡한담으로션봉을삼고崔일딕로
즁군을숨아급히즛쳐드러오며의긔양〃ᄒ고검극이삼열ᄒ여군용이엄습ᄒ더라믈
미듯드러와황셩빅니밧긔하치ᄒ고도스ᄂ진즁의셔망긔ᄒ고쏘홈을지쵹ᄒ니젹진
즁으로셔방포일셩의한장시니다라웨여왈만일명진즁의당홀장쉬잇거든밧비나와
디젹ᄒ라혼디명진문긔열니ᄂ곳의좌익장쥬셩희말을쮜여니다라마즈쏘화슈합이
못ᄒ여젹장극한의칼이번듯ᄒ며쥬셩희의머리마하의쩌러지니명진즁으로셔한장
쉬니다라디호왈극한은가지말고崔장셩의칼을바드라극한이마즈쏘화슘합이못ᄒ
여극한의칼끚희장셩의머리나려지니명진즁으로왕열이급히니다라극한을마즈쏘
화반합이못

8

ᄒ여거의죽게되엿더니명진즁으로셔팔원딕장이일시의니다라왕공열을구ᄒ더니
젹진의셔팔장이나오믈보고한진이쏘한니다라합녁ᄒ여팔장을디젹ᄒ여쏘호더니
극한은동으로치고한진은셔흐로쳐셔삼합이못ᄒ여극한의칼끚희팔장의머리츄풍
낙엽갓치쩌러지ᄂ지라텬지즁군의계시다가팔장의죽으믈보시고분긔롤니긔지못
ᄒ샤말을ᄐ시고진밧긔나셔며크게쑤지져왈무도혼남젹이텬명을거역ᄒ니엇지통
분치아니리오너희즁의뎡한담과崔일디롤버혀밧치ᄂ지잇시면텬하롤반분ᄒ여부
귀롤한가지로ᄒ리라ᄒ시고친히극한을디젹ᄒ려ᄒ시거놀션봉장니쥰힝이진젼고
왈신이나아가젹장을버혀오리이다ᄒ고나ᄂ다시니다라좌슈의창을드러극한의머
리롤버혀들고우슈의한진의머리롤버혀낭슈로갈나들고좌우로츙

9

돌ᄒ고동셔로치빙ᄒ다가본진으로도라오니젹진즁의션봉장뎡한담이쏘홈을구경
ᄒ다가명장의횡횡ᄒ믈보고분긔롤니긔지못ᄒ여말을쮜여바로명진을믓지ᄅ고즈
ᄒ더니아장젹문걸이니다라왈장군은식노ᄒ쇼셔소장이나아가니쥰힝을잡아오리
이다ᄒ고졍창출마ᄒ여마즈쏘화일합이못ᄒ여문걸의칼이빗나며니쥰힝의머리마

하의나려지는지라문걸이칼깃히질너진밧게너치고명진을짓쳐드러가며디호왈명
데는불상훈인명을상히오지말고쌜니항복ᄒ라ᄒ며션봉군졸을버희고즁문의돌닙
ᄒ니츠시틱지즁군을직희엿다가당치못홀쥴알고후군의와텬ᄌ롤뫼시고금산셩으
로도망ᄒ니이쎠격문걸이명진의드러와일군을디살ᄒ고명데롤츠진족발셔도망ᄒ
엿는지라군긔치즁을탈취ᄒ여본진의도라오니적진션봉뎡

10

한담이군ᄉ롤모라도셩을치려ᄒ고풍우갓치달녀드러가니슈셩장죠셩만이당홀길
이업셔황후와틱후롤뫼시고쏘한금산셩으로도망ᄒ여드러오거눌텬지옥시롤ᄯ히
더지고통곡ᄒ샤왈짐이불명ᄒ여션황데ᄉ빅여연긔업을일조의뎡한담의손의닐케
되여시니이는다짐의불명ᄒ미라지ᄒ의도라간들션황데롤엇지뵈오리오언파의하
날을우러々々통곡ᄒ시더니이윽고슈문장이보ᄒ디하람졀도ᄉ군시십만명을거나려
셩ᄒ의니르럿나이다상이반기ᄉ쌜니불너먼니오믈위로ᄒ시고즉시션봉을삼으샤
도젹을막으라ᄒ시니졀도ᄉ군ᄉ롤거나려셩외의하치ᄒ고명일노졉젼고ᄌᄒ더라
이쎠뎡한담이도셩의드러가용상의놉히안ᄌ빅관을호령ᄒ니문무빅외일시의항복
ᄒ며만셩인민이도젹의밥이되여셩즁이물쓸듯ᄒ더라

11

평명의한담이삼군을지쵹ᄒ여금산셩을치려ᄒ여디군을모라니로니명진군시셩하
의유진ᄒ엿거눌격문걸이나는다시다라드러명진의의돌닙ᄒ여창검이이는곳의장
졸의머리츄풍낙엽ᄀᆺᄒ여십만장졸이물결허여지듯ᄒ거눌바로셩하의다々々라셩문
을ᄶ치며명데롤불너왈쌜니옥시롤드려잔명을보젼ᄒ라ᄒ는쇼리산악이문허지는
듯ᄒ니셩즁의잇는군졸이혼빅이비월ᄒ여ᄉ면으로분산ᄒ거눌텬지황々망극ᄒ여
군ᄉ의々복을닙고산셩북문으로나와암혈ᄉ이의은신ᄒ시고우승상됴졍만은셔문
으로나와텬ᄌ롤찻다가젹셰위급ᄒ미급히다라나북문의니르러텬ᄌ롤맛나한가지
로은신ᄒ엿더니이쎠틱ᄌ황후와틱휘급히피화ᄒ려ᄒ시더니홀연격장젹문걸이다

라드러텬ㅈ룰찻다가형영이업ᄉ미황후와틱후룰잡아본진으로보닉고군긔와치

12

즁을탈취ᄒ며셩즁의불을놋코본진으로도라오니션봉뎡한담이황후룰핍박ᄒ여왈
그딕ᄂᆫ텬ᄌ의간곳을알지니ᄲᆞᆯ니알외여죽기룰면ᄒ라황휘망극ᄒ샤딕답지못ᄒ시
니좌우의군졸이창을드러옥톄룰향ᄒ여왈바른딕로알외지아니면창끗히죽으리라
황휘총망즁딕답ᄒ시딕이몸은녀류라셩즁의깁히드러시니텬ᄌ의가신곳을어이알
니오한담이분노ᄒ여틱후와황후룰깁히가도고음식을아니쥬어쥬려죽게ᄒ더라한
담이용상의놉히안ᄌ텬ᄌ룰슈식ᄒ며군즁의호령ᄒ여명뎨룰잡아드리ᄂᆫ지잇시면
쳔금을상ᄉᆞᄒ리라ᄒ니장졸이쳥녕ᄒ고각진의물너올시이ᄶᆞ텬지금산셩으로도망
ᄒ여됴경만으로더부러산곡의은신ᄒ엿다가황후와틱휘잡혀가믈드릭시고통곡ᄒ
며암상의나려져죽고ᄌᆞᄒ시거눌됴경만이울며텬ᄌ룰붓잡고간왈

13

이졔텬병이미약ᄒ여역젹을잡을장쉬업ᄉ오니산동뉵국의쳥병ᄒ와승부룰결ᄒ다
가만일픽ᄒ거든옥식룰가지고소신과한가지로요동슈의ᄲᅧ져죽ᄉ이다텬지올히넉
기ᄉ쳥병픠문을밧비지어산동뉵국의보닉여구완을쳥ᄒ시니이ᄶᆞ뉵국이텬ᄌ의위
틱ᄒ믈듯고각 // 군ᄉ오만병과장슈쳔여원식발ᄒ여남경금산셩의합셰ᄒ여셩외십
니밧긔하치ᄒ고텬ᄌ긔봉명ᄒ니상이디희ᄒ샤군장을위로ᄒ시고젹장의게슈삼ᄎᆞ
픠훈말ᄉᆞᆷ을니로시니각국이 // 말을듯고노긔츙텬ᄒ여영농으로션봉을삼고죠졍만
으로즁군을졍ᄒ여황셩의도라오니군위비로쇼졍졔ᄒ고호령이엄슉ᄒ더라이ᄶᆞ젹
문걸이셩밧십니의하치ᄒ엿더니명진군위엄졍ᄒ믈보고한담의게긔별ᄒ딕담왈명
군이 // 러툿강셩ᄒ니장군이엇지딕젹고ᄌᆞᄒᄂᆫ다문걸이딕왈장군이쇼

14

장의지조룰엇지니러툿낫비보시나잇고남경이비록쳥병ᄒ여뉵국군졸이빅만이라

도소장의칼이ᄉ정이업ᄉ니무어시두려오리오한담이디희ᄒ여장디의놉히안ᄌ문
걸의승피롤구경홀시ᄎ시문걸이용을분발ᄒ여칼을빗기고물을치쳐명진을바라고
즛쳐드러가며크게호통왈명데야옥시롤밧치고ᄲᆞᆯ니항복ᄒ여죽기롤면ᄒ라ᄒ니그
쇼리웅장ᄒ여산이문허지ᄂ듯ᄒ지라칼을츔츄어동셔로치빙ᄒ며남북으로츙돌ᄒ
니향ᄒᄂ바의죽엄이뫼ᄀᆞᆺ고유혈이셩쳔ᄒ니문걸의위풍은쵸피왕항젹이강동을밧
비건너함곡관을함몰ᄒᄂ형상이오삼국명장죠ᄌ룡이장판파의조 // 의팔십만디병
을츙살ᄒ던모양이라문걸의압히ᄂ십만군졸이물결허여지듯ᄒ니누빅연ᄉ직을회
복ᄒ기롤엇지바라리오이ᄶᅥ텬ᄌ와즁군

15

장됴졍만이옥시롤가지고용동슈의ᄲᅢ져죽고ᄌᄒ여도망ᄒ나갈곳이업ᄉ니슈만장
졸의우롬소리산쳔이움작이더라차셜뉴츙열이셔히광덕산빅농ᄉ의잇셔노승과한
가지로셰월을보니더니이ᄶᅢᄂ가졍십삼연츄칠월망간이라한풍은소슬ᄒ고낙엽은
분 // ᄒ여경긔쳐량훈지라고향을싱각ᄒ고신셰롤ᄌ탄ᄒ여비감ᄒ믈마지아니ᄒ더
니노승이드러와뉴셩을블너왈상공이금일텬긔롤보시니잇가뉴셩이그말을듯고급
히나와텬문을보니텬ᄌ의ᄌ미셩이ᄶᅥ러져경션원의감쵸엿고남경부의살긔츙쳔ᄒ
엿거늘드러와기리탄식훈디노승이문왈상공이텬긔롤보시니엇더ᄒ니잇고그러나
남경의병난이잇거니와산즁의피란훈ᄉ롬이무삼근심이잇시리잇고뉴셩이낙누왈
소싱이본디남경셰록지신이라국변이 // 러ᄒ니엇지근심이업ᄉ리오젹

16

슈단신이만니밧긔잇시니한탄훈들엇지ᄒ리오노승이벽장을열고옥함을너여노ᄒ
며왈ᄎ믈은농궁보빅이어니와옥함싼슈건은엇던ᄉ롬의슈젹인지ᄌ셔히보쇼셔유싱
이디희ᄒ여옥함겸면을보니남경디ᄉ마도원슈뉴츙열은긔탁이라삭여잇고쏜거슬
글너보니모연모월일의남경동문니의거ᄒᄂ뉴츙열의ᄌ모장시ᄂ아ᄌ츙열의게붓
치노라ᄒ엿거늘츙열이슈건과옥함을붓들고실셩유체ᄒ니노승이위로왈소승이슈

년젼의이졀즁화쥬로더부러범양쓰히갓습더니긔이혼오싴구룸이호슈가의덥혓거
늘밧비가보오니옥함이물가의노혓거늘임즈롤츳자쥬려ᄒ고갓다가간슈ᄒ엿거니
와오날〃보건디상공의젼장긔계옥함쇽의드러시니디져이함은호슈상공마쳘이거
복을죽이고이함을갓다가집의두엇더니쟝부

17

인이ᄉ공의집의셔어더다가도로히슈의너허더니비룡ᄉ노승이갓다가츙열의긔젼
ᄒ미러라츙열이함을보니윈통옥으로되여열길이업거늘가마니비러왈만일츙열의
긔믈이어든졀노열니쇼셔ᄒ엿더니과연열니거늘신긔히넉겨보니황금갑쥬한벌과
방텬화극일병과텬셔일권이드럿거늘츙열이갑쥬롤보니눙닌갑이라삭엿고창검을
쓰는법을모로미신화경올려놋코칼쓰는법을본후의갑쥬롤닙고신화경을외오고텬
상디장셩을셰번웨치면셔린칼이졀노펴이여변홰무궁ᄒ리라ᄒ엿거늘그디로시험
ᄒ니삼쳑장검이번듯ᄒ여ᄉ룸을놀니거늘즈셔히보니한가온디디장셩이라삭엿고
금즈로뼈시디장셩검이라ᄒ엿더라뉴셩이병긔롤힝장의간슈ᄒ고노승다려왈소셩
이존ᄉ롤맛나갑쥬와장검을어덧거니와

18

탈말이업스니민망ᄒ도다노승왈영웅이셰상의나믜눙믜엇지업스리오노승이슈연
젼의셔역을가두가빅눙암의니르러보니믜야지물가의누엇거늘그말을쓰러다가산
너머송님촌장도ᄉ의집의두엇시니가다가그말을츳즈특고급히가텬즈롤구ᄒ라뉴
셩이즉시노승을하직ᄒ고바로숑님을츳즈쟝도ᄉ롤보고노승의말을젼ᄒ고말을보
고즈혼디도시즉시말잇는곳을가르치거늘뉴셩이나아가보니그말이ᄉ룸을보고쇼
리롤벽역궃치지르고니닷거늘뉴셩이말을향ᄒ여경계왈네만일눙종이면너의쥬인
을알니〃ᄉ오나온힝실을너지말나그말이셩의말을듯고급을치고반기눈듯ᄒ거늘
셩이〃의갓가이나아가보니턱밋히일졈눙닌이박혀시니텬ᄉ미라두렷시삭엿더라
뉴셩이디희ᄒ여장도ᄉ롤향ᄒ여갑슐무론디도시우어왈슈연젼의빅눙ᄉ션승이이

말을밋겨왈슈연을잘길너졔임즈롤츳

19

즈쥬라ᄒ기로두엇시니이졔몰이장셩ᄒ미바릴길이업셔토굴을파고가도아시니쳔
만인이구경ᄒ여도갓가이가ᄂ지업더니그디롤보고졔스스로좃츳오니이말이졔임
즈롤알고ᄶ로미니하날이쥬신보비롤엇지미〃ᄒ리오이몰은상공의긔물이니가져
가라뉴셩이그몰을듯고치스ᄒ고안장을갓쵸아ᄐ고도스롤하직ᄒ고송님의나와광
덕산을바라고노승의게빅비스례ᄒ고몰긔올나남텬을바라고갈시말을경계왈방금
의텬지위급ᄒ시미닉급히가구코자ᄒᄂ니너ᄂ쌜니힝ᄒ여디스롤어그릇치말나그
말이경계롤듯고남텬을바라보며소리롤벽역ᄀᆺ치지ᄅ고빅운을헷쳐나ᄂ다시달녀
가니스롭은텬신ᄀᆺ고말은비룡ᄀᆺ더라홍지원을얼ᄂ지나마히역을밧비달녀남쳔강
을얼ᄂ지나쳥셩산을밧비너머빅마셩을쌜니너머망향디롤달녀오니남경슈

20

만니롤슌식간의지나금산셩하의니ᄅ러보니스면의젹병이만산편야ᄒ여셩즁의곡
셩이진동ᄒᄂ지라이쩌텬지즁군장됴졍만으로더부러옥시롤가지고도망ᄒ여용동
슈의쌘져죽고즈ᄒ디젹진을버셔날길이업셔황〃망극ᄒ시더니믄득북으로셔틱글
이니러나며쳔병만미즛쳐드러오며텬즈롤부ᄅ거늘텬지본국군시오ᄂ가반겨보시
니남젹과동심합녁ᄒ엿던마통이라옥관도스롤다리고즛쳐드러오니츳시뎡한담은
텬지되여빅관을거나리고최일디ᄂ디장이되여삼군을졍제ᄒ여마통과합세ᄒ여즛
쳐드러오니형셰틱산밍호갓흔지라젹진션봉장젹문걸이의긔양〃ᄒ여명진뉴국디
병을일시의뭇지ᄅ고무인지경ᄀᆺ치드러오며크게웨여왈명뎨야쌜니항복ᄒ여죽기
롤면ᄒ라나의한칼의뉴국디병을다죽여시니밧비나와항복

21

ᄒ고녀의모즈롤츳즈가라ᄒ거늘텬지홀일업셔닌끈을목의미고항셔롤쓰고즈ᄒ더

라츠시츙열이금산하의셔망긔ᄒᆞ듀가텬즈의급ᄒᆞ시믈보고장셩검을놉히들고텬스
마롤밧비치쳐나ᄂᆞᆫ다시즁군을헷쳐드러오며됴졍만을보고셩명을통ᄒᆞ고ᄊᆞᄒᆞᆷ을쳥
ᄒᆞᆫ디됴졍만이급히츙열의손을잡고울며왈그디의충셩이지극ᄒᆞ나젹셰져러틋강셩
ᄒᆞ미텬지셰궁ᄒᆞ샤항복고ᄌᆞᄒᆞ시니그디쳥츈소연으로젼장빅골이될거시니익이싱
각ᄒᆞ여후회치말나츙열이불승ᄒᆞ여졍만의말을듯지아니코칼을빗기고진젼의니다
라소리롤벽역ᄀᆞᆺ치지ᄅᆞ고젹진을츙돌ᄒᆞ며크게ᄭᅮ지져왈역젹뎡한담은ᄲᆞᆯ니ᄂᆞ와쥭
으믈바드라네능히남경동셩문의잇ᄂᆞᆫ뉴츙열을아ᄂᆞᆫ다ᄒᆞᄂᆞᆫ쇼리텬지문허지ᄂᆞᆫ듯ᄒᆞ
거놀젹문걸이디경ᄒᆞ여도라보니일원소연디장이일광쥬롤드러압흘빗니고뇽닌갑

22

의장셩검을들고텬스비룡마롤ᄐᆞ고반운반무즁의셧시니소리만나고눈의뵈지아니
ᄒᆞ니문걸이창검을들들고쥬져ᄒᆞ더니벽역소리나며장셩검이빗나ᄂᆞᆫ곳의젹문걸의
머리롤공즁의셔버혀들고좌츙우돌ᄒᆞ니군시부지불각의텬신ᄀᆞᆺ흔장슈롤맛나미졍
신이산난ᄒᆞ고슈각이황난ᄒᆞ여ᄉᆞ산분쥬ᄒᆞ거놀츙열이문걸의머리롤버혀들고즁군
의달녀오니됴졍만이급히나와손목을붓줍고드러가니이쩌텬지옥시롤문의걸고항
셔롤쓰시더니뜻밧긔호통소리나며일원소연디장이문걸의머리롤버혀들고즁군의
드러오거놀텬지디경디희ᄒᆞ샤됴졍만을불녀왈젹장버횐장슈ᄂᆞᆫ뉘뇨밧비드러오라
ᄒᆞ시니츙열이말긔나려텬즈압희나아가복지ᄒᆞᆫ디상이갈오스디그디ᄂᆞᆫ뉘완디쥭을
스롬을살니나뇨츙열이져의부친과강승상의쥭으믈분히너겨이의울며쥬왈소신은
젼쥬부뉴심의

23

아들츙열이옵더니간신의화롤피ᄒᆞ여심산의뭇쳐다가셩상의급ᄒᆞ시믈구ᄒᆞ옵고아
비원슈롤갑흐려왓나이다폐히젼일의역신뎡한담의참언을드로시고신의아비롤무
죄히연경의보너시고퇴신강희쥬롤무죄히옥문관의셔쥭여시니만인냥신이잇던들
엇지니런급화롤당ᄒᆞ시리잇고쥬파의양항뉘압흘가리오거놀텬지츙열의말을드ᄅ

시고참괴ᄒᆞ샤츙열을위로왈이ᄂᆞᆫ다짐의허물이라장군을볼낫치엽거니와경의츙셩
을하날이감동ᄒᆞ샤누빅연ᄉ직이회복게되니하히ᄌᆞ흔은덕을엇지다갑ᄒᆞ리오ᄒᆞ샤
눙안의희긔동ᄒᆞ샤군신이질기더니이ᄶᆞ틱지젹진의잡혀갓다가본진의셔문걸을버
희물보고탈신도쥬ᄒᆞ여본진의도라와텬ᄌᆞ긔뵈오니상이밧비틱ᄌᆞ의숀을잡으시고
탈신ᄒᆞ믈무로시며비회교집ᄒᆞ시니

24

츙열이틱자긔지비현알ᄒᆞ고눈을드러틱ᄌᆞ의상을보니텬ᄌᆞ의긔샹이오일셰의셩군
닐너라츙열이투고롤버셔ᄯᅡ히눗코텬ᄌᆞ긔ᄉ죄왈신의아비쥭으믈한ᄒᆞ와쳘텬지원
이골슈의ᄉ못ᄂᆞᆫ고로폐ᄒᆞ긔불공ᄒᆞ오미만ᄉ오니계하의업디여ᄉ죄롤쳥ᄒᆞ나이다
상이츙열의말을드ᄅᆞ시고낫빗츌곳치시며밧비불너숀을잡으시고위로왈짐이젼ᄉ
롤싱각ᄒᆞ니참괴무언이라경은짐의불명ᄒᆞ믈허물치말고경의션조공의닙국공업을
싱각ᄒᆞ여짐을도와역젹을토멸ᄒᆞ면경의은혜롤즁히갑호리라츙열이텬ᄌᆞ의말슴을
듯고황공ᄉ은ᄒᆞ고믈너와장디의놉히안고군ᄉ롤총독ᄒᆞ니남은군시겨우삼빅명이
라텬지ᄎ탄ᄒᆞ시고츙열을봉ᄒᆞ여디사마디장군텬하병ᄆ디도독디원슈롤ᄒᆞ이시고
졔죠군마롤총독게ᄒᆞ시니츙열이ᄉ은ᄒᆞ고본진의도

25

라와제장군졸을호령ᄒᆞ여디오롤졍졔ᄒᆞ여진법을시험ᄒᆞ니호령이엄슉ᄒᆞ고위풍이
늠∥ᄒᆞ여조금도소연장ᄉ의경박ᄒᆞ미업더라이ᄶᆞ젹진즁으로셔문걸이쥭으믈보고
일진이진동ᄒᆞ여셔로나와ᄶᆞ호려홀지음의디장군ᄎ일디분긔롤니긔지못ᄒᆞ여녹포
은갑의빅은투고롤쓰고젹토마롤밧비모라나오며디호왈젹장뉴츙열은연소ᄒᆞ여시
무롤모로ᄂᆞᆫ도다남북이합병ᄒᆞ여네님군을잡아시니텬명이다ᄒᆞᆫ지라슌종ᄒᆞ면당연
ᄒᆞ고쳥츈소연의혈긔만밋고ᄶᆞ호려ᄒᆞ면남북병을네엇지당ᄒᆞ리오츙열이디로왈너
의두놈을잡아우리부친녕혼의졔ᄒᆞ리라ᄒᆞ고말을ᄲᅵ여다라드러장셤검을드러일디
의창검을치니일시의부러지거눌젹장이디경ᄒᆞ여쳘퇴로치려ᄒᆞ나뉴원슈의일신은

간더업고뵈나니장셩검이라젹진의셔옥관도시냥진승

26

픠롤보다가더경ᄒ여징쳐급히군을거두니일더겨유본진의도라와정신을닐헛ᄂ지
라이씨북젹션봉장마통이턴하명장이라일더츙열을잡지못ᄒ믈보고분심을니긔지
못ᄒ여진문을열고니다라왈장군이엇지조고만아희롤살니고오시뇨소장이비록지
죄미ᄒ나나아가잡으리이다ᄒ고츌마코즈ᄒ니젹진즁의셔도시급히나와마통의말
머리롤잡고왈장군은가지마옵쇼셔젹장의갑옷과창검을보니용궁의조홰가슈연젼
의더장셩이남경의쩌러져더니이지젹장의검술을보니북두셩더장셩이금광을응ᄒ
여잇고일광쥬농닌갑은일광을가리왓ᄉ오니ᄉ롬은텬신이오말은비룡이라뉘능히
당ᄒ리오마통이분노ᄒ여도ᄉ롤쑤지져왈더장부안젼의요망ᄒᆫ도시무삼잔말을ᄒ
냐뇨잠〃고물너시라도시싱각ᄒ더미구의더환

27

이〃시리라ᄒ고진즁의드지아니ᄒ고쇼로〃도망ᄒ여쓰홈을구경ᄒ더니일광쥬쏘
이ᄂ빗치두눈이어질ᄒ여정신이업ᄂ지라뉴원슈의소리운무즁의셔나며금광이빗
나거눌마통이창을드러원슈롤지ᄅ려홀지음의장셩검이빗나며마통의숀을치니쳘
퇴든숀이마자ᄯ히쩌러지ᄂ지라마통이더경ᄒ여우슈로칼을잡아공즁의쇼〃아원
슈롤치니원슈ᄂ간더업고칠쳑장검이낫〃치분쇄ᄒ여자로만남아시니졔아모리명
장인들젹슈로당ᄒ리오본진을향ᄒ여도망코즈ᄒ더니벽역소리진동ᄒ며장셩검이
빗나ᄂ곳의마통의머리마하의ᄂ려지니목은본진의더지고몸은젹진의더져왈젹장
뎡한담은쥭기롤더렁ᄒ라ᄒ고좌우로횡행ᄒ니공즁의셔소리만들니고일신은보지
못홀너라젹진

28

이더경ᄒ여모다실혼ᄒ니뎡한담이분노ᄒ여뇽상을치며왈억만군즁의츙열을잡을

지업나냐잡은명데룰이졔가지살녀두어시니져런것도장슈라ᄒ나냐ᄒ고숀ᄉ마룰
틱고구쳑장검을손의들고진문압ᄒ나셔니최일디웅셩츌왈츙열아 // 시의미결ᄒᄊ
홈을결ᄒ쟈ᄒ니뉴원쉬웅셩왈너엇지여등줘무리룰두리 // 오ᄒ고텬ᄉ마룰모라나
오니좌슈의신화경을들고신장을호령ᄒ며우슈의장셩검을드러일월을희롱ᄒ며젹
진을향ᄒ여나ᄂ다시마자ᄊ화반합이못ᄒ여장셩검이빗나며일디의머리마하의ᄶ
러지니원쉬일디의머리룰칼끗히쎄여들고본진으로도라와텬ᄌ의긔밧쳐왈이거시
최일디의슈급이로쇼이다샹이디희ᄒ샤일디의머리룰도마우히놋코졈 // 이오리며
원슈룰칭찬ᄒ샤왈짐이불명

29

ᄒ여이놈의말을듯고경의부친을문외츌숑ᄒ엿더니이놈이짐을속이고연경의보니
여시니이졔ᄂ셜원ᄒ엿거니와경의공을의논컨디결쵸보은ᄒ여도다못갑흐리로다
티후낭 // 과황후ᄂ어디계신고ᄒ시며심히슬허ᄒ시니원쉬텬안을우러 // 위로왈신
이명일젹진을파ᄒ고티후낭 // 을뫼셔오리이다ᄒ고본진으로도라와좌졍ᄒ니즁군
장됴졍만이질기믈니긔지못ᄒ여무슈치하ᄒ고쥬비룰나와통음ᄒ니라ᄎ시한담이
일디의쥭으믈보고분심이텅츌ᄒ여벽역ᄀᄎ치쇼리지르고장창디검을들고오빅보의
몸을쇼 // 아말을틱고늇졍늇갑을불너좌우의옹위ᄒ고둔갑장신법을힝ᄒ며호통을
크게ᄒ여왈츙열은가지말고너칼을바드라ᄒᄂ쇼리텬지진동ᄒ거눌뉴원쉬한담의
나오믈보고디희ᄒ여웅셩츌마ᄒ니텬지원슈룰당부

30

ᄒ여왈한담은일디와마통의뉘아니라법술이긔이ᄒ고만부 // 당지용이 // 시며변홰
무궁ᄒ니각별조심ᄒ라원쉬슈명ᄒ고진젼의나와한담을보니신장이십여쳑이오면
목이웅장ᄒ고황금투고의빅은갑을닙어시니텬샹의익셩으로흉즁의무궁ᄒ조화룰
품어시니일디명장이오만고녕웅이라원쉬졍신을가다듬어신화경을잠간펴담의긔
운을쇠ᄒ게ᄒ고장셩검을다시드러광치룰찬란케ᄒ고변화조흔일광쥬룰드러졍신

을현란케ᄒ고크게호통ᄒ며한담을불너왈네근본이명나라뎡츙독의아들이아니냐
셰뒤로명나라녹을먹고그님군을셤기다가무어시부족ᄒ여츙신을쥭이고부모국을
치려ᄒ니이논만고의역젹이라하날이엇지무심ᄒ시랴억조창셩드리네고기를먹고
ᄌ홀쎤더러지하의귀신도너를쥭여뎐ᄌ긔드리려홀거시니너갓흔만고역젹이살기
룰엇지바라리오너룰스로잡아젼후罪악을다무론후의너의육신을포룰쎠셔종묘의
졔ᄉᄒ고남은고기룰가져다가우리부친츙효당의졔ᄉᄒ고ᄌᄒᄂ니밧비나와목을
늘희여니칼을바드라ᄒ니하회엇지된고셕남ᄒ라
셰임인십일월일향목동셔

권4

1

뉴츙열젼권지스
차셜뎡한담이원슈의말을듯고디로ᄒ여칼을빗기고진젼의니다르니원쉬마자ᄊᆞ화
반합이못ᄒ여쥭일거시로디부디사로잡고즈ᄒ여장셩검을놉히드러한담을버희려
ᄒ더니한담이간디업고편ᄲᅵ훈구룸이니러나며장셩검이빗치업거늘원쉬디경ᄒ여
급히믈너나신화경을외오며장셩을부르며풍빅을밧비부르니쳬운이일시의업셔지
ᄂᆞᆫ지라안슌풍의조화롤붓쳐젹진을살펴보니한담이몸을구롬속의슘겨장검을번득
이며원슈롤ᄯᅩ로거늘원쉬그계야ᄭᅢ다라왈한담은텬신이라사로잡으려ᄒᆞᆮ가ᄂᆞ는도
로혀화롤당ᄒ리라ᄒ고ᄃᆞ시장셩을칫치니검광이번기갓ᄒ나능히한담을범치못ᄒ
거늘원쉬홀일업셔바로젹진뒤흐로좃츠짓치려ᄒ더니한담이뉴원슈롤잡고즈ᄒ여
급히쫏츠오다가말

2

이것구러지거늘뉴원쉬장셩검을놉히드러한담의목을치니목은맛지아니ᄒ고투고
만버셔지거늘ᄎᆞ시도시진즁의셔싸홈을보ᄃᆞ가한담의실슈ᄒᆞᆷ믈보고디경ᄒ여징쳐
급히군을거두니한담이긔운이싀진ᄒ여거의쥭게되엿더니본진의셔징을치믈듯고
즉시도라와졍신을슈습지못ᄒᆞ다가겨유니러안자왈션싱이엇지아르시고징을쳐군
을거두시니잇고도시왈젹장의칼이장군의투고롤씨치ᄂᆞᆫ지라일이위급훈고로징쳐
군을거두엇노라한담이디경ᄒ여그계야머리롤만자보니과연투고가업ᄂᆞᆫ지라시로
이놀나왈젹장은실노텬신이오스룸이아니로다니지조롤뵈화십년을공부ᄒᆞᆷᄉᆞ룸

은커니와귀신도칭양치못홀법이만터니마통과崔일터의쥭으믈보고조심ᄒ여십년
을비혼지조롤오날〃다베푸러

3

젹장을잡으려ᄒ더니잡기는시로이긔운이싀진ᄒ여거의쥭게되엿더니쳔힝으로션
셩의구ᄒ시믈닙어목슘을살아시나아모리싱각ᄒ여도힘으로잡을슈업스니션셩은
깁히싱각ᄒ쇼셔도시쳥파의간담이셔늘ᄒ여이익히싱각ᄒ다가군즁의젼령ᄒ여진
문을구지닷고한담을블너왈젹장을잡으려홀진더인력으로잡지못홀거시니군즁긔
계롤모화여츠〃〃ᄒ다가젹장을유인ᄒ여진문의들게ᄒ면졔비록텬신이라도피홀
길이업스리라한담이디희ᄒ여도사의말더로약속을졍ᄒ고슈일을지닌후의갑쥬롤
잣쵸고진문의나셔며원슈롤블너왈츙열아네다만혈긔만밋고우리롤더젹ᄒ려ᄒ니
엇지어리지아니리오쌀니나와자웅을결ᄒ라츠시뉴원쉬의긔양〃ᄒ여진젼의횡힝

4

ᄒ다가부ᄅᆨ눈소리롤듯고니다라마자쌋화십합이못ᄒ여거의잡게되엿더니젹진의
셔징쳐군을거두니원쉬승〃ᄒ여바로더진을짓쳐드러가장더하의다〃르니장더우
히셔북소리나며난더업슨토우와안기스면의가득ᄒ며지쳑을불변이러라츙열이젹
장의쇠의쌘져함졍의드러시니명지졍긱이라원쉬대경ᄒ여신화경을펼쳐놋코진언
을염ᄒ여일신을감쵸고진즁을살펴보니토굴을깁히파고그가온더긔치창검을살더
갓치셰우고스희신장이나렬ᄒ고독혼안긔와모진비스면으로ᄲ리며크게블너항복
ᄒ믈지쵹ᄒ눈지라원쉬그졔야젹장의간계의쌘진쥴짐작고신화경을외오며늇졍늇
갑을버려신장을호령ᄒ여운무롤쓰러바리라ᄒ니이윽고일긔명낭혼지라함졍의쇼

5

이나오며살펴보니무슈혼귀졸이며스면의복병이니러나에워쌋고장더의셔북을울
니고군사롤지쵹ᄒ거늘뉴원쉬분노ᄒ여일광쥬롤닉여들고텬스마롤밧비치쳐호통

일셩의달녀드러좌츙우돌ᄒ니번기가곳〃이니러나고벽역이쳐쳐의진동ᄒ니군ᄉ
ᄂ넉슬닐코장ᄉᄂ귀가먹〃ᄒ여졔군ᄉ를모로고셔로짓바라쥭ᄂ지무슈ᄒ더라원
쉬장셩검을놉히들고동셔로츙돌ᄒ여장졸의머리버희기를풀버희듯ᄒ고장디의치
다르니한담이칼을들고안잣거눌졍히ᄊ호려ᄒ더니후면토굴속의셔티후낭〃과황
후낭〃이밧글너여다보니범갓흔소년디장이횡힝츌몰ᄒ거눌이의소리를놉혀왈져
긔가ᄂ장ᄉ우리명장이어든나의고부를살녀쥬쇼셔ᄒ거눌원쉬함졍속의셔무삼소
리가나믈듯고그곳을향ᄒ여급히가보니흉ᄒ토굴속의티

6

후와황휘안자계시거눌원쉬말긔ᄂ려복지왈소장은동셩문안뉴쥬부의아들츙열이
옵더니텬자의급ᄒ시믈구ᄒ고아비원슈룰갑흐려ᄒ와슈쳔니를쥬야비도ᄒ여이곳
의니ᄅ러격장젹문걸과최일디마통을한번의버희옵고진즁의횡힝ᄒ옵더니낭〃의
곤ᄒ시믈뵈오니이ᄂ신의티만흔죄로소이다티휘츙열의말삼을드르시고만〃칭ᄉ
왈장군의츙열은만고금의웃듬이라황상의급ᄒ시믈구ᄒ다ᄒ니이은혜룰엇지다갑
흐리오그러나짐의고식이〃곳의곤ᄒ니장군은구ᄒ여쥬믈바라노라원쉬비ᄉ고
이의티후와황후룰붓드러뫼시고젹진을츙돌ᄒ여본진으로도라오니라ᄎ시텬지장
디의올나냥진승피룰보시다가원슈젹진의ᄊ희여위티ᄒ믈보시고발을굴녀왈텬힝
으로츙열을어더도젹을멸홀가ᄒ엿

7

더니이졔젹진함지의ᄲ져죽게되니불명용우흔몸이살아무엇ᄒ리오ᄒ시고망극ᄒ
믈니긔지못ᄒ시더니믄득젹진억만군이물결허여지듯ᄒ며뉴원쉬당션ᄒ여티후와
황후룰뫼셔본진으로도라오거눌상과티지디희과망ᄒ샤밧비나려마자전상의올나
좌졍ᄒ시고원슈은혜룰만〃칭ᄉᄒ시며티후와황후룰마지ᄉ깃부믈니긔지못ᄒ시
며지닌신환란을위문ᄒ시니티휘누슈룰드리워젹진고쵸와뜻밧긔원슈룰맛나무ᄉ
히도라오믈니르시며츙열의은혜룰빅번이나치ᄉᄒ시니일진장졸의질긔ᄂ쇼리진

동ᄒ더라각셜한담이도ᄉ의말을듯고원슈ᄅᆞᆯ유인ᄒ여함지의너헛더니츙열이법술을힝ᄒ여몸을쇼〃아함졍밧긔니다라슈만장졸을짓치니티후와황후ᄅᆞᆯ구ᄒ여다려가믈

8

보미혼빅이비월ᄒ여도사ᄅᆞᆯ디ᄒ여왈츙열은일졍텬신이오ᄉᆞᆷ이아니로다이졔논홀일업ᄉ니션싱은모계ᄅᆞᆯ가ᄅᆞ치라도시디경망조ᄒ여아모리홀쥴모르ᄃᆞ가한꾀ᄅᆞᆯ싱각고한담다려왈젹장뉴츙열은젼일연경의귀양간뉴심의아들이라ᄒ니이졔급히군사ᄅᆞᆯ보니여뉴심을잡아다가진즁의가도고죽이려ᄒ면졔아모리츙신이나〃라만싱각ᄒ고아비ᄅᆞᆯ싱각지아니랴한담이그말을올희너겨군ᄉᆞᄅᆞᆯ직쵹ᄒ여연경의보니더라이젹의뉴심이북방극한지〃의누년고쵸ᄒ미그가련혼경상을참아보지못홀지라일〃은남경의변난이니러ᄂᆞ믈듯고쥬야근심ᄒ여풍우ᄅᆞᆯ불피ᄒ고하날긔츅슈ᄒ디명텬이감동ᄒ샤우리텬ᄌᆞᄅᆞᆯ구홀ᄌᆞᄂᆞ나의아들츙열이니남경을구완ᄒ고졔아비원슈ᄅᆞᆯ갑

9

게ᄒ쇼셔ᄒ더니ᄯᅳᆺ밧긔한쩌군미다라드러자긔ᄅᆞᆯ잡아니여슈레의놉히싯고풍우갓치모라가니혼빅이비월ᄒ여인ᄉᆞᄅᆞᆯ모로다가겨유졍신을진졍ᄒ여싱각ᄒ디만일텬지승젼ᄒ여시면날을잡아갈니만무ᄒ니일졍뎡한담이역젹이되여텬ᄌᆞᄅᆞᆯ죽이고날을ᄯᅩ죽이려ᄒ미니엇지통분치아니리오츙열이일졍죽엇도다만일사라시면어디가고아비원슈ᄅᆞᆯ갑지아니ᄒᄂᆞᆫ고이러틋한ᄒ며군사ᄅᆞᆯᄯᆞ라젹진의드러가니ᄎ시뎡한담이농상의놉히안자빅관을지휘ᄒ여뉴심을잡아드려계ᄒ의ᄭᅮᆯ니고달니여왈그디마음이고집ᄒ여만니연경의고쵸ᄅᆞᆯ격그니니마음이불안혼지라이졔짐이텬지되여빅관을츙녕커늘그디아들츙열이미거ᄒ여텬의ᄅᆞᆯ모로고고죽을명데ᄅᆞᆯ도아우리군ᄉᆞᄅᆞᆯ침노ᄒ니죄상을싱각ᄒ면가히죽일거시로디

10

그디의낫출보아아직살녀두엇더니종시항복지아니키로그디룰다려왓느니쌜니즈
식의게편지ᄒ여나의게항복ᄒ여텬하룰평정ᄒ면고관디작을원디로홀거시니그디
는사양치말느ᄒ니뉴쥬뷔그말을듯고분심이디발ᄒ여눈을부릅쓰고고셩디즐왈이
역젹놈아텬지도무셥지아니ᄒ고일월도두렵지아니ᄒ냐나의아들츙열이텬즈롤구
ᄒ고녀갓흔역젹을토멸코자ᄒ니이는가히신즈의도리오나의아들되미붓그럽지아
니ᄒ지라네아모리위력으로날을겁박ᄒ여불의룰힝코자ᄒ나너엇지드르리오너발
셔아랏던들장검을가다듬어너룰쥭여나라의급홈과나의원한을셜ᄒ리니엇지즈식
을불츙불의룰힝ᄒ라가르치리오언파의노발이츙관ᄒ여고디한담을쥭일듯ᄒ니한
담이디로ᄒ여뉴심을잡아진문밧긔쳐참ᄒ라ᄒ니좌우군시일시의다라드러검극을
번득이며뉴심을잡아니

11

니도시한담의겻히안자다가말유왈그디엇지경쳔이구느뇨뉴심의상을보니장녀의
왕이될긔상이라텬명이완전ᄒ니만일쥭이려ᄒ다가는디환이목젼의잇실거시니하
슈치말나ᄒ니한담이분심을니긔지못ᄒ여뉴심을호국지경의귀양보니니라츠시뎡
한담이뉴츙열과화친홀마음이잇셔그짓뉴심의편지룰민다라무스로ᄒ여금살ᄯᅭᆫ히
미여명진즁으로쑈아뉴원슈룰보게ᄒ니라츠시뉴원쉬장디의놉히안즈부모룰싱각
ᄒ고슈식이만면ᄒ더니홀연난디업는살이진즁의나려지거눌소졸노ᄒ여금집어올
녀보니살ᄯᅭᆫ히글쓴조희달녓거눌급히쪄혀보니그글의ᄒ엿시디연경의젹거ᄒ뉴쥬
부는불쵸자츙열의게일장셔신을붓치노라너의부뫼년긔반빅이되도록혈쇽이업기
로남악산의비러너룰나하영화룰보려ᄒ엿더니팔지긔박ᄒ여텬즈의게득죄

12

ᄒ고만니연경의귀양가미스셩을모룰지라즈식이스라시면부모룰상봉ᄒ미텬리의
당연ᄒ거눌나는젹소의잇다가텬명을바다진명지쥬룰츠즈텬위룰졍ᄒ고녀는그나

라신히되미당연커눌굿투여망혼나라흘도와진명텬즈롤침범ᄒ니엇지시무롤아눈
장부의힝시리오신황데더로ᄒ샤너의아비롤잡아다가무슈히즈식잘못둔죄롤니ᄅ
시고왈만일즈식을블너오지아니면너의머리롤버혀텬하의호령ᄒ리라ᄒ시니이런
망극혼일이어디잇시리오네만일아비말을듯지아니ᄒ면늙은아비즈식의죄로빅발
노년의부월아ᄅ죽으믈면치못ᄒ리니엇지원통치아니리오니명이시긱의잇시너
눈ᄲᆯ니항복ᄒ라만일너말을듯지아니ᄒ면죽은후의혼빅이라도너롤즈식으로아지
아니리니너눈나의말을헛도이듯지말나네아비목슘이오날오

13

시롤당ᄒ면검하경혼이되리니그아니망극ᄒ냐아비경상을싱각ᄒ여슈히항복ᄒ라
붓슬잡으미흉격이답〃ᄒ고정신이황난ᄒ여그만긋치노라ᄒ엿더라원슈남필의글
장을숀의들고정신이아득ᄒ여아모리홀쥴모로더니겨유심신을정ᄒ여즉시텬즈긔
드러가글을올녀왈폐히젼일의신의아비글시롤보아계실듯ᄒ니젹실이신의아비글
시니잇가텬즈와티지글시롤보시고원슈롤위로왈경의부친이죽은지오리니죽은혼
빅이엇지그러홀니잇시리오쏘이글시눈짐의쳐음보눈비라경부의글시와눈당치아
니ᄒ니원슈눈염녀말고뎡한담을잡아곡졀을무르라짐의말이틀니미업사리라원슈
믈너와싱각ᄒ디젼일강승상을맛나실ᄯᅦ의명나슈의ᄲᅢ져죽은표젹이젹실ᄒ거눌엇
지젹진의도라와글을붓치리

14

오그러나마음이산란ᄒ니젹진을파ᄒ고한담을사로잡아곡졀을무ᄅ리라ᄒ고일광
쥬롤드시쓰고봉안을부릅쓰고장셩검을놉히들고텬ᄉ마롤모라급히진젼의나셔며
한담을불너왈네아모리간ᄉ훈ᄶᅵ로날을항복밧고즈ᄒ나니엇지너의게쇽으리오밧
비나와니칼을바드라ᄒ니한담이황겁ᄒ여셩즁으로드러가션봉으로진문을직희고
ᄂ지아니커눌원슈젹장의황겁ᄒ믈보고승〃장구ᄒ여젹진의다라드러장셩검을벗
득이며젹진션봉을죽이고동셩문의달녀드니셩문을다닷거눌호통일셩의장검을드

러문을찌치고슌식간의궐문의드리다라한담을밧비츳즈니츳시한담이뉴원슈의드
러오믈보고황〃급〃히북문으로도망ᄒ여도사롤다리고호산디로〃니피란ᄒ니라
원쉬도셩의드러가한담의가속과슘족을다잡아본진

15

으로보ᄂ니고만조빅관을호령ᄒ여본진으로도라와텬ᄌ롤옥연의뫼시고환궁ᄒᆯ시티
지황티후와황후롤뫼셔궐즁의드러오신후의뉴원슈궁즁의드러와한담의가속을낫
〃치잡아ᄂ니여다버훤후의됴졍만을녕ᄒ여본진을직희오고원슈ᄂ는뎡한담의투항ᄒᆫ
당슈롤다잡아ᄂ니여죄목을무론후의장안시상의쳐참ᄒ고뎡한담을츠지랴고군즁의
젼령ᄒ니라츳시한담이호산디의올나도스롤다리고군졍스롤의논ᄒᆯ시도스도ᄒᆯ일
업셔쥬져ᄒ더니한꾀롤싱각ᄒ고왈장군은급히피문을지어남만가달과셔번호국의
보ᄂ니여구완병을쳥ᄒ여쌋호다가다시픠ᄒ거든목슘을도모ᄒ여깁히슘엇다가후일
을도모ᄒ미조흘가ᄒ노라한담이디희ᄒ여쳥병픠문을급히지어호국의보ᄂ니니라이
젹의가달셔번냥국왕이각〃군스롤보ᄂ니고승젼ᄒ여오믈기다리더

16

니뜻밧긔한담의픠문이왓거늘각각분ᄒ믈니긔지못ᄒ여셔텬삼십뉵도군장이며가
달토번왕과졔국왕이합병ᄒ여졍병팔십만과장슈쳔여원을거ᄂ려려진셰롤베풀고각
국군왕이즁군이되고텬하명장을쌘션봉을졍훈후의디군을모라일시의니르ᄂ니그웅
장훈거동이불가형언이러라츳시한담이각국졍병이드러오믈보고셩명을긔록ᄒ여
각기영즁의통긔ᄒ고도사와한가지로군즁의드러와호왕긔현신ᄒ니호왕이젼후말
을다듯고젹문걸과마통의쥭엇단말의다〃라ᄂ는간담이셔늘ᄒ여말을못ᄒ나그러나
옥관도사의도으믈보고크게깃거호산디의진치고격셔롤남경의보ᄂ니니라츳시뉴원
쉬도셩의드러가고됴셩만유진ᄒ엿더니홀연됴셩만이표문을올넛시디호국왕이즁
군이되여팔십만디병과쳔여원장슈롤거나려려한담과옥관도사와합녁

17

ᄒᆞ여격셔롤보니여시니원슈ᄂᆞᆫ급히나와방젹ᄒᆞ라ᄒᆞ엿거ᄂᆞᆯ원쉬보고디로ᄒᆞ여젹문
결과마통은남북명장이라그놈의머리롤한칼의버혓거ᄂᆞᆯ한담이셰궁ᄒᆞ여다시쳥병
ᄒᆞ여왓시나무어시두리〃오ᄒᆞ고이의텬ᄌᆞ긔쥬ᄒᆞ디샹이놀ᄂᆞ샤원슈롤당부왈젹셰
호디ᄒᆞ니경은부디조심ᄒᆞ라원쉬비쥬왈신의장셩검은텬하의당홀지업ᄉᆞ오니폐하
ᄂᆞᆫ근심마르쇼셔ᄒᆞ고일광쥬롤졋켜쓰고뇽닌갑을닙고장셩검을빗기고본진의도라
와군사롤지쵹ᄒᆞ여디오롤졍졔ᄒᆞ고젹진의글을보니여쓴홈을도도니ᄎᆞ시뎡한담이
호왕의게헌칙왈소싱이도ᄉᆞ의게십년지조롤비화변홰무궁ᄒᆞ오며구쳑장검이니ᄂᆞᆫ
곳의당홀지업더니명진도원슈뉴츙열이ᄯᅩ한텬신이오범인이아니라장군이비록억
만군을거나려왓시나츙열과능히졉젼홀장쉬

18

업ᄉᆞ오니오날삼경의군ᄉᆞ롤난화금셩산을치면츙열이반다시구ᄒᆞ라올거시니그ᄯᅢ
의소장이도셩의드러가텬ᄌᆞ롤항복밧고옥시롤아ᄉᆞ면졔비록텬신인들님군이쥭엇
ᄂᆞᆫ디무어슬보고쓴호리오그계괴가장맛당ᄒᆞ오디왕의쳐분의엇더ᄒᆞ니잇가호왕
이디희ᄒᆞ여한담으로디장을슴고극한으로션봉을삼아약속을졍ᄒᆞ고군즁의젼령ᄒᆞ
여도셩을치려ᄒᆞ더라이ᄯᅢ뉴원쉬산하의진치고잇다가젹셰롤탐지ᄒᆞ고도셩의드러
가더니이밤삼경의한담이극한을불너군사십만을쥬며왈그디ᄂᆞᆫ밧비금산셩을치라
ᄒᆞ니극한이쳥녕ᄒᆞ고금산셩의달녀드러호통ᄒᆞ며진문을헷쳐드러가며군ᄉᆞ롤짓치
니ᄎᆞ시묘졍만이진즁의잇다가불의지변을맛나황〃급〃ᄒᆞ더라ᄎᆞ시원쉬도셩의셔
젹셰롤탐지ᄒᆞ더니ᄯᅳᆺ밧긔소졸이보

19

ᄒᆞ디지금〃셩산의젹장이드러와군ᄉᆞ롤다쥭이고즁군의셔횡힝ᄒᆞ오니급히구ᄒᆞ쇼
셔ᄒᆞ거ᄂᆞᆯ원쉬디경ᄒᆞ여금셩산으로달녀드러소리롤벽역갓치지르며젹진을짓치고
즁군의드러가묘졍만을구ᄒᆞ여장디의안치고필마단검으로젹진의드러가장셩검이

니는곳의십만장졸의머리츄풍낙엽이러라원쉬본진의도라와버흰머리룰보니한담
은어디가고전후의못보던놈이라원쉬싱각ᄒ디범을잡으려ᄒ다가토기룰잡은괘라
ᄒ고불승분노ᄒ여급히한담을ᄎᄌ잡으려ᄒ더니ᄎ시한담이뉴원슈룰금산셩의보
니고졍병십만을보니여도셩의달녀드니셩즁의군시업고텬ᄌ와티ᄌ만잇ᄂ지라명
뎨룰호령ᄒ여왈이졔도어디로갈다ᄲᆞ니항셔룰올니라ᄒᄂ소리궁궐이문허지ᄂ듯
ᄒ고혼빅이비월ᄒ니명뎨실혼ᄒ여용

20

상의ᄻᅥ러져옥시룰품의품고말긔올나북문으로다라나변슈가의다〃르니한담이궐
니의드러가텬ᄌ룰찻다가형젹이업고다만황후와티ᄌ만잇거눌일셩호통의다라드
러삼인을결박ᄒ여궐문의나와호왕을맛기고텬ᄌ의뒤흘ᄯᅡ라북문의나셔바라보니
변슈가의일디군졸이잇거눌한담이말을달녀급히ᄯᅩ로며쇼리룰벽녁갓치지ᄅ고살
갓치다라드러구쳑장검을놉히드러텬ᄌ의타신말을지르니말이것구러지며텬지말
긔ᄻᅥ러지시거눌한담이장검을드러농포자락을버희며통텬관을벗겨바리고디즐왈
니임의디의룰잡아슌리로항복ᄒ기룰닐넛거든네엇지이러틋항거ᄒᄂ뇨니십년을
공부ᄒ여무궁ᄒᆞᆫ지죄텬하의당홀지업거눌네엇지슌종치아니코조고만뉴츙열을미
더디군을침범ᄒ니네죄룰싱각건디살

21

지무셕이라이졔밧비옥시와항셔룰ᄲᅧ올녀목슘을보젼ᄒ라만일그러치아니면한칼
의버혀삼군을호령ᄒ리라텬지홀일업셔옥시룰목의걸고통곡왈우리티조고황뎨창
업ᄒ신슈빅년긔업이일조의나의숀의맛칠쥴엇지알리오셜파의한담다려왈니항셔
룰쓰고ᄌᄒ나지필이업스니엇지ᄒ리오한담이즐왈항셔룰올릴지엇지〃필을구ᄒ
리오숀가락을ᄭᅵ무러피로ᄲᅧ셔올니라텬지망극ᄒ나홀일업셔숀가락을ᄭᅵ무러피룰
니려ᄒ시나심히알파참아물지못ᄒ고하날을우러〃통곡ᄒ시니용의우룸쇼리구텬
의ᄉ못ᄂ지라명텬이엇지무심ᄒ시리오어시의뉴츙열이금산셩의드러가젹병삼십

만을한칼의짓치고바로호산더로로득달ᄒ여젹병의씨롤업시ᄒ고호왕을버희려ᄒ더
니홀연월식이희미ᄒ고음운이참〃ᄒ거눌

22

괴희녀겨말을잠간머무ᄅ고텬긔롤살피니도셩의살긔가득ᄒ여ᄌ미셩이황〃ᄒ여
거의쩌러지고ᄌᄒ거눌원쉬더경실싀ᄒ여발을구ᄅ며왈반다시텬지급화롤맛나시
도다ᄒ고텬ᄉ검을빗기고말을모라풍우갓치달녀갈시텬ᄉ마ᄂ는본더농종이라쥬인
의ᄯᅳᆺ을알고두귀롤쫑그리고몸을쇼〃쳐번긔갓치다ᄅ니슌식간의황셩문을지나번
슈가의다〃ᄅ니텬ᄌᄂ는빅ᄉ장의업더지시고한담은칼을들고텬ᄌ롤지르려ᄒ거눌
뉴원쉬이롤보미분긔빅장이나니러나ᄂ는지라소리롤벽역갓치지ᄅ니산쳔이문허지
ᄂ는듯ᄒ고텬ᄉ미운무간의니닷ᄂ는듯ᄒ며장셩검을급히두로니뉴원슈압히ᄂ는귀신도
졍신을닐코강산도문허지고하히도뒤쓸ᄂ는듯ᄒ더라원쉬크게호통왈뎡한담아명국
더장뉴츙열을ᄒ눈다ᄒ눈소리골이터지ᄂ는듯ᄒ니

23

한담이졍히텬ᄌ롤힉코자ᄒ다가뉴원슈의호통의혼비빅산ᄒ여졍신을닐코탓던말
이놀나것구러지니한담이졈작이ᄽᅳᆫ히쩌러지거눌뉴원쉬장셩검을드러한담의두팔
을버혀ᄂ리치니졔아모리텬신인들이런춍망즁의두팔을닐허시니엇지용신ᄒ리오
뉴원쉬장셩검을ᄽᅳᆫ히놋코한담을잡아상토롤말긔달고마하의나려텬ᄌ긔복지ᄒ니
이ᄶᅥ텬지빅ᄉ장의업더져긔졀ᄒ엿거눌원쉬텬ᄌ롤붓드러위로ᄒ여졍신을졍ᄒ신
후의다시복지쥬왈신이금산셩의급ᄒ믈구ᄒ여젹병을살퇴ᄒ고도셩으로향코자ᄒ
더니텬긔롤보오미폐히역젹의게급ᄒ신고로말을치쳐왓사오니조곰더더오시던들
급화롤당ᄒ실번ᄒ오니신의죄깁도쇼이다텬지황망즁의츙열의말을드르시고졍신
을슈습ᄒ여니러안ᄌ시며원슈의숀을잡고슈루

24

왈짐이하마ᄒ더면역젹의희롤볼번ᄒ엿거니와한담이어ᄃ갓ᄂ뇨원쉬다시쥬왈신
이오논길노한담의두팔을버희고결박ᄒ여잡아왓ᄂ이다뎐지한담을잡으믈ᄃᄅ시
고디열ᄒ샤왈경의츙열은만고의졔일이로다이은혜롤무어스로잡흐리오ᄒ시고이
의갈오샤ᄃ만일한담을잡아시면아즉살녀두엇다가셩즁의드러가즁형을갓쵸와져
놈의죄상을다무론후의쥭이미올흘가ᄒ노라원쉬승명ᄒ고뎐ᄌ롤뫼셔도셩으로드
러오니라츠시호국왕이셩즁의드러가황티후와황후티ᄌ롤겁박ᄒ고ᄌ녀옥빅을슈
탐ᄒ여슈레의싯고본진으로도라오더니극한이금산셩을치다가십만디병을함몰ᄒ
며한담이번슈의셔원슈의게쥭으믈보고황겁ᄒ여각쳐군ᄉ롤거두어도라갈시티후
와황후티ᄌ롤슈레의실어본국으로도라가니라츠시뎐지환궁ᄒ샤

25

궐즁의드르시미티후와황후티ᄌ지거체업ᄉ믈보시고디경ᄒ샤궁녀롤불너무르시니
모다쥬왈젹병이돌닙ᄒ여냥뎐낭〃과티ᄌ롤겁박ᄒ여가니이다뎐지디셩통곡ᄒ샤
왈짐이불명ᄒ여간젹을춍임ᄒ죄로젹화롤맛나시니티후낭〃과졍궁과티ᄌ롤만니
호국의잡혀보니니짐이혼ᄌ사라무엇ᄒ리오ᄒ시고비회롤진졍치못ᄒ샤궐니빅화
담의ᄲ져쥭고ᄌ한시거놀원쉬민망ᄒ여뎐ᄌ롤붓드러만번이나말뉴ᄒ여농상의편
히뫼시고복쥬왈소신이츙셩이비록부죡ᄒ오나이런ᄉᆡ롤당ᄒ와신ᄌ의도리롤엇지
진심치아니리잇고신이〃졔호국의드러가호왕을쳐항복밧고티후낭〃과황후티ᄌ
롤평안이뫼시고본국의도라와탑젼의뵈오리이다뎐지원슈의손을잡으시고낙누ᄒ
시며부탁ᄒ시ᄃ경은츙셩을다ᄒ여호국을항복밧고부모쳐ᄌ롤

26

츠ᄌ보게ᄒ시면그은혜롤엇지다갑흐리오ᄒ시니원쉬비ᄉᄒ고물너본진의도라와
장ᄃ의놉히안고졔장군졸을버려셰우고뎡한담을잡아드려계하의꿀니고왼갓형벌
을더ᄒ며호령왈네날다려뎐의롤모로논다ᄒ더니네엇지두팔이업셔지고이의잡혀

왓나뇨한담이참괴ᄒ여갈오디니불힝이도스놈의말을드러이런일을당ᄒ여시니무
삼말을ᄒ리오원쉬더로왈도스놈이어디갓나뇨밧비알외라한담이갈오디니번슈가
의갓실쩌의필연호국으로가니이다원쉬왈너는나의큰원슈라급히버횔거시로디너
의흉모롤다안후의쥭이고즈ᄒᄂ니바른디로알외라한담이홀일업셔다시고왈소인
이비록무상ᄒ오나도사놈의간계아니면원슈의디인을모함홀니잇사오리오다만도
사의말을드러쥬부공을연경의졍비ᄒ엿더니일젼의원슈

27

와화친홀마음이잇사와쥬부공을다려다가진즁의가도고쳔만가지로다리여항복밧
고즈ᄒ디죵시듯지아니ᄒ기로분을참지못ᄒ와호국지경의보니엿스오니기간스싱
을모로거니와쥬부공의몸은무스홀듯ᄒ오니원컨디원슈논소인의잔명을용셔ᄒ쇼
셔원쉬쳥파의통곡왈쏘강승상의스싱을알외라한담이강승상을모히ᄒ여옥문관의
귀양보니고그집가속을잡아오더니즁노의셔도망ᄒ여영능쓰쳥슈강의ᄲ져쥭엇다
ᄒ더이다원쉬분노ᄒ여한담을버혀분을풀고즈ᄒ디부친을뫼신후쥭이려ᄒ여결박
ᄒ여옥의가도고원쉬갑쥬롤갓쵸고텬즈긔하직ᄒ니텬지계하의나려원슈의숀을잡
고울며왈짐의슈족을만니의보니니마음이엇지온젼ᄒ리오경은츙셩을다ᄒ여티후
황후와티즈롤구ᄒ여도라오믈바라노라그러나기간의쏘무

28

삼환이잇시면눌노더부러의논ᄒ리오ᄒ시고십니밧긔나와젼숑ᄒ시며쳔만당부ᄒ
시니원쉬쳥녕ᄒ고필마단검으로만니호국의드러갈시쳣시호왕이본국의도라와후
환이잇실가염녀ᄒ여열노각읍의녕을ᄂ리와신칙ᄒ디즁국을통홀길의인가롤업시
ᄒ고강마다션쳑을업시ᄒ여인젹을셔로통치못ᄒ게ᄒ라ᄒ엿더라쳣시뉴원쉬젼진
의츌몰ᄒ미용녁을허비ᄒ고식음을쩌로나오지못혼즁의부친의안위롤몰나분심이
흉격의가득ᄒ고심신이산란ᄒ던쳣의슈만리롤불분쥬야ᄒ고달녀가니긔운이쇠진
ᄒ고힝녁이곤핍ᄒ여유쥬고올의드러가자스롤잡아니여슈죄왈네세디식녹지신으

로국기불힝ㅎ더네목슘만싱각ㅎ고쏘한담의말만듯고뉴쥬부상공이네고올의귀양
왓다ㅎ더니지금어디계시냐즈시황겁ㅎ여복지ᄉ죄왈소인 // 들국녹지신

29

으로엇지무심ㅎ리잇고마는호병이남경가는길의드러와군마와량식을탈취ㅎ고쇼
인을죽이려ㅎ옵거늘소인이목슘을살앗ᄉ오나본디지죄업습고격슈단신이라엇지
홀길이업ᄉ와마음을살오더니슈일젼의소식을듯사오니호병이승젼ㅎ고황티후와
티즈룰ᄉ로잡고호국으로갓다ㅎ옵기로황 // 망조ㅎ옵더니장군이와계시니황공ㅎ
옵거니와존셩디명이뉘시며무삼일노뉴쥬부룰ᄎ지시나잇고원쉬비옵답왈나는이
고올의격거ㅎ뉴쥬부의아들이러니부모의원슈룰갑흐려ㅎ고격진의드러가텬즈룰
구ㅎ고뎡한담과최일디룰한칼의버혓거니와뜻밧긔호국이합세ㅎ여군사룰거나려
황셩을엄살ㅎ여황후와티즈룰사로잡아져의본국으로도라간고로북젹을함몰ㅎ고
황티후룰뫼셔경ᄉ의회한ㅎ려ㅎ는길의이곳의와나의부친을뫼셔가려

30

ㅎ노라즈시그말을듯고급히계의ᄂ려빅비ᄉ죄왈소싱이원슈룰누고신지몰낫더니
뉴디인의즈뎨오니소싱의불민흔죄만토쇼이다ㅎ고쥬비룰나와맛보시믈권ㅎ니원
쉬믈이치고텬사마룰밧비모라호국지경의니르니풍셜이분 // ㅎ고도뢰험악ㅎ여인
젹이업더라츠셜호왕이본국의도라와승젼고룰울니며잔치룰비셜ㅎ여슈일을질긴
후의티즈룰죽이고황후룰겁칙ㅎ여잉쳡을삼고즈ㅎ여티즈룰잡아닉여계하의꾸니
고좌우의나졸이장창디검을잡아시니위풍이늠 // ㅎ더라던상의만조빅관이시위ㅎ
여시니호왕이통텬관의곤농포룰닙고구룡탑상의놉히안자티즈룰호령왈네비록년
유ㅎ나녀의나라운쉬쇠ㅎ믈알지니과인의계항복ㅎ여텬명을슌종ㅎ고네어미룰드
려나의잉쳡을삼게ㅎ면너룰조흔벼술을식여

31

부귀롤누리게ᄒ리라ᄒ니츠시황틱후와황후ᄂ텬지망〃ᄒ여셔로붓들고ᄯᅵ희구러
져무슈히통곡홀분이오틱ᄌᄂ나히십삼셰나호왕의욕언을듯고분심이츙텬ᄒ여봉
안을놉히ᄯᅳ고디미왈네아모리텬시룰모르ᄂ도젹인들강포룰밋고텬조티후낭〃을
이러틋질욕ᄒ거니와군신지분으로의논컨디텬ᄌᄂ만민의부친이오황후ᄂ만민의
모친이랏무지훈오랑키놈이욕셜노황후룰핍박고ᄌᄒ니너갓흔놈은금슈와일체오
만고의역격이라니비록미거ᄒ나너의욕을감심치아니리라ᄒ니하회엇지된고셕남
ᄒ라
셰뎡미십이월일향목동셔

권5

1

유츙녈젼권지오
츠시의호왕이디로ᄒ여농상의쒸여ᄂ려칼을쌘혀숀의들고좌우롤호령ᄒ여황후롤
결박ᄒ라ᄒ니범ᄀ흔나졸등이일시의달여드러황후의고은목을 // 가니여쓸의업질
온디왕이슈죄왈네ᄌ식의말이심히방ᄌᄒᄂ녀의용식을앗겨용셔ᄒᄂ니너ᄂ쌜니
슌죵ᄒ여과인의침실의뫼시라황휘츠언을들으시고디로ᄒ스아미롤거스리고디즐
왈이무지흔녁젹놈아쳔지신명이두렵지아니ᄒ냐네아모리오랑킨들외국빈신이되
여만승황후롤니러틋곤케ᄒ리오쌜니우리모ᄌ을쥭이라쥭ᄂ날이라도넘왕긔셜원
ᄒ여원슈롤갑흐리라호령이츄상갓거눌호왕이디분ᄒ여황후와티ᄌ롤젼목칼을걸
고왼갓형벌을갓쵸아무슈히결장ᄒ고무ᄉ을호령ᄒ여다시슈레우희놉히미여들고
위엄을거록히ᄒ여문외로ᄂ오니그경상이엇지춤연치

2

아니리오츠시황후와티지앙쳔통곡왈우리도모지무슴죄로만니호국의와혀와니젹
의숀의쥭을쥴몽미의나싱각ᄒ여시리오언파의긔운이막혀거장의것구러지니그춤
혹흔경상을쳔지도슬허ᄒ시고일월이무광ᄒ더라잇쩌츙융디장이군ᄉ롤지쵹ᄒ여
황티후숨모ᄌ롤암녕ᄒ여교외의나와무ᄉ을호령ᄒ여일시의춤ᄒ라ᄒ니무시쳥녕
ᄒ고홍포남디의비슈롤번득이며좌우로횡힝ᄒ니쳔지신명이엇지무심ᄒ리오잇쩌
유원슈호국지경의득달ᄒ여힝녁이뇌곤ᄒ미말을잠간멈츄엇다가하슈롤밧비건너
상님쓸의달여드니호국션우디가구름쇽의은 // 이뫼거눌원슈말게ᄂ려곳비롤쓰러

강슈롤먹이며원슈논믈가의니르러셰슈ᄒ더니홀연일엽쥐강상의쩌오며일위션예
션창으로셔너다라원슈긔비례ᄒ고금낭을여러실과롤니여쥬며왈힝녁이피곤ᄒ시
거던이거슬즈시면졍

3

신이날거시니한긔만즈시고쪼훈긔논두엇다가일후의쓸곳지잇시려니와지금황티
후와황후티지위급ᄒ여명지경긱ᄒ니쌜니호국디로〃가쇼셔만일즁노의지류ᄒ여
오날오시가지니면구완치못ᄒ리니급히가셔구ᄒ옵쇼셔ᄒ고비롤도로혀강상즁유
로ᄂ려가니그션연훈힝식이가히스롬의마음을동ᄒ올너라원쉬디경ᄒ여급히그실과
한긔롤먹고쳔긔롤살펴보니디장셩이쩌러질듯ᄒ고즈미원디셩이졍이황〃ᄒ여광
치업거눌디경망조ᄒ여황용슈롤거스리고봉안을불웁쓰고일광쥬롤곳쳐쓰고장셩
검을놉히들고쳔스마의놉히안즈산호치롤급히치쳐나논다시드러가니동문밧십니
허의빅포장을둘너치고긔치창검이가득훈곳의일디군병이에윗거눌원쉬쇼리롤놉
혀급히호통ᄒ니맛치벽녁쇼리반공즁으로셔ᄂ리논듯훈지라이의호왕을불너왈이
무지훈오랑키놈은우리티후

4

황후양낭〃과동궁뎐하롤힉치말나뎐조디원슈뉴츙녈이예잇노라ᄒ논쇼리산이문
허지고쳔지가뒤놉더라츠시무시졍히비슈롤드러티즈롤햐슈코즈ᄒ더니뜻밧게벽
녁쇼리쳔지진동ᄒ며일원디장이말을달여풍우갓치달여드니그셰나논범갓훈지라
발셔동문디로의니르러장셩검을놉히드러좌우의이운군스롤풀버히듯ᄒ고무스롤
한칼의쥭이고바로말을치쳐셩즁의달여드러궐문을찌치고장셩검을급히날여호국
빅관을한칼의버히고뇽상을찌치고니뎐으로드리다라호왕을잡아엽히씨고풍우갓
치말을모라동문디로〃급히ᄂ오니잇쩌황후티후와티지무스의검광의황겁ᄒ여졍
신을일허긔졀ᄒ엿논지라원쉬급히티즈롤붓드러구ᄒ고티후와황후롤구완ᄒ니식
경후의겨유졍신을진졍ᄒ여니러안거눌원쉬복지쥬왈디명국디원슈유츙녈이호왕

5

을스로잡고호병을한칼의뭇질으고이곳의왓나이다티후와황휘이말을드르시고꿈
인듯싱신듯반신반의ᄒ여통곡ᄒ시며왈뉴츙녈이란말이어인말인고급히눈을드러
도라보시니군스ᄂ일인도업고다만일원쇼년딕장이압히복지ᄒ엿거놀아득ᄒ마음
을겨유진졍ᄒ여갈오딕경이짐의위급ᄒ믈엇지알고만니호국의필마단신으로니르
러구ᄒᄂ뇨츳은을갑흘길이업도다그러나우리황상이티평ᄒ시며궁중이무스ᄒ뇨
짐은오랑기의게니런춤욕을당ᄒ니도시국운이불힝ᄒ미라누롤한ᄒ리오ᄒ시며통
곡ᄒ기롤마지아니시니원쉬다시쥬왈신이황명을밧즈와필마로쥬야달여호국의니
르러호국군졸을좃치고호왕을스로잡아가지고이곳의왓ᄂ이다황휘들으시고만 〃
칭스왈원슈의츙의ᄂ만고의졔일이로다우리황야의급ᄒ시믈두번구ᄒ고역젹한담
등을잡아국가롤평안이

6

ᄒ고다시만니호국의필마로니르러티후낭 〃 과짐과티즈의쥭게되믈구ᄒ고녁젹호
왕을잡아시니은혜은짐이쥭어빅골이될지라도갑지못ᄒ리로다ᄒ시며티지원슈의
숀을잡으시고유체왈황야와티후낭 〃 구ᄒ은혜ᄂ과인이입으로형언ᄒ미오히려경
ᄒ지라오즉과인의마음은원슈롤황야버금으로평싱을셤기믈원ᄒ나니나라흘즁흥
ᄒ덕틱은하날이원슈롤지시ᄒ시미라엇지서어ᄒ말노칭스ᄒ리오언파의체뤼종힝
ᄒ시니원쉬복지쥬왈쇼장이금산셩을뭇질으고도라오다가쳔기롤살피온즉황상의
쥬셩이번슈가의잇스와위급ᄒ옵거놀급히달여가일합의뎡한담을스로잡아황상을
구완ᄒ고환궁ᄒ온후의이곳의드러와티후와황후와뎐ᄒ롤구ᄒ여스오며도라가ᄂ
길의아비롤찻고즈ᄒᄂ이다티지들으시고격졀탄상ᄒ스무슈히치스왈우리슘인이
원슈의덕

7

틱으로쥭기롤면ᄒ여시ᄂ고국의도라갈길이망연ᄒ여원슈의지휘만바라노라ᄒ시

더라티지이의졍신을가다듬어원슈의칼을아스손의들고봉안을쓰고호왕을꾸지져
왈몸슬오랑키놈아황후낭∥을곤욕ᄒ고날을항복바다신하롤삼고ᄌᄒ더니쳥쳔일
월이명∥ᄒ시거널너의신명이엇지온젼ᄒ리오너롤잡아황셩의드러가셩샹쳐분을
보려니와위션분심이팅츌ᄒ니엇지일시ᄂ살여두리오ᄒ고장셩검을드러호왕의목
을버히고간을니여씹은후의셩즁의드러가약간남은군ᄉ롤다죽이고본국ᄌ녀롤다
리고향도관을불너길을인도ᄒ라ᄒ시고양낭∥을뫼셔나올시원쉬눈물이비오듯ᄒ
여슬푼마음을니기지못ᄒ여노샹의셔울며왈우리셩샹은호국의셔쥭게된쳐ᄌ롤맛
나보시니깃부거니와나의부친은포관의셔사싱존망을아지못ᄒ고모친은회슈가의
셔일코능쳥슈의셔

8

안히롤일허시니쳔하롤쥬류ᄒ여부친과모친존망과안히의거쳐롤ᄎ지리라셜파의
방셩통곡ᄒ니황후와티지원슈의손을잡으시고쳔만위로ᄒ시며힝군을지촉ᄒ여포
관의득달ᄒ니히샹풍낭은ᄉ롬의간장을경동ᄒ고한풍은쇼슬ᄒ여원긱의슈심을도
∥논지라이ᄯᅢ북히샹이무인지경이미인젹이끈어지고슈금이난죽ᄒ니유쥬부의혈
∥단신이엇지된고급∥하람ᄒ라ᄎ셜유쥬뷔도젹의게잡혀가셔항복지아니ᄒ니뎡
한담이온갓형벌ᄌᆺ초니약ᄒᆫ몸의독ᄒᆫ형장을만히맛고북히샹무인쳐토골쇽의갓쳐
시니긔갈이ᄌᆞ심ᄒ고형용이초췌ᄒ여히샹고혼이되엿되니ᄎ시유츙녈이슌식간의
득달ᄒ여젹쇼롤바라보니토굴을깁히파고험ᄒᆫ형극을둘너쏜고ᄌ리한님흘펴고누
어시니굴밧게슈직ᄒᆫ군식일인만두어숨시로쥭물을쥬는지라원

9

쉬이갓ᄒᆫ경샹을보고업더져긔졀ᄒ니좌위급히구ᄒ여졍신을진졍ᄒ민갑쥬롤버셔
ᄯᅢ히놋코형극을헷치고굴쇽의드러가쥬부롤붓들고통곡왈불초ᄌ츙녈이쳔ᄌ의급
ᄒ믈구ᄒ고다시호국의드러가티후와황후낭∥과티ᄌ롤구ᄒ여고국의환귀ᄒ오나
국ᄉ의골몰ᄒ와야∥의니러틋곤욕을당ᄒ시믈구치못ᄒ엿ᄉ오니쇼ᄌ의죄죽어도

앗갑지아니ᄒᆞ니이다언파의긔운이막혀업더지니잇ᄯᅢ쥬뷔인스룰모로고누엇더니
홀연스룸의쇼리들니거놀눈을드러보니일위쇼년장군이압희와업더여긔졀ᄒᆞ엿거
놀놀ᄂᆞᆫ급히니러ᄂᆞ슈족을쥐물너졍신을출히미ᄌᆞ셰보니의형이츙녈갓흔지라이의
문왈그더나의아ᄌᆞ츙녈이아닌다언파의통곡ᄒᆞ니츙녈이다시고왈쇼지불초ᄌᆞ츙녈
이로쇼이다쥬뷔이말을듯고다시통곡왈네과연너아들츙녈이면십년젼의격쇼

10

로갈졔니가쥬던쥭도을드리라원쉬쥭도을글너드린디쥬뷔그칼을보고다시보니쇼
상반쥭다셧마디의황쥬쥭누긔룰화심으로삭여시니구쳔의도라간들부ᄌᆞ신표룰엇
지모로리오이의쏘칼오더니아들은가슴의디장셩이박혀잇고비우희슙티셩이 // 시
니금ᄌᆞ로표젹이분명ᄒᆞ니어셔버셔뵈라원쉬옷슬벗고쥬뷰압희복지ᄒᆞ여왈쇼지옷
슬버셧스오니표젹을보쇼셔ᄒᆞ며복지통곡ᄒᆞ니쥬뷔니러안ᄌᆞ가슴을보고비후룰살
펴보니시별갓흔슙티셩이두려시박혀논디금ᄌᆞ로디명국도원슈라번드시삭엿거눌
그졔야달여드러붓들고울며왈네과연츙녈이로구나하날의셔쩌러지며짜의셔쇼삿
ᄂᆞ냐어디가장셩ᄒᆞ여북방만니의츠ᄌᆞ와쥭게된아비룰살여니고만고녁젹뎡한담을
쥭이고여기ᄭᅡ지왓ᄂᆞ냐회슈상의셔쥭기가격실커눌만경창파하희즁

11

의칠셰동지엇지스라나셔부ᄌᆞ상봉이되엿나냐이러트시통곡ᄒᆞ며인ᄒᆞ여긔졀ᄒᆞ니
원쉬급히힝장을널고션녜쥬던환약을니여밧비가라입의너흔후슈족을쥐물으며졍
신을회셩케ᄒᆞ니식경후니러안ᄌᆞ졍신을슈습ᄒᆞ니난디업논맑근긔운이쳥쳔의일월
갓고표일흔졍신이황홀ᄒᆞ여십년젼의흔일이완연ᄒᆞ니츙녈의손을줍고왈무슴약을
먹여나의졍신이상연ᄒᆞ여젼후과시쇼연ᄒᆞ뇨잇ᄯᅢ황티후와티지쥬부의회셩ᄒᆞᆷ믈보
시고굴압희니르러쥬부룰향ᄒᆞ여치하왈그더긔흔아들을나하만니호국의드러와우
리슘인의쥭게된거슬구ᄒᆞ고회로의그디룰구ᄒᆞ니츙녈은가이츙효룰쌍젼흔인지라
아들잘ᄂᆞ흐믈치하ᄒᆞ노라쥬뷔복지ᄒᆞ여감누룰먹음어왈낭 // 과뎐하의하괴여츠ᄒᆞ

시니황숑ᄒ오며뎡한담녁신이조졍을탁난ᄒ오미신

12

이쥬야죵ᄉ을넘녀ᄒᆞᆸ더니쳔힝으로쇼신의하낫ᄌ식이잇셔한젹을잡아셩상의위
티ᄒ시믈구ᄒ옵고다시호지의드러가양젼낭〃과츈궁젼하의급ᄒ시믈구ᄒ오니신
이후셰의ᄌ식잘못나흔죄롤거의면홀가ᄒᄂ이다황후와티지못ᄂ위로ᄒ시고치히
분〃ᄒ시니츙녈이다시쥬부긔고왈쇼지부친을비별ᄒ온후의뎡한담의화롤쳔신이
구ᄒ믈닙어간신이사라ᄂ셔화슈강가의니르러난디업ᄂ도젹이달여드러모친을결
박ᄒ고쇼ᄌ롤믈의더지믜모친의존망을모로고쇼ᄌ눈믈의ᄶ오더니쳔힝으로바회
롤맛나그우희셔간신이잔명을보젼ᄒᆞ엿다가다힝이남경션인을만나사라나셔도로
의긔걸ᄒ다가명나슈회ᄉ졍의다〃라부친의익슈츰ᄉᄒ신유젹이벽상의붓터거ᄂᆞᆯ
쇼ᄌ도믈의ᄲᅢᄌ죽고ᄌᄒ엿ᄉᆸ더니영능강승상이구ᄒ여회심ᄒ온후의강공이부친
을

13

셜원코ᄌᄒ여나라희상쇼ᄒ엿다가뎡한담의츰쇼을닙어옥문관으로귀향간후의금
오랑이나려와가공의가권을잡아다가관비졍쇽ᄒ기로쇼지도망ᄒ여졍쳐업시가옵
더니셔희광덕산빅농ᄉ의잇ᄂ신승을맛ᄂ병법을비호고옥함을어더함쇽의창검과
긔계롤엇고ᄯᅩ쳔ᄉ마롤어더남경의득달ᄒ여남진디장젹문걸을반합의버히고쳔ᄌ
을뫼셔금산셩의뫼시고션봉장최일티롤죽이고반젹마통과호국쳥병을뭇질으고도
셩의드러오니호왕의남은군시도셩의드러가황후와티ᄌ롤잡아도망혼말과쳔ᄌ롤
번수가의셔구완ᄒ고한담을ᄉ로잡아옥의가도고부친을뫼신후의죽이려ᄒ고호국
의드러가호왕을버히고도젹을함몰혼후의황후와티ᄌ롤뫼시고이곳의왓ᄂ이다쥬
뷔쳥파의디경디희ᄒ여왈북젹마통은쳔하명장이라ᄯᅩ뎡한담최일티ᄂ쳔상익셩이
라네숀의잡

14

힐즁어이아라시리오ᄒ고원슈의숀을잡고등을어로만져못니두굿기며황후와티즈
롤뫼시고한슈롤밧비건너빙난을지ᄂ명션원을바라보고유쥬롤득달ᄒ여직ᄉ의유
슉ᄒ고다시유쥬군마롤발ᄒ여티후와황후양낭〃과티즈롤호위ᄒ고원슈ᄂ쥬부롤
뫼시고뒤흘짜라여러달을힝ᄒ여금셩산의닐으러쥭엄이티산갓고피흘너히히되엿
지라쥬븨이롤보고디경ᄒ여츙녈의용밍을못니두굿기더라잇쩌쳔지유원슈롤호국
의보니시고쥬야로근심ᄒ시며쳔힝으로티후와황후와티즈롤다려오기롤츅슈ᄒ시
더니뜻밧게유원슈의표문이〃르럿거놀급히기탁ᄒ시니디강ᄒ엿시디도원슈유츙
녈이호국의드러가호격을함몰ᄒ옵고티후와황후며티즈을뫼시오ᄂ길의포관의드
러가아비롤츠즈본국으로도라오나이다ᄒ엿거놀쳔

15

지디희ᄒᄉ필마로밧비ᄂ와티후와황후와티즈롤영졉ᄒ여티후낭〃압히쑤러슈월
을호지의셔고초ᄒ시믈위로ᄒ시며황후와티즈롤쏘호위로ᄒ시니티지복지ᄒ여호
국의드러가호왕의게욕본말이며동문디로의셔거의쥭게되엿더니쳔힝으로유원슈
롤맛ᄂ사라온말을쥬달ᄒ시니쳔지드르시고츙녈의등을무마왈녯날촉한시의유관
장습인이도원의결의ᄒ여호형호졔ᄒ여시니짐도경으로더브러형뎨지의롤믹즈리
라ᄒ시고무슈히치ᄉᄒ시니잇쩌유쥬븨말게ᄂ려복지쥬왈쇼신은연경의귀향갓든
유심이옵더니즈식의힘을닙ᄉ와폐하롤다시뵈오니만힝이오나폐히니러틋군난의
신고ᄒ시디쇼신이츙셩이부족ᄒ와호국의갓치여환난을동고치못ᄒ오니죄ᄉ무셕
이로쇼이다쳔지쥬부의말슴

16

을들으시고밧비불너인견ᄒᄉ쳬읍왈짐이불명ᄒ고국운이불힝ᄒ여츙신을원찬ᄒ
고간신을갓가이ᄒ여여츠흉변을당ᄒ여쳔하강산이거의망게되엿거놀경의아즈츙
녈이짐의급ᄒ믈구ᄒ고역격뎡한담을잡아종ᄉ을평안이ᄒ고다시호국의드러가짐

의모후낭〃과황후와티즈을구ᄒ여도라오니경의부즈의공을갑흘진ᄃ천하롤반분
ᄒ들만분지일이나갑흐리오ᄒᄉ무슈히치ᄉᄒ시고즁군쟝묘졍만과만조빅관이일
시의원슈롤향ᄒ여치히분〃ᄒ여왈우리원슈덕틱이하히갓흐여만리호국의드러가
호국만죵을도륙ᄒ고양뎐낭〃과티즈을구ᄒ여고국의무ᄉ히환국ᄒ시니원슈의공
덕은만고의쳐음이니엇지깃부지아니리잇고ᄒ며쥬비롤밧드러권ᄒ니원쉬불감ᄒ
믈겸양ᄒ더라날이느진후의원쉬쳔즈을뫼셔셩즁으로드러올시만셩인민이남녀노
쇼업시원슈의말

17

마리롤잡고빅비고두왈우리원슈의지용이겸젼ᄒᄉ황샹의급ᄒ시믈구ᄒ고녁젹뎡
한담을잡으시ᄃ군ᄉ와빅셩이일인도샹ᄒ지업고도젹을쇼멸ᄒ여우리억만빅셩으
로ᄒ여금악업ᄒ게ᄒ시니모든빅셩이감은ᄒ여일비박쥬롤올여어딘졍셩을고ᄒᄂ
이다ᄒ고쥬육을닷토아올니〃원쉬흔연이맛보며면〃이위로ᄒ니빅셩의환셩이원
근의진동ᄒᄂ지라쳔지티후낭〃을뫼셔후진의오시다가쟝안빅셩드리원슈의공덕
을니러틋칭숑ᄒ믈보시고농안의희가무로녹으ᄉ쥬부롤도라보ᄉ왈셩즈잘ᄒ믈칭
ᄉᄒ시며인ᄒ여환궁ᄒ시고원슈롤명ᄒᄉ하쳐의나아가부지한가지밤을지니라ᄒ
시다잇흔날원쉬쳔즈의명을바다뎡한담을잡아들려계하의업질으고오형을갓쵸아
무슈히슈죄ᄒ고쥬뷔쳥샹의안즈다가쏘ᄒ호령왈한담아네즈칭신황데

18

라ᄒ더니두팔이어이업시며조고만유츙녈의압희꿀엇ᄂ뇨한담이다만고기롤슉여
왈나의죄ᄂ공의부지임의아ᄂ빈니그만조롱ᄒ고밧비쥭여괴로오믈잇게ᄒ라쥬뷔
ᄃ로ᄒ여슈죄왈네죄목이널가지니즈셔히들으라네본시쳔샹익셩으로명나라의젹
강ᄒ여명망이과인ᄒ거놀요괴로온도ᄉ의말을듯고쳔ᄒ롤도모코즈ᄒ니만고의큰
죄하나히오조졍직신을쓰려무죄인을무함ᄒ여연경의귀향보ᄂ여시니그죄두리오
도ᄉ의말만듯고니즈식을쥭이려ᄒ고니집을불을노하화즁의남은목슘이회슈의다

∥라는네군스롤보니여죽이려ᄒ여시니그죄서히오쏘퇴거승상강희쥬롤모함ᄒ여
히ᄒ려ᄒ여시니그죄너히오강승상의가쇽을어명업시잡아다가즁노의셔죽여시니
그죄다셧시오츙신을죽이고남젹이침노ᄒ미도젹을막는다위명ᄒ고도젹의

19

게투항ᄒ여시니그죄여셧시오황후롤즐욕ᄒ고티즈롤항복밧고즈ᄒ니그죄칠이오
즈칭쳔즈라ᄒ고싱인을도탄ᄒ여츙신을잡아항복밧고즈ᄒ여시니그죄팔이오호국
의쳥병ᄒ여황후와티즈와장안미식을호국의보니여시니그죄구오쳔즈을변슈가의
죽이려ᄒ여시니그죄십이라만고의업산죄목을지여시니이러틋ᄒ고엇지살기롤바
라리오우리황상이네숀의여러번죽을번ᄒ여시니글을싱각ᄒ면일시나살여두리오
한담이더답홀말이업셔묵∥이여늘원쉬나졸을호령ᄒ여한담의목을미여슈레의실
고장안터로∥느오며외여왈장안빅셩들은드르라만고녁젹뎡한담을버히노라ᄒ며
나오니빅셩드리한담을죽인단말듯고남녀노쇼업시그놈의간을니여먹고즈ᄒ여일
시의부로휴유ᄒ고길이메여느오며셔로닐오더오날∥우리원

20

쉬녁젹뎡한담을죽이고즈ᄒ스슈레의실어장안시상으로가시며우리빅셩다려닐으
시니우리등이밧비짜라가셔그놈을죽이시거던그놈의살을버혀다가부모일흔스롬
은부모의원슈롤갑고즈식을일흔즈는즈식의원슈롤갑흐리라ᄒ며느오니짜륵온군
졸등이츳탄치아니리업더라이의장안시상의다∥라시직을기다려오시슘긱의닐으
미한담을프러사지롤버려슈레의미고쳐질ᄒ여쇼롤모니한담의일신이여셧조각의
나거늘목은버혀넘슈의담가쳔하의돌니고젼신은니여쥬니모든빅셩들이일시의다
라드러혹간도썹으며살도버혀먹으며왈우리부모쳐즈의원슈롤만분지일이나갑는
다ᄒ더라이의관치롤발ᄒ여한담과일더의가쇽을다잡아낫∥치죽이고잇튼날쳔지
죵묘의힝∥ᄒ스즁흥ᄒ고유로졔ᄒ시고인ᄒ여황극젼의놉히젼좌ᄒ시니만조문무
졔신이만셰롤불너진

21

하룰파ᄒ미상이하교ᄒᄉ유심을불ᄎ로도〃아금ᄌ광녹티후겸디승상연국공을봉ᄒ시고인부와졀월을쥬시며금포와옥디롤ᄉ급ᄒ시고인ᄒ여형졔지의롤미지시니상층이융셩ᄒ더라ᄊ묘졍만으로우승상겸츙무후롤봉ᄒ시고츙녈노병부상셔디ᄉ마디쟝군겸쳔하병마졀졔ᄉ남경도총독겸졔죠진무안찰ᄉ롤ᄒ이시고쵸국공을봉ᄒᄉ형쵸ᄶ슴쳔니로탁목읍을ᄒ이시고기여졔장을ᄎ례로벼살을도〃시고상급을후이ᄒ시니모다쳔은을슉ᄉᄒ고만셰롤불너즐기ᄂ쇼리진동ᄒ더라ᄎ시연공부지쥬ᄒ디죠고만공으로봉작이과람ᄒ오믈고ᄉᄒ디상이탄식왈경의공덕을싱각ᄒ면텬하롤반분ᄒ여부귀롤갓치홀거시로디경의부ᄌ의고졀쳥심을아난고로죠고만봉읍으로위로ᄒ미어놀경등이〃러틋고ᄉᄒ면짐이무슴넘치로쳔하신민을디ᄒ

22

리오원슈황공비ᄉᄒ고믈너나와싱각ᄒ미쳔은이망극ᄒ와부친은만나거니와모친은어디계시고이런영화을못보신난고ᄒ며ᄊ강승상의ᄉ싱과강쇼져의거쳐롤알길이업셔두로광문ᄒ여찻다가형영이아조업거던옥문관의ᄎᄌ가셔강승상의빅골을거두어강씨션녕의안장ᄒ고다시회슈강의ᄎᄌ가모친영혼의졔ᄉᄒ여ᄌ식의도을횡ᄒ고쳥슈강의닐으러강시의혼빅을위로ᄒ리라타쳐의요조가인을ᄎᆔᄒ여부친의노년영화롤빗ᄂ리라ᄒ고이의공긔ᄉ연을고ᄒ고잇튼날쳔ᄌ긔알윈디상이드르시고창연낙누ᄒ시고그말슴을티후긔고ᄒ시니티후ᄂ강공의고모시라ᄎ언을들으시고불승비감ᄒᄉ원슈롤입시ᄒ여그손을잡으시고울며왈옥문관의격거훈강승상은나의족희라지금가지ᄉ랏ᄂ지모로거니와만일사랏거던다려오고죽

23

어실지라도빅골을거두어오라원슈복지쥬왈신이어려셔부모을닐코의지홀곳이업거늘강공이거두어양휵ᄒ와쳔금옥녀로비필을슴앗ᄉ오니그은혜롤엇지일시나이ᄌ리잇고티휘들으시고일회닐비ᄒᄉ왈경이짐의손셔될줄어이알니오어셔가승상

의셩ᄉᆞ롤ᄎᆞ자알고모친과나의숀녀롤ᄎᆞ자무ᄉᆞ히도라오라ᄒᆞ시니원슈ᄉᆞ은ᄒᆞ고믈
너쳔ᄌᆞ와부친긔하직ᄒᆞ고디군을거ᄂᆞ려발ᄒᆡᆼᄒᆞ니샹이빅관을거ᄂᆞ려먼니나와젼송
ᄒᆞᄉᆞ원노횡녁의무ᄉᆞ왕반ᄒᆞ믈당부ᄒᆞ시니원슈황공비ᄉᆞᄒᆞ고발ᄒᆡᆼᄒᆞ여가니쳔지원
슈의발ᄒᆡᆼᄒᆞ믈보시고비창ᄒᆞᆫ마음을니기지못ᄒᆞ시니연왕이쏘ᄒᆞᆫ쳔ᄌᆞ롤위로ᄒᆞ시고
빅관을거ᄂᆞ려환궁ᄒᆞ시니라ᄎᆞ시원슈발ᄒᆡᆼᄒᆞᆫ지여러날만의셔번국지경의니르러공
문을번국의보너고ᄒᆡᆼ군을지촉ᄒᆞ여번국셩너의달여드니발셔〃쳔슴십육도군장드
리유원슈의

24

용밍과지조롤알고황겁ᄒᆞ여일시의금은보화롤슈레의싯고옥시와지도롤숀의들고
나와항셔롤원슈긔밧치고인끈을목의걸고낫〃치항복ᄒᆞ니원슈장디의놉히안ᄌᆞ국
왕을줍아드려각〃슈죄ᄒᆞ고슴십육도군장의항셔롤연폭ᄒᆞ여표문을지어경ᄉᆞ의올
니고국왕을불너드려격거ᄒᆞ신강승상의쇼식을뭇고즉시ᄒᆡᆼ군ᄒᆞ여옥문관의드러가
좌우롤살펴보고슬푼마음을진졍치못ᄒᆞ여식경후비로쇼셩즁의달여드러슈문장을
불너쳔ᄌᆞ의공문을뵈여왈이곳의젹거ᄒᆞ신강승상이어디계시냐ᄒᆞᆫ디슈문장이디왈
강승상이〃곳의계시더니십여일젼의남젹이달여드러디명국일을뭇고즈ᄒᆞ여강공
을호국으로다려갓나이다원슈이말을들으미분심이시로오나젹일북방갈쩌와다르
미업논지라노긔등〃ᄒᆞ여군ᄉᆞ을옥문관의유진ᄒᆞ고슈문장을불너분부

25

ᄒᆞ디니호국의단여올거시니기간군ᄉᆞ롤잘디졉ᄒᆞ라ᄒᆞ고필마단검으로남쳔을바라
고풍우갓치달여호국지경의니르러격셔롤밧비보너니라화셜달왕이뎡한담의피문
을보고군ᄉᆞ롤거ᄂᆞ려남경으로항ᄒᆞ고ᄌᆞᄒᆞ더니유원슈한담을ᄉᆞ로줍으믈듯고디졉ᄒᆞ
여본국으로도라올시맛춤너옥관도사롤맛ᄂᆞ한가지로허다미식을탈취ᄒᆞ여본국의
도라와궁즁의두고쥬야로풍악을갓쵸아즐기더라잇쩌옥관도시마음이살난ᄒᆞ여쳔
긔롤살펴보니남경도원슈가달을치려ᄒᆞ고풍우갓치지경으로드러오거눌도시디경

ᄒ여밧비드러와왕을더ᄒ여왈쳔문을보니남경도원쉬지경으로드러오니이롤엇지
ᄒ리오달왕이더경황겁ᄒ여졔신을모화방젹홀모칙을의논ᄒ더니장하의슘원더장
이빅금투고의홍금젼포을들고슘빅근쳘퇴롤들고우슈의장검을들고계하의복지쥬

26

왈쇼장등슘인은셕장동의잇ᄂ마쳘마웅마학이옵더니평셩의마음이오활ᄒ여어진
님군을맛나빗ᄂ일홈을후셰의현달홀가ᄒ와더왕의셩덕을듯줍고불원쳔리ᄒ고왓
ᄉ오며쏘들으니남경더원슈뉴츙녈이드러온다ᄒ오니더왕은일지병과션봉닌을쥬
시면츙녈을일합의버혀더왕의탑하의밧치리이다ᄒ거늘모다보니신장이구쳑이오
면목이광더ᄒ고긔골이웅장ᄒ니긔위당〃ᄒ영웅이라호왕이더희ᄒ여즉시마쳘노
젼부션봉을슘고마웅으로즁군장을슘아졍병팔십만을발ᄒ여마학으로구응ᄉ롤슘
아셕더하의진을치고호왕이도ᄉ와빅관을거나려후군이되여군ᄉ오빅명으로ᄂ오
니긔치창검이ᄒᆡ빗츨가리왓더라각셜강공이옥문관의격거ᄒ여국ᄉ롤날노근심ᄒ
더니난더업ᄂ호병이달여드러불문곡직ᄒ고슈레의시러가니공이아모란

27

쥴모로고잡혀오니달왕이승상을호령왈네명국승상이니국ᄉ롤즈시알이니바로알
외고과인의긔항복ᄒ여쥭기롤면ᄒ라공이졍신을진졍ᄒ여눈을불읍쓰고쇼릭질너
더민왈네쳔의롤모ᄅ고나롤슈욕ᄒ니엇지통분치아니리오나은더명국승상이어늘
네엇지날을항복밧으려ᄒᄂ뇨나의명은진쳔ᄒ니너의오랑키간더로범치못ᄒ리라
ᄒ고무슈히즐미ᄒ니호왕이더로ᄒ여쥭이려ᄒ더니뜻밧게뉴원쉬풍우갓치군을모
라드러오며호통쇼릭뇌졍갓흐니왕이황겁ᄒ여강공을깁히가도아쥬려쥭게ᄒ니라
ᄎ시달왕이남경의셔다려온계집하나히잇시니죵시즐기지아니ᄒ고미양강승상을
불상이너겨한가지로고셩ᄒ며부모갓치구완ᄒ여승상을붓들고일시도쩌ᄂ지아니
ᄒ고밤마다축슈ᄒ여왈우리뉴원슈노애밧비오ᄉ남젹을함몰ᄒ고승상노야롤구ᄒ
시면

28

우리도본국의도라가다시부모룰반기게ᄒ여쥬쇼셔니러트시츅슈ᄒ더니뜻밧게강
공을옥즁의가도니그계집이한가지로옥즁의드러가공을위로ᄒ며쥬야한탄ᄒ더니
잇찌유원쉬필만단창으로호국의달여드니오븩니녀른뜰의쳔병만미유진ᄒ여시니
굿으미쳘통갓거늘원쉬졍신을가다듬어쇼리룰벽녁갓치질으고장셩검을놉히드러
나논다시드러오며호통왈이놈달왕아강승상을히치말ᄂᆞᄒ며젹진션봉을즛치니호
장마쳘이응셩츌마ᄒ여유원슈룰마ᄌᆞ쎠화일합이못ᄒ여장셩검이빗나논곳의마쳘
의쳘퇴와창검을부쉬니마웅마학이졔형이당치못홀쥴알고일시의달여드러좌우로
협공ᄒ니고함쇼리쳔지진동ᄒ거놀시셕풍우즁의검광이번기ᄀᆞ고일광쥬농인갑은
쳔신의슈젹이오농궁의조홰여놀살일기엇지드러오리오장셩검이번기되여동으로
번듯

29

ᄒ며마쳘을버히고남으로번듯마웅을버히고셔으로번듯마학을버혀들고젹진을츙
돌ᄒ여일합의즛쳐바리고말을치쳐셕디산의다∥라호통ᄒ며달여드니달왕과도시
디경망조ᄒ여아모리홀쥴모르니쳔ᄉᆞ미닷논곳의나논졔비도못날거던ᄒᆞᆯ며ᄉᆞ룸
이냐엇지다라나리오원쉬다라드러벽녁갓치쇼리질으니도ᄉᆞ논잣바지고달왕은업
더져긔졀ᄒ여졍신을일헛거놀원쉬장셩검을놉히드러달왕의목을치니통텬관이찌
여지고머리푸러지니달왕이황망즁의갈오디이거시나의죄아니오옥관도ᄉᆞ의죄로
쇼이다ᄒ거놀원쉬분망호즁의도옥관도ᄉᆞ란말을듯고더욱분노ᄒ여꾸지져왈옥관
도시어디잇나뇨밧비잡아오라ᄒ니ᄎᆞ쳥하문ᄒ라
셰님ᄌᆞ이월일항목동셔

권6

1

뉴충녈전권지뉵

화셜뉴원쉬분호즁의옥관도스란말을듯고디로ᄒ여왈이도스놈이어디잇나뇨달왕
이〃러안져도스의잇ᄂᆞᆫ곳을가리치거ᄂᆞᆯ즉시잡아다가장하의ᄭᅮᆯ니고젼후죄목을닐
너왈너롤이곳의셔쥬륙홀거시로디경사로잡아다가텬졍의밧친후왕법을졍히ᄒ리
라ᄒ고다시달왕을잡아업지르고강승상의거쳐롤탐문ᄒ디달왕이옥즁의가도와시
믈고ᄒ거ᄂᆞᆯ원쉬급히옥문을ᄭᅦ치고드러가옥졸을다쥭이고승상을ᄎᆞᄌᆞ니맛춤ᄒ낭
지이거동을보고디경왈달왕이우리롤다쥭이랴ᄒ여급히잡으랴ᄒ미라ᄒ여혼졀ᄒ
ᄂᆞᆫ지라원쉬밧비드러가승상을붓들고통곡왈디인은졍신을진졍ᄒ쇼셔쇼싱은뉴충
녈이라디인을니별ᄒ후의악모와실인을보호ᄒ여지니옵더니악장의셔스롤보옵고
명을도망ᄒ여졍쳐업시가옵다가광덕산

2

빅뇽스의잇ᄂᆞᆫ신승을만나지조롤ᄇᆡ호고병긔롤어더그리로금셩산의가텬ᄌᆞ의급ᄒ
시믈구ᄒ고녁젹뎡한담을사로잡고다시호국의드러가티후황후낭〃과티ᄌᆞ롤구ᄒ
여경스의올나와복명ᄒ옵고다시옥문관의니르러악장거쳐롤ᄎᆞ지온즉자스의말이
달왕이잡아갓다ᄒ옵기로이의니르러악장을뵈오니이다됴낭지겻희잇다가원슈의
젼후슈말을듯고원슈롤향ᄒ여비례왈첩도ᄯᅩ한즁국스람으로달왕의게잡혀왓시나
강승상의위티ᄒ시믈보고쥬야구호ᄒ와스셩을한가지로ᄒ고져ᄒ옵더니쳔만ᄯᅳᆺ밧
긔원슈디인의구ᄒ시믈닙스오니쳡도다시고국을볼가ᄒ나이다원쉬그셩의롤칭스

ᄒ고다시승상긔고왈쇼싱이즁노의오다가회슈강의니르러듯즈오니모친니슈즁의
닉슈ᄒ시고쏘쳥슈강의셔악모와실인니슈즁참ᄉᄒ시다ᄒ오니이런망극통도ᄒ온
닐이어더잇ᄉ오리잇

3

고언파의실셩통곡ᄒᄆᆯ마지아니ᄒ거눌승상이부인과녀ᄋ의참ᄉᄒᄆᆯ듯고일셩댱
통의운졀ᄒ엿다가겨유졍신을ᄎ려디곡왈부인과녀이죽어실진뎌나의일신니엇지
셰상의부지ᄒ여무슴즈미롤보리오ᄎ라이ᄂᆞ쏘죽어괴로오믈면ᄒ리라ᄒ고언파의
통흉돈족ᄒ니원슈와낭지공을붓드러지셩위로ᄒ니공이겨유진졍ᄒ고원슈의손을
잡고젼후풍파롤무러무한니칭찬ᄒ며두굿기며한가지로긱관의드러와셔로심회롤
위로ᄒ고격셔롤토번국의보니니토번왕이황겁ᄒ여항셔롤쓰고금은칙단을올니거
눌원슈토번ᄉ신을디ᄒ여국왕의불공ᄒᄆᆯ슈죄ᄒ고도ᄉ롤함거의너어경ᄉ로올닐
시달왕의항셔와번왕의항셔며즈긔표문과함긔올니고번왕의탈취ᄒᆫ미녀롤거쟝을
ᄎ려고국으로도라보니니모든미녜깃부믈니긔지못ᄒ여원슈긔빅비ᄉ례ᄒ고∥국

4

을바라며텬즈의셩은을쇽덕ᄒ더라슈일이지난후원슈승상을뫼셔길롤날시쥰마의
슌금안장을갓쵸와승상을틱오고군ᄉ롤지쵹ᄒ여본국으로도라올시여러날만의번
양회슈의다∥르니비회복발ᄒ여능히진졍치못ᄒᆯ지라군ᄉ롤명ᄒ여ᄉ댱의결진ᄒ
고승상을쳥ᄒ여말긔나린후의졔젼을갓쵸아강변의버리고원슈빅의빅디롤갓쵸고
졔쟝군졸을거나려강변으로나아갈시열읍틱슈뉴원슈그모친의녕혼의치졔ᄒᄆᆯ듯
고져마다다토와졔믈과단즈롤올니며일시의강변의나아와원슈긔문안ᄒ고영당부
인의함원닉사ᄒ시믈치위ᄒ여거미분∥ᄒ고만셩인민니강변의가득이모혀원슈의
츙회고금의희한ᄒᄆᆯ칭송ᄒᄂᆫ쇼리원근의진동ᄒ더라ᄎ시원슈열읍슈령을면∥니
관디ᄒ고이의강변의나아가막ᄎ의드러의관을곳치고졔쇼의올나졔

5

물을진셜ᄒᆞ고상하의ᄭᅮ러분향후지비헌작ᄒᆞ고다시ᄭᅮ러제문을닑으니왈뉴셰츠모
년월일의불쵸ᄌᆞ츙녈은모친장시영위지젼의일비쳥쥬로희상고혼을위로ᄒᆞ옵나니
오호통지라우리부뫼반빅이거의로ᄃᆡ일긔혈쇽이업ᄉᆞ와쥬야슬허ᄒᆞ시다가남악산
의드러가ᄉᆞ젼죠단발ᄒᆞ시고칠일도츅ᄒᆞ옵신후도라오셧더니텬지감동ᄒᆞᄉᆞ일ᄌᆞ롤
졈지ᄒᆞ여쥬시니우리부뫼말년의쇼ᄌᆞ롤어드ᄉᆞ이지즁지ᄒᆞ시더니국운니불힝ᄒᆞ여
간영지신니농권ᄒᆞ니현인니화롤엇지면ᄒᆞ리오우리ᄃᆡ인니텽한담의모희롤닙으ᄉᆞ
만니연경의찬비ᄒᆞ시니그후의모친니간젹의화롤두려쇼ᄌᆞ롤닛글고부친젹쇼롤향
ᄒᆞ시다가이물가의니르러난ᄃᆡ업논슈젹이다라드러우리모ᄌᆞ롤결박ᄒᆞ여창파즁의
드리치니우리모친은간ᄃᆡ업고쇼ᄌᆞ논쳔힝으로ᄉᆞ라나셔광덕산신승의게모친의쥬
신옥함을어더젼장의나아가뎡한담을한칼의버혀원슈

6

롤갑고황상을구완ᄒᆞ며만니연경의젹거ᄒᆞ신부친을뫼셔다가텬은을닙ᄉᆞ와놉흔작
녹을바드시고ᄯᅩ남젹을쇼멸ᄒᆞ고옥문관의드러가강승상을뫼셔이곳의왓ᄉᆞ오나모
친의닉슈ᄒᆞ시믈싱각ᄒᆞ오니쇼ᄌᆞ의비통ᄒᆞᆫ마음은모친을뫼셔구원의놀고ᄌᆞᄒᆞ오나
노년부친의고ᄊᆞᄒᆞ시믈ᄎᆞ마져바리지못ᄒᆞᆯ지라셰간의머므르나부귀작녹의마음이
업ᄉᆞ오니모친의녕혼니먼니아니게시거든쇼ᄌᆞ의긍칙ᄒᆞᆫ졍ᄉᆞ롤도라보ᄉᆞ밧비다려
가ᄉᆞ모친을뫼시게ᄒᆞ옵쇼셔고홀말ᄉᆞᆷ이무궁ᄒᆞ오나슬푼마음이격발ᄒᆞ오니지필노
다긔록지못ᄒᆞ나니후싱다시뵈옵고하졍을알외리이다복유톤령은흠향ᄒᆞ옵쇼셔ᄒᆞ
여더라원슈닑기롤맛고강심을바라일장을통곡ᄒᆞ니셩음이쳐졀ᄒᆞ여농신니비감ᄒᆞ
고창퓌위ᄒᆞ여흐르지아니ᄒᆞ논듯ᄒᆞ며산쳔쵸목이다슬허ᄒᆞ논듯ᄒᆞ더라이ᄯᅢ강변좌
우의가득

7

ᄒᆞᆫ인민니원슈의셰ᄊᆞ졍원을드르니쳘셕간장니아니여든뉘아니낙누ᄒᆞ리오그즁의

슬푼닐잇눈스람은디셩통곡ᄒ니강쳔니창망ᄒ고일식이무광ᄒ며텬신도비감ᄒ더
라치졔ᄒ기롤파ᄒ고졔물을마니쏘다강즁의녀흔후의그남은음식은빅셩을난화쥬
고셩즁의드러와군스롤호궤흔후길을쩌날시각읍의션문ᄒ고금능셩즁의슉쇼ᄒ고
군스롤쉬더라션시의쟝부인니화림동니쳐스의집의잇셔쥬야로가군과아즈롤싱각
ᄒ여슬푼눈물이마롤젹이업셔셰월을보너더니남경의병난니이러나믈듯고탄식왈
이졔눈나의몸이 // 곳의셔쥭으리로다츙녈이만닐싱존ᄒ여시면병난을삭평ᄒ고나
롤ᄎ즈이곳의오려니와님의슈즁의몸을바려시니나의고 // ᄒ믈뉘넘녀ᄒ리오ᄒ고
침식이불안ᄒ더니맛춤니쳐시번양쏘히갓다가회슈가의니르러보니강변스쟝의구
름차일을놉

8

히치고만셩인민니녀른스쟝의가득ᄒ거눌마음의 // 혹ᄒ여아눈스람다려무르니기
인니더왈뉴원슈츙녈이화란을삭평ᄒ고오눈길의그모부인니이강의셔닉슈ᄒ믈슬
허ᄒ여졔물롤ᄀᆺ쵸아치졔ᄒ여슈즁고혼을위로ᄒ미니라ᄒ거눌쳐시듯고디경더희
ᄒ여밧비달녀도라와쟝부인긔고왈셰상의긔이흔닐이잇더이다맛참번양의갓다가
도라오눈길의회슈강의니르러보니구름ᄎ일의쳔병만마와슈만빅셩이가득이모야
거눌굿보눈스람다려무른즉남경도원슈뉴츙녈이모친을위ᄒ여회슈의졔스흔다ᄒ
기로빅셩과한가지로구경ᄒ오니과연뉴원쉬쇼복을갓쵸고만반진슈롤진셜ᄒ고통
곡ᄒ며졔문을닑으니그졔문을드른즉격실흔부인의쳔금아지라부인의지닌신닐을
졔문의다긔록ᄒ엿더이다부인니이말을듯고디셩통곡왈이말이무숨말숨인고원슈
의ᄒ든말

9

롤니르쇼셔쳐시왈남경동문밧긔거흔뉴츙녈이라ᄒ고남악산의긔도ᄒ여탄싱흔말
과져의부친니화롤만나만니연경의귀향가시고모친만뫼셔더니도망ᄒ여회슈의니
르러난디업논도젹이모즈롤결박ᄒ여물의너커눌텬힝으로스라나와모친니쥬신옥

함을어더젼댱긔계롤갓쵸와도젹을함몰ᄒ고연경의젹거ᄒᆫ부친을ᄎᄌ뫼셔와텬은
을닙어티승상연국공이되시고튱녈은티ᄉ마위국공이되여시며뎡한담최일티롤잡
아원슈롤갑하시나모친의형젹이업기로금일치졔ᄒ여모친혼녕을위로ᄒ나이다ᄒ
더이다부인니쳥필의티경ᄎ희왈너아희튱녈이살아도다ᄒ며꿈인듯샹신듯ᄒ고ᄯᅩ
물의너흔옥함을어더단말을듯고무슈히통곡ᄒ며아ᄌ의잇ᄂᆫ곳을ᄎᄌ가려ᄒ거ᄂᆞᆯ
쳐시말녀왈젹실이그러홀진티니먼져ᄎᄌ가진위롤알고오리이다ᄒ고다시가려ᄒ
거ᄂᆞᆯ

10

부인니ᄯᅩ무러왈뉴원슈의나흔몃치라ᄒ며외가ᄂᆞᆫ뉘집이라ᄒ더뇨쳐시티왈나흔니
십이오외가ᄂᆞᆫ니부샹셔장윤이라ᄒ더이다부인니그말듯고더욱통곡왈이ᄂᆞᆫ분명니
아희튱녈이로다만닐나의아지아니면나의부친의함ᄌ롤엇지알니오밧비나아가아
라오라니쳐시급히힝ᄒ여금능셩의드러가원문밧긔니르러군ᄉ롤불너통ᄒ티텬덕
산화린동의ᄉᄂᆞᆫ니쳐시와셔원슈긔뵈오려ᄒ노라군시드러와고ᄒ거ᄂᆞᆯ원쉬군관을
명ᄒ여영졉ᄒ여드리라ᄒ티군관니쳥녕ᄒ고나와마ᄌ드리니쳐시쳔〃니거러드러
와쳥샹의올나원슈긔녜ᄒ티원쉬답녜ᄒ고좌졍ᄒ고원쉬문왈션싱이뉘시며무슴가
라칠닐이잇셔ᄎᄌ신잇가쳐시왈쇼싱은원슈의영명이우쥬의가득ᄒ오믈듯고뵈오
려니르러나이다장군의웅지디략은쳔고의쳐음이라녁젹한담

11

등을한칼의버히고남만가달등을쳐함몰ᄒ옵고황샹의급ᄒ시믈구ᄒ며죵ᄉ의위틱
ᄒ믈회복ᄒ고억죠챵싱을슈화즁의건지시니텬하의졔일티공이라만민의복이로쇼
이다쇼싱갓흔인싱이야닐너무엇ᄒ리잇고원쉬거슈손ᄉ왈이ᄂᆞᆫ다셩텬ᄌ의홍복이
오만민의덕이라쇼싱이엇지션싱의과장ᄒ시믈감당ᄒ리잇고다시뭇잡너니무삼가
라칠닐이잇나닛가니쳐시공슈티왈젹실이알고져ᄒ눈닐이잇ᄉ와왓ᄉ오니작일회
슈강의셔장군니졔문을독츅ᄒ시ᄂᆞᆫ말ᄉᆞᆷ을듯ᄌ오니지닌신닐이졍년그러ᄒ시니잇

가원쉬이말을드르민즈연마음이비창ᄒ여누쉬츄슈봉안의동ᄒ는지라마음의∥괴
ᄒ여니쳐ᄉ롤다시보니비창훈마음이졀노동ᄒ여능히진졍훌길이업눈지라이의낙
누디왈션싱이엇지쇼싱의긍측훈졍ᄉ롤즈시뭇ᄂ니잇고

12

쳐시왈원슈의치졔ᄒ시믈보니보눈ᄉ람으로ᄒ여금감창훈지라진졍그러ᄒ실진디
이눈회힝훈지라녕디인뉴쥬부롤뫼셔왓다ᄒ오니뉴쥬부눈곳싱의쳐슉이라연경으
로젹거ᄒ신후여러히의뵈옵지못ᄒ니심히창모ᄒ더니이졔원슈의말솜을듯ᄉ오니
회힝ᄒ믈엇지형언ᄒ리잇고원쉬쳥필의ᄎ경ᄎ희왈녕존공휘함을부르기미안ᄒ나
젼님한님학ᄉ니인학이시니잇가쳐시왈과연쇼싱의가엄이시니이다원쉬비환니병
츌ᄒ여거슈칭ᄉ왈쇼싱의가엄이미양녕디인말솜을ᄒ시더니금일존형을이곳의셔
만날쥴몽니의나싱각ᄒ여시리잇고쳐시그계야의심업눈뉴츙녈이믈알고환희왈존
공의화란이비록한심ᄒ나도ᄎ하여다힝이녕당티부인니슈즁화이을버셔나쇼싱의
집의머무ᄉ쥬야로공을싱각ᄒ시고

13

침식의맛살모르시더니쇼싱이우연니회슈의왓다가공의셜졔통곡ᄒ시믈보민의심
니밍동ᄒ여도라가말솜ᄒ오니톤티부인니경희ᄒᄉ즈셔ᄒ믈알고즈ᄒ시기로쇼싱
이다시니르러뭇즈오미니원슈눈의려치마르시고싱의왕님ᄒᄉ텬륜을완젼니ᄒ시
고티부인우려지심을관위ᄒ쇼셔원쉬쳥파의환텬희지ᄒ고심신도로혀황난ᄒ여양
구후졍신을진졍ᄒ여쳐ᄉ롤향ᄒ여모부인니존틱의안거ᄒ시믈무슈ᄉ례ᄒ니쳐시
지삼손ᄉ왈공을맛당이쇼싱의뒤흘조치시미조흘가ᄒ나이다원쉬디희ᄒ여무슈ᄉ
례ᄒ고즉시쳐ᄉ롤ᄯ라화린동으로나아갈시ᄉ면을둘너보니경긔졀승훈디숑님속
의졍쇄훈쵸옥이은∥이뵈더라쳐시시문의니르러원슈의손을닛글고드러가니이ᄯ
장부인이쳐ᄉ롤보니

14

고반가온쇼식을고디ᄒ민심신니황난ᄒ여즈리의안접지못ᄒ고당의나려시문을의
지ᄒ여금능을바라고기다리ᄂ마음이일긱이삼츄갓더니날이반오의지나미쳐시일
위쇼년을다리고드러오거늘부인니급히문왈그디와갓치드러오ᄂ쇼년니뉘뇨쳐시
디왈츳인은부인의녕낭남경디원슈뉴츙녈이로쇼이다부인이츙녈이란말을듯고졍
신니아득ᄒ여엇지홀쥴모로다가ᄯ희업더져긔졀ᄒᄂ지라츙녈이다라드러슈족을
쥐무르며회싱단을가라닙의드리오니식경후겨유졍신을츠리거늘원슈이의ᄭᅮ러통
곡왈불쵸즈츙녈이왓나이다부인니여츆여광ᄒ여갈오디네만닐나의아들츙녈일진
디회슈강의ᄲᅢ져죽어시니죽은혼빅이어미롤ᄎ져왓나냐니아들츙녈은등우희삼티
셩이잇고금즈로표젹이잇시니옷살버셔나의아득ᄒᆫ심스롤

15

풀게ᄒ라원슈즉시옷살벗고부인압희나아가복지ᄒ니부인니즈셔이보니과연습티
셩이두렷ᄒ고금즈로삭인거시완연ᄒ거늘이롤보미다시의심이업ᄂ지라이의츙녈
의숀을잡고통곡ᄒ니모즈의곡셩이쳐량ᄒ여화린동의진동ᄒ더라셔로붓들고통곡
ᄒᄂ경상이방인이슬허 ∥ 니젼일호국의셔부친을만날ᄶᅥ의비승ᄒᆫ지라원슈우름을
긋치고안즈고왈쇼지모친의닉슈참스ᄒ신쥴노알고회슈강의이르러졔스롤파ᄒ고
도라오더니쳔만의외의니쳐스롤만나모친의싱존ᄒ시믈듯스오니깃분마음이층냥
업셔니쳐스와한가지로이르러티 ∥ 롤뵈오니금셕슈신나무한이로쇼이다부인니불
승희열ᄒ여아즈의숀을잡고뉴쳬왈너ᄂ그스이어디가의지ᄒ여져러틋장셩ᄒ여시
며무삼지조로텬즈롤구ᄒ여종스롤평안니ᄒ며디공을셰워나뇨원슈고왈쇼지회슈

16

강의셔죽은목슘이겨유스라나간신니힝ᄒ여회스졍의니르러부친의글쓴거살보고
즉시죽고즈ᄒ더니맛츰강승상을맛나그곳의뉴ᄒ오민승상이쇼즈롤과이ᄒ여쳔금
옥녀로ᄡᅥ쇼즈롤비ᄒ여더니그후강공이부친의원찬ᄒ시믈분격ᄒ여황셩의올나가

부친을위ᄒᆞ여셜한코ᄌᆞᄒᆞ고상표ᄒᆞ여간당을업시코ᄌᆞᄒᆞ다가뎡한담의참쇼ᄅᆞᆯ닙어옥문관의원찬ᄒᆞ옵고다시강공의가쇽을잡으려ᄒᆞ오믜쇼지화ᄅᆞᆯ당ᄒᆞᆯ가두려몸을피ᄒᆞ여셔히광덕산빅놓ᄉᆞ의드러가신승을만나후ᄃᆡᄒᆞ믈닙ᄉᆞ와편히잇ᄉᆞᆸ더니그즁이일〃은옥함을쥬며닐오ᄃᆡ이함쇽의그ᄃᆡ갑쥬와병긔드러시니급히경ᄉᆞ의올나가황상의급ᄒᆞ시믈구ᄒᆞ라ᄒᆞ기로그길노천ᄉᆞ마ᄅᆞᆯ어더타고쥬야비도ᄒᆞ여황셩의니르러뎡한담과최일ᄃᆡᄅᆞᆯ버히고다시호국의드러가ᄐᆡ후와황후와ᄐᆡᄌᆞᄅᆞᆯ구ᄒᆞ여황셩

17

으로도라오ᄂᆞᆫ길의북히의니르러부친을뫼셔경ᄉᆞ로오시믜황은을닙ᄉᆞ와국공관작을밧ᄌᆞᆸ고다시옥문관의드러가강승상을구코ᄌᆞᄒᆞ니그곳지방관니이르기ᄅᆞᆯ셔번왕이강공을잡아갓다ᄒᆞ옵기로바로번국의드러가국왕을항복밧고강공을구ᄒᆞ여도라오ᄂᆞᆫ길의회슈의니르러감창ᄒᆞ믈이긔지못ᄒᆞ와일비쥬로모친녕혼의위로ᄒᆞ고슬푸믈진졍치못ᄒᆞ옵더니천만의외의니쳐시진즁의니르러모친의싱존ᄒᆞ시믈니르기로의식총망ᄒᆞ여급〃히왓나이다언파의누쉬여우ᄒᆞ여ᄉᆞ믜ᄅᆞᆯ젹시거ᄂᆞᆯ부인니비황즁이나쥬부공의싱환ᄒᆞᆷ과아ᄌᆞ의영귀ᄒᆞ믈희열ᄒᆞ여젼후의지ᄂᆡ든말을니르며셜홰탐〃ᄒᆞ더라이ᄯᆡ강승상이조낭ᄌᆞ로더부러장부인니〃쳐ᄉᆞ부즁의이시믈듯고ᄃᆡ희ᄒᆞ여장졸을지휘ᄒᆞ여일승치교ᄅᆞᆯ갓쵸아화린동

18

니쳐ᄉᆞᄐᆡᆨ즁으로보ᄂᆡ고원슈긔ᄐᆡ부인의싱존ᄐᆡ평ᄒᆞ시믈치하ᄒᆞ니싱쉬만면희식으로모부인뫼셔거즁의오른후ᄌᆞ긔ᄂᆞᆫ천ᄉᆞ마ᄅᆞᆯ타고셩즁으로도라오니힝노의빅셩드리길을막고화교ᄅᆞᆯ붓드러만〃치하ᄒᆞ더라ᄎᆞ시장부인니거즁의셔빅셩의말을듯고만심환열ᄒᆞ여셩즁의드러와ᄉᆞ오일유슉ᄒᆞ여원슈다려왈이곳빅셩드리우리모ᄌᆞ의상봉ᄒᆞ믈이러틋환열ᄒᆞ니심이감ᄉᆞᄒᆞᆫ지라너ᄂᆞᆫ원근빅셩을다불너쥬육을먹여져의셩심을위로ᄒᆞ라원쉬모친의말슴을듯고ᄃᆡ희ᄒᆞ여잔치ᄅᆞᆯ빅ᄉᆞ장의비셜ᄒᆞ고구름ᄎᆞ일을놉히치고원쉬의관을정졔ᄒᆞ고강승상을상좌의뫼셔열읍슈령드리모혀좌ᄅᆞᆯ정

훈후모든빅셩을불너드려쥬육을슬토록먹이니일읍빅의숑덕ᄒᄂ쇼리원근의진동
ᄒ더라

19

삼일을즐기다가원쉬모친을뫼시고발힝홀시쏘니쳐ᄉᄅ권ᄒ여가권을거나려한가
지로경ᄉ로올나갈시원쉬십만장졸을거나려강승상과션진니되고모든부장은셔텬
삽십뉵노군장을거나려즁군니되고장부인과니쳐ᄉ가권은쳐시비힝ᄒ여후진이되
여힝ᄒ니그위의 〃 부셩ᄒ미만고의짝이업더라빅셩드리원슈의말머리룰붓들고눈
물룰먹으며비별ᄒ더라힝ᄒ지여러날만의영능쓰히다 〃 르니이곳은강승상의고향
이라승상과원쉬젼ᄉ룰싱각ᄒ미슬푼마음이유동ᄒ여승상이원슈의숀을잡고빅슈
의냥항뉘이음츠희허탄식왈나의팔지무상ᄒ여슬하의훈낫골뉵이업고쇠로지경의
니르러우리부뷔한낫녀ᄋ룰의지ᄒ여셰월을보니여 〃 년을맛츌가ᄒ엿더니본심이
우직훈지라간신의

20

농권ᄒ믈통분ᄒ여텬ᄌ긔간징ᄒ여간당을쇼쳥ᄒ고츙녈지ᄉ룰나와종ᄉ룰붓들고
ᄌᄒ다가도로혀간당의희룰만나늙은몸이졀시의원격ᄒ고부인과녀ᄋ룰실산ᄒ여
사싱존망이묘연ᄒ니니몸이비록무ᄉᄒ여고국의환귀ᄒ여부귀룰다시훈들누룰의
지ᄒ여나문셰월을보니리오언파의오열뉴체ᄒ여능히말을일우지못ᄒ니원쉬쏘한
강쇼져의화용월티와션연미질을싱각ᄒ미심회비창ᄒ나승상의비회룰도을가넘녀
ᄒ여슬프믈강잉ᄒ여호언으로위로왈쇼셔의모친도비명참ᄉᄒ신쥴알아더니텬지
신명이도으ᄉ다시인셰의싱존ᄒᄉ모지단합ᄒᄂ낙ᄉ룰어더ᄉ오니지금의악모와
실인니형영이업ᄉ오나현인과셩녀ᄂ가만훈즁하날이도으시나니필경이싱존ᄒ신
희뵈잇ᄉ오리니원컨터 〃 인은심회룰진졍ᄒᄉ후일을보시미맛당ᄒ오니

21

쇼셔의말솜을헛도이듯지마르쇼셔강공이원슈의말을드르미반신반의ᄒ나니러틋
체읍비황ᄒ미부졀업논지라스스로심스롤억졔ᄒ여하쳐롤졍ᄒ고원슈와한가지로
밤을지닉고잇튼날가인을불너월계촌의나아가자셔호쇼식을아라오라ᄒ고이곳의
셔스오일을유슉ᄒ더라이젹의강쇼졔모부인과한가지로목슘을도망ᄒ여쳥슈강변
의니르러모부인니즈긔롤쇽이고익슈춤스ᄒ믈보미슬푸미흉격의막히니쳔지망∥
혼지라모친의영혼을ᄯ라슈즁어복의밥이되미통흉운졀ᄒ여죵일호곡ᄒ더니호런
한즁년녀지니르러만단위로ᄒ여한가지로가기롤쳥ᄒ거놀비록죽고져ᄒ나스싱을
님의로못홀지라스셰마지못ᄒ여그녀즈롤ᄯ라한곳의니르니가시화려ᄒ고인물이
번화ᄒ여분면홍디호고은계집이방∥이가득ᄒ니분명호쳥누쥬식이라마

22

음의놀납고한심ᄒ여가마니싱각ᄒ더나의명되가지록긔박ᄒ여니런창누의ᄲ져시
니만닐오리머물다가는빙옥갓흔일신의더러온욕을면치못ᄒ리니가마니몸을ᄲ쳐
도망ᄒ여쳥슈강의다시가쳔쳑슈심의몸을더져모친의뒤흘ᄯ라불측혼욕을면ᄒ리
라ᄒ여심시쵸황ᄒ더니그녀지식반을셩비ᄒ여지셩으로권ᄒ며호언으로위로왈낭
즈의쳥츈니이십도못되여시니고혈일신이타향의유락ᄒ면무뢰악쇼년의봉욕이쉬
우리니맛당이부귀지상가의문인지스롤갈히여편싱을의탁ᄒ미조흘가ᄒ노라쇼졔
쳥푸의모골이송연ᄒ고분긔복발ᄒ나너무강녈이구다가쥬인노고의급화롤당홀가
두려강잉디왈닉비록미계ᄒ나지상가부녜라그딕논이런말을다시말지

23

여다언ᄑ의긔식이강녈ᄒ나ᄂ괴ᄃ름체아니ᄏ쥬야로기유ᄒ며ᄯ위엄으로협박ᄒ
여잠시롤ᄶ나지아니∥쇼졔비록도망코즈ᄒ나틈이업논지라ᄒ릴업셔슈일을머무
더니일∥은노괴닐오디틱슈상공이그딕의즈식이졀셰ᄒ믈드르시고나롤불너분부
ᄒ시디그녀즈롤밧비불너드리라ᄒ시니그딕논아즁의드러가틱슈노야의명을슌죵

ᄒᆞ여부귀롤무흠이누리미엇더ᄒᆞ뇨쇼졔ᄎᆞ언을드르미혼빅이비월ᄒᆞ여아모리홀쥴
모로더니노고의게한ᄯᆞᆯ이잇시니일홈은연심이니약간ᄌᆞ식이잇더니강쇼져롤맛난
후로지긔상합ᄒᆞ여미양쇼져롤불상이넉이고그졀긔롤탄복ᄒᆞ여그어미ᄒᆡᆼᄉᆞ롤그르
게넉이든지라금일쇼져의초황ᄒᆞᆷ믈보고가마니쇼져의귀의다혀일오디쇼졔ᄂᆞᆫ다만

24

응답ᄒᆞ시면쇼녜ᄯᆞ라가쇼져의급흔욕을면케ᄒᆞ시리이다쇼졔이말듯고마음을젹이
노코호락ᄒᆞ니노괴디희ᄒᆞ여쇼져롤우발지분을다ᄉᆞ려드러갈시연심이어미다려왈
쇼녜낭ᄌᆞ롤ᄯᅡ라드러가쥬야긔유ᄒᆞ여회심슌종케ᄒᆞ리이다노괴ᄒᆞ락ᄒᆞ거늘연심니
소져와한가지로드러가낫이면협실의슘엇다가밤든후쇼져ᄂᆞᆫ협실의슘고계몸이디
신ᄐᆡᆫ슈의침식을밧드더니이ᄯᅢ뉴원슈아즁의슉침ᄒᆞᄂᆞᆫ지라노괴원슈의풍치□□ᄒᆞ
믈보고가마니싱각ᄒᆞ디강낭ᄌᆞ롤원슈노야긔밧치면즁상을어드리라ᄒᆞ여졔ᄯᆞᆯ다려
이말을니르니연심이디경ᄒᆞ여가마니쇼져긔고왈금야의욕을당ᄒᆞ시리니ᄉᆞ양치마
시고드러가시면즁간의가다가니몸으로낭ᄌᆞ롤디신홀거시니그리아옵쇼셔ᄒᆞ더니
과연그날밤의연심의

25

어미쇼져다려왈월식가려ᄒᆞ니달구경ᄒᆞᄌᆞᄒᆞ고나오라ᄒᆞ여쇼져롤다리고동헌으로
드러가니쇼졔짐작고노고다려왈니그디의마음을아나니니원슈의명을슌종ᄒᆞ리니
그디ᄂᆞᆫ넘녀말고도라가라노괴디희왈그디평일은놉흔졀긔롤ᄌᆞ랑ᄒᆞ더니이졔남경
디원슈의영걸위풍이출셰ᄒᆞᆷ믈듯고셤기ᆢ롤ᄉᆞ양치아니ᄒᆞ니가이희한ᄒᆞᆫ닐이로다
ᄒᆞ고흔ᆢ낙ᆢᄒᆞ여도라가거늘연심니어두온구셕의슘어다가졔어미의도라가믈보
고즉시쇼져롤ᄂᆡ여보니고졔가낭ᄌᆞ롤디신ᄒᆞ여드러가니이ᄯᅢ원슈등촉을밝히고ᆢ
요히안져시미강쇼져의화용월ᄐᆡ로도로의유리ᄒᆞ여ᄉᆞ싱존망이묘연ᄒᆞᆷ믈싱각ᄒᆞ미
심회울ᆢᄒᆞ여안져더니연심이쇼져의디신으로드러오거늘원슈눈을드러보니일긔
녀지홍상지분을치레

26

ᄒ여시나한갓평〃혼인물이라마음의우이넉여싱각ᄒ더져런거시무삼미식이라즈
랑ᄒᄂ고ᄒ고조금도유의ᄒ미업셔울〃이탄식ᄒ다가인ᄒ여축을멸ᄒ고취침ᄒ니
라이ᄲᅥ강쇼졔연심으로디신ᄒ고침쇼의도라와신셰롤싱각고밤이맛도록탄식유쳬
왈셰상의슈상훈닐도잇도다연심의말롤드르니디원슈의셩명이뉴츙널이라ᄒ니우
리상공과동셩동명이니엇지고이치아니리오만닐뉴상공이실진디반다시월계쵼의
드러가우리집사긔롤뭇지아닐니업살지라명일연심의나오기롤기다려진위롤무러
보리라ᄒ고경〃불미ᄒ더라이튼날연심이나와제어미롤보니노괴야간ᄉ긔롤알고
디로ᄒ여연심을ᄭᅮ지져왈네어미롤속이고낭ᄌ롤디신ᄒ여원슈노야긔슈쳥ᄒ니너
의

27

평상훈용식을원슈긔드려시니무삼즁상을바드리오피런칙벌이나리이니원슈긔드
러가바른디로고ᄒ여너의방ᄌ무상훈죄롤다스리〃라ᄒ고분〃이아즁의드러가원
슈긔문안ᄒ고ᄭᅮ러고왈쇼녀의녀식이졀식미녀오지긔졀등ᄒ옵기로노야긔드려긱
회롤위로ᄒ실가ᄒ여더니졔몸이피ᄒ고다른계집으로디신ᄒ여소오니이녀롤함게
잡아다가치죄ᄒ옵쇼셔원쉬이말을드르미마음의잠간통히ᄒ여두계집을다잡아드
리라ᄒ니군시쳥녕ᄒ고급히나와연심을잡아드려계ᄒ의ᄭᅮ리고원쉬잠간우으며슈
죄왈너ᄂ무삼욕심으로남의몸을디신ᄒ기롤잘ᄒᄂ다쥭을곳의도디신갈가연심이
조금도두리ᄂ빗치업셔고왈쇼녜비록쳐기오나평싱의마음이슈졀ᄒᄂᄉ람을ᄉ모
ᄒ옵더니넌젼의쇼녀의어미쵼즁의

28

갓습다가길의셔한낫졀식미녀롤만나다려다가슈양녀로두고티슈노야긔드려금빅
을엇고ᄌᄒ되그녀지구든졀기숑쥭ᄀᆺᄒ여슌종치아니ᄒ더니근일의원슈노애슉침
ᄒ시믈보고ᄯᅩ그녀ᄌ롤노야긔드려지보롤엇고져ᄒ여쇼녀다려다리여슌종케ᄒ라

ᄒ거눌쇼녜그녀ᄌ의졀힝이ᄉ셩을쵸긔갓치녁기믈아옵ᄂ고로그녀ᄌ와의논ᄒ옵
고뎌신드러와상공을뫼셔그졀힝을온젼코져ᄒ오미니복원노야ᄂ쇼녀의방ᄌ호罪
롤용셔ᄒ옵쇼셔원슈쳥ᄑ의냥녀의쇼위롤긔특이녁여이의연심의〃긔롤표장ᄒ고
ᄯ한기녀의졀힝을탄복ᄒᄂ즁의심이밍동ᄒ여연심을갓가이불너올녀문왈네의긔
심즁ᄒ여그녀ᄌ와슈년을동거ᄒ여시면졍의골륙형졔갓흘지라반다시그셩명거쥬
롤아라시리니무어시

29

라ᄒ더뇨연심이디왈그녀ᄌ로더브러슈년을동거ᄒ여시나셩명과거쥬롤무른즉디
답이모호ᄒ여ᄌ셔이아지못ᄒ여나이다원슈고이히녁여왈너믈을말이잇시니그녀
ᄌ롤아모조록잠간불너오라ᄒ니이ᄶ강쇼졔연심의잡혀가믈보고침쇼의도라와신
셰롤싱각고한탄ᄒ믈마지아니ᄒ더니ᄯᆺ밧긔관치십여명이달녀드러강쇼져롤불너
니여원슈의명을젼ᄒ고급히가믈지쵹ᄒ거눌쇼졔망극ᄒ여지금죽고져ᄒ나무가니
희라ᄒ릴업셔관치롤ᄯᆞ라아즁의니르러머리롤슉이고계ᄒ의셔〃아모리홀쥴모르
거눌원슈쳥상의나와그녀ᄌ롤ᄌ시보니면목이익은듯ᄒ지라마음의비감ᄒ여싱각
ᄒ되이녀ᄌ의거동이쵼민의ᄌ식은아니라의상이비록남누ᄒ나연약긔질이형산미
옥이진토의뭇쳐ᄂ듯난봉갓흔

30

형상이션연쇄락ᄒ여분명호지상가부녜라원슈심하의〃혹ᄒ여공슈문왈쇼셩이드
르니낭지쳔가의유락ᄒ여관비의양녜되여이런욕을보시나뇨낭ᄌ의쇼회롤은휘치
말고셜파ᄒ시면쇼셩이히셕홀닐이잇노라쇼졔원슈의말쇼리롤드르니뉴셩의셩음
인듯ᄒ나ᄎ마면목을드러남ᄌ와디면홀길이업셔원슈의외모롤보지못ᄒ나셩음을
드른즉일분도다르미업스니심하의깃부믈이긔지못ᄒ여능히디답을못ᄒ니하회엇
지된고하회롤분셕ᄒ라
셰졍미이월일향목동셔

권7

1

뉴츙열젼권지칠죵

화셜강소제관졍의드러와원슈의말소리롤드르니분명혼ᄌ긔장뷔라마음의자연비
감ᄒ여진졍으로고ᄒ디쳡은이고을월계촌의ᄉᄂᆫ젼임승상강공의녀ᄋ오연경의젹
거혼뉴쥬부의ᄌ부러니우리부친이나의존구의젹거ᄒ믈셜원코자ᄒ여텬ᄌ긔상표
ᄒ엿더니간신의참쇼롤닙어만니졀역의원찬ᄒ시고가쇽을금오당이잡아가옵더니
나졸장한의힘을닙어길의셔도망ᄒ여쳥슈강의다〃라모친은슈즁의익ᄉᄒ시고쳡
은텬지망극ᄒ와모친을ᄯ라죽고ᄌᄒ더니맛춤녕능창뫼의촌의갓다가오ᄂᆫ길의쳡
의경상을보고구ᄒ여제집으로도라와쥬야로창누의오르라보쳐디창모의녀식연심
이극진이구호ᄒ므로지금가지완명이보젼ᄒ

2

엿더니원수의니ᄅ틋무ᄅ시ᄂᆫ욕을당ᄒ니쳡의몸이죽어도이런누롤씻지못홀가ᄒ
나이다원슈쳥파의그녀ᄌ의말숨과거동을보니분명혼자긔부인이라급히하리롤명
ᄒ여아즁니헌의조용혼곳을치오고녕니혼관비롤불너부인을뫼셔드러가라ᄒ고ᄌ
긔ᄯ한뒤흘좃ᄎ드러가쇼져로더부러셔로녜필의원슈몬져지나간일을니ᄅ며쳑연
타루왈싱이소져롤니별ᄒ고문을나도쳐의유락ᄒ다가다힝이신승을맛나지조롤비
화텬ᄌ의급ᄒ시믈구ᄒ고다시부친을뫼셔오고셔번의드러가악장을뫼셔오ᄂᆫ길의
싱의모친을즁노의셔맛나뵈와뫼시고오ᄂᆫ니소져ᄂᆫ비회롤진졍ᄒ시고악장을이곳
으로쳥ᄒ리니부녜상봉ᄒ여질거오믈다ᄒ쇼셔소제원슈의말을드ᄅ니비회교집ᄒ

여함누디

3

왈쳡의몸이쳔가의유락ᄒ여규녀의녜롤닐흘번ᄒ엿스오니군ᄌ롤뵈오미낫출쌕고
ᄌᄒ나이다언파의오열비읍ᄒ여말솜을닐우지못ᄒ니원쉬다시금위로ᄒ고하리롤
명ᄒ여승상노야롤뫼셔오라ᄒ니이쩌승상이혼ᄌ안ᄌ부인과녀ᄋ롤싱각ᄒ고비회
롤진졍치못ᄒ다가힝녁이곤ᄒ여잠을드럿더니뉴원슈의쳥ᄒᄂ쇼리롤듯고하리롤
ᄯ라아즁의드러오니뉴싱이한낫소연녀ᄌ롤다리고안잣거눌승상이의아ᄒ여무러
왈현셰무삼연고로아즁의드러와엇던녀ᄌ로병좌ᄒ여나롤쳥ᄒ나뇨원쉬흔연왈차
인이악장의이녀오니졍회롤펴소셔승상이황망이눈을드러보니과연ᄌ긔녀이라졍
신이산난ᄒ여부녜셔로붓들고통곡ᄒᆯ시승상이희허탄왈너의모친은어디가고너만
혼ᄌ살앗ᄂ냐소졔부친을붓들고통곡

4

왈부친을맛나뵈오니한이업거니와모친이익슈참ᄉᄒ시니소녜모친의뒤흘ᄯ로고
ᄌᄒ나이다승상이희허탄식ᄒ고너모과통ᄒ여심ᄉ롤상히오지말믈닐ᄅ고밧그로
나가니장부인이강소져의싱환ᄒᆯ믈듯고디희ᄒ여연망이니르러소져의옥슈롤잡고
왈셰상의우리고식ᄀᆺ치고싱흔ᄉ롬이어디잇시리오ᄒ여이즁ᄒᆯ믈친녀ᄀᆺ치ᄒ더라
ᄎ시소져다려온챵모와작쳡고ᄌᄒ던관속들을잡아드려꿀니고원쉬당상의좌졍ᄒ
고챵모롤슈죄왈너희죄상을논지ᄒ면장하의죽일거시로디소져의급ᄒ믈구흔공이
잇기로용셔ᄒ노라ᄒ고연심을불너의긔롤찬양ᄒ니소졔원슈롤향ᄒ여왈연심은쳡
의불셰은인이라평싱동거코ᄌᄒᄂ니황셩으로도라가미엇더ᄒ니잇고원쉬흔연이
허락ᄒ고연심을불너당상의안치고위

5

로왈부인이너롤다려가고ᄌᄒ나니부디조심ᄒ여뫼시라연심이황공ᄒ여빅비칭ᄉ

ᄒ더라 추시 각읍 인민이 그 쇼문을 듯고 길이 메여 구경ᄒ며 송셩이 도로의 낭ᄌᄒ더라
원쉬 호국을 항복바들 졔녜단바든 말솜과 도로의셔 모친을 맛나 다려오ᄂ 길의 녕능의
셔 강씨롤 맛나 다려오ᄂ 허다 말솜을 상젼의 쥬달ᄒᄂ 표문을 지어 막하관으로 ᄒ여금
상달ᄒ고 길일을 튁ᄒ여 장부인은 금덩의 뫼시고 강소져ᄂ 최교의 올녀 압희 셰우고 원
쉬 강승상으로 더부러 후진이 되여 승젼곡을 울니고 올나오니 긔치창검은 일월을 가리
오고 고각함셩은 텬지 진동ᄒ니 그 거동이 만고의 쳐음 닐너라 원쉬 장졸을 지촉ᄒ여 쳥
슈강의 다 // 르니 이곳은 소부인 익슈혼 곳이라 원쉬 남군을 명ᄒ여 안상의 진셰롤 닐우
고 원쉬 승상과 소져로 한가지 물가의 니르러

6

부인을 불너 아모리 통곡ᄒ들 슈즁의 죽은 혼빅이어 이더답ᄒ리오 원쉬 승상과 소져롤
위로ᄒ고 영능티슈의 긔별을 ᄒ여 졔물을 찰혀 물가의 진셜ᄒ고 원쉬 승상과 한가지로
빅의소더롤 갓쵸고 분향지비ᄒ후 졔문을 닑으니 ᄒ엿시더 유셰츠 갑ᄌ 삼월 갑오삭이
십오일 무오의더 원슈 뉴셩츙열은 근이 비박지졍으로 빙모 쇼부인 녕위의고 ᄒ옵ᄂ니
오호통지라 시운이 불힝ᄒ여 나라히 간역지신이 농권ᄒ므로 악장이 화롤 맛나샤 변시
의 원찬ᄒ시고 악모와 실인의게 가지 여화롤 당ᄒ여 도로의 유락ᄒ시다가 슈즁고혼이
되시니 엇지 통분치 아니리잇고 일시 곤궁ᄒ믈 잠간 참아더면 일월의 광휘롤 다시 맛나
녕화부귀로 일셩을 누리시리니 엇지 인닯고 원통치 아니리잇고 악

7

장과 실인은 고튁의 환귀ᄒ여 영화부귀롤 안낙ᄒ더 악모의 음녕이 돈졀ᄒ니 소셔의 마
음이 엇지 감창치 아니리잇고 역젹 졍한담과 최일더ᄂ 소셔의 숀으로 죽여 셜원ᄒ여 스
오니 아모이 혼령이 아ᄅᆞᆷ미게 시면 음 // 지즁이나 엇지 쾌치 아니ᄒ리잇ᄀ 슈셰 악모의은
덕이 하히 ᄀᆞᆺᄐ나 추셩의 갑흘 길이 업손 고로 감창ᄒ믈 니긔지 못ᄒ와 일비쳥작으로 슬
푼졍회롤 고ᄒ옵ᄂ니 복유존령은 셔긔흠향ᄒ옵쇼셔 ᄒ엿더라 닑기롤 파ᄒ미 승상과
원쉬 강슈롤 향ᄒ여 일장을 통곡ᄒ니 우름소리 앙장쳐졀ᄒ여 산쳔이 늣기ᄂ 듯ᄒ고 슬

푼눈물이뷕포광삼의어룡지니좌우의뫼신ᄉ룸이낙누아니리업더라원쉬슬푸믈억
졔ᄒ여우름을긋치고승상을권ᄒ여히위ᄒ고

8

인ᄒ여졔룰파ᄒ미비룰셰워소부인ᄉ젹을긔록ᄒ니라원쉬승상으로더부러햐쳐의
도라와밤을지니고이튼날장졸을거나려힝군홀시티부인과소져ᄂ후진이호위ᄒ게
ᄒ고원쉬디군을거나려여러날만의경ᄉ의니르니라츠셜텬지뉴츙열을가달국의보
니시고젼진승피룰몰나넴녜무궁ᄒ고싱각이간졀ᄒ샤연왕을명쵸ᄒ시니이쎠연왕
이아ᄌ룰만니타국의보니고쥬야근심ᄒ더니텬ᄌ의부르시ᄂ명을듯고조복을갓쵸
고궐니의드러가텬ᄌ긔조현ᄒ온디상이반기ᄉ슈존을쥬시고갈오ᄉ디츙열이군ᄉ
룰거나려만니타국의가더니지금가지소식이묘연ᄒ니넴녜젹지아니키로경을보고
ᄌ허미로다연왕이복지쥬왈신의ᄌ식이넌

9

소무지ᄒ오나가달을항복바다도라오리니셩상은물우ᄒ옵쇼셔신의우견의ᄂ강희
쥬룰맛날거시오신의가속도ᄎᄌ도라올가ᄒ나이다상이연왕의말슴을드르시고반
신반의ᄒ샤침식이불안ᄒ시더니뜻밧긔원슈의장계올나왓거늘밧비ᄶ혀보시니ᄒ
엿ᄉ디디원슈신뉴츙열은일장표문을셩상탑하의올니나이다신이호국의드러가달
왕을항복밧고셔번과각쳐호종이다승복ᄒ오미디군을도로혀옥문관의나아가강희
쥬룰ᄎᄌ다리고나오다가회슈강의니르러신의어미슈중익ᄉᄒ믈감창ᄒ와셜향치
졔ᄒ엿습더니다힝이ᄉ라나화림동니쳐ᄉ집의잇기로다리고오다가영능셩중의니
르러신의가속을다힝이만나ᄉ오나강희쥬의쳐소시ᄂ임의슈중익ᄉᄒ와ᄎ질

10

길이업ᄂ고로군졸을잠간쉬여상경고ᄌᄒ나이다ᄒ엿더라상이남필의연왕을도라
보샤우으시며왈경이쇠로지연의누연ᄉ셩을모로던부인을다시단합게되니이런즐

거온일이어디잇시리오ᄒ시며상ᄉ롤만히ᄒ시고틴후낭∥은승상과소져의ᄉ라도
라오믈드르시고만심환희ᄒ샤손을쏩아기다리시더니튜칠월쵸슌의원슈의도라오
ᄂ션셩이들니∥상이디열ᄒ샤빅관을거나려교외의나와마ᄌ시니만셩인민이원슈
의도라오ᄂ위의롤구경코ᄌᄒ여길이메여십니장졍의가득ᄒ더라ᄎ시뉴원쉭디쇼
장졸을거나려여러날만의경ᄉ의니르러먼니바라보니평원광야의구룸차일이놉핫
고빅모황월과쥬번보둑이일식을가리오고만조빅관과시위군졸이삼열ᄒ가온디경

11

필소릐은∥이들니거눌원슈와강승상이텬ᄌ의친님ᄒ신쥴알고장졸을명ᄒ여진셰
롤닐우고급히말긔나려어젼의츄진ᄒ여산호비무ᄒ고만셰롤부르니상이불승희열
ᄒ샤밧비원슈의숀을잡으시고위로왈짐이경을만니틱국의보니고쥬야로넘녀ᄒ여
슉식의맛슬모르더니경의표문을보니셔번가달등삼십뉵도군장을항복바다나라히
디공을셰우고강희쥬부녀롤다려오며경의모부인을희한이맛나인ᄌ의망극ᄒ졍ᄉ
롤면ᄒ니경의게도이만ᄒ경시업슬가ᄒ노라ᄒ시고친히잔을잡아권ᄒ샤텬에은근
ᄒ시니융셩ᄒ은춍이빅요의웃듬이라원쉭잔을바다마시고감누롤두리워쥬왈미신
의쳔ᄒ몸의은젼이∥러틋과도ᄒ시니여른□□숀홀가ᄒ나이다지어가달등의복종
ᄒ오믄우리셩상

12

의위덕이만방의덥히미라신의용우ᄒ혼지조로엇지셔번등을슌종케ᄒ리잇고신이∥
번힝도의어미롤차ᄌ도라옴도ᄯ한국은이라아모리셩각ᄒ여도폐하의은덕을다갑
습지못홀가ᄒ나이다상이혼연돈유왈경의말이너모과도ᄒ니짐이엇지붓그럽지아
니리오ᄒ시고ᄯ도강승상의숀을잡으시고위로왈짐이불명ᄒ여간젹의참언을신쳥ᄒ
여츙신을원방의니쳐만고풍상을격게ᄒ니무삼낫ᄎ로경을디ᄒ리오그러나경은짐
의허물을긔렴치말고짐을도와부귀롤한가지로홀가ᄒ노라승상이돈슈쥬왈이ᄂ다
텬슈로말믹암아간역이농권ᄒ미니국가의불힝이오신의운쉭불길ᄒ미니엇지홀노

폐하의불명ᄒᆞ시미리잇고상이흔연위로ᄒᆞ시고인ᄒᆞ여쥬비롤나와군신이잔을날녀
질길시이

13

씨연왕이다른햐쳐롤졍ᄒᆞ여잇다가부인의치게임ᄒᆞ미바로햐쳐의나와부뷔셔로네
필의연왕이부인을향ᄒᆞ여쳑연탄왈왕ᄉᆞ롤닐너무익ᄒᆞ나복이너모강직ᄒᆞ믈말믜암
아간역의히롤맛나만니연경의찬역ᄒᆞ고부인가지여화롤당ᄒᆞ여피츠의ᄉᆞ싱을모로
더니텬힝으로몸이무ᄉᆞᄒᆞ여부뷔산낫츠로셔로보고츙열이나라히득공ᄒᆞ여작위일
품의거ᄒᆞ여부뷔녕홰극진ᄒᆞ여우리노연부뷔무한흔힝낙을보게ᄒᆞ니부인은환란지
즁의고쵸ᄒᆞ믈싱각지마르쇼셔부인이타루왈쳡의일시화익이야기렴ᄒᆞ리잇고마는
상공이만니변시의찬역ᄒᆞ여누연고쵸ᄒᆞ시믈싱각ᄒᆞ면쳡이셰상을바려모로고즈ᄒᆞ
나임의로못ᄒᆞ고츙열을즁노의실산ᄒᆞ여ᄉᆞ싱존망을모로와쥬야비읍ᄒᆞ여쥭기만바
라

14

더니텬힝으로아즈롤맛나영화로이경ᄉᆞ의도라와상공의무ᄉᆞᄒᆞ시믈뵈오니쳡이여
한이업ᄂᆞ이다셜파의부뷔셔로왕ᄉᆞ롤닐녀셜홰탐〃ᄒᆞ더니원쉬몸을잠간쎄쳐햐쳐
의니르러공의게비례ᄒᆞ여그ᄉᆞ이존후롤뭇즙고모부인과부공이병좌ᄒᆞ여시믈보미
만심쾌락ᄒᆞ여잠간꾀셔안즈강공과강시롤ᄎᆞᄌᆞ도라오믈고ᄒᆞ여호비쥬슌의도〃ᄒᆞ
말삼이흐르는믈갓흐니연왕이아즈의영쥰흔긔상을보고두굿기믈니긔지못ᄒᆞ여등
을어로만져ᄉᆞ랑ᄒᆞ믈마지아니ᄒᆞ더라이윽고강소져와됴낭지의치게햐쳐의니르러
연왕긔현알ᄒᆞ여누연존후롤뭇ᄌᆞ오니연왕이냥인의옥안화티쵸츌ᄒᆞ여아즈의비필
이맛당ᄒᆞ믈보고심즁의더열ᄒᆞ여흔연이강소져롤집슈무익왈나의젼후화익과녕엄
의

15

환란을닐너부절업거니와현부의난ᄌ혜질노천가의유락ᄒ여창모의욕을보아시며
녕당모부인이슈즁참ᄉᄒ샤현부의죵텬지통을품게ᄒ니엇지한심치아니리오마는
녕엄상공의누연독쳐ᄒ시믈당ᄒ여는시하의봉양홀ᄌ손이현부일인쑨이라과도히
이상ᄒ여몸을상히오지말나소졔존구의말숨이당연ᄒ시믈짐작고감누롤드리워슌
∥슈명ᄒ고잠간뫼셔더니ᄎ시티후낭∥이쏘한동가ᄒ사햐쳐롤싼로졍ᄒ시고강승
상과쇼져롤부르시니승상이연망이소져롤불너낭∥의햐쳐의나아가지비현알ᄒ고
고두복지ᄒ여쳬읍고왈국운이불힝ᄒ와간역이작난ᄒ와낭∥셩쳬만니호국의유락
ᄒ샤망극흔욕을당ᄒ시여시니신의죄더욱깁도쇼이다낭∥이승상의숀을잡으시고
엄읍유쳬

16

왈짐이하마ᄒ더면현질을보지못ᄒ고호지원혼이될번ᄒ엿더니뉴츙열의관일흔츙
셩으로용녁을분발ᄒ여필마단창으로만니타국의드러와짐의쥭을목슘을구ᄒ여고
국의환귀ᄒ여심궁의편히잇셔힝낙이무흠ᄒ나현질의ᄉ싱을몰나쥬야슬허ᄒ더니
금일현질의부녜도라오믈보나질부눈임의슈즁참ᄉᄒ여시니엇지슬푸지아니리오
ᄒ시고소져롤나오혀집슈무이왈너의화용월티로쳔가의유락ᄒ여하마ᄒ더면욕을
당홀번ᄒ여시니이논도시너의집운쉬라누롤한ᄒ리오ᄒ시고묘낭ᄌ롤갓가이불너
승상을구흔의긔롤찬양ᄒ시고인ᄒ여일식이느자미상이티후롤뫼셔환궁ᄒ실시원
쉬티군을거나려션진이되여승젼곡을울니고텬ᄌ와티후롤뫼셔장안으로드러오니
만셩인

17

민이거리의가득ᄒ여뉴원슈의승젼홈과부모롤차지며강소져롤다시단합ᄒ믈찬양
ᄒ여송셩이도로의니어더라원쉬텬ᄌ롤뫼셔드러와궐즁의드ᄅ시믈보고비로쇼퇴
ᄒ여연왕을뫼셔부즁의도라오니장부인과강소졔몬져드러와졍당을슈리ᄒ고공의

부지도라오기롤기다리다가연왕이츙열을다리고드러오믈보고밧비마즈좌정ᄒ미
시비셕반을올니거눌연왕이부인으로병좌ᄒ여ᄋ즈부∥롤압희안치고한가지로나
와진식혼후밤이깁도록담화타가계셩이악∥ᄒ믈보고아즈부∥롤믈너가라ᄒ고부
인과한가지로졍당의셔취침ᄒ니라이튼날텬지황극뎐의뎐좌ᄒ시고만조문무의진
하롤바드신후셔번가달등ᄉ신을불너드려표문과녜폐롤바드시고녜부의젼지ᄒ여
어찬을니

<h2 style="text-align:center">18</h2>

리와먹이시고각기화셔롤쥬어보니시고옥관도ᄉ롤잡ᄋ드려계하의ꞑ니고여셩슈
죄왈네한담다려닐오디셩즁의영웅이잇시니바려두면후환이잇시리라ᄒ여부디츙
열을잡아쥭이려ᄒ더니도로혀조고만츙열의손의잡히여쥭게되여시니텬되엇지무
심ᄒ리오네스스로도법이놉다ᄒ고몹쓸역젹을도아텬하롤어지러이더니텬의엇지
무심ᄒ리오도시복지쥬왈소되텬시롤모로고한담을도아불괴롤뫼ᄒ여시나우흐로
셩상과아리로츙열의부지ᄉ망지화롤당ᄒ지아니ᄒ얏ᄉ오니신의잔명을용셔ᄒ시
믈바라나이다상이디로ᄒ샤무ᄉ롤호령ᄒ여장안시상의참ᄒ라ᄒ시고원슈의공을
싱각ᄒ샤연왕은다만별궁을ᄉ급ᄒ샤조용이힁낙ᄒ게ᄒ시고원슈로남평왕을봉

<h2 style="text-align:center">19</h2>

ᄒ시고디ᄉ마디장군디승상을ᄒ이샤경ᄉ의거ᄒ여국졍을다스리게ᄒ시고본국의디
소ᄉ논그나라디신으로다스리게ᄒ시고장부인으로졍슉부인겸인셩왕후롤봉ᄒ샤직
쳡을나리오시고시녀삼빅을ᄉ급ᄒ샤봉황궁의거쳐ᄒ게ᄒ시고화림동니쳐ᄉ로간의
디부니부상셔롤ᄒ이시고금부나졸장한으로병ᄆ도총독을ᄒ이시고녕능관비의쏠연
심으로남평왕의긔실부인직쳡을쥬시고나믄졔장은ᄎ례로벼술을도∥시니라이쩌강
승상을구ᄒ던낭즈는다른ᄉ롬이아니라원슈호국의드러가실쩌의빅발노인이쳥의롤
다리고원슈의마두의니르러쥬육을드리고츅슈ᄒ던노인의쏠이라원쉬텬즈긔알외여
졔오라비로거긔장군을비ᄒ고상ᄉ롤만히ᄒ샤부녜상봉케ᄒ시니라

20

이의봉작ᄒ시기를다ᄒ미원슈탑젼의업디여자긔봉작이과람ᄒᄆᆯ쥬ᄒ디상이종불
윤ᄒ시니연왕부지홀일업셔탑젼의하직고집의도라오니부인이원슈다려됴낭ᄌ의
거쳐를뭇거놀원슈고왈됴낭지부모를ᄎᄌ동셩문밋히갓나이다부인이됴시ᄶᅥ나믈
홀연ᄒ더라ᄎ시강승상이됴낭ᄌ의은공을갑고ᄌᄒ여졔오라비를불너ᄌ긔의양녀
로졍ᄒᄆᆯ니르고다려ᄃ가무휼ᄒ며텬지긔쥬ᄒ디됴낭ᄌ로남평왕의직실노ᄉ혼ᄒ
시믈쥬ᄒ니상이흔연이허락ᄒ시고티후낭〃이디희ᄒ샤ᄉ지상궁을보니여됴낭ᄌ
를불너오라ᄒ시니상궁이됴인티집의니르러낭〃하교를젼훈디인티황공ᄒ여상궁
을관디ᄒ고일승교ᄌ를니여됴시를티여상궁이압녕ᄒ여궐니의드러와니젼의니르
니됴시계하의업디

21

여낭〃긔ᄉ비ᄒ고만셰를부ᄅ니낭〃이됴시의용모를보시미옥안화티소담가려ᄒ
여일디가인되믈ᄉ양치아닐지라이의갓가이불너뎐상의안치시고강승상구훈은혜
를표장ᄒ시고낭〃이친히강승상의양녀를봉ᄒ시며남평왕의후비로친영ᄒ라ᄒ시
고궁문호위거긔장군됴인티로병부상셔춍용디장을겸ᄒ여일영병권을쥬시고은춍
이날노더ᄒ시니이런영광은쳔고의쳐음이러라이ᄶᅥᆫ춘삼월망간이라만산쵸목이
시졀을맛나빅홰만발ᄒ여봄빗츨자랑ᄒ고계변의양유ᄂᆫ쳔만ᄉ를드리오고황금ᄀᆺ
흔ᄭᅬ고리ᄂᆫ이리져리왕니ᄒ니강산쵸목이모도다춘광이라상하평젼의농부들은티
평셰계를다시맛나강구연월의격양가를노릭ᄒ니함포고복ᄒᄂᆫ쇼릭곳〃이화답ᄒ
여군민동낙노릭ᄒ

22

여질기〃를마지아니터라ᄎ시만셰황애황극뎐상의티평연을비셜ᄒ여군신이즐기
실시티후낭〃이ᄯᅩ한니뎐의잔치를비셜ᄒ시고황친국쳑과공후경상의부인을됴현
케ᄒ여니외군신이한가지로즐기시니이런셩연이본바쳐음이러라텬지삼일을질기

신후파연ᄒ시니날이어둡게야남평왕이연왕을뫼셔궁으로도라오니라이튼날조회
롤여르시고만조빅관의진하롤바드신후텬하의힝관ᄒ여각도각읍의죄인을방숑ᄒ
고빅셩의부셰롤덜고농ᄉ롤권장ᄒ니시졀이티평ᄒ고빅셩이낙업ᄒ니요슌지치나
다ᄅ미업더라홍진비리ᄂ인지상시라연왕의나히팔십의니ᄅ고강승상은나히구십
이라냥공이고당의언와ᄒ여ᄌ손의영화롤무슈히즐기더

23

니티후낭∥이홀연이불평ᄒ샤슈일만의붕ᄒ시니텬ᄌ의망극이통ᄒ시믄니ᄅ도말
고강승상과연왕의부지비통ᄒ미친상을당ᄒ나다ᄅ미업ᄂ지라그즁의강승상이더
옥이통ᄒ여긔력이감쇠ᄒ여상셕의이지못ᄒ더니인ᄒ여니어졸ᄒ니시연이구십일
셰라강부인이발상거이ᄒ여쥬야로호극ᄒ믈긋치지아니∥방인이감탄치아니리업
더라이의셩복을당ᄒ미부인의삼ᄌ로승상의후ᄉ롤잇게ᄒ고상녜롤다ᄉ려장일을
퇴ᄒ여영구롤뫼셔녕능월계촌의니ᄅ러션영의안장ᄒ고남평왕의부뷔상녜롤극진
이다ᄉ리니라이러구로평왕의원비강부인이삼ᄌ일녀롤두고좌부인됴시ᄂᄉᄌ일
녀롤싱ᄒ고후궁니시ᄂ삼ᄌ사녀롤싱ᄒ니기∥히부풍모습ᄒ

24

여아들은옥슈긔린ᄀ고ᄯ롤은텬상옥녀ᄀᄒ여하나토비범혼지업ᄂ지라강부인의장
ᄌ로셰ᄌ롤봉ᄒ여남평왕의뒤롤잇게ᄒ고그나믄아들은다나라히닙신ᄒ여벼술이
경상의니ᄅ러셩권이융∥ᄒ더라셰월이여류ᄒ여연왕의연긔구십의니ᄅ니텬지연
왕의슈복을아롬다이녁기ᄉ남평왕의게젼지ᄒ여잔치롤나리시고찬션과악공을ᄉ
급ᄒ시고딕신을보니여연왕의게헌슈ᄒ시니남평이감ᄉᄒ여믈녀와부인과아ᄌ롤
더ᄒ여상교롤니ᄅ고잔치롤시작훌시텬하열읍군현이연왕의슈연을텬지ᄉ숑ᄒ시
믈듯고각기소산지물을일시의진공ᄒ니남평왕이열의하나흘밧고아홉을퇴ᄒ나이
로칭양치못훌녀라당일의니ᄅ러니외당ᄉ롤널니고빈긱을마질시만조공경이텬ᄌ
의ᄉ혼

25

ᄒ시믈만흘치못ᄒ여일시의모도히니광활ᄒ당시터질듯ᄒ지라남평왕이금관면류
로홍포롤가ᄒ고부공연왕을쥬벽의뫼시고졔긱을거나려빈긱을마ᄌ동셔로분좌ᄒ
고비반을나오며풍악을진쥬ᄒ여즐기니니연이쏘한셩비혼지라강부인이됴부인과
니시로더부러팀부인을뫼셔쥬벽의좌ᄒ여공경열후부인을마ᄌ좌롤졍ᄒ고비반을
나와즐기더니날이반오의니ᄅ러문젼이드레며즁시셩지롤밧드러니르니연왕부ᄌ
와만조공경이일시의당의나려마ᄌ올녀피츠녜필의쥬비롤나와즐기더니남평왕이
고왈일식이느져시니니헌의드러가ᄉ녜롤바드시미조흘가ᄒ나이다연왕이그러히
너겨니러나니ᄌ손이좌우로부촉ᄒ여니당의드러가니니긱은일시의장니로피

26

ᄒ거눌연왕이부인과한가지로쥬벽의병좌ᄒ니즁시드러와황명을젼ᄒ고이원풍악
을진쥬ᄒ며잉무비의포도쥬롤가득부어연왕부〃긔드리고믈녀지비ᄒ니왕의부뷔
쏘히업디여잔을밧고몸을니러북궐을향ᄒ여지비ᄉ은ᄒ고즁ᄉ롤향ᄒ여답비ᄒ니
즁시헌작ᄒ기롤맛츠미외당으로나가거눌남평왕이홍포금관의면류롤드리고원비
강시와츠비됴시로더부러엇기롤갈와빅옥비롤밧드러드리고믈너나지비ᄒ고츅슈
가롤부르니셩음이쳥건ᄒ여구쇼의ᄉ못더라이의믈너나미남평왕의졔지각기부인
으로더부러헌슈ᄒ기롤맛츠미연왕이희열ᄒ빗치빅발홍안의무로녹아졔손의게붓
들녀외당의나와쥬비롤나와졔빈으로즐기더라일식이셔흐로기울미파연곡을쥬ᄒ
니졔긱이각

27

산기가ᄒ고연왕이디취ᄒ여졔손의게붓들녀니당의드러와부인과담화ᄒ여밤이깁
흔후의침셕의누으니남평왕이졔ᄌ롤거나려외당의나와슉침ᄒ고이튼날조회의드
러가텬ᄌ긔ᄉ은ᄒ니라이러구로연왕의나히빅셰의니르러는비록긔력이강건ᄒ나
텬명이며지아니믈짐작ᄒ고남평왕과졔손을불너좌우의안치고왕의손을잡고왈니

나히빅셰가되여시니무어시부족ᄒ리오젼ᄉᆞ롤싱각ᄒ니명텬이도ᄋᆞ샤너의힘으로
국가롤회복ᄒ고텬ᄌᆞ롤평안ᄒ시게ᄒ니엇지다ᄒᆡᆼ치아니리오텬은이융셩ᄒ샤나의
몸이왕작의거ᄒ고네ᄯᅩ한일국왕위롤누리고계손이뉵경의오유ᄒ니여른복이손ᄒᆞᆯ
가두리ᄂᆞᆫ비라이졔텬명이다ᄒ여도라갈길을당ᄒ니너롤불너니ᄅ 느니부디진츙ᄒ
여군상을놉고계손을무익ᄒ

28

여기리텬녹을맛치라ᄯᅩ강부인과됴부인을도라보아왈현부등은ᄌᆞ녀롤거나려영화
롤누리고친쳑을화목ᄒ여가퇴을평안이ᄒ라ᄒ고유언을맛츠미좌우롤명ᄒ여향탕
을가져오라ᄒ여연왕부뷔목욕을졍히ᄒ고상〃의누으며인ᄒ여졸ᄒ니왕의침실의
향운이자옥ᄒ더라남평왕의부뷔피발돈족ᄒ여쥬야로이통ᄒ니계지붓들고권유ᄒ
나왕의부뷔비통을엇지억졔ᄒ리오이러구로연왕의흉□이북궐의들니〃텬지참연
비창ᄒ샤디신을보닉샤왕의녕위의치졔ᄒ시고시호롤문졍공이라ᄒ고부의롤둣터
이ᄒ시니라이러구로장일이다〃라미션산의안장ᄒᆞᆯ시텬지연왕의장일이갓가오믈
드르시고친히연왕궁의힝〃ᄒ시니남평왕이최복을ᄡᅳ을고문외의복지ᄒ여셩가롤
마ᄌ미텬

29

지친히남왕의손을잡으시고빈소의친림ᄒ샤일장을통곡ᄒ시고다시남왕을조문ᄒ
샤텬에은근ᄒ시고만단위로ᄒ시니남왕이황공감은ᄒ여밧비환궁ᄒ시믈쥬ᄒᄃᆡ샹
이면유ᄒ샤왈부디샹녜롤존졀ᄒ여몸을샹히오지말나ᄒ시고인ᄒ여환궁ᄒ시니남
왕이문외의나와텬ᄌᆞ롤비별ᄒ고영구롤뫼셔션영의안장ᄒ고삼연을묘칙의거ᄒ여
ᄉ시곡읍을폐치아냐효셩이극진터니인ᄒ여왕의삼긔롤맛츠미샹이쥬ᄉ롤보닉여
남왕을위문ᄒ시고밧비죠현ᄒ믈지쵹ᄒ시니남왕이홀일업셔녜복을갓쵸고텬궐의
ᄉ은ᄒ온ᄃᆡ샹이반기ᄉ어슈로왕의손을잡으시고위로권면ᄒ시고국ᄉ롤다시맛기
시니샹툥이융〃ᄒᄒ고만민이시로이즐기더라이후로남왕이무험이힝낙ᄒ여셰월

을보닐시일〃은만조빅관을모하

30

후원빅화당의연셕을비셜ᄒ여질길시교방미녀롤불너검무롤식이며현금을희롱ᄒ
니금셩이청열ᄒ여스롬의질기믈돕눈지라종일질기다가셕양의파연ᄒ니졔신이각
귀기가ᄒ니라왕이셰ᄌ의게젼위ᄒ여졍스롤다스리게ᄒ고차〃자라눈ᄌ녀롤남혼
녀취ᄒ여니외졔손이만당ᄒ니옛날곽분양의빅ᄌ쳔손을불워ᄒ리오남평왕은텬지
롤뫼셔쥬야로국졍을다스려텬하만민의닐희조곰도원통ᄒ미업게ᄒ니국셰날노강
셩ᄒ고빅셩이낙업ᄒ여산무도젹ᄒ고야불폐문ᄒ여교홰티힝ᄒ니남만졔국이왕의
위엄을두려죠공을여일이ᄒ니상이디열ᄒ샤왕을도라보샤왈경의츙셩이아니면만
이롤빈복ᄒ미엇지이러틋ᄒ리오ᄒ시니왕이복지왈이눈다폐하의홍복이오니엇지
신의공

31

이리잇고ᄒ니만조빅관이일시의만셰롤불너질기더라남평왕이별궁의도라와날마
다삼부인으로더부러동낙ᄒ며즐기니그ᄌ손이왕의풍도롤니어나라흘갈츙진력ᄒ
여셤기며집의도라오면효셩으로부모롤셤겨증ᄌ왕상을효칙ᄒ니남왕부ᄌ의효셩
이일국의진동ᄒ더라이쩌텬지츈취놉흐신지라남평왕과공경디신을모화의논ᄒ시
고티ᄌ의게젼위ᄒ여호롤명현황뎨라칭ᄒ고빅관의진하롤바드시니라이후로남왕
이한가히별궁의드러삼부인으로더부러질기고ᄌ손영효롤바다나히구십의니르러
홀연득질ᄒ여삼부인과왕이일시의졸ᄒ니자손이부모의상스롤일시의맛나미이통
ᄒ미비길디업눈지라텬지왕의졸ᄒ믈드르시고슬허ᄒ샤친히빙쇼의니라러통곡치
졔

32

ᄒ시니만셩인민이ᄯ한슬허ᄒ여일시의별궁의모다망곡ᄒ더라자손이왕의영구롤

뫼셔길지의안장ᄒ고능호롤영능이라ᄒ고삼연쵸토롤극진이지너니라그후로남왕
의ᄌ손이디∥로명조의ᄉ환ᄒ여부귀극진ᄒ니이논도시남평왕의공덕이라이말이
신긔ᄒ기로디강긔록ᄒ여후셰의젼ᄒ노라
셰임인십일월일향목동셔죵

뎡비젼 원문

권1

1

뎡비젼권지일

당명황시졀의형쥐셜학촌의한지상이∥시니셩은뎡이오명은유오즈는자범이니더∥로명문거족이오교목셰가라일작이텬문의올나벼술이좌각노의니로니공의위인이인즈공검ᄒ고강명졍직ᄒ니상춍이융셩ᄒ고조애흠앙ᄒ더라사즁의부인니시ᄂ니부상셔문한의녀니니부인이난자혜질노슉녀지풍이가작ᄒ고로공이공경즁디ᄒ여동쥬슈십년의은의심즁ᄒ나다만슬하의일졈혈육이업ᄉ니공이미양미우의슈식이가득ᄒ더니일∥은부인이공을디ᄒ여왈쳡이존문의닙승ᄒ지슈십년의상공의후디ᄒ믈감ᄉᄒ나다만쳡의팔지긔험ᄒ여지금가지농장지경이업ᄉ니이ᄂ다쳡의죄라상공은맛당이고문디가의요조슉녀를광구ᄒ여지취ᄒ샤일긔긔남자를어더조션향화를밧들미맛당홀가ᄒ나이다각뇌우어왈부인말삼이과도ᄒ도다즈녜션∥

2

치못ᄒᄆᆫ복의팔지라엇지부인의허물이되리오부인이지삼겸양ᄒ여왈고인도산쳔의긔도ᄒ여귀자를어든일이닛ᄉ오니쳡의싱각의ᄂᆫ명산의긔도ᄒ미조흘가ᄒ나이다공이졈두왈부인말삼이유리트ᄒ고이의길일을틱ᄒ여부∥냥인이목욕지계ᄒ고칠일긔도ᄒᆫ후집의도라온지슈일의공이셔당의누엇더니홀연일위션녜하날노좃차나려와공을향ᄒ여지비ᄒ거늘공이눈을(2.앞)드러보니얼골이도화갓고몸의치의를닙고허리의말만ᄒ금닌을ᄎᆞ고머리의치봉운화관을쓰고두엇긔의일월을붓쳐시며숀의창검을쥐엿거늘공이놀나문왈부인은누고시뇨그션녜디왈쳡은텬상옥녀옵

더니더인슬하의뫼시라왓시니어엿비너기쇼셔ᄒᆞ고공의게안기거늘공이놀나ᄶᅵ다
ᄅᆞ니남가일몽이라이의닌당의드러가부인을디ᄒᆞ여몽ᄉᆞ롤젼ᄒᆞ니부인이자긔몽ᄉᆞ
와갓흐믈신긔히너겨심히깃거

3

ᄒᆞ더니그달붓터티긔닛셔십삭이되믹일〃은부인이신긔불평ᄒᆞ여상셕의누엇더니
오싁구름이집을두로고향ᄎᆔ진동ᄒᆞ더니부인이복통이급ᄒᆞ며일긔옥녀롤싱ᄒᆞ니숀
가온디글자롤삭여시디티평셩모라ᄒᆞ엿거늘공의부뷔신긔히너겨일홈을셩뫼라ᄒᆞ
다뎡쇼졔졈〃자라칠셰의니르러ᄂᆞᆫ시셔롤능통ᄒᆞ고긔질이비상ᄒᆞ여진짓뇨조가인
이라공의부뷔더옥ᄉᆞ랑ᄒᆞ더니그날밤의공이일몽을어드니무슈ᄒᆞᆫ귀졸이문밧긔셔
닐오디옥녀셩이ᄂᆞ림ᄒᆞ여시니우리등이믈너가지아니ᄒᆞ면디화롤당ᄒᆞᆯ거시니ᄲᆞᆯ니
가리라ᄒᆞ고다허여져가거늘공이놀나ᄶᅵ여부인다려몽ᄉᆞ롤닐오고심하의녀이범인
이아니믈짐작ᄒᆞ엿더니슬푸다홍진비리ᄂᆞᆫ자고상시라부인이홀연득병ᄒᆞ여ᄇᆡᆨ약이
무효ᄒᆞ여인ᄒᆞ여셰상을바리니소져의이통홈과강노의슬허ᄒᆞ미비길디업더라공이
길일을틱ᄒᆞ

4

여션영하의안장ᄒᆞ고가즁디쇼ᄉᆞ를소졔친집ᄒᆞ여비복등을인의로다스리니각뇌더옥
ᄉᆞ랑ᄒᆞ미즁ᄒᆞ더라소졔ᄉᆞᆷ시곡읍의비통이참〃ᄒᆞ나ᄉᆞ사로심ᄉᆞ롤위로ᄒᆞ여공을지효
로밧들고밤이면숀오병셔와뉵도삼약을공부ᄒᆞ며월하의말틱기와활쑈기롤공부ᄒᆞ니
각뇌소져다려왈녀자의되침션여가의열녀젼효힝녹을공부ᄒᆞᆷ맛당ᄒᆞ거니와뉵도삼
약과무예롤익희믄남자의홀비어늘네엇지힝코자ᄒᆞᄂᆞ뇨소졔디왈진나라사목이란ᄉᆞ
롬은비록녀자로디젼장의나아가융적을쇼멸ᄒᆞ고공후의일홈을쳔츄의유젼ᄒᆞ디후인
이그릇다아니ᄒᆞ엿ᄂᆞ니쇼녜지금의골육형뎨업ᄉᆞ니부모의뒤흘누가보리닛고원컨디
〃인은쇼녀의힝ᄉᆞ롤과칙지마르쇼셔공이녀아의마음이쳘셕갓흐믈보고홀일업셔녀
아의거동만보더라ᄎᆞᆺ시양귀비의뎨남양경이텬자긔득춍ᄒᆞ여교만방

5

자ㅎ여가마니빅셩을잔히ㅎ고조졍을희롱ㅎ니만고의쇼인이라뎡쇼져의향명을듯
고음욕을참지못ㅎ여미파롤보닉여공긔쳥혼ㅎ니공이분연왈닉엇지양졍격자와연
혼ㅎ리오ㅎ고미파롤쑤지져물니치니미픠도라와연유롤고혼디양경이디로왈닉맛
당이뎡유롤음희ㅎ여졔스사로쳥혼ㅎ게ㅎ리라ㅎ더라이젹의운남교지국이반ㅎ여
텬조롤침범혼다ㅎ거눌텬지디경ㅎ샤만조문무롤모하방비ㅎ믈의논ㅎ시니니부샹
셔양경이츌반쥬왈승샹뎡위지모지략이과인ㅎ오니츠인으로도젹을막으미맛당홀
가ㅎ나이다샹이죵기언ㅎ샤뎡각노롤갓가이부ᄅ샤돈유왈경이능히교지국을파ㅎ
여짐의근심을덜미엇더ㅎ뇨각뇌쥬왈신이비록무지ㅎ오나도젹을파ㅎ고긔가롤불
너도라오리이다샹이디열ㅎ샤즉시뎡유롤비ㅎ여졍남디원슈롤ㅎ이시고졍병십만
을조발ㅎ

6

여쥬시니뎡공이ᄉ은ㅎ고잠간집의도라와쇼져롤집슈왈닉황명을바다운남의츌젼하
미회한긔약이막연ㅎ니너의고॥일신이뉘게의탁ㅎ리오소졔화연위로왈디인은염여
치마로소셔소녜비록지식이쳔단ㅎ오나스사로방신지칙이॥ᄉ오니슈히파젹환귀ㅎ
시면아히맛당이우음을먹음어디인환거롤마자리이다공이쇼져의말을긔특이너겨옥
슈롤어로만져슈히쩌나지못ㅎ니소졔일식이느지믈알외니공이드듸여몸을일믹쇼졔
계하의나려지비하직ㅎ니라츠시공이비회롤겨유참아문의나고즈ㅎ더니믄득양경의
게셔미픠니ᄅ러다시쳥혼왈샹공이만니젼장의츌젼ㅎ시나공의귀쳬로써엇지코즈ㅎ
시ᄂ닛고만일위험지॥의가시미가ᄉ의민망ㅎ시면쇼싱이맛당이텬즈긔알외여ᄐ인
으로디힝홀거시니승샹은혼사롤허ㅎ쇼셔원슈디로왈츠젹이엇지

7

이러틋방즈ㅎ뇨신지되여쳬모롤모로고국법을희롱ㅎ니가히통분혼일이로다ㅎ고
미파롤구축ㅎ고힝거롤도로혀교장의나아가장졸을졈고ㅎ여즉일발힝ㅎ니라츠시

쇼제부친을비별ㅎ고비회롤니긔지못ㅎ다가믄득일계롤싱각ㅎ고노복을불너가마
니계교롤가르치더여등이외인의게반포ㅎ더우리소제독질을어더홀연기세ㅎ시민
우리등이변집을직희여의식이곤핍ㅎ고로외스롤여러시민의게셰쥬노라ㅎ라ㅎ고
다시남녀노복을분부ㅎ여상복을갓쵸고발상거이ㅎ니곡셩이너외의진동ㅎ더라소
제가마니심복시녀옥쇼이랑과유랑을다리고후원화츈당의드러가몸을감쵸고후원
문을잠가외인을통치아니케ㅎ엿더니과연슈일이못ㅎ여양경이졔아들을다리고뎡
부근쳐의니르러보니문젼이요란ㅎ여시졍이즐비ㅎ거놀뎡부노자롤불너무로니노
복

8

의말이소제기세ㅎ시고집이븨엿눈고로시민을드려ㄴ이다양경이고희너겨싱각ㅎ
더뎡시필연거즛죽은체ㅎ여날을속이미라ㅎ고좌우롤호령ㅎ여중문을어긔고너실
노쎄쳐드러가니과연쳥상의거믄관과붉근명졍이쳐량ㅎ고남녀노복의곡셩이진동
ㅎ눈지라양경이ㄲ롤보미과연쥭을시격실ㅎ거놀비감ㅎ믈니긔지못ㅎ여시비롤불
너왈너의쇼졔어너날별세ㅎ시뇨시비등이울며고왈승상노애니가ㅎ신후의우리소
졔잇통ㅎ시더니홀연독질을어드샤불시의별세ㅎ시니이다양경이홀일업셔집으로
도라가니라이후로쇼졔은신ㅎ여시니황연이변집의슈삼비지의지ㅎ엿눈지라슬푼
심시울ㄲㅎ여양경을권ㅎ여신세롤자탄ㅎ더라츳시황틴지슈삼환시롤다리고밤이
깁흔후민간을구경ㅎ샤가마니궐문을나뎡부근쳐의니르러환시다려문왈이장원이
뉘집

9

이뇨환시쥬왈승상뎡유의집이니이다틴지뎡공의집이장녀ㅎ믈보시고후원의드러
가샤심슈훈경치롤두로구경ㅎ시더니믄득바롬결의쳥하훈독셔셩이들너거놀고희
너겨환자롤믈니치고틴지홀노비회ㅎ더니홀연한쩨홍운이니러나몸을둘너쳡ㄲ훈
장원을졀노너머가쵸당압히노희거놀심중의신긔ㅎ여좌우롤살펴보니스오간쵸당

이정결ᄒ고방즁의일위미쇼졔쵹하의단좌ᄒ여뉵도삼약을닑으니옥셩이쳥아ᄒ고
긔질이졍슉ᄒ며퇴되요라ᄒ니진짓졀더가인이라퇴지심즁의싱각ᄒ더뉵도병셔는
장부의ᄉ업이어늘ᄎ녀의거동이아녀자의잔미ᄒᆫ퇴되젼혀업고요∥작∥호즁의강
밍ᄒᆫ미남ᄌ의긔상을겸ᄒ여시니가히긔특ᄒ도다ᄒ고도라가기를닛고그거동을보
더니쇼졔병셔를믈니치고츄연탄왈나의팔지긔박ᄒ여모친을여희

10

고야∥롤뫼셔셰월을보니더니죄악이미진ᄒ여간인의희롤닙어디인이원지의츌젼
ᄒ시니쇠로지년의승픠롤엇지긔필ᄒ리오디인의구로지은을싱각ᄒ면양가젹츄의
원한을어니쩨의셜ᄒ리오니일은맛당이관음ᄉ의가부친을위ᄒ여긔도ᄒ리라ᄒ고
시비롤불너향쵹을가져오라ᄒ며슬푸믈참지못ᄒ여은∥이쳬읍ᄒ니그인원ᄒᆫ거동
이쎠가녹는듯ᄒ지라퇴지싱각ᄒ디이는반다시뎡유의녀아로쇼니니맛당이퇴자비
롤졍ᄒ리니다시져녀자의덕힝을시험ᄒ여슉녀지풍이닛시믈안후의황상긔쥬ᄒ여
퇴ᄌ비롤졍ᄒ리라ᄒ고즉시도라와밤을지너니라명일뎡쇼졔슈삼시비롤거나려관
음ᄉ로힝홀시ᄎ시퇴지심복궁인을명ᄒ여뎡쇼져의힝지롤탐지ᄒᆫ후자긔도녀복을
기착ᄒ고슈삼시비롤다리고뎡쇼져의뒤흘ᄯ라관음ᄉ로향ᄒ니뉘능히퇴ᄌ의진가
롤분변ᄒ리오ᄎ시뎡쇼졔관음원의니ᄅ니모든니괴산문의나와

11

합장왈소니등이소져의니림ᄒ시믈모ᄅ고먼니맛지못ᄒ엿ᄉ오니죄롤용셔ᄒ소셔
쇼졔숀샤왈쳡의부친이원지의츌ᄉᄒ시믹젼진승픠롤근심ᄒ여부쳐긔졍셩을드리
고ᄌᄒ여귀원의니ᄅ러시니원컨디션ᄉ는불젼의인도ᄒ라졔승이소져롤마자디웅
뎐의드러가니쇼졔나아가공경비례ᄒ고부친의무ᄉ셩공ᄒ샤슈히환가ᄒ시믈암츅
ᄒᆫ후모든니고로더부러방장의도라오더니믄득사오시비한낫화교롤옹위ᄒ여불졍
의니ᄅ오니졔승이일시의마자뎐의오ᄅ믹그쇼졔화장셩식을졍히ᄒ고ᄯ한부쳐긔비
례ᄒ고뎡쇼져와한가지로방장의도라와셔로녜필의그쇼졔뎡쇼져롤향ᄒ여왈어니

뎍귀소져시완디무삼일노스즁의니르러계시뇨뎡쇼졔눈을드러보니그녀진년긔눈
이칠의넘지못ᄒ여시디용뫼쌔혀나고지긔상낭ᄒ여한낫졀식미쇼져라심즁의흠경
ᄒ여거슈칭스왈쳡은뎡각노의일녀로부공

12

이원방의츌졍ᄒ시민젼진을근심ᄒ여불젼의긔도코자왓거니와소져의거쥬롤듯고
ᄌᄒ나이다그쇼졔티왈쳡은동화문안의거ᄒ니상셔의녀이라부친이안찰스로원지
의나가시고가즁을쥬장ᄒ올지업눈지라부공을염여ᄒ여불젼의공양코ᄌ왓더니귀쇼
져의힝거롤맛나니쳡의졍셰와방불ᄒ니피ᄎ의심곡을여졍회롤베풀미엇더ᄒ뇨언
파의눈을드러소져롤보니비록단장을아니ᄒ여시나옥면화안의빅티구비ᄒ니진실
노요조가인이라심하의디열ᄒ여소져의옥슈롤잡고츄연왈쳡의팔자도긔박ᄒ여모
친을여희고부친을만니의니별ᄒ엿더니소져도쳡의소회와갓도다언파의졈〃갓가
이안자졍회롤베풀며쇼안이미〃ᄒ여희식이만안ᄒ나뎡쇼져눈조금도질거오미업
셔안식이닝낙ᄒ더니이러므로황혼이되민두쇼졔각〃셕식을파ᄒ고라

13

복을졍졔ᄒ고불젼의나아가비축홀시니소졔몬져비례ᄒ고가마니비러왈만일뎡쇼
져롤이싱의비필이되리라ᄒ시거든금젼이졀노쩌러져반즁의노희쇼셔ᄒ고빌기롤
맛츠민과연금젼이공즁의올나다가반즁의쩌러지거눌니티지다시금젼을더지고암
축왈지금황상이슌자롤위ᄒ스양시로간틱을졍코자ᄒ시니만일양시롤퇴할슈어든
금젼이스사로반밧게나려지게ᄒ쇼셔ᄒ고빌기롤맛츠민금젼이과연반밧긔나려지
눈지라티지마음의심히깃거ᄒ더니뎡쇼졔ᄯ불젼의비축왈부친이젼진의셩공ᄒ고
반스ᄒ실슈어든금젼이스사로반즁의ᄂ려지쇼셔ᄒ고금젼을더지니금젼이반밧긔
쩌러지눈지라다시지비독축왈쇼쳡이몸이녀자로셔어려셔부터병셔롤공부ᄒ엿스
오니부친을도와젼장의가디공을닐우리라ᄒ거든금젼이반즁의쩌러지쇼셔ᄒ고빌
기롤

14

맛츠미금젼이과연반즁의나려지는지라소졔일변깃거ᄒᆞ며다시비츅왈일후의다시
험ᄒᆞᆫ일이업고심즁의먹은마음ᄃᆡ로되리라ᄒᆞ거든금젼이반즁의나려지쇼셔ᄒᆞ고쏘
더지니금젼이낫〃치훗터지며반즁의나려지거늘일희일비ᄒᆞ여왈너나오니라ᄐᆡ지
왈소져의츅원ᄒᆞᆫ길흉이엇더ᄒᆞ니닛고뎡쇼졔ᄃᆡ왈길흉이상반ᄒᆞ니이다ᄐᆡ지ᄃᆞ시위
로왈소져의명박ᄒᆞ미도시팔자오너모슬허마르쇼셔뎡쇼졔왈우리피ᄎᆞ의슈일을
담화ᄒᆞ여심곡을셔로빗최니무삼말을못ᄒᆞ리잇가쳡이약간자식이닛는고로권쳑쇼
인이위력으로겁혼코자ᄒᆞ미우리더인이미〃거졀ᄒᆞ시니기인이ᄉᆞ혐을갑고ᄌᆞᄒᆞ여
텬ᄌᆞ긔고ᄒᆞ여융년노친을젼진의츌ᄉᆞ케ᄒᆞ니이는도시쳡의연괴라친젼의불효롤싱
각ᄒᆞ니엇지한심치아니리닛고언파의화협의옥뉘어롱지니ᄐᆡ지뎡소져의거동을보
고이련ᄒᆞᄆᆞᆯ니긔지못ᄒᆞ

15

여호언으로위로ᄒᆞ더니노승이드러와소져다려왈소승의뎨지셩뉘의드러갓다가소
문을드ᄅᆞ니뎡원쉬도젹의게디픽ᄒᆞ여나라의고급ᄒᆞ여구완을쳥ᄒᆞ다ᄒᆞ더이다소졔
쳥파의디경실식ᄒᆞ여급히니러나며니쇼져다려왈쳡의부친이젼진의디픽ᄒᆞ여노년
의위티ᄒᆞᄆᆞᆯ당ᄒᆞ시니인ᄌᆞ지도의엇지망극지아니리닛고급히집으로가고ᄌᆞᄒᆞᄂᆞ니
후일ᄃᆞ시뵈올날이업슬가ᄒᆞ나이다ᄐᆡ지뎡쇼져의긔식을보니심신이황〃ᄒᆞ여옥면
셩안의쥬뤼연낙ᄒᆞ미이연ᄒᆞᆫ거동이금셕이녹는듯ᄒᆞᆫ지라이의옥슈롤잡고위로왈녕
더인이비록일시실픽ᄒᆞ여시나지용이겸비ᄒᆞ니엇지도젹을삭평치못하리오소져는
너모심ᄉᆞ롤상히오지말고쳔금지구롤도라보라금일셔로니별이결연ᄒᆞ나후일다시
뵈올날이닛실가ᄒᆞ나이다언파의옥슈롤구지잡고참아ᄯᅥ나지못ᄒᆞ니뎡쇼졔ᄐᆡ자의
능휼ᄒᆞᄆᆞᆯ엇지알니오져의관곡ᄒᆞᆫ

16

말을감격ᄒᆞ여지삼칭ᄉᆞᄒᆞ고셔로숀을난화집으로도라오니라ᄎᆞ시뎡원쉬군을거나

려교지국의니르러셰번싼화연ᄒ여퓌ᄒ니젹장의셩명은황통고리와특고만학토디
정츈이니ᄉ장은당시의범갓혼장신라명원쉬능히져당치못ᄒ여쌌혼지삼ᄉ삭의십
만장졸의반이나감ᄒ엿ᄂ지라약간장졸을거나려퇴양셩의구지드러직희고이의표
문을닷가텬자긔올니 // 라ᄎ시샹이뎡원슈의표문을보시고디경ᄒ샤급히만조문무
를모ᄒ시고교지국일을의논ᄒ시니믄득좌반즁으로셔일원소장이츌반쥬왈신이비
록지죄업ᄉ오나일지병을빌니시면교지의나아가젹장을파ᄒ고뎡유를구ᄒ리이다
모다보니이ᄂ표긔장군원포라상이디열ᄒ샤원포로운남쵸토ᄉ를ᄒ이시고삼만정
병을쥬샤즉시발힝ᄒ라ᄒ시니원퓌ᄉ은하직고물너나와즉일발힝ᄒ여 // 러날만의
교지 // 경의니르러젹

17

진을바라보니교지군졸이만산편야ᄒ여퇴양셩을쳘통갓치에워시니비록나는시라
도드러갈길이업ᄂ지라이의산을의지ᄒ여하치ᄒ고젹진과싀살코자ᄒ더라ᄎ시뎡
쇼졔집의도라와부친의위티ᄒ시믈싱각ᄒ니심신이당황ᄒ여식음을폐ᄒ고좌를안
졉지못ᄒ여아모리홀쥴모로다가침셕의 // 지ᄒ여잠간조흐더니홀연혼노승이드러
와소져다려왈이졔국가존망이조셕의닛고그디부친의위티ᄒ미슈유의닛거늘그디
엇지속슈ᄒ고안ᄌ시리오낭지비록녀지나병셔를달통ᄒ고지략이과인ᄒ니급히가
부친을구ᄒ고나라의불셰지공을셰우라그디ᄐ고갈말은낭자집마구의닛시니셰인
이아지못ᄒ디이ᄂ뇽종이니하로쳔니를갈거시오갑쥬와칼은후원셕갑속의뭇쳐시
니하날긔정셩을드리면어드리니부디병긔를슈습ᄒ여도젹을파ᄒ고나의말을헛도
이아지말나ᄒ거늘놀나ᄭᅵ다르니한꿈이라소졔신긔히

18

너겨창두를불너분부왈마구의닛ᄂ말을모다ᄊ으러드리라노복이슈명ᄒ고외쳥의
나와모든말을모라드리니소졔쳥ᄉ의안ᄌ일 // 이졈고ᄒ디하나토합의혼말이업거
늘ᄃ시무러왈가듕의닛ᄂ말이이쓴이냐노지고왈셩혼말을다드려왓습고말한필이

〃시디병든지여러희라부리지못ᄒ고마구의누엇나이다소졔왈비록그러홀지라도
모라오라창뒤나와병든말을억지로ᄊ으러왓거눌소졔자시본즉왼몸의똥을무슈히
뭇치고눈을ᄯ지아니ᄒ니이말은본디뎡각뇌텬츅국의ᄉ신갓다가도라오ᄂ길의완
산을지나다가산즁의임자업ᄂ말을어더도라왓던거시라그말이소져롤보고닐쎄나
쇼리지르고두눈이번기갓흐니노복등이다놀나피ᄒ거눌소졔그졔야마음의상쾌ᄒ
여비복을명ᄒ여물노셋고다시보니장이구쳑이오ᄉ족은범의발갓고갈기ᄂ일쳑의
지나고몸은푸르고븕으며등

19

티셩이박혀시며허리의븕을칠셩이완연ᄒ거눌소졔디희왈이말이삼티칠셩마로다
ᄒ고즉시목욕지계ᄒ고향쵹을갓쵸고후원의드러가텬지긔네비ᄒ고고요이업디여
더니홀연일진광풍이니러나며뇌졍벽녁이진동ᄒ더니셕유나무아릭업던일긔셕갑
이드러낫거눌나아가자시보니돌우희글자롤삭여시디뎡셩모ᄂ긔탁이라ᄒ엿거눌
셕갑을열고보니과연황금쇄자갑의칠셩보검이드러거눌마음의황홀ᄒ여갑쥬롤들
고보니두엇기의빵뇽이어리여긔운을토ᄒ거눌자셔이보니등의황금글자롤삭여시
디튬의부라ᄒ엿거눌질거온마음을니긔지못ᄒ여갑쥬와보검을가지고도라와비복
을불너왈여등은외인의긔젼셜치말나니비록녀지나노애젼진의퍼ᄒ시믈듯고엇지
안연이안자시리오쥬야로달녀교지로가려ᄒᄂ

20

니여등은문졍을엄히직회여나의도라오믈기다리라ᄒ고이날시벽의장쇽을졍졔ᄒ
고머리의황금투고롤쓰고몸의뇽닌갑을닙고손의칠셩보검을집고허리의보조궁을
차고삼티칠셩마롤투고나셔니그거동이늠〃ᄒ여텬신갓더라비복등이일변놀나고
일변망극ᄒ여감히말을못ᄒ고눈물을흘녀젼숑ᄒ더라쇼졔말을노하치롤한번치니
쳔니강산이눈압희번기갓흔지라슈일만의한곳의니ᄅ니여러사롬이모혀말ᄒ디뎡
원슈티양셩의갓치여ᄉ셩을미가분이오쵸토ᄉ원포ᄂ감히드러가지못ᄒ고젹진과

셔로상지ᄒᆞ여닛더라ᄒᆞ거늘소졔디경ᄒᆞ여바로원포의진의가소리ᄅᆞᆯ놉혀왈이진이
어니군신뇨원푀왈나는텬조쵸토ᄉᆞ어니와그디는뉘완디디진의들고즉ᄒᆞᄂᆞ뇨소졔
졍식왈장군이텬조쵸토ᄉᆞ시면엇지뎡원슈ᄅᆞᆯ구치아니코셰월만보ᄂᆞ나뇨원푀

21

왈그디말도올커니와격셰강셩ᄒᆞ민아직안병ᄒᆞ엿다가져의히티ᄒᆞ기ᄅᆞᆯ기다려츙돌
코즈ᄒᆞ노라소졔빈미왈장군말갓흐량이면어니쩌의원슈ᄅᆞᆯ구ᄒᆞ리오니비록무지ᄒᆞ
나일비지력을도와원슈ᄅᆞᆯ구코자ᄒᆞ노라원푀거슈읍왈장군은뉘시완디이런의긔ᄅᆞᆯ
발코자ᄒᆞᄂᆞ뇨소졔왈나는텬지의무가긱이라길이이곳의지나다가뎡원쉬티양셩의
곤ᄒᆞᆷ믈듯고이리와격병을물니치고뎡공을구코자ᄒᆞ노라원푀디왈장군이모로ᄂᆞᆫ도
다격진즁의명장이쳔여원이오군신빅만이라디셰ᄅᆞᆯ보아ᄊᆞ호미올토다소졔왈장군
은염여말나ᄒᆞ고북을울니며군사ᄅᆞᆯ지쵹ᄒᆞ여드러가니고각함셩이텬지진동ᄒᆞ더라
츳시격장독고티진을굿게ᄒᆞ고장찻티양셩을함몰코자ᄒᆞ더니믄득디군이급히드러
오믈보고독고티졍창츌마ᄒᆞ여크게웨여왈여등은엇지감히디진

22

을범ᄒᆞ여죽기ᄅᆞᆯ자취ᄒᆞ나뇨원푀디즐왈우리는텬조구병이라너희엇지강포ᄅᆞᆯ밋고
뎡원슈ᄅᆞᆯ곤케ᄒᆞᄂᆞᆫ다니황명을밧자와교지ᄅᆞᆯ삭펑코자ᄒᆞᄂᆞ니여등은ᄲᆞᆯ니항복ᄒᆞ여
죽기ᄅᆞᆯ면ᄒᆞ라독고티디로ᄒᆞ여좌슈의장창을들고우슈의디도ᄅᆞᆯ드러다라드니소졔
디로ᄒᆞ여보검을빗치고말을달녀격장을취ᄒᆞ니그날닌용녁이즁텬의졔비갓고엄슉
ᄒᆞ민단산의밍호갓흔지라셔로ᄊᆞ화십여합의독고티칼을날녀소져ᄅᆞᆯ치니소졔몸을
기우려피ᄒᆞ고졍신을가다듬어칼을드러격장의머리ᄅᆞᆯ치니독고티의투고ᄅᆞᆯ맛쳐마
하의나려지거늘독고티디경ᄒᆞ여몸을쇼〃아본진으로다라나니소졔진젼의셔좌우
로횡ᄒᆡᆼᄒᆞ다가져물게야도라오니라이쩌쳥운산의일위도ᄉᆡ이시니일홈은자허도인
이라도학이고명ᄒᆞ고슐법이긔이훈지라독고티자허도ᄉᆞ의긔특ᄒᆞᆷ믈알고

23

쳥운산의드러가도ᄉ의게지조롤비혼지슈십년의일〃은독고틱도ᄉ다려왈당금의
텬히요란ᄒ오니뎨지산의나려텬하의횡힝코자ᄒ나이다도시말녀왈텬시가아직머
러시니ᄣ롤기다리라독고틱스승의말을듯지아니코산의나리니도시차탄ᄒ나슈십
년사뎨지의롤겨바리지못ᄒ여독고틱롤ᄯ라나왓다가금일냥장의ᄡ호믈보고독고
틱다려왈하날이너갓흔장슈롤너시미반다시ᄡ일ᄣ닛ᄂ니너논모로미젼진을파ᄒ
고날과갓치산의드러가ᄣ롤기다리미조토다ᄂ니금일젼진을보니텬신옥녀셩이진즁
의횡힝ᄒ미삼틱셩과북두셩이좌우로옹위ᄒ엿거놀너놀나ᄌ셔이보니그사롬이인
간범인이아니오그탄말은텬츅산신령이쥬신비오그갑쥬와칼은하날이쥬신비니범
인이아닌쥴가히알지라부졀업시겨와결우지말고날과한가지로산의도라가미올ᄒ
니라독고틱노왈ᄉ부논근심치마로쇼셔명일의나아가승부롤결ᄒ오

24

리니만일니긔지못ᄒ거든명을좃ᄎ리이다도시왈너의말도유리ᄒ니명일은승부롤
결단ᄒ라네용녁을발ᄒ여ᄡ호더그장슈롤쥭이지말고만일니긔거든급히도라오라
만일더듸면날을보지못ᄒ리라ᄒ고지삼당부ᄒ니라ᄎ시뎡쇼졔본진의도라와독고
틱의용역을칭찬ᄒ며명일은자웅을결ᄒ리라ᄒ더니평명의소졔장쇽을졍졔ᄒ고진
젼의나와ᄡ홈을도〃며요무양위ᄒ니독고틱즁군의분부ᄒ디오날〃승부롤결단홀
거시니비록날이져무러도징을쳐군을거두지말고진을구지직희라ᄒ고진문밧긔나
와크게웨여왈어졔미결ᄒ승부롤오날날결단ᄒ라언파의칼을츔츄어다라드러소졔
셤〃옥슈로보검을날녀젹장을취ᄒ며ᄭ지져왈이오랑킈놈아텬위롤범ᄒ여틱역부
도롤힝ᄒ니너텬명을바다너롤잡으라왓ᄂ니ᄲᆯ니항복ᄒ여쥭기

25

롤면ᄒ라독고틱뎌소왈너의ᄒ논쇼리롤드르니진실노아녀자의셩음이오현연훈틱
되졀디미인과방불ᄒ니너의쳥춘이앗갑도다국시아니면너롤살니려니와국법이ᄉ

졍이업누니가히한홉도다언파의마자싼화삼십여합의독고티졍신을가다듬어칼을
날녀반공의더지니소졔몸을기우려피ᄒᆞ고다시몸을쇼∥아보검을날녀독고티롤치
니독고티황겁ᄒᆞ여소리롤벽역갓치지ᄅ고몸을소∥아다라드니그날녀미공산의밍
호갓흔지라다시싼화이십여합의두엇기의빵농이니러나며농마두귀의셔푸른안기
자옥흔지라도시장터의셔보다가실식ᄒᆞ여졍쳐독고티롤부ᄅ니독고티졔용밍만밋
고의긔양∥ᄒᆞ더니홀연푸른안기자옥ᄒᆞ여진즁을둘너시니독고티졍신이어질ᄒᆞ여
그졔야도ᄉᆞ의말을싱각고말머리롤도로혀본진으로향ᄒᆞ니소졔젹장의뒤흘싼로며
쑤

26

지져왈젹장은닷지말고니칼을바드라ᄒᆞ고칼을드러공즁의더지니검광이츙텬ᄒᆞ며
젹장의머리마하의나려지눈지라소졔독고티의머리롤칼꼿히쎼여들고좌츙우돌ᄒᆞ
니젹진장졸이ᄉᆞ산분궤ᄒᆞ눈지라이쌔쳥운도시독고티의죽으믈보고차탄ᄒᆞ믈마지
아니ᄒᆞ고구롬트고쳥운산으로도라가니라소졔일진을티쳡ᄒᆞ고본진으로도라오고
ᄌᆞᄒᆞ더니믄득젹진즁으로셔방포쇼리나며한장쉬너닷거늘모다보니신장이구쳑이
오얼골이먹칠흔듯ᄒᆞ고쇼리우레갓흔지라일진장졸이디경실식ᄒᆞ거늘소죄디로ᄒᆞ
여보검을두로고다라드니젹장이쇼왈나의셩명은만학토리니너의모양을보니어린
아희갓도다ᄒᆞ고좌슈의칠쳑장검을들고우슈의빅운창을드러마자싼화진시로붓터
미시가지싼화팔십여합의니로디승부롤결치못ᄒᆞ더니소졔몸을쇼∥아칼을드러치
니만학토리드러오눈칼을막으며긔운

27

을다ᄒᆞ여공즁의쇼∥아창으로쇼져롤지로니소졔몸을기우려피ᄒᆞ고졍신을가다듬
어다시싼호더니소져의탄말이쇼리롤벽역갓치지로고압발을놉히드러젹장의가삼
을츠니젹장이마하의나려지거늘소졔칼을날녀만학토리의머리롤버혀들고의긔양
∥ᄒᆞ여진즁의횡힝ᄒᆞ니젹진장졸이디경실식ᄒᆞ더라젹진즁의셔호츙이란장쉬용녁

이졀윤ᄒ고슐법이고명ᄒ더니뎡쇼져의용역이무쌍ᄒ믈보고즁장다려왈ᄎ인의용
밍이범상치아니ᄒ여그날닉미비호갓고그긔상을보니졍녕혼녀자의거동이라닉일
ᄊ홈의맛당이자웅을결단홀거시니오날은다시졉젼치말나졔장이쳥녕ᄒ더라ᄎ시
뎡쇼졔진즁의횡힝ᄒ며칼을츔츄어디호왈젹진즁의능히날을디젹홀지닛거든ᄲᆯ니
나와니칼을바드라ᄒᄂᆫ소리쳥아쇄락ᄒ여쳥산빅옥을ᄯᅡ리ᄂᆫ듯ᄒ더젹

28

진즁의셔일인도응ᄒᄂᆫ지업ᄉ니소졔죵일토록즐욕ᄒ다가황혼ᄢᅥ의본진으로도라
와자고명일다시진젼의나와ᄊ홈을도〃니젹장셔호츙이팔문금쇄진을치니안흐로
뉵졍뉵갑과십니신장을안ᄒ여진셰를엄밀이하고다시말긔올나진젼의나오니좌슈
의칠셩검을들고우슈의장창을드럿더라소리를놉혀디즐왈구상유취의빅면셔싱이
엇지나의디쟝을히ᄒ나뇨오날은너를잡아나의분을셜ᄒ리라ᄒ고다라드니쇼졔옥
셩을가다듬어디즐왈이긔갓흔놈아네한갓강포를밋고텬위를범ᄒ니너갓흔도젹을
엇지살니리오언파의칼을드러마자ᄊ홀ᄉᆡ냥장의용밍이신츌귀몰ᄒ여팔십여합의
니로디승뷔업더니셔호츙이가마니뉵졍뉵갑과십이신장을부르며칼을드러공즁의
더지며진언을염ᄒ니홀연광풍이디작ᄒ며운뮈자옥ᄒ니소졔디경ᄒ

29

여급히말머리를도로혀본진으로향코자ᄒ디능히갈곳이업ᄉ미죽으미목젼의닛ᄂᆫ
지라다시칼을드러두다리며기리탄식왈닉슈쳔니를발셥ᄒ여부친을구코자ᄒ다가
젹진즁의셔몸을맛칠쥴어이알니오언파의칼을드러자문코자ᄒ더니탄말이믄득한
쇼리지로고몸을날녀진즁의횡힝ᄒ니뇽마의두귀ᄉ이로셔븕은안긔쇼사나며뉵졍
뉵갑과십이신장이졀노흣터지거놀셔호츙이디경ᄒ여아모리홀쥴모로더니뎡쇼져
의탄말이젹장의말을무러업지로니젹장이마하의ᄲᅥ러지ᄂᆫ지라쇼졔칼을드러셔호
츙의머리를버혀들고좌우로츙돌ᄒ니가ᄂᆫ허리ᄂᆫ츈풍의셰류갓고고은티도ᄂᆫ츄슈
의부용이라젹진장졸이뎡쇼져의영용과염티를보고황〃실식ᄒ더라각셜젹장황통

고리십만더군을거나려퇴양셩을에워쏘고급히

30

치니뎡원쉬의위퇴ᄒ미조셕의닛더니믄득쳬탐이보ᄒ디뎐조의셔쵸토소원ᄑᆡ니ᄅ
러독고퇴와상지ᄒ더니당진즁으로셔쇼년쟝시니다라독고퇴와셔호츙을쥭이고우
리더군을짓치고믈미듯드러오나이다ᄒ니황통고리디경ᄒ여의갑을졍졔ᄒ고원문
의나와바라보니당진쟝졸이만산편야ᄒ여퇴양셩으로드러오더라ᄎ쳥하회ᄒ라셰
갑인오월일향목동셔

권2

1

뎡비젼권지이

화셜젹장황통고리밧비원문의나와바라보니당진즁의일위쇼년디장이삼군을지휘
ᄒ여믈미듯드러오ᄂ지라황통고리디로즐왈무명쇼장이엇지감히우리디장을쥭이
ᄂ뇨오날∥여등을다쥭여원슈롤갑흐리라원쮜졍창츌마ᄒ여고셩즐왈무지쇼쵼젹
이텬명을항거ᄒ여뎡원슈롤곤케ᄒ니오날날당∥이여등쵼젹을진멸ᄒ여텬조위엄
을빗ᄂ리라냥장이ᄊ화십여합의황통고리칼을날녀원포의머리롤버혀마하의나리
치니뎡쇼졔즁군의닛다가원포의쥭으믈보고디로ᄒ여칼을두로고디즐왈네엇지우
리디장을쥭이ᄂ뇨ᄒ고번기갓치다라드니황통고리바라보미일위미쇼년이말을달
녀ᄂ다르니얼골은빅옥갓고뉴쳑신장의셩음이쳥낭ᄒ여옥반의산호치롤굴니ᄂ듯
ᄒ니냥진장졸이바라보고홀∥역식ᄒ여셔로닐오디츠인이타상

2

션이이오인간범인이아니라ᄒ더라황통고리웨여왈너의거동을보니빅면셔셩의쳥
츈쇼년이라젼진의한번실슈ᄒ면그나희어이앗갑지아니리오부졀업시ᄊ호지말고
ᄲᆞ니물나가목슘을보젼ᄒ라소졔더옥디로ᄒ야칼을츔츄어다라드니황통고리마자
ᄊ홀시소져의영용은창희의비룡갓고황통고리의용역은공산의밍호갓흔지라셔로
ᄊ화빅여합의니로디승뷔업더니소졔일계롤싱각고거즛퓌ᄒ여다라ᄂ니황통고리
급히ᄯᆞ로거놀소졔보조궁의금비젼을먹여쏘니황통고리밋쳐피치못ᄒ여흉복을마
자말긔쩌러져쥭거놀소졔더옥승∥ᄒ여젹진을짓쳐드러가며일진을더살ᄒ니젹진

장졸이상혼낙담ᄒᆞ여닷토아항복ᄒᆞ니소계격진장졸을호언으로위로ᄒᆞ고다시분부
왈여등은ᄲᆞᆯ니도라가교지왕다려닐오디 ∥ 병이조석의녀의도셩을함몰ᄒᆞ리니만일
∥ 국셩

3

녕을구코자ᄒᆞ거든ᄲᆞᆯ니나와항복ᄒᆞ라닐으라졔인이슌 ∥ 슈명ᄒᆞ고져의국도의도라
가왕을보고픠ᄒᆞᆫ연유롤말ᄒᆞ며당진소년장군이영용이무ᄬᅡᆼ ᄒᆞ니알외니국왕이디경
ᄒᆞ여황망이빅관을모흐고ᄎᆞᄉᆞ롤의논ᄒᆞ니모ᄉᆞ신공쳘이쥬왈텬조의병녁이 ∥ 러틋
강셩ᄒᆞ오니만일슌종치아니면일국셩녕을구치못ᄒᆞ오리니슈히항복ᄒᆞ시미맛당ᄒᆞᆯ
가ᄒᆞ나이다왕이ᄒᆞᆯ일업셔만조롤거나리고지경밧긔나와디후ᄒᆞ더라ᄎᆞ시뎡원슈티
양셩이곤ᄒᆞᆫ지ᄉᆞ오삭의격셰졈 ∥ 강셩ᄒᆞ여셩즁의량식이핍졀ᄒᆞ니셩을함몰ᄒᆞ미조
셕의닛ᄂᆞᆫ지라마음의분완ᄒᆞ여탄식기롤마지아니ᄒᆞ더니믄득소졸이보ᄒᆞ디젹진이
물결허여지듯ᄒᆞ며일위소년장이좌우로횡힝ᄒᆞ나이다원슈디희ᄒᆞ여셩누의올나바
라보니일긔미모쇼년이보검을빗□□십만디병을거나려젹진을짓치고바로셩하의
니ᄅᆞ러셩문을열나ᄒᆞ거놀원슈군ᄉᆞ롤

4

분부ᄒᆞ여셩문을크게여니그장쉬졔군을분부ᄒᆞ여셩외의하치ᄒᆞ고자긔ᄂᆞᆫ바로셩즁
의드러와원슈롤향ᄒᆞ여졀ᄒᆞ고원슈의ᄉᆞ미롤붓들고실셩통곡왈불쵸녀셩모ᄂᆞᆫ부친
의급ᄒᆞ시믈듯고몸을변ᄒᆞ여남지되여필마로이곳의니ᄅᆞ러도젹을파ᄒᆞ고야 ∥ 롤뵈
오니이졔죽어도한이업나이다원슈디경ᄒᆞ여눈을드러자셔이보니이곳녀아의의형
이분명ᄒᆞᆫ지라옥슈롤잡고누쉬여우ᄒᆞ여왈노뷔도젹의독슈의명을맛게되엿더니네
일긔아녀자로만니젼진의니ᄅᆞ러흉젹을물니치고아븨을구ᄒᆞᆯ줄어이알니오언파의
기리통곡ᄒᆞ니쇼계우롬을긋치고위로왈야 ∥ ᄂᆞᆫ슬푸믈억졔ᄒᆞ샤소녀의말을드ᄅᆞ쇼
셔야애츌젼ᄒᆞ신후소식을모로와쥬야로근심ᄒᆞ와관음원의가부쳐긔공양ᄒᆞ더니녀
승이셩즁의드러가야 ∥ 의병픠ᄒᆞᆫ표문이니ᄅᆞ러시믈드럿노라ᄒᆞ거놀소녜디경ᄒᆞ여

집의도라와격실ᄒᆞᄆᆞᆯ자셔이알고야〃

5

야〃ᄅᆞᆯ구코자ᄒᆞ나계괴업더니몽즁의신인이니ᄅᆞ러여ᄎᆞ〃〃ᄒᆞ오ᄆᆡ그말을좃ᄎᆞ후
원의긔도ᄒᆞ여갑쥬와칼을엇고다시마구의말을졈고ᄒᆞ여농마ᄅᆞᆯ어더ᄐᆞ고쥬야로달
녀이곳의니ᄅᆞ러격장을쥭이고부친을구ᄒᆞ니이다뎡공이디희ᄒᆞ여소져의손을어로
만져졍회ᄅᆞᆯ펴고익일의쳡보ᄅᆞᆯ조졍의보ᄒᆞ니라ᄎᆞ시텬지원포ᄅᆞᆯ교지의보니고젼진
승픠ᄅᆞᆯ모로샤쥬야염여ᄒᆞ시더니믄득뎡원슈의쳡셰오ᄅᆞ거놀상이디열ᄒᆞ샤ᄯᅥ혀보
시니왈디원슈신뎡유ᄂᆞᆫ돈슈ᄇᆡᆨ비ᄒᆞ고일장표문을농탑하의올니나이다신이조셔ᄅᆞᆯ
밧ᄌᆞ와교지ᄅᆞᆯ치다가지식이쳔단ᄒᆞ와도젹의게실픽ᄒᆞ와퇴양셩이곤ᄒᆞ옵더니초토
사원픠니ᄅᆞ러도젹과ᄡᅡ호다가격장의손의쥭고격셰졈〃강셩ᄒᆞ옵더니홀연일긔쇼
년장시의긔ᄅᆞᆯ발ᄒᆞ여신의급ᄒᆞᄆᆞᆯ구ᄒᆞ옵고격병을디파ᄒᆞ엿ᄉᆞ오나기인의거쥬셩명
을뭇기젼의말을치쳐도라가오니홀일업서교지ᄇᆡᆨ셩을진무ᄒᆞ고회군ᄒᆞ옵

6

고자ᄒᆞ오ᄆᆡ먼져상달ᄒᆞ나이다ᄒᆞ엿더라상이남파의희긔농안의무로녹으샤쳑〃칭
션ᄒᆞ시고기인의셩명을모로ᄆᆞᆯ익셕ᄒᆞ샤치관을불너무ᄅᆞ시나디답이ᄯᅩ한가지라이
의조셔ᄅᆞᆯ나리샤슈히반ᄉᆞᄒᆞ라ᄒᆞ시다ᄎᆞ시티지뎡쇼져ᄅᆞᆯ니별ᄒᆞᆫ후쥬야로싱각이간
졀ᄒᆞ더니홀연교지치관이티자긔조현ᄒᆞ거놀크게반기샤갓가이불너젼진승픠ᄅᆞᆯ무
로샤깃그시며탄왈뎡유의승젼ᄒᆞᄆᆡ그녀아의효셩을하날이감동ᄒᆞ시미로다치관이
쥬왈뎐희뎡공의녀아ᄅᆞᆯ어이아ᄅᆞ시나닛가티지미쇼ᄒᆞ시고뎡쇼져맛나던슈말을셜
화ᄒᆞ시니치관이가마니쥬왈뎡유의쳡셔의쥬ᄒᆞᆫ바셩명모로ᄂᆞᆫ장시곳자긔녀이라텬
졍의규즁녀자의힝ᄉᆞᄅᆞᆯ쥬달ᄒᆞ미번거ᄒᆞ여이러틋ᄒᆞ미니이다티지디열ᄒᆞᄉᆞ셔안을
치시며왈긔지라뎡녀

7

의힝ᄉ여효힝이〃러틋ᄒ니가히과인의니조롤빗뉠지라맛당이셩샹긔쥬ᄒ여호연을미자리라ᄒ시고인하여뎡시의거쳐롤무ᄅ시니치관이쥬왈뎡시져의부친을보고즉시경ᄉ로올나오니이다티지이의가마니심복궁녀로ᄒ여금서간을닷가뎡부의보니니라ᄎ시쇼제부친을하직ᄒ고쥬야로달녀경ᄉ의니ᄅ러의구히뎡부후원의쳐ᄒ여울젹ᄒ믈졍치못ᄒ더니맛참니쇼져의니시옥난은뎡쇼져의게글을붓치나이다관음원의셔니별ᄒ후소식이긋쳐져더니지금교지치관의젼언을드로니쇼졔넝디인의급ᄒ믈구ᄒ시고국가의디공을세우시다ᄒ니소민소져의효셩과나라의츙열놉흐믈치하고ᄌᄒ오나가ᄉ의번다ᄒ오니슈일후의맛당이비알ᄒ여졍회롤펴고ᄌᄒ나이다. ᄒ엿더라뎡쇼졔견필의니시의간졀ᄒ믈감ᄉᄒ나자긔힝식이셰상의파다ᄒ믈미

8

안ᄒ여즉시회셔롤닷가보너니티지뎡시의회셔롤써혀보니ᄒ엿시디뎡시셩모논돈슈ᄒ고니쇼져긔회셔롤올나나이다쳡이소져로더부러관음원의샹별ᄒ후로소져의셩덕을쥬야로앙모ᄒ더니비쳐의셔찰을붓치시니감ᄉᄒ오미측양업ᄉ오며디인의승젼ᄒ시믄우리셩샹의덕틱을힘닙으미라엇지쳡의조고만공을닐을비리닛고소졔만일누쳐의한번왕굴ᄒ시면뎡회롤펼가ᄒ나이다ᄒ엿더라티지남필의디열ᄒ샤일〃은녀복을기착ᄒ고심복시녀롤다리고뎡부의니ᄅ러시녀로ᄒ여금소져긔통ᄒ니소졔급히즁문의나와티자를마자드러가셔로녜필의티지눈을드러뎡시롤보니옥안화티볼ᄉ록긔이혼지라탐〃혼츈졍을니긔지못ᄒ여밤이진토록담화홀신티지소져다려왈현민의〃복이화려치못ᄒ니이논녀모녜의어긔도다

9

소졔츄연왈디인이번국의츌ᄉ쥬야로침식이편치못ᄒ시거늘쳡이무삼경황의〃복을사치로이ᄒ리닛고언파의염〃혼티되셜샹한미신벽셔리롤씌엿논듯ᄒ니티지뎡쇼져의녜즁ᄒ믈너모과도이너기더라티지뎡쇼져와여러날동거ᄒ여셔로사랑ᄒ미

골육형뎨의지나니뎡쇼졔일야는한가ᄒᆞᆯ타티자롤더ᄒᆞ여양경의슈말을낫낫치셜
파ᄒᆞ니티지심즁의분완ᄒᆞ여일후의양경부자롤별노이쳐치고자ᄒᆞ더라일〃은티지
소져롤니별ᄒᆞ고도라갈시유모롤불너황금일쳔냥과빅옥병한雙과치단일쳔필과빅
옥픠산호픠와쵹금두필을가져오라ᄒᆞ여소져긔젼ᄒᆞ여왈차물이비록약쇼ᄒᆞ나쳡의
졍을표ᄒᆞ나니소져는막지마로쇼셔소졔만〃고스왈쳡의집이비록한미ᄒᆞ오나의식
이풍족ᄒᆞ오니금은을무어시쓰며드르니쵹금은텬하의유명ᄒᆞᆫ치단이라

10

텬자나황후나닙고뉵궁비빙도감히닙지못ᄒᆞ다ᄒᆞ거ᄂᆞᆯ쳡이그런보비롤무어시쓰리
오이보비ᄂᆞᆫ물의드러도물이뭇지아니ᄒᆞ고불의드러도타지아니ᄒᆞ다ᄒᆞ니텬하의희
귀ᄒᆞᆫ보비라쳡이엇지감히바드리닛고티지더욱그말을긔특이너겨지삼긔유ᄒᆞ니쇼
졔마지못ᄒᆞ여밧거ᄂᆞᆯ티지소져로더부러피츠의졍회롤베풀더니임의밤이깁ᄒᆞ미각
〃침셕의올나자고ᄌᆞ홀시이ᄯᅢ는츈삼월망간이라월식이조요ᄒᆞ여스창의명낭ᄒᆞᆫ지
라황티지츈졍을참지못ᄒᆞ여뎡시의곳의나아가보니뎡쇼졔비취금을반만덥고봉침
을의지ᄒᆞ여봉안을그린ᄃᆞ시감아시니빅셜갓흔안모의쳔티만광이월광의바이ᄂᆞᆫ지
라티지심신이황홀ᄒᆞ여밧비나아가옥슈롤무마ᄒᆞ고화협을졉ᄒᆞ여이즁ᄒᆞᆯ믈니긔지
못ᄒᆞ더니소졔놀나씨다라졍식왈쇼져의ᄉᆞ랑ᄒᆞ시미지극ᄒᆞ니심히감스ᄒᆞ나녀모압
일ᄒᆞ니규녀의졍〃ᄒᆞ

11

시미아닌가ᄒᆞ노라언파의팔을밀치고긔식이불호ᄒᆞ거ᄂᆞᆯ티지미〃이함쇼ᄒᆞ고다시
소져의옥슈롤잡아왈나는녀지아니라동궁티자러니모일의슈삼환시롤다리고민간
의한유ᄒᆞᆯᄃᆞ가그ᄃᆡ의독셔셩이쳥아ᄒᆞᆯ믈듯고심니의ᄉᆞ모ᄒᆞ더니홀연신인이나의몸
을보호ᄒᆞ여쳡〃ᄒᆞᆫ쟝원을너머이곳의나리거ᄂᆞᆯ쳥상의가마니슘어그ᄃᆡ의〃형이졀
묘홈과힝동이유례ᄒᆞᆯ믈흠모ᄒᆞ나심야의남지무단이돌닙ᄒᆞᆫ즉네의〃손상ᄒᆞᆫ고로압
문을츳자도로나와그후로심복인을보니여그ᄃᆡ의동졍을살피더니일〃은관음원으

로향ᄒᆞ믈고ᄒᆞ거눌과인이녀복을기착ᄒᆞ고그뎌의힝거롤좃ᄎ암즁의니ᄅᆞ러그뎌로
더부러슈일을담논ᄒᆞ니진짓요조슉녀라이러모로과인이뜻을결ᄒᆞ여ᄃᆞ시이곳의니
ᄅᆞ러그뎌로밍약을정한후셩상긔쥬달ᄒᆞ여퇴비로졍코자ᄒᆞ노라쇼졔쳥파의혼비빅
산ᄒᆞ여금ᄼᆞ으로일신을

12

ᄊᆞ고실셩통곡왈나의팔지극히긔박ᄒᆞ여셰상의용납지못홀몸이되어시니찰하리쥭
어셰상을모로미올토다언파의일셩이호의긔운이긋쳐질듯ᄒᆞ니퇴지뎡시의녀모강
열ᄒᆞ믈미안이녀기나과도이슬허ᄒᆞ믈이셕ᄒᆞ여금ᄼᆞ을억지로헷치고보니연화보협
의진쥬니슬이가득ᄒᆞ거눌퇴지호언으로위로왈과인의힝시심야의돌닙ᄒᆞ미비롄듯
시부나이쪼한연분이라이러툿무익지비로옥장을상희오지말나쇼졔일언을부답ᄒᆞ
고향벽잠와ᄒᆞ여슈쇼리도업ᄉᆞ니퇴지호ᄼᆞ이우으며만단위로ᄒᆞ더니이러구로동빅
이긔빅ᄒᆞ니시위시녜장밧긔뎌후ᄒᆞ엿ᄃᆞ가장복을드리니퇴지소셰롤파ᄒᆞ고홍금망
농포의구룡면류관을쓰고통텬빅옥뎌롤쯰여시니두엇기의일월이두렷ᄒᆞ고아홉쥴
면류논두상의어롱지니옥면봉안의일월각이두렷ᄒᆞ고용쥰호비의셩

13

덕이융ᄼᆞᄒᆞ니진짓퇴평텬자될긔상이라소졔퇴ᄌᆞ의셩덕지긔와그영걸지풍이늠ᄼᆞ
ᄒᆞ믈보고자긔본심을간뎌로발뵈지못ᄒᆞ고고기롤슉이고믹ᄼᆞ히단좌ᄒᆞ여시니퇴지
뎡녀의져러ᄒᆞ믈민망ᄒᆞ여화셩유어로지극위로왈그뎌논졍혼치아닌규즁녀지오과
인도아직퇴비롤졍치아냐시니셩상긔고ᄒᆞ여그뎌롤간션ᄒᆞ면퇴평국모의쵸방부귀
롤누리ᄼᆞ니무어시비례라ᄒᆞ리오소졔마지못ᄒᆞ여복쥬뎌왈뎐하논옥쳬롤진즁ᄒᆞ샤
호방ᄒᆞ마음을쥬리쇼셔신쳡이비록미쳔ᄒᆞ나규즁녀지라무단이심야의돌닙ᄒᆞ샤신
쳡의몸의누욕이되게ᄒᆞ시니뎐하의셩덕이크게숀상홀가ᄒᆞ나이다퇴지뎌열왈그뎌
의말을드ᄅᆞ니과인의허물이젹지아니나이쪼한뎐의졍ᄒᆞ신비라엇지인력으로그뎌
의집의오리오언파의화연이뎌쇼ᄒᆞ고이의쇼져의숀을잡고왈슈일후의조칙이나려

간션의참예케ᄒ시리니부디슌

14

죵ᄒ여상의롤어긔지말나ᄒ고위의롤도로혀ᄂ니시위군졸이밧비디후ᄒ엿다가티자
롤뫼셔환궁ᄒᄂ니라슈일후티지상긔뎡유의녀이현덕이구비ᄒᄆ를쥬ᄒᄂ니상이깃그샤
즉시됴지롤뎡부의나리와닙궐ᄒᄆ를직쵹ᄒ시니소졔홀일업셔의상을졍돈ᄒ고교즈
의올나궐하의나아가옥계의츄진ᄒ여산호비무ᄒᄂ니텬지눈을드러보시미뎡시의옥
안화뫼염〃쇄락ᄒ고녜모힝동이규구의맛가지니쳔연셩덕이진짓티평셩모의긔상
이라뇽안의희식이무로녹으샤연긔롤무로시니소졔계하의부복ᄒ여디답이온슌ᄒ
며셩음이쳥아ᄒ지라상이디열ᄒ샤ᄉ지샹궁을명ᄒ여뎡시롤별궁의유ᄒ여길일을
디후케ᄒ라ᄒ시고황금치단을만히ᄉ급ᄒ시니소졔텬은을슉ᄉᄒ고샹궁을ᄯ라별
궁으로믈너가니라상이뎌던의드ᄅ샤황후롤디ᄒ여뎡유의ᄯ랄노간턱ᄒᄆ를닐ᄋ시니
황휘ᄶᄒ도한깃거ᄒ시더라

15

일〃은상이귀비궁의슉침ᄒ실시귀비쥬왈드ᄅ니뎡녀로티자비롤졍ᄒ시다ᄒ오니
신쳡이질녀로간턱ᄒ시ᄆ를쥬달ᄒ엿ᄉ더니폐히니지시ᄂ니닛가상이소왈경은모로ᄂ
도다뎡녀롤티지친견ᄒ고티자비롤졍코즈ᄒ미짐이간션의드려허락ᄒ여시니엇지
믈니치리오양귀비심즁의앙〃ᄒ더라이러구로뎡원슈의반ᄉᄒᄂ션셩이졍ᄉ의니
ᄅ니상이디열ᄒ샤만됴롤명ᄒ여문외의영졉ᄒ라ᄒ시고황극젼의죠회롤여ᄉ뎡원
슈의닙죠ᄒᄆ를기다리시더니날이반오의원쉬승젼고롤울니고문외의니ᄅ니빅관이
일시의마자승젼반ᄉᄒᄆ를치하ᄒ고쥬비롤나와슈슌의지나미원쉬즉시삼군을휘동
ᄒ여궐하의나아가계하의고두팔비ᄒ고젼빈의실러ᄒ여시ᄆ를ᄉ죄ᄒ니텬지반겨갓
가이불너왈슈의숀을잡으시고왈졍의누년괴로옴과소님을당ᄒᄒ여거의픠망을당
ᄒᄂ니녕녀의

16

영걸지풍이장성남자의지나믈어이알니오경의소표의눈녕녀의지풍을감쵸아무셩
명소년장수의구ㅎ믈닙어도격을삭평ㅎ엿다ㅎ미짐이기인의거쥬롤모로믈이달나
ㅎ엿더니티즈의쥬언을드르니치관의언니의경의녀이남복을기착ㅎ고슈만니젼진
의달녀가경을구ㅎ고국가의불셰지공을셰워강젹을토멸ㅎ다ㅎ니엇지아롬답지아
니ㅎ리오그러나경녀지덕이닛시믈듯고티비롤졍코쟈ㅎ여경녀롤간틱의닙궐ㅎ여
짐이친견ㅎ니과연요조슉녀라소망의흡족ㅎ고로티비롤졍ㅎ여별궁의두고경의도
라오믈기다려틱일ㅎ여셩녜코쟈ㅎㄴ니이졔짐과경이군신지의자별ㅎ고또닌치지
의롤겸ㅎ니엇지아롬답지아니ㅎ리오셜파의우으시니원쉬디경ㅎ여복쥬왈신의지
죄극히노둔ㅎ여젹쟝과쏜호다

17

픠ㅎ오미그죄격지아니ㅎ옵거늘폐히셩덕을드리오샤죄롤쥬지아니시니텬은을갑
흘바롤아지못ㅎ나이다그러ㅎ오나신녜아비롤구코쟈ㅎ여남복을닙고진즁의힝ㅎ
믈방자이ㅎ여규녀의힝시아니어놀도로혀긔특다ㅎ시니신녀의무식긔질노엇지티
자를뫼시리닛고폐하눈신의용우노둔ㅎ믈치죄ㅎ시고신녀의무식방자ㅎ믈계칙ㅎ
샤후셰지인시비롤취치마로시미맛당ㅎ니이다상이환연이우으시고갈오스티경의
지덕이부족ㅎ미아니라이눈격쟝의흄계의쌔지미오더옥경녀의효힝과지용이만고
의쳐음이라무어시방자ㅎ며쳔누타ㅎ리오경은너모짐의롤역지말나ㅎ시고흠텬관
의젼지ㅎ샤길일을틱ㅎ니츈삼월망간이라겨유십슈일을격ㅎ엿거눌뎡공이홀일업
셔집의도라오니라이러구로길일이

18

다∥로니텬지터열ㅎ샤미앙궁장낙뎐을통ㅎ여디연을비셜ㅎ고황극뎐상의쏘한잔
치롤베퍼만조롤모하즐기실식일식이느지미터지위의롤휘동ㅎ여별궁으로향ㅎ시
니만조빅관이터자롤시위ㅎ여별궁의니르러티지홍안을안아텬지긔녜비ㅎ고뎡비

롤금뎡의올니고슌금쇄약으로잠으고빅관을거나려몬져힝ᄒ시니뎡비쏘한더니로
향홀시보모상궁은금뎡을호위ᄒ고슈빅시녀ᄂ홍상쳐의로향쵹을잡아압흘인도ᄒ
고호위군졸은붉근곤장과넙은미롤가져젼후의옹위ᄒ여시니위의부셩ᄒ믄니ᄅ도
말고울금향취십니의쑈이더라힝ᄒ여더니의드러가막츠의잠간쉬여장낙뎐너ᄅ디
쳥의나아가티자와합증교비롤맛차미진쥬션을반기ᄒ니티자의영쥰엄위ᄒ긔상과

19

뎡비의요〃작〃ᄒ터되셔로바이니상과휘더열ᄒ시더라교비롤맛고다시연보롤도
로혀조율을놉히밧드러상후긔드리고팔비더례롤맛츠미상이명ᄒ여갓가이안치시
고그옥슈롤어로만져귀즁ᄒ시미친싱공쥬의지나니뎡비황공감은ᄒ더라일식이져
믈미뎡비침뎐의도라와장복을벗고단의홍군으로금병의〃지ᄒ야단좌ᄒ엿더니야
심후티지침뎐의드러오미염젼시이분〃이영졉ᄒ며방즁의드러가니사지상궁이뎡
비롤붓드러티자롤마자동셔로분좌ᄒ미티지졍비롤향ᄒ여녕더인의무ᄉ환경ᄒ시
믈칭하ᄒ여담쇠은근ᄒ니뎡비티ᄌ의언시이럴ᄉ록더옥슈괴ᄒ여일언을부디ᄒ니
티지불열왈과인의말삼이희언이아니어눌현비어

20

이과인말삼을더치아니ᄒᄂ뇨뎡비슈식을씌여염임더왈뎐하의존문ᄒ시믈신쳡이
엇지감히만모ᄒ여터치아니리오마ᄂ쳡의셩졍이소졸ᄒ와뎐하긔불민ᄒ죄만토쇼
이다티지소용이미〃ᄒ샤뎡비의언리의은〃이자긔의무례ᄒ믈미은이알믈우으시
고셜홰탐〃ᄒ니뎡비마지못ᄒ여간〃이디답이슌〃ᄒ니티지더열ᄒ여밤이깁흔후
티비롤녜로쳥ᄒ여상요의나아가니티ᄌ의권〃훈졍이〃로칭양치못홀너라이러구
로동방이밝으니티자와뎡비니러나소셰롤맛고냥뎐의문안ᄒ니상과휘뎡비롤ᄉ랑
ᄒ샤슈유롤좌우의쩌나지아니시니뎡비텬은을감츅ᄒ여쥬야로쇼심익〃ᄒ여상후
롤지효로셤기니상춍이날노융셩ᄒ시고뉵궁비빙이뎡비의현슉ᄒ믈공경흠앙ᄒ더
라츠시텬지두시롤뉵원비빙즁웃듬으로춍이ᄒ시니양귀비싁긔ᄒ여미양

21

히홀쇠롤싱각ᄒ더니티자비의현슉ᄒ믈보고공연이싀긔ᄒ미미양독ᄒ눈을흘긔여 뎡비롤무러삼킬듯ᄒ니뎡비양귀비의불현ᄒ믈긔탄ᄒ여극진이션디ᄒ디갈ᄉ록뎡 비롤더욱희코자ᄒ더라어시의두시뎡비의년긔상격ᄒ고지긔상합ᄒ고로피츠의졍 의듯터워미양ᄌ미침뎐의니릭러졍회롤베풀싀두시아미롤쩡긔고양비의불현ᄒ미 자가와현비롤희코자ᄒ믈니릭고염여ᄒ믈마지아니〃뎡비쪼한근심ᄒ여일〃은티 지드러오믈틱야심후좌우시네물너나미비로쇼고왈양경이쳡의집과은원이깁흔지 라지금위셰놉ᄒ니쳡의노부롤가마니희홀가쥬야근심되오니뎐하ᄂᆞᆫ구ᄒ여쥬시믈 바라나이다티지분연왈뎡공은과인의악장이라졔어이간디로만모ᄒ리오셩상긔츠 ᄉ롤고ᄒ고양경을엄히쳐치ᄒ리니비ᄂᆞᆫ과려치마로쇼셔ᄒ고일〃은조용ᄒ믈타상 긔이

22

소유롤고ᄒ니라츠시양경이뎡공의녀이쥭은쥴노아랏더니쳔만의외의티ᄌ비되믈 보고심즁의분한ᄒ여싱각ᄒ디뎡녜거즛쥭다ᄒ고가마이요괴로온식으로티자롤농 낙ᄒ여간틱의올나티ᄌ비되여시니졔반ᄃ시우리일문을희ᄒ리니니몬져계교롤도 모ᄒ리라ᄒ고즉시양귀비궁의드러가남미밀〃이상의ᄒ여계교롤졍ᄒ고일〃은양 귀비뎡비침뎐의니로니뎡비마자녜롤필ᄒ미양귀비갈오디황상이현비의침지롤보 고ᄌᄒ샤쳡으로ᄒ여금황농단일필을뎡비롤쥬어슙일니로농포롤지어올니라ᄒ시 더이다ᄒ고쵹금일필을니여노ᄒ니뎡비허리롤굽혀상교롤듯잡고인ᄒ여쥬과롤니 여양비롤이디ᄒ니양비이윽히안젓다가도라와즉시자긔짤비연공쥬롤불너계교롤 가릭치니비연이슌〃응낙고즉시장낙뎐의니릭러낫문안을파ᄒ고황상의겻히뫼셧 더니비연이믄득양비다려

23

왈소녜뎡비낭〃긔갓습더니낭〃이농포롤짓더이다양비진짓꾸지져왈너갓흔쇼이

무어슬아노라잡담을ᄒ나뇨상이우으시며왈비연아네무삼말을ᄒ다가여모의게칙
언을듯ᄂ뇨짐의게자셔이말ᄒ라비연공쥬상전의복지디왈신이틱자궁의갓ᄉ옵더니
뎡비낭ᄱ이뇽포롤지으니슈품이졀묘ᄒ더이다상이다시문왈네졍녕이본다비연이
고왈황뇽단의구룡을슈노ᄒ니뇽푀아니면무어시리닛가상이침음ᄒ샤싱각ᄒ시디
틱자ᄂ아직닙을ᄶ머럿거ᄂᆯ졔뇽포롤지어무어시쓰려ᄒᄂᆫ고반ᄃ시범남ᄒ뜻이라
ᄒ시고좌우룰명ᄒ여틱자롤부로라ᄒ시니양비고왈이일이비록범남ᄒ오나쇼아의
모호ᄒ말을어이칙신ᄒ여궁즁을요란케ᄒ시리닛고ᄂ두ᄉ롤셔ᄱ히보아쳐치ᄒ쇼
셔틱자의텬셩이인효ᄒ더니근일뎡비롤취ᄒ후로힝지조금변ᄒ오니폐하ᄂ텬노롤
참으시고

24

후일을보쇼셔상이귀비의말을아룸다이너기샤이후로ᄂ귀비롤더옥총이ᄒ시고틱
자와뎡비롤보시면옥식이미온ᄒ샤노긔어리시니틱자와뎡비불승황공ᄒ나이런긔
미롤모로고뇽포롤지어귀비긔드리니귀비바다가지고상긔드려왈폐히뎡비롤보시
고불안지식을두시니뎡비ᄂ본디총명ᄒ인물이라그긔미롤짐작고진짓뇽포롤지어
쳡의게보ᄂ며황상긔드리라ᄒ니그허물이신쳡의게닛ᄂ지라도로혀황공ᄒ여이다
상이쳥파의디로ᄒ샤즉시뇽포롤소화ᄒ시니뎡비이말을듯고근심ᄒ더라상이두시
롤부르시니시네즉시양귀비긔보ᄒ디양귀비드러와뵈시니상이불열왈짐이두시롤
불너든경이어어이드러오뇨양비쥬왈시녜두시부르시ᄂ어명을젼ᄒ옵기로즉시두시
침뎐의가보니업기로두시ᄱ녀다려무로니틱즈궁의갓다

25

ᄒ옵기로신쳡이시녀롤다리고틱자궁의가보오니모든시녜쳥젼의셧다가막아왈우
리낭ᄱ이두낭ᄱ으로더부러방즁의셔말삼ᄒ시미모든시녜드러가지못ᄒ고디후ᄒ
엿ᄂ니낭ᄱ은잠간셔계시면드러가고ᄒ리이다ᄒ고드러간지식경이지ᄂ되나오지
아니ᄒ니신쳡이싱각ᄒ니뎡시와두시반ᄃ시외인을ᄶ리민쥴알고드러와폐하긔고

ᄒ나이다상이디로ᄒᄉ왈역지두녀뎡녀로더부러음모롤꾀ᄒ니짐이맛당이역종을
잡아국법을정히ᄒ리라양귀비양경ᄒ여듯시쥬왈폐히엇지자셔치못훈일을미리발
셜코자ᄒ시나닛고오리지아니ᄒ여자연흉뫼발각ᄒ오리니아직참으시미조ᄒ니이
다상이침음불열ᄒ시더니익일의두시상젼의뵈온디상이변식왈경이쳬모롤모로고
동궁의츌닙ᄒ니엇지통분치아니리오두시그연고롤몰나감히뭇줍지못ᄒ

26

고다만머리조아죄롤쳥훈디상이노긔등〃ᄒ샤물너가라ᄒ시니두시침실의도라와
무삼일인지몰나쥬야노심ᄒ더라ᄎ시양비의친지츙명영오ᄒ니상이심히사랑ᄒ시
더니우연이독질을어더죽으니양귀비이통ᄒᄂ즁이나뎡비롤히코자ᄒ여가마니독
약을죽은아히닙의넛코붓들고통곡왈황상이불명ᄒ샤간인등을치죄치아니시니음
뫼졈〃셩ᄒ여신쳡을뮈워훈빌뮈로무죄훈ᄌ식을독약으로죽이니이원슈롤무어스
로갑흐리오셜파의실셩운졀ᄒ니상이디로ᄒ샤즉시티ᄌ궁ᄉ지상궁과모든시녀롤
잡아니여엄형을갓쵸아친히국문ᄒ시니모든시녀등이양비의뇌물을바닷ᄂ지라일
호나뎡비의이미ᄒ믈앗기리오일시의쥬왈엄문지하의엇지감히은휘ᄒ리닛가과연
티자비궁즁의셔폐하와양비낭〃을원망ᄒ며황ᄌ희ᄒ믈뫼ᄒ더니이런변이낫사오
니어

27

이망극지아니리오양귀비이말을듯고더옥통곡왈신쳡이뎡시와무삼원쉬닛관디이
런독훈슈단을놀녀나의쳔금아자롤폐하는ᄌ식의원슈롤갑하쥬쇼셔텬지디로왈뎡
녀의죄논만ᄉ무셕이라ᄒ니아직가두엇다가히잉ᄒ기롤기다려법을정히ᄒ리라ᄒ
고시녀롤ᄒ령ᄒ여뎡비을잡아니여연안궁의안치ᄒ시니황후낭〃이ᄎ언을드ᄅᆨ시
고긔탄ᄒ믈마지아니시고텬지닙궁ᄒ시믈기다려쥬왈뎡비논한낫졍슉훈녀지라그
런악힝이닛실길이만무ᄒ니폐ᄒᄂ살피쇼셔상이디로왈현비뎡녀의음흉디악을모
로고짐을의심ᄒ니겨런위인이엇지곤위의모쳠ᄒ여만민의어미되리오언파의옥식

이쥰엄ᄒ시니휘심니의앙〃ᄒ나말삼이무익ᄒ고로묵〃단좌ᄒ더라ᄎ시뎡비잉퇴구삭의이런디변을맛나후원의안치ᄒ시믈당ᄒ니옥장금심이쵼〃이바아지ᄂᆞᆫ듯

28

ᄒ여희허탄식왈나의팔지긔박ᄒ여십셰의모친을여희고부친을밧ᄃᆞ더니디인이쇠로지년의교지의츌젼ᄒ샤겨유공업을닐워도라오나가지록불효심ᄒ여일시도엄친을봉양치못ᄒ고궁금의엄유ᄒ여퇴자ᄅᆞᆯ셤기니쥬야로불안ᄒ여침식의맛슬모로더니일조의괴이ᄒᆫ변을맛나심궁의안치ᄒ니어니날누욕을신빅ᄒ고야〃ᄅᆞᆯ뵈오리오비록셰상을하직ᄒ여분한을닛고자ᄒ나쳣지ᄂᆞᆫ노년엄친긔불회비경ᄒ고둘지ᄂᆞᆫ복즁히아ᄅᆞᆯ엇지ᄒ리오ᄒ며식음을젼폐ᄒ고쥬야로눈물이말을ᄯᅵ업더라ᄎ시퇴자ᄂᆞᆫ뎡비의이미ᄒᆞ믈알고양귀비의참언이믈짐작ᄒ나무어시라발명ᄒ리오오직상젼의부복ᄒ여쥬왈신이불명혼암ᄒ여뎡녀의디악을모로와어린아ᄒᆡ비명횡ᄉᆞᄅᆞᆯ당ᄒ니신의불명ᄒᆫ죄ᄅᆞᆯ쳥ᄒ나이다상이졍식칙왈네나회이십이되엿거ᄂᆞᆯ뎡녀의요ᄉᆞᆨ의인륜디변을범ᄒ

29

니무삼낫츠로짐을보나뇨언파의좌우ᄅᆞᆯ명ᄒ여미러니치시니퇴지황공ᄒ여감히삼시문안을못ᄒ고젼뎐의디죄ᄒ여상명을기다리니ᄎ시뎡각뇌녀아의디변당ᄒᆞᄆᆞᆯ듯고탄왈나의팔지긔박ᄒ여말년의부모ᄅᆞᆯ니별ᄒ고다만일녀ᄅᆞᆯ길너어진군자ᄅᆞᆯ퇴ᄒ여아녀ᄅᆞᆯ빙ᄒ여노년자미ᄅᆞᆯ볼가ᄒ엿더니졔시여의치못ᄒ여여항쳔녜금누옥궐의퇴자의비위되여쥬야로쇼심익〃ᄒ여근심ᄒ더니아네유죄무죄간인륜디변을당ᄒ니너지금가지ᄉᆞ라화ᄅᆞᆯ당할쥴알니오언파의항뉘빅슈의니음츠니좌우졔인이슬허아니리업더라공니의관을그ᄅᆞ고궐허의디죄ᄒ여상명을기다리더니상이뎡공의디죄ᄒᄆᆞᆯ드ᄅᆞ시고환시로젼어왈요슌지지불쵸ᄒ나후셰지인이그부모ᄅᆞᆯ그라다ᄒᄆᆞᆯ듯지못ᄒ여시니경녀의불현ᄒᆞ미경의긔무삼

30

연좨닛시리오경은안심ᄒ고집의도라가누어시라공이부복ᄒ여상교롤덧잡고빅슈
의감누롤드리여텬은을슉ᄉᄒ고쵸교의몸을실녀본부의도라와후당문호롤봉ᄒ고
고요이쳐ᄒ여셰ᄉ롤닛더라ᄎ시뎡비별궁의안치ᄒ훈후로일편홍운이궁즁을둘너시
니궁즁상하졔인이다놀나더라뎡비츌궁ᄒ지일망의홀연셔긔실즁을두로고이향이
가득ᄒ더니뎡복통이급ᄒ며일기옥동을싱ᄒ니엇지범연ᄒ리오뎡비환란즁이나유
아의영오ᄒ믈심니의깃거ᄒ더라차하롤셕남ᄒ라
셰갑인오월일향목동셔

권3

1

뎡비젼권지삼

화셜연안궁직흰환관이뎡비의황숀탄싱ᄒᆞ믈텬자긔쥬ᄒᆞ니상이하교ᄒᆞ샤황숀은유모와보모를졍ᄒᆞ여길으라ᄒᆞ시고뎡비ᄂᆞᆫ짐쥬를나리와심궁의자진케ᄒᆞ시니틔ᄌᆞ궁상희황∥망극ᄒᆞ여아모리홀쥴모로거늘텬지일이급ᄒᆞ믈보고가마니심복시녀를명ᄒᆞ여민간의유죄ᄒᆞᆫ녀자를만금을쥬고사셔가마이궁즁의드려다가뎡비쳐쇼의두고뎡비다려왈황상이잠간ᄭᅢ닷지못ᄒᆞ시고요비의참언을밋으샤현비를ᄉᆞ약ᄒᆞ시나일후의현비신빅홀날이∥시리니모로미외간의나아가깁히슘어닛다가후일을기다리라뎡비쥬뤼옥협의가득ᄒᆞ여쳥ᄉᆞ왈쳡의긔구ᄒᆞᆫ몸을뎐ᄒᆞ이러틋염녀ᄒᆞ샤황명을쇽이시고ᄉᆞ졍을도라보샤쳡의일명을ᄭᅮ이시니비록감격ᄒᆞ나후일의황상긔∥망ᄒᆞᆫ죄를엇지코ᄌᆞᄒᆞ시나닛가티지빈미왈

2

이일이비록올치아니나쳣지ᄂᆞᆫ후일의황상실덕을감쵸고ᄌᆞᄒᆞᄆᆡ오둘지ᄂᆞᆫ현비의몸을보호ᄒᆞ여다시과인의ᄂᆡ조를빗ᄂᆡ고ᄌᆞᄒᆞᄂᆞ니부디과인의말삼을헛도이알지마로쇼셔언파의심복시녀슈삼인을명ᄒᆞ여뫼셔나가라ᄒᆞ고후원문을여러ᄂᆡ여보ᄂᆡ고독약을가지고방즁의드러가그녀자를먹이니즉시쥭거늘이의텬자긔고ᄒᆞᆫ디상이젼지왈뎡비∥록유죄ᄒᆞ나황숀을나하시니틔ᄌᆞ비녜로후장ᄒᆞ라ᄒᆞ시다ᄎᆞ시황후낭∥이뎡비무죄히쳔년조ᄉᆞᄒᆞ믈슬허ᄒᆞ샤농뉘화협의어룽져각골비통ᄒᆞ시더라이젹의양경부지뎡비ᄉᆞ약ᄒᆞ시믈듯고더욱의긔양∥ᄒᆞ여독ᄒᆞᆫ슈단을ᄂᆡ여뎡공을마ᄌᆞ업시코

자ᄒ니엇지양경의심지극악ᄒ미아니리오ᄎ시텬지티자ᄅ롤위ᄒ샤슉녀ᄅ롤간퇵고ᄌ
ᄒ시니양귀비쥬왈신쳡의아라비일녀ᄅ롤두어시니ᄌ덕이겸비ᄒ고쳔티만염이가작
ᄒ오니가히티ᄌ비ᄅ롤졍ᄒ시미맛당홀가ᄒ나

3

이다상이디열ᄒ샤이의양경의게젼지ᄒ샤왈경의녀로뼈티자비ᄅ롤졍코ᄌ하ᄂ니간
션의올녀명을기다리라양경이디희ᄒ여녀아ᄅ롤단장을다ᄉ려간퇵의올녀더니텬지
보시고즉시티자비ᄅ롤삼으샤총힝ᄒ시나황후ᄂ양시의위인이불현ᄒ믈보시고황상
의불명ᄒ믈기탄ᄒ시고뎡비ᄅ롤싱각ᄒ시미간졀ᄒ시더라ᄎ셜뎡비슈삼시아ᄅ롤다리
고불시의연안궁후원문으로ᄂ다ᄅ니밤이깁흐미인젹이고요ᄒ지라시녀의숀을붓
들고쵼∥젼진ᄒ여뎡부의니ᄅ러바로니당의드러가니뎡공이침셕의∥지ᄒ여녀아
의신셰ᄅ롤싱각고슬허ᄒ더니믄득일위소년녀지슈삼시녀ᄅ롤다리고방즁의드러와공
의사미ᄅ롤잡고실셩통곡ᄒ거눌공이놀나눈을드러보니이곳녀아티ᄌ비라급히비의
옥슈ᄅ롤잡고누쉬여우ᄒ여왈비의누명을드ᄅ니노뷔죽어모로고ᄌ하더니무삼연고
로심야의나왓나뇨비인ᄒ여젼후ᄉ연과티지쥬션ᄒ여니여보니던ᄉ유ᄅ롤셰∥이고
ᄒ고

4

왈더인이소녀ᄅ롤죽으이와갓치아ᄅ시고외인의게누셜치마로쇼셔ᄒ고노복등을당
부왈너희등은나의이곳의닛시믈외인의게□셜ᄒ면즁죄ᄅ롤닙으리라ᄒ고심복시녀
슈인을다리고후원의드러가일간비실의쵸셕을쌀고머리ᄅ롤벼기의더지고향벽잠와
ᄒ여쥬야의일죵미음을마셔목을젹시고스사로죽기ᄅ롤기다리더니ᄎ시티지뎡비의
이미ᄒ누명을싱각ᄒ고이련ᄒ믈니긔지못ᄒ여일일은텬자긔쥬왈금일∥긔화창ᄒ
고풍경이가려ᄒ오니미복으로외간의나아가잠간유완코자ᄒ나이다상이허락ᄒ시
니티지깃거슈삼환시ᄅ롤가마니분부ᄒ여뎡부문젼의니로니집이고요ᄒ여인젹이드
믈거눌바로셔헌의드러가니뎡공이죽침을의지ᄒ여셔칙을잠심ᄒ고슈삼셔동은난

간밧긔셧거늘티지환관을다리고바로쳥상의오르니공이비로쇼눈을드러보미이곳
동궁티지라디경ᄒ여황망이계하의나려부복쥬왈뎐히무삼연고로옥쳬

5

롤닛비ᄒ샤누츄혼신의집의니림ᄒ시니잇고티지밧비붓드러올녀왈공은너모견소
치말고방즁의드러가졍회롤펴미엇더ᄒ뇨공이마지못ᄒ여티자롤붓드러드러와복
쥬왈뎐하의귀쳬로사가의잠힝ᄒ시미불가ᄒ니이다티지탄왈현비의일시누얼이비
록한심ᄒ니이른바일월지광이부운의옹폐ᄒ미라언마ᄒ여누욕을신빅ᄒ리오마ᄂ
명공이다만일녀롤두엇다가이런화변을보게ᄒ니과인의마음이불안ᄒ거니와과인
이금일셩상긔츈경을유람ᄒ믈고ᄒ고잠간이곳의와현비롤보고자ᄒᄂ니공은녕녀
의침실을인도ᄒ라공이마지못ᄒ여티자롤뫼셔비의침쇼의니로니츳시뎡비침셕의
몸을더져셰스롤닛고쟈ᄒ더니시녀의젼어로좃차티자의니림ᄒ시믈듯고디경ᄒ여
급히계하의나려티자롤마자방즁의드러와녜필의뎡비옷깃슬염의고티자롤향ᄒ여
갈오디뎐히무삼연고

6

로여염의사힝ᄒ샤외간시비롤싱각지아니ᄒ시나닛고티지희허쟝탄왈현비의화익
을당ᄒ믄도시양가남미의작얼이니엇지통분치아니며더욱귀비의참언을드르샤양
가녀자로과인의니조롤졍ᄒ시니쥬야울 // 혼분심을어이진졍ᄒ리오그러나현비ᄂ
마음을안졍이ᄒ여후일신빅을기다리고부졀업시노심ᄒ여몸을샹히오지마로쇼셔
뎡비쳥파의칭샤왈뎐하의니러툿과려ᄒ시미쳡의직분의외람ᄒ오며쳡의화익은도
시신쉬불길ᄒ미니남을원홀비아니오더옥뎐하의니궁이븨여시니양가녀지요조현
슉ᄒ여뎐하의니조롤빗ᄂ면엇지아름답지아니리닛고뎐하ᄂ밧비환궁ᄒᄉ쳡의일
신을ᄉ렴치마로시고냥뎐을지효로밧드러후셰의셩덕을빗ᄂ쇼셔쳡은맛당이일누
롤보젼ᄒ여후일신빅ᄒ기롤기다려노부롤밧드러규즁의셔늙고자ᄒ옵ᄂ니쳡의일
은조금도거리끼지

7

마로소셔언파의ᄉ긔자약ᄒ여조곰도비식을낫타너지아니〃ᄐ지뎡비의긔위닝담
ᄒ여셰쇽물욕을모로ᄂᆞᆫ사롭갓흐믈보고심하의탄복ᄒ고ᄃ시정회롤여러담쇠이윽
ᄒ더니일식이셕양이되미즉시환궁ᄒ여이후로환관강문창으로ᄒ여금젼미와보약
을자로보너여뎡비의화모롤참아닛지못ᄒ여한달의슈삼ᄎ식야심ᄒ믈틈뎡부의나
와비롤위로ᄒ니뎡비구지간ᄒ더ᄐ지듯지아니시미자연궁즁너외인이모롤직업ᄂᆞᆫ
지라시녀의젼어로좃ᄎ황후낭〃이드로시고놀나샤일〃은져역문안을당ᄒ여ᄐ지
입시ᄒ엿더니낭〃이좌우시녀롤물니고ᄐ자롤경계ᄒ샤왈모즈지간의더갓가온비
업ᄂᆞᆫ니ᄐ자ᄂᆞᆫ긔이지말고뎡시의곳의츌입ᄒ믈바로니로라ᄐ지낭〃의무릅시믈당
ᄒ여불승황공ᄒ나감히긔망치못ᄒ여슈말을즈시고ᄒᆞᆫ더낭〃이칙ᄒ샤왈경의부뷔
비록ᄉ졍이즁ᄒ나뎡시의죄칙이인륜의범ᄒ여시니아모리익미ᄒ믈알지라도셩상

8

을긔망ᄒ고죄쳐롤ᄉ렴ᄒ미더의〃불가ᄒ고더옥샹이아릭시면뎡시의몸을보젼치
못ᄒᆞᆯ거시오ᄐ자도즁죄롤당ᄒ리니ᄃ시ᄂᆞᆫ뎡부의가지말나ᄐ지황공ᄒ여복지ᄉ죄
ᄒ고물너나거눌낭〃이시녀롤명ᄒ여강문창을불너젼지왈네뎡부의나아가비의게
짐의명을젼ᄒ더ᄐ지여러번왕너ᄒ여궁즁샹희모롤직업ᄉ니만일셩샹이아릭시면
비의일명이위ᄐᆞᆯᄒ리니경ᄉ의닛지말고몸을피ᄒ여하방깁흔곳의슘어후일을긔다
리라젼ᄒ라문창이즉시뎡부의니릭러비의침실계하의셔〃황후낭〃의젼지롤고ᄒ
니뎡비부복문파의불승황공ᄒ여즉시문창다려왈네뎌니의드러가낭〃긔고ᄒ더신
쳡이신슈불길ᄒ와이런환란을당ᄒ미사실의업되여죽을날을긔다리옵더니ᄐ지여
러번신쳡의곳의님ᄒ여쳡의신셰롤위로코즈ᄒ오니신쳡이누ᄎ불가ᄒ믈간ᄒ더ᄐ
지듯지아니시미쥬야불안ᄒ옵더니낭〃젼지롤듯즈오미더

9

욱황공ᄒ와알월말삼이업나이다그러ᄒ오나낭〃하교롤드되여원방의피신ᄒ여후

일상명을기다리로쇼이다고ᄒ라문창이궐즁의드러와낭∥기고ᄒ니라뎡비이의힝
장을갓쵸아각노긔고왈황후낭∥젼지ᄒ시미스리의올스오니급히원방으로피신코
자ᄒ나이다공이졈두ᄒ거늘뎡비즉시텬스마롤글너타고병긔와갑쥬롤힝구의지니
고말을달녀형쥬구계쵼외구니시랑부즁의향ᄒ신남복을긔착ᄒ고유랑경파와시비
옥쇼와셔동창두의복식을갓쵸고뎡비의뒤흘ᄯ라강두의니르러ᄂᆫ슈로∥형쥬로가
고즈하여일쳑쾌션을셰너여션두의오로니션상의한즁년장지안졋ᄃ가뎡비의긔이
ᄒ풍모롤보고몸을니러마자셔로녜필의긔인이거슈문왈그ᄃᆡ의존셩ᄃᆡ명을듯고즈
ᄒ노라뎡비긔인의외모롤보니긔위엄슉졍ᄃᆡᄒ여장ᄌ지풍이가작ᄒ거늘이의놀난
마음을진졍ᄒ여공슈ᄃᆡ왈쇼싱뎡셩모ᄂᆫ뎡각노의지라유

10

시의모친을여의고부친을뫼셔셰월을보너더니부친이원지의츌스ᄒ시고가즁이황
연ᄒ고로항쥐외슉의게의탁고즈항쥐로향ᄒ나이다긔인이긋거왈복은시랑니츈경
이니그ᄃᆡ의부공으로더부러교계심후ᄒ지라니젼일드로니뎡공의아직업다ᄒ더니
그ᄃᆡ의말을드로니뎡ᄃᆡ인이긔자롤두엇도다그러나군의표슉이항쥬롤ᄯ나산동으
로니졉ᄒ다말을드럿ᄂᆞ니그곳의차자가면허힝이될거시오노부ᄂᆞᆫ그ᄃᆡ부친과죽마
고위라일작이ᄌ식이업고집이요부ᄒ니아직노부의집의가닛다가녕ᄃᆡ인의환경ᄒ
시믈기다려경셩의올나가미엇더ᄒ뇨뎡비스례왈소ᄌᆡᄃᆡ인말삼을드로니싱의부친
과죽마고우시라ᄒ오니존의롤봉승ᄒ리로쇼이다니공이ᄃᆡ희ᄒ여종일토록담화홀
시고금치란을무로니ᄃᆡ답이여류ᄒ지라니공이심니의탄복ᄒ고여러날동힝ᄒ여비
의나려한가지로부즁의니로니산쳔이명녀ᄒ고송

11

죽이울∥ᄒ니경긔졀승ᄒ지라싱이니공과한가지로드러가니산믹을의지ᄒ여일좌
고루치각이운쇼의표묘ᄒ니진짓은거ᄒ지상의가뎍이라니공이뎡싱의스믹롤잡아
셔헌의드러가니방즁이졍쇄ᄒ여옥병아상의만권셔칙을ᄲ하시니가히문스의거쳐

ㅎᄂᆞᆫ곳이러라공이싱을쳥ㅎᆞ여좌졍후셕반을올녀진식ㅎᆞ미공이싱을권ㅎᆞ여하져ㅎᆞ
기ᄅᆞᆯ맛차미이윽히한담홀시뎡비공을향ㅎᆞ여왈소싱이셩졍이졸직ㅎᆞ고슈기셔동이
닛스오니뎌인을뫼셔유슉ㅎᆞ미심히불안ㅎᆞ오니일간쵸실을빌니시면소싱의노쥐거
쳐코자ㅎᆞ나이다공이ᄯᅩ한그러히녀겨슈삼간졍쇄ᄒᆞᆫ셔당을치여쥬거늘뎡비유모와
한가지로방즁의드러가니산호셔안의만권셔칙이가득ㅎᆞ고침셕이졍결ㅎᆞ거늘뎡비
노쥬삼인이마음의깃거셔칙으로일월을보닐시일ᅟ은니공이셔당의니ᄅᆞ러고금스
젹을담논ㅎᆞ니뎡

12

비의디답이여류ㅎᆞ여무ᄅᆞᆯ거시업스니공이칙ᅟ쳥복ㅎᆞ더니홀연탄왈복의팔지긔구
ㅎᆞ여뉵십이거의로디슬히젹막ㅎᆞ여다만일녀ᄅᆞᆯ두어시니슉녀가인은되지못ㅎᆞ나거
의군자의건질을밧들만ㅎᆞ니군이만닐허락ㅎᆞ면아녀의평싱이녕화로올가ㅎᆞ노라뎡
비쳥파의불힝ㅎᆞᄆᆞᆯ니긔지못ㅎᆞ여이윽이쥬져ㅎᆞ다가염슬디왈디인이만금교녀로가
져쇼싱갓흔용우지인을유의ㅎᆞ시니비록감격ㅎᆞ오나부ᅟᅟ혼취ᄂᆞᆫ인륜디ᄉᆡ라엄친이
환귀ㅎᆞ신후스긔ᄅᆞᆯ취품ㅎᆞ고졍혼셩녜ㅎᆞ미올흘가ㅎᆞ나이다니공이흔연소왈군의말
이인스의당연ㅎᆞ나노쳬질병이자져셰상의오리지못홀거시오겸ㅎᆞ여녕디인환경ㅎᆞ
시미긔한이업스니군의녕긔이십이거의라아직권도로셩녜ㅎᆞ고녕엄이오신후스연
을고ㅎᆞ면인자지도의과히불효라ㅎᆞ지아니시리니군은노부의말을신쳥ㅎᆞ여허락ㅎᆞ
ᄆᆞᆯ바라노라

13

뎡비거슈쳥ᄉᆞ왈디인명의간졀ㅎᆞ시니엄친긔칙죄ᄅᆞᆯ닙을지라도엇지봉힝치아니리
닛고공이디열ㅎᆞ여즉시니당의드러가부인을디ㅎᆞ여뎡싱의단아졍직ㅎᆞᄆᆞᆯ니로고쳥
혼ㅎᆞᄆᆞᆯ셜파ㅎᆞ니부인이ᄯᅩ흔깃거ㅎᆞ거늘공이즉시외당의나와뎡비와안자퇴일ㅎᆞ니
납치ᄂᆞᆫ금월염간이오길긔ᄂᆞᆫ삼월망간이라공이디열ㅎᆞ여쥬과ᄅᆞᆯ나와뎡비ᄅᆞᆯ권ㅎᆞ고
자긔ᄯᅩ한통음ㅎᆞ다가일식이져믈미홋터지니라뎡비의유뫼가만이고왈낭ᅟ이ᅟ런

더스룰헛도이허락ᄒ시고나종을엇지코자ᄒ시나닛고뎡비빈미탄왈나의팔지가지
록괴구ᄒ여이런곡경을당ᄒ나그러나니공의위인을보니관후장지라만일자긔녀의
불민홀진더말삼이그러틋쾌활치못ᄒ리니이반ᄃ시슉녀가인이라아직권도로셩녜
ᄒ엿다가후일의다힝이나의신누룰벗는날셩상긔알외고터자의닉궁을빗너리니그
더ᄂ너

14

모염녀치말나유뫼쏘한그러히너기더이이러구로납칙일이다〃로니뎡비티즈의쥬
시던빅옥픠룰공의게젼ᄒ여왈소셩의힝즁의이옥픠밧긔업스옵기의밧드러드리나
니일노뼈빙물을삼으쇼셔공이바다소져의유모룰불너쥬며왈이옥픠뎡상공의납치
신물이니가져다가소져협스의간슈ᄒ라유뫼바다소져긔드리니라광음이신속ᄒ여
길일이다〃로니뎡비길복을졍졔ᄒ고홍안을안자텬지긔졔ᄒ고이의소져와교비룰
맛츠미눈을드러보니진짓요조가인이라심하의다힝ᄒ여외당의나오니라이의날이
져물미동방의나아가니신뷔홍군췌삼을갓쵸아니러맛거늘뎡비말을펴왈셩은용우
쇽자로학식이고루ᄒ거늘녕존더인이쳔금쇼교로학셩의비우룰졍ᄒ시니소져의일
셩이영화롭지못홀가ᄒ노라언파의소식이미〃ᄒ여슉시ᄒ니소졔슈

15

괴ᄒ믈이긔지못ᄒ여옥안을슉여치신무지ᄒ는거동이금불이녹을듯ᄒ거늘뎡비져
의거동이졀묘긔이ᄒ믈이즁ᄒ여진짓옥슈룰잡아권권ᄒ사랑이유츌ᄒ니유모와시
녀비창외의셔규시ᄒ고부인이더열ᄒ여니ᄅ러말삼을펴갈오더쳡이만늬의녀아룰
나하긔질이불미ᄒ거늘이졔군자의쾌허ᄒ시믈어더아녀의평셩이즐거울지라엇지
깃부지아니리오군자는다만녀아의용열ᄒ믈관셔ᄒ시믈바라나이다뎡비쳥파의눈
을드러부인을보니년이뉴십이거의로더안뫼빅셜갓고거지유법ᄒ여가히인즈쾌활
훈부인이라흠복경복ᄒ여염슬더왈소셩은한미지가의일긔용우지인이어눌악장의
거두시믈넙어쳔금쇼교의동상을졍ᄒ시니생의과분훈쳐실이라쏘녕녀의위인이현

슉ᄒᆞ와조곰도하자홀거시업ᄉ오니악모ᄂᆞᆫ거리끼지마로쇼셔공의부

16

뷔희열ᄒᆞ여쥬과롤나와관ᄃᆡᄒᆞ니뎡비흔연이하져ᄒᆞ며간인이단슌을여러뭇ᄂᆞᆫ말을
답논ᄒᆞ민말삼이온중졍ᄃᆡᄒᆞ니공과부인이셔랑의위인을흠의ᄒᆞ여웃ᄂᆞᆫ닙을쥬리지
못ᄒᆞ더라이러구로슈월이지나ᄃᆡ낫이면셔당의셔고셔롤열남ᄒᆞ고밤이면닌실의드
러가소져와슉침ᄒᆞᄃᆡ침셕을각〃셜ᄒᆞ여금슬지락이멀미하슈갓ᄒᆞ니유모와시녀등
이엇지비의거동모로리오부인긔드러와뎡싱이것츠로흡연호듯ᄒᆞ나침실지락이업
사믈고ᄒᆞ니부인이악연ᄒᆞ여일〃은뎡싱을쳥ᄒᆞ여문왈유모의말을드로니군지아녀
와금슬지락이흡연치못ᄒᆞ다ᄒᆞ니녀아의지덕이부족ᄒᆞ여그러ᄒᆞ미아니면군자의몸
이병이〃시미니은닉지말고바로말삼ᄒᆞ여쳡의마음을시원케ᄒᆞ쇼셔뎡비부인의무
ᄅᆞ시믈당ᄒᆞ여자긔종젹을감출길이업ᄂᆞᆫ지라옥안이홍미갓ᄐᆞ여이의셜파ᄒᆞ여

17

왈쳡은남지아니오뎡공의여이라ᄃᆡ인이원방의츌졍ᄒᆞ시고쳡이홀노비복을다리고
집을직희여더니동방ᄐᆡ지미복으로민졍을구경코자여염의나오ᄉ쳡의집후원의니
ᄅᆞ러쳡이독셔셩을드ᄅᆞ시고가마니규시ᄒᆞ여쳡의외뫼누츄키롤면ᄒᆞ믈깃그샤텬자
긔고ᄒᆞ시니상이젼지롤나리와간션의올녀ᄐᆡ자비롤졍ᄒᆞ시니쳡의직분의외람ᄒᆞ나
홀일업시ᄐᆡ자의건질을밧들더니쳡의운쉬불길ᄒᆞ여간인의모희롤닙어가마니집의
슘엇더니ᄐᆡ지쳡의심ᄉ롤위로코자ᄒᆞ여자로왕ᄂᆡᄒᆞ시니쳡의마음이쥬야로송구ᄒᆞ
옵더니황후낭〃이아ᄅᆞ시고가마이젼지롤나리시ᄃᆡ급히피ᄒᆞ여화롤츆치말나ᄒᆞ시
니쳡이경황ᄒᆞ여엄친을하직ᄒᆞ고가마니집을나와외구니시랑부즁을향코자ᄒᆞ더니
션즁의셔ᄃᆡ인을상봉ᄒᆞ와어ᄃᆡ로향ᄒᆞ믈무ᄅᆞ시민쳡이바른ᄃᆡ

18

로고ᄒᆞ오니ᄃᆡ인이니로시ᄃᆡ쳡의외구가타향의니졉ᄒᆞ시다ᄒᆞ니아모리홀쥴모로미

디인이쳡의모양을보시고한가지로가기롤권ᄒ시니쳡이귀틱의니ᄅ민슉식이편ᄒ
옵더니디인이쳡을남자로아ᄅ샤녕쇼져롤가져구지구혼ᄒ시니쳡의사셰난쳐ᄒ여
바로고치못ᄒ고거즛녕녀로인륜을믜자다가일후의쳡이신누롤벗논날상후긔고ᄒ
고녕쇼져로틱자의니궁을빗너고즈쥬의롤졍ᄒ엿더니쳡의일이쥬밀치못ᄒ여부인
이ᄉ긔롤아ᄅ시고이러틋무로시니젼후ᄉ긔롤바른디로고ᄒ나이다시랑부뷔디경
ᄒ여계하의나려사죄왈신의부뷔셩모낭〃의존위롤범ᄒ와무례훈죄만ᄉ오니용셔
ᄒ시믈바라나이다신도일작이양경의모히롤닙어벼슬을하직고젼니의도라왓ᄉ오
니간신의죄악이호디ᄒ오나반다시픠홀쩌닛ᄉ오리니아직신의집의유ᄒ샤후일을
기다리쇼셔지어신녀의혼ᄉᄒ여논가

19

쇼로온일이오니일후의낭〃의션쳐ᄒ시믈바라나이다언파의시비롤명ᄒ여홍상치
의롤밧드러드려왈낭〃의남복이고히ᄒ오니복식왈기착ᄒ쇼셔비ᄉ례왈명공의후
은이여ᄎᄒ오니어니쩌의갑기롤바라리오공의부뷔만〃ᄉ례ᄒ고ᄎ후로뎡비롤극
진이존경ᄒ여군신지의롤일치아니ᄒ더라뎡비소져의침쇼의셔슉식을한가지로ᄒ
며일월을보닐식뎡비일〃은쇼져다려왈그디무삼말을녕당낭친긔고ᄒ엿관디나의
힝식이탈노케ᄒ엿ᄂ뇨소졔아미롤슈기고슈식이만면ᄒ여공경디왈신쳡이엇지감
히낭〃의거취롤고ᄒ리닛고시녀즁의요망훈무리고ᄒ민가ᄒ나이다뎡비니시의말
이온공ᄒ믈보고ᄉ랑ᄒ믈마지아니터라뎡비일〃은공의부〃다려왈쳡이어려셔녀
공을바리고무예롤비핫더니부친이젼장의곤ᄒ시믈듯고잠간남복을갓쵸고젼진의
나아궁ᄒ시믈구ᄒ엿더니지금몸이한가ᄒ오

20

니병셔롤빌니시면셔칙으로소일코즈ᄒ나이다시랑이졀ᄒ여왈낭〃의말삼을듯즈
오니셕일목난의종군이무어시긔특다ᄒ리닛고신의집의숀오병셔닛ᄉ오니이롤보
시미조흘가ᄒ나이다언파의시동을명ᄒ여셔칙을드리니뎡비쥬야로병셔롤공부ᄒ

며미양월식을씌여갑쥬룰갓쵸고말을달녀무예룰익희니그날니미졔비갓더라츳셜
이젹의양경의벼슬이졈졈놉하공후의거ᄒᆞ미크게외람훈뜻을두어국권을임의로희
롱ᄒᆞ여츙양지인을모희ᄒᆞ니텬자ᄂᆞᆫ다만양경의참언만드로니조졍이졈〃탁난ᄒᆞᄂᆞᆫ
지라양젹이졈〃음흉혼계교룰ᄂᆡ여져의동종양의티로셔쥬자ᄉᆞ룰슴고양일츈으로
쳥쥬자ᄉᆞ룰삼고양운으로긔쥬자ᄉᆞ룰삼고양광영으로황쥬자ᄉᆞ룰삼고졔외ᄉᆞ촌원
이겸으로병부상셔도원슈디ᄉᆞ마디장군을ᄒᆞ이고문무쳔관이다져의일당이로티텬
ᄌᆞᄂᆞᆫ혼몽즁의닛셔모로더라믄득탐미급

21

보ᄒᆞ디뉵줘자시일시의반ᄒᆞ여도셩으로향ᄒᆞ니장쉬쳔여원이오군시슈십만이라일
시의즛쳐드러오나이다텬지디경ᄒᆞ샤만조룰모호시고방어홀모칙을의논ᄒᆞ시니만
조졔신이다양경의당이라일시의쥬왈젹셰강셩ᄒᆞ오니폐히친졍ᄒᆞ시고양경이지용
이겸젼ᄒᆞ오니디원슈룰ᄒᆞ이시면도젹을멸ᄒᆞ미근심이업ᄉᆞ리이다샹이깃그샤양경
으로티원슈룰삼고십만졍병을조발ᄒᆞ시고텬지친히즁군이되여힝군ᄒᆞ실시슈일만
의평원광야의니ᄅᆞ러진셰룰닐우고도젹치기룰경영ᄒᆞ더라츳시양일츈이션봉이되
여텬자와티진ᄒᆞ엿ᄂᆞᆫ지라융복을졍졔이ᄒᆞ고진젼의니다라디호왈텬지실덕ᄒᆞ여만
민이도탄ᄒᆞ니텬하만민이다셩군맛나기룰츅슈ᄒᆞᄂᆞᆫ고로ᄂᆞ이졔의병을닐우혀무도
혼군을멸코자ᄒᆞᄂᆞ니ᄲᆞᆯ니나와항복ᄒᆞ여죽기룰면ᄒᆞ라언파의〃긔양〃ᄒᆞ여진젼의
횡힝ᄒᆞ니텬지디로ᄒᆞ샤좌우룰도

22

라보샤왈뉘능히나아가도젹을잡아짐의분을풀고언미필의티원슈양경이나와ᄊᆞ화
슈합이못ᄒᆞ여진짓도젹의게ᄉᆞ로잡희니부원슈원니겸이쏘니다라ᄊᆞ화슈합의ᄉᆞ로
잡희여가니샹이엇지져의흉계룰알니오디경실식ᄒᆞ샤아모리홀쥴모로시니양일츈
이승셰ᄒᆞ여창을빗기고디호왈무도지군은ᄲᆞᆯ니항복ᄒᆞ여죽기룰면ᄒᆞ라샹이황〃망
극ᄒᆞ샤졔신을도라보시며왈뉘능히도젹을물니쳐짐의급ᄒᆞᆯ믈구홀고문무졔신이다

양경의당이라일시의쥬왈젹셰이러틋강셩ᄒ오니폐하ᄂᆞᆫ일작이항복ᄒᆞ샤만민의도
탄을구ᄒᆞ쇼셔상이더옥망극ᄒᆞ샤앙텬통곡ᄒᆞ시니급ᄒᆞ미경긱의닛ᄂᆞᆫ지라ᄎ시티지
후영의닛다가함셩이디진ᄒᆞᆫ믈듯고슈빅쳘긔롤거나려진밧긔나와보시니슈만젹병
이텬자롤에워싼고비발치듯ᄒᆞ니급ᄒᆞ미누란갓흔지라티지디경디로ᄒᆞ샤급히창을

23

두로며젹진의다 〃 라디즐왈무지역젹아너의양긔디 〃 로국은을닙엇거눌일시강악
을밋고텬위롤범코ᄌᆞᄒᆞᄂᆞ냐너롤죽여나라위엄을빗너리라젹장이우어왈티자ᄂᆞᆫ분
ᄒᆞ여말나황상이무도ᄒᆞ여만민이도탄ᄒᆞ미우리텬명을바다인심을평안코자ᄒᆞ나니
네엇지망녕도이우리롤디젹고자ᄒᆞ나뇨언파의졔군을지휘ᄒᆞ여티자롤에워싸니티
지디로ᄒᆞ여좌우로치빙ᄒᆞ여츙돌ᄒᆞ나어이슈십겹에우믈버셔나리오홀일업셔하날
을향ᄒᆞ여통곡ᄒᆞ샤왈부지함게젹진속의드러시니황상의급ᄒᆞ시미조셕의닛ᄂᆞᆫ지라
뉘능히도젹을죽여우리부자의급ᄒᆞ믈구홀고언파의실셩엄읍ᄒᆞ시니산쳔쵸목이다
위ᄒᆞ여슬허ᄒᆞᄂᆞᆫ듯ᄒᆞ더라젹장이크게웨여왈너의부지임의진즁의싸이여ᄉ싱이슈
유의닛시

24

니ᄲᆞᆯ니항셔롤올녀죽기롤면ᄒᆞ라ᄒᆞ니그쇼리벽역갓흔지라텬자와티지혼비빅산ᄒᆞ
여아모리홀줄모로시더라ᄎ시뎡비니시랑부즁의닛셔일야로무예롤연습ᄒᆞ며황셩
소식을탐지ᄒᆞ더니믄득비복이드러와고왈황셩쇼식을드로니뉴도자시다반ᄒᆞ여경
상을범ᄒᆞ오디텬자와티지친졍ᄒᆞ시다가젹진의싸희여칠일을졀량ᄒᆞ시니급ᄒᆞ미누
란갓다ᄒᆞ더이다뎡비디경왈이ᄂᆞᆫ필경양젹의쇼위라엇지일시나지체ᄒᆞ리오급히달
려가텬자와동궁을구ᄒᆞ고도젹을삭평ᄒᆞ리라ᄒᆞ고의갑을졍졔ᄒᆞ고말긔오로니시랑
이고왈노신이낭 〃 을뫼셔가황상과동궁뎐하롤뵈고ᄌᆞᄒᆞ옵나니이졔뫼셔발힝ᄒᆞ미
엇더ᄒᆞ니닛고뎡비말녀왈공의말삼이당연ᄒᆞ나쳡의탄말이쳔니뇽귀라한번치롤더
지

25

면색르미풍우갓흐여만니강산을눈압희지너나니공의노력으로엇지나의뒤흘좃차
리오쳡이맛당이턴자롤뵈옵는날은공의츙심을고흐리라흐고인흐여공의부∥와소
져롤하직고턴스보검을빗기고말긔올나치롤드러한번치니그말이쇼리롤벽역갓치
지로고급히달녀일쥬야만의황셩갓가이니르러바라보니평원광야의슈만철긔턴자
와티자롤에워쓰시니살긔등∥흐여급흐미경긱의닛는지라뎡비티로흐여소리질너
왈너희는엇던도젹이완디감히턴자롤범흐느뇨한칼노여등을쥭여씨롤업시흐리라
흐니젹진즁으로셔일장이나오며디호왈턴지덕이업셔만민이도탄흐미우리턴명을
바다의병을닐우혀혼군을업시흐고만민을구흐거놀너희는엇던사롬이완디턴시

26

롤모로고호위롤범코자흐는다뎡비티로흐여창을드러지르며왈너희양가일문이디
∥로국녹을먹고녀의누의쵸방의귀흐믈바드니턴은이망극흐거놀도로혀녁당을츄
모흐여임군을희코자흐니명턴이어이무심흐리오자고로님군이잇신후의빅셩이평
안흐나니군신지의는삼강의읏듬이라너희등이오륜을모로니닐너무엇흐리오흐고
칼을드러급히치니양츈이티로흐여창을드러마자쓰화슈합이못흐여뎡비칼을드러
양젹의말다리롤지로니양흉이몸을번듯쳐말긔쩌러지거놀뎡비칼을날뇨그머리롤
버혀쪄여들고진전의횡힝흐며디호왈너희즁의날을당홀지닛거든쌜니나와승부롤
결흐라셔쥬자사양위양젹의쥭으믈보고여셩문왈구상유취엇지감히우리쥬장을희
흐느뇨흐고다라

27

드니뎡비마자쓰화슈합이못흐여칼을날녀위티의머리롤버혀마하의나리치고바로
젹진의다라드러좌우츙돌흐며젹군의머리롤풀버히듯흐니젹진장졸이디경흐여상
혼낙담흐여감히갓가이올지업는지라다시턴자와티자롤뫼시고본진의도라오니턴
지비로쇼정신을찰혀문왈장군이누고완디짐의급흐믈구흐느뇨뎡비통곡쥬왈신쳡

뎡셩모는폐하긔중죄롤닙어텬위롤긔망ㅎ고몸을슘겨쵸야의업듸여누명을신빅ㅎ
믈기다리옵더니양젹이창궐ㅎ여텬위롤범ㅎ믈듯고죄쳡이방자ㅎ믈도라보지아니
ㅎ옵고급히달녀와폐하와츈궁뎐하롤뵈오나쳡의죄는더옥깁사오니불승황공ㅎ도
쇼이다샹과티지황망이눈을드러보시니과연티자비뎡시라샹이집슈낙누왈간녀의
참언을드러현비롤읷살ㅎ엿더니

28

가만ㅎ가온디긔모롤운동ㅎ여쳔금지구롤보호ㅎ엿다가짐의급ㅎ믈구ㅎ니짐이무
도ㅎ여혼군으로죽이려ㅎ디현부는짐의목슘을구ㅎ니짐이장찻무어스로뼈그은공
을갑흐리오티지쏘한거슈칭사왈현비능히몸을보젼ㅎ여황샹과과인의급ㅎ믈구ㅎ
니엇지깃부지아니리오ㅎ니츠시뎡공이텬자롤뫼셧다가녀아의튱열이완젼ㅎ여텬
자롤구ㅎ믈보고두굿기미닛시나샹의과장ㅎ시믈보고심히불안ㅎ여텬자긔쥬왈신
의쳔녜중죄롤닙고목슘을긔망ㅎ엿사오니방즈혼죄깁습거눌조금도칙지아니시고
비록어가롤구혼조고마혼공이잇시나이러틋과장ㅎ시니신의마음이더옥황공ㅎ와
자식의방자혼죄롤당코자ㅎ나이다샹이농안의희긔가득ㅎ샤뎡공의긔녀두믈치하
ㅎ시더니홀연함셩이더진ㅎ

29

머긔쥬자사양웅이본디용녁이졀윤ㅎ여만부∥당지용이닛눈지라분긔튱텬ㅎ여피
갑샹마ㅎ여닉다르니신장이구쳑이오표두환안이오긔위웅장ㅎ더라뎡비바라보고
디즐왈무지혼역젹아네텬시롤모로고찬역지심을힝ㅎ니한칼의너롤죽여우리황샹
의근심을덜니라양운이디로왈너롤보니쳥츈이아직머럿눈지라그롯젼장의죽으면
엇지가련치아니리오만일목슘을앗기거든우리롤도와텬하롤평졍홀지라어진일홈
이쥭빅의오르니라뎡비디로ㅎ여여셩디즐왈네젼일의운남교지국의빅만장졸을풀
버희듯ㅎ고젹진장사사만을한칼의버히고뎡공구ㅎ던장슈의일홈을듯지못ㅎ엿느
냐허믈며너갓튼쥐무리롤죽이미무어시어려오리오언파의다라드러쌰화빅여합의

승부룰결치못ᄒ더니

30

믄득뎡비의엇기의셔쌍농이니러나고삼터칠셩검냥귀로좃츠안기니러나며젹장을
둘너쏜니양운이졍신이아득ᄒ여디젹지못ᄒᆯ쥴알고말머리롤도로혀피고ᄌᄒ더니
뎡비일셩호통의몸을소∥아양운을취ᄒ니일진광풍이니러나며양운의머리공즁으
로좃츠ᄯ히쩌러지니뎡비더옥승∥ᄒ여운의머리롤말긔달고좌우로횡힝ᄒ더라하
회롤분셕ᄒᆯ지어다.
셰갑인오월일향목동셔

권4

1

뎡비전권지ᄉᆞ죵

ᄎᆞ셜뎡비양운의머리ᄅᆞᆯ칼ᄭᅳᆺ히ᄻᅦ여들고ᄊᆞ홈을도∥니양광원과양진경이양운의죽으믈보고일시의ᄂᆞ더라뎡비ᄅᆞᆯ취ᄒᆞ니뎡비마ᄌᆞᄣᅡ홀시좌슈로양명을디젹ᄒᆞ고우슈로양진경을막으니그날ᄂᆡ미나ᄂᆞᆫ제비라도밋지못홀지라뎡비의칼이빗나며양진경의머리마하의ᄯᅥ러지니양광영이죽으믈보고능히디젹지못홀쥴알고말을도로혀본진으로닷고자ᄒᆞ더니뎡비급히활을다리여쏘니양광영의탄말이마자것구러지며광영이ᄯᅡ히ᄯᅥ러지거ᄂᆞᆯ뎡비칼을날녀머리ᄅᆞᆯ버혀들고바로젹진의다라드러일진을짓치니젹병이ᄉᆞ산분쥬ᄒᆞ거ᄂᆞᆯ뎡비나믄젹병을효유왈여등은다무죄ᄒᆞ니각∥믈너가부모쳐자ᄅᆞᆯ반기고농업을힘뼈ᄒᆞ며쥬경야독ᄒᆞ여국은을갑흐라졔젹이빅비ᄉᆞ례ᄒᆞ고

2

ᄎᆞ시양경과원니겸이젹진이파ᄒᆞᆫ믈보고홀일업셔나와뎡비ᄅᆞᆯ보고왈우리ᄂᆞᆫ텬조션봉장이옵더니젹장의게ᄉᆞ로잡혀진즁의갓쳣더니장군의구ᄒᆞ시믈닙어본진의도라가황상을다시뫼시게되니장군의하ᄒᆡ지덕을엇지다갑흐리닛고뎡비진짓위로왈장군은너모칭ᄉᆞ치말고한가지로도라가황상긔뵈오미좃타ᄒᆞ고승젼고ᄅᆞᆯ울니며장졸을거나려도라와텬자긔뵈옵고뉵도자사의슈급을울니∥상이희긔만안ᄒᆞ여집슈칭ᄉᆞ왈경의놉흔지조로젹장을소멸ᄒᆞ니이은혜ᄅᆞᆯ엇지다갑흐리오뎡비복지쥬왈폐하의홍복을힘닙어도젹을파ᄒᆞ여ᄉᆞ오니신쳡이무삼공이리닛고그러나역당을다죽여

스오니속히환궁ᄒ시면알욀말삼이잇나이다상이삼군의하령ᄒ샤즉일노힝군ᄒ샤
여러날만의황셩의니ᄅ러승젼고롤울니며드러오시니만

3

만셩인민이향화롤갓쵸아어가롤마지며일시의만셰롤부로니인셩이훤화ᄒ여만쳔
이흔들니더라뎡비칠셩검을빗기고마상의단졍이안자어가롤호위ᄒ여셩즁의드러
와황극뎐상의좌롤놉히시고츌젼장ᄉ의공을보아ᄎ례로상사ᄒ실시뎡비ᄃ시쥬왈
이졔비록반젹을소멸ᄒ엿사오나역당이무슈ᄒ옵고옥셕을분발홀일이〃스오니특
별이남문누상의어좌롤베푸쇼셔셔상이그말을좃ᄎ샤ᄃ시만조롤거나려남문누의좌
롤졍ᄒ시니뎡비쥬왈역신양경원이겸등을잡아군즁의가도와폐하쳐치롤기다리나
이다상이쳥파의노긔뇽미의어리샤무ᄉ롤호령ᄒ여양경등을쌜니잡아드리라ᄒ시
니무시일시의양경을결박하여좌하의꿀니거늘상이진노ᄒ샤여셩문왈너의양가일
문이디〃로국은이망극ᄒ고너의누의짐의춍비로위권이뉵궁

4

의웃듬이어늘무어시부족ᄒ여양비간녀와밀〃이모의ᄒ여티자비롤모히ᄒ고오희
려부족ᄒ여양가역젹으로뉵쥐자사롤ᄒ이고밧그로결당ᄒ여긔병케ᄒ고너는니응
이되여진짓역젹의게ᄉ로잡히고ᄃ시짐을희ᄒ고션조의창업ᄒ신만니강산을앗고
자ᄒ니너의죄논만ᄉ무셕이라괴로온형벌을밧지말고젼후실졍을직고ᄒ라언파의
뇽미디상의노긔묵묵ᄒ샤북풍한셜ᄀᆺᄒ니좌우졔신이무죄훈자도황율ᄒ여한〃이
쳠의ᄒ디양경은조금도두리미업셔고두쥬왈신의일문이국은을닙사와쥬야로쇼심
익〃ᄒ옵고뎌옥티자비논니조일이어늘외신이알길이업스며슈월의한번식누의롤
보고ᄌ하여궁즁의드러가잡간문후ᄒ고나올뿐이오양광영뉵인을뉵쥐자ᄉ롤ᄒ이
믄폐하롤보익고ᄌᄒ미러니긔젹등이가마니반역지심을두어긔병범상홀쥴이야어
이아오며지어신이젹진

5

의집희믄신이용녁이업사와그러ᄒᆞ오미니다른알욀말삼이업ᄂᆞ이다샹이익 ∥ 디로
ᄒᆞ샤무ᄉᆞ롤호령ᄒᆞ여오형을갓쵸시고극형으로엄문ᄒᆞ시니양경격지비록역율을도
모ᄒᆞ여시나몸인죽부귀즁의닛셔희미ᄒᆞᆫ티벌도보지못ᄒᆞ엿거든이런독형을당ᄒᆞ여
시리오슈십장이넘지못ᄒᆞ여옥각이읏쳐지고붉근피쇼ᄉᆞ나며뼈골이드러나니아모
리악종이나견딜길이업눈지라이의슬피비러왈형벌을잠간늣츄시면바른더로고ᄒᆞ
리이다샹이명ᄒᆞ샤형벌을긋치고쵸ᄉᆞ롤올나라ᄒᆞ시니양경이 ∥ 의지필을구ᄒᆞ여기
∥ 이긔록ᄒᆞ여올니거눌샹이친히보시니ᄒᆞ엿시디죄신양경은본디공후지가로겸ᄒᆞ
여니쳑의위권을가져시니뜻이교만ᄒᆞ옵더니다만일자롤두고자부롤구ᄒᆞ오미뎡시
의현슉ᄒᆞᄆᆞᆯ듯고미파롤보너여구혼ᄒᆞ오니뎡각뇌미 ∥ 이거졀ᄒᆞ오미말삼이만히권
쳑쇼인이믈혐의ᄒᆞ옵거눌신이분

6

ᄒᆞᄆᆞᆯ니긔지못ᄒᆞ여셩샹긔알외여뎡공을만니젼진의보니미병혁의몸이쥭어신을곤
욕ᄒᆞᄆᆞᆯ셜분ᄒᆞ고다시뎡시롤겁탈고자ᄒᆞ여뎡부의니르러뎡부문젼이요란ᄒᆞᄆᆞᆯ보고
무론죽뎡부노자의말이소졔임의긔셰ᄒᆞ엿다ᄒᆞ기로신이친히너졍의돌닙ᄒᆞ여보니
쥭을시젹실ᄒᆞ여비복의치상이완연ᄒᆞ옵거눌홀일업셔집의도라왓습더니그즁의뎡
시긔모롤운동ᄒᆞ여몸이후원깁흔곳의슘고거즛쵸상을발ᄒᆞ니신의겁혼을막은후다
시쇼식을듯보고부친을구코즈ᄒᆞ여만니시외의나아가디공을닐우고도라와티자의
친견ᄒᆞ신비되여간션의올나티자비될쥴어이아르시리닛고신이붓그리고분ᄒᆞᄆᆞᆯ니
긔지못ᄒᆞ여귀비와동모ᄒᆞ여뎡비롤히ᄒᆞ고ᄃᆞ시싱각ᄒᆞ니일후의츠시누셜ᄒᆞ면쥬륙
을면치못할고로부득이누의와동모ᄒᆞ여양문뉵인을뉵줘자ᄉᆞ롤ᄒᆞ이고뉵인의게젼
후실사닐너디ᄉᆞ롤도모코

7

자ᄒᆞ미러니하날이신의악ᄉᆞ롤뮈이너겨뎡시의한칼의양시뉵인이일시의쥭고신이

쏘한뎡시의숀의잡혀폐하의국문ᄒ시믈당ᄒ와독호형벌이몸을괴롭게ᄒ오니견딀
길이업ᄉ와바른디로고ᄒ나이다ᄒ엿더라상이남파의분긔를니긔지못ᄒ여어슈로
셔안을치시며디즐왈심의라츳젹이여뎡비의신묘호계교곳아니런들우리부지역젹
의숀의죽고종묘사직이양젹의긔물이되리로다ᄒ시고무ᄉ를호령ᄒ여양녀의닉궁
의돌닙ᄒ여모든시녀를잡으라ᄒ샤형츄의올녀미고극형으로엄문ᄒ시니궁녀등이
홀일업셔기 ‖ 직쵸ᄒ니양비의허다음모비계모다드러나는지라상이더옥분노ᄒ샤
이의죄인을쳐결ᄒ실시양경은문외의닉여능지쳐참ᄒ고쳐자는관졍의박고종젹숀
니겸은정형ᄒ고양비는닉궁의안치ᄒ여영 ‖ 샤를닙지못ᄒ게ᄒ고궁녀즁의간모의
참예호자를갈

8

희여원방의닉치시고이의뎡공을갓가이부ᄅ샤집슈왈짐이불명ᄒ여틱자비를겨바
린허물이만흐니경은녕녀를다리고집의도라가짐의회과ᄒ믈닐너ᄃ시틱자닉궁위
의올나짐을봉양케ᄒ라뎡공이고두비ᄉ왈신의자식이무삼사롬이라감히폐하의지
우지은을겨바려틱자를셤기지아니코군신지간의잠간그릇ᄒ시믈혐의ᄒ리닛고원
폐하는조곰도염여치마로시고환궁ᄒ시믈바라나이다상이더열ᄒ샤뎡비를갓가이
인견하샤집슈칭ᄉ왈경의지용은고금의일인이라짐이무삼복으로경갓튼녀자로틱
자의닉궁을빗너나뇨이후짐이빅셰후의틱지디통을니으면경이맛당이틱자를보좌
ᄒ여억만창싱을도덕으로다ᄉ려종묘사직이반셕갓흐리니엇지깃부지아니리오비
록그러나짐의불명호허물이호디ᄒ나경은맛당이구식간인류디의를도라보아짐의
허물을용셔ᄒ라

9

뎡비감누를드리워복쥬왈신쳡이무삼사롬이완디감히폐하의일시실덕ᄒ시믈혐의
로이너기리닛가상이더옥깃그샤비의옥슈를잡으시고왈경이금일맛당이본부의도
라가노부를반기고졍회를펴부녀지졍을다ᄒ라짐이맛당이길일을틱ᄒ여경을마자

티자니위롤바로ᄒ리라뎡비뎐은을슉ᄉᄒ고물너날시상이하교ᄒ샤슈빅시녀와환
관궁노등을명ᄒ여티자비롤호위ᄒ여뎡각노부즁으로뫼시고비의닙궐ᄒᆯ동안의시
녀와환관궁노비쥬야로시위ᄒ여조곰도티만치말나ᄒ니녕이한번나리미궐즁으로
좃차무슈시네홍상치의롤졍졔이ᄒ고거문머리롤갓쵸아젼후로옹위ᄒ여시니향췌
십니의쑈니고슈빅궁뇌븕근곤장과거문미롤잡아압ᄒᆯ인도ᄒ여뎡부의니로니남녀
노복이디문밧긔복지ᄒ여비롤마자니당의드러가쳥상의좌졍ᄒ미비복등이당하의
고두비알ᄒ여반기미무궁ᄒ더라츳시상이삼군을

10

명ᄒ여각 // 집의도라가라ᄒ시고시위군졸과빅관을거나려닙궐ᄒ시니졔신이모다
물너날시뎡공이쏘한부즁의도라오니시위궁뇌밧그로호위ᄒ고무슈훈궁뇌향촉을
잡아비의좌우의시립ᄒ여시니삼엄훈위의가히티자비의존즁ᄒᆯ알니러라공이바
로니당의드러가비의손을잡고희허낙누왈노뷔비롤어든후환열ᄒ미인간낙시이밧
긔업는가ᄒ엿더니불의의부인이기셰ᄒ미비창ᄒ미견딜길이업스나비의효셩을의
지ᄒ여셰월을보니더니불의 // 간격의히롤닙어원지의츌졍하미함신지화롤당ᄒ러
니비의구ᄒᄆᆯ닙어강젹을소멸ᄒ고무ᄉ반ᄉᄒ여시나여염녀지엇지티자비간틱의
참예ᄒ여쵸방의근시ᄒᆯ즐알니오외람ᄒᄆᆯ니긔지못ᄒ더니조물이싀긔ᄒ여긔괴훈
환란을당ᄒ여비의죄명이인륜의범ᄒ미노뷔몸이쥭어셰ᄉ롤모로고ᄌᄒ더니요힝
하날이도으시ᄆᆯ닙어간

11

역을삭평ᄒ고누명을신빅ᄒ여다시티자니위의참예케되니엇지깃부지아니리오비
는원컨더그럴ᄉ록셩심을다ᄒ여상후롤봉양ᄒ고티자롤어지리도아쳥예ᄒᄂᆫ쇼리
노부귀의들니면이만깃분일이업슬가ᄒ노라비문파의복슈더왈소네불쵸ᄒ와야 //
의심우롤도으니불회비록만ᄉ오나다시ᄂᆫ화익이업스면다힝일가ᄒ나이다언파의
부녜한가지로셕식을파ᄒ미밤이깁도록공을뫼셔말삼ᄒ시니시랑부즁의슈년을두

류ᄒᆞᄃᆞ가필경니공이녀아ᄅᆞᆯ가져쳥혼ᄒᆞ미부득이허락ᄒᆞ고졍혼셩녜ᄒᆞ엿더니자연
부〃간의싱쇼ᄒᆞᄆᆞᆯ인ᄒᆞ여니공의부뷔스긔ᄅᆞᆯ짐작고ᄌᆞ셔훈곡졀을유심이무로니아
모리싱각ᄒᆞ여도은익ᄒᆞᆯ길이업기로바른ᄃᆡ로셜파ᄒᆞ니〃공부뷔더옥공경즁디ᄒᆞ나
자긔녀아의젼졍을염녀ᄒᆞ거놀소녀의말이후일텬ᄌᆞ긔고ᄒᆞ여티자의니궁으로졍혼
ᄒᆞᄆᆞᆯ고ᄒᆞ니공의부뷔더희과

12

망ᄒᆞ여극진후디ᄒᆞᄆᆞᆯ고ᄒᆞ니공이이공의관인장ᄌᆞᄆᆞᆯ아ᄂᆞᆫ고로심즁의깃거ᄒᆞ여뎡비
다려왈니쇼져의젼졍이망연ᄒᆞ니닙궐후의조용훈ᄳᅵᄅᆞᆯ타부디상후긔고ᄒᆞ여속히조
쳐ᄒᆞ미올토다비비스슈명ᄒᆞ더라명일상이황극뎐의조회ᄅᆞᆯ베푸시고빅관의진하ᄅᆞᆯ
다든후뎡공의벼술을도〃아영승상평남후ᄅᆞᆯ봉ᄒᆞ시고뎡비ᄂᆞᆫ티자빈인고로더봉ᄒᆞᆯ
거시업ᄂᆞᆫ고로상ᄉᆞᄅᆞᆯ후히ᄒᆞ시고길일을틱하여티ᄌᆞ로친히비ᄅᆞᆯ호힝ᄒᆞ여닙궐케ᄒᆞ
시니뎡공이황공ᄒᆞ디지삼간ᄒᆞ미상이불윤ᄒᆞ고파조ᄒᆞ시다이러구로길일이다〃ᄅᆞ
니티지빅관을거나려뎡부의힝〃ᄒᆞ시니부셩훈위의티ᄌᆞ비의친영일이나다ᄅᆞᆷ미업
더라ᄎᆞ시뎡부의셔닙궐날이당ᄒᆞ미ᄉᆞ지상궁이비의녜복을올니거놀비시러금ᄒᆞᆯ일
업셔단장을곳치고법복을닙을시홍금츄라상의황뇽젹의ᄅᆞᆯ가ᄒᆞ니두엇기의일월이
찬연ᄒᆞ고두상의구봉치화관

13

을습ᄒᆞ미아홉쥴면뮈일월ᄀᆞᆺ흔면모의어리ᄭᅵ니빅티만염이찬연ᄒᆞ여실벽의조요ᄒᆞ
더라이러구로일식이ᄂᆞ지미먼니셔경필소리요량ᄒᆞ니티ᄌᆞ의친님ᄒᆞ시믈알지라뎡
공이황망이조복을졍졔ᄒᆞ고동구밧긔나와티ᄌᆞ의거가를영졉ᄒᆞ여지비쥬왈뎐히엇
지옥톄ᄅᆞᆯ닛비ᄒᆞ샤누츄훈신의집의니림ᄒᆞ시니닛고티지밧비연의ᄂᆞ려답녜왈공은
너모과례ᄅᆞᆯ말지어다과인의몸이존즁ᄒᆞ나공은나의악부니빙가의니ᄅᆞ러현비ᄅᆞᆯ호
힝ᄒᆞ미무어시비례라ᄒᆞ리오공이황공ᄒᆞ여지삼츄ᄉᆞᄒᆞ고티자ᄅᆞᆯ마자니실의드러가
니비밧비즁계의나려티자ᄅᆞᆯ마자공경비례ᄒᆞ니티지답녜ᄒᆞ고눈을드러비의용모ᄅᆞᆯ

살피니휘황호광휘네복아러더옥시롭거눌이의거슈공경왈현비의지뫼유여호여과
인부자의위티호믈구호니구셜노칭하호미오희려셔어호거호거니와셕일비의누익
은도시운쉬불길호미라금일셩상이젼일을후회호

14

샤과인을명호샤호힝호라호시니군명을거역지못호여부득이나와거니와실가롤호
힝호미엇지우웁지아니리오언파의쇼용이미〃호여비의면모롤보아환희호미비길
더업스니비슈괴호믈씌여공경디왈죄쳡의불용누질노궁익의근시호여뎐하롤밧들
물하날이뮈여너기샤일시지앙을나리오시나이눈쳡의팔지긔구호미니무어슬한호
리닛고다힝이쳡의방자호믈칙지아니시미황숑호웁거눌더옥뎐희친림호스이러틋
권유호시니쳡의여른복이숀홀가호나이다티지우으시고좌우롤명호여금연을놋코
비의오르믈권호니비마지못호여몸을니러뎡공을향호여지비하직호니노년부친을
쩌나눈마음이창연호여쥬뤼만면호거눌공이쏘한비창호나심회롤진졍호여거슈경
계왈비눈심스롤상히오지말고궐즁의드러가샹후롤지셩으로셤기고뎐호롤어지리
도아비의현명이노부의귀의들니면삼싱을갓쵸아노부롤

15

봉양호눈효셩의나으니부더그릇미업게호라비비스슈명호고연의오로니티지뒤흘
좃차만조롤거나려힝호시니장녀흔위의쳔고의쳐음이라도로의만셩인민이길의가
득호여티자와비의힝거롤관광호고칭션호눈쇼리원근의진동호더라츳시텬지장낙
뎐의디연을베푸시고후로더부러병좌호시민뉴원비빙과삼쳔궁녜좌우로시립호여
티자비의입궐호믈기다리시더니이윽고항취욱〃호며무슈시녜향쵹을잡고금뎡을
호위호여계하의니르러비연의나려환뮈롤그로고계하의쳥죄호니샹과휘뉴원비빙
을명호여비롤붓드러올니라호시니비빙등이일시의나려와샹명을젼혼디비마지못
호여뎐의올나샹후롤향호여고두스비호고드시황후낭〃슬젼의업듸여슈년존후롤
뭇자오니말삼이곡진호여자부의도리롤다호니휘비의옥슈롤잡으시고창연이낙누

ᄒᆞ샤왈현부의화익은니ᄅᆞ도말고황상과

16

티자의급ᄒᆞ심과종ᄉᆞ의위티ᄒᆞ미시각의닛거늘현부의지용으로도젹을삭평ᄒᆞ여업쳐질종사ᄅᆞᆯ다시평안케ᄒᆞ니현부ᄂᆞᆫ짐의모자의불셰지은이라엇지범연ᄒᆞᆫ자부로더졉ᄒᆞ리오ᄒᆞ시니말삼을니어뉴원비빙이모다비ᄅᆞᆯ향ᄒᆞ여칭하지셩이분〃ᄒᆞ니비불감ᄒᆞᄆᆞᆯᄉᆞᆫ샤ᄒᆞ고ᄃᆞ시황후ᄅᆞᆯ향ᄒᆞ여복쥬사왈신쳡의일시익운이무어시원통ᄒᆞ리닛고쳡의일노말미암아귀비심궁의슈계ᄒᆞ오니신쳡의마음이불안ᄒᆞ오며더옥녀자의몸으로만군즁의횡힝ᄒᆞ엿ᄉᆞ오니빅희여죄인되ᄆᆞᆯ면치못ᄒᆞ오니죄쳡의만ᄉᆞ무상ᄒᆞ온죄더옥깁도쇼이다상과휘더옥이즁ᄒᆞ샤호언으로위로ᄒᆞ시고보모상궁을명ᄒᆞ여황티손을안아다가비의압ᄒᆡ노ᄒᆞ니기이비록슈셰의지나지못하여시나영형슈발ᄒᆞ미오륙셰나된듯ᄒᆞ여융쥰농안의일월각이두렷ᄒᆞ니일후의만승지쥬될긔상이라기이비ᄅᆞᆯ보고졀ᄒᆞ여심히반기며옥

17

안셩모의신쳔이동ᄒᆞ니비ᄯᅩ한감회ᄒᆞᄆᆞᆯ니긔지못ᄒᆞ여슬젼의안치고옥슈ᄅᆞᆯ무마ᄒᆞ여권〃ᄒᆞᆫ졍이비길더업더라니러구로날이져믈미져역문안을파ᄒᆞ고침뎐의도라오니염젼의무슈시비마자방즁의드러가장복을벗고금병하의단좌ᄒᆞ엿더니야심후티지니ᄅᆞ러비와디좌ᄒᆞ미젹년ᄉᆞ상지심이활연이푸러지미인즁ᄒᆞᄆᆞᆯ니긔지못ᄒᆞ여비의옥슈ᄅᆞᆯ잡고우어왈비와과인이무삼익운으로피ᄎᆞᆺ남북의상니ᄒᆞ여존망을모로더니하날이감동ᄒᆞ샤우리부뷔다시단합ᄒᆞ니엇지깃부지아니리오언파의야심ᄒᆞᄆᆞᆯ닐카라시녀ᄅᆞᆯ명ᄒᆞ여금〃을포셜ᄒᆞ고촉을장외로믈닌후비ᄅᆞᆯ권ᄒᆞ여상요의나아가니낭인이권〃ᄒᆞᆫ졍이흡연ᄒᆞ여어슈지락이비길더업더라티자비일〃은조용ᄒᆞᄆᆞᆯ타상후긔문안ᄒᆞ고복슈고왈신쳡이고ᄒᆞᆯ말삼이닛ᄉᆞ오나녀자도니의방ᄌᆞᄒᆞ오미심훈고로죄ᄅᆞᆯ기

18

다리나이다상이우으스왈현부의힝실일호도그릇미업거늘엇지이러틋ㅎᆞ느뇨바른
디로셜파ㅎᆞ라비이의고왈신쳡이폐하롤긔망ㅎᆞ고남복을긔착ㅎᆞ고외구롤찻고즈ㅎᆞ
여유모롤다리고심야의길을나강두의니릇러션상의올나슈로∥힝ㅎᆞ려홀시션즁의
셔시랑니원쥰을맛나셩명을통ㅎᆞ고어디로향ㅎᆞᆯ믈뭇거늘신쳡이외구양어스부즁으
로향ㅎᆞᆯ믈니로니긔인의말이양어시원방으로니향ㅎᆞ여츠질길이업스니날을좃차폐
스로도라가아직유ㅎᆞᆯ믈권ㅎᆞ거늘신쳡이긔인의형모롤보니관후장즈의틀이∥시니
밍낭치아닌인물이어늘긔인을좃차가니유벽ㅎᆞᆫ쳐소롤구쳐ㅎᆞ여쥬거늘슈월을두류
ㅎᆞ여슉식이편ㅎᆞᆫ지라일∥은니원쥰이자긔녀아롤가져구혼ㅎᆞᆷ미간졀ㅎᆞ니아모리싱
각ㅎᆞ여도물니칠길이업ᄂᆞᆫ지라부득이허락ㅎᆞ고힝빙날홀일업셔티자의쥬신바옥픠
롤납빙ㅎᆞ고다시길일이다∥릇미마지못ㅎᆞ여젼안

19

교비ㅎᆞ여부∥지도롤다ㅎᆞ나침셕지간은홀일업셔각침각와ㅎᆞ여셔어ㅎᆞ미심ㅎᆞ니시
녀비쥬야로규시ㅎᆞ여스긔롤니공부∥계고ㅎᆞ니공의부뷔디경ㅎᆞ여신쳡을디ㅎᆞ여곡
졀을힐문ㅎᆞ니아모리ㅎᆞ여도오러긔니지못홀고로실졍을니로니원쥰의부뷔디경실
식ㅎᆞ여공경즁디ㅎᆞ니군신지분을극진이찰희나자긔녀아의신셰롤한탄ㅎᆞ여셰상폐
인되믈슬허ㅎᆞ니원쥰의뜻이다른가문의다시츌가치아닐뜻이깁흔고로신쳡이호언
으로위로ㅎᆞ여후일구쳐홀도리롤니로니원쥰의부뷔디희과망ㅎᆞ여신쳡의지휘만긔
다리미가긍ㅎᆞ온지라신쳡의쳔견의ᄂᆞᆫ페힝하힝지퇴을나리오샤티자부빈으로거두
시면일부함원지앙이업슬가ㅎᆞ나이다상휘쳥파의칙∥칭션ㅎᆞ샤왈디지라현부의도
량이여그디말이비록유리ㅎᆞ나기녀의위인이엇더ㅎᆞᆫ지모로디만일불미ㅎᆞ면궁즁의
디환이될가ㅎᆞ노라비이어쥬

20

왈니녀의텬셩이현슉ㅎᆞ여요조슉녀의졔일좌롤사양치아닐거시오인물이탁월쵸츌

ᄒᆞ여티ᄌᆞ의부빈되미그릇미업슬가ᄒᆞ나이다상이심히깃그샤이의허락ᄒᆞ시니비심
니의혼열ᄒᆞ여상후긔비ᄉᆞᄒᆞ고믈너나다이튼날상이니원쥰으로니부상셔룰ᄒᆞ이ᄉᆞ
밧비솔권상경ᄒᆞ샤ᄒᆞ샤조지룰나리오시니치관이조셔룰밧들어쥬야로달녀니시랑
부즁으로가니라ᄎᆞ시니시랑이뎡비룰비별ᄒᆞ고경ᄉᆞ소식을몰나심우룰펴지못ᄒᆞ더
니젼언을드로니티ᄌᆞ비졍시도젹을삭평ᄒᆞ고텬ᄌᆞ룰구ᄒᆞ다ᄒᆞ거눌니공이디열ᄒᆞ여
부인으로더부러뎡비의지용을찬양ᄒᆞ더니일ᄼᆞ은밧긔들레며황칙이니로럿다ᄒᆞ거
눌공이의괴ᄒᆞ여즉시향안을비셜ᄒᆞ고조셔룰바다향안의놉히고분향지비ᄒᆞ고조셔
룰닑으니ᄒᆞ엿시티짐이간신의참언을드러경의현명

21

ᄒᆞ믈모로고젼니의닉쳣더니이졔야불명ᄒᆞ믈ᄭᅢ다라특별이죠셔룰나리와니부상셔
로부ᄅᆞᄂᆞ니즉일노솔권상ᄒᆞ여짐의기다리믈위월치말나하엿더라니공이남필의ᄃᆞ
시북향ᄉᆞ비ᄒᆞ고황ᄉᆞ룰관티ᄒᆞ여보니고즉시힝장을슈습ᄒᆞ여부인과소져룰화교의
올녀슈십시비와건장혼노복오십명으로호힝ᄒᆞ고자긔ᄂᆞᆫ가묘룰뫼셔힝ᄒᆞ여ᄼᆞ러날
만의경ᄉᆞ의니ᄅᆞ러고퇵으로드러가고공은교외의니로니뎡승상이사오친붕으로더
부러니공을마자셔로녜필의쥬비룰나와질길ᄉᆡ뎡공이니상셔룰향ᄒᆞ여아녀의고ᄼᆞ
ᄒᆞ믈거두어슈년두류혼은혜룰만ᄼᆞ칭하ᄒᆞ니니공이공슈ᄉᆞ왈합하ᄂᆞᆫ너모츄ᄉᆞ치마
르쇼셔현비낭ᄼᆞ이폐쳐의니림ᄒᆞ샤믹반쵸식으로셰월을보니시니소데의마음이쥬
야황송ᄒᆞ옵거니와지금불셰지공을닐우시고누명을신빅ᄒᆞ샤다시티ᄌᆞ닉궁의쳐ᄒᆞ
시다ᄒᆞ니합하룰위ᄒᆞ여칭하ᄒᆞ나이

22

다뎡공이흔연이불감ᄒᆞ믈ᄉᆞ샤ᄒᆞ고인ᄒᆞ여날이느지미궐하의나아가봉명혼디상이
인견ᄒᆞ샤은근면유왈경은짐의불명ᄒᆞ믈허믈치말고직임을다사려짐의허믈을보좌
ᄒᆞ라상셰고두비ᄉᆞ왈신의지질이노둔ᄒᆞ와니부텬관의즁티지임을당치못홀가ᄒᆞ나
이다상이지삼권유ᄒᆞ시고인ᄒᆞ여우어갈오ᄉᆞ디짐이티ᄌᆞ비의말삼을드로니비짐의

불명ᄒ모로이미ᄒ누명을싯고타향의망명유락ᄒ여경의집의유슉ᄒ미경이비의녀
화위남ᄒ믈모로고녀아롤가져구혼ᄒ니비마지못ᄒ여납폐셩녜ᄒ엿다ᄒ니가히우
은일이어니와경녀의ᄉ세난쳬ᄒ다ᄒ니이는도시짐의허물이라특별이티자부빈을
졍코자ᄒᄂ니경이허홀쇼냐상셰고두쥬왈티자비신의집의왕님ᄒ시믈모로고도로
혀쳔녀로셩녜ᄒ여완연이부〃지도롤찰혀시니이는신의암미용우ᄒ미라아모리쳔
녀오나납폐롤두번

23

바들길이업논고로홀일업시심규의두고ᄌᄒ엿더니폐희이러틋셩녀롤드리오샤쳔
혼녀자로놉히티ᄌ부빈으로거두고ᄌᄒ시니신의부녜셩은을감츅ᄒ와빅골이되여
도닛지못홀가ᄒ나이다상이흔열ᄒ샤즉시흠쳔관을명ᄒ샤젼안길일을틱ᄒ시니불
과슌일이격ᄒ엿더라니상셰ᄉ은퇴조ᄒ여집의도라와부인을디ᄒ여연즁ᄉ롤니로
고셩덕이호티흠과뎡비의현덕을닛지못ᄒ더라이러구로길일이다〃로니티지위의
롤거나려니부의힝〃ᄒ샤신부롤마자더니로드러와합환교비롤맛츳미상휘눈을드
러보시니신부의탁월혼면뫼녹파부용갓고어릿ᄃ온덕셩이가작ᄒ니상이디열ᄒ샤
뎡비롤도라보샤왈경의쥬언이헛되지아니토다ᄒ시고신부의쳐쇼롤티자비침뎐동
편별당의졍ᄒ여닛게ᄒ시니신뷔ᄉ은ᄒ고믈너나침당의니ᄅ럿더니티지드러오시
니소졔니러맛거늘티지

24

숀을드러좌롤쳥ᄒ고완〃이눈을드러보니과연졀염슉완이라심즁의깃거완이쇼왈
그디지상의일교아로과인의빈실의참예ᄒ미욕되지아니랴소졔불승슈괴ᄒ여얼골
을드지못ᄒ니티지이런ᄒ믈니긔지못ᄒ여시녀롤명ᄒ여금〃을포셜ᄒ고소져롤닛
그러나요의나아가니어슈지락이비길디업더라추시교지왕이신츈뎡월의텬자긔조
회ᄒ니상이깃그샤동각의잔치롤비셜ᄒ여교지왕을연향ᄒ시니교지왕이텬은을슉
ᄉᄒ고인ᄒ여쥬왈신이쳔혼쇼회닛사와폐하긔고코자ᄒ나이다상이문왈경의쥬시

무삼말인고듯고즈ᄒ노라왕이쥬왈신의게쳔ᄒ녀식이닛ᄉ오니금연이십칠셰라비
록식덕이구비ᄒ숙녀졀식은못되나약간자식이닛ᄉ온지라승상뎡위나히비록만ᄒ
나아직강장ᄒ미소년이나다ᄅ지안ᄉ오니뎡유의빈실노츌가코자ᄒ오나유의고집
이티과ᄒ여불응키쉬온지라폐

25

하긔고ᄒ오니ᄉ혼ᄒ시믈바라나이다상이우어왈경의쥬언이심히맛당ᄒ니승상이
엇지불응ᄒ리오짐이맛당이권ᄒ리니경은물녀ᄒ라ᄒ시고니뎐의드ᄅ샤티자비롤
불녀교지왕의쥬언을니로시니비흔힝ᄒ여복지쥬왈신쳡의아비노년의슬히젹막ᄒ
여실가지락이업ᄉ오니신쳡이가마니불효롤자탄ᄒ옵더니지금교지왕의말을드ᄅ
니신쳡의은인이라노뷔만일ᄉ양ᄒ면신쳡이죽기로간ᄒ오리니폐하는신부롤인견
ᄒ샤소유롤니로시고속히셩녜케ᄒ쇼셔상이졈두ᄒ시고명일조회롤파ᄒ미빅관이
다물녀갈시홀노승상뎡유롤편뎐으로인견ᄒ샤교지왕의쥬ᄉ롤니로시니승상이티
경ᄒ여구지ᄉ양ᄒ티상이불열왈경의말이그ᄅ다경이아직뉴십이머럿고겸ᄒ여봉
ᄉ홀자식이업ᄉ니션티의죄인이라맛당이숙녀롤취ᄒ여슬하의ᄌ손이션〃ᄒ면노
년힝낙이〃의셔지나미업ᄉ리니경은사양치말나승상이텬의구드시믈보고홀일업

26

지비슈명ᄒ니상이티열ᄒᄉ즉시교지왕을불녀뎡승상의허락ᄒ믈니로시니왕이티
희ᄒ여텬은을슉ᄉᄒ고뎡공과한가지뎡부의니ᄅ러승당좌졍후왕이인ᄒ여왈소왕
이티인셩덕을말미암아일국이티평ᄒ온지라쥬야로티덕을닛지못ᄒ여용우ᄒ녀식
을드려티인건질을밧들고즈ᄒ나존의롤모로와텬자긔비루ᄒ사졍을고ᄒ엿더니셩
상이티인긔하교ᄒ샤번국녀자로승상을밧들게ᄒ시니외람ᄒ와고홀말삼이업ᄂ이
다공이흔연ᄉ왈티왕은너모겸ᄉ치말나일국쳔금귀쥬로노부의비우롤구ᄒ니복의
마음이불안ᄒ도다교지왕이지삼겸양ᄒ여왈쇼왕이명일텬자긔하직고본국의도라
가녀아롤다리고셩야로상경ᄒ여길일을티령ᄒ리이다공이희열ᄒ여돗우희셔퇴일

ᄒᆞ니츄칠월망간이젼안길일이라쥬긱이더희ᄒᆞ여죵야토록통음ᄒᆞ고명일교지왕이
궐하의나아가텬자긔하직ᄒᆞ고츄종을거나려쥬야로힝

27

ᄒᆞ여국도의니ᄅ러왕비롤디ᄒᆞ여슈말을니로고즉시힝구롤다ᄉ려옥영공쥬롤화교
의올녀호위군졸슈빅명을거나려뉴월쵸슌의비로쇼경ᄉ의니ᄅ러가사롤셰니여공
쥬롤안돈ᄒᆞ고궐하의나아가텬자긔조회ᄒᆞ고뎡부의니ᄅ러승상긔뵈오니공이왕의
무ᄉ상경ᄒᆞ믈깃거지극관디ᄒᆞ더라이러구로길일이다 // 로니공이노년의진ᄎᆔᄒᆞ미
비록불가ᄒᆞ나일자롤어더조션졀ᄉ롤면코자ᄒᆞ미오겸ᄒᆞ여환거ᄉ졍이졀박ᄒᆞ지라
심즁의ᄯᅩ한다힝ᄒᆞ여길일이당ᄒᆞ미잔치롤베퍼빈긱을쳥ᄒᆞ고일식이느지미공이마
지못ᄒᆞ여위의롤거ᄂ려여ᄉ의니ᄅ러신부롤마자본부의도라와합증교비롤파ᄒᆞ미
신부와한가지로가묘의올나현알ᄒᆞ기롤맛차미공이눈을드러신부롤보니언건ᄒᆞ톄
지와쳔연ᄒᆞ티되인자관후ᄒᆞ여가히승상부인의위롤감당홀지라심즁의깃거외당의
나와빈긱을졉디ᄒᆞ더라ᄎᆞ시티자비의ᄉ지상궁이비의명을바다연셕의

28

참예ᄒᆞ여공쥬의현슉ᄒᆞ믈보고심히깃거셕양의즁빈을하직ᄒᆞ고궐즁의드러가티자
비긔신부의현슉ᄒᆞ믈고ᄒᆞ니비흔열다힝ᄒᆞ미평싱쳐음으로경ᄉ롤당ᄒᆞᆫ듯ᄒᆞ더라ᄎᆞ
야의뎡공이신방의드러가공쥬와동침ᄒᆞ미어슈지락이흡연ᄒᆞ더라교지왕이슈십일
을경ᄉ의유ᄒᆞ여뎡공과공쥐냥졍이흡연ᄒᆞ믈보고심히깃거텬자긔하직고뎡부의니
ᄅ러공을하직홀ᄉ녀아의손을잡고승상을졍셩으로밧들믈경계ᄒᆞ고위의롤거나려
본국으로도라가니라그희겨울의공쥐잉티ᄒᆞ여명년하오월의ᄡᅡᆼ티남아롤싱ᄒᆞ니냥
아의작셩이긔이ᄒᆞ여일셰긔남지라공이노년의냥긔긔린을어드니황홀ᄒᆞᆫ사랑이비
길디업논지라티자비부친의싱남ᄒᆞ믈듯고만심희열ᄒᆞ여금쥬보픠와쵹금치단을무
슈히나리와냥아의 // 복을도으니공의부뷔녀모화려ᄒᆞ믈보고복이넘지믈염녀ᄒᆞ더
라이러구로오륙년이지나공의슈연일이다 // 로니샹이티자비의공업을싱각ᄒᆞ시미

그부친의슈연을범연흔신즈와갓지못홀

29

지라이의상방어찬과황금치단을나리오시고니원풍악을사급ㅎ시고티자와비롤명
ㅎ샤슈연일뎡부의나아가승상긔헌슈ㅎ라ㅎ시니티자와비슈명ㅎ고공의쵸도일의
위의롤거나려뎡부의나오니라츳시뎡공이텬자의ᄉ연ㅎ시믈상양코즈ㅎ나텬의구
드시믈황숑ㅎ여심히불안ㅎ더니회갑일지갓가오미텬하십삼셩의녜물이뫼갓치드
러오니아모리믈리치나이논텬자의ᄉ연ㅎ시미라엇지막으리오닉외가ᄉ의뫼갓치
ᄊ희고상방어찬과산진희미도로의니어시니잔치의장녀ㅎ미만고의쳐음이라길일
이다 // 르미니외빈긱이구롬갓치모희고일식이느지미터자와현비낭 // 이힝 // ㅎ시
니만조빅관이쩌지니업시거가롤뫼셔뎡부의니로니슈쳔간광실이터질듯ㅎ더라뎡
공이터자의니림ㅎ시믈보고황공ㅎ여문외의마자고왈뎐하의거기신의집의니림ㅎ
시니노신의여른복이숀홀가ㅎ나이다티지공경디왈공은너모츄양치말나셩상이과
인의부 // 롤명ㅎ샤공의게헌슈ㅎ여

30

빙악지녜롤극진이ㅎ라ㅎ시니공이너모츄ᄉㅎ면과인의마음이불안토다공이홀일
업셔티자롤뫼셔 // 헌의올나와상좌의뫼시고모든디신이좌우로시립ㅎ니티지갈오
ᄉ디원컨디졔경은동셔로좌롤졍ㅎ라우리군신이셔로쥬비롤나와즐기미조토다졔
신이티즈의명을거역지못ㅎ여동셔로좌롤갈나안지니이윽고진슈셩찬을갓쵸와티
즈좌하의올니고조쵸모든디신의게상을올니거눌티지몬져잔을잡으시고다시졔신
을권ㅎ샤질기믈다ㅎ시더니일영이장반의티지뎡공을향ㅎ여왈일식이느져가니공
은니헌의드러가슈비롤바드쇼셔공이마지못ㅎ여티즈롤뫼셔니헌의니로니니긱은
모다댱니로피ㅎ거눌공이요셕을도 // 고쥬벽의좌롤닐우미공줘쏘한슈괴ㅎ믈쯰여
공과병좌ㅎ거눌티지녜복을졍졔ㅎ고비롤도라보니비옥안이통홍ㅎ여홍금젹의구
장면복을갓쵸고티자와엇기롤갈와헌슈홀시티자논빅옥비롤들어공의게헌ㅎ고비

논잉무비롤들어공쥬긔헌ᄒᆞ고물

31

너나비례ᄒᆞ니공과공쥐황송ᄒᆞ믈니긔지못ᄒᆞ여연망이잔을바다엽히놋코놋긔나려
티자롤향ᄒᆞ여지비왈노신의긔구혼팔자로일녀롤두어뎐하의건질을밧들게ᄒᆞ오니
쥬야황율ᄒᆞ옵거눌더옥∥톄롤잇비ᄒᆞ샤쳔혼신의게외람ᄒᆞ온잔을쥬시니만셰황야
의셩덕과뎐하의은덕을만분지일도갑지못ᄒᆞᆯ가ᄒᆞ나이다티지지삼겸양ᄒᆞ고이의비
롤도라보아왈현비ᄂᆞᆫ일야롤머무러부공을위로ᄒᆞ고명일환궁ᄒᆞ쇼셔과인은디너의
드러가상후긔비의사졍을쥬달ᄒᆞ리이다비공경ᄉᆞ왈쳡의사졍이비록그러ᄒᆞ오나상
후긔취품치못ᄒᆞ엿ᄉᆞ오미이러므로쥬져ᄒᆞ옵더니뎐하의명이여ᄎᆞᆯᄒᆞ시니금일부모
롤반기고명일궐즁의드러가고ᄌᆞᆺᄒᆞ나이다티지졈두ᄒᆞ시고거가롤도로혀시니공이
문외의나와거젼의비별ᄒᆞ니빅관이티자롤뫼셔환궁ᄒᆞ니라이러구로날이져믈미파
연곡을쥬ᄒᆞ니졔긱이흣터지고공이ᄂᆡ당의드러와비를반기나보모상궁과시녀비좌
우의옹위ᄒᆞ여시니능히

32

사졍을베푸지못ᄒᆞ고흐무시반기믈니긔지못ᄒᆞ여이윽히담화타가야심후비침쇼롤
ᄎᆞ자쉬고명일니러나부공긔문안ᄒᆞ고옥영공쥬와담화ᄒᆞ미위인이현슉ᄒᆞ여가히공
의뒤흘니를지라비흔힝ᄒᆞ여이윽히공을뫼셔다가이의하직을고ᄒᆞ고금연의올나상
궁과시녀롤거나려궐즁의드러가상후긔문안ᄒᆞ고일야롤두류ᄒᆞ믈ᄉᆞ죄ᄒᆞ니상이은
근위유ᄒᆞ시니비이의ᄒᆞ녀침뎐의도라오니라이러구로비삼자일녀롤싱ᄒᆞ고니빈이
∥자일녀롤싱ᄒᆞ니긔∥이쵸츌ᄒᆞ여일셰의긔남옥녀라셰월이여류ᄒᆞ여상이츈취놉
ᄒᆞ샤칠십여셰의니로디긔력이강건ᄒᆞ시더니홀연슉병이발ᄒᆞ여삼ᄉᆞ일을신음ᄒᆞ시
다가인ᄒᆞ여붕ᄒᆞ시니티자부∥의망극ᄒᆞ믄니ᄅᆞ도말고뎡공이ᄯᅩ한지극이통ᄒᆞ여인
ᄒᆞ여병을어더십여일만의니어졸ᄒᆞ니쉬칠십오셰라비망극즁의ᄯᅩ부친의상ᄉᆞ롤당
ᄒᆞ니호텬벽용ᄒᆞ고슈장을불닙ᄒᆞ고이통ᄒᆞ믈마지아니ᄒᆞ여형용이쵸췌ᄒᆞ여긔운이

쇠진홀듯ᄒ니티지

33

망극즁이나경녀ᄒ믈마지아냐비롤졀칙왈현비의부상을당ᄒ미망극ᄒ나집상ᄒ미
즁도의지나미녜아니라허믈며자녀의졍ᄉ롤도라보아몸을보호ᄒ쇼셔비티자의말
삼이당연ᄒ믈드ᄅ미감히비식을동치못ᄒ고강잉ᄒ여쥭음을나와몸을보호ᄒ니라
이러구로장일이다∥로니션능의안장ᄒ고티지보위의오ᄅ샤빅관의진하롤바드시
고텬하롤디ᄉ훈후황후롤존ᄒ여황티후롤봉ᄒ시고뎡비로졍궁황후롤봉ᄒ시고니
빈으로귀비롤봉ᄒ시고덕졍을부지러니닥그시니조애황상의셩덕을흠앙ᄒ더라황
상과뎡휘나히구십여셰의일시의붕ᄒ시고자숀이면∥부졀ᄒ여셩뎨명왕이계∥승
∥ᄒ여티평을누리니라더져뎡비의ᄉ젹이긔특ᄒ기로디강긔록ᄒ노라
셰갑인오월일향목동셔